dtv

Über neunzig Jahre alt ist Rosa Masur, als sie für ein Jubiläumsbuch, das anlässlich der 750-Jahr-Feier der deutschen Stadt Gigricht erscheint, aus ihrem Leben erzählen soll. Erst wenige Monate zuvor ist sie mit Sohn Kostik und Schwiegertochter Frieda aus Russland ausgewandert; da kommt das Honorar für die Mitarbeit an dem Buch gerade recht. Und Rosa erinnert sich: an Schmuggler, Menschenfresser und Hexen, Antisemiten und Bürokraten, an den jüdischen Flüchtling Gebels, der 1941 für einen Verwandten von Reichspropagandaminister Goebbels gehalten wird, an den fehlenden Buchstaben in einer Hausübung, der ihren Sohn ins Gefängnis bringt, und an Stalin, mit dem sie eine ganz besondere Geschichte verbindet. Ein Städtl im polnisch-russischen Grenzgebiet, in dem die kleine Rosa aufwächst, die Pogrome während des Bürgerkriegs, die Stadt Leningrad in der »Aufbauphase« des Kommunismus, der politische Terror der dreissiger Jahre, die Leningrader Blockade im Zweiten Weltkrieg und Stalins Judenverfolgung bilden den Hintergrund für dieses russisch-jüdische Frauenschicksal. Und immer wieder verwischen sich die Grenzen der Erinnerung, begleitet von den Schilderungen des oft absurden Immigrantenalltags im Deutschland der Gegenwart.

Vladimir Vertlib, geboren 1966 in Leningrad, das heute wieder St. Petersburg heißt, emigrierte 1971 mit seiner Familie nach Israel. Später übersiedelte er nach Österreich, dann zurück nach Israel, in die USA und schließlich, 1981, wieder nach Österreich. Er studierte Volkswirtschaftslehre in Wien und lebt heute in Salzburg. 2001 erhielt er den Förderpreis zum Adelbert-von-Chamisso-Preis sowie den Anton-Wildgans-Preis. Sein erster Roman, ›Abschiebung‹, erschien 1995, vier Jahre später folgte ›Zwischenstationen‹, 2001 dann ›Das besondere Gedächtnis der Rosa Masur‹.

Vladimir Vertlib

Das besondere Gedächtnis der Rosa Masur

Roman

Deutscher Taschenbuch Verlag

In Erinnerung an meinen Vater Gregori Vertlib,
meine Großmutter Mira Bregman und
meinen Onkel Isaak Vaisman.

Ungekürzte Ausgabe
Januar 2003
3. Auflage Februar 2007
Deutscher Taschenbuch Verlag GmbH & Co. KG,
München
www.dtv.de

Umschlagkonzept: Balk & Brumshagen
Umschlaggestaltung: Stephanie Weischer unter Verwendung
zweier Fotos von gettyimages (von Emily Müller und John Sann)
Druck und Bindung: Druckerei C. H. Beck, Nördlingen
Gedruckt auf säurefreiem, chlorfrei gebleichtem Papier
Printed in Germany · ISBN 978-3-423-13035-6

1

In der Küche einer Kommunalwohnung in Leningrad, das seit kurzem wieder Sankt Petersburg hieß, aber von allen weiterhin Leningrad genannt wurde, erzählte die Hure Svetlana ihren Nachbarn vom fernen und märchenhaft schönen Aix-en-Provence. Von breiten Alleen und alten Platanen erzählte sie, von warmen Nächten im Freien, von einander umarmenden Pärchen im Schatten von Barockfassaden, von überfüllten Bars und Kaffeehäusern, von Lebensfreude und Müßiggang, von Obst im Überfluß, von Speisen mit unaussprechlich schönen Namen. In ihren Geschichten ließ Svetlana die Gestalt des letzten Grafen der Provence, René des Guten, wiedererstehen. Mit ihm zog sie durch die Gassen, an Bürgerhäusern und prachtvollen Adelspalästen vorbei …

Während die Nachbarn mit Kochtöpfen hantierten, waren sie wortkarg. Ihre Blicke blieben an den fülligen Brüsten Svetlanas hängen. Was ging es die anderen an, wenn sie ihre Nachmittage in der stickigen Küche verbrachte? War es nicht schlimm genug, daß sie ihren Hintern, in schwarzes Leder gezwängt, am Abend vor dem Haustor zu Markte trug? Nur Kostik, der alte Ingenieur, blieb längere Zeit am Stuhl neben dem Kühlschrank sitzen. Sein Blick wanderte von Svetlanas Busen zu ihren Lippen.

Früher war Svetlana Lehrerin für Geschichte und Französisch an einer Kadettenschule für angehende Marineoffiziere gewesen, bevor die allgemeine Not sie einer lukrativeren Beschäftigung zuführte. Ihre ehemaligen Schüler verdingten sich als Bodyguards, Chauffeure oder Matrosen skandinavischer Fischereiflotten. Die Reste der sowjetischen Marine verrosteten in den Militärhäfen von Murmansk, Sewastopol oder des ehemaligen Königsberg, das immer noch Kaliningrad hieß.

»Bald, werter Konstantin Naumowitsch«, sprach Svetlana, »werden Sie in der beneidenswerten Lage sein, Aix-en-Provence, Arles, Avignon und Orange mit eigenen Augen sehen zu können, Orte, von denen ich bis an mein Lebensende nur träumen werde.«

»Die Zukunft, liebe Svetlana Osipowna, ist so unberechenbar wie ein Gewitterregen im Sommer«, sagte der Ingenieur in einem Tonfall, der den Verdacht nahelegte, bei dem Gespräch handle es sich eher um ein Ritual als um einen Dialog.

»Doch manche Tatsachen sind leider allzu offensichtlich, Konstantin Naumowitsch«, erklärte Sveta. »Träume bleiben Träume, deshalb heißen sie so. Die Franzosen haben Frankreich zugegebenermaßen nicht verdient. Was wissen sie denn schon vom richtigen Leben, die Franzosen? Aber sie sind Franzosen. Und was sind wir? Quod licet iovi non licet bovi.«

»Ich bin nicht so gebildet wie Sie, liebe Svetlana Osipowna, ich kann weder Latein noch Französisch, aber ich verstehe, was Sie meinen.«

Für die anderen, die Nachbarn, die Bewohner des Bezirks und die Arbeiter der nahen Glühbirnenfabrik, blieb Svetlana eine Nutte mit Diplom. Für viele machte gerade dieser Umstand ihren besonderen Reiz aus. Man zeigte der gebildeten Dame, wer der Herr war. Und wenn sie von der französischen Stadt schwärmte, deren Namen nur sie korrekt auszusprechen verstand, umso besser.

Kostik empfand die Erzählungen von Aix-en-Provence nicht als erotisches Stimulans. Er war der einzige im Haus, der die Hure mit ihrem vollen Namen und Vaternamen titulierte und nicht einfach Svetka, die Nutte oder – noch schlimmer – Matratzensveta zu ihr sagte, und Svetlana war die einzige, die den Ingenieur nicht einfach Kostik nannte oder gar mit seinem Spitznamen Steh auf Kostik ansprach. Jeden Morgen um sieben ertönte die wändedurchdringende Stimme von Kostiks Mutter: »Steh auf, Kostik, es ist Zeit!« Und Kostik murmelte etwas und bedeckte das Gesicht mit dem rechten Unterarm, wie er es schon als kleines Kind getan hatte, als ihn die Mutter weckte, weil er zur Schule mußte, und später als Student, damit er nicht zu spät zur Vorlesung kam, und dann während der ganzen vierzig Jahre seines Berufslebens, damit er rechtzeitig in der Arbeit war. Nun ertönte der besorgte Ruf der Mutter nur mehr jeden Mittwoch und jeden zweiten Donnerstag im Monat und am Monatsletzten. Auch nach der Pensionierung war Kostik in seiner Firma weiterbeschäftigt. Die niedrige Pension hätte kaum zum Überleben gereicht.

Steh auf Kostik, in langer Unterhose und hellgrauem Baumwolleibchen, schlurfte durch den Wohnungskorridor zur Toilette, klopfte schüchtern gegen die Türe – wenn Kostik aufs Klo wollte, war es wie durch ein eisernes Gesetz des Zufalls immer besetzt – und fragte besorgt: »Wird es noch lange dauern? Ich müßte nämlich dringend ...« Und es ertönte die immergleiche Antwort: »Nicht einmal in Ruhe scheißen kann man hier! Zustände sind das.« Kostik wartete geduldig, mit geschlossenen Augen, die Schulter gegen die Tür gelehnt, so als würde er nach der Fortsetzung seiner Träume suchen.

Svetlana wußte, daß Kostiks Mutter sie nicht mochte. Vor vielen Jahren hatte Svetas eigene Mutter das kleine Mädchen auf den Schoß genommen und ihr erklärt, wer ihre Nachbarn waren. Drei Monate lang hatte die kleine Sveta weder den Ingenieur mit der gebogenen Nase noch seine Familienangehörigen gegrüßt. Es sei schon eine Zumutung, mit wem man zusammenwohnen müsse, hatte Svetas Mutter gemeint – Losaberidse, Abdulojedow, Masur, Schwarz, Abramowitsch und Rosenbaum. Sie selbst stammte aus der Stadt Samara an der Wolga, später Kujbyschew (seit einiger

Zeit wieder Samara, aber die Rückbenennung hatte Svetas Mutter nicht mehr erlebt).

Oft kam Kostiks Mutter unter irgendeinem Vorwand in die Küche und setzte sich neben ihren Sohn. Sobald sie den Raum betrat, wechselte Kostik das Thema. Vor einem Jahr war sein Sohn Sascha als sogenannter Kontingentflüchtling nach Deutschland übersiedelt und lebte nun in einer mitteldeutschen Stadt, wo er in einem Konzern als Graphiker arbeitete. Es war geplant, daß Eltern und Großmutter nachkommen.

»Es ist schon ein großes Glück, liebe Svetlana Osipowna, daß die Deutschen ein so schlechtes Gewissen haben, nachdem sie uns wie die Schweine hingeschlachtet haben. Deshalb dürfen jetzt einige von uns nach Deutschland übersiedeln. So haben die Deutschen wieder ihre Juden und wir ein schöneres Leben.«

Kostik grinste beinahe vergnügt, und Svetlana erinnerte sich, wie oft ihre Mutter erklärt hatte, daß es sich die Juden im Leben immer zu richten verstehen. »Wirfst du sie durch die Tür hinaus, kommen sie durch das Fenster wieder rein«, hatte sie gesagt.

»So einfach ist die Sache nicht«, meinte währenddessen Kostik. »Für meinen Sohn ist alles leichter. Er ist jung. Mit vierunddreißig liegt einem die Welt zu Füßen. Man lebt sich ein, lernt die Sprache, heiratet, hat Kinder. Aber wir alten Leute, wir waren immer in diesem Land, in dieser Stadt und fast das ganze Leben in dieser Wohnung. Was sollen wir in Deutschland? Andererseits spricht natürlich viel für die Übersiedlung. Schauen wir uns das Problem im Detail an ...«

»Kostik«, sagte seine Mutter leise, »wo, glaubst du, ist die Grenze meiner Geduld?« Aber Kostik war unerbittlich und hörte nicht auf, Gewichte auf eine Waage zu legen, die er vor seinem geistigen Auge aufgebaut hatte. Auf einer Waagschale lagen die Argumente für die Ausreise, auf der anderen die für den Verbleib in Rußland. Unentwegt schaukelten die Schalen hin und her.

»Sie, liebe Svetlana Osipowna, werden sich bald eine eigene Meinung gebildet haben«, meinte Kostik. Während er sprach, wurde er euphorisch. Die unsichtbare Waage schwankte wie eine Kinderschaukel vor seinen Augen und dem seiner Zuhörerinnen. Es schien, als werfe sie einen langen Schatten auf die Küchenwand, als werde dieser größer und größer, als fülle er bald den Raum aus, als verdunkle er ihre Gesichter und in Folge ihre Gedanken.

»Alle, buchstäblich alle Juden, verlassen das Land. Selbst die alte Rahil Mendelewna, die mit dem ewig verdorbenen Magen, ist zu ihrer Tochter nach Israel gefahren. Es ist nur natürlich, daß wir in der Nähe unseres Sohnes sein wollen. Obwohl der einäugige Wladik, der aus dem Nachbarhaus, immer erklärt, daß man den Kindern nicht zur Last fallen soll.«

Er wischte sich mit dem Ärmel den Schweiß von der Stirn.

»Unsere Pension reicht kaum zum Überleben. Meine Frau und ich müssen weiterarbeiten, obwohl wir beide über sechzig sind. Aber meine Freundin Dora, die jetzt in Münster wohnt, hat mir geschrieben, daß auch die deutsche Sozialhilfe knapp bemessen ist.«

Er forschte in den ernsten Gesichtern der beiden Frauen.

»Die Sicherheit ist ein wichtiges Argument, vielleicht das entscheidende!« Er hob den Zeigefinger. »Ich brauche euch ja nicht zu erzählen, was sich auf unseren Straßen abspielt. Schurotschka, das Mädchen aus der Wohnung Nummer zwölf, ist vor ein paar Tagen am Abend von zwei Männern in eine Telephonzelle hineingestoßen, vergewaltigt und ausgeraubt worden … Jeden Tag hört man solche Geschichten.«

»Was macht sie auch um diese Zeit allein auf der Straße«, brummte Kostiks Mutter. »Was hat das außerdem mit uns zu tun? Bei uns gibt es nichts zu rauben. Und wer mich vergewaltigt, muß blind sein.«

»Wir steuern auf eine Apokalypse zu«, sprach Kostik weiter, ohne auf den Zwischenruf seiner Mutter einzugehen. »Die Schießereien der Mafiosi waren der Anfang, dann sah man die Pensionisten auf den Müllhalden, dann kam der Tschetschenienkrieg, die Rubelkrise und jetzt droht ein Bürgerkrieg. Wenn's einmal in Rußland losgeht, bleibt kein Stein auf dem anderen. Wir sind hier nicht in Frankreich, liebe Svetlana Osipowna, bei uns geht es nicht so gesittet zu. Wir konstruieren keine schönen, sauberen Guillotinen für ausgewählte Feinde. Uns reißt man das Herz mit den Zähnen aus dem Leib und trampelt darauf herum.«

»Reg dich nicht so auf, Kostik«, bat seine Mutter. »Du bist schon ganz rot im Gesicht. Heute abend werden wir wieder einmal Blutdruck messen.«

Kostik warf ihr einen strengen Blick zu und sinnierte weiter. »Andererseits ist es in Deutschland auch nicht so rosig. Man berichtet von brennenden Asylantenheimen und Übergriffen gegen Fremde. Im Innersten ihres Herzens bleiben sie wohl doch die alten Deutschen, schreibt Dora aus Münster.«

»Warum fahren Sie dann nicht nach Israel? Sie sind doch Jude«, fragte Svetlana.

»Man darf die Terroranschläge nicht vergessen«, schrie Kostik, »die politischen Turbulenzen, das heiße Klima – eine Mischung aus Dampfbad und Backofen und manchmal beides zugleich. Diese Geschichten häufen sich, die Briefe aus Israel stapeln sich. Jeder Brief ein einziges Rufzeichen, jede Zeile ein einziges Fragezeichen ...«

Svetlana schwieg. Nur ihre Augenbrauen strebten aufeinander zu, berührten sich fast. Über dem Nasenrücken bildeten sich zwei Furchen, die sich an der Stirn in mehrere Fältchen verzweigten. Kostiks Waage empfand sie als Beleidigung. Auch die Arbeiter in der Fabrik, von denen viele ihre Freier waren, erklärten oft, die Juden seien ein privilegiertes Volk. In Geschicklichkeit stand ihnen niemand nach wie in der Fähigkeit zu leiden. Was hätte sie für eine Nacht am Kurfürstendamm gegeben! Am nächsten Tag schon hätte sie genug Geld und säße im Zug nach Südfrankreich. Statt dessen stand sie jeden Abend an derselben Stelle, wo schon ihre Mutter im matten Licht der Straßenbeleuchtung auf und ab gegangen war. Damals waren die Menschen noch riesengroß und die Dächer der umliegenden Häuser kratzten am Himmel. Die Onkel, die Mutter zu sich mit aufs Zimmer nahm, hatten es eilig, dem Kind Bonbons zu schenken. Ihre Blicke waren auf eine seltsame Weise gehetzt. Steh auf Kostik, dessen Haare zu jener Zeit noch dunkelbraun waren und den ganzen Kopf bedeckten, versorgte Sveta in der Küche mit Tee, während das Bett in Mutters Zimmer ächzte.

Eines Tages lud Svetlana Kostik zu sich ein. Die Nachbarn lächelten wissend. Nacheinander klopften sie an Kostiks Tür und flüsterten seiner Frau Worte gespielter Empörung ins Ohr. Aber Svetlana zeigte Kostik nur ihr Schatzkästchen aus dunkelbraunem Karton, das sie unter dem Sofa hervorholte. Vergilbte Broschüren lagen darin, die eine Kollegin vor Jahren aus Südfrankreich mitgebracht hatte. Bunte Bilder von schönen Menschen. Die strahlende Sonne über ihren Köpfen umgab sie mit einem Licht, das es nur im Westen gab.

»Meine Frau meint, wir sollten fahren.« Jeden Tag wiederholte Kostik dasselbe. »Aber ich, ich wollte nie weg. Als die ersten Freunde in den siebziger Jahren nach Israel auswanderten, war ich entsetzt. Ich bin hier zu Hause, ich liebe diese Stadt, den Geruch der Kanäle, den Schnee auf den Dächern im Winter, die Weißen Nächte. Ja, ich gebe es zu, ich bin ein sentimentaler Mensch. Wer hätte ahnen können, daß man sich wieder vor Pogromen fürchten muß? Aber was mache ich in Deutschland? Da sind lauter Deutsche. Nicht einmal ordentlich beschimpfen kann man sie. Die verstehen ja unsere Flüche nicht.«

»Fahren Sie, Konstantin Naumowitsch«, sagte Svetlana, »fahren Sie, was haben Sie denn noch zu verlieren? Bei uns geht alles ohnehin den Bach runter. Was bleibt Ihnen denn? Ein paar schöne Jahre und vor allem ein paar unvergeßliche Augenblicke.« Aber sie fing Kostiks Blick auf, schaute hinunter, sah, wie seine faltigen Hände am Stoff seiner Hose zerrten, und wußte, daß er ihr sofort von seinen Bekannten Oleg und Mischa und dem einäugigen Wladik erzählen werde und davon, was sie zu dem Thema gesagt hatten. Ich bin dumm, dachte sie. Mein Gott, bin ich dumm. Aber Kostik sagte kein Wort, und sein Kopf kippte nach vorne, als wäre er zu schwer für den dünnen Hals, und es kam Sveta vor, als würden ihm Schlappohren wachsen, bis hinunter zum Boden.

An einem eiskalten Aprilmorgen traf Sveta ihren Nachbarn am Bahnhof. Sie wußte selbst nicht genau, wie sie hierher geraten war. Sie öffnete ihren Mantel. Ihre zerfetzte Bluse zog die Blicke der von den Vorortezügen in die Stadt eilenden Passanten an.

Es roch nach Zigarettenkippen, Alkohol und Erbrochenem. In weiter Ferne schwankten die Türen der Empfangshalle. Sie wurden langsam kleiner. Es schien ihr, als hätten sie sich vom Boden gelöst, als würden sie davonfliegen.

Plötzlich begriff Sveta, daß sie es selbst war, die den ekelhaften Geruch verströmte. Szenen der vergangenen Nacht liefen vor ihren Augen ab. Die mit teurem Kitsch vollgestopfte Wohnung am Newskij Prospekt, der Bursche im Vorraum, mit einer Maschinenpistole im Anschlag und dem Gesichtsausdruck eines gelangweilten Mittelschülers. Der Hausherr mit dem strohblonden Bart auf den Hamsterbacken. Dann das Gewicht seiner Wampe auf ihrem Kopf und der Geschmack von Urin und Sperma in ihrem Rachen. Die hohe, vom Zigarettenrauch angegriffene Stimme eines Kumpanen des Hausherrn: »Das ist die alte Hure, die studiert hat und Französisch kann.« Und das Kichern der beiden nur mit seidener Unterwäsche bekleideten Mädchen auf dem Sofa und die Worte: »Wir machen's aber heute nicht nur französisch!« Und: »Hoffentlich hat sie noch etwas anderes studiert.« Die leeren Flaschen im Eck, Glasscherben auf dem Boden. Sie muß sich bücken und es werden ihr Dollar- und Rubelscheine in den Hintern geschoben.

Sie tastete nach dem Geld in ihrer Handtasche. Es war da. In diesem Augenblick sah sie Kostik durch die Halle gehen. Er hatte den Kopf eingezogen. Seine Schultern und der runde Rücken schützten ihn vor der Außenwelt. Und dies war der Augenblick, in dem Sveta zornig wurde auf den Juden. Lag nicht Überheblichkeit in diesen Augen mit den Tränensäcken und den unverschämt langen Wimpern, so lang wie die künstlichen Wimpern, die sie jeden Abend aufsetzte, bevor sie arbeiten ging? Hatte der Jude das Unglück gepachtet? Sie faßte ihn am Ärmel seines dunkelbraunen Mantels, den er schon getragen hatte, als sie noch ein Kind war.

»He, Herr Nachbar! Kostik! So früh schon unterwegs?« War das wirklich ihre Stimme? »Doch nicht von einem heimlichen Damenbesuch?«

Kostik blickte sie erschrocken an und begann etwas zu erklären. Sie verstand kein Wort, ärgerte sich darüber, daß er sich wie ein ertappter Schuljunge benahm und daß sie ihn das erste Mal in ihrem Leben Kostik genannt hatte. Sie hielt ihn immer noch am Ärmel, aber nun lockerte sie den Griff und fuhr am Stoff entlang hinunter, bis sie seinen behaarten Handrücken berührte.

»Mein Gott, Svetlana Osipowna, Sie schauen entsetzlich aus!«

Schnell zog sie die Hand zurück.

»Na, was glauben Sie, was ich diese Nacht gemacht habe?«

Er wurde rot.

»Kommen Sie, ich bringe Sie nach Hause«, murmelte er. »Ich mache Ihnen eine gute Tasse Tee, koche Ihnen einen Buchweizenbrei und ein paar Würstchen.«

Sie folgte ihm hinaus auf den Platz, wo das nadelförmige Denkmal für einen vor langer Zeit gewonnenen Krieg die Morgensonne in zwei Hälften zerschnitt. Die kalte Luft füllte ihre Lungen. Ein Hustenanfall schüttelte sie. Sie spuckte aschgrauen Schleim in den Schnee.

Als sie aus der Straßenbahn ausgestiegen waren, ging Sveta nicht in die Richtung ihres Hauses.

»Svetlana Osipowna! Svetlana Osipowna!« Kostik war nicht abzuschütteln. Er atmete schwer. Sie blieb stehen und wies auf den Spirituosenladen auf der anderen Straßenseite.

»Nach dieser Nacht brauche ich ein Gegengift«, sagte sie. »Holen Sie es mir doch, wenn Sie sich so um mich sorgen.« Sie griff in die Tasche und zog einen Geldschein heraus. »Ich habe nicht mehr die Kraft, da hineinzugehen.«

»Aber Svetlana Osipowna, das ist das letzte, was Sie jetzt brauchen.« Er faßte sie an den Schultern. »Kommen Sie. So kommen Sie doch!«

»Was soll das!« sagte sie scharf. »Lassen Sie mich los! Ich weiß besser als Sie, was mir guttut.« Er trat einige Schritte zurück.

»Nun holen Sie mir einen Viertelliter oder nicht?« fragte sie, und ihre Stimme wurde wieder sanfter. »Ich bitte Sie, Konstantin Naumowitsch, seien Sie ein Schatz. Haben Sie Mitleid mit mir!« Er nahm wortlos den Geldschein und ging in den Laden.

Einige Minuten später stand er mit dem kostbaren Fläschchen vor ihr, preßte es an seinen Körper, als wollte er es vor ihr beschützen. Doch sie riß es ihm aus der Hand, trank mit gierigen Schlucken. Noch mehr Übelkeit. Die eisige Kälte. Und das wütende Bellen irgendwelcher Straßenköter. »Gott steh mir bei«, murmelte sie. Und dann tatsächlich: der schwankende Boden unter ihren Füßen kam zum Stillstand, der Schnee an den Ästen der Bäume glänzte wieder freundlich, sie roch den nahenden Frühling, den modrigen Algengeruch des Wassers, der zu dieser Stadt gehörte wie seine prachtvollen Paläste und Brücken. Sie hatte keine Kopfschmerzen mehr und keine Bitternis und keine Wut und keine Scham, sondern nur Freude über die vielen Dollarscheine in ihrer Tasche. Es war mehr, als sie je in ihrem Leben besessen hatte, und plötzlich war sie wieder der festen Überzeugung, daß es weitergehen wird, wie es bis dahin irgendwie weitergegangen war. Ihre Mutter pflegte zu sagen: »Wenn dein Schinderkarren im Sumpf steckenbleibt und zu versinken droht, spring nicht ab, verzage nicht, des Teufels Großmutter bringt dich wieder raus …«

Zu Hause wusch sich Svetlana den Schmutz der Nacht vom Körper. Als sie in die Küche kam, stand der Tee bereit. Der Brei duftete schon im Topf.

»Erzählen Sie mir etwas von Aix-en-Provence, verehrte Svetlana Osipowna«, bat Kostik, ohne sich vom Herd wegzudrehen. »Wie war es denn für die Einwohner, als die Grafschaft Provence nach dem Tod Renés von Frankreich annektiert wurde? Und vor allem: was bedeutete das für die Juden?«

Svetlana antwortete nicht. Sie trank Tee und wunderte sich, daß sie zu dieser Morgenstunde allein in der Küche waren.

»Ihre Frau und Ihre Mutter habe ich heute noch nicht gesehen«, sagte Svetlana.

»Die machen ihren Spaziergang im Park«, erklärte Kostik. Er stellte den Teller mit dem dampfenden Brei auf den Tisch, blieb aber stehen, die Arme verschränkt, und schaute sie an. Es war wie damals vor Jahrzehnten, als Svetas Mutter die Tochter aus dem Zimmer schickte, um mit den Freiern allein zu sein. Die Küche hatte sich nicht geändert. Auch der neue Wasserhahn tropfte, in den Ecken saß eine neue Generation von Schaben und Mäusen, und durch das schmale Fenster sah man die Silhouette der Fabrik aus dunkelrotem Backstein, die Schornsteine und in der Ferne den spitzen Turm einer einst zweckentfremdeten Kirche, in der sich seit kurzem wieder Gläubige trafen.

Svetlana schloß die Augen. Szenen wurden wach, die sehr lange zurücklagen.

»Iß, mein Kind, iß, dein wachsender Organismus braucht Kalorien.« »Ja, Konstantin Naumowitsch.« »Was willst du einmal werden, Sveta?« »Ich weiß nicht, Konstantin Naumowitsch.« »Du hast ein so schönes Gesicht, du wirst sicher Schauspielerin.« »Aber dann auch Sängerin, Konstantin Naumowitsch.« »Dann darfst du kein Eis essen.« »Ich mag ohnehin kein Eis, Konstantin Naumowitsch.« »Dann wirst du im ganzen Land auftreten, und wenn du nach Leningrad kommst, sitzen wir im Publikum und klatschen.« »In der Schule habe ich nur Sehr Gut, Konstantin Naumowitsch.«

»Was ist denn, Svetlana Osipowna? Haben Sie keinen Appetit?« Sie schüttelte den Kopf, schob den Teller weg und bat Kostik, sich zu setzen. Er ließ sich auf den Stuhl fallen, als wäre er derjenige, der die ganze Nacht nicht geschlafen hatte. Sein Atem entwich mit leisen Pfeiftönen. Die Hände lagen in unnatürlicher Haltung auf dem Tisch, mit den Handflächen nach oben, so als handle es sich um jene unsichtbare Waage, die ihm nicht aus dem Sinn ging.

Plötzlich stieß sie die Waage um, umklammerte seine rechte Hand, zog sie an der Tischkante entlang zu sich, hielt sie fest, forschte in seinen Augen nach jenen schelmischen Funken, die sie früher so mochte und schon lange vermißte.

»Die entscheidenden Fragen unseres Lebens sind mit dem Verstand nicht zu lösen«, sagte sie. Er reagierte nicht, nur das Pfeifen seines Atems wurde lauter. »Ich habe längst den Glauben an die Vernunft verloren. In der Schule hat man viel von Machbarkeit gepredigt und uns wenig von den Gesetzen der Wahrscheinlichkeit beigebracht.«

Er starrte sie an, konzentriert, ausdruckslos. Nein, er würde ihrem Vorhaben nichts abgewinnen können.

»Ich habe eine Lösung für Ihr Problem.« Sie durfte nicht mehr zögern. »Fahren oder nicht fahren, fahren oder nicht fahren. Jedes Argument zieht zwangsläufig ein Gegenargument nach sich. Eine Synthese ist ausgeschlossen. Die perfekte Antidialektik. Es sei denn, Sie fahren nicht und träumen, daß Sie fahren, oder Sie fahren und träumen, Sie wären hiergeblieben, oder Sie machen auf halbem Weg halt, in einer weißrussischen Kleinstadt zum Beispiel.«

»Meine Mutter stammt aus einem weißrussischen Dorf, aus Witschi«, murmelte Kostik. »Ich würde einen großen Bogen um die Region machen. Seit der Reaktorkatastrophe von Tschernobyl ist sie verstrahlt.«

Sie schüttelte ungeduldig den Kopf. »Was ich sagen möchte, ist einfach. Je mehr Argumente Sie ins Spiel bringen, umso mehr tendiert die Wahrscheinlichkeit für eine der beiden Lösungen gegen null Komma fünf. Das klassische Patt.«

Und plötzlich war es wieder da. Das schelmische Leuchten in seinen Augen. »Das haben Sie messerscharf erkannt, liebe Svetlana Osipowna. Die Gesetze der Statistik sind mir vertraut.«

Nun ergriff sie seine zweite Hand. »Aus diesem Grund«, sagte sie, »sollten Sie dem Zufall auch jene Macht zugestehen, den er ohnehin längst über sie gewonnen hat.«

Er zuckte mit den Achseln. »Bringen Sie Papier und Bleistift!« befahl sie. Augenblicke später reichte ihr Kostik ein kariertes Blatt in Notizblockformat und einen Kugelschreiber. »Vielleicht sollten wir doch nicht ...«, meinte er traurig. »Wer weiß, vielleicht ...« Aber sie hatte das Blatt schon zusammengefaltet und es dann in zwei Teile zerrissen. Während sie schrieb, lehnte sie sich über die Zettel, verdeckte sie mit dem linken Arm, so als wäre sie eine Schülerin, die etwas Unanständiges zeichnet. Nachdem sie fertig war, formte sie zwei Kugeln, legte sie auf die rechte Handfläche und hielt Kostik die beiden weißen, beinahe gleich großen Kugeln hin.

»Denken Sie nicht lange nach!« sagte sie.

Er griff nach der linken Kugel, zog die Hand im letzten Augenblick wieder zurück.

»Ach, Svetlana Osipowna, was tun Sie nur mit mir?«

»Es ist ganz gleich, Konstantin Naumowitsch. Denken Sie an die Wahrscheinlichkeit von null Komma fünf.«

»Ich kann nicht, Svetlana Osipowna, ich kann nicht«, stöhnte Kostik. »Ganz egal, welchen Zettel ich nehme, denke ich im selben Augenblick, es sollte der andere sein.«

»Schließen Sie doch einfach die Augen, lieber Konstantin Naumowitsch.«

Kostik kniff die Augen zusammen wie ein Kind, das beim Versteckspiel bis zehn zählen muß, bevor es die anderen zu suchen beginnt, streckte den Arm aus, griff ins Leere. Da nahm Svetlana eine der Kugeln. Ihre Hand beschrieb – die Bahn eines noch unbekannten Schicksals- und Küchenplaneten – einen Kreis, fixierte den Punkt des Zusammentreffens, war rechtzeitig zur Stelle, daß Kostik zwischen Zeigefinger und Daumen die spitzen Kanten des gefalteten Papiers spürte. Er öffnete die Augen. Sein Pfeifen ging in ein Seufzen und in ein Keuchen über. Schließlich legte er das Kügelchen vor sich auf den Tisch.

»Es besteht noch die Möglichkeit alles ...«, sagte er nach kurzem Schweigen.

»Konstantin Naumowitsch! Ich bitte Sie!«

»Also gut, Sveta. Du hast ja recht. Aber bitte schrei mich nicht an.« Es war das erste Mal seit ihrer Schulzeit, daß er sie Sveta nannte. Ein Gefühl der Traurigkeit überkam sie. Plötzlich griff er nach der anderen Kugel, nicht jener, die sie ihm zugesteckt hatte, entrollte sie, las, las ein weiteres Mal – aschfahl wurde sein Gesicht – und noch einmal. Wie Pergament aus der Haut eines alten Esels, fiel Sveta ein provenzalisches Sprichwort ein.

Lange konnte Kostik seinen Blick nicht vom Papier losreißen.

»So sei es«, befand er schließlich leise. »Sie haben schon recht, Svetlana Osipowna. Vielleicht ist das die beste Lösung.«

An diesem Tag erzählte die Hure Svetlana nichts von Aix-en-Provence, und der alte jüdische Ingenieur Kostik fragte nichts mehr. Sie schwiegen miteinander. Dann stand Kostik auf und ging, während Sveta sitzen blieb. Sie schaute aus dem Fenster. Ihr Blick schweifte über die Dächer, an der Stadt vorbei, hinaus aufs Meer, ganz weit, bis nach Stockholm, Berlin und Aix-en-Provence und vielleicht noch viel weiter. Später stand sie auf und wusch das Geschirr ab. Es war fast Mittag. Die Sonnenstrahlen spiegelten sich im Metall des tropfenden Wasserhahns, projizierten unzählige Lichtstreifen auf die mattgrünen Tapeten. Aus dem Korridor drangen Stimmen und Schritte, man hörte, wie die Wohnungstür zugeschlagen wurde. Offenbar waren Kostiks Frau und seine Mutter von ihrem Spaziergang im Park zurückgekehrt. Die Stimmen wurden lauter. Ich kann gut verstehen, weswegen sie so aufgeregt sind, das wäre ich an ihrer Stelle auch, dachte Sveta, während sie das Geschirrtuch zum Trocknen ausbreitete. Die besorgten Stimmen wurden nun mehr schon ein Rufen, ein Schreien. Ein Möbelstück wurde umgeworfen. Theatralisch! dachte Sveta. Die Juden sind doch ein südliches Volk, aus jedem Ereignis machen sie ein Theater. Kein Wunder, daß die besten Schauspieler Juden sind. Diese Grimassenschneider ... Eine Schauspielerin hätte ich werden sollen, hatte Kostik gemeint ...

Draußen am Gang wurde der Telephonhörer abgenommen, eine Nummer gewählt. »Fabritschnaja uliza 99, Wohnung 14, bitte kommen Sie schnell!« Die Stimme von Kostiks Frau. »Meinem Mann geht es schlecht! Ich glaube, er hat einen Herzinfarkt ... Wie? ... Konstantin Naumowitsch Schwarz, siebenundsechzig Jahre alt ... Ja, ja, ich bin seine Frau. Frieda Berkowna Kogen ... Ich bin eben erst nach Hause gekommen, er lag stöhnend im Bett und hat gesagt, daß ihm so übel ist, Brust und Magen und ... jetzt rührt er sich nicht mehr ... Was? ... Fabritschnaja uliza 99, Wohnung 14. Bitte einen Rettungswagen! So schnell wie möglich!«

Svetlana stand am Gang. Frieda Berkowna war wieder in ihr Zimmer gegangen, aus dem auf einmal keine Stimmen mehr zu hören waren. Bevor der Arzt und die beiden Sanitäter an der Tür läuteten, barsch fragten: »Zu Konstantin Naumowitsch Schwarz?« bevor die Nachbarn kamen, um zu erfahren, was geschehen war, bevor also der Lärm sie zudeckte, sie mitriß und fortspülte, war Svetlana allein in der Stille des dunklen Korridors. Und wenige Schritte entfernt, auf dem Küchentisch, lagen zwei zusammengerollte Blätter Papier, auf denen in Blockbuchstaben dasselbe geschrieben stand: *Fahren Sie.*

2

Bevor Rosa das Gebäude betrat, holte sie aus ihrer Handtasche eine vergilbte Photographie heraus, deren Ecken leicht nach innen gebogen waren. Als sie das Bild dicht an ihr Gesicht heranführte, begannen ihre Finger zu zittern. Mit der anderen Hand umklammerte sie den Gehstock. In einem Balanceakt, der sie viel Anstrengung kostete, verharrte sie einige Augenblicke und betrachtete Maschas Gesicht, so als sehe sie es zum ersten Mal. Die dunkelgrauen Augen auf dem Photo, die in Wirklichkeit grün gewesen waren, glänzten streng und kühl, gemildert nur durch einen kleinen spöttischen Funken.

»Tu es!« sagte Mascha. »Tu es deinem Sohn zuliebe! Was erwartest du noch von der Zukunft?«

Behutsam steckte die alte Frau das Photo wieder in die Tasche und murmelte Worte des Dankes. Nach mehreren Monaten der Verweigerung sprach Mascha also wieder mit ihr. Vielleicht hatte sie so lange geschwiegen, weil Rosa, nachdem sie Petersburg verlassen hatte, Maschas Grab nicht mehr mit Blumen schmücken konnte und ihr die Freundin deshalb böse gewesen war.

Das Gebäude war einer jener nachlässig errichteten Betonbauten, bei denen man glaubt, durch die Ritzen ins Innere hineinschauen zu können. Der schmale, korridorähnliche Warteraum hatte das Flair einer sowjetischen Klinik oder einer Wachstube der Miliz, gepaart mit der Sauberkeit deutscher Amtsräume. Die Wände weiß gestrichen, nur an einigen Ecken leicht angegriffen vom Grau dichter Spinnweben, von Schmutz- und Wasserflekken. Die ins Büro führende hellbraune Resopaltür ließ sich von außen nicht öffnen.

Rosa Abramowna Masur schaute sich um. Einige ältere Menschen warteten schon. Eine kleine, korpulente Frau. Sie trug ein dunkelblaues Nylontuch, ein geblümtes Kleid und sah aus wie eine Bäuerin aus der zentralrussischen Provinz. Neben ihr auf der Bank – das Ehepaar Rotschwants aus Odessa. Rosa kannte die beiden aus der Zeit im Zuwandererheim in Sachsen-Anhalt. Es war ein Glück, daß sie nicht sofort ein Gespräch mit ihr anfingen.

Rosa ließ sich auf die Bank fallen. Der Fußmarsch von der Wohnung hierher hatte sie müde gemacht. Wenn ihr Sohn sie nur begleitet hätte! Aber sie hatte von Kostik nie Unterstützung erwartet oder gar eingefordert, und so war er auch nicht auf die Idee gekommen, ihr zu helfen. Für ihn blieb die zweiundneunzigjährige Rosa weiterhin die energische Frau, die ihn heil durch den Krieg und andere schwierige Zeiten gebracht hatte. Ihre gute Gesundheit war eine Sensation. Sie trug nicht einmal eine Brille. Auf den ersten Blick hätte man ihr siebzig gegeben, höchstens fünfundsiebzig. Das Alter war eine lästige, aber nicht ernstzunehmende Krankheit, die man mit Willenskraft und Medikamenten bekämpfen konnte. Die meisten ihrer Altersgenossen waren tot, seit Jahren bettlägrig, blind oder taub oder beides, inkontinent, stammelten wirres Zeug, hielten ihre Urenkel für ihre Kinder, ihre Kinder für Geschwister oder waren selbst in die Kindheit zurückgefallen. Für Rosa hingegen schien die Zeit stillzustehen. Mit siebzig hatte sie beschlossen, nicht mehr zu altern oder zu sterben. Sie starb nicht. Jeden Morgen, wenn sie aufwachte, wunderte sie sich darüber. Erst letzte Woche war sie bei Doktor Feiermann.

»Meine liebe Frau Masur«, hatte der Arzt gesagt, »Ihr Herz läuft wie eine Schweizer Uhr, und Ihr Geist ist rege, als wären Sie zwanzig. Wenn Sie so weitermachen, werden Sie Ihre Enkelkinder überleben.«

»Die Zunge soll Ihnen abfallen!« hatte sie geschrien. »Sie dummer Mensch, Sie! Wenn mein Sohn nicht wäre, der mich braucht, hätte ich mich längst umgebracht, um den Jüngeren keine Last zu sein.«

Der Arzt war von ihrer heftigen Reaktion überrascht. Seine Stimme wurde wieder sachlich, und er belästigte sie fast eine halbe Stunde lang mit medizinischen Fachausdrücken. Ein weiteres Zeichen dafür, daß die Deutschen ein glückliches Volk sind, hatte Rosa gedacht, denn sie haben eine einfache Psyche. Sogar wenn sie Juden sind.

Seit Kostiks Herzinfarkt war Rosa wieder stärker in ihre Mutterrolle zurückgefallen. Jeden Morgen strich sie Butter- und Marmeladebrote, goß Tee in die Thermosflasche, wickelte eine Schüssel mit heißem Brei oder faschierten Laibchen in ein Geschirrtuch und verstaute alles im karamelfarbenen Lederrucksack, den sie vor fünfunddreißig Jahren vom Verlag, in dem sie gearbeitet hatte, anläßlich ihrer Pensionierung als Abschiedsgeschenk erhalten hatte. Dann fuhr sie mit der Metro und zwei Obussen zu Kostik. Seit den Krankenhäusern von Petersburg das Geld für Nebensächlichkeiten wie Verpflegung ausgegangen war, mußten sich die Angehörigen der Kranken darum kümmern. Den größten Teil des Tages verbrachte Rosa im Krankenhaus. An den Abenden wurde sie von Frieda abgelöst. Es sei ein leichter Herzinfarkt gewesen, beruhigten sie die Ärzte, ein Alarmsignal des Körpers. Mit einem gesünderen Lebenswandel, einem Diätplan und »mehr Gelassenheit gegenüber den Keulenschlägen unseres Alltags«, wie sich eine der Ärztinnen ausgedrückt hatte, lasse sich »das Problem Herz in den Griff bekommen«. Eine Operation wäre zwar von Vorteil, hieß es, aber diese würde aus Geldmangel nur in äußersten Notfällen durchgeführt.

Eigentlich hätte sich Rosa Sorgen machen müssen, aber Kostik hatte schon ein Dutzend tödlicher Krankeiten überlebt, die schwere Lungenentzündung nach der Geburt, die Penicillinvergiftung nach dem Krieg, den Blinddarmdurchbruch, die Tuberkulose … Immer wieder hatten ihn die Ärzte aufgegeben. Doch solange Rosa lebte, würde ihr Sohn am Leben bleiben. Sie glaubte zwar nicht an Gott, aber an die Macht des Schicksals.

Im Krankenhaus teilte Kostik seiner Mutter mit, er habe sich entschlossen, nach Deutschland auszuwandern, sprach von mathematischer Wahrscheinlichkeit, von Sveta und von einem Stück Papier, das angeblich alles entschieden hatte. Das klang wirr. Sie hoffte nur, sein Entschluß stand nun tatsächlich fest. Von Woche zu Woche war es unerträglicher geworden, Kostiks täglichen Ausführungen über die Vor- und Nachteile einer Übersiedlung nach Deutschland anhören zu müssen. Noch vor einigen Jahren hätte die Aussicht, in ein fremdes Land (und dann ausgerechnet nach Deutschland) zu ziehen, bei Rosa Angst und Widerstand hervorgerufen. Jetzt war sie bereit, alles zu akzeptieren, wenn nur die Qualen, denen Kostik sich und seine Familie aussetzte, endlich ein Ende hatten. Frieda, die Schwiegertochter, war hingegen von Anfang an für die Ausreise gewesen. Sie wollte zu ihrem Sohn. Aber Frieda hatte nicht viel zu sagen.

Die Tür wurde von innen geöffnet. Ein alter Mann im ausgebleichten Sakko kam heraus. Er war dürr und ging leicht nach vorne gebeugt. Er sah aus wie ein nachlässig aufs Papier geworfenes Rufzeichen. Nach einigen Schritten blieb er mitten im Raum stehen und verzog den Mund zu einer Grimasse. Dann krempelte er seinen rechten Ärmel hoch und hielt den Wartenden seinen Arm wie eine Trophäe entgegen. Eine dunkelrote Narbe zog sich im Zickzack vom Ellbogen bis zum Handrücken.

»Eine ganze Stunde lang haben sie mich geschlagen, damals im Achtundvierziger Jahr«, sagte er. Seine Stimme überschlug sich beinahe. »Sie waren nicht zimperlich bei den Verhören.«

Die anderen starrten ihn an, eher unangenehm berührt als neugierig.

»Aber das ist denen nicht genug. Die wollen Salz, Pfeffer und noch Sex dazu und die zehn kleinen Negerlein.«

»Ja, hat man Ihnen denn gleich abgesagt, Mojsej Markowitsch?« fragte die Frau mit dem Kopftuch und dem geblümten Kleid.

»Ach!« Der Mann machte eine wegwerfende Handbewegung. »Die wollen mich nicht, ich spüre doch so was. Ein kurzes Gespräch und ein kühles: Sie werden schriftlich von uns verständigt. Da sitzt so ein junges Mädchen. Könnte meine Enkelin sein. Was weiß die schon? Plustert sich auf. Hat studiert. Na und? Fühlt sich unheimlich wichtig. Was versteht die schon vom Leben!«

»Der nächste bitte!« ertönte hinter der Tür eine junge Frauenstimme.

Die beiden Rotschwants erhoben sich von der Bank. Er – hastig, sie – zwei Schritte hinter ihm mit dem milden Lächeln der Stärkeren. »Komm schon, Alte. Langsamkeit ist die Art von Schildkröten und nicht die von Menschen.« Sein Lieblingssatz. Im Zuwandererheim hatte er ihn mindestens zehnmal am Tag wiederholt.

Rosa erinnerte sich, wie sie ein halbes Jahr zuvor nach Gigricht gekommen war. Der erste Blick von der Autobahn auf eine mittelgroße Stadt. Ein träger Fluß. Ein spätmittelalterlicher Dom. Eine Altstadt mit Fußgängerzone. Auf einer Flußinsel das frisch renovierte Schloß mit einem barocken Haupttrakt und einem viereckigen Turm, wo bis ins ausgehende achtzehnte Jahrhundert die Herzöge von und zu Gigricht und Patsch residiert hatten. Eine begrünte Uferpromenade, eine Umfahrungsstraße, dahinter die Parkanlagen auf dem Areal der ehemaligen Stadtmauer. Das Denkmal eines Feldherren auf dem Hauptplatz gegenüber dem Rathaus: Hoch zu Roß und mit gezogenem Säbel. Von einem Mal auf das andere vergißt Rosa seinen Namen und wen er besiegt hat.

Sie kamen an einem sonnigen Herbstnachmittag an. Die bewaldeten Hügel rund um die Stadt schienen mit Rost überzogen. Eine Schnellstraße führte im großen Bogen hinunter zum Fluß.

Das also ist der Ort, an dem ich sterben werde, dachte Rosa. Sie saß am Beifahrersitz eines Autos, das gerade auf den rechten Fahrstreifen wechselte. Auf der Anzeigetafel stand *Innenstadt Nord*. Kostik, Frieda und ihr Enkel Sascha saßen auf dem Rücksitz. Wenn sie sich streckte, konnte sie ihre Gesichter im Rückspiegel sehen. Die drei unterhielten sich halblaut. Worüber sie sprachen, konnte sie nicht verstehen. Hätte man sie nur nicht wie im Flugzeug an den Sitz geschnallt!

Am Steuer war ein Deutscher, Günter Huber, Saschas Arbeitskollege und sein einziger Freund in Gigricht. Es war großzügig von Günter, die Familie seines Freundes aus dem Durchgangslager für Zuwanderer in Sachsen-Anhalt abzuholen. Als Gegenleistung erwartete er von Rosa Antworten auf seine zahlreichen Fragen. Dabei blieb er meist im Rahmen jener entwaffnenden, weil höflichen und etwas naiven Penetranz, der man nur schwer etwas entgegensetzen kann. »Sie sind mir doch nicht böse, Frau Masur, wenn ich Ihnen eine ganz persönliche Frage stelle …« Er machte eine Pause. »Frau Masur, wie ist es eigentlich für einen russischen Juden, wenn er gerade nach Deutschland übersiedelt, ich meine, nach allem, was Deutsche den Juden angetan haben?«

»Also, ich bin schon sehr alt«, murmelte Rosa, »reden Sie mit meinem Enkel darüber. Er wird sein halbes Leben in diesem Land verbringen.«

Als sie in Sachsen-Anhalt losgefahren waren, hatte sich Rosa noch über das Interesse des jungen Mannes gefreut, jetzt, drei Stunden später, bereute sie es beinahe, daß sie vor sechzig Jahren Deutsche Philologie studiert und später für einen sowjetischen Verlag Sachbücher aus dem Deutschen ins Russische übersetzt hatte.

Sascha hatte alle administrativen Hindernisse für die Übersiedlung seiner Eltern und der Großmutter nach Gigricht aus dem Weg geräumt. Das war gar nicht so einfach gewesen. »Wären die Deutschen klug genug, ihr Land zentral zu verwalten«, hatte Sascha erklärt, »gäbe es diese Probleme mit der Übersiedlung von einem Bundesland ins andere nicht.« Rosa, Kostik und Frieda waren jedenfalls froh, aus dem Lager – einer ehemaligen sowjetischen Kaserne – ausziehen zu können. Die Einrichtung in diesem nur notdürftig zu einem Heim für Zehntausende Zuwanderer umgebauten Gebäude war immer noch spartanisch. Die Wände zierten sinnige Sprüche vergangener Tage. *Sei wachsam und allzeit bereit!* war vielleicht jener, der die neuen Bewohner des Gebäudetraktes noch am ehesten auf das einstimmte, was ihnen bevorstand. Und die Einwohner des kleinen Dorfes, in dem sich die Kaserne befand, wechselten die Straßenseite, wenn ihnen eine Gruppe »Russen« entgegenkam, wahrscheinlich so, wie sie es schon zu DDR-Zeiten angesichts sowjetischer Soldaten getan hatten. Russen blieben Russen.

Der lästige Fahrer ließ Rosa keine Ruhe. »Ist es wahr, Frau Masur«, fragte er, »daß viele russische Juden, die zu uns kommen, gar keine Juden und die Deutschen keine richtigen Deutschen sind, sondern Russen, die sich falsche Papiere besorgt haben? Haben Sie im Lager irgendwelche Geschichten dieser Art gehört?«

»Ich habe die anderen Lagerinsassen nicht nach ihrer Abstammung gefragt«, brummte Rosa. »Ich bin keine Expertin für Rassenkunde.«

Günter errötete, stammelte, daß er falsch verstanden worden sei, und verstummte. Wenige Minuten später hielten sie auf einem Parkplatz zwischen zwei Wohnblöcken und einem Rasen mit einigen Blumenbeeten. Sie überquerten die Grünfläche auf einem durchgetretenen Pfad, der am Schild *Rasen betreten verboten!* vorbeiführte.

Das Haus lag wenige Meter von der Schnellstraße entfernt. »Es ist zwar etwas laut«, erklärte Sascha, »aber es war das Beste, was mir das Sozialamt für euch angeboten hat.«

Eine Einzimmerwohnung im dritten Stock mit Kochnische und Badezimmer. Ein Doppelbett, ein Schrank, Tisch und drei Stühle, ein Einzelbett für Rosa. Die für sie vorgesehene Zimmerecke war mit einem Paravent vom Rest des Raumes getrennt. Aus dem Fenster sah man auf eine alte Fabrik mit Schornstein und den Kirchturm eines vor langer Zeit eingemeindeten Dorfes.

Nur etwas mehr als eine Viertelstunde war das Ehepaar Rotschwants in den geheimnisvollen Räumen verschwunden gewesen. Als die beiden herauskamen, ging Frau Rotschwants voran, während Herr Rotschwants, dicht hinter ihr, sie anzuschieben schien.

»Was fällt dir auch ein, diesem jungen Mädchen solche Sachen zu erzählen«, krächzte er. »Hab ich dir nicht oft gesagt: zuerst denken, dann reden. Wenn Weiber den Mund nicht halten können …«

»Was denn? Was denn?« brummte sie. »Ich habe doch überhaupt nichts gesagt. Du hast die ganze Zeit geredet. Und mein Gott, was das für ein Blödsinn war. Ich kenne dich schon seit mehr als fünfzig Jahren, aber diesmal hast du dich selbst übertroffen.«

»Ach ja, natürlich!« schrie er. »Selbstverständlich muß ich immer den Schuldigen spielen. Fünfzig Jahre dasselbe.«

In diesem Moment blickte Frau Rotschwants Rosa an und zwang sich ein Lächeln ab.

»Guten Morgen, Rosa Abramowna. Ich hatte Sie vorhin gar nicht bemerkt. Oder sind Sie gerade gekommen?«

»Guten Morgen, Mojra Chaimowna, guten Morgen Isaak Dawidowitsch. Ich warte schon seit mehr als einer halben Stunde.«

»Ihnen ebenfalls einen wunderschönen Morgen, werte Rosa Abramowna«, sang Herr Rotschwants und machte eine leichte Verbeugung.

»Was macht die Gesundheit?« fragte er.

»Ich lebe noch, Isaak Dawidowitsch. Vorläufig noch.«

Herr Rotschwants grinste. »Man soll nie den Teufel an die Wand malen, werte Rosa Abramowna. Sie wissen ja, wie das ist mit den Geistern, die man ruft.« Jetzt verschwinde endlich, du Affe, dachte Rosa, sagte aber: »Es war ein ganz besonderes Vergnügen, Sie wieder zu treffen, Isaak Dawidowitsch.«

»Ganz meinerseits, Rosa Abramowna.« Frau Rotschwants tat jetzt Rosa den Gefallen, ihren Mann Richtung Eingangstür zu schieben.

»Der nächste bitte!« Es fiel Rosa auf, daß die unbekannte Frauenstimme einen heiseren Unterton bekommen hatte. Die Frau mit dem Aussehen einer russischen Bäuerin stand auf, kramte nervös in ihrer Tasche, aus der sie nach einiger Zeit einen runden Handspiegel und einen Kamm herausholte.

»Der nnnä – ä – ächste!«

Die alte Frau ließ Kamm und Spiegel wieder in die Tasche fallen, murmelte verärgert ein paar unverständliche Wörter, machte einige unsichere Schritte im Halbkreis durch den Raum, so als hätte sie für einen Augenblick die Orientierung verloren. Dann eilte sie Richtung Tür.

Das Sozialamt zahlte der Familie »Kogen/Masur/Schwarz«, wie sie offiziell in den Akten geführt wurde, eintausenddreihundertvierundachtzig Mark Unterstützung im Monat sowie die Wohnungsmiete exklusive Nebenkosten. Das Geld reichte gerade für Lebensmittel und Kleidung. Alles andere, sogar ein Friseurbesuch, war Luxus. Eine russische Emigrantin, Hobbyfriseuse, besuchte die Familie regelmäßig und stutzte Frieda und Rosa für zehn Mark die Haare zu Pilzköpfen zusammen. Vor dreißig Jahren wäre dies modisch gewesen. Kostik ließ sich das schüttere Haupthaar von Frieda schneiden.

Jeden Samstagvormittag wurde am Hauptplatz ein Markt abgehalten. Schon um fünf Uhr morgens kamen die Bauern aus der Umgebung und bauten ihre Stände rund um das Denkmal auf. Um acht schien sich die halbe Einwohnerschaft der Stadt in den engen Gängen zwischen den Kisten mit Tomaten, Zwiebeln, Kartoffeln, Äpfeln und Salat zu drängen. In den zwanziger Jahren hatte Rosa als Kind solche Märkte gesehen, nur daß in Gigricht das Angebot reichhaltiger war als in der weißrussischen Provinz, aus der sie stammte. Kaum einer pries seine Ware lautstark an, hielt potentielle Kunden am Ärmel fest oder feilschte um den Preis. Die Deutschen waren eben ein höfliches Volk, richtige Europäer, und demzufolge – da dürfte Sascha recht haben – etwas dümmlich. Als Kind hatte Rosa gelernt, daß der Kapitalismus dschungelähnlichen Gesetzmäßigkeiten folge, in der Schule wurde diese Erkenntnis theoretisch untermauert und im Sankt Petersburg der neunziger Jahre noch einmal praktisch vorgeführt.

»Wir haben Preiselbeeren gekauft«, erklärte Frieda ihrem Sohn, »obwohl sie ziemlich teuer waren, aber Kostik mag sie, außerdem vier Kilo Pfirsiche, Pflaumen und dreieinhalb Kilo Tomaten. Wir hätten auch mehr kaufen können, aber unser Kühlschrank ist zu klein, deshalb essen wir einige Tage viel und dann kaufen wir in den Supermärkten nach. Dort ist alles teurer und nicht von derselben Qualität wie am Markt. Wir sind wählerisch geworden, kaufen in verschiedenen Geschäften, in den einen schmeckt es besser, in den anderen ist es billiger. Hier in Deutschland ist es mit den Preisen überhaupt so, daß …«

»Ich habe dir schon mehrmals gesagt, Mutter«, unterbrach sie Sascha, »daß du nicht sparen sollst. Ich überweise euch einen Teil von meinem Gehalt, sagen wir fünfhundert Mark im Monat. Und gleich nächste Woche kaufe ich dir einen neuen Kühlschrank …«

»Kommt nicht in Frage!« fiel ihm Kostik ins Wort. »Du brauchst das Geld. Du mußt dir in diesem Land eine Existenz aufbauen. Mach den Führerschein und kauf dir ein Auto. Davon sprichst du doch die ganze Zeit. Dann kannst du mit uns ins Grüne fahren oder sogar eine Europareise machen. Irgendwann. Vorläufig kommen wir auch so zurecht.«

»Wir brauchen nichts!« beeilte sich Frieda zu versichern.

»Wir brauchen nichts«, beteuerte Rosa einem Echo gleich.

»Ich bin hier glücklich«, erklärte Kostik.

Frieda verschwieg ihrem Sohn, daß sich die Familie hauptsächlich von Kartoffeln ernährte. Das schmeckte gut, war gesund und billig.

Jeden Morgen machte Kostik einen Spaziergang durch den warmen deutschen Winter. Dafür ließ er sich von seiner Mutter täglich um sieben Uhr wecken. Der gewohnte Ruf »Steh auf, Kostik!« ertönte nun auch in der Gigrichter Wohnung. Rosa war ohnehin schon um sechs wach. Nach ihrer inneren Uhr war es zwei Stunden später.

In den Alleen am Fluß sah man am Wochenende Liebespaare Hand in Hand gehen. In der Fußgängerzone glitzerte die Weihnachtsbeleuchtung. Und wenn jemand an einer Mauer stand, den Rücken zur Straße, die Beine auf unnatürliche Weise breitgestellt, konnte man sicher sein, daß es ein russischer Emigrant war, der urinierte. Nur in den Vorstädten, wo die Wohnblöcke begannen, roch es nach der alten Heimat.

Am Freitagabend versammelten sich die Juden von Gigricht in der Synagoge, einem Backsteinbau aus dem 19. Jahrhundert im byzantinischen Stil, der nur deshalb die Reichskristallnacht überstanden hatte, weil der Fluß Anfang November 1938 diesen Teil der Stadt überschwemmt hatte. Die SA-Leute hatten sich geweigert, durch das Wasser zu waten. Mehr als fünfzig Jahre nach Kriegsende zierte die vergoldete Kuppel des Tempels immer noch die Neustadt. Allerdings wurden im großen Saal mit dem dunkelblauen Gewölbe keine Gottesdienste mehr abgehalten. Die wenigen Gemeindemitglieder trafen sich im ehemaligen Archivraum der Synagoge. In den vorderen Reihen saßen die Männer, hinter einem hölzernen Ziergitter die Frauen. Fast alle stammten aus Rußland. Von Religion hatten die wenigsten eine Ahnung. Der Tratsch vor und nach der Zeremonie war wichtiger als die Gebete des Rabbiners.

»Ich bin glücklich«, wiederholte Kostik mehrmals am Tag. In den Nächten aber lag er stundenlang wach.

»Was ist los, Kostik?«

»Nichts.«

»Woran denkst du?«

»An gar nichts, schlaf weiter.«

Rosa hörte, wie sich Sohn und Schwiegertochter halblaut miteinander unterhielten.

»Kostik, mach mir nichts vor!« Friedas Stimme schwankte zwischen Sorge und Verärgerung. »Du kannst mir nichts vormachen.«

»Das ist nicht meine Absicht.«

Kurzes Schweigen.

»Ja und?«

»Wenn du nicht schläfst, bist du den ganzen Tag schlecht gelaunt und läßt es wieder an mir aus«, erwiderte Kostik nervös. »Früher hast du geklagt, daß du zu wenig Schlaf bekommst. Jetzt bist du in Pension, also schlaf dich aus!«

»Laß meinen Schlaf meine Sorge sein. Ich will wissen, was dich quält.«

Das war der Augenblick, als Rosa es für nötig hielt, sich einzumischen.

»Du kannst ihn nicht zum Reden zwingen«, sagte sie und versuchte sich das Gesicht der Schwiegertochter in diesem Augenblick vorzustellen.

Die Lehrerin schrieb mit Kreide auf die Tafel: *Die Mutter, der Mutter, der Mutter, die Mutter. Der Tisch, des Tisches, dem Tisch, den Tisch. Das Haus, des Hauses, dem Haus, das Haus. Ich gehe, ich ging, ich bin gegangen …* Kostik und Frieda besuchten einen Sprachkurs, den die Kultusgemeinde für die Emigranten aus Rußland organisierte. Die Grammatik erschloß sich leicht. Nur im Alltag wollten die Worte nicht kommen.

»Ich habe den Eindruck, daß ich jeden Tag mehr vergesse, als ich gelernt habe«, sagte Frieda zu Rosa. »Sie hatten das Glück, diese Sprache in jungen Jahren zu erlernen. Ohne Sie wären wir ja völlig hilflos.«

»Das alles ist nicht mehr so wichtig«, meinte Kostik, »wir werden in diesem Land weder Karriere machen, noch viele neue Freunde gewinnen.«

Kostik schwebte irgendwo jenseits der Realität. Rosa sah, wie die Schwiegertochter ihm jeden Handgriff abnahm und wie er langsam aufhörte, sich gegen ihre Bevormundung zu wehren. Es war ein eingespieltes Ritual, wenn sie ihm am Morgen den Tee ans Bett brachte oder ihn mehrmals am Tag erinnerte, er solle seine

Medikamente nehmen. Er erwiderte, daß er nicht so vergeßlich sei, wie sie das offensichtlich glaube. Aber er schluckte die Pillen erst, nachdem sie ihn zum wiederholten Male darum gebeten hatte.

»Die Gesunden sind immer schuldig gegenüber den Kranken«, sagte Frieda, »ähnlich wie die Lebenden nie die Schuld gegenüber den Toten werden abbüßen können.«

Kostik nahm alles widerspruchslos hin. Er verbrachte die Abende nicht wie Frieda vor dem Fernsehapparat, sondern meist im Bett, nur selten ein Buch in der Hand. Es schien, als hätte er sich in einem Innenraum eingeschlossen, zu dem andere keinen Zutritt hatten.

Eines Tages fand ihn Rosa über etwas gebeugt, das er, als sie näherkam, im Nachtkästchen verschwinden ließ. Ein anderes Mal sah sie ihn Notizen machen. Ein buntes Heft lag auf dem Tisch. Er hatte nicht mehr die Zeit, es vor ihr zu verstecken. Er hasse es, wenn sie sich an ihn heranschleiche, sagte er gereizt. Sie habe sich nicht herangeschlichen, erklärte Rosa, sie lebe in dieser Wohnung und habe das Recht, sich hier frei zu bewegen. Außerdem verstehe sie nicht, warum er etwas vor ihr verberge. Das habe sowieso keinen Sinn. Nicht einmal die herausgeschnittenen Buchseiten mit den schweinischen Bildern habe er als Jugendlicher vor ihr verstecken können. Sie hatte alles in den Ofen geworfen. Und sie nehme nicht an, daß er heute, mit seinen achtundsechzig Jahren, noch das Bedürfnis habe, solche Abbildungen zu betrachten. Kostik verzog das Gesicht zu einem gequälten Lächeln. »Es wäre schön, wenn ich noch das Bedürfnis nach so was hätte«, murmelte er. Dann schob er ihr die Zeitschrift zu. Die Blätter waren an den Rändern vergilbt und ausgefranst. Das Deckblatt zeigte eine südliche Landschaft mit Olivenbäumen, einer romanischen Kirche und felsigen Hügeln im Hintergrund. Darüber stand in Blockbuchstaben *PROVENCE*.

»Wir werden es uns nie leisten können, dort hinzufahren«, murmelte Kostik, »und sind dabei doch so nah. Nur etwas mehr als eine Nacht mit dem Zug, kaum die Distanz Leningrad-Minsk.«

Nach etwas weniger als einer halben Stunde kam die Frau im geblümten Kleid wieder aus dem Büro. Wortlos durchquerte sie den Warteraum, ging an Rosa vorbei, drehte sich um und sah sie kurz an. Ihr Kinn zitterte leicht. Sie hielt inne, zögerte, dann drehte sie sich um und humpelte hinaus.

»Der nächste bitte!«

Hinter der Tür machte der Mief der sechziger Jahre der Welt der Jahrtausendwende mit surrenden Computern und Designermöbeln Platz. Am Schreibtisch saß eine junge Frau, die auf Rosa den Eindruck machte, als hätte man auch sie, einem schönen Möbelstück gleich, passend zur Innendekoration der Büroräume ausgesucht und in den Raum plaziert.

»Guten Tag, mein Name ist Doktor Karoline Wepse«, sagte das Möbelstück und hielt Rosa ihre füllige Rechte entgegen. Die Fingernägel glänzten in Pink, Rot und Dunkellila. »Bitte setzen Sie sich. Möchten Sie einen Kaffee?«

»Ein Glas Wasser, wenn es Ihnen nichts ausmacht«, antwortete Rosa und dachte, daß Frau Wepse nicht so jung war, wie sie es nach den Worten des Mannes mit der Narbe und von Herrn Rotschwants annehmen hatte müssen. Als Mädchen konnte man sie jedenfalls nicht mehr bezeichnen.

Fast als würde sie gleiten, ging Frau Wepse aus dem Zimmer und kam mit einer Mineralwasserflasche und einem Glas in der Hand zurück. Mit ihr betrat ein junger Mann den Raum, den sie als Herrn Silbermann, Kollegen und Übersetzer ins Russische, vorstellte. Rosa, die zwar mit Akzent, aber fehlerfrei deutsch sprach, wunderte sich ein wenig. Der Mann machte auf sie einen sympathischen Eindruck. Er war Mitte Zwanzig, und in seinem Erscheinungsbild hätte er kaum gegensätzlicher als die gepflegte Wepse sein können. Das pechschwarze, leicht gewellte Haar unfrisiert, der Stoppelbart gerade so lang, daß man ihn nicht als Zeichen von Ungepflegtheit deuten konnte.

»Ich heiße Dmitrij«, erklärte der Mann auf russisch und lächelte. »Ich werde übersetzen. Im übrigen stamme auch ich aus Rußland. Ich bin schon als Kind mit meinen Eltern nach Deutschland gekommen.«

»Sehr erfreut, Sie beide kennenzulernen«, sagte Rosa auf deutsch, »mein Name ist Rosa Masur. Ich habe Ihre Anzeige im Gigrichter Tagblatt gelesen ...«

»Ihr Name ist Rosa Masur«, übersetzte Dmitrij Silbermann aus dem Deutschen ins Deutsche, »und sie ...« Plötzlich verstummte er mitten im Satz. Wepse schaute zuerst ihn und dann Rosa an. Dann begannen alle drei zu lachen.

»Sie können ja besser deutsch als ich. Das ist ja wirklich wunderbar«, rief Frau Wepse. »Wo haben Sie denn das so gut gelernt, wenn ich fragen darf? So was hab ich noch nie erlebt, bei den Leuten, die zu uns kommen.«

»Wir sind nicht im Urwald aufgewachsen«, erklärte Rosa. Das Gesicht der jungen Frau wurde ernst. »So hab ich's nicht gemeint. Wirklich nicht. Das heißt, die anderen Russen oder russischen Juden, die hier waren, die können's ja nicht so richtig ... Damit Sie mich nicht falsch verstehen – es ist mir bekannt, daß Fremdsprachen in der Sowjetunion in den Schulen kaum gelehrt wurden. So hab ich's gemeint.«

»Das weiß ich«, sagte Rosa. Sie war nicht erstaunt. Ähnliche Situationen hatte es schon oft gegeben, wenn sie Kostik und Frieda auf das Sozialamt oder zur Ausländerbehörde begleitete.

Wepse schielte verlegen Richtung Silbermann. Aber dieser schwieg, setzte sich an den Schreibtisch und zündete sich eine Zigarette an.

»Ich habe vor siebzig Jahren Deutsche Philologie studiert und später als Übersetzerin gearbeitet«, erklärte Rosa und fügte hinzu: »Ich bin nicht typisch.«

»Niemand ist wirklich typisch«, sagte Silbermann.

Kurzes Schweigen.

Dann erzählte Wepse, was Rosa ohnehin schon aus dem Zeitungsartikel wußte: »Die Stadt Gigricht hat nächstes Jahr ein Jubiläum. Genau vor siebenhundertfünfzig Jahren hat das einstige Dorf im Schatten des zu jener Zeit viel bedeutenderen Patsch das Stadtrecht verliehen bekommen. Aus gegebenem Anlaß sind für die Dauer des gesamten Jahres Feste, Veranstaltungen und eine Ausstellung im Schloß geplant. Außerdem hat der Kulturstadtrat eine Reihe von Publikationen in Auftrag gegeben. Als besonders wichtig wird ein Buchprojekt erachtet, das der Integration und dem Verständnis der Lebenswelt von Zuwanderern dienen soll, ein Band mit wertvollem Photomaterial. Es wird Ende nächsten Jahres erscheinen. Die Auflage ist limitiert.«

Rosa nickte einige Male.

»Haben Sie interessante Photos?« wollte Wepse wissen.

»Jeder Mensch hat Photos, die ihm interessant erscheinen. Sie nicht?« fragte Rosa.

Das Buch werde den Titel *Fremde Heimat. Heimat in der Fremde* tragen, setzte Wepse ihre Erklärungen fort, ohne Rosa eine Antwort zu geben. Darin solle, stellvertretend für andere, jeweils ein Vertreter der in Gigricht lebenden Minderheiten durch einen detaillierten Lebenslauf und die Beschreibung seiner Lebensumstände in Deutschland vorgestellt werden: ein Türke, ein Kurde, ein Kroate, ein Serbe, ein Bosnier (die Stadt hätte zwar aus Kostengründen gerne nur einen einzigen »Jugoslawen« genommen, doch sei dies heutzutage natürlich nicht mehr möglich), ein Kosovoalbaner, ein Nordafrikaner (hier werde wiederum nicht nach den einzelnen Ländern differenziert, ein Marokkaner müsse demnach auch für alle Algerier, Tunesier, Lybier und Ägypter herhalten), ein Roma oder Sinti, ein aus Gigricht stammender Jude (ein Holocaustüberlebender habe sich freundlicherweise bereit erklärt, am Projekt mitzuarbeiten), ein Chinese, eine weitere Person, »die für alle verbleibenden kleineren Minderheiten stehen soll« (in diesem Fall sei es besonders schwierig, sich auf einen geeigneten Kandidaten zu einigen) und natürlich ein russischer Jude, nachdem in den letzten Jahren mehrere Familien aus der ehemaligen Sowjetunion sich in Gigricht niedergelassen hatten. Mit allen Kandidaten seien längere Gespräche geplant. Für jeden Gesprächstermin habe man für die Kandidaten ein Taggeld von fünfzig Mark und, nach Erscheinen des Buches, die Teilnahme an einem Empfang beim Bürgermeister und ein Abschlußhonorar von fünftausend Mark vorgesehen.

»Sie sehen, die Stadt ist großzügig«, meinte Wepse. »Das Institut für Geschichtsforschung der Stadt Gigricht wurde mit der Durchführung dieses Projektes betraut. Es arbeitet mit den historischen Fakultäten einiger Universitäten zusammen. Ich selbst muß eine Vorauswahl treffen und dem Vorstand unseres Instituts eine angemessene Anzahl von Kandidaten vorschlagen. Dieser trifft innerhalb einer noch zu vereinbarenden Frist – einige Wochen wird es schon noch dauern – die endgültige Entscheidung ...«

»Kurz gesagt«, erklärte Silbermann auf russisch, »wir sieben einmal alle Angeber, Langweiler und Psychopathen aus, und die im Vorstand entscheiden, wer ihnen in den Kram paßt, damit der Bürgermeister zufrieden ist und der Kulturstadtrat und all die Leute, die vielleicht das Büchlein lesen. Es soll halt ein anspruchsvolles, ein kritisches, aber trotz allem ein nettes Büchlein werden. Sie verstehen ...«

Er schmunzelte und Rosa schmunzelte, und das war Wepse offensichtlich nicht recht, denn sie schmunzelte ebenfalls, aber ziemlich angestrengt. »Was hast du gesagt?« fragte sie Dmitrij. »Was ist mit dem Bürgermeister?«

»Ach, nichts Besonderes, ich habe ihr nur erklärt, wie sehr unser Bürgermeister an dem Projekt interessiert ist.«

Wepse runzelte die Stirn und redete weiter. Das größte Problem bestehe darin, daß das Institut ganz gewöhnliche, eigentlich durchschnittliche und somit für ihre jeweiligen Volksgruppen repräsentative Menschen porträtieren lassen wollte, während wiederum der Kulturstadtrat nach etwas Außergewöhnlichem suche, um zu zeigen, was für interessante Einwohner unsere Stadt habe. »Das heißt«, brachte es Wepse auf den Punkt, »sie müssen sowohl durch sogenannte typische Merkmale ihrer Gruppe als auch durch etwas Individuelles und über das gewöhnliche Maß Hinausgehendes beeindrucken.«

»Der Bürgermeister will außerdem«, meinte Silbermann und sprach diesmal deutsch, »daß gerade in den jüdischen Biographien die Tragik, die Umbrüche und Hoffnungen des zwanzigsten Jahrhunderts erkennbar werden. Die Höhen und Tiefen der Zeit exemplifiziert am Beispiel einer persönlichen Erfahrung, wo sich in der Einzigartigkeit das Allgemeingültige widerspiegelt. Außerdem steht ja die Jahrtausendwende bevor, da paßt so etwas sehr gut. So hat er sich jedenfalls ausgedrückt, der Bürgermeister. Oder so ähnlich.« Ein besonders großer und dicker Rauchring entwich seinem Mund. Dann drückte er die Zigarette aus.

»Unser Bürgermeister ist selbst Historiker«, erklärte Wepse.

Nun verstand Rosa, weswegen in dem Zeitungsartikel mit dem Titel *5000 DM für Zeitzeugen* von *älteren, aus Rußland stammenden Personen jüdischen Glaubens* die Rede war, die an einem einmaligen historischen Forschungsprojekt teilnehmen sollten. Eine Woche war es her, daß sie den Artikel in der lokalen Tageszeitung gelesen hatte. Das verlockende Angebot war das wichtigste Gesprächsthema aller russischen Juden.

»Wir sind doch keine Affen im Zirkus«, schrie im Vorraum der Synagoge eine Frau mit ausgeprägtem südrussischen Akzent. »Ein historisches Forschungsprojekt zur Belustigung der Deutschen. Denen sollen wir unsere Seele ausschütten? Nach allem, was ich bei uns in Taganrog erlebt habe. Damals haben wir keine Geschichten erzählen dürfen. Die Deutschen wollten uns vernichten wie Ungeziefer.«

»Es geht um fünftausend Mark und mehr! Daran muß man denken. Alles andere spielt keine Rolle«, meinte jemand.

»Die werden uns sowieso nicht verstehen.« Eine andere Stimme. Dem Akzent nach ein Moskauer. »Wir können ihnen lange erzählen, wie ein Haus von innen aussieht. Sie werden trotzdem nur die Fassade sehen.«

»Bei den Deutschen geht es in erster Linie um das schlechte Gewissen. Liefere ihnen fünf von den Nazis ermordete Verwandte und sie fallen vor dir auf die Knie.«

»Oder sie schlagen dir den Schädel ein.« Abermals der Mann mit der Moskauer Aussprache. »Diese Westeuropäer sind nämlich nicht nur engagierte Intellektuelle, Friedensmarschierer und Kämpfer für den Umweltschutz, junge Damen mit ihren verweichlichten, impotenten Ehemännern und den schwulen väterlichen Freunden. Nicht die! Die Typen vom Markt, die Hausmeister, die Taxifahrer, die Bürokraten vom Sozialamt, die Pensionisten im Park – die sind in der Mehrzahl. Von denen fällt vor dir sicher keiner auf die Knie.«

»Es gibt welche, die schlagen Ausländer tot oder werfen Bomben. Manchmal denke ich, daß es in Rußland gar nicht so schlimm war.«

»Fünftausend Mark, Freunde! Fünftausend Mark!«

»Was für ein Unsinn!« meinte Kostik.

»Ja, wirklich. Manche Leute machen bei jedem Blödsinn mit«, gab ihm Frieda recht. Aber während Rosa dem Singsang des jungen Rabbiners lauschte, der aus Israel als »Entwicklungshelfer« nach Gigricht gekommen war und seinen Vorgänger aus Baltimore abgelöst hatte, mußte sie an Kostiks sehnsüchtige Blicke denken, wenn er sich über die alten Photographien von Aix-en-Provence beugte, die ihm Svetlana vor seiner Abreise aus Petersburg geschenkt hatte. Sie dachte daran, wie sie seine Hand genommen und ihm erklärt hatte, daß sich schon eine Möglichkeit finden werde, die ersehnte Reise anzutreten, daß man sich auch im Alter Sehnsüchten hingeben sollte und daß immer Zeit bleibe, wenn man erst einmal gelernt hat, jeden Tag so zu leben, als wäre es der letzte.

»Ach, Mutter«, flüsterte Kostik mit Wehmut, »wenn wir etwas nicht mehr haben, dann ist es Zeit. Ich bin achtundsechzig. Wer hätte gedacht, daß ich so alt werde.« Und wieder einmal hatte sie das Gefühl, ihr Sohn sei nicht vierundzwanzig Jahre jünger als sie, sondern ihr älterer Bruder.

Rosa sprach etwa zehn Minuten. Dann hatte sie ihre Lebensgeschichte in Kurzform dargelegt, und Wepse meinte, daß es eine ganz ungewöhnliche Lebensgeschichte sei, aber sie sei sich nicht sicher, ob das allein ausreiche: »Verstehen Sie – die anderen erzählen uns ebenfalls Tragisches, Dramatisches, Anekdotisches, aber wir können leider nur ganz wenige Kandidaten auswählen, und es werden morgen und übermorgen sicher noch weitere russische Juden zu uns kommen.«

Da erst spielte Rosa ihren größten Trumpf aus. Sie brauchte dafür zwei Minuten. Noch nie hatte sie jenes Ereignis, das sie meist als Schlüsselerlebnis ihres Lebens bezeichnete, so knapp und gleichzeitig so dramatisch geschildert.

Als sie wenig später wieder auf der Straße war, berichtete sie ihrer verstorbenen Freundin Mascha nicht ohne Vergnügen von der Reaktion ihrer Gesprächspartner. Wie Wepse sie für verrückt erklärt und Dmitrij nicht aufgehört hatte zu lachen, und wie beide gemeint hatten, etwas so Unglaubliches und Unsinniges habe ihnen bis dahin noch niemand erzählt. Doch dann hatte Rosa ihren Beweis auf den Tisch gelegt.

Wepse hatte das Papier Silbermann gereicht, jener hatte den Inhalt bestätigt und erklärt, daß es echt aussehe, obwohl es sich natürlich trotzdem um eine Fälschung handeln könnte. Beide wirkten verstört, fassungslos.

»Wenn das alles nur ein schlechter Scherz ist, dann …«, hatte Wepse gemurmelt.

»Lassen Sie das Papier doch von Ihren klugen Universitätsprofessoren analysieren«, war ihr Rosa ins Wort gefallen und hatte beinahe Mitleid mit ihren verdutzten Gesprächspartnern empfunden. »Sehe ich so aus, als würde ich solche Geschichten erfinden?«

Wepse und Silbermann hatten sie noch bis hinaus in den Vorraum begleitet und ihr in den Mantel geholfen.

»Du siehst«, erklärte Rosa ihrer Freundin Mascha, »man kann diesen Leuten alles einreden. Sie haben nicht den scharfen Blick, weil sie nie in die Dunkelheit geschaut haben, durch die wir uns oft im Leben tasten müssen, wenn wir nicht einfach die Augen schließen und drauflosgehen. Diese Leute haben es noch nie ausgehalten, ihre Augen lange offen zu halten, und warum sollte ich diesen Umstand nicht ausnützen? Haben wir, nach allem, was wir erlebt haben, nicht das Anrecht auf eine hauchdünne Scheibe von dem, was man gemeinhin als Glück bezeichnet?« Und wie immer in solchen Fällen, ermahnte sie Mascha, der Poesie der eigenen Gedanken nicht auf den Leim zu gehen. »Red nicht soviel von scharfen Blicken, Dunkelheiten und Glücksscheiben«, sagte sie mit leichter Ironie in der Stimme, »sondern paß lieber auf, daß du bei dieser Geschichte nicht selbst auf die Nase fällst.« Rosa lächelte, und es kam ihr plötzlich vor, als würde Mascha noch leben und sie auf ihrem Weg durch die verschneiten Straßen begleiten.

3

Der Anfang? Die erste Erinnerung? Der Schrei eines Kleinkindes. Das Kleinkind bin ich. Das Klirren der Fensterscheiben in der Synagoge am anderen Ende der Straße. Meine Mutter drückt mich zurück ins Bett. Etwas ist völlig anders als sonst, und ich habe Angst, daß sie mir die Decke über den Kopf ziehen wird. Hinter der Hauswand, ganz nah, höre ich das Heulen von Wölfen. Sie werden sich durch die Holzwand unseres Hauses durchnagen, mich forttragen und zerfleischen. Unter ihnen die bösen Geister, von denen mir mein Großvater erzählt hat. Oder sind die Wölfe selbst böse Geister?«

»Wo waren Ihr Vater und Ihre Geschwister?« fragt Dmitrij Silbermann. »Haben Sie geweint? Wurden die Türen verriegelt? Wo haben Sie sich versteckt?«

Rosa schweigt. Sie hat den hellen Raum des Gigrichter Büros verlassen, ist zurückgekehrt in die weißrussische Kleinstadt Witschi des Jahres 1910 oder 1911, als das Kleinkind Rejsele die ganze Nacht wach lag, das entsetzliche Grölen des Mobs hörte und die Hilfeschreie der Juden. Es war die Zeit, als die Bäume noch bis in den Himmel ragten und die Menschen keine Gesichter hatten und das Knarren der Türen Unheil verkündete.

Dmitrij Silbermann lutscht an seinem Kugelschreiber, weil ihm Rosa in ihrer Gegenwart das Rauchen verboten hat. Die Schreie der Krähen auf den schneebedeckten Wiesen der Parkanlage zwischen Straße und Fluß durchbrechen die Stille.

»Geweint? Ich kann mich nicht mehr erinnern. Ich war zwei Jahre alt. Ich weiß nur, daß jemand heftig gegen die Tür hämmerte. Und ich dachte tatsächlich, daß ich nun gefressen werde.«

Dmitrij Silbermann, den sie jetzt einfach Dima nennt, füllt ihr Glas wieder mit Mineralwasser. Die Ärzte hatten ihr geraten, mehr zu trinken, damit der Körper nicht austrocknet.

»Eine andere frühe Erinnerung. Meine ältere Schwester Mirijam steht reisefertig vor mir, ihre persönliche Habe in zwei große Bündel geschnürt. Sie sind aus alten Laken gefertigt, wie weiße Knollen liegen sie auf dem Boden im Wohnraum. Mutter steht mit verschränkten Armen vor dem Hauseingang.

Bevor meine große Schwester das letzte Mal über unsere hölzerne Schwelle tritt, ohne sich umzudrehen, weil das Unglück bringen könnte, beugt sie sich hinunter zu mir, hängt mir etwas um den Hals und sagt: »Für dich, Rejsele, damit du weißt, daß wir immer zusammen sind, auch wenn uns ein Ozean trennt.« Sie sagt noch einiges, an das ich mich nicht mehr erinnern kann. Ich fasse nach dem glitzernden Gegenstand. Die Kette schneidet mir in den Hals. Das silberne Medaillon läßt sich öffnen. Ich sehe das etwas angestrengt lächelnde Gesicht meiner Schwester. Als das Photo gemacht wurde, war sie fünfzehn und ich noch gar nicht auf der Welt.

Wir begleiten Mirijam durch das Dorf zur Bahnstation. Vorsichtig geht sie über die Bretter, die als schmaler Pfad für Fußgänger im Schlamm der Gasse liegen. Meine Schwester hat ihre einzigen schönen Schuhe an, blau die Absätze, weiß das Leder. Schuhe, die es verdienen, den heiligen Boden Amerikas zu berühren. Mirijam hebt ihren Rock gerade so hoch, daß er nicht schmutzig wird, aber ihre Knöchel den Blicken nicht preisgibt.

Wenige Minuten später hastet sie über den Bahnsteig, ohne sich ein weiteres Mal umzudrehen. Auf den Rocksaum kann sie nicht mehr achtgeben. Sie hält jetzt die beiden Bündel, die bis dahin mein Vater getragen hatte. Als sie über die drei rostigen Sprossen der Leiter in den Wagen der dritten Klasse klettert, fällt ihr Strohhut auf den Boden. Sie hat keine Zeit mehr, ihn aufzuheben. Der

Zug setzt sich in Bewegung, und ich freue mich schon auf ein weiteres Erinnerungsstück. Doch der Stationsvorsteher hebt den Hut auf und wirft ihn durch die noch offene Wagentür. Er sagt etwas laut, während er seinen Kopf in unsere Richtung dreht. Mutter drückt meine Hand, daß es schmerzt. Plötzlich verstehe ich, daß etwas Schamloses und Beleidigendes in diesen Worten ist. Die Tränen in meinen Augen lassen den sich entfernenden Zug in farbige, ineinander übergehende Vielecke zerfallen.«

Rosa ist froh, daß sie russisch sprechen kann. Dmitrij läßt sie erzählen, unterbricht selten. Rosa denkt wieder einmal, wie schön es wäre, wenn sie einen Urenkel hätte.

Es ist uns eine große Ehre, Ihnen mitteilen zu dürfen, daß Sie als Teilnehmerin am Projekt »Fremde Heimat. Heimat in der Fremde« ausgewählt worden sind …, stand in dem Brief, den sie in den ersten Januartagen erhalten hatte. *Ihr Ansprechpartner ist Herr Dmitrij Silbermann, der die Interviews in den Räumlichkeiten des Instituts für Geschichtsforschung der Stadt Gigricht in russischer Sprache durchführen wird und für eine unseren Zwecken angemessene Übersetzung ins Deutsche bürgt …*

Kostik lief aufgeregt im Zimmer auf und ab und schrie: »Meine Mutter ist verrückt! Seht doch, sie war ihr Leben lang vernünftig, es war beinahe unerträglich, so vernüftig war sie! Wie hab ich nur gelitten, weil sie so vernünftig war! Und jetzt? Sie ist übergeschnappt! Ist es der von vielen so gefürchtete Emigrationsschock? Ist es die Langeweile? Oder ist es vielleicht das andere Klima?«

Er sah Frieda an, doch diese schwieg.

»Ich mache es doch nur, damit sich all die Mühen ausgezahlt haben«, erklärte Rosa. »Mit dem Geld können wir nach Südfrankreich fahren. Wir kaufen uns neue Möbel und ein Gerät zum Abspielen dieser neumodischen kleinen Platten …«

»Einen CD-Player.«

»Ja, genau.«

»Aber was wirst du ihnen alles erzählen? Was schreiben die dann über uns? Wir werden zum Gespött der Leute!«

»Was glaubst du, wie dumm deine alte Mutter ist? Glaubst du, ich erzähle ihnen, daß du noch mit zehn Jahren Bettnässer gewesen bist, oder von deinen Angstzuständen, deinem Verfolgungswahn oder von deinen Potenzproblemen in den ersten Monaten der Ehe? Wenn man zusammenlebt, weiß man die intimsten Dinge über den anderen, besonders, wenn es der eigene Sohn ist.«

»Mutter!« Kostik wirkte mehr verblüfft als gekränkt. »Mutter! Fühlst du dich wohl? Du schaust so blaß aus.«

Während er zuhört, zeichnet Dmitrij konzentriert Kreise, Vierecke und Sterne auf ein kariertes Blatt Papier.

»Meine Schwester war mehrere Wochen unterwegs. Der Zug brachte sie nach Warschau. Von dort ging es weiter nach Berlin und Hamburg, wo sie sich auf einen Dampfer namens *Destiny* einschiffte. Von den Orten und Menschen bekam sie nur wenig mit. Schon auf dem Bahnhof in Warschau erwartete sie Schmul, auch Schmulka genannt, ein entfernter Verwandter, der vor Jahren in der polnischen Metropole sein Glück gesucht und nicht gefunden hatte. Nun begleitete er meine Schwester auf der Reise. Es ziemte sich für ein junges Mädchen nicht, allein unterwegs zu sein. Schmulka war ein quirliges Männchen, das sich meiner Schwester mit der einer Verwandten gebührenden Aufmerksamkeit, aber ohne nötigen Respekt vor den Bedürfnissen und Sehnsüchten eines jungen Mädchens annahm. In Berlin und Hamburg schob er sie vom Bahnhof zur Stadtbahn und zum nächsten Bahnhof und schließlich zum Hafen und ließ ihr keine Zeit für die phantastische Welt der Metropolen.

»Wer zuviel guckt, dem fallen die Augen aus!« erklärte er. »Was haben dir nur Vater und Mutter beigebracht! Der Blick einer anständigen Frau liebkost die Pflastersteine.«

Doch im Zwischendeck der *Destiny* waren seine Hände weniger sittsam. Mirijam flüchtete und fand schließlich einen Schlafplatz neben der Toilette, weit weg von Schmulka. Wenn sie das Ohr gegen die Wand preßte, hörte sie das gleichmäßige Tuckern der Dampfmaschine.

Das alles erfuhren wir aus Mirijams Briefen. Der erste kam zwei Monate nach ihrer Abfahrt an. Weitere folgten in regelmäßigen Abständen. Meine Schwester hatte so viel zu berichten, daß sie mit dem Schreiben kaum nachkam. Bald reichte ihr Jiddisch nicht aus, so daß sie Wörter in einer fremden Sprache einfügte, die wir nicht verstanden.

Der Dampfer hatte sie in eine große Stadt gebracht, die sich auf einer Insel inmitten eines breiten Flusses befand. Über dem Hafen wehte die britische Flagge, aber die meisten Menschen in der Stadt sprachen französisch.

In Montreal wohnte Tante Moira, die Cousine eines verstorbenen Schwagers meiner Tante. Es gelang meiner Schwester, Schmulka loszuwerden und bei Tante Moira unterzukommen. Innerhalb kurzer Zeit fand sie Arbeit als Stickerin in einer Textilmanufaktur.

An den Wortlaut ihrer zahlreichen Briefe kann ich mich bis heute erinnern. Sie ähnelten einander:

Meine Lieben, Ihr könnt nicht ahnen, wie sehr ich Euch vermisse und wie gerne ich Euch hier an meiner Seite haben würde. Kanada ist ein wunderbares Land, wo es wenig Armut und viel Zufriedenheit gibt. In Montreal leben Menschen aus den verschiedensten zivilisierten und weniger zivilisierten Ländern friedlich zusammen. In der Innenstadt gibt es enge Gassen und große Kirchen, wo die Christen zu Gott beten. Es ist ähnlich wie in unserer Kreisstadt Gomel, nur daß hier alle Häuser aus roten Ziegeln bestehen und mindestens zwei Stockwerke haben und daß eiserne Leitern außen an den Mauern angebracht sind. Die meisten Menschen sprechen französisch, das zwar leicht zu lernen, aber schwer auszusprechen ist. Im Unterschied zu Gomel ist die Stadt auch außerhalb der Innenstadt sehr groß. Stundenlang kann man gehen, und am Ende jeder Straße beginnt schon die nächste. Soviele Häuser wie Ähren auf einem Weizenfeld von hundert Hektar. Und dann gibt es natürlich die Fabriken und die Schornsteine, die Markthallen und die Hafenanlagen, die Bahnhöfe und die Brücken. Es gibt ein ganzes Viertel, wo nur Chinesen wohnen, in ihren Buden sitzen oder allerlei Kram auf der Straße verkaufen. Alle Chinesen haben enge Schlitzaugen. In einer anderen Gegend spricht man nur englisch und etwas weiter nur italienisch. Manchmal kommt es mir vor, als hätte Gott alle Arbeiter am Turmbau zu Babel, deren Sprachen er verwirrt hatte, hier, auf dieser Insel im Sankt-Lorenz-Strom, wieder zusammenkommen lassen.

Es gibt Geschäfte, so groß wie unsere Kirche und die Synagoge zusammen, wo es alles zu kaufen gibt, vom Mieder bis zum Lampenschirm, vom Brot bis zu den Kohlen, mit denen man hier, statt mit Holz, die Öfen heizt. Daß es Abend wird, merkt man kaum, denn die ganze Stadt wird von Tausenden elektrischen Lampen beleuchtet. Sogar in den Omnibussen, Kutschen und Automobilen ist es hell. Auf den Gehsteigen drängen sich die Leute, und wenn sie die Straße überqueren wollen, müssen sie auf das Handzeichen eines Polizisten warten, der keine andere Aufgabe hat, als den sehr dichten und gefährlichen Verkehr zu dirigieren. Denkt nur, was für ein Lärm herrscht, wenn all diese Räder über das Kopfsteinpflaster der Boulevards rollen. In der Textilmanufaktur, wo ich arbeite, wird nur jiddisch gesprochen, und sogar der Besitzer, Monsieur Katsenhar, kann weder recht Französisch noch Englisch. So oder so – es klingt bei ihm jiddisch. Und jeden Tag marschieren junge Männer und Frauen zu den Bahnhöfen, um sich auf den Weg in den Westen zu machen, wo ganze Städte über Nacht entstehen. Und sie kommen von überall, sogar aus den Vereinigten Staaten, weil man bei uns in Kanada im Leben mehr erreichen kann. Auch unsere ehemaligen lieben Nachbarn sind sehr zahlreich: Russen, Weißrussen, Ukrainer, Polen. Jeden Tag sehe ich ihre versoffenen Gesichter. Höre ich die schrillen Laute ihrer Sprachen, zucke ich zusammen. Doch sogar sie scheint der Wohlstand und Optimismus Kanadas milder und menschlicher gestimmt zu haben. Nie habe ich ein böses Wort von ihnen gehört. Wenn ich einmal etwas Geld verdient und einen passenden Mann gefunden habe, gehe ich in den Westen. Zuvor würde ich mich aber sehr freuen, Euch, meine hochverehrten und heißgeliebten Eltern und auch Euch, meine kleinen Geschwister, hier, in der Neuen Welt, in die Arme schließen zu können …

Ich erinnere mich, wie meine Mutter Mirijams Briefe laut vorlas. Sobald sie fertig war, richtete sie sich jedesmal auf wie eine triumphierende Göttin. Ihr Kopf schien bis an die Decke zu reichen.

»Meine Tochter!« verkündete sie. »MEINE Tochter!« Ihre Stimme klang stolz, streng und fremd. Bald haßte ich es, wenn meine Mutter Mirijams Briefe öffnete und vorlas. Die Worte, deren Bedeutung ich kaum verstand, prägten sich mir trotzdem ein.

Mein Vater versuchte, den Blicken seiner Frau auszuweichen. Er holte ein Messer aus der Küche, ein Holzscheit aus der Truhe, die neben dem Ofen stand, und widmete sich seiner liebsten Freizeitbeschäftigung – dem Schnitzen von Spielzeug für seine Kinder.

Antisemiten behaupten, Juden hätten zwei linke Hände. Von meinem Vater konnte man tatsächlich behaupten, er habe »Hände mit Löchern«. In dieser Hinsicht war er »a Jid«, wie ihn sich Antisemiten wünschen. Man brauchte viel Phantasie, um die Gegenstände, Tiere oder Menschen, die er schnitzte, als das zu erkennen, was sie darstellen sollten.

»Schau, Rejsele, da ist ein kleines Ponylein für dich«, sagte er zum Beispiel und hielt mir ein Kamel entgegen. Da ich schon viele Pferde, aber noch nie ein Kamel gesehen hatte (daß es ein Kamel war, begriff ich erst später), nannte ich das unförmige Ding Krokodil, da ich mir einbildete, Krokodile müßten so aussehen.

Wenn meine Mutter Mirijams Briefe vorlas, verkroch ich mich ins Bett und betrachtete das Bild meiner Schwester im Medaillon. »Komm doch einfach zurück!« bat ich. »Warum bist du weggegangen? Ich war immer lieb zu dir. Du bist gemein. Da ich dich sehr gern hatte, habe ich dich nur selten an den Zöpfen gezogen, habe dich kaum jemals gebissen oder gekratzt, wenn du mich gebadet oder gezwungen hast, etwas zu essen, das ich nicht mochte. Nur ganz selten war ich wirklich widerlich zu dir. Ich hätte es öfter sein sollen.«

Meine Schwester lächelte. Seit ihrer Abreise war nichts mehr wie früher. Mirijams Fröhlichkeit mußte ich gegen die Strenge der Mutter und die Schwäche des Vaters eintauschen. Mit meinen Gefühlen blieb ich allein, hatte ich doch gerade mit Mirijam immer die kleinen Freuden, Sehnsüchte und Tragödien meines fünfjährigen Lebens geteilt. Weder meine anderen Geschwister, noch die zahlreichen Cousinen und Cousins und schon gar nicht die Eltern konnten mir die verlorene Schwester ersetzen.

»Was bist du nur für ein Mann, Abram«, schimpfte Mutter. »Nein, du bist gar kein Mann, du bist eine Laus. Meine Tochter hat den Schritt gewagt. In Kanada hat jeder Erfolg, der den Erfolg anstrebt. Hier aber, in diesem rückständigen Land mit seinen Mörderbanden, willigen Sklaven, Kürbisköpfen und brüchigen Gehirnen, wo Armut, Elend und Tristesse immer die Oberhand behalten und die Dummheit eine Kaiserkrone trägt, willst du, daß unsere Kinder aufwachsen? In diesem elenden Kaff, wo am Hauptplatz die Schweine vor dem Rathaus die Erde aufwühlen? Nein, Abrascha, du bist zwar rechtschaffen, pflichtbewußt und ein guter Vater, aber du hast den Arbeitseifer und die Kraft eines Ackergauls und den Verstand einer Küchenschabe.«

Meine Mutter hatte ein großes Mundwerk, um das sie alle Frauen im Dorf beneideten. Und mein Vater schnitzte weiter seltsame Fabelwesen, die manchmal wie Ackergäule und noch viel öfter wie Küchenschaben aussahen.

»Nun sag doch endlich etwas!« drängte Mutter, und Vater schaute sie betreten an und meinte nur: »Ich sage ja nicht, daß wir nicht fahren sollen, aber laß uns abwarten und alles überdenken. Ich möchte noch mit Rabbi Rotmann sprechen.«

»Seit wann ist Rabbi Rotmann für dich eine Autorität?« Mutter lachte gezwungen. »Sogar meine Katze ist religiöser als du. Am Jom Kippur hast du Brot gegessen und ein Glas Wasser getrunken.«

»Da war ich krank. Für Kranke gilt der Fastentag nicht.«

»Krank? Diesen kleinen Schnupfen nennst du eine Krankheit? Gott wird dich strafen.«

Die Aufregung meiner Mutter war verständlich. Mein Vater war gebildet. Er hatte die orthodoxe jüdische Grundschule, den

Cheder, besucht und einige Jahre an einer Jeschiwa, einer Talmudakademie, studiert. Neben jiddisch, russisch, weißrussisch und ein wenig polnisch sprach er hebräisch und konnte ganze Kapitel aus der Thora und dem Talmud aufsagen. Die göttlichen Verbote und Gebote mußte er deshalb besser als die meisten anderen im Dorf kennen. Dennoch bot ihm seine religiöse Bildung in erster Linie den Stoff für pointierte Bemerkungen mehr oder weniger blasphemischen, manchmal sogar anzüglichen Inhalts und für geistreiche Anekdoten, zu deren Standardfiguren ein Zaddik, ein Leiter der Jeschiwa, ein dicker Rabbi, ein Ganev (ein Gauner), ein Goj, der Messias und sogar der Allmächtige selbst gehörten. Mit Rabbi Rotmann hat Vater nie über unsere Ausreisepläne gesprochen.

Mutter überschüttete ihn mit Vorwürfen und meinte verärgert: »Sie werden unsere Häuser niederbrennen! Man wird unsere Kinder erschlagen, wenn es das nächste Mal losgeht! Hast du daran schon gedacht, du Laus? Die schlimmen, die wirklich schlimmen Zeiten kommen noch. Ich kann es spüren.«

Wenn Mutter so sprach, begannen meine ältere Schwester Klara und ich zu weinen. Wir hielten uns die Ohren zu und dachten an jene Nacht, als die Fensterscheiben in Brüche gingen.

Kanada. Das Land, wo Milch und Honig fließen? Oder doch nur Wasser? Monatelang hörte ich meine Eltern darüber sprechen. Mit der Zeit gewöhnte ich mich daran, wie an die Gebete zu Sabbatbeginn am Freitagabend oder das rituelle Absuchen des Hauses nach versteckten Brotkrumen zu Pessach. Montreal stellte ich mir wie ein größeres Witschi vor. Dort wartete meine Schwester auf mich. Daß wir uns einmal wirklich auf den Weg machen, glaubte ich bald nicht mehr.

Sämtliche Verwandte gaben ihre Meinungen zum Thema »Auswanderung nach Kanada« ab. Das machte die Sache noch schwerer, da fast alle jüdischen Bewohner Witschis mit uns verwandt oder verschwägert waren. Ich bräuchte Stunden, um die Namen meiner Tanten, Onkel, Großtanten, Großonkel, Vettern,

Cousins und Cousinen aufzuzählen. Es gab kaum einen Tag, an dem nicht jemand von ihnen bei uns zu Besuch war.

»Der ukrainische Bandit Bogdan Chmelnizkij, verflucht sei sein Name«, erklärte zum Beispiel mein Großvater, »hat vor zweihundertfünfzig Jahren alle Juden der Ukraine massakriert. Heute hört man von Pogromen in Odessa, in Kischinjow, in Kiew. Bei uns in Witschi ist das anders. Unsere Weißrussen sind friedliche Bauern. Sie können, wie vor zwei Jahren, einige Fensterscheiben einschlagen, Häuser anzünden oder ein paar Juden verprügeln. So etwas passiert. Sie sind Gojim. Sie lassen sich nicht vom Verstand, sondern von ihren Instinkten leiten. Gott hat die Hunde erschaffen, um unsere Häuser zu bewachen, Katzen, um Mäuse zu jagen, Pferde, um unsere Wagen zu ziehen und Gojim, um uns für unsere Sünden zu bestrafen. Man muß sich damit abfinden. Niemand weiß, was euch in Amerika erwartet. Wir haben seit Jahrhunderten hier in dieser Gegend gelebt, wir werden auch in hundert Jahren noch hier leben, wenn der Messias uns bis dahin nicht von allen Leiden erlöst hat.«

Mein Großvater war, wie sich später herausstellen sollte, kein besonders weitblickender Mensch. Ich mochte ihn sehr. Er prügelte betrunkene Bauern eigenhändig aus seinem Laden. Wenn er in Rage geriet, schlug er mit den Fäusten auf den Tisch. Er war so anders als mein Vater. Wenn er mich auf seine Schultern hob, kam es mir vor, als überblickte ich die ganze Welt.

»Wo liegt denn dieses Montreal?« fragte ein Onkel. »Von New York habe ich gehört. Aber Montreal? Ich sage euch: es gibt diese Stadt überhaupt nicht! Mirijam hat sie erfunden.«

»Geschäfte, die so groß wie unsere Kirche und die Synagoge zusammen, Straßen, die die ganze Nacht beleuchtet sind. Das kann nur der Phantasie eines jungen Mädchens entspringen«, pflichtete ihm meine Tante bei. »Wer weiß, wo sie wirklich ist, unsere Mirijam. Vielleicht in einem Warschauer Bordell.«

Mutter zeigte Onkel und Tante die Umschläge von Mirijams Briefen mit den fremden Stempeln und Briefmarken. Aber die beiden konnten die lateinischen Schriftzeichen nicht lesen.

»Man hört Furchtbares von diesen Schiffsreisen«, meinte ein anderer Verwandter. »Jedes zweite Schiff geht unter. Außerdem weiß man zwar, wo man an Bord, aber nie, wo man wieder an Land geht. Perez, unser alter Wasserträger, wollte mit einem französischen Schiff zu seinem Sohn nach Brooklyn. Statt dessen ist er in Algerien gelandet. Die Franzosen brauchen Siedler für ihre Kolonien in der Wüste. Nun muß sich Perez in Algier eine neue Existenz aufbauen, weil er kein Geld mehr für die Überfahrt nach Amerika hat.«

Mutter beschwerte sich bei Vater, daß seine Verwandten sie nicht mochten. Dies sei offensichtlich. Sie versuchten, alle Ausreisepläne zu hintertreiben, weil Großvater seinen Lieblingssohn nicht verlieren wolle »Ach«, seufzte sie, »wären wir doch nur nicht hierher gezogen, sondern in meinem Heimatort geblieben!«

Mutter stammte aus Gobyl, einem Städtl am Dnjepr, das zweihundert Werst südlich von Witschi in der Ukraine lag. Ihr Vater war ein wohlhabender und angesehener Besitzer einer Mühle. Außerdem war er Eigentümer eines Raddampfers, der zwischen Weißrußland und dem Schwarzen Meer Fracht und Passagiere beförderte.

Mutter heiratete mit sechzehn Jahren einen Handelsreisenden, der mit Waren aller Art, insbesondere mit Damenunterwäsche, durch die Lande zog. Er soll ein außergewöhnlich feinsinniger junger Mann gewesen sein. Aber Mutter war kein langes Glück mit ihm vergönnt. Auf einer seiner Reisen wurde er von einem betrunkenen Bauern über die Reling einer Dnjeprfähre gestoßen. Meine Halbschwester Mirijam war damals noch keine zwei Jahre alt. Am Grab ihres Mannes schwor Mutter – so zumindest berichtet es die Familienchronik – zehn Jahre zu trauern.

Ein halbes Jahr später brachte sie meinen Halbbruder Mojsche zur Welt.

Diverse Freier, die sich um die Gunst der gutaussehenden Witwe bemühten, wies Mutter zurück. Ihr Benehmen soll für eine wohlerzogene jüdische Tochter ziemlich skandalös gewesen sein. Bald nannte man sie »bissige Krejne«, das Mannweib, die Furie.

»So eine Schande!« soll mein Großvater sich empört haben. »Wenn's sein muß, werde ich dich mit einem Zigeuner verheiraten, mit einem Bettler, einem hergelaufenen Landstreicher, einem Blinden, einem Tauben, einem Lahmen. Du bleibst mir keine Witwe in jungen Jahren. Warum bist du nur so störrisch? Man munkelt schon, ich sei kein richtiger Mann! Wer zeugt denn solche Töchter? Nicht ich, heißt es, sondern ein vom Teufel besessener Ziegenbock habe deine Mutter geritten in jener Nacht.«

So vergingen einige Jahre. Mein Großvater wird sich damit abgefunden haben, daß seine Tochter Krejna, das siebente seiner zwölf Kinder, mißraten war. Doch wenn sie ihren Eltern auch wenig Freude bereitete, würde sie ihnen im Alter vielleicht eine Stütze sein.

Es war kurz vor dem Osterfest. Die Gojim gedachten des Todes ihres Herrn Jesus Christus. In wenigen Tagen würden sie seine Auferstehung feiern. Die Juden in den Städtln Litauens, Polens, Weißrußlands und der Ukraine verriegelten die Türen und zogen die Vorhänge zu, denn die Juden waren es, die, nach Meinung der Gojim, den Heiland ans Kreuz geschlagen hatten.

An einem solchen Tag kamen mein Vater mit meinem Großvater und dem Schadchen, dem Heiratsvermittler, mit dem Dampfer in Gobyl an. Der Schadchen war entgegen allen Vorurteilen, nach welchen die Vertreter dieses Standes Betrüger und Angeber sein sollen, ein ausgesprochen ehrenwerter Herr, der eher an einen englischen Lord erinnerte, als an einen jüdischen Heiratsvermittler aus der osteuropäischen Provinz. Der Schadchen hatte eine für meinen Vater passende Braut gefunden, nicht unbedingt ein Mädchen aus gutem Haus, nicht unbedingt die schönste und die klügste, aber immerhin versprach die Partie eine Mitgift.

»Jeder Mann kann sich glücklich schätzen, ein solches Mädchen mit nach Hause zu führen«, erklärte der Schadchen.

Mein Vater, damals ein zwanzigjähriger Bursche, den alle Abramkele nannten, hatte keine Wahl. Er wurde von seiner Mutter und den Schwestern zurechtgemacht: die Haare wurden ihm pomadiert, er wurde in einen Anzug gezwängt, seine Schuhe wurden auf Hochglanz poliert, und er wurde losgeschickt, um das Mädchen nach Witschi zu holen.

Mit der Postkutsche ging es zu einer kleinen Stadt am Dnjepr und dann mit dem Dampfer Richtung Süden. Noch nie hatte mein Vater eine so lange Reise gemacht.

Die Anlegestelle in Gobyl war wie in Witschi ein Laufsteg aus modrigen Brettern. Das Dorf bestand aus einstöckigen Holzkaten. Die Wege waren schlammig, auf dem Hauptplatz wühlten Schweine die Misthaufen um, mampften faule Äpfel und Kartoffelschalen. Alles war wie in Witschi. Nur die Bauern sprachen eine andere Mundart. »Weit, stolz und endlos ist unser schönes Land«, murmelte der Heiratsvermittler, »zwei Tage ist man unterwegs, um von einem elenden Nest ins nächste zu kommen, und dann kommt das nächste und das nächste und das nächste. Ach, waren das noch Zeiten, als ich in Odessa gelebt habe. Und wie schön war es doch in Warschau. Ach Warschau, ein Garten Eden.«

»Nächstes Jahr in Jerusalem«, murmelte Großvater.

»Amen.«

Auf der Hauptstraße von Gobyl sah mein Vater meine Mutter zum ersten Mal. Ich weiß nicht, weswegen sie sich an diesem Tag, an dem sich alle Juden ängstlich in den Häusern versteckten, ins Freie gewagt hatte. Möglicherweise ging sie aus Trotz, um zu zeigen, daß sie keine Angst vor den Gojim habe, die sich an ihr für den Tod eines vor zweitausend Jahren von den Römern gekreuzigten Juden rächen wollten.

Mein Vater schaute meine Mutter an und diese ihn. Sie lächelte ihm zu.

»Wer ist denn diese Frau?« fragte Vater den Schadchen.

»Die? Das ist Krejne, die Meschuggene. Eine Witwe, ein völlig übergeschnapptes Weibsbild. Im ganzen Dorf zerreißt man sich über sie das Maul.«

»Ich möchte sie kennenlernen«, sagte Vater plötzlich. »Sie gefällt mir.«

Großvater und der Schadchen blieben stehen und sahen den jungen Mann belustigt an.

»Sie ist zu alt für dich«, meinte Großvater.

»Sie ist zu verrückt, zu alt, vor allem aber zu reich für dich«, erklärte der Schadchen. »Wer sich streckt und nach den Sternen greift, verliert leicht das Gleichgewicht.«

»Ich habe noch nie eine so schöne Frau gesehen.«

Was ist nur in den stillen Burschen gefahren, werden die beiden Männer gedacht haben. Eine vorübergehende Trübung des Verstandes? Zehn Stunden mit der Postkutsche und sieben Stunden mit dem Dampfer waren wohl zuviel für ihn gewesen. Solche Menschen sterben früh, dachte damals womöglich der Schadchen. Jahre später, als ich schon auf der Welt war und er nicht mehr wie ein englischer Gentleman, sondern wie ein gealterter Jagdhund aussah, behauptete er, allzu nachdenkliche Menschen sterben früh. Uns Kindern solle dies eine Warnung sein.

Sie faßten den widerstrebenden Abram also unter die Arme und führten ihn zum Haus des Schusters, wo die für ihn vorgesehene Braut schon für den Besuch zurechtgemacht worden war. Doch mein Vater bewies das erste und, wie mir scheint, auch das letzte Mal in seinem Leben Charakterstärke. Er wurde stur. Seiner Braut gegenüber benahm er sich in einer Weise, daß ihnen der verärgerte Schuster schließlich die Tür wies. All das paßte irgendwie nicht zum nachgiebigen Charakter meines Vaters, und die Familienchronik verschweigt in diesem Punkt sicherlich mehr, als sie preisgibt.

Letztlich blieb den Männern keine andere Wahl, als an die Pforte des einzigen zweigeschoßigen Hauses des Dorfes zu klopfen und sich der Lächerlichkeit preiszugeben. Was danach geschah, muß derart peinlich gewesen sein, daß auch diese Ereignisse die

Familienchronik nur bruchstückhaft wiedergibt. Angeblich hat mein Großvater mütterlicherseits den Großvater väterlicherseits einen »Schuft, unverschämten Kerl und Tunichtgut« genannt und dieser soll mit entsprechenden Worten geantwortet haben. Mein Vater brachte beim Anblick Krejnas kein Wort heraus, wurde feuerrot, stammelte etwas und vergrub sein Gesicht in den Händen. Der Schadchen seufzte und wiederholte immer wieder: »Oh Herr, was für eine Katastrophe. Oh Herr, warum strafst du mich? Hättest du nur meinen Verstand nicht getrübt, als ich den Entschluß faßte, Warschau zu verlassen.« Jedenfalls scheint meine Mutter die Szene so belustigt, vielleicht auch gerührt zu haben, daß sie verkündete, die Gäste sollten zum Sabbatmahl bleiben. Und wenn Krejna sich etwas in den Kopf gesetzt hatte, waren nicht einmal fünfzig Zaddikim in der Lage, ihren Entschluß rückgängig zu machen. Meine Eltern sahen sich also am nächsten Tag, und am übernächsten und am Tag danach. Zum Entsetzen meiner Großmutter hielten sich die jungen Leute bald an den Händen.

Die ersten beiden Jahre des gemeinsamen Lebens meiner Eltern waren angeblich von Zuneigung, Leidenschaft und Rücksichtnahme geprägt. Ich konnte mir das nie vorstellen.

1902 kam meine Schwester Klara zur Welt, 1905 ein Knabe, der bei der der Geburt starb, und 1907 wurde ich geboren. Ein Jahr später hatte meine Mutter eine Fehlgeburt. Danach konnte sie keine Kinder mehr bekommen. Zu diesem Zeitpunkt war meine Schwester Mirijam schon fast erwachsen.

Die Mitgift meiner Mutter war bald aufgebraucht. Das einzige Vermögen unserer Familie war das alte Haus meiner Großeltern. Es war so winzig, daß es Großvater nicht schwerfiel, sich davon zu trennen. Er übersiedelte zu meinem Onkel.

Mein Vater nahm Gelegenheitsarbeiten an. Als Hilfsarbeiter schleppte er Schwellen und Gleise oder schaufelte Erde für die Trasse. Als die Bahnlinie fertig war, schenkte ihm die Eisenbahngesellschaft einen Fahrschein dritter Klasse Witebsk retour. Vater tauschte ihn gegen Geld ein. Nun konnte er sich ein neues Paar Stiefel kaufen.

Danach versuchte sich mein Vater als Fleischer. Das Vieh schlachtete er selbst. Den vorderen Teil der Kuh verkaufte er an Juden, den hinteren an seine weißrussischen Nachbarn. Unsere Familie lebte trotzdem weiterhin in bescheidenen Verhältnissen. Entweder war das Fleischergewerbe nicht einträglich oder mein Vater nicht geschickt genug oder beides.

Vater wurde Händler. Er verkaufte Altwaren aller Art, stellte sich dabei aber so dumm an, daß er bald Pleite machte. Er konnte nicht handeln. Wenn er zwei Rubel verlangte, der Kunde ihm aber nur fünfzig Kopeken bot, gab Vater schon bei fünfundsiebzig Kopeken und nicht erst bei einem Rubel fünfundzwanzig oder einem Rubel fünfzig nach. »Er hat mich einfach davon überzeugt, daß dieser Topf nicht mehr als fünfundsiebzig Kopeken wert ist«, erklärte er Mutter und schüttelte hilflos den Kopf, und wenn meine Mutter neben ihm nicht noch verzweifelter ausgesehen hätte, hätte man denken können, er sei ein unglücklicher Mensch.

»Daß mein Mann ein solcher Tunichtgut sein muß!« beschwerte sich Mutter. »Glaubt ihr, ich habe mir mein Leben so vorgestellt? Als Kind dachte ich immer, ich würde ein eigenes Schlafzimmer haben, wenn ich groß bin. So wie meine Eltern. Und jetzt fehlt uns das Geld für einen Anbau, und ich muß im selben Zimmer übernachten wie meine Kinder. Wartet noch, es kommt die Zeit, da werden uns die Läuse auffressen.«

Ich kann mich nicht erinnern, was mein Vater erwiderte. Vielleicht meinte er, daß ein einziger großer Raum sich besser heizen ließe als mehrere. Aller Wahrscheinlichkeit nach wartete er geduldig, bis der Wutanfall meiner Mutter vorüberging. Mutter wischte sich mit dem Ärmel die Tränen ab und wandte sich wieder der Hausarbeit zu.

Später verbesserte sich die Lage unserer Familie. Mein Vater kam bei Großgrundbesitzer Ljubimow, dem fast der gesamte Grund

und Boden in unserer Gegend gehörte, als Förster unter. Alexander Michailowitsch Ljubimow war ein Ausbeuter, der auf Kosten anderer ein gutes Leben führte. Aber er war trotzdem ein anständiger Mensch. Er war den Juden wohlgesonnen. Meinen Vater schien er richtig zu mögen. Es ist mir immer ein Rätsel geblieben, was die beiden verband, den geschwätzigen Landadeligen und den wortkargen und glücklosen jüdischen Proletarier. In unserer Familie galt Ljubimow als Heiliger. Heilige betet man an, wenn man wirklich gläubig ist, und macht sich keine Gedanken über die wahren Hintergründe ihrer Heiligkeit. Ljubimow und mein Vater sprachen sich immer mit Namen und Vatersnamen an, nur daß Ljubimow meinen Vater duzte, während dieser immer »Sie« zu ihm sagte.

»Abram Isaakjewitsch«, sagte Ljubimow oft zu meinem Vater. »Du bist ein Mensch, den man achten kann. Wann trittst du endlich zum Christentum über? Du hast einen viel zu guten Charakter für einen Juden.«

Meinen Bruder Mojsche sah ich selten. Zuerst studierte er im Cheder und wurde dann, noch keine zehn Jahre alt, zu einem Buchbinder in Gomel in die Lehre gegeben. »So wie die Menschen immer Brot essen werden, werden sie auch immer Bücher lesen«, erklärte Mutter. »Aber ein Buchbinder ist angesehener als ein Bäcker.« Ich wunderte mich, denn unsere jüdischen wie nichtjüdischen Nachbarn aßen alle Brot, aber wenige von ihnen lasen Bücher. Nur im Haus von Rabbi Rotmann füllten die Bücherregale eine ganze Wand, und Großgrundbesitzer Ljubimow hatte ein ganzes Zimmer voll mit Büchern. Er war ein reicher Mann, deshalb konnte er seinen Büchern ein Zimmer zum Wohnen zur Verfügung stellen. Ich hingegen mußte sogar das Bett mit meiner Schwester teilen.

Mutter las jiddische Romane. Wenn sie darin blätterte, durften wir sie nicht stören. Nach der Lektüre war sie meistens niedergeschlagen. Ihre Angriffe auf meinen Vater waren dann noch heftiger als sonst.

Zu den Feiertagen kam Mojsche nach Hause. Für mich war er der schönste Mann der Welt. Er kleidete sich wie ein richtiger Großstädter, meist trug er ein weißes Hemd mit Manschettenknöpfen, ein dunkelblaues Gilet und eine Hose aus so feinem Stoff, daß er die Hosenbeine hochkrempelte, um sie nicht mit dem Schlamm unserer Dorfstraße zu beschmutzen. Mutter war wie ausgewechselt. Wenn sie mit ihrem Sohn sprach, bekam ihre Stimme einen weichen Ton, den ich sonst nicht kannte. Meine Schwester und ich wurden dazu angehalten, alles zu unternehmen, um Mojsche den Aufenthalt in seinem Heimatdorf so angenehm wie möglich zu machen. Das taten wir auch. Wir legten Frösche in sein Bett, zogen ihm früh am Morgen die Decke weg oder warfen den breitkrempigen Hut, auf den er so stolz war, in den Brunnen. Mutter bestrafte uns mit Schlägen. Der Bruder war schon viel zu alt und hielt sich für eine viel zu bedeutende Persönlichkeit, als daß er selbst Hand angelegt hätte.

Mojsche war der erste, von dem ich erfuhr, daß die Welt, wie wir sie kannten, nicht mehr lange Bestand haben würde. Denn er fertigte nicht nur Umschläge für Bücher an, er las sie auch. Der Buchbindermeister, bei dem er in die Lehre ging, war Anhänger des *Bund*, einer politischen Bewegung, die sich für die Rechte des jüdischen Proletariats einsetzte. Er bezog regelmäßig die Zeitschriften *Der weker* und *Volkszeitung*, deren Lektüre er seinen Lehrlingen ans Herz legte. Mojsche brachte die Zeitungen nach Witschi mit und trug uns Teile daraus vor. Er las stehend, betonte die Worte mit den Bewegungen seines ganzen Körpers und erinnerte mich ein wenig an einen Verkäufer vom Jahrmarkt, der seine Waren anpreist. Mit meinen sechs Jahren verstand ich nur wenig von dem, was er vortrug, nur soviel, daß es uns allen schlecht ging und wir deshalb für ein besseres Leben kämpfen müßten. Diese Forderung erschien mir sinnvoll, und ich konnte nicht begreifen, weshalb die Erwachsenen darauf so ablehnend reagierten.

»Du bringst uns alle noch ins Gefängnis«, sagte Vater. »Ich bitte dich, in unserem Haus keine politischen Pamphlete zu verlesen.«

Vaters Gesicht wurde rot vor Zorn, doch aus Rücksicht auf meine Mutter vermied er es meistens, mit meinem Bruder zu streiten. Aber auch Mutter stimmte ihrem Sohn nicht zu. Für sie lag die Zukunft in einer Schiffspassage in das ferne Kanada Was mit den Juden in Rußland sein werde, sollte die Sorge jener sein, die in Petersburg, Moskau, Warschau oder Kiew studiert und gelernt hatten, kluge Sätze aneinander zu reihen. Gewöhnliche Leute sollten hingegen das Glück dort suchen, wo es ihnen von selbst zufiel.

»Du bist ein Verrückter!« schrie Großvater seinen Stiefenkel an. »Wenn du den Gojim mit Hochmut begegnest, schlagen sie dich tot. Nein. Wir sollen das tun, was wir schon immer getan haben. Gottesfürchtig die Gebote einhalten und auf den Messias warten.«

Mojsche verachtete solche Ermahnungen. Weder hielt er die Gebote ein noch ging er in die Synagoge, ja er gestand, sogar einmal Schweinefleisch gegessen zu haben. Die Strafe Gottes sei ausgeblieben. Mein Bruder hatte andere Götter für sich entdeckt. Wladimir Kossowski, einen der Gründer des *Bund*, zum Beispiel. Mir brachte er die Hymne der Bundisten bei. Das Lied hieß *Schwuje* – Schwur. Worte und Melodie waren leicht zu merken. An eine Strophe erinnere ich mich heute noch:

Mir schwern zu kemfn far freiheit un recht,
mit alle tyranen un seiere knecht.
Mir schwern basiegn die finstere macht
oder mit heldmut faln in schlacht!
Himl un erd ...

Auf der Straße sang ich das Lied stolz einer Kinderschar sowie den Hühnern, Ziegen und Eseln vor. Ich sang es laut und so lange, bis ein Großteil meiner Verwandtschaft mit besorgten oder wütenden Gesichtern angelaufen kam. Mein Großvater packte mich an den Schultern und schüttelte mich. Der Schlag traf mich von der Seite. Ich taumelte und fiel. Im Ohr dröhnte ein anhaltender, unangenehmer Summton. Aber nicht der Schmerz ließ mich einen halben Tag zusammengekauert in einer Scheune verbringen, sondern die Angst, daß mein Großvater mich nicht mehr liebte. Als er mich fand, hatte ich die Tränen schon aus dem Gesicht gewischt. Auch er war wieder der gütige Großvater. Förmlich, so als sei ich schon erwachsen, bat er mich um Entschuldigung, die ich großzügig annahm. Dafür mußte ich ihm versprechen, die Bundhymne nie mehr zu singen. »Wenn unser Gendarm dich hört«, erklärte er mir, »sperrt er dich in eine finstere Zelle, wo dich die Ratten auffressen.«

Diese Drohung jagte mir keine große Angst ein, denn Gendarm Iwanow war alles andere als furchteinflößend. Meist war der Mann zu betrunken, um seinen Patrouillengang zu machen. War er dennoch unterwegs, ähnelte sein Gang dem eines Tanzbären. Sogar wir Kinder lachten ihm offen ins Gesicht, schnitten Grimassen oder streckten ihm die Zunge entgegen. Er zeigte uns die Faust. »Ich werde es euch kleinen Judenwanzen schon zeigen!« drohte er. Allzu gerne hätten wir erfahren, wie er das meinte.

Mein Bruder sprach davon, daß sich die Welt bald ändern werde, und fuhr wieder zurück zu seinem Meister nach Gomel. Vorläufig blieb die Welt jedoch, wie sie war. Wir lebten weiterhin in unserem kleinen Haus. Durch die beiden winzigen Fenster des Wohnzimmers drang kaum Licht ins Innere. Die Ausstattung bestand aus dem Doppelbett der Eltern, einem Bett für die Kinder, einem Schrank, einigen Truhen, einem Tisch und zwei Stühlen. Am Abend tauchte eine Petroleumlampe alles in ein schwaches Licht. Üblicherweise gingen wir ins Bett, sobald es dunkel wurde und wachten mit den ersten Sonnenstrahlen auf.

Wenn die Eltern glaubten, daß wir Kinder eingeschlafen waren, legte sich mein Vater manchmal auf meine Mutter und tat das, was Hunde oder Katzen auf der Straße miteinander trieben. Ich wußte schon sehr früh, welchen Zweck diese Übungen hatten, doch weswegen meine Eltern sie so oft vollführten, konnte ich mir nicht erklären. Ich wartete vergeblich auf weitere Geschwister, die ich prügeln und herumkommandieren konnte, während Katzen und Hunde regelmäßig Junge zur Welt brachten. Gern hätte ich meinen Eltern Fragen zu diesem Thema gestellt, doch ich verstand, daß sich dies für ein kleines Mädchen nicht geziemte. Wann immer die beiden mit den sonderbaren Turnübungen anfingen, stellte ich mich schlafend, und je öfter sie miteinander stritten, desto seltener störten sie meine Nachtruhe.

Es verging kaum ein Jahr, in dem nicht ein Cousin oder eine Cousine von mir an Lungenentzündung, Tuberkulose, Scharlach, Masern, Pocken oder anderen Krankheiten starben. Sie wurden von Wagen überrollt, ertranken im Fluß oder fielen von der Leiter und brachen sich das Genick. Wer die Kälte der Wintermonate überlebte, konnte im Frühjahr an einer Infektion sterben, weil der Fluß nach der Schneeschmelze aus den Ufern trat und unsere Brunnen verseuchte. Und ich liebte die Feierlichkeit der Begräbnisse, wenn Reb Rotmann mit seiner tiefen Stimme die Gebete rezitierte, die Angehörigen ihre Kleider zerrissen und die Männer das Grab zuschaufelten. Daß ich selbst am nächsten Tag in der Grube liegen könnte, machte mir keine Sorgen.

Ich war nicht unglücklich in meinen ersten Lebensjahren. Das Dorf bot Sicherheit, solange unsere goischen Nachbarn uns in Ruhe ließen. Die nichtjüdischen Kinder unterschieden sich nur wenig von uns. So wie wir gingen sie im Sommer barfuß, sprachen so gut jiddisch wie wir weißrussisch, gingen mit uns Schwimmen oder Fischen. Wir wußten, daß ihre Eltern uns nicht mochten und daß auch sie uns einmal verachten würden, weil wir Juden waren. Dies war so selbstverständlich wie das Aufgehen der Sonne am Morgen, wie der Schnee im Winter, wie Geburt, Heirat und Tod. Die Judengasse bestand aus einstöckigen Holzhäusern, kleinen Gärten, Höfen und endlosen Zäunen. Hinter jedem Zaun zerrte ein Hund an der Leine. In jedem Haus saß eine meiner Tanten. Aus jedem Fenster beobachteten scharfe Augen jeden meiner Schritte. Nichts, was ich tat, blieb meiner Mutter verborgen, und so wurde ich schließlich das, was sie sich wünschte. Ein braves kleines Mädchen.

4

Mitternacht. Ein letzter Blick auf unser Haus. Es ist nicht leergeräumt, sieht aus, als machten seine Bewohner nur einen Spaziergang. Wir schleichen uns durch den Garten und über einen Pfad davon, der durch die Felder führt. Ich habe Mirijams Medaillon umgehängt, spüre das kalte Metall unter meinem Kleid auf der Haut.

Als Mutter die Mesusa von unserem Türpfosten entfernen wollte, umklammerte Vater ihr Handgelenk.

»Aber wir können doch das Heiligste nicht zurücklassen!« sagte sie.

»Willst du uns verraten?« zischte er. Im Schein der Kerze wirkte sein Gesicht wütend. Das war so ungewöhnlich, daß ich in der Aufregung dieser Nacht zu zweifeln begann, ob dies tatsächlich mein Vater war, oder vielleicht ein Dibbuk, einer jener bösen Geister, von denen mir Großvater erzählt hatte. Furchtbares, nie Wiedergutzumachendes kündigte sich an. Ich flüchtete zu meiner Schwester Klara, die gerade einen Sack schnürte, umarmte sie, vergrub mein Gesicht in ihrem weichen Bauch. »Jetzt ist keine Zeit dafür!« meinte sie und stieß mich weg.

Mutter nahm die Mesusa trotzdem mit.

Im Gänsemarsch tasten wir uns vorwärts. Vater geht als erster, ihm folgt Mutter, dann Klara und dahinter Mojsche, der mich auf den Schultern trägt. Mojsche hat seine elegante Kleidung abgelegt. Er sieht wieder wie ein gewöhnlicher Jude aus der weißrussischen Provinz aus. Seine Haare sind zerzaust. Ich kralle mich an ihnen fest wie an den Zügeln eines Pferdes. Wir alle müssen schweigen. Mojsches Schultern sind schmäler als die meines Großvaters. Aber ich bin leicht wie eine Feder mit meinen sechs Jahren. Obwohl Mojsche meine Beine so fest umklammert, daß es weh tut, genieße ich das Gefühl, getragen zu werden.

Es scheint mir, als würde ich jeden Baum kennen. Auch ohne Laterne findet mein Vater die Abzweigung, die zur Landstraße führt. Es ist schon richtig, daß Mojsche mich trägt, denke ich. Wäre Mojsche nicht gesünder, als Mutter immer geglaubt hat, müßten wir nicht aus Witschi flüchten.

Zu Hause hatten wir Spielzeugsoldaten aus Papier. Meine Armee hatte den Truppentransport nicht überlebt. Eines Tages setzte ich sie in ein Papierschiffchen und sah zu, wie sie im Fluß ertranken. Klara ohrfeigte mich dafür. Sie hatte die Soldaten auf buntes Papier gezeichnet und ausgeschnitten. In ihrer Armee wurden Juden nicht geprügelt, verstümmelt oder zu Tode gequält, sondern waren sogar Offiziere. Aber ihre Armee konnte man wegblasen, verbrennen oder ertränken. Sie hatte nicht einmal Gewehre.

Zwei Wochen hat Mojsche gehungert und das ekelhafte Zeug geschluckt, das ihm sein Meister in Gomel zusammengebraut hatte. Sie haben ihn trotzdem gemustert.

Im Juli 1914 hat der Stabsarzt für Drückeberger und Simulanten nichts übrig. Alle sprechen vom Krieg. Nur weiß in Witschi niemand, warum wir Krieg führen sollen. Der deutsche Kaiser habe den Zaren beleidigt, heißt es. Ich stelle mir folgende Szene vor: Kaiser Wilhelm, der aussieht wie unser Bürgermeister, spuckt dem Zaren, der aussieht wie Großgrundbesitzer Ljubimow, vor die Füße. »Du bist ein elender Säufer, mein Freund«, sagt er ihm, »ein Tunichtgut und Vielfraß.«

»Na warte, dir werde ich's zeigen, du Hund!« schreit der beleidigte Zar und läßt Mojsche zur Armee mustern ... Aus diesem Grund müssen wir nach Montreal.

Ein Rekrut hat keine Möglichkeit zur legalen Ausreise. Geführt von einem Menschenschmuggler wird er sich durch das Dickicht schleichen, Wachposten und Grenzbefestigungen umgehen, durch einen Bach waten, ein geackertes Feld überqueren, über eine Landstraße gehen und sich in die Masse von Landstreichern, wandernden Handwerkern und umherziehenden Juden einreihen, die drüben nicht anders aussehen als auf dieser Seite der Grenze. Er wird bei einem jüdischen Schankwirt, dessen Namen ihm der Schmuggler nennen wird, seine Silberrubel und Wertsachen gegen österreichische Kronen tauschen und am Bahnhof eines galizischen Städtchens eine Fahrkarte dritter Klasse nach Triest lösen. Und wir werden ihn begleiten, weil Mutter ihren Sohn nicht allein auf die Reise schickt.

Anfangs hatte Mojsche noch zu protestieren versucht, vom politischen Kampf gesprochen, von der bevorstehenden Weltrevolution, davon, daß er sich, nachdem alle Versuche, sich dem Wehrdienst zu entziehen, gescheitert waren, als Spitze des kämpferischen jüdischen Proletariats in den Reihen der russischen Armee sehen möchte, daß er nicht zu flüchten gedenke wie ein weltfremder Talmudstudent. Er leide mit seinem Volk, mit seinen Brüdern und Schwestern. Mutter gab ihm eine Ohrfeige. »Hör endlich auf mit diesem Schwachsinn«, kreischte sie. »Hat jemand schon so viel Unsinn auf einmal gehört? Nur Kinder, reiche Frauen und dumme Geistliche wollen mit dem Volk leiden. Ein eigener Laden – das ist Glück. Wenn du das nicht verstehst, wird man dich dein Leben lang treten.« Mein Bruder murmelte etwas. Mutter schlug ihn ein weiteres Mal, diesmal auf die andere Wange. »Du tust, was ich dir sage, Idiot!« schrie sie. »Du gehorchst, sonst bist du die längste Zeit mein Sohn gewesen.« Der Revolutionär mit den feuerroten Wangen wagte es nicht mehr, seiner Mutter zu widersprechen.

»Du hast den Verstand verloren, Krejna!« erinnere ich mich an Großvaters Worte. »Schon immer habe ich befürchtet, du würdest meinen Sohn ins Verderben stürzen. Und wenn dir dein eigenes Schicksal und das deines Mannes so wenig bedeutet, denk wenigstens an die Kinder. Laß sie bei uns. Ich werde mich um sie kümmern, als wären sie meine eigenen.«

Diesmal jedoch setzte sich Mutter gegen die Familie meines Vaters durch. Ich kann mich nicht mehr erinnern, womit sie ihnen drohte. Vielleicht mit Selbstmord.

Am Abend der Abreise umarmte mich Großvater ein letztes Mal. Nur wenige Verwandte waren in unsere Fluchtpläne eingeweiht: die Ernsthaften, die Ängstlichen, die Eigenbrötler, jene also, auf deren Schweigen Verlaß war. Sie hatten sich im Hause meines Onkels versammelt und machten feierliche Gesichter, als säßen sie zu Gericht über meine Eltern. Erst nachdem eine Wodkaflasche geleert war, kam etwas rührselige Stimmung auf. Selten wurde ich so oft bedauert, geküßt, umarmt und gestreichelt wie an diesem Abend. Mir schmeichelte das, während Klara sich den Liebkosungen entzog. Trotzig und verschlossen harrte sie in einer Ecke aus. Ihre Zöpfe hatte sie um den Hals gewickelt, so als wollte sie die freien Stellen ihres Körpers so gut wie möglich verbergen.

Mein Großonkel Daniel, der Lastenkutscher aus dem Nachbarort, wartet nach Mitternacht an der Weggabelung mit einem Wagen auf uns. Als Tarnung hat er mehrere Kisten geladen, zwischen denen noch Platz für uns ist. Niemand soll Verdacht schöpfen. Mein Bruder ist ein Fahnenflüchtiger.

Bald schlafe ich in den Armen meines Vaters ein. Ich träume von Mirijam. Sie trägt ein Kleid aus purem Gold und ein silbernes Diadem aus Edelsteinen. Wir stehen an der Reling eines Schiffes. Es sieht wie der Raddampfer aus, der einmal am Tag in Witschi anlegt. Dieselben schmutzigbraunen, nie geschrubbten Planken an Deck. Eine Kabine mit niedriger Decke, darin eine Holzbank für die Passagiere erster Klasse.

Montreal sieht aus wie Witschi. Eine endlos sich hinziehende Straße, rechts und links Zäune und die Häuser meiner Verwandten. Die Zäune sind aus Lebkuchen und Schokolade. »Iß nur!«

sagt meine Schwester und lacht. Ich ziehe einen Zaunpfahl aus der Erde und beiße in seine süße, teigige Masse …

Ich wache auf, weil ich Hunger habe. Es ist früh am Morgen. Der Weg ist eng. Äste und Sträucher zwingen uns dazu, uns manchmal flach auf den Boden des Karrens zu legen, oder auszusteigen, um einen Ast beiseite zu schaffen. Wenn der Wagen im Schlamm steckenbleibt, springen die Männer ab, um anzuschieben, während Daniel auf die beiden Schindmähren einschlägt.

Ich denke an das Dorf, an Großvaters Schultern, die Mühle am Fluß und das Kläffen der Hunde hinter den Zäunen, an die Rufe von Tanten, an Spitzengardinen und die Kaulquappen in der Pfütze hinter dem Schuppen. Ich habe Sehnsucht nach unserem Wohnzimmer und den Puppen aus altem Stoff, die wir nicht mitnehmen konnten.

Wird mich Großvater besuchen kommen? Wie weit könnte Montreal von Witschi entfernt sein. Es wird sicher einige Tage dauern, bis wir ankommen. Ich weiß, daß die Menschen dort eine andere Sprache sprechen. Neben Jiddisch beherrsche ich weißrussisch und russisch. Auch polnisch verstehe ich ein bißchen, denn in Witschi gibt es Polen und sogar eine katholische Kirche. Ein paar deutsche, ukrainische und tatarische Familien leben ebenfalls in unserem Dorf. Vor der neuen Sprache habe ich keine Angst. Nur vor dem Meer, das uns von Kanada trennt. Ich stelle mir das Meer wie einen breiten Fluß vor. So breit, daß man das andere Ufer nur schwach erkennen kann.

Mojsche sitzt zusammengesunken am Wagenrand und läßt die Beine über die Kante hängen. Er hat eine seiner schlimmen Schweigephasen, die manchmal über ihn hereinbrechen wie ein Schnupfen im Frühling. Zeiten der verbissenen Melancholie, in denen er niemanden an sich heranläßt. Klara fröstelt. Sie hat die Beine angezogen und das Kinn auf die Knie gelegt. Ihre Augen sind geschlossen. Mutter hat sich auf unsere Säcke und Taschen gesetzt, aufrecht und steif. Mit dem dreifarbigen Rock sieht sie aus wie eine Königin. Die Oberbefehlshaberin meiner Papiersoldaten.

Gegen zehn Uhr morgens erreichen wir eine Stadt. Ich kann meine Augen nicht von den Häusern aus Stein losreißen. Ihre Fassaden sind gelb, dunkelrot oder braun gestrichen. Einige haben drei Stockwerke und ich wundere mich, weshalb diese wagemutigen Konstruktionen nicht zusammenbrechen. Der Marktplatz ist gepflastert. Noch nie habe ich so viele Menschen an einem Ort gesehen. Ich wundere mich, daß sie sich alle nicht ständig auf die Zehen steigen.

Im Waggon der dritten Klasse sitze ich auf einer Bank und schweige. Meine Füße reichen nicht bis zum Boden. Ich würde mich gern auf Mutters Schoß setzen, aber ich kann sie nicht darum bitten, denn sie hat mir das Sprechen für die Dauer der Reise verboten. Jeder Satz könnte uns verraten, meint sie. Meine Eltern und Geschwister haben sich Mienen verpaßt, als wären ihre Gesichter aus Holz. Um uns herum sind Bauern, Handwerker, Händler, Weißrussen, Ukrainer, Juden. Manche haben sich auf ihren Säcken und Koffern niedergelassen, weil auf den Bänken kein Platz mehr ist. Der Mittelgang ist verstellt. Man muß über fremdes Gepäck oder über die auf dem Boden kauernden Menschen klettern. Nur ein einziges Mal kämpfe ich mich bis zur Toilette durch. Sofort wird mir übel. Der mit Urin getränkte Holzboden ist mit Kot bedeckt. Die Klomuschel ist zu hoch für mich.

Ich habe keinen Appetit mehr. Mutter reicht mir ein Brot mit Käse, das ich nicht anrühre. Draußen zieht die Landschaft an uns vorbei. Jeden Augenblick, scheint mir, könnte der Zug entgleisen. Ich schlucke die Tränen hinunter. Vielleicht verstehen die Eltern meine Angst, vielleicht denken sie dasselbe wie ich, aber ihre Gesichter bleiben starr und undurchdringlich wie bei jenen Götzenbildern, die die Gojim in ihren Kirchen verehren.

Es ist spät in der Nacht. Die Straßen der ukrainischen Grenzstadt sind leer. Undeutlich sind die Konturen der Kirche mit den beiden Zwiebeltürmen im Mondschein auszumachen. Mein Mund ist wie ausgetrocknet, aber ich weiß, daß ich bis zum nächsten Morgen nichts zu trinken bekommen werde.

Wir haben hinter dem Bahnhof auf die Dunkelheit gewartet. Vater war in die Stadt gegangen, um einen Schusterladen aufzusuchen, dessen Adresse er von einem Verwandten erhalten hatte. Dieser hatte sie von einem Freund und dieser wiederum von einem anderen Freund. Eine Stunde später kam Vater niedergeschlagen zurück. »Wir haben uns auf fünfzig Rubel geeinigt«, berichtete er flüsternd. »Billiger macht er's nicht.« »Kannst du denn nie etwas richtig machen«, sagte Mutter mit unterdrückter Wut. »Wann lernst du endlich, dich durchzusetzen. Fünfzig Rubel! Wovon sollen wir denn die Überfahrt bezahlen? Ich werde meinen Ehering verkaufen müssen.« Vater senkte den Blick. Hätte er in diesem Augenblick ein Messer in der Hand gehabt, hätte er bestimmt ein Stück Holz genommen und zu schnitzen begonnen.

Wir biegen in eine der Straßen ein, die sternförmig vom Hauptplatz zum Stadtrand laufen. Sie geht leicht hügelaufwärts und verengt sich nach etwa zweihundert Metern. Statt Kopfsteinpflaster spüre ich nun Schotter und Kies unter meinen Füßen. Schließlich bleiben wir stehen. Ich höre Vater klopfen. Zweimal, kurze Pause, dann wieder zweimal. Ich höre, wie ein Riegel zurückgeschoben wird. Die Tür geht auf, und ich schaue in das flackernde Licht einer Petroleumlampe. Jemand, dessen Silhouette ich nur schemenhaft erkennen kann, deutet uns einzutreten. Über eine enge Treppe gehen wir hinunter in ein Kellergewölbe, wo ich einen Tisch, zwei Stühle, Regale an den Wänden und Schusterwerkzeug erkennen kann. Auf dem Tisch liegen Sohlen, schwarze und braune Lederstreifen, Messer, Hammer und Nägel, auf den Regalen Dutzende Paare von Schuhen und Stiefeln. Es ist feucht und riecht nach Klebstoff. Der Mann, der uns hereingelassen hat, ist ein orthodoxer Jude mit Pejes, Hut und Kaftan. Sein bis an die Brust reichender Bart hat graue Strähnen und sieht aus wie ein ausgefranster Lappen. In Witschi hat nur Rabbi Rotmann so ähnlich ausgesehen. Alle anderen Juden waren bei uns nur dadurch von ihren christlichen Nachbarn zu unterscheiden, daß die Männer immer eine Kopfbedeckung und manche Frauen Perücken trugen. Als sich meine Augen an die Finsternis gewöhnt haben, erkenne ich einen jungen Mann, der eine Windjacke und eine Schirmmütze trägt. Er hat sie tief in die Stirn geschoben, so daß seine Augen im Schatten bleiben.

»Haben Sie das Geld mit?« fragt er. Vater knöpft seine Jacke auf und holt die Geldbörse aus der Innentasche.

»Fünfzig Rubel«, sagt der Mann.

»Aber man hat uns versichert, der Preis sei dreißig«, protestiert Mutter. Schatten tanzen wie Geister über den feucht lehmigen Boden. Plötzlich bekomme ich Angst. Ich stelle mir vor, wie der Mann uns tötet, danach mitten im Raum eine Grube aushebt und uns hineinwirft.

»Die Zeiten haben sich geändert«, meint der Mann mit betonter Gleichgültigkeit. Er setzt sich auf einen der beiden Stühle und schlägt die Beine übereinander. »Entweder fünfzig Rubel oder gar nicht. Es ist Ihre Entscheidung.« Nun kann ich seine Augen erkennen. Sie sind groß, dunkelbraun, nicht unfreundlich.

Meine Eltern schauen einander an. Nach einigem Zögern nickt Mutter langsam, und Vater beginnt das Geld zu zählen. Fünf silberne Zehnrubelstücke, die er auf den Tisch legt. Ein Geldstück gibt der Schmuggler dem orthodoxen Juden, den Rest läßt er in seiner Hosentasche verschwinden.

Die Atmosphäre hat durch die finanzielle Transaktion etwas beruhigend Menschliches bekommen. Ich mache einige Schritte auf den Schmuggler zu. »Wie heißt du denn?« frage ich ihn. Sogleich spüre ich einen starken Schmerz. Mutter hat mich am Unterarm gepackt, zieht mich mit einem Ruck zurück. Ihre Fingernägel bohren sich wie Messerspitzen in meine Haut. »Sei still!« zischt sie. Aber der Mann verzieht das Gesicht zu einem gekünstelten Lächeln, kneift die Augen zusammen und meint: »Mein richtiger Name spielt keine Rolle. Du darfst mich Befreier nennen.«

Der Befreier führt uns den Hügel hinauf, dorthin wo es keine Häuser mehr gibt. Dicht hinter ihm gehen meine Eltern und wir Mädchen. Als letzter Mojsche mit unseren Säcken und Taschen. Klara läßt meine Hand nicht los. Ich spüre ihren Schweiß. Ein letzter Blick zurück, bevor der Wald dichter wird. Die spitzen Dächer und Kirchtürme sind im Mondschein kaum zu sehen. Noch einige Schritte, ein weiterer Blick – unter uns liegt ein schwarzer See, als hätte es die Stadt nie gegeben.

Der Befreier bahnt sich seinen Weg durch das Dickicht. Äste ohrfeigen mich. Nur noch einige Schritte und ich kann nicht mehr weiter, denke ich. Doch die Hand meiner Schwester hält die meine gefangen. Wenn der Wald nicht so dicht wäre, könnte Mojsche mich wieder tragen, obwohl ich eigentlich froh bin, daß er dies nicht tut. Er ist nicht Großvater.

Mojsche hat zwei miteinander verknotete Säcke um seine rechte Schulter gehängt. Er geht schnell und gleichmäßig. Mutter hat den Saum ihres Rocks und der beiden Unterröcke hochgehoben und am Gürtel befestigt. Jetzt ist keine Zeit für Scham.

Trotz meiner sechs Jahre weiß ich, daß ich mir keine Schwäche erlauben darf. Wenn ich mich auf den Boden setze, wird mich Mutter prügeln. Wir dürfen keine Zeit verlieren.

Ich denke an das Wiedersehen mit Mirijam. Seit ihrer Abreise ist sie von Woche zu Woche, von Monat zu Monat größer und größer geworden.

Wir waten durch einen Bach, hinter dem sich ein Roggenfeld befindet. Nun nimmt mich Mojsche tatsächlich auf die Schultern. Der Befreier findet einen Pfad zwischen den Ähren. Am anderen Ende des Feldes ist ein Weg, zwei tiefe Furchen, die unzählige Wagenräder in die Erde gegraben haben. Hier bleiben wir stehen.

»Wir hatten Glück«, flüstert der Befreier. »Der russischen Patrouille bin ich ausgewichen, aber den Österreichern hätten wir leicht in die Hände fallen können. Die Kinder waren zu langsam. Aber wir haben es geschafft.« Er weist in die Dunkelheit. »Gehen Sie in diese Richtung weiter. Nach etwa zehn Werst kommen Sie in ein Dorf. Am Ende des Dorfes ist eine Schenke, die gehört einem gewissen Himmelblau. Dort können Sie Proviant kaufen und Geld wechseln, und er zeigt Ihnen den Weg zur Bahnstation. Passen Sie aber auf, er ist ein Halsabschneider. Also, viel Glück!«

Meine Eltern umarmen einander, ein überraschender Anfall von Zärtlichkeit. »Österreich!« sagt Mutter. »Wir sind in Österreich! Endlich frei.« Sogar Mojsche scheint glücklich zu sein. Ich spüre, wie sein Rücken gerader wird, wie er die Schultern hebt.

Nach einer Stunde Fußmarsch machen wir Rast. Ich strecke mich auf dem Gras aus und schlafe sofort ein. Es ist warm in dieser Hochsommernacht. Ich wache auf, als Mutter mich an den Schultern rüttelt. Ich marschiere weiter, ohne viel wahrzunehmen, ohne nachzudenken, zu müde, um meinen Kopf zu heben, das Schreien einer Eule im Ohr, das plötzliche Geräusch eines Flügelschlags, das Knacken eines trockenen Astes unter meinem Fuß. Wir rasten wieder, gehen weiter, rasten. Ich kann kaum mehr zwischen Schlafen und Wachen unterscheiden.

Im Morgengrauen erreichen wir das Dorf: eine Straße, gesäumt von Hütten mit strohgedeckten Dächern. Die meisten Fensterläden sind zu dieser frühen Stunde geschlossen. Vor der weiß gestrichenen Holzkirche sitzt ein alter Mann mit einer geschwungenen Pfeife im Mund. Wir spüren seinen mißtrauischen Blick im Nacken. So habe ich mir das schöne, märchenhaft reiche Galizien, von dem mir erzählt wurde, nicht vorgestellt. Meine Eltern und Geschwister haben wohl dasselbe Gefühl. Sie verlangsamen den Schritt und schauen sich irritiert um. Mutter runzelt die Stirn.

Am Ende der Straße finden wir die Schankstube. Sie ist noch geschlossen. Über dem Eingang ist ein Schild angebracht, eines, das ich aus Witschi kenne. Neben dem Namen des Besitzers ist ein Doppeladler gemalt und darunter der Hinweis auf die staatliche Konzession für den Ausschank von Wodka, Schnaps und Bier, die der ferne Zar in Petersburg gewährt. Ich sehe, wie Mutter die Taschen und Säcke auf den Boden wirft, wie sie das Gesicht in den Händen vergräbt, wie ihre Schultern zucken, während sie lautlos weint, ich sehe, wie Klara sich abwendet und etwas zu murmeln beginnt und wie sie ihren Mund zu einer schadenfrohen Grimasse verzieht, sehe Mojsche die Fäuste ballen, höre ihn fluchen und schreien: »Ich bringe ihn um! Eigenhändig bringe ich ihn um! Verflucht sollen seine Kinder und Kindeskinder sein bis in das siebte Glied! Krepieren sollen sie alle unter Krämpfen und nach langen Qualen!« Nur Vater macht einen gefaßten Eindruck. Er senkt den Kopf und kaut an den Lippen. Aus der Ferne beobachtet uns reglos der Mann vor der Kirche.

Ich schaue noch einmal das Schild an. Der Doppeladler ist derselbe wie jener in Witschi. Nicht der ferne Kaiser in Wien ist es, der an den Juden die Konzession vergeben hat, den Bauern mit dem Ausschank von Spirituosen einen Vorgeschmack auf das Paradies zu geben und ihnen den Weg dorthin zu verkürzen. Da wird mir klar: Ich werde meine Schwester Mirijam nicht so bald wiedersehen.

Die Bahnstation befinde sich in einem größeren Dorf, zehn Werst von hier, erklärt der jüdische Schankwirt, nachdem Vater einige Male an die Tür gehämmert hat. Bis zur Stadt, in der wir am Vortag mit dem »Befreier« aufgebrochen sind, seien es fast zwanzig Werst. Der Bäckerladen öffne erst in einer Stunde, aber er könne uns etwas Brot und Wurst verkaufen ... Einen Krug Wasser werde er uns geben ... Nein, von einer Mitfahrgelegenheit zur Station wisse er nichts. Vor zwei Wochen sei ein Dorfbewohner mit dem Karren hingefahren, um eine Cousine von der Bahn abzuholen und seitdem sei niemand mehr in dieser Richtung unterwegs gewesen ...

Mojsche will zurück in die Stadt gehen und den »Befreier« verprügeln. »Du bist ein Idiot!« erklärt ihm Mutter. »Er wird die Polizei holen, wird bestreiten, dich zu kennen. Man wird dich in Ketten nach Sibirien führen.«

Als wir endlich vor dem weiß gestrichenen Bahnhofsgebäude stehen, sind meine Füße wund. Einen Teil unseres Gepäcks haben wir auf dem Weg zurücklassen müssen, weil wir sonst nicht die Kraft gehabt hätten, weiterzugehen. Überall hängen Fahnen. Im ganzen Dorf herrscht eine sonderbare Fröhlichkeit. Am Bahnhof erfahren wir, daß der Zar dem deutschen und dem österreichischen Kaiser an diesem Tag den Krieg erklärt hat. Überall im Dorf sind Soldaten. In wenigen Stunden werden sie gegen den Feind vorrücken.

Wir sind wieder zu Hause in Witschi. Während ich mit offenen Augen im Bett liege, höre ich, wie Vater die Mesusa an den Türpfosten nagelt. Fünfundachtzig Jahre werden vergehen, bevor ich Rußland tatsächlich verlassen werde.

Mojsche rückt zur Armee ein. Nun kann er beweisen, ob er tatsächlich die Speerspitze des Proletariats ist. In den nächsten Tagen marschieren Truppen durch unser Dorf. In den nächsten Monaten plündern russische Soldaten jüdische Häuser. In den nächsten Jahren gilt es zu überleben. An das ferne Kanada denken wir nicht mehr. Als ich 1967 vom Tod Mirijams in Montreal erfahre, ist sie schon mehr ein Produkt meiner Phantasie als meiner Erinnerung. Und das Medaillon, das sie mir geschenkt hatte, ist mir während des Zweiten Weltkrieges gestohlen worden.

5

Niemand wußte, woher er stammte. Er war noch nicht alt, aber er ging gebeugt, sogar auf einen Stock gestützt. Alle sprachen von ihm, als wäre er ein Greis. Die ersten Tage bettelte er sich durch die Siedlung. Man gab ihm, wie es Brauch war, wenn ein fremder Jude auftauchte, etwas zu essen. Man fragte ihn nach seiner Herkunft und seinem Beruf. Der Fremde gab einmal an, aus Schipitowka zu stammen und das andere Mal aus Schmerinka, aus Cherson und dann wieder aus Odessa.

Der alte Sakodower, der in jenem Jahr sterben sollte, ließ ihn in seiner Scheune übernachten. Während des Tages schlenderte der Fremde durch die Gassen, ohne sich das Stroh vom Kaftan gestreift zu haben, und die weißrussischen Bauern fragten, wer der schmutzige Jude sei.

Am ersten Sabbat, den er in unserem Dorf zubrachte, ging er nach Ende des Gottesdienstes über die schmale Wendeltreppe zur Galerie hinauf, wo die Frauen saßen. Vor jeder der verheirateten Frauen, die, wie es bei gläubigen Juden Sitte ist, Perücken trugen, machte er eine tiefe Verbeugung und stellte sich als Reb Jakob Weiß vor. Er sei ein Melamed, ein Lehrer, erklärte er, und wolle ihre Kinder unterrichten. »Aber wir haben doch schon zwei Lehrer im Dorf«, sagten ihm die Frauen.

Er wolle gar nicht die Knaben unterrichten, erklärte Reb Weiß. Die Frauen blickten ihn verständnislos an. Die Mädchen? Unerhört! So etwas hatte es noch nie gegeben. Wozu sollte das gut sein? Was die Mädchen fürs Leben brauchen, brachten sie, die Mütter, ihnen bei: Nähen, Sticken, Stricken und Kochen, Wäschewaschen, Geschirrspülen und Putzen, etwas Lesen, Schreiben und Rechnen, vor allem aber alle Gebote und Verbote, die sie als jüdische Frauen zu beachten hatten. Wozu sollten sie also Geld für etwas so Nutzloses ausgeben wie das Unterrichten von Mädchen durch einen Melamed? Nein, er solle sich den Unsinn aus dem Kopf schlagen.

Aber Reb Weiß gab nicht so schnell auf. Ob sich die werten Mütter nicht überlegt hätten, daß gebildete Töchter eine bessere Partie für jene heiratswilligen Männer seien, die Geld haben, in Städten leben und für die es zu wenig sei, wenn die Ehefrau schön, sittsam und sauber ist und weiß, daß sie am Freitagabend die Sabbatkerzen anzünden muß. Welche Mutter wünsche es sich nicht, ihre Tochter gut zu verheiraten? fragte Reb Weiß. Er aber, das könnten ihm die werten jüdischen Mütter von Witschi glauben, kenne die noblen Herren in den Städten. Nur zu gern holten sich diese Herren, wenn sie sich verehelichen wollten, Mädchen vom Land, weil sie ein sanfteres Gemüt und einen besseren Charakter hätten als die jungen Frauen in der Stadt. Nur sollten die Mädchen nicht nur Wäschewaschen, sondern auch eine anregende Unterhaltung führen und intelligente Antworten geben können. Es sei schließlich Aufgabe der Frau, ihre Söhne von klein auf mit den Traditionen des zwar leidgeprüften, aber einzigartigen, weil auserwählten Volkes bekannt zu machen und ihnen auf diese Weise die Mühen des jahrelangen Thora- und Talmudstudiums zu erleichtern.

Einige Tage später besprachen die angesehensten Mitglieder unserer Gemeinde, zu denen mein Großvater gehörte, den ungewöhnlichen Vorschlag des Fremden. Großvater berichtete uns später, daß vor allem unser Rabbiner gegen das Ansinnen von Melamed Weiß gewettert habe. »Ein Meschuggener!« hatte er geschrien. »Ein Scharlatan! Ein Ganev, der auf unsere Kosten ein gutes Leben führen möchte. Ich wüßte schon, was man mit diesem Bettelpack machen sollte.« Mit seinen neumodischen Ideen rüttle der selbsternannte Reb an den Grundfesten des Glaubens, ereiferte sich der Rabbiner. Mädchen zu unterrichten! Jeder wüßte doch, daß die Weiber gar keine Menschen seien. Jeder Mann spreche täglich das Gebet: »Gott, ich danke dir, daß ich nicht als Frau auf die Welt gekommen bin.«

Andere, so auch mein Großvater, sahen die Sache nicht so streng. Schließlich einigte man sich salomonisch: Jene Mädchen, die ihre Mütter für ein paar Stunden in der Woche bei der Hausarbeit entbehren könnten und deren Väter ihr Einverständnis für das fragwürdige Experiment nicht verweigerten, sollten bei dem Meschuggenen seine geringe Weisheit erlernen.

Unsere Gruppe war nicht allzu groß. So wie meine Schwester mußten die meisten größeren Mädchen ihren Müttern bei der Hausarbeit helfen. Ich hingegen durfte den verwanzten alten Mann aufsuchen, der vorgab, mir etwas Kluges beibringen zu wollen. Jeden Freitag klopfte der Lehrer an die Türen der Häuser, in denen seine Schülerinnen wohnten, und erhielt von deren Eltern kleine Gaben in Form von Lebensmitteln, Kleidung oder einigen Münzen. Isaak, der Photograph, nahm ihn bei sich auf und wies ihm eine Schlafstatt in der Ecke seines Ateliers zu.

»Du wirst es leicht haben im Leben«, erklärte mir der Lehrer am ersten Tag des Unterrichts. Seine Hand lastete schwer auf meinem Kopf, doch ich wagte nicht, mich zu rühren. Seine rauhen Fingerkuppen reizten meine Kopfhaut.

»Es ist nicht gut, wenn kleine Mädchen so lange, schwere Zöpfe tragen«, sagte er. Sein Atem streifte mein Gesicht.

»Das Gewicht der Zöpfe zieht dir die Klugheit aus dem Kopf. Du wirst es leicht haben im Leben.«

Er lächelte in einer Art, als rede er nicht mit mir, sondern mit einem imaginären Gesprächspartner.

»Den Toren gehört die Welt«, erklärte er. »Sie spazieren über Abgründe, als gäbe es diese nur in der Phantasie der anderen.«

Ich sah hinauf zum Gesicht des Mannes. Seine Haut wirkte wie altes Pergament. Er war kaum einen halben Kopf größer als ich mit meinen acht Jahren. Aber kann man von einem Menschen, der Mädchen lesen und schreiben beibringt, erwarten, daß er so groß ist wie ein richtiger Melamed, der Knaben auf die Jeschiwa vorbereitet? Seine mattgrünen Augen verfinsterten sich, als er mich betrachtete. Ich grinste, hob die Zöpfe hoch und verflocht sie zu einem Knoten, der auf meinem Kopf wie ein kleiner Turm zu Babel aussehen mußte. Auf diese Weise könnten sie mir die Klugheit nicht mehr aus dem Kopf ziehen, meinte ich, aber den Mann schien das nicht zu überzeugen.

Melamed Weiß zeichnete mit seinem Stock Buchstaben in den Sand. Einen eigenen Unterrichtsraum hatten wir nicht. Wenn es kalt wurde oder regnete, wichen wir in eine Scheune aus. Doch meist blieben wir im Freien.

Melamed Weiß konnte einen anschauen, als erwarte er die Antwort auf eine nichtgestellte Frage. Man hatte bei ihm das Gefühl, ernstgenommen zu werden, und war doch nie sicher, wie ernst er es wirklich meinte. Der Melamed mag ein Sonderling gewesen sein, aber wir mochten ihn bald. Vor allem konnte er Geschichten erzählen. Seine Stimme klang dabei so feierlich, als wäre er selbst eine jener biblischen Gestalten, die er uns durch Erzählungen nahezubringen versuchte. Sein Blick schweifte über unsere Köpfe hinweg in die ferne Vergangenheit.

»Und mit beiden Händen ergriff Judith das Schwert. Ihr Antlitz strahlte Entschlossenheit und Edelmut aus. Ihre Augen funkelten, und das Schlafzimmer des Holofernes erstrahlte in diesem kalten Glanz. Dann hob sie die Waffe. Das Schwert war schwer, aber sie überwand ihre angeborene weibliche Schwäche. Sie holte aus …« Gebannt starrten wir auf die Hände unseres Lehrers, die einen krummen Birkenstock umklammerten. »Und ratsch! Ha, haa! Schon rollte der Kopf des Tyrannen über den Teppich wie ein reifer Apfel, der vom Baum fällt.« Er atmete tief durch und ließ den Stock fallen. »So ergeht es allen, die Juden

Böses wollen und dabei die Entschlossenheit der jüdischen Frauen unterschätzen«, murmelte er, während er sich auf die Erde setzte. »Ich denke da zum Beispiel an Rachel aus Kischinjow und den Postmeister Krugloglas, einen furchtbaren Antisemiten, der bei einem Pogrom Rachels Vater erschlagen hatte. Rachel verkleidete sich als Bäuerin, betörte den Postmeister mit ihren weiblichen Reizen, machte ihn betrunken, verbrachte im Gästezimmer einer Schenke eine Nacht mit ihm, und als er fest schlief, holte sie ein Messer und sorgte dafür, daß er sich ab diesem Zeitpunkt nie mehr mit Frauen vergnügen konnte. Das war eine schwerere Strafe, als wenn sie ihn erstochen hätte. Aber ihr seid noch zu klein, um das zu verstehen ...«

So lernten wir die Bibel und andere heilige sowie weniger heilige Geschichten kennen, und ganz nebenbei brachte uns der Melamed die hebräische Spache bei. Er begann mit Sprüchen und Gedichten, die er laut und mit Pathos vortrug und danach weit weniger pathetisch auf jiddisch erläuterte. Zu jedem Spruch hatte er eine passende Anekdote parat. Jedenfalls erlernten wir die Grundlagen der jüdischen Weisheit anders als die Knaben, die im Cheder Grammatik, Texte und Kommentare paukten.

»Man nennt jenen Menschen einen Esel«, erklärte unser Lehrer, »der auf einer saftigen Wiese auf den Futtersack wartet, anstatt nach den Blumen zu greifen, die vor seiner Nase wachsen. Leider haben viele Gelehrte, die sich der Weitergabe ihres Wissens an Jüngere verschrieben haben, eine große Ähnlichkeit mit dem erwähnten nützlichen Lasttier.«

Bald führte Reb Weiß mit uns kurze Gespräche auf Hebräisch über die Dinge des Alltags. Wenn wir Fehler machten, besserte er uns nur selten aus. »Auch die Haare schneidet man erst und gibt ihnen eine Form, wenn sie gewachsen sind«, pflegte er zu sagen. Dabei sah er meine langen Zöpfe an, und ich war mir nicht sicher, ob er immer noch glaubte, daß sie mir die Weisheit aus dem Kopf ziehen.

Manchmal las uns Melamed Weiß aus seinen Büchern vor. Diese trug er immer bei sich. Er brauchte nur seinen Kaftan aufzuschlagen, damit die Schätze sichtbar wurden, denn er hatte zahlreiche Innentaschen in mehreren Reihen, von der Brusthöhe fast bis hinunter zum Saum. In jeder Tasche lag ein Buch. Vielleicht war der Gang des Melamed deshalb so schwer, weil er diese Bibliothek immer mit sich herumschleppte. Meist jedoch trug er uns die Texte aus dem Gedächtnis vor. Sein Repertoire schien unerschöpflich zu sein. Wenn wir ihn fragten, wo er sein Wissen erworben hatte, winkte er ab: »Ist es wichtig, wo ein Mensch seine Weisheit herhat? Wer das Wort liebt und einen Drang zur Erkenntnis verspürt, wird auch dort ein Lernender sein, wo andere nur blind und ziellos umherwandern.«

Es war Melamed Weiß, der mir hinter der Fassade der Welt eine andere Wirklichkeit zeigte: eine unsichtbare, die nur ich selbst mir in ihrer ganzen Pracht erschaffen konnte. Ein Labyrinth. Man mußte nur phantasievoll und mutig genug sein, sich hineinzubegeben. Wer diesen Weg nicht gehen wollte oder konnte, erschien irgendwann nicht mehr zum Unterricht. Schließlich blieben nur vier oder fünf Mädchen übrig. Wir, die Auserwählten, durften eines Tages endlich die Bücher unseres Lehrers berühren, in ihnen blättern und Teile daraus vorlesen. Das Papier war vergilbt, roch nach Schweiß, Zwiebeln und Tabak. Die Ränder waren eingerissen und zerbröselten manchmal zwischen unseren Fingern. Aber was für eine Ehre und was für ein Glücksgefühl! Aus jener Zeit stammt meine Liebe zu Büchern. Als ich ein Vierteljahrhundert später im belagerten Leningrad dem Hunger nahe war, als die Nazis, nur wenige Kilometer entfernt, den Einmarsch in die Stadt vorbereiteten, um mich und meine Familie zu ermorden, war einer der furchtbarsten Augenblicke jener, als ich bei zweistelligen Minustemperaturen meine Hausbibliothek verheizen mußte. Es war, als verbrenne ich einen Teil von mir selbst.

»Das Wesen des Judentums«, erklärte uns der Lehrer, »ist weder die Barmherzigkeit, noch die Güte, sondern die Gerechtigkeit. Wer gerecht ist, wird barmherzig gegenüber jedem sein, der der Barmherzigkeit bedarf und wird Güte zeigen, wo diese angebracht ist.« Aber Gerechtigkeit erfuhren wir nur wenig in diesen Zeiten.

Bevor sich die russischen Truppen gegen Ende des Krieges aus unserem Dorf zurückzogen, hängten sie drei ältere Juden als vermeintliche Spione vor dem Rathaus auf. An die Namen der Gehängten erinnere ich mich nicht mehr, nur an ihre weißen, schmerzverzerrten Gesichter und an die Schilder aus Pappe, die man ihnen umgehängt hatte, auf denen *Spion* zu lesen war. Ich konnte nur einen kurzen Blick auf die Toten werfen, dann drehte mir meine Mutter den Kopf weg.

Am nächsten Tag flohen die russischen Truppen so schnell, daß sie Ausrüstungsgerät und sogar Uniformen und Schuhe zurückließen. Allerdings hatten sie genug Zeit, um vorher noch die Schenke zu plündern. Dies war auch der Tag, an dem die Deutschen Witschi kampflos besetzten. Zuerst waren sie durch das Dorf marschiert. Wir Kinder folgten der Vorhut und einem von zwei Ackergäulen gezogenem Geschütz im Respektabstand. Am anderen Ende des Dorfes brachten die Deutschen das Geschütz auf einer Anhöhe in Stellung. Vor ihnen lagen Felder und Wiesen und am Fluß, etwa dreihundert Meter entfernt, eine Mühle.

Krejna Sakodowers Mühle stand an einer strategisch wichtigen Stelle. Von ihr aus konnte man den Weg, die Bahnlinie, den Fluß und den Zugang zum Dorf überwachen. Auf dem Dach der Mühle hatten die Russen ein Maschinengewehr aufgestellt. Die Mannschaft war längst abgezogen.

Alle, die sich in der Mühle befunden hatten, flüchteten aus dem Gebäude. Die dicke Krejna kam schreiend angelaufen, kaum daß sie das Geschütz erblickt hatte, dessen Lauf auf ihre Mühle gerichtet war. Keuchend stürmte sie den Hügel hinauf, den Deutschen entgegen. In einer Hand hielt sie eine Weinflasche, in der anderen ein mit den Flügeln schlagendes Huhn an den Füßen.

»Oh, Herr Offizier, der Herr möge Ihnen und Ihren Kindern Segen schenken, was haben Sie vor?« keuchte sie in jiddisch. Der rothaarige, hagere Oberfeldwebel runzelte die Stirn, aber er verstand sie.

»Ich zerstöre die Mühle«, sagte er.

Krejna Sakodower begann zu jammern.

»Ach! Bitte verschonen Sie meine Mühle, Herr Offizier, und hier – nehmen Sie ein paar kleine Geschenke, als Willkommensgruß und als Zeichen des Respekts.«

»Ich habe meine Befehle«, sagte der Oberfeldwebel, »Dorf besetzen, Mühle zerstören, dann vorrücken bis zum Waldrand.«

»Oh weh!« jammerte Frau Sakodower und fuchtelte mit dem gackernden Huhn vor der Nase des Oberfeldwebels. »Die Russen sind doch schon über alle Berge. Wo, sehr geehrter Herr Offizier, sehen Sie noch eine russische Uniform?«

»Das ist mir gleich!« erklärte der Oberfeldwebel, drehte sich zum Soldaten, der am Geschütz stand, befahl etwas. Der Soldat zog an einer Schnur, wich einen halben Schritt zurück, das Huhn riß sich los und raste in Panik Richtung Dorf, ein lauter Pfiff ertönte, und dann flog Witwe Sakodowers Mühle mit einem ohrenbetäubenden Knall in die Luft. Für den Bruchteil einer Sekunde bebte die Erde unter unseren Füßen, dann flogen Bretter der Sonne entgegen und fielen wie Streichhölzer zu Boden.

Mit der deutschen Herrschaft änderte sich vorerst nicht viel. Wie die russischen Truppen requirierten auch die Deutschen unsere Güter. Uns behandelten sie nicht anders als unsere weißrussischen Nachbarn. Nur hin und wieder stand auf einem Passierschein neben dem Namen des Trägers: *Das jüdische Schwein aus Witschi darf in der Zeit von 1. April 1918 bis 1. Mai 1918 das Dorf Krjutschkowo aufsuchen, um seine jüdische Mischpoche zu besuchen* oder einfach: *Freies Geleit im Militärbezirk Gomel für diese jüdische Sau.* Die deutschen Patrouillen grinsten belustigt, wenn sie solche Passierscheine kontrollierten. Späße dieser Art nahmen wir hin.

Die Kommandantur war im Rathaus untergebracht. Der Kommandant selbst wohnte »als Gast« im Haus von Großgrundbesitzer Ljubimow, der sich, in Abhängigkeit von den jeweiligen Machtverhältnissen, auf russische, weißrussische, ukrainische, polnische und sogar baltendeutsche Vorfahren zu berufen verstand. Das einzig Positive an diesem letzten Kriegsjahr war, daß unsere jungen Männer nicht mehr zum Militärdienst eingezogen wurden. Von Mojsche erhielten wir allerdings keine Feldbriefe mehr, was meine Eltern mit Angst erfüllte.

Von den politischen Umwälzungen in unserem Land kursierten nur Gerüchte, denn die deutsche Zensur war beinahe lückenlos. Der Zar war zurückgetreten und Rußland zu einer Republik erklärt worden. Bald wurde die Republik durch eine kommunistische Räterepublik ersetzt. Wer konnte etwas Derartiges glauben? In Moskau regierten die Bolschewiken: die Juden, wie man sagte. Sie wollten die Armen reich und die Reichen arm machen. Land, Maschinen und Fabriken gehörten nun den Arbeitern und Bauern, und die Juden, so wurde behauptet, waren zu Ministern und Oberbefehlshabern aufgestiegen. Konnte man so etwas wirklich glauben? Im Vorraum der Kommandantur hing immer noch das Porträt des deutschen Kaisers. Die Soldaten salutierten stramm und requirierten weiter. Und unser Melamed erzählte uns weiterhin Geschichten aus der Thora.

Der Mädchenunterricht endete im Sommer 1918. Eine Nachricht hatte sich im Dorf verbreitet, die man sich nur flüsternd weiterzugeben getraute. Die Augen meines Vaters glänzten seltsam, als er davon sprach. Meine Mutter schüttelte den Kopf und machte ein besorgtes Gesicht. Wir wußten nicht so recht, ob wir uns freuen oder fürchten sollten. Unsere weißrussischen Nachbarn wirkten mürrisch und niedergeschlagen in diesen Tagen. Ihre Blicke ließen nichts Gutes vermuten. Die Juden seien für dieses Verbrechen verantwortlich, munkelten sie. Die Juden würden dafür büßen. Wir versuchten, uns unsichtbar zu machen, und hofften auf den Schutz der deutschen Bajonette. In den Nächten zog ich die Decke über den Kopf und wartete auf das Bersten der Fensterscheiben und die heiseren Freudenschreie der Betrunkenen, während meine Schwester betete. Sie bat Gott um Verzeihung für ihre Sünden und darum, daß er unsere Familie verschone. Sie versprach, eine brave Hausfrau und Mutter zu werden, ein Vorbild für alle jüdischen Frauen, demütig und gehorsam. Nach einiger Zeit konnte ich ihr Jammern nicht mehr ertragen. Ich schrie sie an, forderte sie auf, endlich den Mund zu halten, schlug schließlich mit meinen Fäusten auf sie ein. Ich wollte nicht mehr demütig und gehorsam sein. Nicht davon handelten die Geschichten meines Lehrers.

Es war um die Mittagszeit, als der Volkszorn sich entlud. Auf dem Hauptplatz unseres Ortes war Reb Jakob Weiß gestanden und hatte zu den Menschen gesprochen, fast wie einer jener Propheten, die er so bewunderte. Seine Augen funkelten, sein Haar war zerzaust, um die Mundwinkel bildeten sich Schaumbläschen. Er fuchtelte wie verrückt mit den Händen. Aber waren dies nicht Merkmale, die allen großen Männern unserer biblischen Geschichte eigen waren? So und nicht anders hatte ich sie mir vorgestellt: Abraham, Moses, Samson, Jesaja oder Elias.

»Die gerechte Strafe hat ihn ereilt, Nikolaus den Blutigen«, schrie der Melamed. »Nun haben sie ihn gerichtet, den Schlächter Nikolaschka, den Mörder und Pogromschtschik! Die Würmer sollen sich an seinem sündigen Körper gütlich halten. Nun fährt er zur Hölle und – preiset den Herrn! – seine verdorbene Brut mit ihm, damit das Übel nicht in anderer Gestalt wiederkommt! Es wird keine Zaren mehr geben.«

Zuerst hörten alle schweigend zu, fassungslos, mit offenen Mündern. Dann hob ein Murren an. »Der Saujud, der dreckige!« rief jemand. »Wie kann er es wagen, unseren Zaren zu beleidigen, den Märtyrer.«

»Schlagt ihm die Zähne aus!«

»Schneidet ihm die Zunge aus dem Maul!«

»Reißt ihm die Pejes aus!«

»Stecht ihm die Augen aus!«

»Schlagt ihm den Schädel ein!«

Er lag am Boden. Er wurde getreten. Jemand schlug mit einem Stock auf ihn ein. Er blutete. Deutsche Soldaten standen abseits und sahen zu. Sie grinsten. »Schlagt ihm den Schädel ein!« johlte die Menge. Endlich kam ein Offizier im Laufschritt aus der Kommandantur. Er hatte keine Mütze auf, seine Uniformjacke war offen. Er zog seine Pistole und feuerte damit mehrere Male in die Luft. Unwillig ließen die Leute von ihrem Opfer ab, gingen langsam auseinander, blieben in einiger Entfernung stehen und warteten. Der am Boden liegende Melamed stöhnte und zuckte mit den Beinen. Sein Gesicht war eine einzige rote Masse. Der Offizier stand neben ihm, ohne auf ihn hinunterzuschauen. Er war außer Atem, einzelne Flüche kamen immer noch gepreßt aus seinem Mund, und er fuchtelte weiterhin mit der Pistole. Dann ließ er den Schwerverletzten durch zwei Soldaten vom Dorfplatz wegtragen.

An diesem Tag wurden die Patrouillen verstärkt und eine Ausgangssperre verhängt. Der erwartete Pogrom blieb aus, nicht zuletzt weil unser Rabbiner eine lange Unterredung mit dem Popen hatte und dieser die Menschen zu beruhigen verstand.

Melamed Weiß überlebte. Vielleicht hatten ihn seine Bücher, die er am Körper trug, vor allzu schweren inneren Verletzungen bewahrt. Seine Wunden verheilten, so als wäre er eine Katze, der man bekanntlich sieben Leben nachsagt. Nur sein Gesicht war nun entstellt, voller Narben, die gebrochene Nase war schief wieder zusammengewachsen, er hinkte und schleppte sich noch gebückter als zuvor durch das Dorf. Am meisten schien aber sein Verstand gelitten zu haben. Er gab nur mehr unzusammenhängende Sätze von sich. Meist redete er mit sich selbst. Sogar die Bauern hatten Mitleid mit ihm und ließen ihn in Ruhe. Wer hebt schon den Stock, um einen Verrückten zu schlagen?

An jenem Tag begriff ich, daß mein Vater recht hatte, wenn er sagte, für einen Juden sei es besser, sich im Stillen über die großen und kleinen Ereignisse der Welt zu freuen. Je größer ein Ereignis, umso stiller der Jude! Es haben sich nicht immer alle Juden daran gehalten, auch ich nicht.

Pan Radek Knofelewski konnte meinen alten Melamed nicht leiden. Wann immer der verwirrte Mann seinen Weg kreuzte, rümpfte er die Nase, murmelte polnische Flüche und spuckte über die rechte Schulter. Vielleicht glaubte er, der Jude bringe Unglück. Pan Knofelewski mochte keine Juden, aber zu antisemitischen Ausschreitungen kam es nicht, solange er Herrscher unseres Dorfes war.

Pan Knofelewski war nur einer von vielen, die unser Dorf regierten. In den Jahren 1918 bis 1921 folgte ein Regime auf das andere. Das Deutsche Reich hatte gegen Rußland gewonnen, aber den Krieg im Westen verloren. Eines Tages waren die deutschen Truppen unfeierlich abgezogen. Das Bild Wilhelms des Zweiten ließen sie in der ehemaligen Kommandantur zurück. Der Mann mit dem strengen Blick und dem albernen Schnurrbart war kein Kaiser mehr.

Den Deutschen folgten, wenn wir nicht zur Gänze nur uns selbst überlassen waren (was selten der Fall war), Bolschewiken, konterrevolutionäre Weiße, Polen oder einfach Banden, bunt zusammengewürfelt aus ehemaligen Soldaten, Landstreichern und entflohenen Sträflingen. Sie blieben zu kurz, um in unserem Dorf viel zu verändern, außer daß sie allesamt raubten, plünderten, vergewaltigten und mordeten, meist im Namen von irgendwem oder irgendwas.

Jahrzehntelang habe ich mich bemüht, die Bilder jener Zeit aus meinem Gedächtnis zu bannen. In meinen Träumen suchen sie mich heute noch heim. Ich sehe meinen Vater unsere Haustür und alle Fenster mit Brettern vernageln. Ich sehe uns im Keller sitzen. Ich halte meine Schwester fest umarmt. Ich höre meinen Vater beten. Gleichmäßig wippt er im Rhythmus der Gebete vor und zurück. Sogar er ist wieder gläubig geworden. Ich stolpere über Menschen mit durchgeschnittenen Kehlen, höre das Brüllen der nichtgemolkenen Kühe im Stall, sehe, wie sich die Köter um Leichenteile raufen, wie die Flammenzungen aus den Fenstern brechen. Ich sehe, wie Frauen ihre Kleider zerreißen als Zeichen von Trauer. Mein Großvater begräbt zwei Söhne und eine Tochter in jenen Jahren. Ein Sohn geht an Tuberkulose zugrunde, der andere wird von Banditen erschlagen. Ein betrunkener polnischer Soldat tritt meine schwangere Tante mit dem Stiefel in den Bauch. Sie stirbt unter schweren Krämpfen.

Ich erinnere mich, wie die Juden aus ihren Häusern flüchten. Die einen versteckten sich bei nichtjüdischen Nachbarn, die anderen in den Wäldern und Sümpfen. Die »Truppen« von »General« Balachowitsch nähern sich dem Dorf. Sie machen zwischen den Fronten der großen Armeen plündernd, brandschatzend und judenmordend Weißrußland und die Ukraine unsicher. Meine Eltern retten sich mit meinen Geschwistern und mit mir zu Ljubimow. Fast im Laufschritt hetzen wir durch die lange weißrussische Dorfstraße. Balachowitschs Vorhut, zwei Reiter mit schwarzen Schafwollmützen, Uniformmänteln der zaristischen Armee ohne Schulterstücke und Patronengürtel, die sie um Schultern und Taillen geschlungen haben, galoppieren durch die Straße. Die Bewohner verkriechen sich in den Kellern und Schuppen ihrer Häuser. Die Straße leert sich, es wird gespenstisch still. Man hört das Klappern der Pferdehufe und die übermütigen Schreie der beiden Reiter. Sie machen eine Runde um den Hauptplatz, schauen sich um, zerren an den Zügeln. Die Pferde wirbeln Staub auf. Einer der beiden Eindringlinge zieht eine Pistole und schießt damit den bronzenen Hahn herunter, das Wahrzeichen unseres Dorfes, der das spitze Dach des Rathauses ziert. Dann rasen die Reiter wieder davon.

Bei Ljubimow haben schon zahlreiche jüdische Familien Zuflucht gefunden. Wir verstecken uns auf dem Dachboden. Es riecht nach Staub und Fäulnis. Wir hören, wie die Banditen alles auf den Kopf stellen, wie Stühle und Tische umgeworfen werden, hören ihre heiseren Stimmen und Ljubimows Proteste. Immer näher kommt der Lärm. Die Männer in unserem Zimmer beginnen das Schema Israel zu beten. Die Frauen umarmen ihre Kinder. Niemand schreit oder weint. Kein Fluchtweg ist mehr offen. Wir rücken näher zusammen. Die kleinen Kinder verstecken sich unter den Röcken ihrer Mütter oder in alten Truhen. Ich bin fest davon überzeugt, im nächsten Augenblick zu sterben. Meine letzten Minuten. Ich spüre den Atem des Todes. Als wäre ich schon tot. Aber die Mörder finden ihre Opfer nicht, begnügen sich mit den geraubten Gütern aus Ljubimows Haus.

Was gäbe ich, um vergessen zu können!

Eines Tages kam mein Bruder zurück. Er trug immer noch seine russische Militäruniform. Er war mager, ernst und sehr still. Wir wuschen ihn, gaben ihm frische Sachen zum Anziehen und feierten den ganzen Tag seine Wiederkehr.

Von den Erlebnissen der letzten Jahre erzählte er uns nichts. »Es wird die Zeit kommen, wenn dies alles vorbei sein wird wie ein böser Traum«, erklärte er nur. Aber diese Zeit kam nicht, und für ihn, den Buchbinder und Revolutionär, gab es keine Arbeit im Dorf.

Nach nur wenigen Monaten machte sich Mojsche wieder auf den Weg. Er wolle zur Familie meiner Mutter nach Gobyl, erklärte er uns. Dort war zu diesem Zeitpunkt die Sowjetmacht schon etabliert. »Ich werde mich der Roten Armee anschließen und für eine bessere Welt kämpfen, eine Welt, in der es weder Gewalt noch Haß oder Neid gibt.« Mutter begann zu lamentieren, bat ihn zu bleiben, aber Mojsche ließ sich nichts mehr vorschreiben. Vater zuckte die Achseln und ging hinaus auf den Hof. Sollten doch Mutter und Sohn dies untereinander ausmachen. Ich aber war stolz auf meinen mutigen Bruder. Er war also doch ein Held!

»Wir werden siegen«, erklärte er mir, bevor er zu Fuß Richtung Süden aufbrach. »Du wirst es noch erleben, daß man über uns Lieder singt und uns Denkmäler errichtet.«

Mojsche schloß sich, wie wir später erfahren sollten, tatsächlich der Roten Armee an. Er wurde mehrmals für seinen Mut im Kampf ausgezeichnet. Nach Ende des Bürgerkriegs blieb er beim Militär. So wurde aus dem ehemaligen Deserteur ein Kaderoffizier.

Zwischen der Republik Polen und dem bolschewistischen Rußland herrschte Krieg. Unsere Region war, wie schon während des Weltkrieges, Kampfzone, nur daß diesmal die Armeen schlecht ausgerüstet waren, nicht soviel Mann unter Waffen hatten und deshalb Landschaft und Dörfer nicht im Feuer der Geschütze zugrunde gingen. Umso mehr wurde nach den Kampfhandlungen von der Soldateska kaputtgeschlagen. Als die ersten polnischen Ulanen über die Hauptstraße unseres Dorfes ritten, kauerten die meisten Bewohner ängstlich in ihren Häuser. Fensterläden und Türen waren mit Brettern vernagelt. Wir befürchteten das Schlimmste. In einer ukrainischen Kleinstadt, erzählte man, hätten die Polen fast alle Juden in die Synagoge getrieben und diese dann angezündet, später die Asche der Toten von den noch lebenden Juden der Stadt auf Schubkarren laden und in den Fluß kippen lassen.

Die polnischen Eroberer von Witschi hatten aber offenbar nicht vor, die Juden des Dorfes bei lebendigem Leib zu rösten. Sie töteten und raubten vorerst nicht. Selbstverständlich hob die polnische Armee die üblichen Kontributionen ein. Ihre Offiziere wohnten in unseren Häusern. Es kam zu einzelnen Übergriffen. Einige Zeit war auch bei uns ein Offizier einquartiert, Pan Zbigniew Król, ein Bäckermeister aus Lublin, der sich mit meinen Eltern in einer Mischung aus Polnisch und Russisch unterhielt, während diese weißrussisch antworteten. Der Pole schlief neben uns im Bett meines Bruders. Das war unangenehm, aber erträglich. Er ließ uns in Ruhe. Nur meine Mutter störte es, daß er darauf bestand, in unserem Wohnzimmer ein Kruzifix an die Wand zu hängen.

Leider zog der erste polnische Befehlshaber unseres Dorfes bald weiter an die Front. An seine Stelle trat Pan Radek Knofelewski. Der schlanke Mittdreißiger sprach ein tadelloses Russisch. Jeden Morgen ritt er durch das Dorf auf einer braunen Araberstute. Noch nie in meinem Leben hatte ich ein solches Pferd gesehen. Es schien wie eine leibhaftig gewordene Märchenfigur.

Wenn ich Pan Radek Knofelewski auf der Straße begegnete, grüßte er mich mit einer Verbeugung, sprach mich mit »Sie« an und nannte mich »junges Fräulein«. Mit meinen zwölf Jahren fühlte ich mich geschmeichelt. Es fühlten sich eigentlich alle geschmeichelt, weil der Pan etwas hatte, was allen Mächtigen gewöhnlich fehlt: Stil. Vor meiner Mutter salutierte Pan Knofelewski, wie vor allen Frauen im Dorf, indem er mit dem Zeigefinger der rechten Hand lässig den Schirm seiner Militärmütze berührte. Er trug immer weiße Handschuhe.

So wie die meisten anderen Dorfbewohner bewunderte ich in jenen ersten Tagen den Offizier. Die rot-weißen Fahnen schmückten das ganze Dorf. Der polnische Pfarrer räumte freiwillig sein Haus, das an die römisch-katholische Kirche grenzte, und zog zu einem Verwandten, um dem Offizier ein seinem Rang, seiner Bedeutung und seinen Ansprüchen angemessenes Quartier zur Verfügung zu stellen. Die Not schien ein Ende zu haben. Endlich herrschten stabile Verhältnisse, und nicht nur in der katholischen Kirche wurden Dankgottesdienste abgehalten.

Nach einer gewissen Zeit begann Pan Knofelewski, der bis dahin nur auf der Hauptstraße stolziert oder ausgeritten war, das Dorf eingehender zu inspizieren. Begleitet von zwei Soldaten, besuchte er jedes Haus, um, wie er sagte, »seine Schutzempfohlenen persönlich kennenzulernen«, besichtigte sowohl Wohn- wie Nutz- oder Arbeitsräume, wollte wissen, womit jeder sein Geld verdiente, welches Handwerk er erlernt hatte, ließ sich gern auf einen Tee oder einen Wodka einladen und verkündete, daß im neuen polnischen Staat für alle das Leben besser und freier sein werde.

Wir waren nur zu gerne bereit, ihm zu glauben. Als er einige Tage später unser Vieh sowie Leiterwagen und Kaleschen, Schubkarren, Schaufeln und Spaten für die polnische Armee aufzukaufen begann, wunderte uns das wenig. Andere vor ihm hatten dasselbe getan. Jede Armee brauchte Pferde, Karren und Schaufeln.

Für die gekauften Sachen stellte der Pan Schuldscheine aus, auf denen er großzügig hohe Summen angab. »Nach dem Sieg über die Bolschewiken wird die Rzeczpospolita Polska, die polnische Republik, alle Schulden begleichen«, erklärte er. Es war uns klar, daß wir keinen Groschen bekommen würden.

Doch Pan Knofelewski beschränkte sich nicht nur auf kriegswichtiges Material. Langsam und systematisch »kaufte« er unsere Besitztümer auf.

»Verkaufen Sie mir, sehr geehrter Herr Masur, Ihre Nähmaschine?« fragte er meinen Vater mit einer Verbeugung.

»Die Nähmaschine?« murmelte mein Vater verdutzt.

»Wozu brauchen Sie die Nähmaschine?« protestierte meine Mutter.

»Wir sind im Krieg, liebe Frau Masur. Wir kämpfen für Ihre Freiheit. Die polnische Armee braucht Uniformen, und um diese herzustellen, braucht sie Nähmaschinen.«

Er setzte sich an den Küchentisch und stellte mit seiner schönen Handschrift einen Schuldschein in polnischer Sprache aus. Seine Unterschrift hätte die eines Königs sein können. Die Schreibaccessoires – ein Tintenfaß in der Form einer Sphinx und eine Feder mit Elfenbeingriff – trug er immer bei sich.

Pan Knofelewski kaufte handwerkliche und landwirtschaftliche Geräte, Küchengeschirr und Wäschetruhen, Silberbesteck und rostige Schürhaken auf. Er kaufte Mutters Hochzeitskleid (die polnische Armee brauche Stoffe, erklärte er uns) und Vaters Pfeifensammlung, er kaufte den Weizen von den Feldern, die Kartoffel- und Rübenernte und die Schuhe im Schusterladen. Er kaufte die goldenen Uhren der begüterten Dorfbewohner und Fenstersimse aus Blech, er kaufte Kinderbetten, Krückstöcke und alte Eisenringe.

Weigerte sich jemand zu verkaufen, wurde Pan Knofelewski nie laut, grob oder gar ausfallend. Er drohte nie, er handelte. Den Verweigerer ließ er nach einiger Zeit unter einem Vorwand festnehmen und ins Innere Polens deportieren. Sein Vermögen wurde nun ganz offiziell konfisziert.

Noch nie wurden wir so rücksichtslos und systematisch geplündert. Unser Hab und Gut, das nicht mehr uns gehörte, ließ Pan Knofelewski in einen Schuppen neben dem Bahnhof bringen. Was in das kleine Holzgebäude nicht paßte, lag am Bahnsteig oder neben der Trasse. Wachen patroullierten mit Gewehren im Anschlag.

Eines Tages kam ein Güterzug, der die Sachen abholte. Aus dem Zug stiegen keine Soldaten, sondern Männer in Zivil. Pan

Knofelewski unterhielt sich mit ihnen auf polnisch, während sie die Waren in den Zug verluden. Ich hatte mich, zusammen mit einigen anderen Kindern, bis dicht vor das Bahnhofsgebäude gewagt und konnte die Szene beobachten. Die Männer hatten offenbar keinen Respekt vor Pan Knofelewskis Uniform. Sie plauderten und scherzten mit ihm, als wäre er einer von ihnen, sprachen ihn mit seinem Vornamen Radek an und tranken mit ihm aus derselben Flasche. Ein kräftiger Hüne im ausgebleichten Overall klopfte dem Pan Offizier sogar kumpelhaft auf die Schulter … Der Zug kam später noch einigemal und fuhr immer vollbeladen Richtung Westen.

Die Menschen im Dorf waren verzweifelt. Die Bauern hatten ihre Ernte und das Saatgut verloren. Viele hungerten. Kinder starben an Unterernährung oder an Krankheiten, die ihre geschwächten Körper nicht mehr bekämpfen konnten. Der Pope, der Rabbiner und der Pfarrer sprachen beim Großgrundbesitzer Ljubimow vor. Doch auch dieser konnte gegen den Kommandanten nichts ausrichten. Er tue nur seine Pflicht, erklärte der Pole. Es herrsche Krieg, und der Krieg habe seine eigenen Gesetze.

Das Vermögen Ljubimows ließ Pan Knofelewski unangetastet. Respekt hatte der Pan auch vor dem Interieur der Kirchen und der Synagoge. Er ging regelmäßig zur Beichte und jeden Sonntag zur Messe. Der Pfarrer erklärte, er würde seinen Landsmann am liebsten erwürgen, wenn er nur könnte. Der katholischen Kirche spendete der Pan eine lebensgroße Statue der Mutter Gottes aus Marmor mit goldener Krone.

Schließlich begann unser Kommandant, ganze Häuser zu kaufen. Die Bewohner ließ er aussiedeln und die Häuser zerlegen. Nägel und andere Bestandteile aus Eisen wie gußeiserne Öfen, Simse, außerdem Fensterrahmen, Türen und Glas gingen mit dem nächsten Transport in seine polnische Heimat.

Die Menschen murrten, sie litten, sie beteten, aber jeder hatte Angst, die Ungnade des polnischen Pan auf sich zu ziehen. Allzu schnell wanderte man als »Bolschewik«, als »Anarchist« oder einfach nur als »subversives Element« ins Gefängnis von Pinsk, Brest-Litowsk oder Warschau.

Nur einer traute sich, dem Pan offen entgegenzutreten – mein alter Melamed, der durch das Dorf irrte und sich von Abfällen oder Almosen ernährte. Längst wohnte er nicht mehr bei Isaak, dem Photographen, sondern übernachtete auf der Straße, in Scheunen, Gärten oder auf den Sandbänken am Ufer des Flusses. Reb Weiß war der einzige, bei dem Pan Knofelewski nichts holen konnte, und er war der einzige, der sich vor dem Kommandanten nicht fürchtete.

Schon am ersten Tag, als wir von der Ausstrahlung des eleganten Polen noch alle beeindruckt waren, versperrte ihm der alte Jude den Weg, taxierte ihn mit seinen verrückten Augen und schrie in einer Mischung aus Russisch und Weißrussisch: »Gauner! Du bist ein Gauner! Ich erkenne dich! Du hast das Gesicht eines Gauners!«

Die ganze Straße wartete darauf, wie Pan Knofelewski reagieren würde. Aber er zischte nur etwas, das wir nicht hören konnten, drehte sich weg und spuckte über die rechte Schulter. Für den Melamed blieb dieser Zwischenfall ohne Folgen.

In all den Wochen, die Pan Knofelewski bei uns zubrachte, wiederholte sich regelmäßig dieselbe Szene. Wann immer Reb Weiß den Polen erblickte, begann er ihn zu beschimpfen und zu verfluchen: »Das Unglück komme über die Frucht deiner Lenden!« schrie er auf Hebräisch und fügte auf russisch hinzu: »Du entgehst dem Urteil des Herrn nicht!«

Alle warteten auf das Unvermeidliche, auf die Festnahme des armen Irren. Aber es geschah nichts dergleichen. Pan Knofelewski schimpfte zwar jedesmal, wenn er die hagere Figur im zerrissenen Kaftan sah, obwohl der feinsinnige Pole sonst immer ruhig und höflich war. Aber aus einem für uns nicht erklärbaren Grund verschonte er den Juden.

Das Ansehen des Verrückten stieg. Jene Bauern, die ihn einmal fast zu Tode geprügelt hatten, teilten nun die wenigen Lebensmittel, die ihnen noch geblieben waren, mit ihm und ließen ihn in ihren Scheunen übernachten. Wenn er sich ihnen näherte, traten sie respektvoll zur Seite.

Eines Tages wurde Pan Knofelewski von seinem Posten abberufen und nach Polen zurückbeordert. Es kursierten Gerüchte, daß der Pan den Bogen überspannt habe und nun bei seinen Vorgesetzten in Ungnade gefallen sei. In den letzten Tagen seines Aufenthaltes in Witschi stellte er die Einkäufe ein, wohl auch, weil es bei uns nichts mehr zu kaufen gab. Er wurde mürrisch, ritt nicht mehr regelmäßig aus, und jemand behauptete, ihn einmal mit ungeputzten Stiefeln auf der Straße gesehen zu haben.

Zu unser aller Erleichterung kam schließlich der Tag, an dem Knofelewskis persönliches Reisegepäck, in einige Koffer und Truhen gepackt, auf einen Leiterwagen verladen wurde und sein Pferd gesattelt war.

Pan Radek Knofelewski ging um den Wagen herum, prüfte, ob alles ordentlich geschlichtet war und rauchte die letzte Zigarette in unserem Dorf. In diesem Augenblick kam wieder mein alter Melamed auf ihn zu. Es sah armseliger und gebeugter aus als je zuvor.

Der alte Mann begann wieder zu schimpfen. »Nun hat es sich für dich ausgespielt!« Hohn schwang in seiner Stimme mit. »Jetzt beginnt dein Martyrium. Hängen wird man dich, ich sehe dich schon baumeln.« Und plötzlich begann er zu lachen und hob seinen rechten Arm und streckte den Finger aus und zeigte auf unseren ehemaligen Kommandanten.

Und nun geschah das, was viele schon am ersten Tag erwartet und manche sogar insgeheim gewünscht hatten. Pan Knofelewski verlor die Geduld. Er spuckte die Zigarette aus. »Ich hacke dich in Stücke, du Hund!« brüllte er und griff nach seinem Säbel. Der Stahl blitzte in der Sonne wie ein tanzender Lichtstrahl. Ein dumpfer Pfiff ertönte, ähnlich dem, wenn ein Bauer beim Strohdreschen den Stock schwingt. Die Klinge würde den Kopf des Juden spalten wie eine Wassermelone. Doch ehe die Waffe sich auf sein Haupt senkte, entzog sich der Jude, indem er schützend die Hände hob und plötzlich zur Seite fiel, zuerst auf die Knie und dann mit dem Gesicht auf die Erde. Pan Knofelewskis Hieb ging ins Leere. Zu seinen Füßen lag ein regloser Körper. Mit der Stiefelspitze drehte er den Liegenden auf den Rücken. Des Melameds Augen waren offen. Sein zahnloser Mund war zu einem unnatürlichen Grinsen verzerrt. Erde klebte an seinen Lippen.

Pan Radek Knofelewski fiel der Säbel aus der Hand. Dann bekreuzigte er sich mehrere Male, mechanisch und immer schneller, er murmelte Gebete, die alle mit »Matka Boska« begannen. Er schaute sich um. Die Menschen standen in gebührendem Abstand und schwiegen. Die Bauern hatten ihre Hauben abgenommen. Ich hatte den Eindruck, als überlegte Pan Knofelewski, ob er noch etwas sagen solle. Aber er zuckte nur mit den Achseln, hob seinen Säbel wieder auf, bestieg seine Araberstute und ritt im Galopp aus dem Dorf.

6

Ein völlig dunkelhäutiger Neger wurde heute im Stadtpark von der Polizei aufgegriffen«, sagte Rosa. »Schwarz wie die Nacht.«

»Na und?« Unwillig und langsam setzte sich Kostik im Bett auf. Mit der linken Hand strich er sein in den letzten Jahren immer schütterer werdendes Haar glatt. Mit der Rechten tastete er auf dem Tisch nach der Brille.

»Er sprach russisch.«

»Der Neger? Russisch?«

Kostiks Hand zitterte. Die Ärzte hatten Parkinsonsche Krankheit im Anfangsstadium diagnostiziert. Rosa reichte ihm die Brille. Die Schwiegertochter kam mit einem Glas Wasser ins Zimmer und warf der alten Frau einen vorwurfsvollen Blick zu. Natürlich wußte Rosa, daß sie Kostik während seines Mittagsschlafs nicht stören sollte, aber sie wollte nicht warten, bis ihr Sohn aufwachte, sondern die Geschichte des »russisch sprechenden Negers« sofort erzählen.

»Was hast du wieder angestellt?« fragte Kostik. Er leerte das Glas in einem Zug. In diesem Land Wasser zu trinken, war ein Vergnügen. In Petersburg hatte es eine Farbe wie verdünnte Pisse. Die südliche Sonne Deutschlands war sogar im Winter grell wie in Leningrad nicht einmal im Juli. Sie tauchte das Zimmer in ein freundliches Licht, so als wären die weißen Tapeten gelb.

Kostik trank mit gierigen Schlucken ein zweites Glas. Das Wasser rann aus seinen Mundwinkeln über Wangen und Kinn und tropfte auf seine ergrauten Brusthaare. So hatte er als Kind getrunken. Rosa trocknete ihm die Mundwinkel mit einem Stofftaschentuch ab.

»Laß das Mutter!« sagte er in einem Tonfall, als wäre er vierzehn. Die Schwiegertochter half ihm aus dem schlecht gefederten Bett. Allein kam er nur mit Mühe hoch. Seine nackten Füße tasteten nach den Hausschuhen. Er schleppte sich durch das Zimmer und ließ sich auf das Sofa fallen. Die Schwiegertochter setzte Wasser auf, hantierte mit dem Teegeschirr.

»Wieso sprach der Neger russisch?« wollte Frieda wissen. Aber Rosa erzählte von Anfang an: Wie sie sich durch den Park gekämpft hatte – von Bank zu Bank, dann am hellgrün gestrichenen Geländer entlang zum Fluß. Das Herz war in Ordnung, nur die Beine wollten nicht mehr. Manchmal konnte sie wie ein junges Mädchen laufen und dann, wenn sich das Wetter änderte oder ein Gedanke sie quälte, keinen Schritt vor den anderen setzen. Die Begegnung mit dem Schwarzen fand in ihrem Bericht erst statt, nachdem die erste Tasse getrunken war.

Er kniete im Gras, ein noch junger Mann, die Arme auf dem Rücken, die Hände unnatürlich verdreht. Zwei Polizisten beugten sich über den leicht vor und zurück wippenden Oberkörper. Der ältere der beiden redete auf den Knienden ein.

»Und? Wo haben wir ihn, den Ausweis? Du wirst dich doch irgendwie ausweisen können, oder?« Der Schwarze stammelte etwas, das die Polizisten zwar nicht verstanden, dafür aber Rosa.

Es war ein feuchter Wintertag. Der Schnee war geschmolzen. Die Jeans des Schwarzen sogen die Nässe vom Boden auf. Um seine Knie bildeten sich Wasserflecken mit häßlichen braunen Rändern.

»Ja nitschewo ne ponimaju«, beteuerte der Schwarze. Ich verstehe nichts. Seine Sprache war abgehackt. Mit schwerem Akzent zwängte er die Wörter aus sich heraus. Rosa erinnerte sich, daß Angehörige einiger kleiner sibirischer Völkerschaften so russisch sprechen. Oder waren es Völker aus dem Kaukasus? Die Stimme des Schwarzen überschlug sich. Man konnte spüren, wie sehr er sich fürchtete.

»Verarsch uns nicht!«, sagte der ältere der beiden Polizisten. »Ich glaube nämlich, daß du unsere Sprache verstehst. Ich seh's deiner Visage an. Ich kann in deine schwarze Seele schauen und brauche dafür nicht einmal ein Röntgengerät. Willst du uns nicht sagen, wo du wohnst? Bist du überhaupt irgendwo gemeldet?«

»Nje ponimaju ja«, murmelte der Schwarze. »Ostawjte menja w pokoje! Ja was proschu!« Ich verstehe nicht. Laßt mich doch in Ruhe. Ich bitte euch.

»Welche Sprache ist das?« fragte der Ältere.

»Klingt eigenartig«, meinte der Jüngere. »Könnte aber Portugiesisch sein. He, du, kommst du aus Angola? Angola?! Moçambique?«

»Schau, wie gebildet du bist!« Der Ältere grinste. »Lernt man so was jetzt auf der Polizeischule?«

»Ich hatte mal eine portugiesische Freundin.«

»Eine Negerin? Eh … ich meine, eine Schwarze, eine Farbige?«

Der Jüngere schwieg. Rosa fiel auf, daß er immer dann verstummte, wenn das Gespräch interessant zu werden versprach. Der ältere Polizist beugte sich zum Gefangenen hinunter, faßte ihn an den Handschellen und zog sie nach oben, so daß der Unglückliche mit dem Oberkörper nach vorne kippte. Der jüngere Polizist zündete sich unterdessen eine Zigarette an.

»Mach keine Faxen«, sagte der Ältere. »Komm schon hoch, am Revier reden wir dann Tacheles. Du bist sicher der Dieb aus der Kaiserstraße. Der Optiker hat so einen wie dich gesehen. Also los!«

Ein Raunen ging durch die immer größer werdende Menge der umstehenden Passanten. Dann hörte man das Kläffen eines Hundes. Ein weißer Pudel wickelte eine ausziehbare Leine um die Beine eines alten Mannes. »Asta, zurück!« ertönte eine weibliche Stimme. Der Pudel machte einen Bogen um die Menschentraube, verknotete mit der Leine weitere Beine. Jemand schimpfte. Ein anderer lachte. Rosa schaute in das Gesicht des Schwarzen, der sich hochheben ließ wie ein Kartoffelsack. Er versuchte immer noch, etwas zu erklären.

»In diesem Moment hab ich wirklich gedacht, daß manche Leute recht haben mit ihrer Antipathie gegen Deutsche«, erzählte Rosa. Sie schaute Kostik an, doch dieser trank seinen Tee, ohne seinen Blick vom Tischtuch zu heben. »Ich mußte ständig an die Bilder denken, die alten Photos, die ich einmal gesehen habe«, erklärte sie. »Zwei SA-Leute verprügeln einen Juden. Rundherum stehen Menschen und lachen. Wohlgenährte, selbstzufriedene Gesichter.«

»Das kann man nicht vergleichen!« meinte die Schwiegertochter. »Fangen Sie jetzt auch schon an damit, Rosa Abramowna. Glauben Sie, die Menschen seien anderswo besser?«

»Aber anderswo sind die Menschen nicht die Kinder von denen!«

»Ach ja? Sind Sie sich dessen so sicher? Wer hat denn in der Ukraine gemordet? Doch die Ukrainer genauso wie die Deutschen.«

»Ich habe Kopfschmerzen«, sagte Kostik.

»Mich würde aber trotzdem interessieren, warum der Neger russisch sprach«, sagte Frieda.

»Tja«, meinte Rosa. »Das ist eine verrückte Geschichte … Im übrigen kann der erste Eindruck trügerisch sein. Man glaubt schon verstanden zu haben, was vor sich geht, hat sich schon sein Urteil gebildet, und dann geschieht plötzlich etwas ganz anderes.«

Die Menge beobachtete, wie der Schwarze von den beiden Polizisten hochgehoben, wie er stolperte und hinfiel und wieder auf die Beine gestellt, beschimpft und gestoßen wurde. Noch der Bruchteil eines Augenblicks und er wäre abgeführt worden. Die Leute hätten ihm und seinen Peinigern nachgeschaut, hätten sich noch kurz über den Vorfall unterhalten, vielleicht gelacht oder betreten zu Boden geschaut oder beides zugleich oder den Kopf geschüttelt. Dann wären sie auseinandergegangen und hätten die Geschichte zu Hause, im gutgeheizten Wohnzimmer bei einem Bier oder einer Tasse Kaffee zum besten gegeben.

»Halt! So geht das also wirklich nicht. Sie können mit einem Menschen nicht so umgehen! Zeigen Sie mir Ihre Dienstmarke, ich werde bei Ihrem Vorgesetzten eine Beschwerde über Sie einreichen.« Die Sprecherin war eine blonde Frau mittleren Alters. Einen Augenblick nur erwartete Rosa, daß die Polizisten auf diese ungehörige Einmischung barsch reagieren würden. Schließlich waren es Polizisten und nicht Milizionäre wie in der Sowjetunion, die trotz aller Willkür die Aufgabe hatten, dem Volk zu dienen, während die Polizei wie im zaristischen Rußland die Herrschaftsverhältnisse und die Satten und Reichen gegen die Armen und Hungrigen schützte. Deshalb hieß sie auch Polizei und nicht Miliz, wie in den Ländern, wo das Volk regierte … Ein kurzer Moment, dann verbannte Rosa die Illusion von einer schönen alten Welt aus ihrer Vorstellung.

Der jüngere Polizist ignorierte zwar die Äußerung der Passantin, der ältere jedoch begann tatsächlich etwas zu erklären. Ein Uniformierter, der sich vor einer ganz gewöhnlichen Zivilistin für sein Verhalten rechtfertigt! Eine verkehrte Welt, eine Welt ohne oben und unten, dachte Rosa. Ein angenehmes, ein erschreckendes Gefühl. Ob sie sich genauso verhalten, wenn der aufgebrachte Mob Asylantenheime niederbrennt und Ausländer durch die Straßen jagt? fragte sie sich. Diskutieren sie dann auch mit den Brandstiftern und Mördern oder knüppeln sie diese nieder, bevor sie weiteren Schaden anrichten können?

Der Ältere hielt der Dame einen Vortrag über die Ausländer- und Asylpolitik der Bundesregierung und die Vorschriften für Polizeibeamte für den Umgang mit Ausländern, deren Identität nicht eindeutig festgestellt werden kann. Der Polizist sprach von »Ausländern«, die Dame hingegen von »ausländischen Mitbürgern«. Wie auch immer, der Festgenommene verstand kein Wort.

Seit gut vierzig Jahren hatte sich Rosa nicht mehr eingemischt, wenn sie Zeugin von Beamtenwillkür wurde. Früher war sie ein energischer Mensch und nur selten ängstlich gewesen, doch mit zunehmendem Alter war sie gleichgültiger geworden. Sollten sich doch jüngere Menschen um Recht oder Unrecht in der Welt kümmern. Sie wollte ihre Ruhe haben. Es war für sie selbst überraschend, daß sie etwas sagte, vielleicht weil es sie irritierte, daß man auch im Westen so willkürlich und brutal agierte, am wahrscheinlichsten aber wohl, weil sie einfach neugierig war. Jedenfalls machte sie einige Schritte auf den Verhafteten zu und fragte ihn auf russisch, wie er heiße. Der Schwarze sah sie überrascht an. »Oh, Sie sprechen russisch. Bitte helfen Sie mir!«

Der jüngere Polizist ließ die Handschellen los. »Das ist nicht Portugiesisch«, sagte er. »Jetzt weiß ich, was das ist.«

»Und wer sind Sie?« fragte der Ältere mit einer Mischung aus Mißtrauen und leichtem Amusement. Es mußte tatsächlich kurios wirken, wenn sich plötzlich eine zahnlose Neunzigjährige, die kaum noch stehen kann, als Übersetzerin anbietet. Beim Sprechen merkte Rosa, daß sie ihre Zahnprothese zu Hause vergessen hatte. In wenigen Sätzen erklärte sie, wer sie war.

»Russisch!« schrie der Ältere. »Na das ist ja ein Ding. Ein Neger, der russisch spricht. Und so was bei uns in Gigricht.«

»Ich würde Sie bitten, Herr Wachtmeister, das Wort Neger nicht zu verwenden«, mischte sich wieder die Frau von vorhin ein.

»Schon gut!« brummte der Polizist. »Ich hab's ja nicht negativ gemeint. Ich hab nichts gegen Schwarze. Schließlich nenn ich ihn ja nicht Kanak. Oder?«

»Wären Sie bitte so freundlich, dem dunkelhäutigen Herrn ein paar Fragen zu seiner Person zu stellen?« bat der Jüngere Rosa und grinste.

Auf Rosas Anfragen hin begann der Schwarze stotternd seine Geschichte zu erzählen, verwechselte einzelne Wörter, betonte falsch und machte mit zunehmender Nervosität Grammatikfehler, obwohl er vorher ein korrektes Russisch gesprochen hatte. Er hieß Tesfaye Ezana und stammte aus einer Kleinstadt in Äthiopien. Sein Vater war unter dem alten Regime ein kommunistischer Funktionär gewesen. Da er seinem ältesten Sohn eine gute Ausbildung ermöglichen wollte, schickte er ihn nach Moskau, wo er Ingenieurwissenschaften studieren sollte. An der internationalen Lumumba-Universität studierten vor allem junge Leute aus der Dritten Welt. In Moskau lernte Tesfaye Russisch, die einzige Sprache, die er neben Amharisch, seiner Muttersprache, beherrschte. Nach dem Zusammenbruch der Sowjetunion blieb die finanzielle Unterstützung aus. Nach Abschluß seines Studiums nahm Tesfaye in Moskau Gelegenheitsarbeiten an. Niemand wollte den dunkelhäutigen Ausländer als Ingenieur einstellen. Schließlich entschloß er sich zur Heimreise. Ein Flugticket konnte er sich jedoch nicht leisten. Sein Vater war gestorben, das kommunistische Regime in Äthiopien gestürzt und seine Familie beinahe mittellos geworden. Seine Ersparnisse gab er einem Lkw-Fahrer, der ihn über die Grenze nach Polen schmuggelte. Dort schlug er sich als Bettler und illegaler Taglöhner durch. Seine Russischkenntnisse und einige Brocken Polnisch reichten dafür offensichtlich aus. In Warschau wurde er in einer Seitengasse niedergeschlagen und bestohlen. So verlor er seinen Reisepaß ... Auf welche Weise er nach Deutschland gekommen war und wie er seine Weiterreise plante, wollte Tesfaye nicht sagen. Er beteuerte nur, das Land so schnell wie möglich Richtung Süden verlassen zu wollen.

»Eine rührende Geschichte«, sagte der ältere Polizist, nachdem Rosa alles in knappen Worten auf deutsch wiedergegeben hatte. »Wer's glaubt, wird selig.«

»Warum zweifeln Sie an seinen Worten?« fragte die Frau, die sich für den Verhafteten eingesetzt hatte.

»Der kann alle möglichen Märchen erzählen«, meinte jemand.

»Wir müssen ihn in jedem Fall mit aufs Revier nehmen«, sagte der Jüngere. »Wenn er keine Papiere hat, müssen wir entsprechend verfahren.«

»Wir werden einen Russischdolmetscher anfordern, ein Übersetzer aus dem Äthiopischen wird sich in Gigricht schwer finden lassen«, erklärte der Ältere.

»Ich wäre bereit, Sie aufs Revier zu begleiten und zu übersetzen, bis der Dolmetscher eintrifft«, schlug Rosa vor.

»Kommt nicht in Frage«, sagte der Jüngere. »Das entspricht nicht den Vorschriften.« Aber der Ältere lächelte plötzlich freundlich und meinte, vielleicht um den Jüngeren zu ärgern: »Ach was! Das ist doch eigentlich sehr nett von der Dame, wenn sie uns so etwas anbietet. Dann geht alles schneller.« Und zu Rosa gewandt: »Wir bringen Sie natürlich mit dem Wagen vom Revier nach Hause.«

»Das entspricht aber nicht den Vorschriften!« blieb der Jüngere stur.

»Ach!« Der Ältere machte eine wegwerfende Handbewegung.

Rosa wunderte sich später, weshalb sie einen solchen Vorschlag gemacht hatte. Vielleicht weil sie der verzweifelte Gesichtsausdruck des Verhafteten rührte, vielleicht weil sie sich erinnerte, wie mit Schwarzen in Rußland umgegangen, allein schon wie über sie geredet wurde. Negerstudenten verführen oder vergewaltigen russische Frauen, hieß es. Sie seien geil wie Hunde und potent wie Zuchtrösser, wurde behauptet. Manche Frauen mögen dies, aber es bekomme ihnen schlecht. Schwarze, sagte man, verströmten einen üblen Geruch, wären laut und unterschieden sich nur wenig von Halbaffen. Ein Witz, den Rosa einmal von jemandem gehört hatte, fiel ihr wieder ein: Im Wohnheim der Universität Lumumba hat man einen Studenten verspeist. Heimverwaltung und Miliz sind empört. Warum habt ihr das getan? fragt ein Milizionär die Übeltäter. Ihr werdet doch gut verpflegt ... Aber wir hatten Sehnsucht nach Speisen aus unserer Heimat, erklären die afrikanischen Studenten.

Wenn Rosa einen Schwarzen auf der Straße sah, hatte sie immer ein ungutes Gefühl. Schwarze, die sich in Leningrad aufhielten, konnte man an den Fingern abzählen. Einmal hatte Kostik einen Afrikaner in einer Sauna kennengelernt. Das war so ungewöhnlich, daß er davon in der Küche der Kommunalwohnung erzählte. »War er völlig schwarz?« hatta Sveta gefragt. »Ja, absolut«, beteuerte Kostik. »Also er war schwarz?« fragte Sveta ein weiteres Mal. »Ganz und überall. Überall am Körper?« Kostik nickte und schaute sie verdutzt an. In solchen Situationen war er immer etwas schwer von Begriff. Svetas Augen hatten einen schelmischen Glanz. Plötzlich wurde Kostik rot und verließ die Küche.

Der jüngere Polizist führte Tesfaye Richtung Parkausgang. Der Ältere stützte Rosa. Jene Frau, die sich eingemischt hatte, rief ihnen noch etwas nach, das Rosa nicht mehr verstand. Die Menschen gingen auseinander.

Im Polizeiauto nahm Rosa auf dem Rücksitz neben dem Afrikaner Platz, dem die Handschellen immer noch nicht abgenommen worden waren. In der Mitte des Wagens, zwischen den Vorder- und den Rücksitzen, war eine Trennwand aus Maschendraht. Die hinteren Türen waren verriegelt. Hoffentlich sieht mich niemand von meinen Bekannten, dachte die alte Frau.

Der jüngere Polizist war am Steuer. Der Ältere zündete sich eine Zigarette an und kurbelte das Seitenfenster hinunter. Rosa merkte, daß er sie und Tesfaye durch den Rückspiegel beobachtete. Sie senkte die Augen.

»Wenn das stimmt, was der erzählt hat«, sagte der Ältere, »dann wird er bald dort sein, wo er hinmöchte. Wir werden ihn auf Staatskosten in sein Heimatland zurückbefördern.«

»Abschieben«, präzisierte der Jüngere.

Rosa übersetzte das Gesagte ins Russische. Der Afrikaner zeigte keine Reaktion. Er wirkte geistesabwesend, beinahe gleichgültig.

Das Polizeirevier, nur wenige hundert Meter vom Park entfernt, befand sich im Erdgeschoß eines Eckhauses an einer belebten Kreuzung. Ein ovaler Tisch. Bunte Plakate an den Wänden. Bequeme Sessel für die Gäste. Zwei Schaufenster, durch die Passanten Einblick ins Innere hatten. Die Atmosphäre eines Reisebüros.

Rosa und Tesfaye wurden in einen Raum geführt, der sich hinter dem Wachzimmer befand und eine kühlere Atmosphäre verströmte. Ein leger gekleideter Beamter in Zivil nahm die Personalien des Festgenommenen auf und erstellte ein Protokoll, das er in einen Computer eintippte. Zwischendurch machte er Pausen, in denen er sich Kaffee aus einer Thermoskanne nachschenkte. Er summte ein Lied. Die beiden Uniformierten waren durch eine weitere Tür verschwunden.

»Wie gefällt es Ihnen denn in Deutschland?« fragte der Beamte Rosa.

»Ich habe es mir anders vorgestellt.«

»Ja, das sagen sie alle. Man glaubt ja, daß bei uns Bananen auf den Bäumen wachsen.«

»Ich hasse Bananen«, sagte Rosa.

»Na ja, wie auch immer. Die Leute haben völlig überzogene Vorstellungen. Auch der da. Glauben Sie ihm kein Wort. Der stammt höchstwahrscheinlich gar nicht aus Äthiopien. Der jobbt hier irgendwo illegal. Merken Sie, wie er unruhig wird! Der versteht jedes Wort, das ich sage.«

Der Afrikaner schaute sich wirklich mit sichtlicher Unruhe um. Rosa bemerkte, daß er am Haaransatz zu schwitzen begann. Jeder, der mit Handschellen auf einem Polizeirevier sitzt, schwitzt vor Angst, egal ob er ein gutes oder ein schlechtes Gewissen hat, dachte sie. Aber sie war sich selbst nicht sicher, wie weit sie dem Äthiopier seine Geschichte glauben sollte.

»Übrigens: da fällt mir ein Witz ein«, sprach unterdessen der Polizist weiter. »In einem Asylantenheim, wo hauptsächlich Afrikaner untergebracht sind, wird ein Neger von den anderen umgebracht und aufgegessen. Die Polizei kommt und fragt: Warum zum Teufel habt ihr das gemacht? ...«

»Danke«, unterbrach ihn Rosa. »Den kenne ich schon.«

Das ist ja wirklich unglaublich, dachte sie.

Dann holte der Beamte einen kleinen, silberglänzenden Schlüssel mit einer eingeprägten Nummer aus der Schublade, mit dem er die Handschellen aufschloß. »Und versuch ja keine Geschichten!« drohte er und reichte Rosa und dem Äthiopier je ein Exemplar des Protokolls. Es dauerte einige Augenblicke, bevor Tesfaye seine Finger bewegen konnte. An seinen Handgelenken hatten sich Blutergüsse gebildet. Dann wendete er das

Blatt einige Male, sah dabei abwechselnd Rosa und den Polizisten an.

»Das ist das Protokoll«, erklärte Rosa. »Die Angabe zu Ihrer Person und eine Zusammenfassung von dem, was Sie mir erzählt haben. Man erwartet von Ihnen, daß Sie das unterschreiben.«

»Ich unterschreibe das nicht!« sagte Tesfaye. »Bitte sagen Sie ihm das. Ich verlange eine Übersetzung ins Amharische. Vorher unterschreibe ich nichts.« Er legte das Blatt auf den Tisch und begann, die wunden Stellen an seinen Händen zu reiben.

»Ein raffinierter Hund ist das«, meinte der Polizist und Rosa glaubte, sogar etwas Anerkennung aus seiner Stimme herauszuhören. »Aber es wird ihm nichts nützen, nur die Prozedur verzögern. Vielleicht werden wir ihn nach Frankfurt oder Nürnberg überstellen müssen. Dort gibt es sicher einen Äthiopischdolmetscher.«

»Und wie geht es weiter?« fragte Rosa.

»Er wird abgeschoben. Fragt sich nur noch, wohin es gehen soll.«

Der Äthiopier saß weiterhin schweigend neben Rosa. Er wirkte apathisch, was Rosa unangenehm berührte, obwohl sie sich nicht im klaren war, welches Verhalten sie von ihm eigentlich erwartete. Hätte er sich bei ihr bedanken sollen, daß sie mitgefahren war?

Der Polizist ging zu einem Kästchen, das über dem Waschbecken an die Wand geschraubt war, holte zwei weitere Tassen heraus, stellte sie auf den Tisch, schenkte Kaffee ein.

»Ich trinke ihn immer mit Milch und Zucker«, sagte Rosa. In diesem Moment wurde die Tür zum Nebenraum geöffnet. Die beiden Polizisten, die Tesfaye festgenommen hatten, traten wieder ein, gefolgt von zwei Herren in Zivil. Der eine, schlank und mittleren Alters, machte einen offiziellen Eindruck, der andere, älter und füllig, wirkte nervös, irgendwie außer sich. »Das is' er!« sagte er, kaum daß er eingetreten war, mit aufgeregter Stimme. »Kein Zweifel. Das is' er! Der war in meinem Laden und nachher waren fünf Brillen weg und die großen Scheine aus der Kassa. Ich bin nur kurz zur Vitrine gegangen, um eine neue Fassung zu holen, die ein Kunde anprobieren wollte. Ich bin sicher, daß ...«

»Nun mal langsam«, unterbrach ihn der andere. Er schüttelte Rosa die Hand und stellte sich als Inspektor Ferlitz vor. Er sei Leiter dieses Reviers und Rosa sehr dankbar, daß sie sich bereit erklärt hatte, ihre Zeit »für diese unangenehme Angelegenheit zu opfern.« Dann wandte er sich wieder dem Optiker zu. »Schauen Sie sich ihn genau an, Herr Eberle. Wir wollen keine Fehler machen.«

»Das ist der Schwarze, der mich bestohlen hat«, sagte Eberle. Er wirkte nun sicherer.

Auf einmal sprang Tesfaye auf. »Nein!« schrie er. »Nein!« Die beiden Uniformierten drückten ihn wieder in den Stuhl zurück.

»Ich habe ja gewußt, daß er unsere Sprache versteht«, meinte der Beamte am Schreibtisch und lachte. »Der wird sich wundern, wie schnell er jetzt redet.«

Rosa fühlte sich schuldig und ein wenig so, als hätte sie sich selbst blamiert. Gleichzeitig ärgerte sie sich. Was ging sie eigentlich die ganze Geschichte an?

»Also hundertprozentig sicher bin ich mir eigentlich nicht«, sagte plötzlich der Optiker. »Die schauen ja alle irgendwie gleich aus, nicht wahr?« Er stieg von einem Bein auf das andere und zupfte an seiner Krawatte.

»Na, was jetzt?« Der Inspektor drehte sich mit dem ganzen Körper zum Optiker. »War er's oder war er's nicht? Sie müssen schon eine klare Aussage machen, sonst können wir kein Verfahren einleiten.« Der Optiker zuckte mit den Achseln.

Tesfaye saß jetzt zusammengesunken auf dem Stuhl. Er hatte Tränen in den Augen. Eine unangenehme Stille stellte sich ein. »Ich habe niemanden bestohlen«, sagte er schließlich auf russisch. Rosa übersetzte.

»Am besten wir warten, bis der offizielle Dolmetscher eingetroffen ist«, befand der Inspektor. »Ich hoffe nur, er kommt bald. Führt diesen Afrikaner in mein Büro. Da werde ich ihn schon ordentlich in die Mangel nehmen. Sie kommen bitte auch mit,

Herr Eberle.« Danach bedankte er sich ein weiteres Mal bei Rosa und drückte ihr die Hand. Dem Polizisten am Schreibtisch gab er die Anweisung, sie nach Hause zu bringen. Die beiden Uniformierten verabschiedeten sich ebenfalls per Handschlag. »Keine Angst, er wird ordentlich behandelt«, versicherte der Jüngere. »Wir sind schließlich in Deutschland.« Dann faßten sie den Afrikaner an den Armen, stellten ihn auf die Beine. Zuerst scharrte er mit den Füßen, versuchte, sich loszureißen, dann begann er plötzlich zu schreien. Etwas in seiner Sprache. Schnell, abgehackt und kehlig. Hilfesuchend wendete er den Kopf zurück und schaute Rosa mit angsterfüllten Augen an. Aber Rosa sah keine Möglichkeit, ihm beizustehen und verfluchte sich und ihre Hilflosigkeit und die ganze Welt und dachte auf einmal, daß es keinen Sinn gehabt hat, zweiundneunzig Jahre alt zu werden. Ein Ausspruch von Mascha fiel ihr ein: »Du wirst alt werden und weise und manchmal zynisch sein und trotzdem noch an das Gute im Menschen glauben. Und gerade deshalb, glaub mir das, wirst du ein hohes Alter erreichen.«

»Mach keine Faxen!« sagte der ältere Uniformierte zum Afrikaner. »Es hat ja sowieso keinen Zweck.« Der Optiker murmelte währenddessen zerknirscht: »Ich weiß eigentlich wirklich nicht, ob er es war. Ich kann's nicht sagen.«

Kostik und Frieda hatten den Tee ausgetrunken, als Rosa mit ihrer Geschichte fertig war.

»Ich bekomme immer Kopfschmerzen von solchen Sachen«, sagte Kostik. »Am besten, ich lege mich wieder hin.« Langsam erhob er sich vom Sofa. »Mein Gott, Mutter«, meinte er, nachdem er einige Schritte Richtung Bett gemacht hatte. »Du hast Nerven. Mischst dich in einem fremden Land in Sachen ein, die dich nichts angehen. Als ob das Leben nicht ohnehin schon schwer genug wäre. Es reicht ja, daß du an diesem schwachsinnigen Projekt für das Jubiläumsbuch mitmachst.«

»Hör endlich auf, das Projekt zu kritisieren. Es bereitet mir großes Vergnügen«, protestierte Rosa. »Ich kann erzählen, was ich will. Man läßt mich reden. Keiner schreibt mir etwas vor. Und Geld bringt es auch. Es gibt da eine Geschichte, mit der ich sie geködert habe, aber auf die müssen sie noch eine Weile warten. Jeder Tag bringt fünfzig Mark, und das nütze ich natürlich aus. Je mehr ich erzähle, umso besser. Schließlich willst ja du nach Aix-en-Provence. Wie sollten wir uns diese Reise sonst leisten?«

»Wenn ich nach Aix-en-Provence fahren könnte, wäre ich, glaube ich, glücklich wie noch nie in meinem Leben. Trotzdem habe ich bei diesen Interviews kein gutes Gefühl. Schau nur, daß du bei dem Ganzen nicht auf die Nase fällst«, sagte Kostik.

»Genau dasselbe hat Mascha gesagt.«

»Wer???«

»Ach, vergiß es wieder.«

»Ihr könnt sagen, was ihr wollt«, meinte Frieda plötzlich, »aber irgendwie mag ich die Neger nicht. Ich weiß, daß es falsch ist, so zu denken. Aber trotzdem.«

»Jetzt wirst du sicher wieder deine üblichen Alpträume haben, Mutter«, sagte Kostik, als er sich ins Bett gelegt und Frieda ihn zugedeckt hatte.

7

Ein dichter Nadelwald. Sumpfiger Grund. Im Frühjahr und Herbst versinken die Wagen im Schlamm. Auf dem einzigen Hügel weit und breit die Ruine des Herrenhauses, ein beliebter Spielplatz für Kinder. Ljubimow, der ehemalige Grundherr, ist 1921 ins Ausland geflüchtet. Die Bolschewiken haben sein Haus niedergebrannt. Hinter einer scharfen Biegung erscheint plötzlich das Dorf am Fluß. Felder. Brachland. Holzhäuser, die sich um die Kirche, den kleinen Hafen und die Bahnstation gruppieren. Etwas abseits die Synagoge. Seit den großen Umbrüchen hat sich hier wenig geändert. Sogar die Gotteshäuser stehen den Gläubigen noch zur Verfügung. Im dreißig Kilometer entfernten Nachbarort ist in der Synagoge nun ein Schweinestall und in der Kirche ein Klub für Atheismus – geleitet vom Juden Raikin. Sie haben schon Humor, diese Kommunisten. Und sie haben Wort gehalten, zumindest was die Elektrifizierung des Landes betrifft. Entlang der Bahnlinie, am Fluß, haben sie Masten aufgestellt, glänzende Drähte gezogen. In jedem Haus hängt jetzt eine Glühbirne von der Decke. Fünf Laternen beleuchten die Hauptstraße, so daß man an mondlosen Nächten nicht mehr im Schlamm ausrutscht oder in Pfützen steigt. Bald wird nichts mehr so sein wie früher.

Nur daß in unserem Dorf manche Bauern die Lichtschalter nicht anrühren, denn was in der Nacht ohne Feuer leuchtet, kommt vom Teufel, sagen sie, und die Vorsitzende der örtlichen kommunistischen Jugendorganisation Komsomol weigert sich am Samstag zu den Versammlungen zu kommen, weil Sabbat ist.

Ich kann darüber nur lachen. Ich bin klug und gebildet, gehe in die neunte Klasse der Friedrich-Engels-Mittelschule in Gomel, wo man in der großen Halle der Hauptpost telephonieren kann, wo es eine Forstwirtschaftliche Hochschule gibt und wo bald sogar Straßenbahnen fahren werden.

Mein Vater hat es geschafft. Mit der neuen Macht ist er selbstsicherer geworden, sieht seine Zeit gekommen. Wer früher unter den Verhältnissen gelitten und es zu nichts gebracht hatte, der steht heute auf der Seite der Sieger. Seit 1922 ist Vater Sekretär des Dorfsowjets, obwohl ihn seine Arbeit in der Regionalen Forstkooperative, wo er eine fixe Anstellung hat, genügend in Anspruch nimmt. Deshalb helfe ich ihm in den Sommerferien, wenn ich von Gomel nach Hause komme, den nötigen Papierkram für das Sekretariat zu erledigen.

Zur Zeit wird ein wichtiges Allunionsdekret umgesetzt. Jedem Staatsbürger des Landes muß ein Personalausweis ausgestellt werden. Aus den umliegenden kleineren Dörfern und Weilern kommen die Leute in unser Gemeindeamt, wo ich hinter einem Schreibtisch sitze und mit schwarzer Tinte ein Formular nach dem anderen ausfülle, bis mir die Finger schmerzen.

Leschtschenko, Sachar Kirilowitsch, wohnhaft im Weiler Morkowino, verheiratet, Landarbeiter, geboren am …

Der junge Bauer kratzt sich am Kinn.

»Achtzehn Jahre werden es wohl schon sein, daß mich meine Mutter geboren hat«, sagt er, überlegt noch einen Augenblick. »Vielleicht auch neunzehn.«

Ich schüttle den Kopf.

»Haben Sie eine Geburtsurkunde?« frage ich. Er denkt nach.

»Ich hatte eine, glaube ich. Aber die ist sicher verbrannt mit dem alten Haus. Als ich auf die Welt gekommen bin, hat sich jedenfalls Antoschka, der alte Schmied, das Genick gebrochen. Das weiß ich von meiner Mutter, Gott hab sie selig.«

»Ich habe nie von einem Antoschka gehört.«

»Es hat damals diesen furchtbaren Hagel gegeben, der die Tiere erschlagen hat, sogar Pferde.«

Vom großen Hagel haben mir schon andere erzählt. Das Geburtsjahr 1905 steht demnach fest.

»Kennen Sie den Tag Ihrer Geburt?« frage ich.

»Was weiß ich. Mein Gott, Mädchen, es gibt Wichtigeres im Leben.«

Zum wiederholten Male weise ich auf den Stuhl. Aber er bleibt stehen, umklammert mit beiden Händen die Lehne.

»Es war im Frühjahr«, sagt er. »Ein paar Wochen nach der Schneeschmelze.«

Nach einigem Zögern trage ich den 5. Mai in die vorgesehene Rubrik ein. 5.5.1905 – ein schönes Geburtsdatum. Für Juden ist die Fünf eine magische Zahl. Obwohl der Bauer kein Jude ist, soll er, wenn es nach mir geht, Glück haben im Leben. Er hat ein sympathisches Gesicht mit Grübchen in den Wangen und kräftige Arme. Wenn ich ihn anschaue, überkommt mich ein eigentümliches Gefühl, angenehm und beängstigend zugleich, so daß ich schnell den Blick senke.

Ein anderer Bauer legt mir eine Geburtsurkunde mit Doppeladler und ausgebleichtem Stempel vor. »Wie unser Erlöser«, sagt er stolz und zeigt mit dem Finger auf das Datum. Es ist der 24. Dezember 1887. Schnell rechne ich nach und schreibe: *5. Jänner 1888.*

Er blickt mir über die Schulter.

»Aber Mädchen!!!«

Ich zucke zusammen. Ein häßlicher Farbklecks breitet sich über das Blatt, verwandelt sich zuerst in einen Käfer, dann in eine Spinne. Ich taste nach dem Stofftuch in der Tasche meines Kleides.

»Der neue Kalender«, murmle ich. »Der Gregorianische. Nach der Reform von 1918. Wir müssen die Geburtsdaten nach dem Kalender neuen Stils eintragen.«

»Ich möchte aber meinen richtigen Geburtstag behalten!« bleibt der Bauer stur.

»Die Sowjetmacht hat dekretiert, daß …«

Ich springe auf und schreie. Mit einer heftigen Bewegung hat der Bauer das Tintenfaß vom Tisch gefegt. Die Tinte spritzt mir auf Schuhe und Strümpfe.

»Zum Teufel mit deiner Sowjetmacht, du Judengör!« brüllt der Mann und fuchtelt mit der Faust vor meinem Gesicht. »Zuerst requiriert sie mein Getreide, bis es meinen Kindern die Bäuche aufbläht, weil sie nichts zu fressen haben. Und dann nimmt sie mir nicht nur den Tag, sondern auch das Jahr. Gib mir mein Geburtsjahr zurück! Gib es mir zurück!«

Ich verstehe, daß wir von den großen Zeiten noch weit entfernt sind. Der Bauer erhält, wonach er verlangt.

An den Abenden kommen mein Vater und der Vorsitzende des Dorfsowjets, um die Pässe zu unterschreiben. Links unten, auf dem Blatt mit den Personalien, setzt Vater, der Sekretär, seine Unterschrift, rechts der Vorsitzende, Iwan Murtschenko, genannt der Rote Wanjka. Im Weltkrieg hochdekoriert, im Bürgerkrieg Kommandant einer Roten Eliteeinheit, ist er für mich aufgrund seiner Aufrichtigkeit und Unbestechlichkeit der einzige wahre Kommunist unter den Bolschewiken. Doch an der Papierfront strauchelt er schnell. Angesichts der bereit liegenden Pässe hat er Schweißausbrüche. Er krempelt die Ärmel hoch und seufzt: »Ach! So viel Arbeit!« Wenn er schreibt, streckt er die Zunge heraus, mit der er jeden mühsam gesetzten Strich auf seinem Oberlippenbart nachzuzeichnen scheint. Ein schiefes I, ein buckliges M. Am nächsten Tag werden die amtlich beglaubigten Dokumente ihren Inhabern ausgehändigt.

Eines Tages betritt eine junge Frau – sie ist vielleicht zwei, drei Jahre älter als ich – die Amtsstube. Nichts in ihren Bewegungen verrät jene Mischung aus Mißtrauen, unterdrückter Angst und Ehrfurcht, die ich von den anderen kenne. Sie legt das Photo, das sie wohl beim alten Isaak in seinem kleinen Atelier neben dem Bahnhof machen ließ, auf den Tisch und setzt sich. Ihr Gesicht kommt mir bekannt vor, aber ich denke vorerst nicht weiter darüber nach, breite mit einer über Wochen erworbenen Routine ein

Formular auf dem Tisch aus, streiche über die leicht gerippte Oberfläche des breitkörnigen Papiers.

»Name?«

»Rabinowitsch. Rivka Mowschewna.«

Da fällt mir ein, woher ich das Gesicht der Frau kenne. Aus der Mühle stromabwärts, dort wo der Bach in den Fluß mündet. Die Mühle gehörte früher der Witwe Sakodower, die 1920 von Balachowitschs Bande ermordet wurde. Nun ist sie in den Besitz der staatlichen Kooperative übergegangen und beschäftigt drei oder vier Arbeiter. Mowsche Rabinowitsch wurde nach der Übernahme als provisorischer Leiter bestellt. Doch das Mädchen, das mir gegenübersitzt, ist nicht seine Tochter. Sie heißt Jewdokija und ist Ukrainerin. Vor zwanzig Jahren ist ihr Vater als Arbeiter am Bahnbau in unsere Region gekommen. Jewdokija ist mir aufgefallen, weil sie kräftig ist wie ein Mann und die Getreide- und Mehlsäcke mit einer so verbissenen Miene schleppt, als führte sie einen ganz persönlichen Krieg gegen sich selbst und die Welt.

Ich lege die Feder weg.

»Karaschtschuk«, sage ich. »Jewdokija, eh ..., Isajewna, wenn ich mich nicht irre.«

Ich schaue sie an und sie mich.

»Hast du nicht gehört? Schreib, was ich dir gesagt habe!«

Keine von uns senkt die Augen.

»Geburtsurkunde«, flüstere ich. Mund und Gaumen fühlen sich plötzlich so trocken an.

»Hab ich nicht«, sagt sie. »Verloren, verbrannt, gestohlen ... Bin ich die Hüterin der Papiere meiner Eltern?«

In der Dämmerung wirken ihre Augen wie hinter einem Schleier, matt und unwirklich.

»Sonst irgendwelche Dokumente? Zaristische? Deutsche? Polnische?«

»Da! Schau her! Das ist mein Dokument!« Sie macht ein unanständiges Zeichen mit den Fingern und gibt einen jener Flüche von sich, die mit der Mutter oder Großmutter des Adressaten beginnen und mit seinen Kindeskindern enden.

»Du, hör auf damit! Hör auf, sonst hau ich dir eine runter!«

Alles muß ich mir nicht gefallen lassen von diesem Luder, das kaum älter ist als ich. Ich bin nicht irgendwer. Trotzdem haben meine Worte mehr als Bitte, denn als Drohung geklungen.

Ich bin eine Amtsperson. Ich erfülle eine wichtige Aufgabe.

Sie erschlägt mich, ganz ohne Zweifel!

In der Schule in Gomel bin ich die Beste der Klasse. Sogar der Direktor hat mich gelobt.

Dieser dumme Bauerntrampel ist stärker als ich!

Meine Freundinnen schätzen mich.

Sie haßt mich!

Sie steht auf, beugt sich zu mir über den Tisch. Etwas zieht sich mir im Magen zusammen. Meine Hände drehen den Holzstiel der Feder, immer schneller. Wenn ich doch nur aufstehen könnte, um mir aus der anderen Ecke des Zimmers ein Glas Wasser zu holen. Reflexartig drehe ich den Kopf zur Seite.

»Schlag mich! Versuch es!« sagt sie leise. Es klingt fröhlich. Sie setzt sich wieder, kreuzt die Arme auf der Brust, schlägt die Beine übereinander.

»Ich bin nicht lebensmüde«, sage ich und lächle nun ebenfalls, kann wieder durchatmen.

»Was mußt du noch wissen?« fragt sie.

»Geburtsdatum!«

»15. November 1906.«

Ich spüre, wie ihr Blick auf mir lastet. Als würden kleine Nadeln in meinen Körper dringen. Ich springe auf, laufe zum Lichtschalter. Die Glühbirne verströmt ein kaltes Licht.

»Ich mache es so, wie du willst, die Sowjetmacht ist großzügig«, sage ich und frage nun doch: »Aber wozu der falsche Name? Und ein jüdischer noch dazu. Die Leute wissen ja ohnehin, wer du wirklich bist.«

»Kümmere du dich um deine eigenen Angelegenheiten«, antwortet sie schroff, doch ich weiß sofort, daß sie es mir trotzdem erzählen wird. Sie zögert einen Augenblick, mustert mich prüfend.

»Es ist nämlich so. Ich möchte in diesem elenden Kaff nicht bleiben. Meine Eltern sind sowieso tot, ich habe niemanden. Ich will was erreichen in meinem Leben. Ich geh nach Minsk oder sogar nach Moskau oder Leningrad.«

»Aber wozu …«

»Wozu? Gerade du solltest es besser wissen. Wer geht denn in der Stadt zur Schule, wo man all die klugen Dinge lernt, die man braucht, um irgendwann anderen anzuschaffen, anstatt Mehlsäcke zu schleppen? Du tust es und Chaim und Rachel, die Tochter des Kesselflickers, nicht Jewdokija. Wie erreicht man am besten seine Ziele in einem Land, wo die Krummnasigen regieren? Also! Schreib! Schreib! Und vergiß den Stempel nicht.«

Es fällt mir schwer zu beschreiben, wie ich mich nach diesen Worten fühle. Wie mir das Blut ins Gesicht schießt, wie ich zittere, wie ich mich hasse, weil ich nichts erwidern kann. Ich habe Angst. Ich bin verwirrt. Ich hasse meinen Vater, der mir diese Arbeit aufgebürdet hat, der nicht bei mir ist und mich gelehrt hat zu schweigen. Ich hasse die großen Zeiten, die uns Glück bringen werden und die unser aller Sehnsucht sind. Ich schaue dem Mädchen nach, wie es festen Schrittes aus dem Zimmer geht.

Jahrzehnte später sehe ich Jewdokija in Leningrad wieder. Stalin wuchs heran zum Gott und ist ganz ungöttlich gestorben. Die Ängste und schlaflosen Nächte ließ er uns zurück. Chruschtschow hat alles verändert und ist vom Sockel gefallen, sein Nachfolger kriecht schnaufend auf das Mausoleum des großen Initiators, steht dort jahraus, jahrein als Symbol der Unverrückbarkeit und Sicherheit unseres Lebens.

Der Alltag ist ereignislos, die interessantesten Menschen trifft man in der Schlange vor dem Metzgerladen. Was für Gespräche habe ich dort geführt! Sie ist schon eine wunderbare Erfindung, die Mangelwirtschaft. Wann hat man sonst Zeit füreinander, außer in der Schlange, welche vorwärts kriecht, den Kopf verliert, sich selbst regeneriert, bis die Tür des Ladens krachend ins Schloß fällt. Geborgenheit, Neugierde, Überraschung und der Ellbogenstoß unter die Rippen, daß du glaubst, du hauchst das Leben aus, und kommst dann meist doch irgendwie ans Ziel. Ein Pfund knochigen Schweinefleisches als Trophäe.

Nach so vielen Jahren erkenne ich Jewdokija, nein – ich müßte doch Rivka sagen –, sofort, obwohl ihr Gesicht viel breiter geworden ist. Wie ihr ganzer Körper. Sie steht vor mir.

»Jewdokija?!«

»Es ist ein Menschenalter her, daß mich jemand so genannt hat«, murmelt sie und zwingt sich ein Lächeln ab. »Vor dem Krieg war ich Rivka Mowschewna. Heute sagen alle Raissa Markowna zu mir.«

Ein Augenblick des Schweigens für fünf Jahrzehnte. Reglos stehen wir einander gegenüber. »Schließt auf, haltet die Schlange nicht auf!« tönt es von hinten.

Eine Stunde später bin ich bei ihr zu Hause. Sie schenkt mir Tee ein. Ihr Zimmer ist groß, in früheren Zeiten ist es vielleicht ein großbürgerlicher Salon gewesen. Trotzdem kann man sich kaum bewegen, muß sich zwischen den Möbelstücken durchzwängen. Das monotone Rauschen hinter der Wand komme aus der Toilette, erklärt sie mir. Seit Jahren schon sei die Spülung defekt. Ihr Mann, ein hinkender Kriegsveteran, begrüßt mich mürrisch und zieht sich in die Küche zurück. Der Sohn hält ein kleines Kind in den Armen. Die Schwiegertochter hat Abendschicht und ist deshalb nicht daheim.

»Mein Jaschenka hat zwei Tage frei«, erzählt mir Rivka, »ab morgen hat er wieder achtundvierzig Stunden Dienst. Er ist nämlich Krankenpfleger im Städtischen Altersheim.«

»Altersheim ist gut«, sagt Jascha, während er sein Kind, das in seinen Armen eingeschlafen ist, vorsichtig ins Gitterbett legt. »Ein Hundezwinger ist ein Sanatorium dagegen.«

»Dabei wollte er Arzt werden.« Rivka seufzt. »Er hat einen klugen Kopf, mein Jascha, fast so als wäre er ein richtiger Jude.

Aber man hat ihn nicht genommen, eben weil man glaubte, er sei ein Jude.«

»Jetzt fängt Mama wieder mit der Legende an, daß ich kein Jude bin.« In Jaschas Stimme schwingt die Verärgerung eines Menschen mit, der es leid ist, über ein längst abgehandeltes Thema zu diskutieren.

»Sie kann es bestätigen!« Die Mutter macht eine Kopfbewegung in meine Richtung. »Das ist nämlich die kleine Jüdin, die mir damals den Ausweis ausgestellt hat, du kennst doch die Geschichte …«

»Jetzt hör endlich auf!« fällt ihr Jascha ins Wort und befreit mich von der unangenehmen Verpflichtung, als Zeugin aufzutreten. »Du mußt endlich lernen, dazu zu stehen, was du bist. Zu lange hat man auf unserem Volk herumgetrampelt.«

»Hörst du das! Hörst du das!« schreit die Mutter. »Ein richtiger Zionist. Gut, daß sein seliger Großvater so etwas nicht miterleben muß. Er war Sohn eines Popen.«

»Mama, schau mich an!« Jascha ist aufgestanden, wendet sich aber nicht seiner Mutter, sondern mir zu. »Wenn ich kein vollblütiger Jude bin, dann bin ich der Kaiser von Japan.«

»Sehr erfreut, Majestät«, murmelt die Mutter.

In der Tat erinnert Jaschas Nase an den Hauptkamm des Kaukasus. Seine Lippen sind rot wie die Fahnen bei den Aufmärschen am 1. Mai. Das schon etwas lichte Haar ist kraus und schwarz. Und in den dunkelbraunen, glänzenden Augen spiegelt sich jene altbekannte Traurigkeit – der Schmerz eines seit zweitausend Jahren unterdrückten Volkes …

»Und der Vater …?«

»Wassja? Kommt aus dem Dorf Peripitjulkino bei Orenburg. Der hat soviel Jüdisches in sich wie unser Parteivorsitzender von einem Professor für Nuklearphysik.«

Ein höchst interessantes Phänomen, denke ich. Kostik hat schon recht, wenn er sagt, wir lebten im Land der begrenzten Unmöglichkeiten.

»Aber da waren doch sicher andere«, frage ich schüchtern. »Ich meine, außer Wassja.«

»Was glaubst du, weshalb ich seit vierzig Jahren fast täglich mit meinem Mann streite ... Lauter Vorwürfe und Bezichtigungen! Aber nein, es geht sich in keinem einzigen Fall aus. Nur Wassja kann der Vater sein.«

Bereitwillig erzählt sie mir ihre Lebensgeschichte, wie sie in Minsk in einer Fabrik gearbeitet, eine Abendschule und danach die Abenduniversität für Arbeiter absolviert hat, wie sie nach Leningrad übersiedelt und sich zur leitenden Angestellten eines Maschinenbaukombinats emporgearbeitet hat, wie sie zu Kriegsbeginn mit der gesamten Belegschaft der Fabrik auf den Ural evakuiert worden ist.

»Wir waren Helden an der Arbeitsfront. Zehn Tage Arbeit, ein Tag frei, zwölf Stunden jeden Tag.«

Ende der vierziger Jahre änderte sich plötzlich alles. Raissa Markowna – für ihre Vorgesetzten plötzlich wieder Rivka Mowschewna – verlor, des Kosmopolitismus verdächtigt, ihre leitende Position, mußte das Kombinat verlassen und sich mit Gelegenheitsarbeiten durchschlagen. Der Sohn durfte nicht studieren, und sogar jene fernen Verwandten in der Ukraine, an die sie sich wandte, damit sie ihr Nichtjudentum bestätigten, wollten nichts von ihr wissen.

»Laß uns in Ruhe, haben sie mir gesagt. Wenn man erfährt, daß wir mit einer Jüdin verwandt sind, vielleicht sogar selber Juden sind, dann Gnade uns Gott. Du weißt ja, wie das ist. Alle sagen, du bist ein Kamel, und dann beweis einmal, daß du keines bist ...«

Sie atmet schnell und laut, so als wäre sie im Laufschritt drei Treppen hinaufgelaufen. »Ich habe sogar mit dem Gedanken gespielt, dich zu suchen, damit du meine Version bestätigen kannst.«

Ich schweige.

»Verdammte Saujuden!« schimpft Jewdokija-Rivka. »Zuerst erobern sie das Land, krempeln es um, zerschlagen alles und dann können sie nicht einmal die Macht halten und lassen sich wieder verfolgen. Der einfache Mensch kann sich auf nichts mehr verlassen. Ständig wird er von den Juden betrogen. Ein mieses Volk ist das. Entschuldige, du persönlich bist nicht gemeint.«

Aber ich bin nicht beleidigt.

»Du hast sicher recht, Rivka Mowschewna«, sage ich.

Für einen Augenblick blitzt Wut in ihren Augen auf. Das Teeglas in ihrer Hand beginnt zu zittern. Ich sollte aufstehen und sie in die Arme nehmen, ihr ähnliche und noch viel schlimmere Geschichten erzählen, etwas Banales sagen, das alles viel leichter und gleichzeitig schwerer macht.

Ich bleibe sitzen.

»Und nun möchte Jaschenka nach Israel auswandern. Vor ein paar Wochen hat er die Dokumente eingereicht.«

»Ich will so schnell wie möglich weg von hier«, sagt Jascha, der während der Erzählung seiner Mutter geschwiegen hatte. »Wir Juden haben nun endlich ein Land, wo wir uns zu Hause fühlen können.«

»Da hörst du es selbst.« Rivka-Jewdokijas Stimme klingt kraftlos. »Jaschenka möchte uns, Wassja und mich, in seinen Judenstaat mitnehmen. Wassja wäre ja nicht abgeneigt. Er träumt von einer Wohnung am Meer. Mit Balkon. Und einer Palme im Blickfeld. Ich selbst weiß nicht mehr, was ich will.«

»Na ja, vielleicht findest du doch noch das Glück … Dort, wo die Krummnasigen regieren«, sage ich. Sie schweigt und schenkt mir Tee ein.

8

An einem regnerischen Tag im August 1925 stieg ich in der Stadt Leningrad, wo ein paar Jahre zuvor, als sie noch Petrograd hieß, das Volk die Herrschaft errungen hatte, aus dem Zug. Lehrer, Freunde und Verwandte hatten mir von dieser Stadt vorgeschwärmt. »Wenn du am Puls der Zeit sein möchtest, geh nach Leningrad«, hatte mir meine Russischlehrerin geraten, »du bist viel zu begabt, um in der Provinz zu versauern. Jahrhundertelang war es den meisten Juden in unserem Land verboten, in Großstädten zu wohnen. Jetzt dürfen sie es. Du solltest diese Chance nützen.«

Ich war immer Musterschülerin gewesen. Ich hatte das beste Reifezeugnis meines Jahrgangs, die fortschrittlichsten Ansichten, gute Voraussetzungen also für ein erfolgreiches Leben in unserem aufstrebenden sozialistischen Vaterland. Ich war zu Höherem berufen, als in einem Provinzbetrieb oder in der Dorfverwaltung zu arbeiten, ein paar Jahre später zu heiraten und mein weiteres Leben der Familie zu widmen, wie es die meisten Frauen taten. Das sah schließlich sogar mein Vater ein, der mich vorerst nicht gehen lassen wollte. Diesmal war Mutter von Anfang an auf meiner Seite. »Wenn du nicht so lange gezögert hättest, wären wir heute längst in Kanada, wo uns meine Tochter in ihrem eigenen Wagen herumkutschieren würde«, erklärte sie. »Jetzt ist das nicht mehr möglich. Du hast mein Leben ruiniert, willst du diesem Kind auch noch Hindernisse in den Weg legen?«

»Nachdem Klara gegangen ist«, murmelte Vater, »habe ich gehofft, daß wenigstens Rosa bei uns bleibt.«

»Du denkst immer nur an dich!« schrie Mutter. »Alle, die begabt sind und etwas erreichen wollen, ziehen in die großen Städte! Noch nie ist es den Juden in diesem Land so gut gegangen wie jetzt. Irgendwann werden die Juden dafür bezahlen müssen, und wir sollten die Zeit bis dahin ausnützen, so gut es geht.«

Ich teilte Mutters Pessimismus nicht. Wenn der Sozialismus in unserem Land erst einmal gesiegt hatte, würde es keine Juden, Russen oder Weißrussen mehr geben, sondern nur noch Sowjetbürger. Aber ich verzieh meiner Mutter ihre reaktionären Ansichten. Sie war ein Produkt ihrer Zeit und ihrer Klasse. Die Zukunft würde sie eines Besseren belehren. Ich versprach meinen Eltern, sie oft zu besuchen. Dem elenden Nest Witschi weinte ich keine Träne nach. Das Leben lag vor mir.

Tage und Nächte war ich in einem Waggon unterwegs gewesen, an dessen Außenwand die Aufschrift *Dritte Klasse* übermalt und durch ein Wappen mit Hammer und Sichel ersetzt worden war. In der Sowjetunion gab es keine Klassen mehr. Jetzt reiste man im Hartsitzabteil, wenn man sich Weichsitz oder Schlafwagen nicht leisten konnte.

Meine Schwester hatte Witschi schon vor einem Jahr verlassen, in Moskau eine Sekretärinnenschule besucht und in einem großen Betrieb eine Stelle angenommen. Ich aber träumte davon, Juristin zu werden, um später für die Gerechtigkeit in unserem Land tätig zu sein.

Als Schülerin hatte ich einmal im Haus der Kultur von Gomel einem fiktiven Prozeß beigewohnt, bei dem ein angeblicher Säufer verurteilt werden sollte, der regelmäßig das Haushaltsgeld vertrank. Ein Schaustück, bei dem das Publikum in wechselnden Rollen über Recht oder Unrecht entscheiden konnte. Zu jener Zeit waren Spiele dieser Art bei der Bevölkerung beliebt. Ihr Ziel war es, Menschen zu mündigen Staatsbürgern zu erziehen. Der »Staatsanwalt« pochte auf die Bestrafung des Übeltäters. Das

Sorgerecht für seine Kinder solle ihm entzogen und er selbst in einer geschlossenen Anstalt einer Zwangsentziehungskur unterzogen werden. Der »Verteidiger« erklärte, daß zwischen den Ehepartnern eine tiefe Kluft bestehe und daß die Ehefrau einen Teil der Schuld mittrage. Diese Worte machten mich wütend, so daß ich mich, trotz meiner sechzehn Jahre, zu Wort meldete. Schüchternheit gehörte nie zu meinen Schwächen. Ich hielt eine feurige Rede, in der ich den Säufer verurteilte und die Ehefrau verteidigte, so daß mir viele aus dem Publikum applaudierten. Andere meinten: »Was versteht die schon, das junge Mädl, das Gör. Wenn man ihn einsperrt, was wird dann aus ihr, der Ehefrau? Er ist doch der Erhalter der Familie. Wenn er nicht mehr da ist, gerät die Frau erst recht in Not.« Schließlich mußten mich zwei Freunde durch die Hintertür in Sicherheit bringen. Einige Frauen hatten gedroht, mich zu verprügeln.

Ich verbrachte einige Tage bei meiner Schwester in Moskau und fuhr dann nach Leningrad. Im Abteil des Schnellzuges saß ein Student, eine jüdische Familie mit einem fettleibigem Sohn von etwa zwölf Jahren, ein Gentleman mit Pincenez, vor der Revolution Universitätsprofessor, jetzt Compagnon in einem Leningrader Handelsbetrieb. Normalerweise war er im Schlafwagen unterwegs, hatte aber fast sein gesamtes Reisegeld am Kartentisch verspielt. Im Rahmen der sogenannten Neuen Ökonomischen Politik war das private Unternehmertum wieder erlaubt worden, ein Rückschritt, eine temporäre Erscheinung, doch, wie die Zeitungen schrieben, angesichts der wirtschaftlichen Lage eine Notwendigkeit. Die Stimmung war gut. In den Bahnhöfen suchten wir die Gaststätten auf, wo stets interessante Bekanntschaften zu machen waren. In Twer' dauerte es einen halben Tag, bevor wir weiterfuhren. Aber das waren alles Kleinigkeiten. Als wir endlich in Leningrad waren, schien es, als würden wir uns schon seit Jahren kennen.

Die jüdische Familie wurde von ihrer gesamten Sippe am Bahnsteig empfangen. Großmütter und Großtanten in langen, bis zum Boden hinunterreichenden Röcken, wie sie vor der Revolution Mode waren, Männer mit alten Militärmützen, grauen Jacken, sorgfältig bis zum Kragenknopf geschlossenen weißen Hemden und dunkelblauen Galoschen. Ich hatte erwartet, die Bewohner unserer alten Hauptstadt würden mondäner aussehen, auch wenn sie erst seit wenigen Jahren in der Großstadt zu Hause waren. Die Wartenden ertränkten die Ankommenden in einem Schwall lauter jiddischer Phrasen. Das Kind schrie etwas, zeterte, stampfte mit den Füßen. »Ich will nischt, Mamele …« hörte ich seine penetrante, hohe Stimme. Eine ordentliche Ohrfeige wäre jetzt angebracht, dachte ich. Ach, wie haßte ich diese Provinzjüdlein mit ihrer behäbigen Selbstgefälligkeit und dieser Städtlpanik, so als wäre die Zeit der Verfolgung nicht ein für allemal vorbei.

»Mein Kind«, sagte der ehemalige Universitätsprofessor, bevor wir auseinandergingen, »solltest du einmal Probleme haben oder weder ein noch aus wissen in unserem vielgepriesenen goldenen Tor zum Westen, wende dich an mich. Du bist jederzeit willkommen. Hier ist meine Karte.«

Arkadij Sergejewitsch Breitscheid, Handelsreisender, Fabritschnaja uliza, Haus 99, Wohnung 14. Leningrad. Telephonnummer 17129 stand darauf. Als sich mir der Mann im Zug vorgestellt hatte, war mir der Name Breitscheid etwas kurios erschienen. Seine Vorfahren seien Baltendeutsche gewesen, hatte er mir erklärt. Jetzt wunderte ich mich, daß er ein Telephon in der Wohnung hatte, dachte aber nicht weiter darüber nach, denn schon wurde ich von den anderen Fahrgästen Richtung Ausgang geschoben. Im Augenwinkel sah ich noch, wie Breitscheid von einem grobschlächtigen Kerl abgeholt wurde. Er nahm das Gepäck und trug es mit einer Leichtigkeit, als handle es sich um Vogelkäfige. Das bestärkte mich in meiner Vermutung, alle Nutznießer der Neuen Ökonomischen Politik seien eigentlich Banditen. Zumindest hatten sie Freunde, die wie Banditen aussahen.

Der Student zeigte mir den Weg. Durch eine lange Halle und eine Treppe drängten wir hinaus zum Ausgang und auf die

Straße. Der Himmel hing regenschwer über der Stadt. Alles, was ich beim ersten Blick ins Freie sah, Menschen, Pferde, Kaleschen, troff vor Nässe. Ich bemerkte, daß in der europäischsten Metropole des ersten Arbeiter- und Bauernstaates der Welt immer noch Pferdetrambahnen verkehrten und auf die begüterten Fahrgäste keine Motortaxis, von denen es sogar in Gomel schon zwei Stück gegeben hatte, sondern Pferdedroschken warteten. Aber spätestens in zehn Jahren, das wußte ich aus dem Schulunterricht, würden wir die USA an Wirtschaftskraft und Wohlstand überholt haben. Dann würde auch bei uns im entlegensten Winkel des Landes jeder mit dem eigenen Automobil unterwegs sein. Ich war so zuversichtlich und glücklich an diesem Tag, daß ich einem der zerlumpten Straßenkinder, die vor dem Bahnhofsportal bettelten, einen Rubelschein schenkte. Er bedankte sich mit einem kurzen Nicken des Kopfes, musterte mich verächtlich und lief davon.

»Bist du verrückt?« schrie der Student. »Du wirst dein Geld selbst bitter nötig haben. Es gibt genug andere, die sich heutzutage Großzügigkeit leisten können.« Sofort haßte ich ihn. Was erdreistete sich der widerliche Mensch, mir den Augenblick zu zerstören! Ich verabschiedete mich trocken und ging. »Hast du überhaupt eine Bleibe?« rief er mir nach. »Ich könnte für dich was organisieren. He, wohin so eilig?« Das wäre ja noch schöner, dachte ich. Schon im Zug hatte ich das Gefühl gehabt, daß der Mensch ein Auge auf mich geworfen hatte.

Bevor ich zu Sore, einer Cousine meiner Mutter, ging, besichtigte ich eingehend den Bahnhofsvorplatz. Er hieß Platz des Aufstands und war von mehrstöckigen Häusern umgeben. Jedes einzelne kam mir wie ein Schloß vor. Auch wenn die Türen schäbig waren, der Verputz bröckelte und aus den Oberlichten Ofenrohre ragten, war es gerade dieses Proletarische und Mondäne zugleich, was mich beeindruckte. Am meisten faszinierte mich jedoch das Denkmal in der Mitte des Platzes, ein gigantisches Bronzestandbild des Zaren Alexander des Dritten, des Vaters unseres letzten Alleinherrschers Nikolaus des Blutigen. Ich war erstaunt, daß es die Revolution überstanden hatte. In Gomel hatte man alle Denkmäler des alten Regimes längst vom Sockel gestoßen. Bald verstand ich aber, warum dieses Monument verschont geblieben war. Der massige Körper des Zaren saß unnatürlich steif und plump auf einem Reitpferd, das an einen Ackergaul erinnerte. Haltung und Gesichtsausdruck des Herrschers hatten etwas so Brutales und Abschreckendes, daß ich bei seinem Anblick zu frösteln begann. Ein byzantinischer Kaiser in der Gestalt eines Bauern. Die Aufschrift am Sockel war offensichtlich jüngeren Datums: *Meinen Vater und meinen Sohn hat die verdiente Strafe schon auf Erden ereilt, ich aber stehe hier als abschreckendes Beispiel für alle Zeiten. Alexander III. Selbstherrscher aller Russen.* Trotz Regen und Kälte verharrte ich zehn Minuten, vielleicht länger, vor dem Denkmal. Was war das für eine Stadt, in der so etwas möglich war? Damals wußte ich noch nichts von den Hintergründen, erfuhr erst später, wie revolutionär und entlarvend das Monument bei seiner Aufstellung Ende des 19. Jahrhunderts gewirkt hatte und verstand nicht, wie gefährlich eine solche Form von Monumentalkunst auch für die neuen Machthaber werden konnte. Das im Volksmund Vogelscheuche genannte geniale Kunstwerk des Bildhauers Trubezkoj wurde einige Jahre später tatsächlich entfernt. Vielleicht aber spürte ich damals schon, daß dieser Platz mit seinen verfallenden Prachtbauten, dem nach außen hin glanzvollen, aber schon schmuddeligen Bahnhof und diesem Schreckgespenst in seiner Mitte alles widerspiegelte, was diese Stadt ausmachte. Es war dieser erste überwältigende Eindruck, eine heftige und zugleich beklemmende Zuneigung, die ein Dreivierteljahrhundert anhalten sollte.

Der Mann hatte kleine Augen, die er zusammenkniff, wenn er mich ansah. Er roch nach billigem Rasierwasser und Schweiß. Immerfort rieb er mit der Handfläche der rechten Hand seinen Bauch.

»Sie sind eine Freundin von Sore?« fragte er mich.

»Ich bin ihre Nichte.«

Für eine Sekunde wurden seine Augen groß. Sie hatten die Farbe von Karamelbonbons. »Sie werden ein gutes Wort für mich einlegen.«

»Ich?«

»Ja, Sie. Wer sonst? Die fette Wachtel drüben? Sie würde mir am liebsten den Kopf abreißen. Oder der alte Syphilitiker? Wenn er über den Gang geht, glaubt man, dem Schnitter Tod persönlich zu begegnen. In den Nächten onaniert er sich den letzten Lebensfunken aus dem Leib.«

Ich war so erschrocken, daß ich keinen Schritt machen konnte. Das Tuch auf meinem Kopf und der Mantel waren durchnäßt. Das Regenwasser tropfte auf den Parkettboden.

»Ich kenne hier niemanden«, sagte ich. Mein Mund und meine Kehle wurden trocken.

Schon als ich draußen vor dem Haus gestanden war, hier in der Zehnten Linie der Wassilij Insel, hatte ich ein ungutes Gefühl gehabt. Dreimal hatte ich die Pferdetram wechseln müssen, bevor ich am Westrand der Stadt endlich die Zehnte Linie gefunden hatte. Nicht die Straßen waren numeriert, sondern die Häuserzeilen. Die gegenüberliegende Straßenseite war Linie Nummer elf. Im Flur war ich niemandem begegnet, aber die Tür zu Sores Wohnung war einen Spalt breit offen gestanden. Ich hatte Schritte gehört und ein Geräusch, als würde jemand einen schweren Gegenstand über den Boden schleifen. Ich hatte das Zimmer betreten, als der Mann gerade eine schwere Truhe unter dem Bett hervorholte, in der ich plötzlich die Leiche meiner Tante vermutete.

»Ich gehe lieber wieder«, sagte ich jetzt.

»Nein, ich bitte Sie!« rief er, faßte mich am Arm, zerrte mich in die Mitte des Zimmers, warf mit einem Fußtritt die Tür zu und versperrte mir den Weg. Die Koffer entglitten meinen Händen und fielen zu Boden. Voller Panik schaute ich mich um. Eine weitere Tür führte offenbar in ein Nebenzimmer, aber davor stand ein Schreibtisch. Das Fenster war verschlossen.

»Sie müssen mir helfen!« wiederholte unterdessen der Mann mit Verzweiflung in der Stimme. »Bitte, lassen Sie mich erklären.« Seine Wangen zuckten, und er begann zu schluchzen.

Ich versuchte mich loszureißen, aber er hatte sich fest in meinen Ärmel verkrallt. Mit der anderen Hand öffnete er die Truhe.

»Da liegen meine Sachen«, erklärte er. »Sie hat sie kassiert, als ich gerade auf Arbeitssuche war. Als Pfand hat sie gesagt. Und dabei habe ich sie so gebeten, es nicht zu tun. Inständig. Auf den Knien bin ich vor ihr gerutscht. Sobald ich eine neue Arbeit habe, werde ich ihr die fünfzig Rubel zurückgeben. Aber sie glaubt mir nicht. Kann sich jemand eine solche Herzlosigkeit vorstellen? Dabei bin ich schon seit drei Wochen trocken. Da, schauen Sie in die Truhe, alles meine Sachen, gehört alles mir.« Aber ich starrte nur in seine verweinten Augen. Von einem Augenblick auf den anderen hatte ich keine Angst mehr.

»Soll ich vor Ihnen auf die Knie fallen?« Seine Stimme überschlug sich. Endlich ließ er mich los und fiel mit einem Seufzer auf die Knie. Nun hätte ich hinauslaufen können, doch da ging die Tür auf, und ich sah eine dicke Frau um die vierzig und einen hageren älteren Herrn, der mir durch seinen ungeheuer langen, faltigen Hals und einen großen Adamsapfel in Erinnerung geblieben ist. Die fette Wachtel und der alte Syphilitiker, schoß es mir durch den Kopf. Unweigerlich glitt mein Blick am Oberkörper des Mannes hinab, dorthin, wo die beiden Enden des Bademantelgürtels unter dem Knoten baumelten.

»Sie schon wieder, Porfirij Filimonowitsch!« schrie die Frau. »Sie wissen, daß Sie sich hier nicht mehr blicken lassen dürfen. Es gibt einen gerichtlichen Beschluß.«

»Ach, mein Gott, haben Sie Erbarmen, werte Marja Saweljewna«, schluchzte Porfirij Filimonowitsch. Er kniete immer noch. »Ich bin doch nur gekommen, um meine Sachen abzuholen. Drei Hemden, ein Sakko, fünf Krawatten und die silberne Uhr. Sie hat meinem Vater gehört. Ein Erbstück.«

»Das interessiert mich nicht!« kreischte die Frau. »Ich bin es leid, mir Ihre Geschichten anzuhören. Verschwinden Sie, und nehmen Sie Ihre Hure gleich mit. Jeden Tag ein anderes Flittchen. Seit Sie ausgezogen sind, haben Sie sich nicht geändert, Porfirij Filimonowitsch. Sie sollten sich was schämen!« Ich zuckte zusammen.

»Ich bin …«, setzte ich zu einer Erklärung an, aber sie ließ mich nicht aussprechen.

»Schweig!« herrschte sie mich an und stampfte mit dem Fuß. Das Parkett knirschte. Ich sah mich nach dem »Alten Syphilitiker« um, doch dieser hatte sich aus dem Staub gemacht.

»Raus!« kreischte Marfa Saweljewna. Sie hatte die Hände zu Fäusten geballt und ging auf mich zu. »Du verschwindest hier, du hast hier nichts zu suchen!«

»Aber ich bin doch …«, versuchte ich es zaghaft noch einmal.

»Ich will mit dir gar nicht diskutieren, du liederliches Ding. Deinem Gesicht sehe ich an, wer du bist und vor allem, was du bist.«

Ich nahm meine beiden Koffer und ging. Ich hörte noch, wie Marfa Saweljewna Porfirij Filimonowitsch anschrie.

Draußen regnete es immer noch in Strömen. Ich überquerte die Straße und blieb in einem Hauseingang stehen. Ich hatte Angst, Porfirij Filimonowitsch würde mich beim Hinausgehen sehen.

Ich wartete auf meine Tante. Dies konnte Stunden dauern. Die Straße war menschenleer. Dann sah ich einen alten Mann aus einer Nebengasse einbiegen. Er schob einen Schubkarren, atmetete schwer, fluchte kaum hörbar, hustete. Was er transportierte, konnte ich nicht erkennen, denn die Fracht war mit einer Plane zugedeckt. An den Karren war ein Pudel gebunden. Die dünne Schnur zerrte ihn vorwärts, schnitt ihm in den Hals. Er sträubte sich, zitterte, schüttelte sich in regelmäßigen Abständen. Als der Mann an mir vorbeiging, schaute er kurz auf, warf mir ein schiefes, zahnloses Lächeln zu. Die Mütze klebte an seinen Haaren.

»Widerliches Wetter heute«, sagte ich.

»Ja, könnte besser sein.« Er sprach schnell und undeutlich.

»Was haben Sie denn da im Schubkarren?«

»Frag nicht soviel, dann werden dir keine grauen Haare wachsen«, brummte er und drehte sich weg.

»Sie könnten auch freundlicher sein.«

»Freundlichkeit wirst du im anderen Leben erfahren, Mädchen.«

Ich fixierte mit meinem Blick das Eingangstor des gegenüberliegenden Hauses, weil ich neugierig war, wann Porfirij Filimonowitsch herauskommen würde. Daran, daß ihn Marfa Saweljewna bald hinausbefördern würde, zweifelte ich nicht. Aber es verging beinahe eine Viertelstunde, bevor der Mann auf die Straße torkelte. Er machte ein paar Schritte zur Straßenmitte hin, dann wieder zurück, so als könne er nicht entscheiden, in welche Richtung er gehen solle. Den Bauch rieb er sich nun mit beiden Händen. Er schüttelte den Kopf, spuckte aus, blieb stehen. Vielleicht hatte er ebenfalls beschlossen, vor dem Eingang auf Sore zu warten.

Ich flüchtete in das Haus, versuchte so leise wie möglich zu sein. Das fiel mir nicht leicht, da ich wegen der Koffer in meinen Händen das Tor mit der Schulter aufstoßen mußte. Ein Gang führte in einen Innenhof. Das dahinter liegende Haus hatte einen Ausgang auf eine andere Straße. Ich atmete erleichtert auf. In die Zehnte Linie wollte ich nicht zurückkehren. Nicht in eine Wohnung mit solchen Leuten. Ich war ein anständiges Mädchen. Und meine Tante Sore war mir ohnehin nie sympathisch gewesen.

Ich mußte diese Nacht trotzdem nicht auf der Straße verbringen. Meine ehemalige Schulkameradin Tatjana, die wie ich aus Witschi stammte, ein Jahr vor mir den Schulabschluß gemacht hatte und in Leningrad Medizin studierte, hatte mir einige Male geschrieben. Für alle Fälle hatte ich mir ihre Adresse notiert. Sie wohnte ebenfalls auf der Wassilij Insel. Als ich mit meinen beiden Koffern vor ihrer Tür stand, war sie gar nicht erfreut, mich zu sehen, denn sie bewohnte eine winzige Dachkammer mit einem schmalen Bett, das sie nun in den nächsten Tagen mit mir teilen mußte. Es wäre aber gegen alle Sitte gewesen, wenn sie mich nicht aufgenommen hätte.

Aus dem schmalen Fenster sah man über die Dächer bis zur Newa und den Kränen im Hafen, bis zur goldenen Spitze der Admiralität, die den Himmel zu halten schien. Dieser Ausblick entschädigte mich für die Unbequemlichkeiten in dieser Dachkammer ohne elektrisches Licht und Wasseranschluß und für den unfreundlichen Empfang, den mir Leningrad bereitet hatte. Ich hätte stundenlang vor dem Fenster stehen und hinausschauen können.

Jede Nacht stieß mich Tatjana im Schlaf über den Rand des Bettes auf den Boden. Auch wenn sie mich nie zum Gehen aufforderte, gehörte nicht viel dazu, um zu erkennen, wie sehr meine Gegenwart sie einengte.

Ich erinnere mich noch gut an jenen Morgen Ende August. Am Vortag war mein Weltbild zusammengestürzt wie ein schlecht gezimmertes Gerüst. Den ganzen Abend hatte ich damit verbracht, es notdürftig wieder aufzurichten. Tatjana hatte halbherzig versucht, mich zu trösten. Ich hatte abgewunken und mich schlafen gelegt. Doch als ich aufwachte, kamen mir nur Gedanken über mein Aussehen. Mutter hatte immer gesagt, ich sehe durchschnittlich aus, die beste Voraussetzung für ein glückliches Leben, denn den Häßlichen begegnet man mit Ekel und den Schönen mit Neid. Rabinowitsch hatte hingegen gemeint, ich sei ein sehr attraktives Mädchen.

Durch die halbgeöffneten Augen schaue ich hinüber zum Spiegel schräg gegenüber vom Bett, neben der Tür. Mein Gesicht kann ich darin nicht erkennen, nur die aufgeworfene Decke über meinen Füßen und den Stuhl, an dessen Lehne mein Rock hängt. Die ersten Sonnenstrahlen fallen durch das schmale Fenster. Ein gelbes Viereck auf der Tapete zwischen Ofen und Schrank. Auf dem Plafond sind Feuchtigkeitsflecken. Ein Fleck, der größte, sieht wie eine hagere Gestalt mit gekrümmtem Rücken aus. Er erinnert mich an Rabinowitsch. Ich möchte nicht an Rabinowitsch denken und schließe wieder die Augen.

Tatjana ist schon gegangen. Ich weiß nicht, warum sie zu dieser frühen Stunde unterwegs ist. Sie hat einen Freund, der in einem Studentenheim untergebracht ist. Vielleicht trifft sie sich mit ihm. Sie möchte ihn nicht mehr nach Hause mitnehmen, obwohl ich ihr angeboten habe, sobald er kommt, die Wohnung zu verlassen, einen Spaziergang zu machen für eine Stunde oder zwei. Wenn es sein muß auch länger.

Ich werde aufstehen, den Boden kehren, einkaufen. Es ist das mindeste, was ich für Tatjana tun kann. Ich schaue auf die Uhr. Es ist acht. Nachdem ich mich angezogen habe, setze ich mich auf den Stuhl und starre wieder auf den Wasserfleck.

»Sie sind mir sympathisch, Sie sind ein sehr attraktives Mädchen«, sagt der Wasserfleck mit Rabinowitschs Stimme. »Ich weiß, daß es nicht Ihre Schuld ist. Aber ich kann Ihnen trotzdem nicht helfen. Das ist Klassenkampf. Es geht ums Prinzip.«

Ich weiß, daß es ums Prinzip geht. Wo gehobelt wird, fliegen Späne. Schließlich geht es um die Zukunft unserer Kinder und Enkel.

Rabinowitsch ist noch jung, hat aber schon eine Figur wie ein Fragezeichen. »Fünf Jahre Talmudschule«, hatte er mir bei unserem ersten Treffen erklärt, als ich meinen Blick nicht von seinem Rücken losreißen hatte können. »Aber meine Kinder werden nicht mehr aussehen wie Städtljuden, in zwanzig Jahren wird es überhaupt keine Städtljuden mehr geben.« Und er hatte mir zugezwinkert, mein Abschlußzeugnis flüchtig überflogen, in meinem Ausweis geblättert. »Witschi!« hatte er mit einem Tonfall ausgerufen, als käme ich direkt aus dem Straflager. »Meine Großeltern stammen aus Witschi. Ich selbst bin in Mogiljow aufgewachsen.« Ich hatte ihm mein ausgefülltes Antragsformular gereicht und eine zweiseitige Begründung, warum ich an der Juridischen Fakultät der Universität Leningrad Rechtswissenschaften studieren wolle. *Als Tochter einer Familie des jüdischen Landproletariats habe ich schon als Kind Entbehrungen erleben müssen und wurde Zeugin und Opfer von Willkürmaßnahmen der zaristischen Behörden …*

Der Wasserfleck an der Decke hat einen schwarzen Rand. In seiner Mitte ist er beige und gelb. Wenn ich die Augen zusammenkneife, verschwimmen die Konturen, und ich erkenne Rabinowitschs dünne gebogene Nase. Ein Talmudschuljud mit Hammer und Sichel am Revers seines Sakkos. Noch vor zehn Jahren wäre es undenkbar gewesen, daß ein Jude den Posten eines Leiters der Inskriptionsstelle an der Petersburger Universität bekleidet. All die adligen Popanze, Fürsten und Grafen und dekadenten bürgerlichen Eierköpfe, die vor der Revolution diesen Posten innegehabt haben und die, soweit sie das Unglück hatten, Oktober 1917 zu erleben, der rote Terror ins Jenseits befördert hat, rotieren jetzt vor Empörung in ihren Gräbern.

»Spätestens bis zum 31. August müssen Sie Ihren Studentenausweis abholen«, hatte mir Rabinowitsch erklärt. »Am 1. September beginnt der Unterricht ... Sind Sie übrigens Mitglied des Komsomol? Als Jusstudentin sollten Sie das sein.«

»Nein«, hatte ich verlegen gemurmelt. »Mein Großvater mütterlicherseits in Gobyl in der Ukraine war Unternehmer. Er war Mitbesitzer eines Raddampfers.«

»Hm.« Rabinowitsch hatte sich sein spitzes Kinn gekratzt.

»Aus diesem Grund wurde ich nicht in den Komsomol aufgenommen.«

»Lebt Ihr Großvater noch?«

»Er kam 1920 bei einem Pogrom um.«

»Tragisch! Aber gut für Sie ... Ich werde schreiben, daß Ihr Großvater ein Opfer der Konterrevolution geworden ist. Das wiegt seine antiproletarischen Aktivitäten vor der Revolution etwas auf, und Sie können dem Komsomol beitreten. Ich selbst werde beim Genossen Filippow, dem Vorsitzenden unserer Komsomolsektion, ein gutes Wort für Sie einlegen.«

Eine Wolke hat sich vor die Sonne geschoben. In dieser Stadt ist das Wetter unbeständig. Wenn es einen Tag lang nicht regnet, ist das schon eine Sensation. Das Lichtviereck auf der gewellten Tapete verschwindet, der Wasserfleck bekommt die Farbe von verdünnter blauer Tinte. Es blitzt im Spiegel. Ich zähle die Sekunden bis zum Donner. Das Gewitter ist keine drei Kilometer entfernt.

Gestern war ich wieder bei Rabinowitsch gewesen. Mit einem Wink des Kopfes wies der Beamte Richtung Stuhl. Während ich mich setzte, schlug er eine Mappe auf.

»Sie haben mir etwas verschwiegen, Genossin Masur.« Kein Vorwurf in seiner Stimme, kein Bedauern. Emotionslos. Sachlich.

»Ich habe nichts verschwiegen.« Plötzliche Krämpfe im Magen, ein Kloß im Hals.

»Doch, Mädchen. Ist Ihr Vater nicht vor der Revolution und während des Bürgerkrieges Forstverwalter für den Großgrundbesitzer Ljubimow gewesen?«

Für einige Augenblicke konnte ich nicht atmen.

»Heute arbeitet Vater in einer Forstkooperative«, flüsterte ich. »Er war lange Zeit Sekretär des Dorfsowjets und ist Kandidat für die Parteimitgliedschaft. Keiner hat …«

»In Witschi, Mädchen!« fiel mir Rabinowitsch ins Wort. »In Weißrußland! In der Provinz! Aber hier bei uns wird ein proletarischer Juristenstand geschmiedet. Staatsanwälte, Richter, Verwaltungsbeamte für die Zeit des Kommunismus. Das müssen Sie verstehen, Masur.«

Ich stammelte etwas von einer Bewährungsprobe. Ich würde mich reinwaschen vom Makel meines Vaters, nach dem Studium den schwierigsten Posten annehmen, Gemeinschaftsarbeiten leisten, auf das Stipendium verzichten, auf Versammlungen reden.

»Sie sind mir sympathisch, Sie sind ein sehr attraktives Mädchen«, sagte Rabinowitsch und seine Stimme hatte nun eine weiche Note, so als rede er mit einem trotzigen Kind. »Ich weiß, daß es nicht Ihre Schuld ist. Aber ich kann Ihnen trotzdem nicht helfen. So sind nun einmal die Gesetze. Das ist Klassenkampf …« Und dann sagte er jenen Satz, der lange noch schmerzte wie ein Brandzeichen: »Es geht ums Prinzip.«

Ich erwiderte nichts. Ich schämte mich so.

»Es ist bedauerlich«, meinte der Mann, »wir brauchen junge Menschen wie Sie. Vor fünf, sechs Jahren war ich Ihnen nicht unähnlich, ein jüdischer Junge aus der Provinz, die Revolution hat alle Beschränkungen hinweggefegt, alle Menschen sind gleich, ich war voller Elan, heiß darauf, das Neue mitzugestalten, ich habe das Schicksal beim Schopf gepackt … Aber wenn wir fallen, müssen wir die Zähne zusammenbeißen und wieder aufstehen. Das lehrt uns die Erfahrung. Zweitausend Jahre lang sind wir immer wieder aufgestanden. Außerdem ist das unsere Pflicht als Kinder der Revolution …«

Am liebsten hätte ich geheult, geschrien und die Papiere auf dem Schreibtisch zerfetzt, aber ich erinnerte mich noch rechtzeitig daran, daß ich mich wie eine Erwachsene benehmen sollte.

»Versuchen Sie es an einer anderen Fakultät oder Hochschule. Es muß ja nicht unbedingt die Jurisprudenz sein. Sie werden Ihren Weg schon machen.«

Draußen in der Vorhalle standen meine Kommilitonen, die nie meine Kommilitonen sein würden, vor einer Holztafel, an der Studienpläne, die Wandzeitungen diverser Fakultäten und verschiedene Notizen angeschlagen waren. Sie schienen bester Laune zu sein, unterhielten sich angeregt. Für diese Söhne von Bauern, Hilfsarbeitern, Straßenkehrern und Handwerkergesellen stand außer Zweifel, daß sie sich am 1. September in der Einführungsvorlesung wiedersehen. Sie, deren Eltern oft weder schreiben noch lesen konnten, waren der Adel von morgen. Spätere Generationen würden Gedichte über ihre Heldentaten verfassen, Lieder komponieren, man würde sie in Granit meißeln und in Bronze gießen. Und ich?

Immer noch starre ich auf den Wasserfleck. Ich muß mich Tatjana gegenüber erkenntlich zeigen. Zwei Wochen lang hat sie mich bei sich wohnen lassen und keine Kopeke dafür verlangt. Ich werde die Spinnweben entfernen, die Fenster putzen und die Wasserflecken an der Decke mit weißer Farbe übermalen.

»Mein Gott, bist du ungeschickt, Mädchen. Du mußt noch viel lernen.« Arkadij Sergejewitsch Breitscheid kippte seinen Zwicker leicht nach vorne und betrachtete mich über den Rand der Gläser.

»Wenn du in unserem bolschewistischem Paradies ein paradiesisches Leben führen möchtest, solltest du nicht Jus studieren ... Was, du willst Staatsanwältin werden? Du mußt verrückt sein. Staatsanwälte leben gefährlich. An einem Tag mächtig wie Könige, am nächsten schon hinter Gittern. Wenn du ein Mann wärst, würde ich dir den Rat geben, Naturwissenschaften oder besser noch an einer technischen Hochschule Maschinenbau zu studieren. Der Technik gehört die Zukunft. Die Bolschewiken sind ganz vernarrt in alles, was mit Elektrizität oder Diesel betrieben wird.«

Der alte Universitätsprofessor war meine letzte Hoffnung. Ich wollte unbedingt in Leningrad bleiben und studieren. Vielleicht kann ja dieser alte Bandit mir helfen, hatte ich gedacht. Wenn ich schon ein Klassenfeind bin, muß ich mich wohl mit meinesgleichen abgeben.

Tatjana hatte mir den Rat gegeben, nach Moskau zu gehen und es an der dortigen Universität oder an einer der Hochschulen zu versuchen. Sollte man mich auch dort nicht aufnehmen wollen, könnte ich mich direkt beim Narkomat, dem Volkskommissariat für Höhere Bildung, beschweren. Außerdem habe ich in Moskau eine Schwester, bei der ich unterkommen könne. Tatjana hatte recht, aber Moskau hatte mir nicht gefallen. Ich wollte in Leningrad bleiben.

Bis Ende August hatte ich fast mein gesamtes Geld aufgebraucht. Sollte ich nicht in absehbarer Zeit ein Studium beginnen, bliebe mir nur die traditionelle Karriere für weibliche Absolventen der neunklassigen Mittelschule: Maschinschreib- und Kurzschriftskurs, danach Sekretärinnenanstellung in einem Handelsbetrieb oder einer Amtsstube, bald ein Ehemann, ein gemeinsames Zimmer, zwei Kinder, im günstigsten Fall ein Knabe und ein Mädchen, an den gemeinsamen freien Tagen Ausflüge mit der Straßenbahn hinaus ins Grüne, regelmäßig einmal im Monat ein Essen bei den Schwiegereltern, dreimal im Jahr der Luxus eines Restaurantbesuchs ...

In meiner Verzweiflung erinnerte ich mich an die Visitenkarte, die mir der ehemalige Professor nach unserer Ankunft in Leningrad auf dem Bahnsteig gegeben hatte. Einen Tag lang zögerte ich, machte einen Bogen um das Postamt. Am nächsten Morgen nahm ich all meinen Mut zusammen, blieb nur einen Augenblick vor dem Portal stehen, stieß die Wipptür auf, ließ mir am Schalter eine Telephonkabine zuweisen, wählte die Nummer, preßte den kegelförmigen Hörer gegen das Ohr, rückte mit dem Gesicht nahe an das Sprechgitter, das sich unter der Wählscheibe befand. Der Apparat roch nach Holz und billigem Lack. Sechs oder siebenmal ertönte das Freizeichen, dann hörte ich Breitscheids verschlafene Stimme: »Wer zum Teufel ruft mitten in der Nacht an?« Mein erster Impuls war, aufzulegen. Die Wanduhr in der Halle zeigte neun Uhr zehn an. Ich nannte meinen Namen. »Masur? Rosa Masur? Masur? Rosa? Rosa … der Name kommt mir bekannt vor, aber irgendwie kann ich ihn nicht richtig zuordnen. Kiew? Nein. Oder. Warten Sie …«

»Moskau-Leningrad vor zwei Wochen«, murmelte ich niedergeschlagen. »Ich bin das Mädchen aus dem Zug.«

»Aaaah! Na, das ist aber eine freudige Überraschung.«

»Ich hätte ein Bitte. Oder eine Frage. Oder besser gesagt eine Frage und eine Bitte. Oder …«

»Am besten, Sie kommen her«, sagte er und lachte. »So ein Telephongespräch kostet ja ein Vermögen … Wo sind Sie? … In einem Postamt? Kommen Sie einfach … Jetzt gleich? … Na ja, warum nicht.«

Die Fabritschnaja uliza befand sich am Südostrand der Stadt, eine breite Straße, die kurz vor dem Weltkrieg angelegt worden war. Die ersten Zinshäuser hatte man noch vor der Revolution gebaut. Jetzt, in den zwanziger Jahren, waren überall Kräne, Baumaschinen und unzählige Mädchen in meinem Alter auf den Baugerüsten. Zwischen den einzelnen Häusern klafften Lücken – umzäunter Baugrund, Baracken, Gemüsegärten oder einfach Wiesen, wo Unrat abgeladen wurde, Kinder spielten, manchmal sogar Ziegen und Schafe grasten. Wo sich heute eine Glühbirnenfabrik befindet, war nichts als Sumpf, Gestrüpp und ein paar armselige Bäumchen am Horizont. Aber das Haus Nummer 99 war ein imposantes Gebäude, 1916 fertiggestellt, also fast noch ein Neubau, mit einer gewundenen, aber breiten Treppe, lichten Korridoren und einer Fassadendekoration in Form von goldfarbenen, vertikal verlaufenden Schlangenlinien, Köpfen von Meeresungeheuern, Seejungfrauen und stilisierten Schiffsrümpfen.

Obwohl schon später Vormittag war, empfing mich Arkadij Sergejewitsch im Morgenmantel. Das erschien mir ungehörig, wenn auch nicht wirklich skandalös. Angesichts meiner misslichen Lage konnte ich es mir ohnehin nicht leisten, über diesen Umstand nachzudenken oder gar entrüstet zu sein. Mein Gastgeber führte mich ins Wohnzimmer, einen bürgerlichen Salon im Vorrevolutionsstil mit einem schweren Sofa in der Mitte, einem runden Tisch aus echtem Mahagoni, den ein silberner Samowar und ein Teeservice aus Porzellan schmückten, und Bücherregalen, die bis an die Decke reichten. Ganz oben erkannte ich zahlreiche Bände mit der Aufschrift *Encyclopaedia Britannica*. Ich konnte meinen Blick nicht davon losreißen. »Eine Erinnerung an frühere Zeiten«, erklärte Arkadij Sergejewitsch. »Als ich noch meine Villa hatte, war die Encyclopaedia das Herzstück meiner Bibliothek. Jetzt habe ich keine Verwendung mehr dafür, und außerdem nimmt sie zu viel Platz weg … Haben Sie eigentlich schon gefrühstückt?«

Fünf Minuten später aß ich die beste Wurst und den besten Käse meines Lebens, dazu Weißbrot, Butter, Tee. Zum Nachtisch gab es Schokoladekuchen. Er werde nach einem Wiener Rezept hergestellt, erklärte Arkadij Sergejewitsch, und heiße Sachertorte.

Mein Gastgeber fand die Katastrophen, die in den vorangegangenen zwei Wochen über mich hereingebrochen waren, »amüsant«.

»Man sollte solche Geschichten sammeln und als Buch herausgeben. Nichts kann unser Land und seine Menschen besser charakterisieren als die Dummheit seiner Mächtigen. Das war schon so zu Zeiten Wladimirs des Heiligen, der uns das griechisch-orthodoxe Christentum bescherte, und ist unter den Bolschewiken nicht anders. Sie kennen doch diesen schielenden Pferdeblick hinter den Scheuklappen.«

Wenn ich den Mann angezeigt hätte, wäre er bestimmt ins Konzentrationslager Solowki gekommen. Aber anstatt ihn zu ermahnen, seine Zunge zu hüten, wie ich das in vergleichbaren Fällen schon mehrmals getan hatte, brach ich in Tränen aus.

»Soll ich nach Witschi zurückfahren?« schluchzte ich. »Ich kann mir vorstellen, wie schadenfroh die im Dorf lachen werden ... Es ist alles so ungerecht!«

Der alte Mann tätschelte meine Wange und ging hinaus. Ich hörte, wie er in einem anderen Zimmer oder in der Küche hantierte. Eine Schranktür quietschte. Er kam mit einer Flasche und zwei Gläsern zurück. »Ararat. Armenischer Cognac. Der beste der Welt. Jahrgang 1907.«

»1907. Da bin ich geboren.« Ich wischte mir mit dem Ärmel die Tränen aus dem Gesicht.

»Ach, so jung«, seufzte er. »Ich kann mich immer noch nicht daran gewöhnen, daß es erwachsene Menschen gibt, die schon im zwanzigsten Jahrhundert auf die Welt gekommen sind ... Prost! Wir trinken auf Ihre Übersiedlung in meine Wohnung. Auf ein gutes Zusammenleben!«

»Waaas???«

»Oder wollen Sie warten, bis Ihnen der Staat ein Zimmer zuweist? Ohne Studien- oder Arbeitsplatz? Was Ihr Studium betrifft, wird uns übrigens sicher etwas einfallen ... Nun, trinken Sie schon! Ich habe die Flasche nicht für mich allein aufgemacht. Allein zu trinken, ist stillos.«

Ich nahm einen Schluck. Dann trank ich das Glas leer. Auf der Kristalloberfläche betrachtete ich die kunstvoll gefertigten Gravuren tanzender Frauen, Arme und Beine filigran wie Federn, die Kleidung mit nur wenigen Strichen angedeutet. Sie tanzten. Sie tanzten wirklich! Ich fiel in das Sofa zurück und schnappte nach Luft, etwas hob mich hoch, um mich dann noch tiefer in die weiche Polsterung zu drücken. Noch nie in meinem Leben hatte ich soviel Alkohol in so kurzer Zeit getrunken.

Der Mann kam näher. Nun wird er sich über mich beugen. Ein ernüchternder Gedanke. Ich richtete mich wieder auf, streckte den Rücken durch, preßte die Knie gegeneinander, verschränkte die Arme.

»Wegen der Miete brauchen Sie sich fürs erste keine Sorgen zu machen«, sagte Arkadij Sergejewitsch. »Ich brauche kein Geld, sondern eine andere Form von Gegenleistung.«

Ich sprang auf, griff nach meiner Handtasche, eilte Richtung Tür. Ich fühlte mich unsicher auf den Beinen.

»Nicht doch!« rief mir der Mann lachend hinterher. »Es ist nicht das, was Sie denken. So kommen Sie doch zurück! Glauben Sie mir, ich habe mich in meinem langen Leben schon oft genug mit jungen Mädchen amüsiert. Heute bevorzuge ich viel mehr die Freuden des Gaumens.«

Ich blieb stehen und drehte mich um. Breitscheids Augen blitzten schelmisch auf. Der Zwicker war auf die Nasenspitze gerutscht.

»Ich habe vor einiger Zeit meine Haushälterin entlassen müssen, weil mich die Person permanent bestohlen hat. Einmal kann ich ja ein Auge zudrücken, wenn man zehn Rubel aus meiner Schreibtischlade klaut, aber nicht, wenn so etwas zur Gewohnheit wird. Kurz gesagt, ich brauche jemanden, der meine Wohnung in Ordnung hält, hin und wieder Botengänge erledigt und mir manchmal beim Essen Gesellschaft leistet.«

Erleichtert stellte ich die Handtasche auf einer Kommode ab. Der Gastgeber winkte mich zu sich, wies Richtung Sofa und füllte wieder mein Glas.

Noch am selben Abend zog ich in der Fabritschnaja uliza 99, Wohnung 14 ein.

Breitscheid bewohnte die Vierzimmerwohnung allein. Seine Frau war noch vor der Jahrhundertwende im Kindbett gestorben, die Verwandten waren nach der Revolution ins Ausland geflüchtet. Manchmal sprach er von einer Cousine in Zagreb, dann von einem Neffen in Prag. In einer Zeit, als die halbe russische Provinz in Bewegung geraten war und in die Großstädte des Landes strömte, als die herrschaftlichen Wohnungen von einst in Parzellen aufgeteilt wurden, die Hühnerställen ähnelten, und Großfamilien zu zehnt in Salons, Bibliotheken und Dienstbotenzimmer einzogen, residierte Breitscheid in seinem Domizil, als hätte das Volk seine Unterdrücker nie verjagt, als erteilte Nikolaus der Zweite vom Winterpalais aus weiterhin Befehle an seine Untertanen. Später deutete mir Arkadij Sergejewitsch an, daß er gute Kontakte bis »ganz weit oben« besitze. Es gäbe Personen, von denen niemand vermute, daß sie zu seinen Geschäftsfreunden gehörten. Während er sprach, hatte er ein Lächeln um die Lippen, das seinem Gesicht etwas Kindliches verlieh.

Mein Gastgeber kaufte in einem Spezialgeschäft gegen harte Währung ein, in dem sich sonst nur ausländische Fachkräfte, deutsche Automobiltechniker, polnische Textilingenieure oder amerikanische Financiers mit Gütern aus ihren Heimatländern eindeckten. Selbstverständlich ging Arkadij Sergejewitsch nicht selbst einkaufen, sondern ließ sich die Lebensmittel zustellen. Normalerweise bereitete ich die Mahlzeiten vor. Zu besonderen Anlässen – und bei Breitscheid bot jeder dritte Tag irgendeinen besonderen Anlaß – kam jedoch eine Köchin ins Haus. Manchmal ließ er sich von einem Kellner aus einem der noblen Restaurants in der Innenstadt bedienen, den er zu diesem Zwecke für einen ganzen Abend mietete. Die meisten Kellner bewegten sich unnatürlich wie Marionetten, verbeugten sich oft und schnell, so als wären in ihren Hüften und Schultern Scharniere eingebaut und sprachen französisch. Zehn Jahre später gab es in Leningrad weder exquisite Restaurants noch Kellner mit Fremdsprachenkenntnissen, sondern Kantinen, in denen man übel riechende Fleischklöße gegen Lebensmittelkarten beziehen konnte.

Arkadij Sergejewitsch wies mir das Gästezimmer zu. Die Einrichtung kam mir nobel, aber karg vor, weil ich Wohlbehagen mit Enge verwechselte und mit Möbel vollgestopfte Räume für luxuriös hielt. Ein Bett, ein Nachtkästchen mit einer Tischlampe, ein Schreibtisch, ein Stuhl, ein Schrank – alles teuer und geschmackvoll und farblich aufeinander abgestimmt. Die Vorhänge waren mit chinesischen (vielleicht auch japanischen) Schriftzeichen verziert. Neben dem Schreibtisch stand ein Grammophon. Die Platten lagen in einer blauen Schachtel mit aufklappbarem Deckel. Die Wände waren nicht tapeziert, sondern weiß gestrichen. Über dem Bett hing ein seltsames Gemälde. Es zeigte ein Gebäude, das in mehrere Würfel gehackt und dann notdürftig und schief wieder zusammengebaut zu sein schien. Es schwebte in der Luft. Der Himmel war rötlichbraun wie Erde im Frühling. Etwas Derartiges hatte ich noch nie gesehen und wußte nicht, was ich davon halten sollte. Jedenfalls war es modern und mußte allein schon deshalb gut sein.

Was wohl meine Eltern über dieses Zimmer gesagt hätten?

In der ersten Nacht konnte ich lange nicht einschlafen. Ich schämte mich, so tief gesunken zu sein. Eine Klassenfeindin, die als Haushälterin bei einem zwielichtigen Kapitalisten untergekommen war. Ich hatte Staatsanwältin werden wollen und war in Wirklichkeit nichts weiter als Abschaum. Ich hatte bekommen, was mir gebührte. Anstatt zu jammern und Banditen um Hilfe anzuflehen, hätte ich in die Fabrik gehen sollen, um im Schweiße meines Angesichts für den Aufbau des Sozialismus zu kämpfen. Ich hätte mich zur Stahlgießerin ausbilden lassen können. Mit der Zeit wäre ich zur Vorarbeiterin aufgestiegen, zu einem Vorbild für andere. Vielleicht hätte man mir für heldenhaften Einsatz an der Arbeitsfront sogar den Leninorden verliehen. Nicht jeder kann in leitender Position tätig sein, sondern muß dort, wo ihm das Schicksal einen Platz zuweist, für die gemeinsame Sache sein Bestes geben. Die im Zuge jeder Revolution auftretenden Ungerechtigkeiten muß man hinnehmen, auch wenn es dabei einen selbst trifft. Rabinowitsch hatte recht: wo gehobelt wird, fliegen

Späne. Nicht im Detail ist die Revolution gerecht, sondern in ihrer zerstörerischen und kreativen Kraft, die stets das Bessere will und dadurch Neues schafft.

Bis in die frühen Morgenstunden lag ich wach, schaltete die Lampe nicht aus. Jedes Geräusch hinter der Tür ließ mich aufschrecken. Waren es die Schritte meines Gastgebers, der draußen am Gang auf und ab ging? Wann würde er in mein Zimmer treten? Schließlich stand ich auf, kurbelte am Grammophon, legte ein Platte – die Ouvertüre zu Don Giovanni, gespielt vom Petersburger Opernorchester in einer Aufnahme aus dem Jahre 1913 – auf, stellte den Hebel auf die leiseste Schallstufe. Die Musik beruhigte mich ein wenig. Ich sah mich im Raum um. Mein Blick blieb an der Türschnalle haften. Langsam, kaum merklich, bewegte sie sich nach unten. Ich riß die Tür auf, tastete nach dem Schalter an der Wand. Ein mattes Licht beleuchtete den leeren Gang. Aus Arkadij Sergejewitschs Schlafzimmer drang ein regelmäßiges Rasseln. Es klang, als würde jemand ein Glas mit einem Dutzend winziger Eisenkugeln sanft hin und her bewegen. Ich erinnerte mich an das Schnarchen meines Großvaters. Als Kind dachte ich immer, neunundneunzig böse und gute Geister würden aufeinander losgehen. Bis mein Großvater aufwachte, hatten die guten gegen die bösen Geister gesiegt und sie aus dem Körper vertrieben …

Meine Angst war verflogen. Ich ging in mein Zimmer zurück. Kaum hatte ich mich wieder ins Bett gelegt, war ich eingeschlafen. Ich träumte von rotierenden Türklinken, von Arkadij Sergejewitschs Gesicht über meinem, vom feuchten Glanz in seinen Augen, vom süßlichen Geruch seines Atems, von seinen Fingern, die nach mir griffen. Als er die Hände ausstreckte, wurden seine Finger länger und länger und länger. Ich verkroch mich in eine Ecke, ich bettelte um Gnade, ich zitterte vor Angst, ich wartete, daß die langen Finger mich berührten und war enttäuscht, als ich keine Berührung spürte.

Dieser verdammte Kapitalist! dachte ich, nachdem ich aufgewacht war. Er beschert mir auch noch Träume, auf die ich gerne verzichten könnte. Morgen, nein, spätestens nächste Woche, ziehe ich aus. Ich hasse ihn.

Aber noch mehr haßte ich mich.

Trotz meiner Gewissensbisse zog ich aus Breitscheids Wohnung nicht aus. Was mein Studium betrifft, wurde bald eine Lösung gefunden. Für Naturwissenschaften und Technik fehlten mir sowohl die Begabung als auch das Interesse. Was sich anbot, war das Lehramt, denn wenn ich meinem Land schon nicht als Juristin dienen konnte, so wollte ich zumindest an der Ausbildung der ersten Generation richtiger Sowjetbürger aktiv mitwirken.

Marxismus-Leninismus und Politische Wissenschaft kamen für mich als »Klassenfeind« nicht in Frage. Also entschloß ich mich für ein Sprachstudium. In den oberen Klassen hatte ich Deutsch gelernt und hatte immer zu den Besten gehört. Deutsch galt als die Sprache der Zukunft. Die meisten wissenschaftlichen Publikationen erschienen auf deutsch. Es war die Sprache von Karl Marx, Friedrich Engels, Rosa Luxemburg und Ferdinand Lassalle. Es war die Sprache des Fortschritts. Die Weltrevolution, in Rußland begonnen, würde nach Deutschland weitergetragen werden und sich von dort in ganz Europa ausbreiten. Es war also naheliegend, daß ich deutsche Philologie studierte. Für die Direktion der Alexander-Herzen-Pädagogischen-Hochschule waren die »Verfehlungen« meines Vaters kein Grund, mich nicht aufzunehmen. Mein größtes Problem war, wie ich mir die vier Jahre bis zum Diplom finanzieren sollte. Um ein Stipendium beantragen zu können, mußte ich einige Zeit in einem staatlichen Betrieb gearbeitet haben. Wer für das Wohl des Volkes nichts geleistet hat, kann nicht erwarten, vom Volk eine höhere Ausbildung finanziert zu bekommen, hieß es damals. Die Anstellung bei Breitscheid bot mir natürlich eine gewisse Sicherheit, aber ich wollte nicht vier Jahre lang von diesem alten Herrn abhängig sein. Deshalb faßte ich den Entschluß, mein Studium erst zwei Semester später anzutreten, und nahm eine Stelle als Arbeiterin in einer Textilfabrik an. Breitscheid erklärte mir, ich sei verrückt, mußte aber meine Entscheidung akzeptieren, da ich meinen Pflichten als Haushälterin weiterhin nachkam.

Ich war stolz, um sieben Uhr morgens aufzustehen und mit der Straßenbahn ans andere Ende der Stadt zu fahren, an deren westlichen Rand, dorthin, wo der Newa-Fluß in den Finnischen Meerbusen mündet und mehrere Fabriksgebäude mit rußgeschwärzten Fensterscheiben sowie Holzbaracken standen. Jeden Morgen schrillten die Sirenen: die Melodie der Arbeit. Und ich war nun ein Teil der großen, proletarischen Familie.

In einem hohen Raum, der an eine Bahnhofshalle erinnerte, saßen unzählige Frauen an den Webstühlen. Eine Unterhaltung war nicht möglich, weil das Rattern der Spulen alles übertönte. In einem Holzverschlag am Ende des Mittelganges, der an einen Jägerhochstand erinnerte, saß der Vorarbeiter. Seinem scharfen Auge entging keine falsche Bewegung, keine unerlaubte Ruhepause. Wenn eine der Frauen auf die Toilette wollte, mußte sie wie in der Grundschule die Hand heben und auf ein Nicken des Aufpassers warten. An der Wand hing – unter Hammer, Sichel und rotem Stern – ein Transparent mit der Aufschrift: *Wer nicht arbeitet, hat kein Recht zu essen!*

Meinem Wunsch, ebenfalls einen Arbeitsplatz an einem dieser Webstühle zugewiesen zu bekommen, wurde nicht entsprochen.

»Was hast du für eine Ausbildung?« fragte mich der Vorarbeiter.

»Die neunklassige Mittelschule und ein Reifezeugnis.«

Er verzog das Gesicht. »Wieder eine, die studieren will und sich das Stipendium bei uns erarbeitet … Eine dieser intellektuellen Weiber mit Brille, die nur Unruhe stiften, anstatt zu arbeiten.«

»Ich trage keine Brille«, sagte ich.

»Auch egal«, brummte er. »Wie heißt du?«

»Rosa Masur.«

»Eine Jüdin! Nein, dir vertraue ich keinen Webstuhl an. Juden haben zwei linke Hände. Unsere Maschinen mögen keine Juden.«

Ich begann zu protestieren: »Das sind reaktionäre, antisowjetische Ansichten!«

Er winkte gutmütig ab. »Reg dich ab, Mädchen. War ja alles nur so dahingesagt.«

Aber sein Entschluß stand fest. In den nächsten Monaten verlud ich Stoffballen in einen kastenähnlichen Karren, schob diesen mit zwei oder drei anderen Frauen über einen gepflasterten Innenhof zum Fabrikstor, wo in regelmäßigen Abständen ein von dickbeinigen Pferden gezogener Lastwagen bereitstand. Manchmal half uns der Fahrer beim Umladen vom Karren in den Wagen. Meist jedoch blieb er auf dem Kutschbock sitzen, rauchte, beobachtete schmunzelnd, wie wir uns abplagten, ließ hin und wieder eine schlüpfrige Bemerkung fallen oder döste dahin, das Kinn auf der Brust, die Mütze in die Stirn gezogen. Die Zigarettenasche fiel auf seine fleckige Jacke.

Wir waren Hilfsarbeiterinnen, schlechter bezahlt als die Frauen an den Webstühlen und in der Fabrikshierarchie an der untersten Stufe. Die meisten waren gescheiterte Existenzen, Alkoholikerinnen, zwangsresozialisierte ehemalige Prostituierte, geistig Behinderte und Haftentlassene.

Zwei Dutzend Frauen und drei Männer waren mit dem Verladen der Stoffe beschäftigt. Einer von ihnen, ein mürrischer Fünfzigjähriger, war unser Vorarbeiter, der seine Befehle mit Schimpftiraden einleitete. Die Frauen bezeichnete er alle nur als Fotzen. »Mach schneller, du Fotze!« hieß es, oder: »Bringt jetzt die roten Ballen rüber, ihr drei Fotzen am Karren.« Am Anfang versuchte ich, mich gegen diese Beleidigungen zur Wehr zu setzen. Er antwortete mir mit einem langen Satz, in dem das Wort Fotze mindestens zehnmal vorkam.

Der zweite Mann war ein taubstummer Tatare, der mehrmals am Tag die Arbeit unterbrach, mitten im Hof einen Teppich ausbreitete, um sich darauf vor seinem Gott zu verbeugen. Diese Angewohnheit konnte ihm nicht einmal der Fabriksparteisekretär abgewöhnen. Sogar als er einmal dem in die Höhe gestreckten Hintern des Tataren einen kräftigen Tritt versetzte, änderte dies nichts. Der Mann warf seinem Peiniger einen Blick voller Verachtung zu und neigte sein Haupt wieder vor Allah.

Der dritte Mann in unserer Gruppe schlich sich an meinem ersten Arbeitstag an mich heran und legte mir die Hand auf die Schulter. Ich zuckte zusammen, drehte mich um. Er ließ meine Schulter nicht los. Mit der anderen Hand streichelte er mit schnellen Bewegungen seinen Bauch. »Hallo, Mädchen«, sagte er. »So sieht man sich also wieder. Wie geht es Sore? Wann gibt sie mir endlich meine Sachen zurück? Du siehst – jetzt habe ich endlich wieder Arbeit. Sie könnte mir also meine Sachen ruhig zurückgeben.«

9

Am 5. Februar 1926 war es in Leningrad so kalt, daß sogar einige Trambahnpferde in der Remise erfroren. Die Zeitungen berichteten später, daß dem Chefpferdeaufseher der Städtischen Verkehrsbetriebe wegen Nachlässigkeit und Trunkenheit im Dienst der Prozeß gemacht werden solle.

Im Eiltempo schoben wir die Karren, deren Räder durch Kufen ersetzt worden waren, durch den Hof der Fabrik. Eine Pause zuviel, und der Schweiß an der Stirn verwandelte sich in eine Eiskruste. Drei von uns erkrankten in diesem Februar schwer. Zwei sind gestorben.

Die Kutscher waren an diesem Tag sehr hilfsbereit. Schnell luden sie die Stoffballen auf ihre Lastschlitten, so als arbeiteten sie im Akkord. Nur der alte Tatare zog auch jetzt die Schuhe aus, wenn er seine Gebete verrichtete. Vielleicht schützte ihn Allah vor der Kälte.

Am Abend nahm ich ein heißes Fußbad. Als ich endlich wieder meine Zehen bewegen konnte, atmete ich erleichtert auf. Ich freute mich schon auf übermorgen, meinen freien Tag, und hoffte, daß bis dahin die Kälte etwas nachlassen würde. Breitscheid hatte mir eine Schlittenfahrt übers Meer versprochen, hinaus zum Schloß Petrodworez oder Richtung Norden, wo man in der Ferne die finnische Küste sehen konnte. Wenn Arkadij Sergejewitsch ein wenig Zeit hatte, ging er mit mir ins Theater, in Ausstellungen oder unternahm Fahrten in die Umgebung der Stadt.

Einmal hatte er mich in ein teures Restaurant ausgeführt, wo leider schon einige seiner Geschäftspartner saßen, für die ich zur Sensation des Abends wurde. Als liebenswert, frisch und unverbraucht wurde ich bezeichnet, eine »kuschelige, kleine Jüdin vom Land, die man am liebsten streicheln, kneten und knuddeln möchte«. Da ich in Breitscheids Begleitung war, blieben mir noch schlüpfrigere Bemerkungen erspart. Trotzdem fühlte ich mich unter diesen Profiteuren der Neuen Ökonomischen Politik unwohl. Die livrierten Kellner machten mich verlegen. Musiker mit weißen Handschuhen spielten etwas Fremdartiges, Schrilles, das ein wenig an das Schreien einer Katze erinnerte, der Kinder zum Spaß das Fell angezündet haben. Diese Art von Musik komme aus Amerika, man nenne sie Jazz, erklärte mir Breitscheid.

Es fiel mir ein, daß Arkadij Sergejewitsch mich an diesem Abend noch nicht begrüßt hatte. Die Wohnungstür war nicht abgeschlossen gewesen, also mußte er zu Hause sein. Ich wußte, daß er manchmal ganze Nächte in seinem Arbeitszimmer verbrachte. Aber daß er nicht einmal herausgekommen war, um Guten Abend zu sagen, war ungewöhnlich. Meistens verlangte er, daß ich ihm eine Kanne Tee auf den Schreibtisch stellte, in die ich bis Mitternacht noch einige Male Wasser nachgießen mußte. Diesmal war ich jedoch so durchfroren und müde nach Hause gekommen, daß ich nicht einmal bemerkt hatte, ob Licht aus dem Arbeitsraum in den Korridor fiel.

Als mir endlich warm war, ging ich in mein Zimmer. Auf dem Grammophonteller lag immer noch die Platte, die ich mir am Vortag angehört hatte. Lieder in einer exotischen Sprache – ich kann mich nicht mehr erinnern, ob es sich um Spanisch oder Portugiesisch handelte. Es war großzügig von Arkadij Sergejewitsch, daß er mir seine Plattensammlung zur Verfügung gestellt hatte. Ich drehte an der Kurbel des Geräts und legte mich ins Bett. Ich dachte daran, daß ich mich bei Breitscheid wohlfühlte. Die Geschichte mit den Paketen war das einzige, was mich gestört hatte, aber das lag schon einige Wochen zurück.

Ich schloß die Augen und lauschte der Stimme der fremden Sängerin … Als ich aufwachte, war es elf Uhr abends. Es war schon sonderbar, daß Arkadij Sergejewitsch keinen Tee haben wollte. Er legte doch sonst viel Wert auf Rituale. Bei jedem Wetter machte er zum Beispiel nach dem Essen seinen Verdauungsspaziergang, der immer genau fünfundzwanzig Minuten dauerte. So krank und müde konnte er gar nicht sein, daß er diesen einmal ausließ.

Ich zog mich wieder an und ging zum Arbeitszimmer. Die Tür war angelehnt. Im Inneren brannte Licht. Ich klopfte, wartete ein paar Sekunden und trat ein …

Der Milizionär ohrfeigte mich, aber ich hörte nicht auf zu schreien. »Jetzt beruhige dich doch endlich, Mädchen«, wiederholte er schon zum fünften Mal. »Wir sind doch jetzt da. Wir sind da.« Seine beiden Kollegen standen schweigend abseits.

Eine Viertelstunde lang hatte ich mich sehr vernünftig verhalten, hatte die Nachbarn aus dem Bett geläutet und sie in meine Wohnung geführt. Der Nachbar, ein junger Facharbeiter, war daraufhin sofort zum nächsten Stützpunkt der Miliz gelaufen. Dann hatte ich vor der Wohnungstür gewartet, bis er mit den drei Beamten zurückkam. Die Nachbarin hielt meine Hand und redete auf mich ein. Ich verstand kein Wort von dem, was sie sagte. Aber ich war sehr gefaßt. Jetzt, als die Milizionäre endlich da waren, fürchtete ich, jeden Augenblick umzufallen. Zu schreien hörte ich erst auf, als ich keine Kraft mehr hatte. Trotzdem schaute ich noch einmal über die Schulter des Milizionärs ins Arbeitszimmer, so als wollte ich mir Arkadij Sergejewitschs glasige Augen, seine herausgestreckte Zunge und das um seinen Hals gewickelte Telephonkabel für immer einprägen.

Der Leiter unseres Bezirksstützpunkts war offenbar ein Beamter der alten Schule, der sein Handwerk noch bei der zaristischen Polizei erlernt hatte. »Schnelligkeit, junges Fräulein«, erklärte er mir, »ist mehr wert als drei kluge Köpfe zusammen.« Sofort schickte er die Experten der Spurensicherung an den Tatort. Nachdem sie ihre Arbeit verrichtet hatten und die Leiche weggeschafft worden war, wurde das Arbeitszimmer versiegelt.

Ich blieb bis zum Morgen auf dem Stützpunkt der Miliz. Ob ich bereit sei, sofort ein paar Fragen zu beantworten oder bis zum nächsten Tag warten wolle, wurde ich gefragt. Man solle die Fragen ruhig stellen, antwortete ich, in dieser Nacht könne ich ohnehin nicht schlafen, und am Morgen müsse ich in die Arbeit.

»Das Opfer muß seinen Mörder selbst in die Wohnung gelassen haben. Es wurden keine Einbruchsspuren festgestellt«, erklärte mir der Leiter des Bezirksstützpunkts. »Ich würde Sie bitten, mir über diesen Breitscheid alles zu sagen, was Sie wissen.«

Die Beamtin am Nebentisch tunkte die Feder ins Tintenfaß, bereit, jedes Wort meiner Aussage mitzuschreiben. Im Lichtkegel der Tischlampe konnte ich nur ihre Hände erkennen. Es irritierte mich, daß ich ihr Gesicht nicht sehen konnte.

»Ist das alles?« fragte der Milizionär, nachdem ich ihm erzählt hatte, wie ich Breitscheid kennengelernt hatte und unter welchen Umständen ich bei ihm eingezogen war.

»Über seine Geschäfte weiß ich nichts. Auch seine Freunde habe ich nie zu Gesicht bekommen. Ich glaube, er hatte keine. Berufliches und Privates hat er immer streng getrennt. Ich weiß nur, daß er gerne Karten spielte und daß er regelmäßig zu einer Pokerrunde ging. Wo das war, weiß ich nicht.«

»Strengen Sie sich an, Fräulein.« Er runzelte die Stirn. »Wenn Sie uns etwas verschweigen, kann Sie das teuer zu stehen kommen.«

Ich schwankte einen Augenblick. Dann dachte ich, es sei ohnehin alles egal. Meine glückliche Zukunft, das Studium, die Karriere, der Dienst am Volk – alles war in weite Ferne gerückt. Ich war müde und hatte Angst. Ich stellte mir vor, wie der Mörder wiederkommt und mich erdrosselt. Konnte ich jemals noch eine Minute in der Fabritschnaja 99 verbringen? Bevor ich nach Witschi zurückkehre, gehe ich lieber ins Gefängnis.

»Da waren diese Pakete«, flüsterte ich.

»Was für Pakete?« Ich hörte das Kratzen der Feder. Zuerst stockend, dann immer selbstsicherer erzählte ich, wie mich Arkadij Sergejewitsch vor ein paar Wochen gebeten hatte, »ein kleines, ganz unbedeutendes Päckchen« in eine Wohnung am Obwodnyj Kanal zu bringen. In Wirklichkeit war es ein Paket von beträchtlichem Gewicht. Der Bezirk um den Obwodnyj Kanal galt als schlechte Gegend, das Haus, zu dem ich geschickt worden war, sah abbruchreif aus, und die Wohnung war eine winzige Kammer. Ich wurde von einem Mann empfangen, der wie ein Arbeiter gekleidet war. Er stellte sich als »Onkel Bob« vor und erwies sich als überaus freundlich.

»Wie sah er aus?« fragte mich der Milizionär mürrisch. Doch so sehr ich mich bemühte, ich konnte Onkel Bob nicht beschreiben. Ich erinnerte mich nur noch daran, daß er blaue Augen hatte.

Der Milizionär seufzte. »Können Sie mir wenigstens sagen, wie alt er war?«

»Ein älterer Mann. Fünfundvierzig oder sogar fünfzig.«

Vom Nebentisch hörte ich ein Kichern. Mein Gegenüber runzelte die Stirn. »Weiter!« brummte er.

Ich berichtete, wie ich das Paket übergeben und der Empfänger mir in so gewählten Worten gedankt hatte, daß mir sofort klar wurde, daß er kein gewöhnlicher Arbeiter war. Schließlich hatte er mich gebeten, Breitscheid die folgende Nachricht zu überbringen: »Großmutter hat die Kuchen schon gebacken, man lädt zum Tee.«

Das nächste Mal war das Paket noch schwerer. Breitscheid zahlte mir eine Droschke, und Onkel Bobs Nachricht lautete: »Das Krokodil vergießt Tränen«.

Wieder ertönte das Kichern vom Nebentisch.

»Jetzt seien Sie doch endlich still, Klarissa Iwanowna«, sagte der Milizionär gereizt, »und machen Sie Ihre Arbeit.« Sofort herrschte wieder Stille am Nebentisch.

Bei meinem dritten Besuch mußte ich Breitscheid den Satz »Alle Vöglein putzen schon ihr Gefieder« übermitteln. Danach fuhr ich nur mehr ein einziges Mal zum Obwodnyj Kanal. Diesmal hatte Onkel Bob keine Nachricht mehr für mich.

»Und weiter?« fragte der Milizionär.

Ich zuckte mit den Schultern. »Es war nichts mehr.«

Der Milizionär schlug die Hände vors Gesicht und schüttelte den Kopf. »Es ist unglaublich«, hörte ich ihn sagen. Sein Tonfall ließ nichts Gutes ahnen.

»Sind Sie wirklich so naiv oder tun Sie so?« Er wurde lauter. »Ja, haben Sie denn keinen Augenblick daran gedacht, daß es sich um etwas Illegales handeln könnte? Hat es Sie nie interessiert, was in diesen Paketen drin war?«

»Nein«, log ich, denn ich hatte Arkadij Sergejewitsch natürlich mehrmals gefragt. Aber jedesmal hatte er nur gelacht und gemeint, ich könne fragen, soviel ich wolle, er nehme sich das Recht heraus, meine Fragen nicht zu beantworten.

»Und Sie haben nie in eines dieser Pakete hineingeschaut?«

»Nein!« Diesmal sagte ich die Wahrheit. Obwohl meine Neugierde groß gewesen war, hätte ich es nie gewagt, das mir entgegengebrachte Vertrauen zu mißbrauchen, zumal es mir schmeichelte. Arkadij Sergejewitsch hatte mich richtig eingeschätzt. Er konnte sich auf mich verlassen.

»Ich muß gestehen, daß ich Ihnen nicht recht glauben kann«, sagte der Milizionär. »Die sinistren Machenschaften dieses Herrn waren uns schon seit langem bekannt, auch wenn wir noch keinen stichhaltigen Beweis hatten, um ihm das Handwerk zu legen. Und dann geht er ein solches Risiko ein und schickt ein Mädchen los, das von nichts eine Ahnung hat? Warum hat er nicht einem seiner Vertrauten diesen Auftrag gegeben oder hat ihn selbst erledigt? Nein, da muß noch mehr sein.«

»Wenn's so wäre, wie Sie sagen, hätte ich Ihnen von diesen Paketen ja wohl nicht erzählt«, entgegnete ich.

»Jetzt kommen Sie sich schlau vor«, meinte der Milizionär gereizt. »Wer weiß, was Sie wirklich im Schilde führen.«

Ich schwieg.

»Sie werden mir verzeihen, Fräulein, aber ich war schon im vorigen Jahrhundert Polizist. Ich kenne die Menschen. Mir können Sie nichts vormachen. So oberflächlich, wie Sie behaupten, war Ihre Beziehung zu diesem Bürger Breitscheid bestimmt nicht. Jetzt geben Sie Ihrem Herzen einen Stoß, seien Sie ehrlich, erzählen Sie alles. Je ehrlicher Sie sind, umso besser für Sie.«

Es war offensichtlich, daß dieser alte zaristische Polizist es auf mich abgesehen hatte. Vielleicht weil ich Jüdin war. Bei ehemaligen Beamten der alten Ordnung setzte ich Antisemitismus voraus. Was ich ihm auch erzählte, er glaubte es mir doch nicht. Bestimmt erwartete er ein Geständnis. Daß ich den Mörder hereingelassen oder vielleicht sogar am Telephonkabel mitgezogen hatte. Mein Schicksal war besiegelt. Den Rest meines Lebens würde ich in einem Straflager zubringen.

»Wie war denn nun Ihre Beziehung zu diesem Herrn wirklich?« insistierte mein Gegenüber.

»Sie glauben wohl, ich habe mit ihm geschlafen«, flüsterte ich.

»Haben Sie?«

Ich begann zu weinen.

»Ich bin davon überzeugt«, schrie er, »daß Ihre Beziehung zu diesem Banditen keine rein platonische war. Solche Menschen halten sich keine zwanzigjährigen Haushälterinnen, sondern Konkubinen.«

Nun heulte ich erst recht los.

»Schauen Sie, Fräulein …«, sagte er in versöhnlichem Ton, aber ich unterbrach ihn. »Ich möchte zu einem Arzt«, erklärte ich.

»Ist Ihnen nicht wohl? Wir können sofort einen Arzt kommen lassen. Brauchen Sie Aspirin?«

»Der Arzt wird Ihnen bestätigen, daß ich noch Jungfrau bin.«

Als ich den Stützpunkt der Miliz verließ, war es Morgen. Ich fuhr in die Arbeit. Unter den vielen Menschen in der Pferdetram fühlte ich mich wieder wohler. Sie haben nichts gegen mich in der Hand, dachte ich. Was können sie mir schon beweisen? Daß ich für Arkadij Sergejewitsch irgendwelche Pakete transportiert habe? Das habe ich selbst zugegeben. Das ist noch kein Verbrechen. Daß ich so dumm war, diesen Auftrag auszuführen? Aber Dummheit allein ist nicht strafbar. »Nur Mut, Rosa, nur Mut!« murmelte ich.

Die Fahrt war lang, und ich versuchte ein wenig zu schlafen, wie ich es oft in der Straßenbahn tat. Aber sobald ich die Augen schloß, sah ich das um Breitscheids Hals gewickelte Telephonkabel. »Ach, Rosa«, flüsterte ich mir zu, »das ist doch nicht der erste Tote, den du in deinem Leben gesehen hast. Es wurden schon Menschen ermordet, die dir wesentlich näher standen.« Ich öffnete wieder die Augen und sah das Gesicht eines dicken Mannes in einem Hasenfellmantel, der mir gegenüber saß und mich anstarrte. Ich hatte wohl zu laut mit mir selbst gesprochen. An der nächsten Haltestelle stieg ich aus und ging die letzten beiden Kilometer zu Fuß.

»Rosa, du bist fast eine halbe Stunde zu spät!« herrschte mich der Vorarbeiter an. »Wenn das noch einmal passiert, du Fotze, fliegst du raus!« Er grinste und schnalzte mit der Zunge.

Der Vorarbeiter haßte gebildete Frauen. »Wozu braucht eine Fotze einen Schulabschluß?« hatte er einmal in die Runde gefragt. »Glaubt ihr, ein Schwanz kann lesen?«

»Nein«, hatte ich geantwortet. »Aber nicht jeder Schwanz ist klüger als sein Herr.« Die Frauen brüllten vor Lachen, aber der Vorarbeiter war seitdem mein Feind.

»Marsch, an die Arbeit!« schrie er jetzt. »Beweg deinen Arsch zu den Karren.«

An diesem Tag war es bewölkt und deshalb wärmer, so daß man nicht mehr vermummt arbeiten mußte. Im Hof wurde mir ein Karren entgegengeschoben. Hinter den Stoffballen konnte ich nur die Mützen der Schlepperinnen erkennen. Ich hörte die Stimme von Njurka, einer ehemaligen Diebin: »Schaut euch die Kleine an, sie sieht aus, als hätten fünfzehn Teufel mit ihr eine rauschende Liebesnacht verbracht. Bleich wie ein toter Säugling.«

»Nach einer Liebesnacht ist man nicht so bleich«, entgegnete Lisa. »Außerdem ist dann der Blick anders und der Gang. Die schaut eher als, als wäre sie zehn Jahre lang in einem finsteren Loch gesessen.«

»Du mußt es ja wissen«, meinte die dritte Frau. Ihren Namen habe ich vergessen. »Schließlich warst du früher Nutte und dann im Gefängnis.«

Ich seufzte und ging weiter. Ich hatte in Leningrad immer noch keine richtigen Freundinnen gefunden, mit denen ich über das Vorgefallene hätte sprechen können. In der wenigen Freizeit, die mir blieb, war ich viel zu erschöpft, um auszugehen und junge Leute kennenzulernen. Die Arbeiterinnen aus der Fabrik empfand ich als langweilig und ordinär, und zu Tatjana, meiner ehemaligen Schulkollegin aus Witschi, bei der ich in den ersten Wochen gewohnt hatte, war der Kontakt längst abgebrochen. Außer unserer Herkunft hatten wir nur wenig gemeinsam. Später, wenn ich einmal studierte, würde alles anders werden. Dessen war ich mir sicher.

Am Eingang zur Halle stieß ich mit Porfirij Filimonowitsch, denn alle Porfirka nannten, zusammen. Dem Geruch nach zu schließen war der Mann betrunken. Er umarmte mich und sagte mit weinerlicher Stimme: »Rosotschka, hab Erbarmen! Ich kann nicht mehr. Tagtäglich bin ich von schönen Frauen umgeben, aber keine von ihnen hat soviel Großmut, um mich hineinzulassen. Wenn das so weitergeht, werde ich noch an Überdruck sterben.«

Ich stieß ihn weg und schrie: »Laß mich in Ruhe, du Hund. Ich muß arbeiten.«

»Aber warum denn Hund?« lallte der Mann und torkelte hinter mir her. »Ich schütte dir meine Seele aus, und du vergleichst mich mit einem Köter.«

»Na und«, hörte ich eine der Frauen sagen, »der Hund ist ein nützliches Haustier, und was bist du?«

»Ein Schakal!« meinte eine andere.

Eine dritte, die gerade Stoffballen auf einen Karren verlud, hielt triumphierend ein Messer in die Höhe.

»Mädchen!« schrie sie. »Es gibt eine sichere Methode, diesem Überdruck ein Ende zu bereiten …« Ihre Worte gingen im Gejohle der anderen unter, während sie eine Wurst aus ihrem Beutel herausholte und diese in der Mitte durchschnitt.

»Porfirka, komm her!« rief jemand. »Wir wollen deine Krankheit kurieren.«

»Ihr seid herzlos!« schluchzte der Mann. »Mir eine solche Angst einzujagen!« Wie immer, wenn er nervös war, massierte er mit heftigen, immer schneller werdenden Kreisbewegungen seinen Bauch.

Solange Porfirka nüchtern war, kam ich gut mit ihm aus, obwohl ihm meine Tante Sore seine Sachen nie zurückgegeben hatte. Wenn er jedoch betrunken in die Arbeit kam, was in letzter Zeit immer öfter geschah, wurde er grob und versuchte, die Frauen anzufassen. Allerdings fiel es keiner von uns schwer, ihn auf Distanz zu halten. Es war zwar unangenehm und beschämend, sich dieses Menschen erwehren zu müssen, aber ich hatte mich noch nie von ihm bedroht gefühlt. Ich wunderte mich, weshalb der Vorarbeiter diesen Säufer nicht längst entlassen hatte. Vielleicht weil er ein Mann war und wir anderen nur »Fotzen«.

Aufladen, schieben, aufladen, wieder zurückschieben, aufladen. Meine Muskeln waren wie aus Watte. Wenn wenigstens die Temperatur unter Minus fünfundzwanzig Grad gefallen wäre, hätten wir laut Vorschrift nicht mehr im Freien arbeiten dürfen. Aber das große Thermometer an der Außenwand der Halle zeigte nur Minus neun.

»Nicht drrrääängen!« brüllte die Köchin und fuchtelte mit dem Schöpflöffel. »Jeder kommt dran. Wer sich nicht ordentlich benimmt, für den gibt's nur einen Schlag auf den Kopf.«

Eine Blechwand, in die ein rundes Fenster geschnitten war, trennte den Speisesaal von der Küche. Hinter dem Fenster stand die Köchin und teilte Suppe, Brei und Tee aus. Da sie für alles denselben Löffel verwendete, schmeckte die Suppe nach Tee, der Brei nach Suppe und der Tee nach Brei. Außerdem erhielten wir eine Scheibe Brot, die man eine halbe Minute in die Suppe tunken mußte, bevor man sie essen konnte.

Ich stellte den Blechnapf, die Blechschüssel und die Blechtasse auf einen der alten Kistendeckel, die uns als Tabletts dienten, und versuchte das Ganze an den anderen vorbeizubalancieren, was im Zwielicht nicht einfach war. Die Fenster im Speisesaal, einer ehemaligen Lagerhalle, waren schmal. Elektrisches Licht war fürs Essen nicht vorgesehen.

Vor der Tür, die in den Hof führte, saß Maria Dobrowolzewa. Sie war Schlepperin wie ich. Den ungemütlich kalten Platz hatte sie sich bestimmt absichtlich ausgesucht. Hier blieb sie von Tischnachbarn verschont. Seit sie in der Fabrik arbeitete, war es noch keinem gelungen, mit ihr ein längeres Gespräch zu führen. Die Schimpftiraden des Vorarbeiters ignorierte sie. Wenn er ihr etwas sagte, was sich nicht auf die Arbeit bezog, gab sie ihm keine Antwort. Sonderbarerweise ließ er sie bald in Ruhe. Vielleicht weil er sich insgeheim vor ihr fürchtete, denn es gab keine Frau in unserer Gruppe, die soviel Kraft und Selbstsicherheit ausstrahlte wie Maria. Man konnte sie kaum als schön bezeichnen. Sie war überdurchschnittlich groß, hatte breite Schultern und einen kleinen Busen. Sobald ihre Haare drei oder vier Zentimeter lang waren, rasierte sie sich den Kopf. Ihr Alter war schwer zu schätzen.

Irgendwann kam jemand auf die Idee, sie Mascha zu nennen, aber sie hatte ihm einen solchen Blick zugeworfen, daß er sich diese Freiheit kein zweites Mal herausnahm. So wurde sie von allen weiterhin Maria genannt. Ich erinnere mich, wie eine Frau aus unserer Gruppe zu einer anderen sagte: »Die laß lieber in Ruh. Das ist eine von der Raubtiersorte. Das weiß ich. Ich kenn solche Menschen. Ich war im Lager. So was riech ich. Das sind welche, die nie den ersten Sprung machen. Aber wenn du ihnen zu nahe kommst, gehen sie dir an die Gurgel. Und dann Gnade dir Gott.«

Ich betrachtete Maria mit Bewunderung. Wenn sie am Morgen in die Halle kam, verstummten alle für einen Augenblick und machten ihr Platz. Den Kopf hoch erhoben, den Rücken gerade wie mit einem Lineal gezogen, schwebte sie an den anderen vorbei. »Guten Morgen, die Damen«, sagte sie in den Raum, ohne jemanden Bestimmten anzuschauen, den Blick immer nur auf den Haufen mit Stoffballen oder auf einen Karren gerichtet. Keiner von uns wäre es in den Sinn gekommen, auf den spöttischen Ton ihrer Begrüßung einzugehen. »Guten Morgen, Maria«, murmelten wir so kleinlaut und ernst, als wäre der Fabriksdirektor höchstpersönlich bei uns erschienen, um unsere Arbeit zu kontrollieren.

So hochmütig sich Maria auch benahm, blieb sie auf eine penetrante Weise höflich. Wenn ihr die Tür aufgehalten wurde, sagte sie nicht einfach »Danke«, sondern »Herzlichen Dank«. Wenn sie jemanden versehentlich anrempelte, entschuldigte sie sich mit einer leichten Verbeugung, und wenn eine von uns vor Müdigkeit umzufallen drohte, war sie diejenige, die an ihre Stelle trat. Sogar das Mittagessen verspeiste sie mit einer solchen Würde, als säße sie nicht in einem schmutzigen Fabrikssaal, in dem es nach Schweiß und Kohlsuppe roch, sondern in einem der besten Restaurants am Newskij Prospekt. Wie gern hätte ich dieselbe Ausstrahlung gehabt wie sie. Aber ich war für alle nur »Rosotschka, die kleine Jüdin«.

Einige Male hatte ich versucht, mit Maria ins Gespräch zu kommen, wobei ich mich dabei nicht gerade geschickt angestellt hatte. »Wenn es so sonnig ist wie heute, macht die Arbeit gleich mehr Spaß«, hatte ich ihr einmal gesagt.

»Ob dir die Arbeit Vergnügen bereitet oder nicht, ist deine Sache«, hatte sie geantwortet. »Wenn du bei Sonnenschein besser schleppen kannst, umso besser für dich. Vielleicht wird das den Vorarbeiter freuen.« Mit diesen Worten wandte sie sich ab.

Ein anderes Mal wollte ich von ihr wissen, ob sie aus Leningrad stamme und wo sie früher gearbeitet hatte.

Sie musterte mich. »Jetzt ist es wichtig, daß wir diesen Karren auf die andere Seite des Hofes schieben. Wo ich geboren bin und gearbeitet habe, spielt dabei keine Rolle.«

Ich setzte mich neben Maria. Im Profil wirkte ihr Gesicht mit dem vorspringenden Kinn wie ein Halbmond mit Nase, Mund und Ohren in einem Kinderbuch. Nur daß dort der Mond meistens lächelte.

Als Maria die Suppe fertiggegessen hatte, betupfte sie sich den Mund mit einer Stoffserviette, die sie auf ihren Knien ausgebreitet hatte. Zuerst den linken, dann den rechten Mundwinkel, danach, nur leicht angedeutet, Ober- und Unterlippe. Aus der Tasche ihrer Schürze holte sie noch eine Serviette heraus und wischte damit den Löffel ab. Erst dann begann sie den Brei zu essen.

»Gestern ist mein Vermieter ermordet worden«, flüsterte ich. Meine Nachbarin schwieg. Ich war nicht sicher, ob sie den Satz gehört hatte. Während ich die Suppe aß, pochte es in meinen Schläfen. Bevor ich mich über den Brei hermachte, wollte ich den Löffel abschlecken. Statt dessen wischte ich ihn mit meinem Taschentuch ab.

»Mein Vermieter ist gestern ermordet worden«, wiederholte ich, diesmal lauter.

»Jeden Tag werden Tausende Menschen ermordet«, sagte Maria und betupfte ein weiteres Mal ihren Mund mit der Serviette, obwohl sie den Brei noch nicht aufgegessen hatte

»Gestern komme ich heim und finde ihn erdrosselt im Arbeitszimmer. Mit dem Telephonkabel um den Hals. Es war entsetzlich.«

Maria schwieg.

»Die Miliz glaubt, daß ich mit dem Mord etwas zu tun habe.«

Der Löffel zitterte in meiner Hand. Ich wartete. Aber Maria blieb stumm.

»Ich weiß gar nicht, ob ich mich in diese Wohnung überhaupt noch zurücktrauen kann. Vielleicht kommt der Mörder wieder. Ich habe furchtbare Angst.«

Maria war mit dem Brei fertig und vollführte nun das gesamte Ritual mit den Lippen und dem Löffel ein weiteres Mal. Am liebsten hätte ich ihr die Serviette aus der Hand gerissen.

»Ich möchte davonlaufen!«

Maria legte die Schüssel in den Napf und schob beides mit einer langsamen Handbewegung beiseite.

»Ich möchte davonlaufen!«

»Spar dir lieber deine Kräfte für die Arbeit«, sagte Maria leise, während sie mit dem Löffel den Tee umrührte.

Ich sprang auf.

»Weißt du, an wen du mich erinnerst?« schrie ich und holte tief Luft. »An das Pferd meines Großonkels.«

Das erste Mal seit Beginn unseres Gesprächs schaute Maria mich an. Zwischen ihren Augenbrauen hatte sich eine tiefe Furche gebildet.

Ich ließ das Essen stehen und ging hinaus. Von der nach Tee schmeckenden Kohlsuppe und der Aufregung war mir schlecht geworden. Kaum hatte ich die Latrine hinter dem Hauptgebäude der Fabrik verlassen, ertönte das Heulen der Sirene. Mitten im Hof stand der Vorarbeiter. Er stieg von einem Bein auf das andere, fuchtelte mit den Armen und hielt die Fäustlinge in die Höhe. Er erinnerte an einen Boxkämpfer, der sich vor einem Kampf aufwärmt. »Wo seid ihr, Fotzen?« brüllte er. Seine sonore Stimme übertönte die Sirene. »Los, zurück an die Arbeit, ihr subversiven Möchtegernmatratzen! Unser sozialistisches Vaterland braucht Stoffe.« Draußen auf der Straße, hinter dem Torbogen der Fabrik, stand schon der erste Lastschlitten bereit.

Etwas Schweres schlug im regelmäßigen Takt gegen meinen Kopf. Von Minute zu Minute wurden die Intervalle zwischen den Schlägen kürzer. Irgendwo läutete unaufhörlich das Telephon, zwanzig-, fünfundzwanzig-, fünfzigmal, aber niemand hob ab. Das Läuten kam näher. Meine Hände klebten am Griff des Karrens, der mich hinter sich herzog. Wir würden bis ans Ende der Welt miteinander gehen, wenn ich mich nur nicht mehr aufrichten müßte.

»He, die Kleine atmet ja kaum mehr, die hängt ja an der Kiste wie ein Waschlappen am Kübelrand.« Wessen Stimme war das?

»Kennt ihr die beste Kur in diesen Fällen? Eine von links, eine von rechts und dann von beiden Seiten gleichzeitig. Dann werden die Wangen schnell wieder rosig.«

Ich schaute auf. Meine Knie schlugen am steinharten Schnee auf, während der Karren davonglitt. In der Finsternis erkannte ich die schaukelnde Laterne unter dem Torbogen und das rötliche Licht am Schlitten.

Nachdem die Sirene das Ende des Arbeitstages verkündete, war ich so müde, daß ich mich in der Schlange vor der Stechuhr an der Wand anhalten mußte. Draußen am Tor hatte sich wie jeden Abend eine große Menschentraube gebildet, Arbeiterinnen, die auf ihre Kolleginnen warteten, Kinder, die ihre Mütter abholten, Freunde, Kavaliere, Ehemänner. Die Haltestelle der Pferdetram auf der anderen Seite des Platzes schien unerreichbar. Ich lehnte mich gegen die Steinmauer der Fabrik. In zehn Minuten, höchstens einer Viertelstunde, würde der Platz menschenleer sein. Vorerst aber heulten noch die Sirenen in den Nachbarfabriken. Ein Schlitten blieb mit den Kufen in den Straßenbahngleisen stecken. Wie von Sinnen schlug der Kutscher auf die Pferde ein. Der Fahrer einer Tramway sprang vom Wagen und brüllte den Kutscher an.

Ein breites Gesicht verdeckte mir die Sicht auf die Welt. Der Geruch von billigem Wodka.

Wo Porfirka während der Arbeitszeit nur den Wodka hernimmt? Vielleicht versorgt ihn der Vorarbeiter mit diesem Fusel. Ein paar Jahre noch und sie kippen den Mann in die Grube, wenn sein alkoholgetränkter Körper nicht vorher schon in Flammen aufgeht, während er sich eine der zwanzig bis dreißig Papirossy anzündet, die er am Tag raucht.

»Rosotschka!« In seinen Augen glänzten Tränen. »Du bist zart wie ein junges Pflänzchen. Rosa, du Blüte Israels, du sinnliches, rassiges Weib, geil, schön und betörend wie dein Volk, edel und anständig wie mein Volk. Rosotschka, schenk dem armen Porfirij im Herbst seines Lebens eine halbe Stunde. Nur eine lumpige halbe Stunde, damit er in Frieden auf sein Leben zurückschauen kann.«

Ich wollte gehen, aber er hielt mich mit beiden Händen an den Schultern fest. Zu einem anderen Zeitpunkt hätte ich ihn weggestoßen, wie ich es an diesem Morgen und an den Tagen zuvor getan hatte. Ich hätte ihn geohrfeigt oder sogar das Knie zwischen seine Beine gerammt. Diesmal jedoch hatte ich nicht die Kraft, seine Zudringlichkeit abzuwehren. Angewidert drehte ich den Kopf zur Seite und stöhnte: »Jetzt laß mich doch endlich, bitte, bitte in Ruhe! Laß mich gehen.« Aber er drückte mich gegen die Wand, flüsterte mir anzügliche Worte ins Ohr, preßte seinen Bauch gegen meinen Körper. Ich versuchte mich loszureißen, aber es schien, als sei ich mit der Wand verschmolzen.

Soviel Kraft hatte ich dem Säufer nicht zugetraut. »Hilfe!« keuchte es aus mir heraus. »Um Gottes Willen, helft mir!« Vor meinen Augen tauchte das Bild von Breitscheid auf. Er legte Porfirka ein Telephonkabel um den Hals. Ich roch den Schweiß des Säufers, spürte seinen Atem. Wenn er mir jetzt einen Kuß gibt, muß ich auf der Stelle sterben. Niemanden, nicht einmal mich selbst, werde ich jemals wieder berühren können. Bis an mein Lebensende wird der Schmutz an meinem Körper kleben. Ich will mich auflösen.

Das Gesicht verschwindet aus aus meinem Blickfeld. Wimmernd mache ich einen Schritt nach vorne und stolpere über etwas Brüllendes, Zappelndes, sich auf dem Boden Windendes.

»Ab heute wirst du sie in Ruhe lassen«, höre ich eine ruhige Frauenstimme. »Sonst landet dein Kadaver dort, wo er hingehört. Auf dem Komposthaufen.« Und ehe ich noch etwas sagen kann, hat Maria mich an der Hand genommen und weggezogen.

»Ich kann nicht mehr«, winselte ich, als wir in eine Seitengasse eingebogen waren.

»Es ist nicht mehr weit«, erklärte Maria trocken. Ich schaute mich um. Die Straßenlaternen schwankten. Die Häuser neigten sich über mich. Ihre Dächer waren zum Greifen nahe.

»Und wenn er ...?« Ich drehte mich schnell um und starrte in die Dunkelheit.

»Der wird jetzt einige Zeit liegenbleiben.«

»Wo hast du gelernt, wie man zuschlägt?« fragte ich.

»Beruhig dich erst einmal.« Maria wirkte so gleichmütig, als machten wir einen Abendspaziergang. In ihrem Gesicht spiegelte sich keine Gefühlsregung. Ich dachte plötzlich, daß sie vielleicht gar kein Mensch war, sondern eine phantastische neue Maschine, der man eine menschliche Hülle verpaßt hatte. Aus ihrem Beutel holte Maria ein Fläschchen heraus, und es wunderte mich, daß eine Frau wie sie Alkohol bei sich trug. Ich nahm einen Schluck, dann noch einen und noch einen weiteren.

Maria gab mir die Hand. »Komm mit!«

Es war angenehm, die Wärme ihrer Handfläche zu spüren.

Maria bewohnte ein Zimmer in einem umgebauten alten Verwaltungsgebäude, das sich keinen Kilometer von der Fabrik entfernt befand. Es war kärglich eingerichtet. Außer Kleidungsstücken, einem alten Koffer und ein paar Büchern waren darin keine persönlichen Gegenstände zu sehen – kein Bild an der Wand, kein Photo, kein Tischtuch mit Initialen oder einem selbstgestickten Muster. Nachdem Maria den Ofen eingeheizt, Tee gekocht und etwas Brot und Marmelade auf den Tisch gestellt hatte, setzte sie sich auf die Bettkante. Es war erstaunlich, wie gut ihr Aussehen und ihre Haltung zur Atmosphäre dieses nüchternen Raumes paßten. Wie schon oft verspürte ich ein Unbehagen in der Gegenwart dieser Frau, und wie immer wurde es von einem Gefühl der Bewunderung überlagert.

»Es tut mir leid, daß ich dir nicht mehr als Brot anbieten kann«, erklärte sie. »Aber ich habe selten Hunger. Manchmal kaufe ich tagelang nicht ein.«

Ich betrachtete Marias kräftigen Körper und wunderte mich. Eigentlich müßte sie jeden Tag Fleisch essen.

»Wenn du nicht gewesen wärst, hätte mich dieses Schwein Porfirka sicherlich auf den Boden geworfen und ...«

»Vor allen Leuten? Nein, das hätte er sich nicht getraut ... Ab jetzt wird er dich in Ruhe lassen.«

Ich schnitt das Brot auf. Meine Hände zitterten noch, aber sie gehorchten.

»Aber jetzt erklär mir, warum erinnere ich dich an das Pferd deines Großonkels?« fragte Maria.

»Mein Großonkel hatte einen Schimmel«, erzählte ich. »Manchmal galoppierte er so schnell, daß mein Großonkel sich kaum im Sattel halten konnte, dann wieder blieb er störrisch wie ein Esel stehen und ließ sich nicht einmal durch Stockhiebe dazu bewegen, einen Schritt weiterzugehen. Es verging kein Tag, an dem er meinen Großonkel nicht gebissen, abgeworfen oder getreten hätte. Aber er brachte ihn immer verläßlich ans Ziel.«

»Und du glaubst, du kannst dich immer auf mich verlassen?«

»Nein«, sagte ich.

Marias Gesicht wurde ernst.

»Warum hast du mich dann mit diesem Pferd verglichen?«

»Weil mein Großonkel es mit zitternden Knien bestieg und vor jedem Ritt meiner Großtante erklärte, wo sein Testament liegt. Aber er ist trotzdem jedesmal auf diesem Pferd geritten. Was hätte er sonst tun sollen, es war sein einziges.« Ich begann zu lachen, und plötzlich lachte auch Maria.

»Du darfst mich Mascha nennen«, erklärte sie.

Nachdem ich zwei dicke Scheiben Brot gegessen hatte, fühlte ich mich besser. Auch die Müdigkeit war weg, vielleicht weil es in Maschas Kammer kalt, oder weil ich zu aufgeregt war, um die Müdigkeit noch zu spüren.

»Wie war das nun mit deinem Vermieter?« fragte Mascha. »Wer hat ihm die Luft abgedreht? Oder warst das vielleicht doch du selbst?« Das Brot blieb mir im Hals stecken, aber Mascha lachte wieder. »Dein Gesicht hättest du jetzt sehen sollen!«

»Mit so etwas scherzt man nicht.«

»So bin ich nun einmal. Du mußt die Menschen entweder nehmen, wie sie sind oder mit ihnen umgehen, wie ich heute mit diesem Säufer.«

»Es gibt noch was dazwischen«, widersprach ich.

»Was denn?«

»Man kann sie verändern.«

»Da hast du dir ja was vorgenommen für's Leben.« Sie lachte noch lauter. »Es wird dir wohl nichts anderes übrigbleiben, als uralt zu werden.«

»Und du wirst jung sterben«, konterte ich.

»Kann schon sein«, erwiderte sie mit fröhlicher Stimme.

Ich erzählte Mascha ausführlich, wie ich Arkadij Sergejewitsch tot in seinem Arbeitszimmer gefunden hatte und danach auf dem Stützpunkt der Miliz verhört worden war. Immer wenn ich dramatische Ereignisse schildere, werde ich von meinen eigenen Worten mitgerissen, und es fällt mir schwer, die Details nicht auszuschmücken.

»Du hast denen wirklich angeboten, daß ein Arzt deine Jungfräulichkeit bestätigen soll?« rief Mascha aus und lachte diesmal so laut, daß ein verärgerter Nachbar ins Zimmer stürmte. Wir sollten ihn endlich schlafen lassen, ereiferte er sich. Es sei spät am Abend, und er müsse am nächsten Tag zur Frühschicht. Nach jedem Lachen hinter der Wand säßen er und seine Frau aufrecht im Bett. »Das Maschinengewehr, das ich während des Krieges vier Jahre lang bediente, war ein schnurrendes Kätzchen dagegen«, brummte er. Als er ging, schlug er die Tür hinter sich zu.

»Ich glaube, ich habe dich falsch eingeschätzt«, sagte Mascha, die den Auftritt des Nachbarn wortlos hingenommen hatte. »Als du in die Fabrik kamst, dachte ich, du seist wieder eines von diesen zarten Wesen, die noch nie gearbeitet haben, aber jetzt in die Fabriken drängen, weil sie Stipendien brauchen. Es waren schon einige bei uns. Keine hat länger als eine Woche ausgehalten. Du bist anders.«

Ich schaute ins Innere meiner Teetasse und spürte, wie mein Gesicht rot anlief.

»Was ist danach auf dem Stützpunkt der Miliz passiert?« fragte Mascha.

»Der Milizionär hat mich weggeschickt, wobei er zuvor noch gemeint hat, auf das ärztliche Attest verzichte er. So was könne er selbst überprüfen.«

Mascha hob die Augenbrauen.

Wir redeten bis zum Morgen. Einige Male mußten wir aufstehen und im Zimmer auf und abgehen. Der kleine Ofen gab mehr Rauch als Wärme ab. Schließlich zogen wir die Mäntel wieder an.

»Mein Vater war ein Gott«, erzählte Mascha. »Götter liebt man nicht, man betet sie an.«

Maschas Vater war vor der Revolution erfolgreicher Jurist und Universitätsdozent gewesen. Wenn er am Nachmittag aus der Universität heimkam, stellte er den Gehstock mit dem Silberknauf neben die Tür, warf den Mantel dem Dienstmädchen auf die ausgebreiteten Arme und begab sich in den Salon. Eine halbe Stunde später wurde dem Vater die kleine Mascha zugeführt. Das Kindermädchen kämmte ihr die Haare, ordnete die Schleifen auf ihrem Kleid und putzte ihr die Nase.

Hinter den Nebelschwaden des süßlich parfümierten Pfeifentabaks saß der Vater im Lehnstuhl, das Gilet halb geöffnet, auf dem Bauch das Halbrund des Taschenuhrkettchens. Tag für Tag sehnte sich Mascha nach jenem kurzen Zeitraum, den sie mit dem Vater allein sein konnte. Doch dieser ließ nur seine Hand durch Maschas Haar gleiten und fragte sie, was sie an diesem Tag unternommen hatte und ob sie glücklich wäre. Während sie antwortete, stocherte er meist in seiner Pfeife. Zehn Minuten später widmete er sich wieder seiner Zeitung oder seinen Büchern.

Als sie ihren Vater zum letzten Mal sah, war Mascha zehn Jahre alt. Bis zur Februarrevolution 1917 war das Leben der Familie, trotz der dunkeln Schatten, die der Krieg warf, ohne Veränderungen geblieben. Doch plötzlich fand der Vater für das Kind kein freundliches Wort mehr. An den Nachmittagen blieb der Salon verschlossen. Wenn Mascha das Ohr gegen die Wand preßte, hörte sie schnelle Schritte und das Knarren des Parkettbodens. Draußen zogen Demonstrationszüge Uniformierter mit Transparenten am Haus vorbei. Ihr Geschrei hallte in den Räumen der Wohnung wider und übertönte das gewohnte Ticken der Uhren.

Mascha wußte nicht, was sie angestellt hatte, daß Vater so verärgert war und mit ihr kein Wort mehr sprach. Von Mutter erhielt sie keine schlüssige Antwort. Mit verweinten Augen meinte diese nur, Vater habe endlich den Vorwand gefunden, den er immer gesucht hatte.

An einem frühherbstlichen Nachmittag suchte Mascha vergeblich nach ihrem Vater. Ihr Leben änderte sich ab jenem Tag radikal, denn Vater hatte nicht nur das Kindermädchen für die »Freuden des Unterleibs« und die Köchin für die »Freuden des Gaumens« mitgenommen, als er das Land mit dem Dampfer Richtung Stockholm verlassen hatte, sondern auch große Teile des gemeinsamen Vermögens. Was Maschas Mutter danach an Wertsachen zu Geld machen konnte, fiel bald der Inflation zum Opfer.

»Meine Mutter«, berichtete Mascha, »hatte Vaters zahlreiche Affären immer mit dem ihrem Stand und ihrer Erziehung entsprechendem Takt hingenommen, war doch, wie sie mir erklärte, der Mann ein von Natur aus seinem tierischen Trieb gehorchendes und ihm schutzlos ausgeliefertes Wesen, dessen Schwächen man mit Nachsicht zu begegnen habe. Nun aber empfand sie, die Tochter eines Generals, den Umstand, die Mahlzeiten selbst zubereiten zu müssen, als Schmach. Sie hat viel gejammert. Ich bin neben ihr gesessen und habe so getan, als ob ich zuhörte. Damals habe ich mir geschworen, daß ich nie so werde wie sie.«

Maschas Stimme blieb auch jetzt emotionslos.

»Aber ich bin ihr immer noch viel zu ähnlich«, fügte sie nach einem Augenblick des Schweigens hinzu.

In den ersten Monaten des Jahres 1918 erlebte Mascha, was sie bis dahin nur aus Erzählungen kannte – Hunger. Sie konnte sich später nicht erinnern, von wem Mutter die wenigen Lebensmittel erhielt, die es ihnen ermöglichten, den Winter zu überleben. Am wahrscheinlichsten ist, daß sie von den wenigen Freunden, die ihr noch geblieben waren, unterstützt wurde oder ein altes Dienstbotenkleid anzog und in den Straßen bettelte.

Im Sommer flüchtete Maschas Mutter mit dem Kind in das von Konterrevolutionären beherrschte Sibirien. Das bolschewistische Petrograd war für »Klassenfeinde« lebensgefährlich geworden. Es war eine beschwerliche Reise in überfüllten Zügen oder zu Fuß. Manchmal ließ ein Bauer die junge Frau und ihre kleine Tochter in seiner Scheune übernachten. Oft schliefen die beiden in Bahnhofshallen oder unter freiem Himmel.

»In jenen Jahren habe ich erfahren«, erzählte Mascha, »daß der Mensch die Krönung der Schöpfung ist. Anständigkeit, gute Erziehung, gewählte Umgangsformen – das alles ist nur Theater, mit dem wir einander vorgaukeln, wir seien so was Ähnliches wie intelligente Tiere. Aber der Schöpfer hat uns nach seinem Ebenbild erschaffen. Entsprechend sieht die Welt aus.«

»Es gibt keinen Gott!« entgegnete ich.

»Doch! All unser Leid kann nur einem perversen Willen entspringen. So etwas entsteht nicht von selbst. Wenn ich zu Gott bete, dann nur, um ihn zu ärgern.«

»Ich glaube nicht an Gott!« verkündete ich. »Ich glaube an den Menschen.«

»Du bist eine äußerst amüsante Person, Rosa. Jeder deiner Sätze ist ein guter Scherz … Als es darum ging, zu überleben, hat meine Mutter schnell gelernt, sich in einer Schlange vor einem Lebensmittelladen vorzudrängen und die Schwächeren, die Kranken und die Kinder wegzustoßen. Sie lernte zu stehlen und zu lügen. Im Mädchenpensionat hatte man ihr das nicht beigebracht. Und als wir in Simbirsk nicht weiterfahren durften, hat sie mit einem Kommissar geschlafen, hat danach mit ihm noch gesoffen und anstößige Lieder gesungen, die Generalstochter. Übrigens war er nicht der einzige, den sie an sich herangelassen hat. Wie hätten wir sonst diese Zeit überlebt?«

»Das sind die Auswüchse des Übergangs«, erwiderte ich. »Wir bauen eine neue Welt auf, eine bessere. Das geht nicht von einem Tag auf den anderen. Bei uns in Witschi habe ich auch furchtbare Dinge erlebt, Plünderungen, Pogrome. Da gab es einen polnischen Kommandanten, er hieß Radek Knofelewski. Dieser Pole ...«

»Eine bessere Welt?!« unterbrach mich Mascha und lachte wieder einmal so laut, daß der arme Nachbar nebenan mit der Faust gegen die Wand hämmerte. »Immer wenn die Menschen eine bessere Welt aufbauen wollen, also Gott spielen, läßt das Rückschlüsse auf das Wesen Gottes zu. Es wäre vielleicht sinnvoller, in den Kirchen die Kreuze und Ikonen durch eine Abbildung eines Irren in Zwangsjacke zu ersetzen. Das wäre zeitgemäß. Obwohl natürlich der Gekreuzigte kein schlechtes Symbol ist – ein Krimineller, der hingerichtet wird.«

Ich stellte mir vor, wie sich die Gläubigen vor der Photographie eines ans Bett Gefesselten in Zwangsjacke verneigen und »Vater unser, der du bist im Himmel« beten.

»In Ostsibirien hatten wir ein für unser weiteres Schicksal wichtiges Erlebnis mit einem japanischen Offizier«, berichtete unterdessen Mascha weiter. »Wir schlossen uns einem Flüchtlingszug an, der Richtung China unterwegs war. Eines Tages gab es kein Weiterkommen mehr. Eine japanische Einheit blockierte die Gleise. Der östlichste Teil Sibiriens war damals von japanischen Truppen besetzt. Der Befehlshaber erklärte, er würde uns nur passieren lassen, wenn eine der Frauen aus dem Zug mit ihm eine Nacht verbringt. Die Kandidatin sollten wir selbst bestimmen. Unsere Männer erklärten sofort, daß ihre Frauen und Töchter dafür nicht zur Verfügung stünden. Gleichzeitig redeten sie jenen, die ohne männliche Begleitung unterwegs waren, ins Gewissen. Das Überleben aller Flüchtlinge hänge von ihrem »Opfergang« ab. Die Unglückliche würde keine Schande auf sich laden. Sie wäre eine Heilige. Ein anwesender Pope erklärte sich bereit, sie zu segnen und für ihre Seele zu beten. Irgendwer brachte sogar Maria Magdalena ins Spiel. Schließlich wurde unter den jüngeren Frauen, die keinen Mann an ihrer Seite hatten, das Los gezogen. Das Opfer war meine Mutter. Als sie am nächsten Morgen wieder in unseren Waggon zurückkehrte, erzählte sie, daß der Japaner seinem Trieb nicht habe nachkommen können. Stundenlang sei er regungslos auf seinem Bett gesessen und habe meditiert. Aber auch dann sei seine männliche Kraft nicht zu ihm zurückgekehrt. Mutter verschwieg, daß der Japaner ihr eine goldene Halskette geschenkt hatte, mit der Bitte, über sein beschämendes Versagen Stillschweigen zu bewahren. Er habe sein Gesicht verloren. Für einen Japaner gäbe es nichts Schlimmeres als das ... Du siehst, manche Männer sind nicht nur Schweine, sie machen aus ihren schweinischen Trieben sogar einen Kult.«

Mascha und ihre Mutter kamen nicht nach China. Fremde Truppen – Mascha konnte sich nicht mehr erinnern, ob es Japaner, Chinesen, Engländer, Franzosen oder Amerikaner waren – ließen sie nicht passieren. Nach einer längeren Fahrt durch Ostsibirien kehrten die beiden in das bolschewistische Herrschaftsgebiet zurück. Es war die goldene Halskette des Japaners, die ihnen das Überleben sicherte.

»1920 heiratete Mutter einen kommunistischen Funktionär, einen Letten, natürlich nicht aus Liebe. Er war ein einfacher Bauerntölpel. Zur Hochzeit kamen alle seine Kumpane, größtenteils Leute, die sich schon am Vormittag den ersten Rausch antrinken. Allzu gern hätte ich dabei das Gesicht meines Großvaters, des Generals, gesehen. Aber er war längst tot ...«

Nun kam die Zeit, in der sich Maschas Leben allmählich normalisierte. Sie machte den Schulabschluß und übersiedelte danach wieder in ihre Geburtsstadt.

»Mit meiner Mutter und dieser Kreatur an ihrer Seite möchte ich nichts mehr zu tun haben. Die beiden leben heute in Moskau. Aber immerhin hat dieser Bolschewik dafür gesorgt, daß ich trotz meiner bürgerlichen Herkunft studieren darf. Jetzt erarbeite ich mir in der Fabrik so wie du ein Stipendium fürs Studium.«

»Was willst du denn studieren?« fragte ich.

»Maschinenbau. Glaubst du, ich gebe mich noch mit Geisteswissenschaften ab?«

Gegen neun Uhr morgens fuhr ich nach Hause. Todmüde fiel ich ins Bett. Einen Augenblick lang hatte ich wieder die entsetzliche Vorstellung, Arkadij Sergejewitschs Mörder könnte zurückkommen. Aber ich hatte in der Küche eine offene Cognacflasche gefunden und ein ganzes Glas getrunken. Der Alkohol verscheuchte meine Ängste. Ich konnte mich ausschlafen. Es war mein freier Tag.

Seit jener Nacht ist Mascha meine ständige Wegbegleiterin durch das Leben. Ich bin stolz darauf, ihre Freundin zu sein.

Porfirka ließ mich fortan in Ruhe. Eines Tages kam er nicht mehr in die Fabrik. Und Breitscheids Ermordung erwies sich für mich letztlich als ein Vorteil. Ich durfte in seiner Wohnung bleiben. Bevor die Stadtverwaltung weitere Familien darin einquartierte, übersiedelte ich aus dem Gästezimmer in den viel geräumigeren ehemaligen Salon. Zwar wurden die teuren Möbel und sogar die meisten Bücher (unter anderem die Encyclopaedia Britannica) von den Behörden konfisziert, aber ich hatte einen Wohnraum, den man als luxuriös bezeichnen konnte.

Mehrmals wurde ich noch von der Miliz verhört, wiederholte aber nur, was ich schon das erste Mal zu Protokoll gegeben hatte. Meine Jungfräulichkeit stellte niemand mehr in Frage. Schließlich ließ man mich in Ruhe. In der Zeitung las ich später vom *Tod des Klassenfeindes A. S. Breitscheid, eines Schiebers und Profiteurs der Neuen Ökonomischen Politik, der in seiner Wohnung erdrosselt wurde.* Offenbar handle es sich um eine Abrechnung im Gangstermilieu. Ein gewisser Saweljew, ehemals Geschäftspartner des Ermordeten, sei unter dringendem Tatverdacht verhaftet worden. Er habe, Angaben der Miliz zufolge, mit Breitscheid zusammen Gold und Wertgegenstände ins Ausland schmuggeln wollen. Eine weitere Person, über deren Identität Stillschweigen bewahrt werde, solange die Ermittlungen laufen, sei noch flüchtig. Eine Aufklärung des Verbrechens stehe unmittelbar bevor.

Ob Breitscheids Mörder tatsächlich gefaßt wurde, weiß ich nicht, aber 1927 oder 1928 erhielt ich eine Ansichtskarte aus Italien. Sie zeigte das Bild eines Cabriolets, an dessen Steuer die Silhouette einer Dame mit Schal und Hut zu sehen war. Im Hintergrund konnte man das Kolosseum erkennen. Der kurze Begleittext lautete: *Grüße aus der kapitalistischen Hölle ins sozialistische Paradies. Bob.*

Nachdem ich ein Jahr in der Textilfabrik gearbeitet hatte, wurde mir ein Stipendium bewilligt. Mein Leben unterschied sich kaum von jenem Tausender anderer Studenten, nur der Komsomol blieb mir aufgrund meiner »sozialen Herkunft« verschlossen, obwohl ich dreist genug gewesen war, einen Aufnahmeantrag zu stellen. Ich wurde weder diskriminiert, noch bei Studentenversammlungen als »Klassenfeind« an den Pranger gestellt. Ab dem zweiten Semester hatte ich in allen Fächern die Note Sehr Gut und beendete mein Studium im Juni 1930 als Drittbeste meines Jahrganges. Sprecherfahrung konnte ich selbstverständlich nicht in Deutschland sammeln. Man gewährte mir statt dessen eine Reise in die autonome Republik der Wolgadeutschen, wo ich langweilige Dörfer besichtigte, protestantische Pastoren predigen und alte Frauen für die Gesundheit des Genossen Stalin beten hörte. Gegen Ende meines Aufenthaltes war ich sogar in der Lage, die lokalen Dialekte voneinander zu unterscheiden. Wenn man mich nur für einen Monat nach Berlin gelassen hätte! Aber ein solches Privileg stand nicht einmal den Aktivisten des Komsomol oder den Söhnen und Töchtern lokaler Parteifunktionäre zu.

Im September 1930 hoffte ich an einer Leningrader Mittelschule meinen Dienst als Lehrerin anzutreten, doch wieder erwies sich die Freundschaft meines Vaters zum Großgrundbesitzer Ljubimow als Hindernis. Einem offiziellen Schreiben der Schulbehörde zufolge war ich für den Lehrberuf als *nicht geeignet, weil poli-*

tisch unzuverlässig eingestuft worden. Ich wünschte unserem ehemaligen »Wohltäter«, der sich jetzt angeblich in Paris als Taxifahrer durchschlug, er möge mit seinem Wagen in die Seine stürzen.

Ich durchlebte eine der schlimmsten Wochen meines Lebens. Nächtelang ließ ich das Licht brennen, trank mehrere Tassen Tee und konnte nicht einschlafen. Kaum schloß ich die Augen, stürzte ich über eine Klippe Tausende Kilometer in die Tiefe. Mein Nachbar Losaberidse, ein Georgier, der mit Frau, Kind und seinem alten Vater in Breitscheids ehemaliges Gästezimmer eingezogen war, holte schließlich den Notarzt, der mir eine Beruhigungsspritze gab. Losaberidse stellte den Käfig mit seinem Kanarienvogel in mein Zimmer. Dessen Singen beruhigte mich ein wenig.

Jeden Abend kam Mascha, um nach mir zu sehen.

»Ich fürchte, du wirst dich noch lange quälen«, meinte sie. »So wie ein Kranker schwitzen oder Abführmittel zu sich nehmen muß, um das Gift aus seinem Körper auszuscheiden, so wirst du dich quälen müssen, um deinen Kopf zu reinigen. Es wird dir nie ganz gelingen. Das ist der berühmte ewige Kreislauf der Dinge.«

»Ach, oh je«, stöhnte ich, »warum hast du nicht Philosophie studiert?«

»Philosophie? Bist du verrückt? Ich möchte noch einige Zeit leben.«

»Nach einer Phase der Verzweiflung keimt das zarte Pflänzchen der Hoffnung wie Unkraut auf einem Misthaufen«, pflegte mein zu diesem Zeitpunkt leider schon verstorbener Großvater zu sagen. Vielleicht, dachte ich, sind andere ohnehin besser als ich geeignet, Kinder zu unterrichten, jene, für die der Schnee unter ihren Füßen immer strahlend weiß bleibt. Ich hingegen habe schon zuviel erlebt. Ich würde doch nur dunkle Spuren hinterlassen.

Ich hatte trotzdem Glück. Da ich nun einmal nicht zu den »proletarischen Massen« gehörte und außerdem arbeitslos war, hätte man mich aus Leningrad aussiedeln können. Hunderttausenden

»Volksfeinden« wurden damals die Bürgerrechte aberkannt. Viele wurden aus Großstädten deportiert. Im Oktober erfuhr ich von der Gründung eines Leningrader Betriebes mit der als Folge des bolschewistischen Abkürzungswahns etwas furchteinflößenden Bezeichnung LENVEDBINLIT. Aufgeschlüsselt bedeutete dies *Leningrader Verlagshaus, Druckereianstalt und Übersetzungsbüro für Internationale Literatur*. Die Stelle eines Übersetzers aus dem Deutschen in der Abteilung Fachbuch und Journalismus war noch frei. Ich bewarb mich und wurde, für mich selbst überraschend, aufgenommen. Es war eine gut bezahlte Arbeit.

Am 10. November 1930 betrat ich zum ersten Mal das fünfstöckige Jugendstilgebäude, in dem vor der Revolution die Amtsräume einer großen Reederei untergebracht waren. LENVEDBINLIT wurde von seinen Mitarbeitern einfach »der Verlag« genannt. Man nahm mich freundlich auf und wies mir einen Schreibtisch in einem Großraumbüro für zwölf Personen zu. Einige Jahre später wurde ich in ein anderes Zimmer versetzt, noch später erhielt ich ein Büro für mich allein, und als mir nach dem Krieg ein Leitungsposten übertragen wurde, sogar eine eigene Sekretärin.

Gleich am ersten Tag beschloß ich, nur einige Monate, höchstens ein Jahr, im Verlag zu bleiben. Schon nach wenigen Stunden hatte ich begonnen, mich zu langweilen. Ein Jahr später war an eine Kündigung nicht mehr zu denken, ich war schwanger. Ich wartete weiter auf den passenden Zeitpunkt. So lange, bis ich schließlich in Pension ging.

10

Als ich jung war, hatte ich viele Verehrer. Wir gingen miteinander ins Kino, ins Theater, in Kulturclubs oder auf Tanzveranstaltungen, machten Bootsfahrten über den Finnischen Meerbusen, organisierten Picknicks, zogen mit Freunden durch die Stadt. Aber an meiner Wohnungstür war für jeden Mann Endstation. Ich wollte zuerst das Studium beenden und erst danach eine Familie gründen. Kurze Abenteuer interessierten mich nicht.

Mein Verhalten war nicht typisch für Frauen meiner Generation. Der Staat propagierte das Ende der traditionellen Normen. Die Sowjetbürgerin sollte in ihrem Privatleben keinen Zwängen mehr unterliegen. Bald nach der Oktoberrevolution wurde sogar die Ehe als Institution abgeschafft. Zwar konnte man eine Partnerschaft auf dem Standesamt »registrieren« lassen, doch hatte dies keine rechtlichen Konsequenzen. Viele verzichteten darauf. Auch später mein Mann und ich. Im Zimmer für Eheregistrierung unseres Bezirksstandesamtes war ein so jung aussehendes Mädchen hinter dem Schreibtisch gesessen, daß wir beschlossen, uns von diesem Kind nicht trauen zu lassen. Wie würdevoll und schön waren doch die jüdischen Hochzeiten in Witschi gewesen! Aber Hochzeiten nach jüdischem Ritus fanden im Leningrad des Jahres 1930 nur selten statt. Wir hatten nicht einmal Kostik beschneiden lassen, um nicht eine Anzeige wegen Kindesmißhandlung zu riskieren.

Während meines Studiums hielt ich mich an den gefaßten Entschluß und verliebte mich tatsächlich nicht. Aber sobald ich in meinem Bett die Augen schloß, sah ich meine Verehrer auf mich zukommen. Sie knöpften ihre Hemden und Hosen auf, beugten sich über mich …

»Das ist schmutzig, ich will nichts mehr davon hören!« schrie Mascha, wenn ich ihr von meinen Träumen erzählte. Sie ekelte sich vor allem, was sie verächtlich »das Körperliche« nannte. Nur widerwillig gab sie jemandem die Hand, schminkte sich nie und zog weite Kleider in meist dunklen Farbtönen und Schuhe mit niedrigen Absätzen an. Einmal gestand sie mir, wie gerne sie ein Kind hätte. Wenn es sich nur vermeiden ließe, den erniedrigenden Akt einer »körperlichen Verbindung« mit einem Mann über sich ergehen zu lassen. Als ich andeutete, es gäbe Methoden, schwanger zu werden, ohne mit einem Mann intim zu werden, winkte sie ab. Jedes Kind brauche einen Vater, erklärte sie. Aber mit einem Mann lasse sie sich nun einmal nicht ein.

Naum lernte ich im Herbst 1930 in der Wohnung meiner ehemaligen Studienkollegin Sara kennen. Sie war das, was man eine jüdische Schönheit nennt, und eine »mondäne Erscheinung«, soweit man in jener Zeit überhaupt davon sprechen konnte. Seidenstrümpfe, Lippenstift und Hüte waren der einzige Luxus, den wir uns leisten konnten. Es war Saras akzentfreies Russisch, das frei von allen jiddischen Anklängen war, und ihre gewählte Ausdrucksweise, was sie aus der großen Masse der Zuwanderer aus Weißrußland und der Ukraine heraushob. Ihr Vater, ein Arzt, hatte schon vor dem Weltkrieg in Petersburg gelebt.

Fast jedes Wochenende lud sie Freunde ein – ehemalige Studien- und Arbeitskollegen, Nachbarn, Alleinstehende und junge Ehepaare, Zufallsbekanntschaften. Bis in die späten Abendstunden wurde gegessen, getrunken und geredet. Oft holte jemand Saras Gitarre aus der Zimmerecke und spielte eines der populären Studentenlieder. Speisen und Getränke mußte man selbst mitbringen, da die Gastgeberin nicht das Geld hatte, so viele

Leute zu bewirten. Das Zimmer war nach wenigen Stunden so von Tabakrauch erfüllt, daß man die Gesichter kaum noch erkennen konnte.

Einer von Saras Gästen war Naum Schwarz, ein Buchhalter aus der Ukraine, dessen Eltern in den Wirren des Bürgerkriegs, höchstwahrscheinlich bei einem Pogrom, umgekommen waren. Genaueres erfuhr ich nie, denn wann immer ich ihn später auf seine Kindheit ansprach, wechselte er das Thema und wurde so abweisend, daß ich es bald aufgab, ihm Fragen zu stellen. Mit Gewißheit kann ich nur sagen, daß er als Jugendlicher im Hafen von Jekaterinoslaw, das heute Dnjepropetrowsk heißt, als Hilfsarbeiter gearbeitet hatte und Mitte der zwanziger Jahre nach Leningrad gekommen war, um nach Beendigung eines Buchhaltungskurses in der Rechnungsabteilung eines Kombinats für die Herstellung von Backwaren und Süßigkeiten eine Stelle anzunehmen.

Er fiel in der ausgelassenen Runde durch seinen Ernst und seinen geringen Alkoholkonsum auf. Meist unterhielt er sich den ganzen Abend mit jemandem, wobei er geschickt Fragen stellte und den anderen dazu bewog, ihm interessante, sogar intime Details aus seinem Leben zu erzählen, während er von sich selbst nur wenig preisgab.

»Ein komischer Kauz«, erklärte mir Sara einmal, »ich weiß gar nicht, wer ihn bei mir eingeführt hat. Er kommt schon seit Wochen regelmäßig hierher, ohne daß er sich mit jemandem richtig angefreundet hätte. In all der Zeit habe ich von ihm weder ein Kompliment noch eine kokette Phrase gehört. Ich weiß nicht einmal, ob ich ihm gefalle, und dabei finde ich ihn eigentlich ziemlich niedlich.«

An einem der Abende kam ich mit Naum ins Gespräch. Ich erzählte ihm mehrere amüsante Geschichten, und er versicherte mir, die Konversation mit mir sei äußerst geistreich und unterhaltsam. Ich aber wunderte mich, wie sehr die Rollen in unserem Fall vertauscht waren, war es doch normalerweise üblich, daß der Mann die junge Dame unterhielt, während diese durch wirkliches oder gespieltes Interesse dafür zu sorgen hatte, daß der

Redefluß des Kavaliers nicht abriß. Als die Rauchschwaden sich zu verdichten begannen, fragte ich Naum, ob er mich nicht nach Hause begleiten würde.

Naums Gesicht war am schönsten im Profil. Es erstaunte mich immer, daß andere diese Schönheit nicht sehen konnten. Die hohe Stirn gab ihm etwas Strenges. Er hatte den mageren Hals eines Kindes, und sein Kopf wirkte noch schwerer durch den dichten Schopf seiner Haare. Sein Aussehen spiegelte die Widersprüche in seinem Charakter wider. Das kraftvolle Gesicht und die großen Hände und dazu, schon in jungen Jahren, der schmale Körper und die gebeugte Haltung. Als er dreißig war, konnte man ihn aus der Ferne für einen alten Mann halten.

Als Naum und ich einige Wochen später schweigend nebeneinander im Bett lagen, war ich glücklich, obwohl ich mir die körperliche Vereinigung mit dem Mann, den ich liebte, anders vorgestellt hatte. Ich war nicht enttäuscht. Ich konnte warten. Ich genoß Naums Nähe, sog den Geruch seines Schweißes ein, streichelte seine knochigen Schultern und seine behaarte Brust.

»Dein Naum«, meinte Mascha einmal, »ist so ernst und schweigsam, fast glaubt man, er sei ein bißchen blöd, aber wenn man ihm in die Augen schaut, hat man den Eindruck, er würde einen auslachen. Was findest du an ihm?«

Ich versuchte ihr zu erklären, warum ich meinen Mann liebte. Ich redete eine halbe Stunde oder noch länger. Sie unterbrach mich kein einziges Mal. So leicht ich früher immer begründen konnte, warum ich andere Männer nicht liebte, umso schwerer fiel es mir jetzt, meine Gefühle für Naum in Worte zu fassen. Vielleicht liebte ich ihn gerade deshalb so.

Kostik war ein Siebenmonatskind. Meine Fruchtblase platzte, als ich einen Artikel des deutschen Kommunistenführers Ernst Thälmann übersetzte und über die Formulierung des Satzes *Die Gewerkschaftsfunktionäre der Eisenhüttenwerke von Kassel mahnten bei einer Versammlung der KPD ihre wankelmütigen Genossen zu mehr Linientreue und Parteidisziplin* nachdachte. Es fielen mir drei russische Entsprechungen zum deutschen Wort *wankelmütig* ein. Ich wollte gerade eine Kollegin um Rat fragen, öffnete den Mund und begann plötzlich zu stöhnen. Meine Kolleginnen umringten mich. Sie waren viel aufgeregter als ich selbst. Schließlich trugen sie mich in einen Nebenraum und legten mich auf ein Sofa.

In der Rettung ging mir die Stadt Kassel nicht aus dem Kopf. Zwar versuchte ich an das Kind zu denken, flüsterte aber dennoch die ganze Zeit: »Kassel, deutsche Industrie- und Handelsstadt an der Fulda, in der Preussischen Provinz Hessen-Nassau, wankelmütig, wankelmütig, wankelmütig ...« Einige Jahre später traf ich einen Kollegen, der auf einer Dienstreise durch das Deutsche Reich auch in Kassel gewesen war. Er berichtete von einer langweiligen Provinzstadt, in der natürlich nichts mehr an Thälmann erinnerte. Der KPD-Vorsitzende war zu diesem Zeitpunkt schon in einem Konzentrationslager. »Kassel???« fragte man mich fünfundsechzig Jahre später in Gigricht. »Wenn Sie in Deutschland schon wo hinfahren wollen, dann lieber gleich nach Berlin, München, Hamburg oder Köln. Da gibt's wenigstens was zu sehen.« So bin ich bis jetzt noch nie in Kassel gewesen.

Die Geburt war leicht. Das Kind war sehr klein, hatte aber lebhafte Augen. Ärzte und Schwestern werteten dies als ein gutes Zeichen. Das Kind sei kräftig genug, meinten sie, daß es nicht, wie andere Siebenmonatskinder, in den Brutkasten müsse. Am nächsten Tag hatte Kostik Lungenentzündung. Es war der Beginn eines Leidensweges, der ihn sein Leben lang von Krankheit zu Krankheit führte.

Während der Schwangerschaft hatte ich mich streng an die Anordnungen der Frauenärztin gehalten und meine Kräfte geschont. Kein einziges Mal bin ich hingefallen. Wir hatten alles, was wir brauchten. Unser Zimmer war warm und trocken. Ich litt weder an Hunger, noch an Vitaminmangel. Dennoch fragte ich mich später oft, ob und auf welche Weise ich schuld an Kostiks schlechter Gesundheit sei. Es war einer jener quälenden

Gedanken, mit denen wir uns beweisen, daß nicht die anderen, sondern wir selbst die besten Methoden entwickeln, um uns den größten Schmerz zuzufügen.

In den ersten vier Lebensjahren war Kostik ein ruhiges Kind. Er weinte nicht einmal, wenn er Schmerzen hatte. Alle staunten, mit welcher Gleichmut er seine Krankheiten ertrug: Masern, Windpocken, Scharlach, eine chronische Bronchitis, ein schweres Hautekzem, eine Magenverstimmung, eine Mittelohrentzündung ... Stundenlang saß Naum an seinem Bett, las ihm Märchen vor oder erfand Geschichten. »Einmal bist du selbst ein Held, Kostik. Du wirst schon sehen. Du wirst ein großer Heerführer, ein Ritter. Wir beide, wir erobern die Welt!«

»Ja, Vater«, sagte der Vierjährige und schaute über Naums Kopf aus dem Fenster.

»Du wirst Lokomotivführer oder Panzerfahrer, und dann ...«

»Ich möchte lieber eine Schlange werden, Vater.«

»Eine Schlange?«

»Dann kann ich mich um den Fuß des Doktors schlängeln und unter sein Hosenbein kriechen.«

Unser erstes Kindermädchen hieß Akuljka. Sie stammte aus dem Dorf Knopowka am Irtysch und war die einzige, die sich vom furchtbaren Wort Bronchitis nicht hatte abschrecken lassen. Viele Städter nahmen damals Mädchen vom Land bei sich auf. Nur wenige Mütter konnten es sich leisten, nicht zu arbeiten. Kindergärten gab es kaum. Die Mädchen erhielten einen Schlafplatz und ein Taschengeld. Für sie war das immer noch besser, als sich ein Zimmer in der überfüllten Stadt suchen zu müssen und in der Fabrik zu schuften.

Von ihrer Großmutter habe sie gelernt, die Krankheitsgeister – alles Seelen ermordeter, hingerichteter oder auf andere Weise gewaltsam ums Leben gekommener Frauen – zu bannen, erzählte Akuljka. Die geheimen Formeln wollte sie uns nicht verraten. Es gäbe nur eine Art der Geisteraustreibung, die sie preisgeben dürfe. »Wenn ihr einen Menschen seht, der eine ansteckende Krankheit hat«, erklärte sie, »müßt ihr sofort an drei Verrückte, drei Verbrecher, drei Rothaarige und drei Juden denken und dreimal über die rechte Schulter spucken – das hält die Krankheit fern und wirkt besser als Kräutertee, Honig, Aspirin oder der Besuch bei einem bebrillten Doktor.«

Als die Zeitungen von einer Choleraepidemie im Süden des Landes berichteten, sprach Akuljka vom Endkampf zwischen den guten und den bösen Geistern, dessen Ausgang mit der Entwicklung der bolschewistischen Herrschaft zusammenhänge. Wir waren froh, daß sie dies nicht näher begründete.

Akuljka kehrte nach Knopowka zurück, um ihre kranke Mutter zu pflegen. Ob ihr dabei die guten Geister hilfreich zur Seite standen, kann ich nicht sagen, denn sie hat keinen meiner Briefe beantwortet.

Marussja, eine Ukrainerin, zog bei uns ein. Wir mochten sie sehr, auch wenn sie Kostik manchmal »mein Saujudenscheißerchen« nannte. Naum lachte. »Ein Ukrainer, der kein Antisemit ist, muß entweder krank oder selbst Jude sein«, meinte er.

Kostiks Genesungsprozeß machte Fortschritte. Bald, so hoffte ich, würde er so wie andere Kinder sein.

»Willst du auf dem Teich nicht eislaufen gehen? Auch im Hof der Glühbirnenfabrik gibt es jetzt einen Eislaufplatz. Wenn du möchtest, gehe ich mit dir hin.«

»Nein, Mama, ich könnte ja hinfallen und mir wehtun.«

»Aber es macht Spaß!«

»Ich will lieber zu Fuß gehen.«

»Einverstanden. Wir machen einen Spaziergang in den Park.«

»Ich möchte nicht in den Park.«

»Dann gehen wir zur Newa, uns die Schiffe anschauen.«

»Da ist es zu kalt.«

»Wo willst du dann hin?«

»Nach Moskau.«

»Wieso Moskau?«

»Ich möchte dem Genossen Stalin meine Stoffpferde zeigen.«

»Wir sind in Leningrad. Nach Moskau sind es zehn Stunden mit dem Zug.«

»Oh ja, fahren wir mit dem Zug.«

»Das geht nicht, ich muß morgen arbeiten. Wir bleiben zu Hause.«

»Ich will nicht.«

»Verdammt nochmal, was willst du dann?«

»Eislaufen.«

»Wie sind die Menschen entstanden?« fragte er mich eines Tages. »Der Mensch stammt vom Affen ab«, erklärte ich. »Der Affe begann eines Tages nachzudenken, fertigte sich Werkzeuge an, ging auf die Jagd, baute seine erste Hütte, bestellte den Boden. Mit der Zeit lebte er nicht mehr auf Bäumen, verlor sein Fell und seinen Schwanz und begann, aufrecht zu gehen. Aus dem Affen war ein Mensch geworden. Denken und arbeiten – das unterscheidet den Menschen vom Tier.«

»Das heißt«, meinte Kostik, »wenn ich nichts arbeite und nichts denke, werde ich wieder zum Affen! Dann wächst mir ein Fell und ein langer Schwanz.«

Er war von dieser Idee begeistert. Den ganzen Tag kroch er nackt auf allen vieren auf dem Boden herum. Als ich versuchte, ihn aufzuheben, schlug er um sich und biß mich in die Hand.

Ich war verzweifelt. Es gab kaum einen Tag, der nicht mit einer Katastrophe endete. Kostik zerbrach Spiegel und Vasen, warf Sachen aus dem Fenster, urinierte der Nachbarin vor die Tür, versteckte sich einen halben Tag lang auf dem Dachboden und öffnete in der Wohnung alle Wasserhähne. Einmal trug er eine tote Ratte aus dem Hof in die Küche und warf sie in den Topf, in dem Frau Losaberidse gerade Gemüse kochte.

»Warum hast du das getan?« fragte ich Kostik.

»Die Ratte wollte das! Sie will lieber von einem Menschen als von einer Katze gegessen werden.« Und er zuckte mit den Achseln und drehte sich weg.

»Es ist ein gutes Zeichen, wenn er soviel Phantasie entwickelt«, sagte Naum.

»Er muß lernen, daß er nicht alles machen kann, was er will«, meinte ich. »Ich werde ihm seine Bösartigkeit schon austreiben.«

»Du mußt ihm das Recht lassen, Kind zu sein.«

»Wie warst du denn als Kind?«

Ich versuchte, meinen Mann nicht anzuschauen. Vielleicht würde es ihm dadurch leichter fallen, etwas von seiner Vergangenheit preiszugeben. Aber anstatt zu antworten, ging er aus dem Zimmer.

»Vorgestern hat er mich getreten«, beschwerte sich Marussja bei mir, »gestern nannte er mich ein nilpferdähnliches Trampeltier, dann hat er sich stundenlang unters Bett verkrochen, und heute hat er aus der Küche eine Schere geholt und damit mein Kleid zerschnitten. Außerdem hat er mir ein Glas Milch über den Kopf geschüttet. Wissen Sie, was wir im Dorf mit solchen Kindern machen? Wir nehmen einen dünnen Birkenzweig und …«

»Ich habe dir schon am ersten Tag erklärt, Marussja, unser Kind wird nicht geschlagen. Punkt.« Ich streckte den Rücken durch und schaute dem Mädchen so lange in die Augen, bis es den Blick senkte. Kostik saß auf dem Bett, die Knie angezogen, und piepste: »Nilpferdähnliches Trampeltier, nilpferdähnliches Trampeltier, nilpferdähnliches …«

»Halt endlich den Mund«, sagte Naum.

Ich bemerkte, daß an den Haaren des Mädchens tatsächlich Milchreste klebten.

Marussja verließ uns, nachdem Kostik ihr einen Regenwurm ins Bett gelegt hatte. »Es tut mir leid, Rosa Abramowna«, erklärte sie, »aber Kriechtiere im Bett bringen Unglück. Als ich noch ganz klein war, da ist in der Nacht eine Blindschleiche in das Bett meiner Großmutter gekrochen, die dann schreiend durchs Haus gelaufen ist und lange gebraucht hat, um sich zu beruhigen. Zwei Tage später hat sich Großmutter ein Bein gebrochen und weitere zwei Wochen später ist mein Großvater gestorben …

Nein, bei einem solchen Kind bleibe ich nicht. Es hat den bösen Blick.«

Bald zog Marussja aus.

Kostik saß auf meinen Knien und lächelte mich an. »Du bist ein kleines Monster«, sagte ich, »siehst du denn nicht, was du anrichtest? Du tust anderen Menschen weh und machst deine Eltern unglücklich.«

Er schlang seine Arme um meinen Hals und gab mir einen Kuß auf die Stirn. »Mama, ich hab dich so lieb«, flüsterte er. »Ab jetzt werde ich immer brav sein.«.

Meine Verärgerung war sofort verflogen. Es fiel mir schwer, meinen Worten die notwendige Strenge zu verleihen.

»Andere Menschen haben Kinder, auf die ihre Eltern stolz sein können. Zum Beispiel der kleine Zviad. Er ist so alt wie du, kann schon lesen, nimmt sogar Klavierstunden, und wenn er mit anderen Kindern spielt, wird er nie gemein.«

»Zviad ist ein kleiner Georgier. Die Georgier handeln alle mit Lorbeerblättern und sprechen so, als hätten sie keine Zungen, sondern Frösche im Mund. Er ist immer böse zu mir. Ich hasse ihn. Ich hoffe, er stirbt bald.« Kostik hob schützend die Arme, so als könne ich ihn schlagen. Das Grinsen in seinem Gesicht verschwand nicht einmal, als ich ihn tatsächlich schlug. Dann wurde mir schwarz vor den Augen, und ich fiel um.

»Mama, Mama, Mama!« Kostik zerrte an meinem Ärmel. »Aber Mama, es hat doch gar nicht weh getan!« Ich saß auf dem Boden und konnte mich immer noch nicht rühren. Nie hatte ich mich so verachtet wie in diesem Augenblick.

»Es hat wirklich nicht weh getan!« beteuerte Kostik. Er grinste nicht mehr. Seine rechte Wange war dunkelrot angelaufen.

In der Nacht, als die Geheimpolizei das Zimmer unseres Nachbarn Pawel Sidorow durchsuchte, begann Kostik zu schreien. Naum meinte später, daß es vielleicht ein Fehler gewesen sei, die Tür abzusperren. Das habe das Kind verängstigt.

»Mama, ich will aufs Klo«, erklärte mein Sohn, während am Gang der Parkettboden unter Dutzenden Stiefeln quietschte.

»Geh aufs Töpfchen!« befahl Naum. Er lehnte sich aus dem Fenster und schaute hinunter. Vor dem Haus stand ein großer Wagen, der an ein dickbäuchiges Insekt erinnerte. Seine Scheinwerfer beleuchteten die menschenleere Straße.

»Ich will nicht aufs Töpfchen, ich will aufs Klo!«

Aus dem Nebenzimmer hörte man, wie Sidorows Mutter weinte.

»Mama, geh mit mir aufs Klo, Vater läßt mich nicht.« Ich zog Kostik die Hose aus und setzte ihn auf den Topf. Und da begann er zu schreien. Die Trompeten von Jericho waren bestimmt leiser. Ich versuchte, ihm den Mund zuzuhalten, aber er riß sich los, lief durchs Zimmer und brüllte.

Dann wurde gegen unsere Tür gehämmert. »Aufmachen!«

Ich sperrte auf. Kostik huschte hinaus, ehe ich ihn zurückhalten konnte.

»Sorgen Sie dafür, daß Ihr Kind ruhig ist, Sie wecken ja das ganze Haus!« Auf dem Kragen der Uniform blitzten die Rangabzeichen, Rhomben und Dreiecke, im Licht der Flurbeleuchtung.

»Das ganze Haus ist ohnehin schon wach«, sagte Naum leise. Der Uniformierte warf ihm einen strengen Blick zu. »Oder ist das, was Sie hier tun, nicht durch das Gesetz gedeckt, so daß Sie Angst haben, jemand könne Sie bei Ihrer Arbeit beobachten?« Diesmal hatte Naum etwas lauter gesprochen.

»Hören Sie, Bürger, halten Sie sich zurück mit Äußerungen dieser Art, sonst …« In diesem Augenblick kam Kostik von der Toilette zurück.

»Warum ist Onkel Pawels Nase blutig«, fragte er den NKWD-Mann, »und warum reden die beiden anderen fremden Onkel so unfreundlich mit ihm?«

Der Uniformierte schaute abwechselnd Kostik und Naum an. Ich hätte viel gegeben, um zu erfahren, was er dachte. »Ich wünsche noch eine gute Nacht, Genossen«, sagte er schließlich und seufzte. Dann machte er leise die Tür hinter sich zu.

»Wer weiß, was dieser Sidorow verbrochen hat«, flüsterte ich meinem Mann ins Ohr. »Ein Konterrevolutionär, der sich die ganzen Jahre als loyaler Sowjetbürger ausgegeben hat … Du mußt verrückt sein! Willst du, daß wir mit so einem in Verbindung gebracht werden?«

Aber Naum meinte nur: »Das Gesicht des Genossen vom Sicherheitsdienst hat mir nicht gefallen.« In diesem Augenblick liebte ich meinen Mann sehr, auch wenn ich an seiner Intelligenz zweifelte.

In den nächsten Tagen saß Pawel Sidorows Mutter stundenlang auf dem Rand der Küchenbank, so als habe sie Angst, zu viel Platz in Anspruch zu nehmen, wippte vor und zurück und erzählte, wo sie überall gewesen war, um für ihren »völlig unschuldig verhafteten« Sohn die Freilassung zu erwirken. Ich hatte den Eindruck, sie sei um zehn Zentimeter kleiner geworden. Niemand hatte den Mut, ihr etwas Aufmunterndes oder Tröstliches zu sagen. Die Zeit der großen Worte war jener des Schweigens gewichen, und nur mein sechsjähriger Sohn schrie sich die Seele aus dem Leib. Es halfen weder gutes Zureden noch Drohungen. Kostiks Anfälle kamen so plötzlich, wie sie aufhörten. Wir wußten nie, was sie auslösen konnte.

»An allem ist die Ernährung schuld«, meinte der alte Losaberidse, »die vielen Kartoffeln, Nudeln und Hülsenfrüchte. Da muß ein Kind ja krank werden. Bei uns in Georgien gibt's wenigstens noch genügend Obst und Gemüse, aber hier im Norden kann man seit der Kollektivierung nichts Ordentliches mehr kaufen. Warum hat Stalin die Neue Ökonomische Politik abgeschafft? Was hat uns das gebracht? Lebensmittelkarten.« Es grenzte an ein Wunder, daß den alten Losaberidse für diesen Satz nicht dasselbe Schicksal ereilte wie Sidorow. Aber er war schon fünfundachtzig. Er fürchtete sich nicht mehr.

»Man sollte einen Arzt konsultieren«, erklärte der junge Losaberidse. »Ich kann euch einen ausgezeichneten Kinderarzt empfehlen. Wenn Zviad krank ist, gehen wir immer zu ihm.«

»Ihr macht euch alle viel zu viele Gedanken«, verkündete die junge Fabrikarbeiterin Maria Petrowna. »Meine Eltern waren einfache Leute, in solchen Fällen gab's nur eine Medizin: ordentlich durchprügeln!«

»Ordentlich durchgeprügelt« haben wir Kostik natürlich nicht, aber trotz der schwierigen Versorgungslage gelang es uns, für ihn Äpfel, Birnen, Gurken, Tomaten und Salat aufzutreiben. Wir suchten mehrere Kinderärzte auf. Kostik aß alles, ließ die ärztlichen Untersuchungen über sich ergehen und schrie weiter.

»Warum schreist du?« fragte Mascha meinen Sohn. »Mir kannst du es ja sagen.« Ich war neugierig, wie Kostik reagieren würde, bezeichnete er doch Mascha immer als seine beste Freundin. Oft kroch sie mit ihm auf allen vieren um die Wette, war sein Reitpferd oder eine lebende Schaukel. Doch sobald er zu brüllen begann, wandte sie sich sofort von ihm ab.

»Na los! Stell dir vor, es ist ein Spiel. Ein Punkt für ein Wort. Fünf Punkte für einen vollständigen Satz. Für zwanzig Punkte bekommst du ein Geschenk.«

Offenbar hatte Mascha vergessen, wie alt er war.

»Hör gut zu, Konstantin«, sagte sie. »Du mußt mir jetzt wichtige Gründe anführen, weswegen du schreist.«

»Ich schreie, weil es mir Spaß macht.«

»Das reicht als wichtiger Grund nicht aus.«

»Ich schreie, weil es so schön klingt.«

»Du mußt Schweinsohren haben.«

»Ich schreie, weil dann alle anderen ebenfalls schreien.«

»Ach sooo!?«

»Aber vor allem schreie ich, weil alle wollen, daß ich damit aufhöre. Und jetzt gib mir mein Geschenk.«

»Das waren keine zwanzig Punkte.«

»Doch! Vier Sätze, das sind zwanzig Punkte. Fünf Punkte für einen Satz ... Ich will mein Geschenk! Du hast es versprochen, Tante Mascha! Du hast es versprochen!!!«

Der Knirps konnte also tatsächlich schon rechnen. Ich wußte nicht, ob ich mich darüber freuen sollte.

»Junger Mann, du kannst nicht richtig brüllen«, stellte eines Tages unser Nachbar Chaim Rabinowitsch fest. »Siehst du diese Narbe?« Er zeigte mit dem Zeigefinger auf den dunkelroten Strich auf seiner Stirn. »Das war der Säbelhieb eines Kosaken. Weißt du, wie ich damals gebrüllt habe? Bin neugierig, ob du das nachmachen kannst.«

Im nächsten Augenblick klirrten die Fensterscheiben, im ganzen Viertel bellten die Hunde, und die Menschen aus den Nachbarwohnungen liefen herbei und erkundigten sich, was geschehen sei. Eine Woche lang blieb Kostik ein braver Junge. Dann schrie er wieder.

Durch die schmutzige Scheibe des Autobusses erkenne ich die Umrisse der Bäume. Bei jeder Unebenheit schauen dickbäuchige Säcke unter den Sitzen hervor. Manchmal bleibt der Wagen in einem Schlagloch stecken. Der Fahrer gibt Gas, schimpft: »Wirst du dich wohl bewegen, du lahme Schlampe!« Und wenn auch das nicht hilft, schreit er: »Heh, Leute, haut der Alten doch in den Arsch!« Ein paar Männer steigen aus und schieben den Bus an.

Ist es möglich, denke ich, daß man im Jahre 1937 noch so reisen muß, daß dieses Ungetüm durch den Wald holpert wie die Postkutsche, in der einst Tschitschikow durch die russische Provinz unterwegs war, um seine toten Seelen zu kaufen? Zwei Stunden, seit wir in Leningrad aufgebrochen sind, zwei Stunden noch bis Bolotowo, vielleicht auch drei oder vier. Nur Kostik scheinen die Mühen der Reise nichts auszumachen. Er hat seinen Kopf auf meinen Schoß gelegt und schläft.

Ich versuche, nicht an das Kind zu denken, das in mir heranwächst. Wäre mir das Mißgeschick früher passiert, hätte ich in die Klinik gehen können, um das Problem aus der Welt zu schaffen. Aber unsere Führung hat befunden, daß die Zahl ihrer Untertanen noch schneller steigen soll. Seit einem Jahr sind Abtreibungen verboten.

Klawdija Borisowna, eine Kollegin von mir, gehört zur Kategorie jener nützlichen Menschen, die für jedes Problem eine Lösung haben. Sie hat mir eine Adresse gegeben. Ich solle dreimal kurz und zweimal lang an die Tür klopfen. Das Codewort sei »Glücklich Ohne«. Doch als ich die Frau mit dem unfreundlichen Gesicht sah, die Couch und das Werkzeug auf dem geblümten Tischtuch, flüchtete ich wieder hinaus auf die Straße und erzählte zu Hause endlich Naum, daß ich schwanger sei.

Wieder hängt der Bus fest. Nun bin ich überzeugt, daß wir vor dem Abend Bolotowo nicht erreichen werden.

Ist es eigentlich nicht beschämend, daß ich Wut auf das ungeborene Kind empfinde? Aber bin ich nicht schon gestraft genug? Für die nahe Zukunft sehe ich eine Eiszeit voraus.

»Es wird bestimmt ein Mädchen!« hatte Naum ausgerufen und sich gefreut, dieser Dummkopf. »Ich wünsche mir nichts sehnlicher als eine Tochter.«

»Ein Engelchen«, hatte ich gehöhnt, »blond und blauäugig, das zu dir aufschaut und Pappilein sagt und an allem der Mutter die Schuld gibt.«

Er wurde ernst. »Und was erwartest du von mir?«

Am liebsten hätte ich so laut geschrien wie Kostik.

»Laß mir die Freude, vielleicht wird es ja ohnehin ein Knabe«, sagte er leise. Ich aber haßte mich, weil ich schwieg und haßte mich noch mehr, weil mir die richtigen Worte fehlten.

Während ich den Kopf des schlafenden Kostik streichle, denke ich, daß es die Pflicht meines Mannes gewesen wäre, mich nach Bolotowo zu begleiten. Aber er hatte mir erklärt, wie wichtig seine Anwesenheit im Büro »gerade zu diesem Zeitpunkt« sei. Ein Revisor prüfe die Bücher der letzten drei Jahre. »Aber trotzdem fahre ich mit, wenn du darauf bestehst«, hatte er gemeint. »Es wird sich schon irgendwie einrichten lassen.« Meine Antwort fiel entsprechend aus.

An einer Wegbiegung wird der Bus von zwei Rotarmisten angehalten. Sie kontrollieren die Ausweise der Fahrgäste. Niemand stellt Fragen. Nach zehn Minuten fahren wir weiter.

Als wir in Bolotowo ankommen, kann ich kein Dorf erkennen. Eine Wiese am See, zwei Hütten, eine davon ein Laden, vor der anderen steht ein Militärposten.

Der Bus bremst auf Schrittempo ab, so daß ich und Kostik abspringen können, und gibt sofort wieder Gas. Ich schaue mich um. Der Soldat vor der Hütte grinst und salutiert, als wäre ich ein General. Am Ufer sitzt eine Junge, zwölf oder dreizehn Jahre alt, mit einer Papirossa im Mundwinkel. Ärmel und Hosenbeine hat er hochgekrempelt. Er ist bleich, und ich bekomme Angst, er könnte Tuberkulose haben.

»Kannst du mir sagen, wo hier Marja Rutschkowa wohnt?« frage ich.

»Die Hexe?« Er schaut nicht auf.

»Hexe?«

»In letzter Zeit kommen immer mehr Leute zu unserer Hexe. Sie hat die ganze Welt verhext.«

»Zeigst du mir den Weg ins Dorf?«

»Wir sind hier im Dorf.« Er wirft den Rest der Papirossa ins Wasser. »Zur Hexe geht es rechts am Geschäft vorbei über die Hauptstraße. Das siebente Haus auf der linken Seite.«

Die Hauptstraße ist ein Pfad. Vorerst deutet nichts auf eine menschliche Behausung hin, bis rechter Hand plötzlich ein Zaun auftaucht und dahinter ein Gemüsegarten und eine zottelige Bestie, die an der Leine zerrt, und hinter drei Walnußbäumen eine Blockhütte. Geht man weiter, glaubt man nach einer Biegung wieder im Wald zu sein. Abseits vom Pfad ist sumpfiger Grund. Ich bin froh, daß Kostik ungewöhnlich still ist und sich brav an der Hand führen läßt.

Die Kirche hat einen windschiefen Turm, der keine zehn Meter hoch ist. Über dem Eingang prangt die Aufschrift: *Gott haben wir in seiner eigenen Scheiße ertränkt! Mit den Popen und ihren Handlangern rechnen wir noch ab! Es lebe die atheistische Revolution!* Auch hier also die üblichen Slogans, nur noch dümmer, denke ich. Der großen Aufgabe, den Glauben durch die Vernunft zu ersetzen, nicht würdig.

Kaum denke ich an die Macht der Vernunft, muß ich mich über mein Verhalten ärgern. Bin ich wirklich so reaktionär, um mich auf ein derartiges Abenteuer einzulassen?

Freunde und Arbeitskollegen hatten mir von der Reise nach Bolotowo abgeraten. Einige hatten mich ausgelacht. Mein Vorgesetzter bezeichnete mich als »politisch instabiles Element« und fügte hinzu, ich sei »ethisch und moralisch unterentwickelt«. Ich wußte, daß er es nicht böse meinte. Was hätte er sonst sagen sollen?

Nur Mascha hatte keinen Rat für mich gehabt. »Es gibt Momente im Leben«, sagte sie, »in denen es nicht die Aufgabe guter Freunde ist, Empfehlungen abzugeben, sondern nur da zu sein, wenn man sie braucht.« Ich hatte trotzdem den Entschluß gefaßt, mit Kostik allein nach Bolotowo zu fahren.

Vielleicht hätte ich die »Hexe« nicht aufgesucht, wenn zu Kostiks Schreianfällen nicht auch noch seine Weigerung hinzugekommen wäre, etwas zu essen. Ich erinnere mich an den Tag, als ich heulend auf dem Bett saß, während mein Mann mit einer Hand Kostik in den Stuhl drückte und in der anderen einen Löffel mit Brei hielt. »Iß!« schrie er. »Iß! Iß! Iß! Iß!«

Das siebente Haus auf der linken Seite hat der Junge gesagt, aber er muß sich geirrt haben, denn zu sehen ist nur ein Schuppen. Und dennoch – wenn man näherkommt, erkennt man Gardinen vor den winzigen Fenstern. Vor dem Eingang liegen ein zerbrochener Eimer und eine Schaufel.

»Professor Kalt! Wenn Ihnen jemand helfen kann, dann Professor Kalt von der Kinderabteilung der Universitätsklinik«, hatte vor zwei Wochen Klawdija Borisowna verkündet. »Es ist schwer, bei ihm einen Termin zu bekommen, aber seien Sie unbesorgt, ich kann das organisieren.« Sie legte ihre Hände auf meine Schultern. »Nicht verzagen, Klawka fragen!« Wäre ich nicht so verzweifelt gewesen, hätte ich wohl immer einen großen Bogen um diese Person gemacht.

Um von Professor Kalt empfangen zu werden, mußten wir uns bei der Schwester im Empfangsraum der Klinik anmelden. Danach wurden wir von einer Stationsschwester der Kinderabteilung durch einen langen Korridor in ein helles Vorzimmer geführt, in dem nichts daran erinnerte, daß man sich in einem Krankenhaus befand, außer einem chirurgischen Messer hinter dem Glas einer Vitrine.

»Das ist das Skalpell, mit dem der Herr Doktor seine erste erfolgreiche Operation durchgeführt hat«, erklärte die Schwester mit dem Tonfall eines Menschen, der diesen Satz wahrscheinlich schon dutzendemal wiederholt hatte.

Kostik schrie noch lauter als zuvor. Wie gut, daß wir allein im Vorraum sind, dachte ich. Die Schwester warf uns einen vorwurfsvollen Blick zu, schüttelte den Kopf, klopfte leise an einer weißgestrichenen Tür, an der in schwarzen Lettern die Aufschrift *Eintritt verboten!* zu lesen war, wurde mit einer sehr gereizt wirkenden Stimme hereingerufen. Eine halbe Minute später kam sie mit finsterer Miene wieder. »Der Professor bittet die brüllende Nervensäge einzutreten«, sagte sie.

»Nein, ich will nicht«, schrie Kostik, aber diesmal ließ ich mich auf keine Diskussionen ein, erfaßte seine Hand und zerrte ihn hinter mir her.

Der Professor sah genau so aus, wie ich ihn mir vorgestellt hatte – imposant. Hinter den dicken Gläsern seiner Brille wirkten seine Augen gigantisch.

»Professor Ferdinand von Kalt.« Der Mann streckte mir die Hand entgegen, schaute dabei aber nur Kostik an. In seinem Russisch schwang ein leichter deutscher Akzent mit. Von Klawdija Borisowna wußte ich, daß der in Riga geborene, aus einer baltendeutschen Familie stammende ehemalige Baron vor dem Weltkrieg in Heidelberg studiert hatte, später der Kommunistischen Partei beigetreten war und während des Bürgerkriegs in der Roten Armee als Militärarzt gedient hatte. Aber daß er sich zwanzig Jahre nach der Revolution immer noch mit »von« Kalt vorstellte, war nicht nur unvernünftig, es war dreist.

Zu meiner Überraschung ließ Kalts Blick Kostik verstummen. Während ich sprach, schwieg der Arzt, nickte in regelmäßigen Abständen und strich mit dem Zeigefinger der linken Hand mehrmals über seinen Nasenrücken. Ich hatte den Eindruck, er höre mir gar nicht richtig zu. Schließlich holte er aus seiner Schreibtischlade eine Schachtel mit Zigarren heraus. Bald füllte dichter Rauch den Raum.

»Vielen Dank, das war sehr aufschlußreich«, sagte Kalt, nachdem ich mit der Schilderung von Kostiks Leidensgeschichte fertig war. Dann wies er mit dem Finger auf einen Korbsessel, der neben seinem Schreibtisch stand. »Setz dich!« befahl er Kostik, und mein Sohn gehorchte. Seine Füße baumelten in der Luft. Er schaute hinauf zur Decke.

»Ich werde dir jetzt ein paar Fragen stellen. Du brauchst sie aber nur zu beantworten, wenn du wirklich willst«, erklärte der Professor und legte die Zigarre in einen großen Aschenbecher aus Porzellan. Kostik betrachtete weiterhin den Luster.

»Sag mir, wo ist das Ende der Welt?« fragte Kalt.

Vor Erstaunen fiel mir beinahe die Handtasche aus der Hand. Eine solche Frage hatte ich am wenigsten erwartet, aber Kostik, der gar nicht überrascht wirkte, hatte sofort eine Antwort parat: »Das Ende der Welt ist am Mond.«

»Hm, eine äußerst bedenkliche Vorstellung, bedenklich, aber nachvollziehbar«, murmelte der Professor, streichelte wieder seinen Nasenrücken, nahm die Zigarre aus dem Aschenbecher und machte einen weiteren Zug. Ein gelblichblauer Schleier verbarg nun sein Gesicht.

»Ich habe noch eine Frage. Du bist doch schon ein großer Bub, du weißt, daß die Menschen sterben. Oder?«

»Ja natürlich«, antwortete Kostik mit einer Selbstverständlichkeit, die mich ebenfalls überraschte.

»Sehr schön. Dann sag mir: glaubst du, gibt es ein Leben nach dem Tod? Und wenn ja, wie sieht es aus?«

Diesmal war Kostik mit seiner Antwort nicht so schnell und starrte auf die Spitzen seiner Schuhe, während sich meine wachsende Unruhe zur traurigen Überzeugung verdichtete, der Professor habe in seinem Leben wohl schon zu lange mit schwierigen Patienten zu tun gehabt.

»Nach dem Tod werden wir alle zu Hunden«, hörte ich meinen Sohn genau in jenem Augenblick sagen, als ich aufstehen, ihn an der Hand nehmen und gehen wollte. Ich blieb sitzen.

»Zu welchen Hunden?« fragte Kalt.

»Zu beißenden«, erklärte Kostik.

»Das ist ausgezeichnet!« schrie Kalt und griff nach seiner Zigarre. Diesmal nahm er sie in den Mund, jedoch ohne daran zu ziehen. Ich hörte ein Motorengeräusch. Es kam näher. Ich schaute aus dem Fenster. Über den Dächern der Stadt knatterte ein Doppeldecker, an dessen Heck ein Transparent befestigt war: *Solidarität mit den antifaschistischen Kämpfern in Spanien!*

»Sooo! Na also!« Der Professor war sichtlich zufrieden und lehnte sich in seinem Drehsessel zurück. »Wenn du mir eine solche Frage beantworten konntest, dann wird für dich die nächste sicherlich nicht schwer sein.«

Jetzt schaute Kostik den Mann an und lächelte.

»Du weißt also genau, was mit uns nach dem Tod geschieht. Weißt du aber, was mit uns vor der Geburt war? Was war mit dir vor deiner Geburt?«

Es fällt mir auch heute, mehr als sechzig Jahre später, schwer, zu beschreiben, was in den folgenden Sekunden geschah. Zuerst hörte Kostik auf zu lächeln, dann fiel sein Unterkiefer herab, und plötzlich brüllte er wieder. Er rutschte vom Sessel, wälzte sich auf den Boden, zuckte mit Armen und Beinen. Als ich versuchte, ihn zu berühren, gab er mir einen Tritt. Ich hörte einen Schrei, der das Brüllen meines Sohnes übertönte. War das tatsächlich ich gewesen? Dann schlug ich die Hände vors Gesicht.

Der Professor reagierte gelassen. Ich hatte ihm den Rücken zugekehrt, aber ich spürte seinen Blick im Nacken. Nach einiger Zeit hörte ich die Worte »Das reicht jetzt! Ich habe verstanden«

durch die Rauchwand über dem Schreibtisch. Sofort wurde Kostik still. Auf dem Boden sitzend, schaute er abwechselnd mich und den Professor an.

»Das Bild gewinnt Konturen«, sagte dieser. »Ich glaube, unser erstes Gespräch war sehr erfolgreich. Für heute habe ich keine Fragen mehr.« Nach diesen Worten drückte er die Zigarre aus, legte sie in die Schachtel zurück, klappte ein Heft auf und begann etwas zu notieren. Es kam mir vor, als schreibe er unheimlich lang, obwohl es kaum mehr als eine Minute gedauert haben dürfte. Ich schwankte, ob ich ihn mit Fragen überhäufen oder mit meinem Sohn schleunigst vor diesem Verrückten flüchten solle.

»Sie sind sicher verwirrt, halten mich für verrückt und wissen nicht, ob Sie Fragen stellen oder lieber gehen sollen«, sagte Kalt, machte noch ein paar Notizen und setzte einen dicken Strich darunter. Für den Bruchteil einer Sekunde hatte ich die Vorstellung, der Mann könne meine Gedanken lesen.

»Den meisten Patienten im Alter Ihres Sohnes stelle ich diese Fragen nicht. Ich nenne sie die drei Grundsatzfragen. Aber als ich Ihren Konstantin gesehen habe, wußte ich sofort, daß ich nicht darauf verzichten kann. Kommen Sie nächsten Donnerstag um vier Uhr nachmittags wieder. Bis dahin habe ich eine Diagnose erstellt und mir ein Konzept für die Therapie zurechtgelegt.« Kostik war inzwischen auf meine Knie gekrochen und hatte sein Gesicht in meinem Busen vergraben. »Sie müssen nicht in Panik geraten«, meinte der Professor. »Ihr Sohn wird essen, sobald sein Hunger unerträglich wird.« Er stand auf und öffnete das Fenster.

Nach dem Gespräch in der Klinik wurde Kostik ruhiger und ließ sich überreden, jeden Tag etwas Suppe und eine Scheibe Brot zu essen.

»Ich habe um sechzehn Uhr einen Termin bei Professor Kalt«, teilte ich am nächsten Donnerstag der Empfangsschwester mit. Die Schwester saß gekrümmt auf einem Hocker, die Nase keine zwanzig Zentimeter über einem Buch. Das Licht der Tischlampe ließ ihre Haare noch weißer erscheinen. Als ich den Namen Kalt ausgesprochen hatte, zuckte sie zusammen und klappte das Buch zu.

»Darf ich durchgehen?« fragte ich. »Ich kenne den Weg schon.« Die Schwester schaute weg und antwortete nicht.

Ich hatte ein ungutes Gefühl. Trotzdem ging ich mit Kostik die Stiege hinauf. Der leere Korridor wirkte im Halbdunkel unheimlich. Die Tür zum Vorraum von Professor Kalts Büro war offen. Auf dem Boden waren Aktenordner, Papiere, Schreibzeug und Stempel verstreut. Das Glas der Vitrine war zerbrochen. Drei Männer in Ledermänteln standen im Halbkreis mit dem Rücken zu mir und betrachteten etwas auf dem Boden. Ich sah auf ihre roten Nacken unter den kurz geschnittenen Haaren.

»Hat kubanische Zigarren geraucht, der Arsch, unser heimischer Tabak ist ihm wohl nicht gut genug«, hörte ich noch einen von ihnen sagen, bevor ich, Kostik hinter mir herziehend, wieder Richtung Ausgang hastete.

An diesem Abend brüllte mein Sohn so laut wie schon lange nicht mehr. Am nächsten Tag aß er keinen Bissen. Am Tag darauf gab mir Klawdija Borisowna die Adresse von Marja Rutschkowa.

Kostik sitzt auf den Knien der Frau. Er wirkt etwas nervös, scheint aber keine Angst zu haben. Ich stehe mitten im Wohnzimmer zwischen der Eingangstür und dem Herd. Nach der langen Fahrt habe ich Rückenschmerzen. Ich bin froh, nicht mehr sitzen zu müssen.

Die Hexe sieht wie eine gewöhnliche Bäuerin aus. Sie ist noch jung, dreißig, höchstens fünfunddreißig. Allenfalls könnte man das Muttermal auf ihrer linken Wange, aus dem ein paar schwarze Härchen ragen, als Hexenzeichen deuten. Im Raum sind weder Wünschelruten, noch Zauberpuppen, magische Knochen oder Steine zu sehen. Die Wände sind kahl, nur unter dem Kruzifix hängt eine Ikone der Muttergottes. In der Stube ist nicht einmal Platz für ein Bett. Auf einem großen Steinofen liegt eine Strohmatratze. Es gibt keinen Schrank, nur zwei Truhen. In Witschi hatten sogar die ärmsten Bauern mehr in ihren Stuben. Ich frage mich, was die Hexe mit dem vielen Geld macht, das sie mit ihrer Kunst verdient. Kaum war ich eingetreten, hatte sie dreißig Rubel von mir verlangt. Dies sei der übliche Preis für Leute aus der Stadt.

Klawdija Borisowna hatte von einer »berühmten Zauberin« gesprochen, zu der die Menschen nicht nur aus den umliegenden Dörfern und aus Leningrad, sondern aus dem ganzen Land kommen. »Ich glaube, jemand hat Ihrem Sohn einen bösen Blick zugeworfen«, hatte sie mir erklärt. »Wo die Wissenschaft versagt, muß man auf die Weisheit des Volkes zurückgreifen. Das hat nichts mit Hokuspokus oder Aberglauben zu tun.«

Die Zauberin hält meinen Sohn an den Händen und flüstert etwas, das für mein Ohr wie Finnisch klingt. Nach jedem Satz spuckt sie über ihre rechte Schulter.

Was mache ich nur hier? frage ich mich mit einem Gefühl aufkommender Verzweiflung. Ich, eine sowjetische Akademikerin, die auf der Hochschule einen Vortrag zum Thema *Religion und Aberglaube – Opium für das Volk* gehalten hatte. Mache ich mich nur lächerlich oder ist es unverantwortlich, ja sogar gefährlich, Kostik dieser obskuren Heilerin zu überlassen? Aber mein Sohn lächelt und spricht die unverständlichen Wörter nach.

»Du ißt also nichts und schreist gern, nicht wahr?« fragt die Hexe. Sie hat eine ruhige, angenehme Stimme. Kostik nickt.

»Wen würdest du denn am liebsten anschreien: die Sonne, den Mond oder die Erde?«

»Alle drei«, antwortet Kostik, ohne zu zögern.

»Liebst du Sonne, Mond und Erde?«

»Ja.«

»Kann das eine ohne das andere sein?«

»Nein.«

Die Hexe legt ihre Hände auf Kostiks Kopf und wirft mir plötzlich einen forschenden Blick zu, in dem ich etwas Unverschämtes zu erkennen glaube. »Schade, daß der Vater des Kindes nicht mitgekommen ist«, sagt sie.

»Er konnte nicht«, murmle ich verlegen. »Er hat viel zu tun in der Arbeit.« Aber die Frau hat sich wieder Kostik zugewandt.

»Stellst du dir manchmal vor, daß du ein Tier bist, wenn du schreist«, fragt sie.

»Nein.«

»Und wenn du ein Tier sein müßtest, welches Tier wärst du am liebsten?«

»Ein Hund.«

»Ein bissiger?«

»Nein, das Beißen kommt später.«

»Wann später?«

»Viel später.«

»Erst nach dem Tod vielleicht?«

»Ja! Genau! Nach dem Tod!« Kostiks Augen glänzen. Ungeduldig rutscht er auf den Knien der Frau hin und her. Ich aber muß mich nun doch setzen. Ich hatte der Frau weder etwas von Professor Kalt noch von seinen Fragen erzählt. »Die Welt ist immer so, wie sie scheint«, fällt mir ein Ausspruch von Melamed Weiß ein, »aber nur für jene, die jeden Tag alles neu entdecken, ohne etwas zu vergessen.« Was würde er jetzt wohl sagen, wenn er mich hier sehen könnte? Vielleicht, daß ich nicht klüger geworden bin, obwohl ich längst keine langen Zöpfe mehr trage.

»Im welchen Monat sind Sie?« fragt mich die Hexe.

»Im dritten.« Ich hatte ihr nicht gesagt, daß ich schwanger bin.

»Sie sind zum richtigen Zeitpunkt zu mir gekommen«, meint sie und beginnt, mich über meine Kindheit, meine Familie und meinen Mann auszufragen.

»Wenn Ihr Mann und Sie einander nahekommen, wie nur ein Mann und eine Frau einander nahekommen können«, fragt sie, »ist es dann so, als tanzten Sie voller Freude durch einen wilden, bunten und wohlriechenden Garten oder als spazierten Sie gemächlich zwischen Blumenbeeten, denen man die Hand des Gärtners anmerkt? Oder laufen Sie vielleicht über eine staubige Landstraße, mit der Hoffnung, bald am Ziel zu sein?«

Ich schweige einen Augenblick, seufze und sage: »Es ist wie ein Spaziergang durch einen gepflegten Garten. Die Blumen riechen gut, wenn auch nur an besonders schönen Tagen … Aber was hat das mit Kostik zu tun?«

Die Hexe gibt mir keine Antwort, sondern stellt weitere Fragen, bis ich nichts mehr über mich und meinen Mann zu sagen weiß.

»Sie sind die erste Jüdin, die ich in meinem Leben sehe«, erklärt sie mir schließlich. »Komisch, ich dachte immer, alle Juden hätten schwarze Haare, dunkle Augen und gekrümmte Rücken, weil sie sich dafür schämen, unseren Heiland seinen Henkern ausgeliefert zu haben.«

Schweigen.

»Ich werde Ihnen jetzt ein altes Volksmärchen erzählen«, sagt sie in einem Tonfall, als erstellte sie eine Diagnose. Jetzt erst nimmt sie ihre Hände von Kostiks Kopf und verschränkt sie auf ihrer Brust. Draußen ist es dunkel geworden. Im flackernden Licht der Petroleumlampe erinnert sie mich plötzlich an Jelisaweta Iwanowna, die Kerzenverkäuferin aus Witschi.

»Ein Mann ging hinaus in die Welt. Er wählte den falschen Weg, verirrte sich im Sumpf und entging nur knapp dem Tod. Als er am nächsten Tag einen Fluß überquerte, riß ihm die Strömung seinen Sack vom Rücken, so daß er fast sein gesamtes Hab und Gut verlor. Er kam in ein Dorf und freundete sich mit einem anderen Wanderer an. Dieser versprach, ihn über einen Berg ins fruchtbare Tal auf der anderen Seite zu führen. Aber der neue Freund erwies sich als Betrüger. Er führte ihn in eine baumlose Ödnis, wo nur dorniges Gestrüpp wuchs, und ließ ihn dort zurück. Doch der Mann hatte einen eisernen Willen. Er überlebte. Wenn er fiel, stand er wieder auf, wenn er Schmerzen hatte, biß er die Zähne zusammen, und wenn er geschlagen wurde, wußte er sich zu wehren. So ging er seines Weges, doch was ihm widerfuhr, vergrub er nicht in seinem Herzen, sondern ließ es absinken in die Beine, so daß sein Herz immer leichter und seine Beine immer schwerer wurden. Und mit jedem Schritt wurde er langsamer, während sein Herz ihn drängte und ungeduldig wurde und schließlich aus seiner Brust sprang und davonschwebte. Der Mann seufzte, senkte seinen Blick, ging weiter und wurde plötzlich wieder schneller, nur daß er kein Auge mehr hatte für die Farben und kein Ohr für die Töne und kein Gefühl mehr für den Anfang und das Ende.«

»Eine schöne Parabel«, sage ich, obwohl ich ahne, daß die Hexe das Wort Parabel nicht kennt. »Aber was soll ich tun, damit mein Sohn wieder Nahrung zu sich nimmt und dieses fürchterliche Schreien aufhört?«

»Kostiks Beine werden schon schwer«, sagt die Frau, »aber sein Herz pocht noch in seiner Brust. Sein Schreien, seine Weigerung, etwas zu essen, sind wie eine ausgestreckte Hand. Es liegt an Ihnen, nach dieser Hand zu greifen.«

»Schwere Beine?!« Nervös streiche ich über die ungehobelte Tischfläche. »Aber wenn ich das Märchen richtig verstanden habe, sind es doch die Erfahrungen eines langen Lebens, die in die Beine absinken. Mein Sohn ist aber erst sechs Jahre alt!«

Diesmal lächelt die Hexe. Es scheint mir, als amüsiere sie sich über meine Dummheit.

»Es geht nicht um seine eigenen Erfahrungen«, verkündet sie. »Ist das nicht offensichtlich? Weiß denn nicht jeder, daß der Mond, der an der Wasseroberfläche glitzert, in Wirklichkeit am Himmel ist?«

»Nicht seine eigenen …«, flüstere ich und beginne langsam zu verstehen.

»Es sind die schwebenden Herzen seiner Nächsten, nach denen er greifen möchte und die er nicht fassen kann. Er ist zwar noch ein kleines Kind, aber er trägt schon deren Bilder in sich. Wenn seine Nächsten sich von ihren eigenen Bildern nicht mehr abwenden, so werden diese für das Kind wie Dünger sein, der eine Pflanze wachsen läßt.«

»Aber wie finde ich einen Zugang zu meinem Kind?« Ich spreche gehetzt, laut.

»Das können nur Sie selbst herausfinden.« Wieder dieses Lächeln, das mir so unangenehm ist.

»Mein Mann spricht nie über seine Kindheit. Ich habe meinen Heimatort verlassen mit dem Wunsch, alles zu vergessen. Meine Träume lösen sich in Luft auf. Und ich kann das Kind, das ich bald zur Welt bringen werde, nicht lieben. Aber wie kann ich meinem Sohn Dinge begreiflich machen, vor denen ich selbst solche Angst habe? Was können wir nur tun? Was kann ich tun? Jetzt!« Ich schreie.

»Ich kann nicht mehr sagen«, meint die Hexe ruhig und legt ihre Hände wieder auf Kostiks Kopf. »Es gibt Pflanzen, die gedeihen in salziger Erde, bei Sturm, bei Schnee und im Schatten. Andere wiederum bedürfen einer besonderen Pflege, die schöneren, die wertvolleren, jene, die Früchte tragen.« Sie beugt sich vor, bis sie mit den Lippen beinahe Kostiks Stirn berührt. Sanft schiebt sie seinen Kopf nach hinten. Sie schaut ihm direkt in die Augen. Ihre Gesichter sind jetzt dicht beieinander.

»Ich werde den Schmerz Ihres Sohnes lindern«, erklärt sie, »so daß er nicht mehr schreien muß und wieder essen kann. Das kostet Sie übrigens weitere dreißig Rubel. Ich habe die Gnade des guten Blicks, die ich nicht verdient oder geerbt habe, sondern die mir zuteil wurde, weil es ein höherer Wille war. Aber ich habe keine Macht über ein Herz, das davonfliegen möchte. Heilen kann ich Ihren Sohn nicht. Er ist nicht mein Kind. Ich kann in seine Seele schauen, aber sein Herz ist mir fremd.«

Ich lege das Geld auf den Tisch. »Ihre Uhr!« befiehlt die Frau. Schnell streife ich die Armbanduhr ab, ein Geschenk meines Mannes. Ich würde dieser Frau alles geben, meinen Rock, meine Schuhe, meine teuren Strümpfe, die modische Jacke.

Die Hexe schließt die Augen, bewegt die Lippen, macht immer schneller werdende Kreisbewegungen mit dem Kopf, spuckt wieder über die rechte Schulter. Das Ganze dauert weniger als eine Minute. Dann läßt sie Kostik los, stellt ihn auf den Boden, streicht ihr Kleid glatt, wendet uns den Rücken zu, geht zum Herd. »Es ist spät«, erklärt sie.

Ich nehme Kostik an der Hand und gehe wortlos aus dem Haus. Es ist nicht leicht, in der Dunkelheit den Pfad zu finden. Ein falscher Schritt, und man versinkt im Morast. Vorsichtig bahne ich mir den Weg durch die Siedlung. Kostik zieht an meiner Hand. »Ich habe Hunger, Mama«, flüstert er. »Ich fürchte mich. Gibt es hier Gespenster?« Ich beuge mich zu meinem Sohn hinunter, umarme ihn und beginne zu weinen. »Bitte weine nicht, Mama«, sagt er, »ich bin doch bei dir.« Ich schlucke meine Tränen herunter und versuche zu lächeln. »Es gibt hier keine Gespenster, Kostik. Nicht hier.« Der Kloß in meinem Hals löst sich nicht, so daß ich keuche und huste und meinen Sohn abwechselnd umarme, küsse und streichle und ihm schließlich den Apfel gebe, den ich für die Rückreise aufgehoben hatte. Während er gierig nach ihm greift, denke ich an das Kind, das in mir heranwächst, und daran, daß nun alles anders werden muß, und erst nach einiger Zeit fällt mir ein, daß wir kein Quartier für die Nacht haben.

11

Mein Bruder, der während des Bürgerkriegs in die Rote Armee eingetreten war und es sogar bis zum Major gebracht hatte, wurde im Frühjahr 1941 verhaftet. Der große Terror war zu diesem Zeitpunkt schon vorbei. Wir hatten gewaltige Opfer bringen müssen, aber das Land war nun wirklich sowjetisch. Wäre nicht bald danach der Krieg gekommen, hätten wir den Kommunismus vielleicht wirklich aufgebaut. Stalin ist zwar ein Gewaltherrscher, aber er will das beste für sein Volk, dachte ich damals. Auch die großen Sünder haben ihre Ideale. Wenn du dem Teufel nur angewidert den Rücken kehrst, wird dir sein Gesicht für immer verborgen bleiben. Hingegen gehört eine Portion Mut dazu, den Teufel an der Zunge zu packen.

Im Jahre 1937 wurde aus unserer Wohnung mein Nachbar Sidorow abgeholt und 1938 Rabinowitsch verhaftet. Beide waren faschistische Spione, hieß es. Daß ausgerechnet der Jude und alte Bolschewik Rabinowitsch für Nazideutschland spioniert haben sollte, erschien mir unglaubwürdig. Ich wollte trotzdem alles glauben, was die Zeitungen über Volksfeinde schrieben.

Mein Bruder Mojsej war östlich von Moskau stationiert. Im Jahre 1940 erhielt ich ein Photo, das ihn vor einem Kasernentor mit einigen Kameraden zeigte, alle selbstsicher, in Siegerpose. Auf einem Schild über deren Tor war der Name der Kaserne zu lesen: *Die Igelhandschuhe des roten Kämpfers*. Es war eine gute Zeit für unser Land. Die sowjetischen Streitkräfte hatten unter großen Verlusten Finnland besiegt und danach kampflos die baltischen Staaten besetzt. Kurz zuvor war mein Bruder aus Ostpolen zurückgekehrt, das er vor den Nazis gerettet und vom Joch seiner faschistoiden Machthaber befreit hatte. Mit einem bemühten Lächeln posierte er für die Kamera. Sein Gesichtsausdruck war schwer zu deuten.

Seit meiner Jugendzeit hatte ich kaum Kontakt zu Mojsche. Meine Schwester, die in Moskau lebte, traf sich regelmäßig mit ihm. Nach einer halben Stunde, erzählte sie mir, sei alles gesagt. Dann ringe jeder vergeblich nach Worten.

Die letzte Nachricht von Mojsche war eine Ansichtskarte, die auf der Vorderseite einen geschmückten Tannenbaum zeigte. Ein knapper Text: *Liebes Rejsele, für das kommende Jahr 1941 wünsche ich Dir Glück und Gesundheit. Dein Bruder Mojsche.* Am Ende des Jahres 1941 waren wir unglücklich und krank, und mein Bruder war nicht mehr am Leben.

Mojsej wurde Anfang Juni festgenommen. Eine einfach gekleidete Frau mit Kopftuch überbrachte mir diese Nachricht. Sie wartete vor dem Eingang zum Verlag. Ich bemerkte sie erst, als sie mich am Ärmel zog.

»Rosa Masur?«

»Ja?«

»Ich komme aus Moskau und bin eine Bekannte Ihrer Schwester. Sie hat mir genau beschrieben, wie Sie aussehen.«

»Ach ja?«

»Ich habe etwas für Sie.« Sie flüsterte.

»Was?«

Sie sah sich um, griff schnell in ihre Tasche, holte ein unbeschriftetes Kuvert heraus, reichte es mir und ging schnell davon, bevor ich Fragen stellen konnte.

Ich darf den Brief nicht öffnen, schoß es mir durch den Kopf. Nicht jetzt.

Jemand klopfte mir auf die Schulter. Ein Kollege, Übersetzer aus dem Chinesischen, ein aufdringlicher Schwätzer. Ich steckte schnell den Brief ein.

»Na, Rosa Abramowna … Ein kleines Sonnenbad vor Arbeitsbeginn? Und so blaß heute, schöne Frau?«

»Ich habe schlecht geschlafen«, murmelte ich.

»Schlaflosigkeit? Da kann ich Ihnen einiges erzählen. Die Bekämpfung der Schlaflosigkeit ist eine Wissenschaft, da geht es um viel mehr als nur Schafe zählen. In Deutschland hat man Menschen mit Einschlafproblemen untersucht und äußerst interessante Experimente durchgeführt …«

Er hielt mir die Tür auf. Während ich die Treppe hinaufging, die zu den Verlagsräumen im zweiten Stock führte, redete er auf mich ein. Ich versuchte, nicht hinzuhören, und nickte mechanisch mit dem Kopf.

Im Büro wechselte ich wie jeden Morgen ein paar Worte mit der Kollegin am Nachbartisch. Dann arbeitete ich eine halbe Stunde an der Übersetzung einer im autonomen Gebiet der Wolgadeutschen erschienenen Broschüre über die Erfolge bei der Rinder- und Schweinezucht in den deutschen Kolchosen.

Ich ging auf die Toilette, verriegelte die Tür, zog einige Male an der Klinke, um sicher zu gehen, riß das Kuvert auf. Ein kariertes Blatt Papier. Die Schrift meiner Schwester: *Gestern ist Mojsche verhaftet worden. Ein Kamerad von ihm, ein Freund, hat mich informiert. Mojsche soll für Rumänien spioniert haben. Völlig absurd! 1930 war er kurz an der rumänischen Grenze stationiert, wie Du weißt. Vielleicht stellt sich seine Unschuld noch heraus. Man hört ja, daß Leute manchmal freigelassen werden. Bitte sprich mit niemandem und unternimm nichts! Es hätte keinen Sinn und würde uns alle nur in Gefahr bringen. K.*

Ich zerriß den Brief, warf die Papierschnipsel ins Klo und spülte sie hinunter.

Naum meinte, daß meine Schwester recht habe. Ich solle weder Mascha noch sonst jemandem von Mojsches Verhaftung erzählen. In der Nacht verbrannte er alle Briefe meines Bruders, auch das Photo, das ihn vor der Kaserne zeigte.

In dieser Nacht lehnte ich mich aus dem Fenster und rauchte die erste Papirossa seit Jahren. Selten habe ich die Fabritschnaja uliza so friedlich erlebt. Die Straße war fast menschenleer. Nur ein Betrunkener lag neben dem Zaun, der das Fabrikgelände abgrenzte. Er hatte die Augen geschlossen, zuckte in regelmäßigen Abständen mit den Beinen. Sogar er machte den Eindruck, als habe er Frieden mit sich und der Welt gefunden.

Wie schön hätte alles sein können. Endlich konnte man in den Geschäften für sein Geld etwas kaufen. Vor ein paar Jahren, als der heldenhafte Kampf um die Erfüllung des Fünfjahresplanes geführt wurde, hatte es noch Lebensmittelkarten gegeben. Endlich war der Ton der Zeitungen moderater geworden. Endlich konnte man manchmal vergessen, daß ein Freund jederzeit zum Feind werden kann. Endlich ... Aber dein Bruder ist ein rumänischer Spion, und morgen klopfen sie an deine Tür. Dein Bruder ist ein rumänischer Spion, und sie bringen deine Kinder in ein Waisenhaus und erzählen ihnen so lange Lügengeschichten über ihre Eltern, bis sie diese glauben.

Mitte Juni blieb es fast die ganze Nacht hell. Ich spazierte den Fluß entlang und rauchte alle Papirossy. Am Morgen fuhr ich mit der ersten Straßenbahn über den leeren Newskij Prospekt und war rechtzeitig zu Hause, um meinen Sohn zu wecken.

»Steh auf, Kostik! Es ist Zeit.«

Er bedeckte das Gesicht mit dem rechten Unterarm.

»Steh auf, Kostik. Du kommst zu spät.«

An diesem Tag wurde Kostik mit anderen Kindern in ein Sommerlager südlich von Leningrad gebracht. Er sah glücklich aus. Ich aber wußte nicht, ob er mich je wiedersehen würde. Beim Abschied umarmte er mich. Als der Bus abfuhr, winkte er. Ein ganz normales Kind unterwegs in die Ferien. In drei Wochen würde er wieder bei seinen Eltern sein. Wie konnte er ahnen, daß sein Onkel ein rumänischer Spion war, und was das bedeutete. Naum konnte die Tränen nicht unterdrücken.

Einige Tage später erzählte ich alles Mascha und fragte sie, ob sie sich um meine vier Jahre alte Tochter Schelja und um Kostik kümmern könnte, wenn Naum und ich abgeholt würden. Auf keinen Menschen konnte ich mich verlassen wie auf Mascha. Sie lamentierte nicht, schlug die Hände nicht zusammen, versuchte nicht, mich unter einem Vorwand aus der Wohnung zu drängen, um später vorzugeben, mich nicht zu kennen.

Mascha schwieg ein oder zwei Minuten. Einige Male öffnete sie den obersten Knopf ihrer Bluse und schloß ihn wieder, immer öfter und immer schneller. Das war das Äußerste an Gefühlsregung, das sie zu zeigen bereit war.

»Dein Bruder wird nicht erschossen. Rumänische Spione werden nicht hingerichtet. Rumänien ist viel zu unwichtig. Vor diesen unzivilisierten Mamaligafressern braucht man sich nicht zu fürchten. Japanische, englische, französische oder deutsche Spione stellt man an die Wand. Auch mit polnischen Spionen hat man kurzen Prozeß gemacht, solange es ein unabhängiges Polen noch gegeben hat. Die rumänischen Spione bekommen zehn Jahre Lager.«

»Aber mein Bruder ist unschuldig«, sagte ich leise. »Ich hoffe es zumindest.«

»Daran habe ich keinen Augenblick gezweifelt. Wäre er tatsächlich ein Spion, hätte man nicht nur ihn auf der Stelle erschossen, sondern dich, deinen Mann und deine Schwester gleich dazu. Aber du sitzst hier vor mir. Das ist der beste Beweis für seine Unschuld.«

»Du meinst …«

»Er wird am Leben bleiben …«

Ich schwieg und wartete. Ich saß auf dem einzigen Stuhl in Maschas Zimmer und schaute an ihrem Gesicht vorbei durch das Fenster auf die Zweige und Blätter der Eiche, die vor ihrem Haus stand. Sie saß auf dem Bett, die Augen auf mich gerichtet.

»Wenn dir und deinem Mann doch etwas zustoßen sollte«, sagte sie nach einer Pause, »werde ich mich um deine Kinder kümmern. Ich sorge dafür, daß sie in kein Waisenhaus kommen. Das schwöre ich dir.«

Ich hätte sie am liebsten umarmt und ihr zärtliche Worte ins Ohr geflüstert, Worte, die unziemlich sind, wenn eine Frau sie einer anderen sagt.

»Euch wird nichts zustoßen«, fügte Mascha hinzu und verschränkte die Arme auf der Brust.

Und nun tat ich etwas, das ich weder vorher noch nachher je zu tun gewagt hatte. Ich stand auf, ging auf Mascha zu, legte meine Hände auf ihre Schultern, beugte mich zu ihr hinunter und küßte sie. Sie zuckte zusammen, aber sie stieß mich nicht zurück. Sie lächelte kaum merkbar.

Mascha behielt recht. Meine Kinder, mein Mann und ich blieben von Verfolgungen verschont. Kurze Zeit später begann der Krieg. Kostiks Kindergruppe mußte nach Leningrad zurückkehren. Bald hatten wir viel schlimmere Ängste durchzustehen, als in den Tagen nach Mojsches Verhaftung.

Über das Schicksal meines Bruders konnte ich nichts in Erfahrung bringen. Erst im Herbst 1956 erfuhr ich von seiner Rehabilitierung. Nach dem zwanzigsten Parteitag der Kommunistischen Partei hatte die Entstalinisierung begonnen. Das Urteil gegen den Genossen Mojsej Masur, Major der Roten Armee, hingerichtet am 12. Juli 1941, sei mit sofortiger Wirkung aufgehoben, hieß es im Schreiben des Innenministeriums. Das Verfahren sei *wegen des fehlenden Tatbestandes einer strafbaren Handlung* eingestellt worden. Posthum wurden Mojsej seine bürgerlichen Rechte und sein militärischer Rang wieder zuerkannt. Sein Ausschluß aus der Kommunistischen Partei wurde für ungültig erklärt. Leider hatte mein Bruder keine Kinder, die sich über diese Rehabilitierung hätten freuen können.

»In einem Punkt hast du dich geirrt, auch rumänische Spione wurden hingerichtet«, erklärte ich einige Tage später dem Grabstein meiner Freundin Mascha, während ich die verwelkten Blumen von der Grabplatte entfernte. Und wenn Mascha nicht schon seit Jahren tot gewesen wäre, hätte sie bestimmt geantwortet, weil Mascha schlagfertig war und immer auf alles eine Antwort wußte: »Liebe Rosa, ich habe Mitte Juni 1941 noch nicht ahnen können, daß eine Woche später Rumänien als Verbündeter Hitlerdeutschlands gegen uns in den Krieg ziehen würde.«

An einem Sonntagvormittag im Frühling – ich weiß nicht mehr, ob es 1958 oder 1959 gewesen ist – klingelte das Telephon. Bulat Losaberidse ging an den Apparat. In dieser Woche hatte er Telephondienst. In unserer Kommunalwohnung hatten wir eine klare Ordnung, wer wann und wie oft zum Telephon gehen mußte. Der gemeinsame Haushalt, insbesondere das Säubern der Toilette und der Küche, war streng geregelt.

Losaberidse klopfte an unserer Tür. »Für Sie«, sagte er zu mir. »Stellen Sie sich vor: ein Mann mit Akzent, ich glaube, ein Pole.« Ich war überrascht, denn ich kannte keine Polen, mußte aber schmunzeln, hatte doch unser georgischer Nachbar einen ziemlich schweren Akzent, denselben wie sein ungleich berühmterer Landsmann, dessen Bildnisse erst kurz zuvor aus allen Ämtern und von den meisten Plakatwänden entfernt worden waren.

Ich ging ans Telephon.

»Ja?«

»Spreche ich mit Rosa Masur?«

Tatsächlich. Ein Pole!

»Ja.«

»Sie haben einen Bruder – Mojsej Masur?«

»Mojsej? Der ist schon lange tot!«

Unsere Nachbarin Maria Petrowna öffnete leise ihre Zimmertür.

»Ach!« rief mein Gesprächspartner am anderen Ende der Leitung. »Ist er im Krieg …?«

»Wer spricht denn?«

»Ich heiße Benedikt Hirsch. Ich kannte Ihren Bruder.«

Pause.

»Sprechen wir über dieselbe Person?« fragte er. »War Ihr Bruder 1939 Major der Roten Armee? Hat er an der Besetzung Ostpolens teilgenommen?«

»Ja. Das war mein Bruder.«

Wieder eine Pause. Maria Petrownas Augen blitzten neugierig.

»Wollen Sie nicht bei uns vorbeikommen? Sind Sie in Leningrad?« fragte ich schnell.

Er war seit kurzem in der Stadt und hatte vergeblich versucht, meinen Bruder zu finden. Wir vereinbarten, daß er am Nachmittag zu uns kommen würde. Es sei ihm ein großes Bedürfnis, mit mir zu sprechen.

Die Sowjets hätten ihn vor den Nazis gerettet, erzählte mir Ben. Wären die Bolschewiken nicht gewesen, hätten sie nicht das Land mit Terror überzogen, wäre er, Ben, nur mehr ein Haufen Knochen.

Ben stammte aus einer weißrussischen Stadt, die vor dem Zweiten Weltkrieg zu Polen gehört hat und im September 1939 von der Roten Armee besetzt wurde. Damals war Ben sechzehn. Kurz vor Hitlers Überfall auf die Sowjetunion wurden Bens Eltern festgenommen. Ihn selbst holte man einige Tage später. Der Untersuchungsrichter brach ihm das Nasenbein. Ben unterschrieb alles, was man ihm vorlegte. Es folgte ein Prozeß im Schnellverfahren. Der Richter befand, daß zehn Jahre Lagerhaft und fünf Jahre Verbannung für den »Volksfeind« eine milde Strafe seien. Dann ging es nach Ostsibirien – fünf Wochen im Gefangenenzug, zusammen mit siebzig anderen Häftlingen im Güterwaggon. Als der Zug sein Ziel erreichte, hatte der Krieg schon begonnen. Bens Heimatstadt hatte die Wehrmacht am ersten Kriegstag erobert.

Nach Verbüßung der »Strafe« wurde Ben rehabilitiert und durfte 1956 zurückkehren. Er erfuhr, daß seine Eltern im Lager umgekommen und alle anderen Verwandten, Großeltern, Tanten, Onkel, von den Nazis ermordet worden waren.

Ben saß in unserem Zimmer, ein noch recht junger Mann, aber sein Gesicht erinnerte mich an meinen ersten Lehrer, den alten Melamed aus Witschi. Wären nicht seine Hände mit den wenigen Falten, hätte man sein Alter nur schwer schätzen können. Er machte sich schmal, so als wolle er uns durch seine Gegenwart den ohnehin geringen Raum, der uns in der Wohnung zur Verfügung stand, nicht streitig machen.

Als die Rote Armee 1939 in Ostpolen einmarschierte, erinnerte sich Ben, habe sein Vater Mutters rotes Kleid zerschnitten, an eine Stange gebunden und aus dem Fenster gehängt. Aus dem zweiten Stock sah man hinunter auf die Mützen und Gewehrläufe der marschierenden Soldaten. Ihre Gesichter konnte man nicht erkennen.

Am Straßenrand standen die Menschen und beobachteten stumm die Kampftruppen und den Troß, die Lastkraftwagen und Pferdefuhrwerke: ein endloser Zug, der die Stadt von Ost nach West durchquerte.

»Auch Kommunisten brauchen Ärzte«, sagte Bens Vater.

»Immer noch besser als die Deutschen«, sagte Bens Mutter. »Nach allem, was man so hört.«

»Es wird immer viel geredet, wenn der Tag lang ist«, meinte Bens Großvater. »Die Deutschen sind zivilisierte Leute, Hitler hin oder her. Ich kenne sie aus dem letzten Krieg. Die Herrschaft der Bolschewiken habe ich hingegen 1920 erlebt, bevor die Polen sie wieder davonjagten. Keine schöne Erinnerung.«

Und Bens Großmutter seufzte: »So oder so. Es geht immer gegen die Juden.«

In den ersten Tagen der Besetzung verhängte die sowjetische Militärverwaltung eine Ausgangssperre. In der Nacht hörte man Schüsse. Später war es nach Sonnenuntergang gespenstisch still, so als ruhe sich die Stadt aus vor einer Prüfung, die ihr noch bevorstand.

Die Kommandantur wurde in demselben Gebäude eingerichtet, wo früher die Wojewodschaft ihren Sitz hatte. In der Stadt kursierten Gerüchte von Verhaftungen ehemaliger Beamter,

Offiziere, Lokalpolitiker und Angehörigen der polnischen Oberschicht. Man hörte von requirierten Wohnungen, Enteignungen und Deportationen, von Selbstmorden und Fluchtversuchen.

Als die Ausgangssperre aufgehoben wurde, sah man auf den Straßen jüdische Flüchtlinge aus den von den Deutschen besetzten Gebieten, jämmerliche Gestalten, die alles verloren hatten. Die meisten übernachteten in der Bahnhofshalle, in leeren Güterwaggons, in Parkanlagen, auf Feldern außerhalb der Stadt und in Synagogen. Tagsüber bettelten viele von ihnen auf der Straße.

Bens Vater, ein in der Stadt angesehener praktischer Arzt, behandelte die Flüchtlinge kostenlos. Was sie von ihren Erlebnissen in der deutschen Besatzungszone erzählten, klang unglaublich.

Und inmitten des Elends standen die Soldaten der Roten Armee staunend vor den Auslagen der großen Geschäfte, die, wenn auch von Privatpersonen oder den neuen Machthabern schon geplündert, noch den Glanz ihres ehemaligen Reichtums ausstrahlten.

Ben weiß heute nicht mehr, wie sein Vater den sowjetischen Major kennengelernt hatte, ob durch Zufall oder als Fürsprecher der zahlreichen Flüchtlinge, für deren Anliegen er sich bei der Militärbehörde eingesetzt hatte. Doch eines Tages, es war im Oktober 1939, bald nach dem Ende der Kämpfe, war der Major zum Nachmittagstee eingeladen. Heftige Diskussionen waren diesem Ereignis vorangegangen, doch schließlich hatten sich auch die Großeltern überzeugen lassen, daß man sich der neuen Zeit, deren Verkörperung der Major zweifellos darstellte, nicht verschließen dürfe. Und wer würde es wagen, einen Major der Roten Armee wieder auszuladen?

Großmutter zog das schöne blaue Kleid an, Großvater das weiße Hemd mit Goldmanschetten und das Gilet mit Streifen, Vater den dunkelbraunen Anzug, Maßarbeit von Finkelkraut, dem besten Schneider des Viertels, Mutter die Seidenbluse mit Brosche und nur Ben selbst bestand darauf, keinen Anzug, sondern den weißen Pullover mit V-Ausschnitt zu tragen, den er so mochte.

Er kam, wie vereinbart, punkt vier Uhr: Major Mojsej Abramowitsch Masur, ein Mann um die vierzig, eine imposante Erscheinung. In den Händen hielt er, in Packpapier gewickelt, einen Gegenstand, an dessen Umrissen man eine Flasche erkannte. Bens Großmutter blickte den Gast, der verlegen im Vorraum stehengeblieben war, streng an und runzelte die Stirn. Es sei bei ihnen streng verpönt gewesen, erinnert sich Ben, Alkohol ins Haus zu bringen. Getrunken wurde nur an Feiertagen und zu festlichen Anlässen, und auch da nur Wein. Großvater, bei solchen Dingen immer toleranter, nahm Masur das Geschenk ab, während Vater eine kurze Verbeugung machte, mit der Hand Richtung Salon wies und sagte: »Es ist uns eine große Ehre, Herr Major. Bitte, folgen Sie mir.«

Der Gast durchquerte den Vorraum, blieb unschlüssig stehen, betrachtete den blankgescheuerten Parkettboden, fragte, ob er denn die Stiefel ausziehen solle. »Nicht nötig«, antwortete Vater. »Nur keine Umstände.«

Im Salon wurde Major Masur von Bens Vater allen anderen Familienmitgliedern förmlich vorgestellt, wobei Vater nicht zu erwähnen vergaß, daß Masur aus Witschi stammte – also aus einem Ort nicht allzu weit von Bens Heimatstadt entfernt – und somit eigentlich fast ein Landsmann sei. Großvater stellte die Wodkaflasche auf den Tisch, während Großmutter von der Zeit zu sprechen begann, als es weder die Sowjetunion noch die Republik Polen, sondern nur das Russische Reich und somit zwischen ihrer Stadt und Witschi keine Grenze gegeben hatte.

»Die wird es auch in Zukunft nicht mehr geben«, sagte Masur, während er sich auf den ihm zugewiesenen Platz setzte. »Es liegt in der Zwangsläufigkeit der historisch determinierten Entwicklung, daß das Proletariat sich innerhalb der nächsten Jahrzehnte von den Fesseln seiner Unterdrücker befreien und das morsche und überkommene System des Kapitalismus und der sogenannten bürgerlichen Demokratien in sich zusammenbrechen wird. Sozialistische Staaten werden keine Grenzen mehr brauchen, denn freie Menschen kann man weder ein- noch aussperren.«

»Major Masur ist eine Kapazität bei Dingen dieser Art«, erklärte Vater. »Er hat in Minsk eine Parteischule besucht und möchte später einmal seine Tätigkeit ganz in den Dienst der Partei stellen.«

»Nun ja, man wird sehen«, murmelte Masur, der etwas verkrampft auf dem Stuhl saß, seine Hände abwechselnd auf den Tisch und auf die Knie legte und sich im gutbürgerlichen Salon der Arztfamilie sichtlich unwohl fühlte. Er sprach russisch mit starkem jüdischen Akzent, während Bens Vater, im Jahre 1915 Absolvent der Moskauer Medizinischen Fakultät, eine perfekte Aussprache hatte. Auch sonst, erzählte Ben, hätten alle in seiner Familie Polnisch und Russisch beherrscht. Weißrussisch, die »Bauernsprache«, wurde verstanden. Jiddisch war als Kauderwelsch verpönt. Nur die Großmutter verwendete es manchmal.

»Sie sind also ein gebildeter Mensch, Herr Major«, sagte Bens Mutter. »In unserer Familie wird Bildung sehr hoch geschätzt. Mein Mann ist Arzt. Mein Vater war Rechtsanwalt und mein Großvater ein angesehener Rabbiner, ein Gelehrter. Bildung ist das Tor zur Welt. Nur daß es in Polen für Juden kaum möglich gewesen ist, zu studieren. Bei fast allen Studienfächern hat es einen Numerus clausus für Juden gegeben. Außerdem wurden jüdische Studenten von ihren antisemitischen Kommilitonen regelmäßig verprügelt. Unser Sohn wollte deshalb in Prag Medizin studieren, um später die Praxis seines Vaters übernehmen zu können … Trinken Sie den Tee mit Milch oder mit Zitrone? Nehmen Sie doch ein Stückchen Kuchen, Herr Major. Ich habe ihn selbst gebacken.«

»Genosse! Genosse Major«, korrigierte sie Masur, während er sich den Kuchen in den Mund stopfte. »Den Tee bitte mit Zitrone. Aber was ist, wenn ich fragen darf, ein Numerus … eh … wie?«

»Eine zahlenmäßige oder prozentuelle Zugangsbeschränkung«, beeilte sich Bens Vater zu erklären. »Medizin, zum Beispiel, durften Juden überhaupt nicht studieren. Wir haben das Numerus nullus genannt.«

Major Masur lehnte sich zurück und knöpfte den obersten Knopf seiner Uniformjacke auf: »Die reaktionären Kräfte haben es immer verstanden, die Nationen gegeneinander aufzuhetzen. Eine Beschränkung hier. Eine Bevorzugung da. Schon ist der Neid entfacht. Das ist jetzt vorbei. Den Fleißigen und Begabten, ganz gleich welcher Abstammung, stehen alle Türen offen. Ihr Sohn kann in Minsk oder in Moskau studieren, jederzeit, zu den besten Bedingungen und ganz kostenlos. Daß er Jude ist, macht überhaupt nichts. Jegliche antisemitische Äußerung oder Tat wird bei uns streng geahndet. Nennst du jemanden Saujud, kommst du in den Knast, so einfach ist das ... Bei uns in der Sowjetunion werden alle Völker gleich behandelt.«

»So etwas hat es noch nie und nirgends gegeben«, brummte die Großmutter.

»Aber doch! Aber doch!« ereiferte sich der Major. »Schauen Sie mich an. Mein Vater war bei uns in Witschi lange Zeit der Ärmste der Armen, ein Luftmensch. Die Partei hat mir eine Ausbildung und eine Militärkarriere ermöglicht. Es gibt kein schöneres Land als die Sowjetunion. Sie können sich glücklich schätzen, von uns befreit worden zu sein.«

»Man erzählt so viele entsetzliche Geschichten über das Leben in der Sowjetunion«, sagte plötzlich Großvater, der bis dahin geschwiegen hatte. »Die Kollektivierung, die Schauprozesse.« Bens Vater warf ihm einen scharfen Blick zu, und Bens Mutter begann, dem Major ganz reizend zuzulächeln, gab ihm noch ein Stückchen Kuchen, schenkte Tee ein.

»Greuelmärchen. Nichts als Lügen«, erklärte Masur, während er verzückt die Teetasse aus feinem chinesischen Porzellan betrachtete, bevor er sie zum Mund führte. »Bei uns sind alle Menschen glücklich. Nur unsere Feinde haben sich zu fürchten.«

»Mein Schwiegervater ist ein alter Mann und versteht nichts von der neuen Zeit«, sagte Bens Vater. »Ich selbst habe jedenfalls nie an die antisowjetische Propaganda der zahlreichen reaktionären Zeitungen geglaubt, die es in Polen gegeben hat. Ich war immer ein Linker und vom Sieg der fortschrittlichen Kräfte überzeugt.«

Ben wunderte sich ein wenig über den Gesinnungswandel seines Vaters, der doch immer ein gemäßigter Sozialdemokrat und Antibolschewik gewesen war. Aber er verstand, daß man einen Gast nicht brüskieren darf, so wie es Großvater getan hatte, der nun mit mürrischem Blick seinen Tee schlürfte und nervös an seinem Bart zupfte.

Major Masur nickte zufrieden, griff nach der Wodkaflasche.

»Laßt uns auf den Genossen Stalin anstoßen und auf eine bessere Zukunft.«

Da konnte natürlich niemand widersprechen, nicht einmal Großmutter. Bens Mutter brachte Gläser. Alle waren aufgestanden.

»Auf den Genossen Stalin, Vater aller Völker, Hoffnung der werktätigen Massen, den besten Menschen der Welt!« brachte Masur den Toast aus. »Auf eine Zukunft in Frieden und Wohlstand für alle und auf den Sieg des Sozialismus!« Er leerte das Glas in einem Zug, während die anderen nur nippten, schenkte sogleich nach, trank, wurde sichtlich gelöster und besser gelaunt.

Mit Bewunderung betrachtete Ben den jüdischen Major, der auf ihn wie ein Riese wirkte und mit seinen Pratzen wohl eigenhändig die Feinde der Sowjetmacht zerdrücken würde, wenn er welche zu fassen bekäme. Dies ist der Angehörige einer richtigen Volksstreitmacht, dachte Ben, hat nicht einmal Schulterstücke, ist auf den ersten Blick kaum von einem einfachen Soldaten zu unterscheiden, so ganz anders als die eingebildeten polnischen Offiziere.

Gern hätte Ben dem Major viele Fragen gestellt. Aber er war wohlerzogen, schwieg und hörte zu. Am Abend würde ihm sein Vater alles genau erklären.

Nach dem dritten Glas zündete sich Masur eine Zigarette an. Als Aschenbecher benutzte er, was sogar Ben ein wenig irritierte, eine der schönen Porzellanuntertassen.

Großmutter öffnete demonstrativ das Fenster.

Für kurze Zeit stellte sich Schweigen ein.

Der Major deutete das Schweigen wohl falsch, denn er bot Bens Vater und Großvater Zigaretten an, streckte ihnen die Schachtel entgegen, zwinkerte ihnen zu, sagte: »Sowjetische Qualitätsware!«

Höflich wurde sein Angebot abgelehnt, weil Vater nur Zigarren rauchte und auch die nie im Salon, sondern ausschließlich im Arbeitszimmer, und Großvater schon vor Jahren das Pfeifenrauchen aufgegeben hatte.

»Soll ich Ihnen noch etwas bringen, Genosse Major?« fragte Bens Mutter.

»Ach, nennt mich doch Mojsche!« sagte Masur.

»Auch Sie können Nathan zu mir sagen«, murmelte Bens Vater, trank ebenfalls, nachdem er dem Major zugeprostet hatte, sein Glas leer und lenkte das Gespräch auf die jüdischen Flüchtlinge.

»Ein Unglück! Ein großes Unglück«, gab der Major zu. »Die Militärverwaltung tut, was sie kann. Aber wenn hier die Sowjetmacht endgültig etabliert ist, die neuen Strukturen da sind, der Stadtsowjet erst gewählt ist, dann wird die Flüchtlingsbetreuung in ordentliche Bahnen gelenkt. Es wird diesen Menschen bald so gut gehen, daß sie ihr früheres Leben und das Leid, das ihnen widerfahren ist, vergessen werden.«

»So?« entgegnete Großvater. »Ich habe gehört, daß jüdische Flüchtlinge zurückgeschickt werden zu den Nazis Was ist das für eine Politik?«

Nun beeilte sich die Großmutter zu versichern, daß ihr Mann sich offenbar nicht ganz im klaren darüber sei, was er sage: »Plappert nur das nach, was er irgendwo aufgeschnappt hat. Ist ja auch nicht unsere Sache. Wir sind unpolitische Menschen.«

»Heutzutage, liebe Frau«, meinte der Major, »ist alles politisch. Im Arbeiter- und Bauernstaat steht alles im Dienst der einen

Sache. Zurückgeschickt werden im übrigen nur zwielichtige Elemente, Kriminelle, Saboteure, Feinde unserer Ordnung.«

Und Masur erzählte, wie gut er sich in die Lage eines Flüchtlings hineinfühlen könne, nachdem er doch während des Bürgerkriegs selbst vor den Banden der Konterrevolutionäre hatte flüchten müssen: »Die Pogromschtschiki haben einer Tante von mir im ukrainischen Gobyl, wo ich damals war, mit einem Säbel den Schädel gespalten. Einfach so. Prak!« Er schlug mit der flachen Hand auf den Tisch, daß die Tassen klirrten. »Mein Onkel ist in der Blutlache gesessen, hat den Kopf seiner Frau in Händen gehalten und hat gesungen: Schlof mejn Kind, schlof ajn, kejn Kummer wird dir nischt mehr sajn. Den haben sie dann auch noch erwischt, den Onkel. Und ich bin geflüchtet, zu Fuß durch die Sümpfe und Wälder, nach Osten, habe mich von Beeren und Kräutern ernährt. Später bin ich mit der Roten Armee zurückgekehrt und hab's ihnen heimgezahlt. Ich hab gewußt, wer's gewesen war. In so einem kleinen Nest kennt man ja jeden.«

Er stockte, merkte, wie seine Hände zitterten, mußte das Glas auf den Tisch stellen, lachte gezwungen, schlug sich mit der Faust aufs Knie.

»Vergangenheit!« sagte er laut und räusperte sich. »Wer zu oft in die Vergangenheit blickt, den holt der Teufel und läßt ihn nie mehr los.«

Die Großeltern schwiegen, Vater begann von der Zukunft zu reden, und Mutter legte dem Major ein Stück Kuchen nach, Ben wurde ein wenig übel. Er mußte an den Säbelhieb und den gespaltenen Schädel denken, aus dem das Gehirn spritzte.

»Bei uns gibt es keine Pogrome, keine fliegenden Händler, keine Wunderrabbis und Luftmenschen mehr«, meinte Masur nach einer kurzen Pause. »Nur Werktätige. Vor kurzem war ich hier in eurem Städtchen auf dem Markt und sehe einen alten Juden, einen ganz armseligen, verhärmten, seine Waren feilbieten. Trödelkram. Eine Gipsbüste des österreichischen Kaisers Franz Joseph unter anderem. Ich lache und frage: Na, Alter, wer soll dir das denn noch abkaufen? Wer interessiert sich heute noch dafür? Für Franz Joseph. In Zeiten wie diesen.

Ach, sagen Sie das nicht, Herr Offizier, antwortete er mir. Jede Ware findet ihren Käufer, wenn der Verkäufer seinem Geschäft mit Liebe und Hingabe nachgeht.

Da hab ich ihm den Franz Joseph abgekauft. Nur so zum Spaß. Und weil er mir leid getan und ein wenig an meinen Vater erinnert hat. So was wird es nicht mehr geben. Diese Armut.«

Und alle pflichteten ihm bei, daß es etwas Derartiges nicht mehr geben werde, nicht mehr geben dürfe. Bens Vater sprach von den Zuständen im ehemaligen Polen, von der Arbeitslosigkeit, den Obdachlosen und dem Elend der Bauern und davon, daß er diesem Staat keine Träne nachweine. Und Major Masur beteuerte, daß die Sowjetunion gute Ärzte benötige, wobei er beiläufig den Genossen Stalin und seine Liebe für die Wissenschaft erwähnte, und daß sich Bens Vater keine Sorgen zu machen brauche und daß Ben einmal einen ausgezeichneten Arzt abgeben werde im Dienste der werktätigen Massen. Und während Bens Vater noch viel von der Zukunft redete, wurde der Major, vielleicht weil er zuviel Alkohol getrunken hatte, immer melancholischer und immer schweigsamer. Er erzählte noch, daß er keine Familie habe, aber gern eine hätte, daß er drei Schwestern habe, eine in Kanada, die er aus seinem Gedächtnis zu streichen versuche, eine in Moskau, Klara, seine Lieblingsschwester, und eine in Leningrad, Rosa, die er wegen ihrer Intelligenz und Zielstrebigkeit schätze, eine Akademikerin, Übersetzerin aus dem Deutschen. Ben konnte sich noch zwanzig Jahre später an die Namen erinnern.

Schließlich begann der Major, sich zu verabschieden. Er werde leider wieder abkommandiert, in die Nähe von Moskau, wo er in den letzten drei Jahren stationiert gewesen sei.

Major Masur stand vor der Tür zum Vorraum, drehte sich noch einmal um, ließ seinen Blick durch den Raum schweifen, über den Tisch, auf dem die halbleere Wodkaflasche und das Porzellangeschirr standen, den Luster aus Bronze, die Ölgemälde, allesamt Darstellungen idyllischer Phantasielandschaften, die im Zwielicht der beginnenden Dämmerung noch phantastischer wirkten und beinahe etwas Magisches ausstrahlten, die Bücherwand mit den Prachtbänden in polnischer, russischer, hebräischer und deutscher Sprache, den kunstvoll gewebten Teppich. Dann seufzte er, schloß wieder den obersten Knopf seiner Jacke, setzte seine Militärmütze auf und sagte mit Wehmut in der Stimme, wobei er plötzlich jiddisch zu sprechen begann: »Och, Jidn, hobt ihr gehobt a Lejbn! Och, wos ihr hobt gehobt fir a Lejbn!«

Und Ben erinnerte sich, daß seine Mutter bleich wurde und sein Vater den Blick senkte und Großmutter Großvaters Hand ergriff.

12

In der Synagoge von Gigricht treffen sich Menschen, die sechzig Jahre alt sind und noch nie in ihrem Leben ein Gebet gesprochen haben. Es treffen sich dort Menschen, die schon vor Jahren Gott verflucht haben, die sich offen als Atheisten bezeichnen, ja, es treffen sich dort sogar Menschen, die gar keine Juden sind. Zum Beispiel das Ehepaar Badajew aus Baku, das jetzt offiziell Rosen heißt und davon träumt, in Gigricht das erste aserbaidschanische Restaurant zu eröffnen. Sie haben schon die passenden Räumlichkeiten in der Innenstadt gefunden. Nur die Bank verweigert ihnen einen Kredit. »Der Bankbeamte in der Kreditabteilung glaubt nicht, daß es in Gigricht genug Nachfrage für aserbaidschanische Speisen gebe«, sagt Frau Badajew. »Er hat eben noch nie meinen Lammbraten gekostet.«

Im Vorraum der Synagoge unterhalten sich die Badajews mit den Masurs, Schwarz' und Rotschwants'. Während des Gottesdienstes flüstern sie halblaut. Der junge Rabbiner aus Israel hat seine Bekehrungsversuche schon vor langer Zeit aufgegeben. Gestört vom Geflüster der »Russen« fühlen sich nur die wenigen alteingesessenen deutschen Juden. Sie sind die einzigen, die die Texte in den Gebetbüchern tatsächlich kennen.

»Wenn es einen Gott gäbe«, sagt Herr Cohen, ein würdig aussehender Greis, dessen Bewegungen man den militärischen Drill vergangener Zeiten noch ansieht, »hätte er nicht die Juden zu seinem auserwählten Volk gemacht, sondern die Luxemburger.

Warum hat er nicht die Luxemburger auserwählt? Oder habt ihr jemals gehört, daß jemand etwas gegen die Luxemburger hat? Auserwählt sein, heißt – in Ruhe gelassen zu werden. Sollte man meinen. Aber ich war immer so auserwählt, daß man mir ins Gesicht geschlagen hat.«

»Da ist was Wahres dran«, sagt Rosa, »obwohl mir meine jüdische Herkunft zur Zeit durchaus von Nutzen ist.« Sie lächelt. »Ich nehme ja an diesem Projekt mit dem Jubiläumsbuch teil, wie Sie wissen, und je mehr ich ihnen vom alten Städtl, von Luftmenschen, verrückten Lehrern, Rabbinern und Pogromen erzähle, desto zufriedener ist diese Frau Wepse, die Leiterin des Projekts. Neulich wollte sie von mir wissen, ob ich chassidische Märchen kenne. Sie hätte gern so ein Märchen in ihrem Buch.«

»Ja und?« fragt Cohen.

»Ich kenne viele Märchen von meinem Vater«, sagt Rosa. »Mit Chassidismus hat das allerdings nichts zu tun. Jedenfalls habe ich ihnen die Geschichte von dem Mann und seinen drei Ziegen erzählt: Glaube, Liebe und Hoffnung. Glaube durchbricht eines Tages den sicheren Zaun, der das Haus umgibt, verirrt sich im Wald und wird von einem Wolf gefressen. Es bleiben nur mehr die Hufe übrig. Liebe wirft eine Petroleumlampe um, die der nachlässige Mann im Stall hatte stehen lassen, und verbrennt. Von ihr bleibt nur mehr ein verkohlter Klumpen. Auf Hoffnung, die letzte Ziege, die ihm geblieben ist, gibt der Mann nun besonders acht. Er hegt und pflegt sie, obwohl er verarmt ist und selbst kaum etwas zum Leben hat. Er ist großzügig zu ihr, gibt sein letztes Geld für Futter aus, bis er schließlich an ihrer Seite verhungert. Man findet ihn tot im Stall. Seine Hände umklammern die Hörner des Tieres.«

In der Synagoge lernt Rosa die achtzigjährige Chawa Rapoport kennen. Die beiden finden Gefallen aneinander. In den Clubräumlichkeiten der Synagoge sitzen sie und unterhalten sich. Rechts und links spielen alte Männer Schach, Dame oder Domino. Das gleichmäßige Klappern der Spielfiguren wirkt beruhigend. Über ihren Köpfen, neben dem dunkelbraunen Schrank, in dem die Schachbretter liegen, und zwischen zwei Fahnen mit Davidsternen und blauweißen Streifen: Theodor Herzls bärtiges Gesicht mit dem sanften Blick des Träumers, eingerahmt in Gold. Die »Russen« wissen jetzt, wer er ist. Am Anfang haben ihn einige für eine lokale Schachspielergröße gehalten.

»Ich habe immer mit dem Bewußtsein gelebt«, sagt Chawa, »in meiner Pension zwar keine großen Sprünge machen, aber doch den Lebensabend in bescheidenem Wohlstand verbringen zu können. Mehr wollte ich nicht. Ich bin ein realistisch denkender Mensch. Schließlich habe ich Lebenserfahrung.«

»Vielleicht sind wir gerade deshalb von einem Schlamassel ins nächste hineingeraten, weil wir unser Leben lang so bescheiden gewesen sind«, meint Rosa. »In unserer unendlichen Güte haben wir unsere Ehemänner, Kinder und den Staat versorgt, haben schwer gearbeitet und kaum etwas verlangt. Und was haben wir dafür bekommen?«

Chawa macht eine unanständige Handbewegung, indem sie den Daumen zwischen Zeige- und Mittelfinger legt. »Das haben wir bekommen!« sagt sie. Die alten Herren an den Schachbrettern grinsen. »In unserem schönen neuen Rußland hatte ich eine Pension, die es mir erlaubte, in Etappen zu verhungern. Aber im Gegensatz zu vielen anderen bin ich praktisch veranlangt. Ich habe mit alten Sachen gehandelt, die Müllhalden von Moskau nach Verwertbarem durchwühlt, den Schmuck meiner Großmutter verkauft, habe verschiedene Gelegenheitsarbeiten angenommen. Das Übliche eben. Obendrein bin ich Jüdin. Als ob das Leben nicht schon schwer genug wäre.«

»Vielleicht sollte man uns Juden eine Lebenserschwerniszulage zuerkennen«, meint Rosa. »Ich habe gehört, daß es in Papua Neuguinea kleine Völker gibt, Steinzeitmenschen, die unter Naturschutz stehen. Warum hat niemand an die Juden gedacht?«

»Ich wollte endlich wieder wie ein Mensch und nicht wie ein Straßenköter leben«, sagt Chawa und schlägt mit der Handfläche auf den Tisch.

Wenn sie sich so empören kann, lebt sie mindestens noch fünf Jahre, denkt Rosa. »Warum Deutschland und nicht Israel?« fragt sie. Die immerwiederkehrende Frage.

»Israel? Was soll ich bei den Kamelen? Ich kann den Süden nicht ausstehen. Einmal bin ich in Batumi am Schwarzen Meer gewesen, dort wo die Kaukasier sich jetzt gegenseitig die Schädel einschlagen. Es war furchtbar. Diese Hitze. Die Steinhügel mit den wenigen Büschen, die aus den Spalten sprießen. Trostlos. In Israel gibt es im Winter keinen Schnee. Ich kann aber ohne Schnee nicht leben. Sonst werde ich trübsinnig. Immer dieselbe dunkle Erde, in der wir schließlich alle liegen werden. Und dann der Terror und die Araber. Dazu die Extremisten mit Schläfenlocken, die immer an irgend etwas und irgendwen glauben. Jeder von ihnen nichts als ein gigantischer Komplexhaufen. Brauche ich das in meinem Alter? Ich habe in meinem Leben, weiß Gott, schon genug gelitten.«

»Ich habe bis jetzt noch keinen Menschen getroffen, der das nicht gesagt hätte«, wirft Rosa ein, aber Chawa geht auf diese Bemerkung nicht ein.

»Ich bin zum deutschen Konsulat gegangen«, erzählt sie. »Eine lange Menschenschlange vor dem Eingang. Alles jüdische Gesichter. Schließlich öffnete sich das Tor. Die Menschen stürmten die Eingangshalle. Wir holten uns eine Nummer, füllten ein Formular aus, jemand erklärte uns etwas in gutem Russisch, aber mit diesem Akzent, der mir so bekannt vorgekommen ist und einen unangenehmen Stich versetzte.«

»Warum?«

»Mit den Deutschen habe ich keine guten Erfahrungen gemacht, damals, im Ghetto von Minsk ...«

»Ich verstehe.«

»Der junge Mann in dem modern eingerichteten Büro war etwa fünfunddreißig Jahre alt, vielleicht auch vierzig. Bei so wohlgenährten Menschen fällt es mir immer schwer, das Alter richtig zu schätzen. Er war äußerst höflich und zuvorkommend. Er sprach exzellent russisch, allerdings wieder mit diesem Akzent.«

»Ich bin Germanistin und konnte mich mit allen Leuten vom Konsulat deutsch unterhalten«, erzählt Rosa. »Wenn ein Deutscher russisch spricht, klingt es wie ein Hund, der zu miauen versucht. Ich möchte aber nicht wissen, wie es für deutsche Ohren ist, wenn ein Russe deutsch spricht.«

»Der Mann war ausgesprochen korrekt. Er bat mich, Platz zu nehmen, fragte mich nach meinem Namen, meinem früheren Beruf und ob ich Verwandte in Deutschland hätte. Nein, die habe ich nicht, teilte ich ihm mit. Dann wollte er wissen, ob ich Jüdin bin. Und ob ich das bin! habe ich ihm gesagt. Und dann habe ich ihm vom Ghetto erzählt. Natürlich in der üblichen Schonvariante. Kurz bevor die Einwohner des Ghettos liquidiert wurden – so haben sie das damals genannt, liquidiert –, habe ich mich einer Widerstandsgruppe angeschlossen. Ich bin zu den Partisanen in die Wälder geflohen und habe auf diese Weise überlebt, während meine Familie ermordet wurde.«

»Ich kann mir schon vorstellen, wie er reagiert hat«, sagt Rosa. »Völlig zerknirscht und betroffen. Es gibt nichts, was die Deutschen heutzutage besser beherrschen, als zerknirscht und betroffen zu sein.«

»Ganz genau«, sagt Chawa. »Als er vom Ghetto und dem Schicksal meiner Familie hörte, senkte der Beamte die Augen. Er, als Deutscher, trage, wie übrigens alle Deutschen, eine große Schuld für das, was den Juden in deutschem Namen angetan worden sei, hat er gesagt. Seine Eltern seien allerdings Nazigegner gewesen (hätte mich schon gewundert, wenn das nicht gekommen wäre), und er sei froh darüber, diese Zeit nicht persönlich miterlebt zu haben. Er hoffe, ich würde einen schönen Lebensabend in Deutschland verbringen können. Dann wollte er meine Papiere sehen. Der Mann betrachtete meinen sowjetischen Inländerpaß, und sein Blick verdüsterte sich. Aber, meinte er und blickte mich überrascht an, unter Punkt fünf steht doch Russin und nicht Jüdin. Da war er nicht mehr ganz so höflich wie zuvor, und der Tonfall seiner Stimme gab mir wieder einen Stich, einen noch viel schmerzvolleren als vorhin. Der Tonfall.

Wie das Knurren eines Schäferhundes. Du verstehst schon, was ich meine.«

»Während des Krieges, du erinnerst dich vielleicht noch, hat man bei uns in der Sowjetunion den deutschen Schäferhund in osteuropäischen Schäferhund umbenannt«, sagt Rosa. Chawa lacht.

»Mit der Nationalität hat das eine ganz besondere Bewandtnis, habe ich dem Deutschen erklärt. Als das Ghetto von Minsk samt meinen Eltern und Geschwistern liquidiert wurde, ist meine Vergangenheit gleich mitliquidiert worden, auch die amtlich registrierte. Da hat man keine Aufenthaltsbestätigungen ausgestellt. Ich kann zwar verstehen, daß die Deutschen Wert auf Genauigkeit legten, und daß alles seine Ordnung haben muß, doch weder Geburtsurkunden noch Pässe oder sonstige Dokumente von früher sind erhalten geblieben. Der ehemalige Partisan, den ich gegen Ende des Krieges geheiratet habe, ist Nichtjude gewesen, und ich habe die Gelegenheit genutzt – damals war das möglich –, um seinen Familiennamen anzunehmen, mir neue Dokumente ausstellen zu lassen und den lästigen Nationalitätenpunkt zu meinen Gunsten zu verändern. Als Jüdin zu gelten, ist mir nach allem, was ich erlebt habe, nicht unbedingt opportun erschienen. Auch Väterchen Stalins Politik war nicht gerade philosemitisch.«

»Wie ist es denn nun im Konsulat weitergegangen?«

»Der Deutsche hatte vollstes Verständnis – er war trotz allem ein netter junger Mann – und beteuerte, daß er nicht die geringste Veranlassung sehe, an meinen Worten zu zweifeln. Dennoch müßte ich irgendwie beweisen, daß ich Jüdin bin.«

»Ja, so ändern sich die Zeiten. Einmal ziehen sie dir die Haut vom Leibe, weil du ein Esel bist, und das andere Mal mußt du laut Ia schreien, damit sie dir Hafer geben. Da soll sich noch einer wundern, daß man störrisch wird.«

»Auch ihm seien die Hände gebunden, hat mir der junge Mann gesagt. Er müsse sich an Vorschriften halten, die nicht er geschaffen habe. Ich müßte mich in seine Lage versetzen und versuchen, das Dilemma der deutschen Behörden zu verstehen.«

»Unglaublich, was von einem verlangt wird im Leben.«

»Heutzutage will die halbe Welt nach Deutschland einwandern, hat er gesagt. Trotzdem hat sich sein Land bereit erklärt, ein begrenztes Kontingent russischer Juden einreisen zu lassen, aber nur, wenn deren jüdische Herkunft einwandfrei feststeht. Mit den GUS-Deutschen gibt es übrigens ähnliche Probleme. Es wird schon gemunkelt, daß jeder, der einen deutschen Schäferhund zu seinen Vorfahren zählt, einwandern will.«

»Dabei sind die Deutschen so tierliebend.«

»Mit deutschen Schäferhunden kann ich nicht dienen, hab ich ihm erklärt, allenfalls mit einem Rabbiner als Großvater, aber der ist von den Nazis ermordet worden, und ein schriftlicher Beweis, daß er einmal existiert hat, liegt nicht mehr vor. Der junge Deutsche fand diesen Umstand sehr bedauerlich. Seine ehrliche Enttäuschung war ihm anzumerken.«

»Die Deutschen lieben ja heute die Juden, zumindest solange die Juden sich nicht so jüdisch benehmen wie sie glauben, daß sich Juden benehmen könnten, aber nicht sollten.«

»Das ist mir zu hoch«, sagt Chawa. »Jedenfalls habe ich den jungen Mann gefragt, ob sich vielleicht in deutschen Archiven ein Beweis für meine jüdische Herkunft finden lasse. Die Deutschen sind schließlich bei der Endlösung der Judenfrage sehr gründlich und genau vorgegangen, haben alles feinsäuberlich registriert und verbucht. Aber der junge Mann seufzt nur, schüttelt den Kopf und erklärt mir, die Beweislast liege nun einmal bei mir, das besage die Vorschrift. Ohne einen stichhaltigen Nachweis, daß ich Jüdin bin, ist leider überhaupt nichts zu machen. Und ein solcher Nachweis kann nur eine schriftliche Urkunde sein, aus der die jüdische Nationalität, also Abstammung, der betreffenden Person eindeutig hervorgeht. Anderenfalls kann jeder behaupten, was ihm einfällt. Ein Bauernbursche wird dann der letzte Nachkomme eines berühmten Rabbinergeschlechts, und ein Mann, dessen Vorfahren seit über einem Jahrtausend schon in der Ukraine gelebt haben, entdeckt plötzlich Vorfahren am Rhein. Sogar ein reiches Land wie Deutschland kann nicht alles aufnehmen, was daherkommt. Bei Juden ist das natürlich eine ganz andere Sache. Aber auch Halbjuden werden bevorzugt behandelt. Zum Abschied sagt er mir, ich soll mal ordentlich suchen, vielleicht findet sich doch noch irgendein altes Papierchen.«

Chawa macht eine Pause. Ihre Hände spielen nervös mit dem Tischtuch. Die Herren an den Schachbrettern hören jetzt ebenfalls aufmerksam zu.

»Draußen auf der Straße hatte ich weiche Knie. Buchstäblich umgeworfen hat es mich, so daß ich eine ganze Weile auf einer Parkbank sitzen mußte, bevor ich weitergehen konnte. Es ist mir aber gelungen, wieder die Kontrolle über meine Gefühle zu gewinnen. Schließlich habe ich Lebenserfahrung … Zu Hause begann ich zu suchen. Womöglich hatte ich doch ein Dokument, das zumindest indirekt auf meine jüdische Herkunft hinwies. Ich habe nichts gefunden. Also habe ich mit meinen Freundinnen und Verwandten telephoniert, habe den Enkel eines Onkels dritten Grades angerufen. All diese Menschen hätten zwar bezeugen können, daß ich Jüdin bin, aber Schriftliches hatten sie nicht … Am nächsten Tag war ich in der Stadt unterwegs. Deutschland kann ich abschreiben, habe ich mir gedacht. Und da sehe ich ein kleines Häuflein Menschen Propagandamaterial für eine der zahlreichen rechtsextremen Bewegungen verteilen. Einige Leute sind in ein heftig geführtes Streitgespräch vertieft. Ich bleibe stehen, mische mich ein, beginne zu diskutieren. Mit einer wie Sie, sagt jemand, mit Ihrer jüdischen Visage, reden wir sowieso nicht. Man empfiehlt mir, ich solle abhauen. Ja, das ist wahre Menschlichkeit! Die schauen sich wenigstens mein Gesicht an und nicht meinen Paß, hab ich mir gedacht.«

»Aber wie bist du nun trotzdem nach Deutschland gekommen?« fragt Rosa.

»Na wie schon? Ich habe eine solche Wut im Bauch gehabt! Ich lasse mir so etwas nicht gefallen, habe ich gedacht. Mit mir kann man nicht alles machen. Achtzig Jahre lang hat man sich an mir abgeputzt wie auf einem Türvorleger. Aber jetzt ist Schluß! Also habe ich mich zu erkundigen begonnen, habe Menschen angerufen, die ich schon jahrelang nicht gesehen, aber von denen ich einiges gehört hatte, Onkel Dima, Großvater Petja, das waren Bekannte meines verstorbenen Mannes, und die haben mich an Martha verwiesen, Martha, die Edelnutte, ein wandelndes Telephonbuch, und so ging das weiter über mehrere Stationen, bis ich in der Garage eines ehemaligen Speditionsbetriebs am Stadtrand von Moskau landete. In meiner Handtasche lag gut verpackt und getarnt ein großer Dollarbetrag. Ich hatte alles auf eine Karte gesetzt und meine Wohnung verkauft. Eine gute Freundin nahm mich vorläufig bei sich auf. In der alten Garage befand sich eine komplette Druckerwerkstatt. Druckmaschinen. Kopierapparate. Kameras. Zahlreiche andere Geräte. Ganze Stapel mit Papier und unzählige Dokumentvorlagen aus allen Epochen des zwanzigsten Jahrhunderts. Tuschen in verschiedenen Farben. Ein großer Zeichentisch. Die Produktion lief auf Hochtouren. Ausweise, Urkunden, Zeugnisse, Briefe, sogar Geldscheine. Wirklich alles wurde dort hergestellt. Und wären nicht die beiden Bizepsträger am Eingang gestanden und ein weiterer im Rauminneren, bewaffnet, als würden sie Tschetschenien im Alleingang erobern wollen, hätte man glauben können, man befinde sich in einem ganz normalen Gewerbebetrieb. Männer und Frauen in Arbeitskleidung, die geschäftig zwischen den Geräten hin und her huschten. Ein Schreibtisch mit Computer, Sekretärin, Telephon und Faxgerät. Und ein Manager mittleren Alters mit müdem Gesicht, schwarzem Anzug, einer Golduhr am Handgelenk und einem Mobiltelephon in der Sakkotasche.

Ich erkläre dem Manager in knappen Worten die Situation. Ich bin bei ihm an der richtigen Adresse, meint er. Alles eine Frage des Preises. Ich kann Ihnen auch einen Ghettoausweis ausstellen, sagt er, auf Originalpapier aus der Nazizeit. In welchem Ghetto waren Sie doch schnell? Minsk? Ein Kinderspiel. Wilna ist schwerer, aber ebenfalls machbar. Sagt er. Stell dir das vor, Rosa!«

»Das ist freie Marktwirtschaft. Darauf haben wir doch siebzig Jahre lang gewartet. Daß man endlich alles kaufen kann, was man braucht.«

»Wir einigten uns schnell über den Preis. Es gab mehr oder weniger fixe Sätze für verschiedene Arten von Ausweisen. Ich wollte einen Inländerpaß mit Hinweis auf meine jüdische Nationalität haben. Ausgestellt vor dem Krieg. Ich habe dem Mann ein altes Photo von mir gegeben, eines aus dem Jahre 1947, für ein zu fälschendes Dokument aus dem Jahre 1940. Macht nichts, hat er gesagt. Die Deutschen sind sowieso zu blöd, um den Unterschied zu merken. Sie waren eben eine rassige Frau, früh entwickelt und früh gealtert, eine temperamentvolle Jüdin. Das werden sie Ihnen schon abnehmen, die Deutschen. Man kann ja auch mit zwanzig so aussehen wie mit dreißig. Ich habe ihm hundert Dollar als Anzahlung gegeben und den Rest eine Woche später, als ich das fertige Produkt abgeholt habe. Es war verblüffend. Fast genau so einen Ausweis hatte ich vor dem Krieg besessen und sogar mein alter Name war eingetragen: Chawa Rapoport. Nun hieß ich wieder so, wie meine Eltern mich genannt hatten. Alt und abgegriffen sah er aus, der Ausweis. Die Ränder eingerissen, Schrift und Stempel ausgebleicht. Ein richtiges Kunstwerk.«

»Alle Achtung«, sagt Rosa.

»Ja. Nur die Stimmen, die mich verfolgen, habe ich nicht bedacht, die Alpträume und die Angst. Ständig glaube ich mich von Aufsehern, SS-Leuten oder Soldaten umgeben. Ich gehe in den Laden, um Brot und Milch zu kaufen, und eine SS-Visage starrt mir entgegen. Jemand wird lauter im Bus, und ich muß mich ducken. Zwei Männer unterhalten sich freundlich, und ich denke sofort an die Offiziere, die plaudernd durch das Ghetto spazierten. Manchmal zog einer von ihnen eine Pistole und erschoß jemanden. Einfach so. Am schlimmsten ist es, wenn ich auf Uniformierte treffe, ob Polizisten oder Briefträger, ist egal. Sogleich bekomme ich Schweißausbrüche, beginne zu zittern, kann kaum atmen und würde am liebsten so schnell wie möglich davonlaufen, wenn ich die Kraft dazu hätte. Am besten gleich bis zur nächsten Grenze.«

»Aber du hast einen Kühlschrank voller Lebensmittel«, sagt Rosa, »eine nette kleine Wohnung, Satellitenfernsehen, Regale voll mit deinen Lieblingsbüchern und viel Zeit. Schließ sorgfältig die Tür ab, laß die Jalousien runter und stell dir vor, du seist in Rußland, in einem friedlichen, menschenfreundlichen und reichen Rußland, das es nie gegeben hat und wahrscheinlich nie geben wird.«

13

In den letzten Junitagen 1941 erhielt Naum den Einberufungsbefehl. Kahlgeschoren, in eine Uniform gepreßt, saß er im Wohnzimmer. Auf seinem Schoß lag eingerollt unsere Katze Murka und schnurrte. Aus den Lautsprechern auf der Straße dröhnte Marschmusik. Im ganzen Haus weinten die Frauen. Nur für mich war an diesem Tag kein Grund zur Trauer. Naum hatte seinen Marschbefehl erhalten – nach Chabarowsk am Fluß Amur, an die Grenze zum Kaiserreich Madschukuo, das zum japanischen Herrschaftsbereich gehörte. Er mußte nicht sofort losfahren. Seine Stammkaserne in Leningrad hatte ihn vorerst ihrer Kanzlei als Schreibkraft zugeteilt.

»Vielleicht schickt man mich deshalb nicht an die Front, weil ich nicht mehr ganz jung bin und in den letzten Jahren gesundheitliche Probleme hatte«, meinte Naum.

»Hauptsache, du bleibst am Leben«, sagte ich.

»Japan wird uns bestimmt nicht angreifen«, versicherte Naum. »Mit Japan haben wir einen Nichtangriffspakt geschlossen. Daß unsere Truppen an der Grenze stehen, ist nur eine Vorsichtsmaßnahme.« Ich war gewillt, ihm zu glauben, aber Kostik war enttäuscht. Er hätte seinen Vater gern als Kriegshelden gesehen.

Am Vortag hatten meine Eltern aus Witschi angerufen. Die jüdische Bevölkerung werde demnächst evakuiert. Nach Smolensk, Orel oder sogar Stalingrad, in Gebiete also weitab der Front, wo die Deutschen nie hinkommen würden. Das beruhigte mich. Man wußte ja, wie die Nazis zu den Juden standen. Einige behaupteten sogar, die Deutschen wollten alle Juden ermorden, aber damals glaubte ich, dies sei ein Greuelmärchen.

Ende Juni wurde die deutsche Sektion unseres Verlages aufgelöst. Die Mitarbeiter – Deutschübersetzer, Korrektoren, Lektoren und Setzer – wurden vorerst weiterbeschäftigt. Einige durften russische Texte redigieren, andere kamen in der Buchhaltung, im Vertrieb oder im Sekretariat unter. Zwei Jahre war die Sowjetunion mit Hitlerdeutschland verbündet gewesen. In dieser Zeit durfte kein böses Wort über den Herrscher in Berlin fallen. Schließlich war er Nationalsozialist – also ein Sozialist und somit ein Freund der Arbeiterklasse.

Seit der Krieg begonnen hatte, druckten wir wieder antifaschistische Literatur. Alles Deutsche galt nun als feindlich und minderwertig, aber ich konnte die deutsche Sprache trotzdem nicht hassen. In meinem Regal standen weiterhin Bücher von Stefan Zweig, Thomas Mann und Heinrich Heine. Ich wußte, daß andere Übersetzer solche Bücher verbrannten. Man mußte sich vor den Nachbarn in acht nehmen. Allein der Besitz eines Buches in deutscher Sprache konnte als faschistische Propaganda ausgelegt werden. Unsere Nachbarin Maria Petrowna machte einmal eine diesbezügliche Bemerkung. Sie wußte, daß ich Bücher deutscher Autoren besaß. Doch diesmal brauchte ich keine Angst vor ihr zu haben. »Ich bin Jüdin!« erklärte ich. »Wollen Sie behaupten, ich sei eine Hitlersympathisantin? Hüten Sie Ihre Zunge, sonst erzähle ich allen, was Sie im September 1939 gesagt haben: Der Hitler wird diesen Scheißpolen ihren Stolz schon austreiben! Wer ist also jetzt die Faschistin?« Maria Petrowna ließ mich fortan in Ruhe.

Obwohl ich weiterhin die deutsche Sprache liebte, begann ich die Deutschen zu hassen. Man hörte, daß sie in der Ukraine und in Weißrußland brandschatzten und mordeten, daß sie Kriegsgefangene mißhandelten und einen Vernichtungskrieg gegen die

Zivilbevölkerung führten. Plakate mit dem Slogan: *Töte den deutschen Eindringling!* berührten mich nicht. »Nur ein toter Deutscher ist ein guter Deutscher«, sagten viele. Bald wurden alle Deutschen aus Leningrad ausgewiesen. Es waren »unsere« Deutschen, die seit Generationen in der Stadt gelebt hatten. Die meisten verstanden kein Wort der Sprache ihrer Vorfahren. Später erkannte ich, welches Verbrechen an ihnen verübt worden war. Man deportierte sie nach Sibirien oder Zentralasien, konfiszierte ihr Vermögen, mißhandelte, tötete sie oder ließ sie verhungern. Doch 1941 dachte ich nicht viel darüber nach. Zu sehr war ich mit meinen eigenen Problemen beschäftigt.

»Unsere Deutschen sind Hitlers fünfte Kolonne«, erklärte jemand. »Bei der erstbesten Gelegenheit werden sie die Seite wechseln.« Und nur Mascha meinte: »Gestern war unser heißgeliebter Führer noch Hitlers Freund. Heute fürchtet er sich vor deutschen Kleinkindern, sogar wenn sie in den Kindergärten sein Bild anbeten, als wäre er der Herrgott.« Ich flehte Mascha an, sich mit Äußerungen dieser Art zurückzuhalten. Es ist ein Wunder, daß sie niemand denunzierte.

Das Schicksal der Deutschen berührte mich nicht. Leid tat mir nur eine meiner Arbeitskolleginnen, ein junges Mädchen, fast noch eine Schülerin, die denselben Familiennamen trug wie mein Mann: Schwarz. Als sie mir ihren Ausweisungsbefehl zeigte, suchte ich vergeblich nach Worten des Trostes. Schluchzend erzählte sie mir, daß schon ihr Urgroßvater ein loyaler Beamter des Zaren gewesen sei. Ihr Vater sei während des Ersten Weltkriegs Offizier gewesen und habe danach in der Roten Armee gegen die Polen gekämpft. Ich umarmte sie und redete auf sie ein.

Anfang Juli wurde ich in der Arbeit von einem Beamten der Stadtverwaltung aufgesucht. Er machte mir den Vorschlag, eine Gruppe von Kindern als Erzieherin aufs Land zu begleiten. Ich sei ausgebildete Pädagogin, dreiunddreißig Jahre alt – also im besten Alter –, selbst Mutter und habe einen tadellosen Leumund. Ich sei bestens dafür geeignet, diese verantwortungsvolle

Aufgabe zu übernehmen. Die Stadtverwaltung rechnete damit, daß Leningrad bombardiert werde und wollte soviele Kinder wie möglich in Sicherheit bringen.

Am 3. Juli 1941 reisten wir ab. An diesem Tag hatten Naum und ich eine Rede Stalins im Radio gehört. »Brüder und Schwestern«, verkündete unser Führer, »die Lage ist ernst! Noch nie war unsere Heimat in einer solchen Gefahr wie heute. Wir müssen alle unsere Kräfte mobilisieren, um den bösartigen und hinterlistigen Feind aus unserem Land zu verjagen, wir müssen ihn zertreten wie eine Schlange, ihn vernichten wie unsere Vorfahren im Mittelalter die Armeen des Deutschritterordens vernichtet hatten, die Nowgorod bedrohten! So wie wir Napoleon 1812 verjagt haben. Seid standhaft, Brüder und Schwestern!« So oder so ähnlich sprach der Diktator. Seine Rede gab uns Kraft. Mit großer Emotion vorgetragen, rührte sie an unsere Seelen. Wir waren überzeugt, daß sich alles doch noch zum Besseren wenden würde, obwohl die Nachrichten von der Front alles andere als ermutigend waren.

Naum wollte mich nicht zum Bahnhof begleiten. Er konnte es nicht ertragen, am Bahnsteig zu stehen und dem Zug nachzuschauen. Deshalb verabschiedeten wir uns in der Wohnung voneinander. Es war das erste Mal nach zehn Jahren Ehe, daß wir getrennt sein würden.

Es sei ein Glück, daß die Kinder und ich nicht in der Stadt bleiben müßten, erklärte mir mein Mann. In Kiew seien viele Menschen bei Luftangriffen umgekommen.

Es sei ein Glück, daß er nicht an die Front müsse, sagte ich meinem Mann. Bis Chabarowsk am Amurfluß würden die Deutschen nie kommen.

Wir umarmten einander im Flur, während Kostik und Schelja im Treppenhaus warteten. Er werde mir schreiben, sobald er meine Adresse erhalten habe, sagte mir Naum. Ich lief hinaus und schaute nicht mehr zurück. Den Kindern gegenüber war ich betont fröhlich. Den Weinkrampf begrub ich im meinem Inneren.

Der Bahnhof war voll mit Truppentransportern und Güterzügen, die Waffen, Lastkraftwagen, Autos, Karren und andere kriegswichtige Güter geladen hatten. Auf zahllosen Waggons mit offenen Ladeflächen standen die Ausrüstungen ganzer Fabriken: Maschinen, Büroeinrichtungen, Halbfertigprodukte, Stahlrohre, gigantische Spulen, um die Kupferdrähte gewickelt waren. Nur wenige Güter hatte man mit Segelplane überzogen. Ich wunderte mich, weshalb all das weggeschafft wurde. Leningrad war doch nicht Frontzone. Man sah ein- und ausfahrende Lazarettzüge und Sonderzüge für das militärische und zivile Kaderpersonal. Überall Absperrungen, Ausweiskontrollen, Gebotspfeile, Personen in Uniform und in Zivil, die etwas zu erfragen, andere, die etwas zu erklären versuchten.

An einer der Absperrungen war für die Mütter der uns anvertrauten Kinder Endstation. Ein Lamento hob an. Die Mütter wollten uns bis zum Zug begleiten, aber die Beamten an der Sperre blieben hart. Vorschrift ist Vorschrift. Beim Anblick dieses Chaos mußte ich an Maschas Worte denken. »Warte lieber, bis es einen Transport in den Osten gibt«, hatte sie mir geraten, »am besten in die Gegend von Omsk oder Irkutsk. Wo man euch jetzt hinschickt, irgendwo zwischen Leningrad und Nowgorod, bist du nicht sicher.«

Unser Zug stand außerhalb der Bahnhofshalle auf einem Nebengleis: fünf Viehwaggons mit handtuchgroßen, vergitterten Fenstern. Es gab dort weder einen Bahnsteig, noch einen asphaltierten Weg.

Die Kinder waren im Alter von zwei bis sechzehn Jahren, insgesamt etwa hundertzwanzig. Die Kleinsten waren meist in Begleitung größerer Schwestern, die auf sie aufpaßten. Außerdem waren noch drei Lehrerinnen mit und zwei Mütter, die offiziell als Erzieherinnen geführt wurden, sich aber in erster Linie um ihre eigenen Kinder kümmerten. Später wurde ich zur Transportleiterin gewählt, vielleicht weil ich mit meinen dreiunddreißig Jahren die Älteste war.

Wir rechneten damit, nach fünf oder sechs Stunden Fahrt unseren Zielort zu erreichen. Dies erwies sich als eine sehr optimistische Schätzung. Immer wieder standen wir auf Nebengleisen und in Bahnhöfen, mußten Truppen- oder Waffentransportzügen Platz machen oder über Nebenstrecken dem Verkehr auf den Hauptstrecken ausweichen. Nach drei Stunden blieben wir in einem kleinen Provinzbahnhof hängen. Die Trasse war durch Bombentreffer zerstört worden.

Der Zug mußte einen großen Umweg machen. Wie lange die Fahrt noch dauern würde, konnte uns niemand sagen. Unsere Verpflegung reichte nur für einen halben Tag. Weder die Kinder noch die Erwachsenen hatten viel mitgenommen. Jeder nicht mehr als einen Rucksack oder eine Tasche oder ein geschnürtes Bündel. An unserem Zielort sollten wir Verpflegung und Unterkunft erhalten. Eine Ausnahme bildete nur die Mutter von drei Kindern, deren Mann Direktor eines Kaufhauses war. Sie hatte einen Sack mit Lebensmitteln bei sich, den sie eifersüchtig bewachte.

Es war bald nicht mehr genug Wasser da. Toiletten gab es keine. Um unsere Notdurft zu verrichten, benützten wir Kübel. In einem der Waggons gelang es, eine Planke aus dem Boden herauszubrechen.

Statt eines halben Tages waren wir mehr als vierzig Stunden unterwegs. Zusammengekauert saßen die Kinder auf dem Boden der Waggons und fragten immerfort, wann wir ankommen würden. Die Kleineren begannen zu weinen. Wir konnten ihnen keine Antwort geben, fanden Worte, die nicht beruhigten. Unsere Gesichtsausdrücke und Gesten drückten wohl Unsicherheit und Angst aus, die sich auf die Kinder übertrug.

Der Zug schleppte sich mit höchstens dreißig Kilometern pro Stunde durch eine eintönige Landschaft: Wald, durch Ackerflächen unterbrochen, ab und zu ein Dorf mit braunen Holzhäusern, goldene oder grüne Kirchenkuppeln und grünweiße Türme hinter den Birken, kleine, langhaarige Pferde mit gefesselten Vorderbeinen entlang der Trasse. Manchmal sah man Frauen mit weißen Kopftüchern. Mit der Zeit wurden Siedlungen und Stationen seltener. Der Wald lichtete sich, machte einer sumpfigen Wiesenlandschaft Platz.

Nachdem wir einen Tag und eine Nacht unterwegs waren, erkrankten einige Kinder an Durchfall. Sie waren zu schwach, um sich noch auf den Beinen halten zu können. Wir mußten sie hochheben und auf den Kübel setzen. Dann öffneten wir die Schiebetür des Waggons und düngten mit dem Inhalt des Kübels die Wiesen entlang der Trasse. Trotzdem war der Gestank im Wageninneren unerträglich. Als wir wieder einmal auf einem Nebengleis halten mußten, stieg ich aus und lief zur Lokomotive.

»Ich kann auch nichts tun«, erklärte mir der Maschinist. Er lehnte sich aus dem Seitenfenster seines Führerhäuschens. Die Ärmel seines grauen Overalls waren hochgekrempelt. Die behaarten Unterarme wiesen zahlreiche Narben auf. »Ein größerer Bahnhof ist vierzig Kilometer von hier entfernt, der nächste Ort zwanzig Kilometer.«

»Und das nächste Krankenhaus, soweit ich weiß, hundert Kilometer«, meinte der Heizer. Mit einem Tuch wischte er sich den Ruß aus dem Gesicht und zündete sich eine Papirossa an. »Es geht sowieso alles den Bach runter«, sagte er. »Alles Scheiße.«

Ich sah mich um. Soweit das Auge reichte, nur Wiesen und Felder, der Himmel grau, die Telegraphenmasten entlang der Bahntrasse schief wie Pappeln im Wind, neben der Weiche zwischen Haupt- und Nebengleis ein hühnerstallähnlicher Verschlag, die Bahnwärterhütte. Der Bahnwärter erklärte sich bereit, ein Telegramm in den nächsten Ort zu schicken. *Kranke Kinder im Zug, Nummer … Erbitte dringend medizinische Betreuung.* Mehr konnte er nicht tun. Der Zeitpunkt unserer Weiterreise sei ihm nicht bekannt, verkündete er mit einer Geste des Bedauerns. Er warte auf das Signal, um die Strecke freizugeben. »Ich tu nur, was man mir sagt, alles andere interessiert mich nicht«, brummte er. Währenddessen hatte eines der Kinder das Bewußtsein verloren.

Ich war verzweifelt. Mußten wir hilflos mitansehen, wie die Kinder starben? Bis an mein Lebensende würde dies auf meiner Seele lasten wie ein dunkler Fleck.

Entschlossenen Schrittes lief ich wieder zur Lokomotive vor.

»Die Kinder werden sterben!« sagte ich dem Lokomotivführer. Er zuckte die Schultern und drehte den Kopf weg. »Was soll ich machen?«

»Weiterfahren!« schrie ich. »Egal, ob das Signal auf Rot steht oder nicht. Wir müssen es riskieren! Oder können Sie den Tod der Kinder verantworten?«

»Können Sie unseren Tod verantworten?« fragte der Heizer. Er kicherte gekünstelt, unfröhlich, und blies mir den Zigarettenrauch ins Gesicht.

»Die Bahnbediensteten unterstehen dem Kriegsrecht«, erklärte der Lokomotivführer. »Auf das, was Sie von uns verlangen, steht die Todesstrafe.«

»Ja, wer macht denn solche Regeln?« schrie ich und ärgerte mich sofort über die Unsinnigkeit dieser Bemerkung.

»Wer die Regeln macht?« fragte der Heizer. »Die da oben, die in ihren weichen Sesseln sitzen, weit weg von der Front. Am liebsten würde ich sie alle in den Arsch ficken, und ihre Frauen ficke ich auch und die Töchter ficke ich und die Söhne und ihre Mütter und Väter und Großmütter und Großväter, ihre Hunde und Katzen ficke ich, und ich ficke ...«

Aber ich habe nie erfahren, wen der Heizer noch ficken wollte. Ein lauter Pfeifton übertönte seine Worte. Eine Rauchwolke und ein schwarzer Punkt tauchten am Horizont auf. Der Punkt wurde größer, wuchs an zu einer schwarzen Lokomotive, dahinter noch eine und eine weitere. Drei Lokomotiven aneinandergekoppelt, einige Personenwagen und eine große Anzahl von Güterwaggons, so viele, daß ich das Zugende nicht erkennen konnte. Ich sah Menschen. Es schien, als hätten sie kaum Platz zum Atmen. Einige lehnten sich aus den Fenstern, manche hingen sogar an den Trittbrettern. Ich versuchte zu winken und zu schreien, obwohl mir die Aussichtslosigkeit meiner Bemühungen bewußt war. Doch zu meiner Überraschung hielt der Zug tatsächlich. Die Räder der Lokomotiven blockierten. Funken sprühten. Ein durchdringendes Geräusch ertönte. Eisen auf Eisen. Ich mußte mir die Ohren zuhalten. Dann wurden die Türen der Wagen geöffnet, Menschen sprangen hinunter auf den Kies zwischen den Geleisen, standen sichtlich desorientiert zwischen unseren beiden Zügen und schauten sich neugierig um. Ein muskulöser Mann Mitte Fünfzig eilte dem Bahnwärter entgegen und begann, auf ihn einzureden. Dieser zeigte mit dem Finger in meine Richtung, und der Mann wandte sich mir zu.

Er hieß Morosow oder Owsow und war der Vorsitzende der Karl-Liebknecht-Schweinezuchtkolchose, die im litauisch-russischen Grenzgebiet lag und nun vor den anrückenden Deutschen mit Mensch und Schwein an die Wolga evakuiert wurde. In der Tat war aus dem hinteren Teil des Zuges ein lautes Quiecken und Grunzen in verschiedenen Stimmlagen zu hören, so als würden Tausende Schweine einen nicht enden wollenden Disput führen. »Fünf trächtige Muttersäue und ein Zuchteber sind uns schon eingegangen«, erklärte Owsow-Morosow. »Andauernd läßt man uns ohne Wasser und Verpflegung mitten auf der Strecke stehen. Niemand hat ein Herz für Tiere in Zeiten wie diesen«.

Im Kolchosezug befand sich eine Ärztin, die sich um unsere Kranken kümmerte. »Sie bedürfen professioneller Pflege«, erklärte sie. »Es wird das beste sein, wenn wir sie mitnehmen. Wir haben Medikamente im Zug.« Morosow-Owsow hatte nichts dagegen einzuwenden. »Soll sein!« sagte er. »Drei mehr oder weniger, was macht es noch aus, hoffnungslos überfüllt sind wir ohnehin.«

Und so übergaben wir der Schweinezuchtkolchose unsere drei Kranken gegen Quittungen. Darin bestätigte Owsow-Morosow die Entgegennahme der Kinder bis auf weiteres zur provisorischen Obhut. Ein Rückgabetermin könne aufgrund der militärischen Lage nicht festgelegt werden. Keine Viertelstunde später war der Zug der Schweinezüchter weitergefahren. Als »kleines Geschenk« hatten wir von ihnen zehn Kilo Schinken erhalten.

Am Zielort unserer Evakuierung warteten Einheimische mit Pferdefuhrwerken. Die kleineren Kinder durften darin Platz nehmen, alle anderen gingen zu Fuß. Wir bewegten uns durch eine Moorlandschaft. Büsche und Gräser wogten im Wind wie Wellen an der Oberfläche eines großen Sees. Das Dorf war vor zehn Jahren entstanden. Es hatte noch nicht einmal einen Namen, sondern trug die etwas umständliche Bezeichnung: Helden-Der-Pariser-Kommune-Sowchose, Siedlung Nummer Sieben. Keiner der Einheimischen wußte, was die Pariser Kommune gewesen und warum ihre Sowchose nach deren Helden benannt worden war. Diese Frage schien sie auch nicht sonderlich zu interessieren, waren sie doch größtenteils mürrische alte Männer, die sich in erster Linie um ihre Söhne und Enkel an der Front Sorgen machten. Die Stadtkinder waren für sie nur zusätzliche Esser.

Schließlich kamen wir ins Dorf, das zwölf Kilometer von der Bahnstation entfernt lag. Es bestand aus einer Straße und etwa einem Dutzend Blockhütten, einer Schule und einem Verwaltungsgebäude. Kein einziger Ziegelbau. Zwischen den Häusern, die quer zur Straße standen, spazierten Schweine, Ziegen und Hühner. So rustikal hatte ich es mir eigentlich nicht vorgestellt.

Am Eingang zur Siedlung warteten die Frauen. Sie überhäuften uns mit jenen aufmunternden Worten, die wir in unserem erschöpften Zustand dringend benötigten. Einige boten uns sogar an, die Kinder bei sich aufzunehmen.

Eine der Frauen nahm Schelja in die Arme und erklärte: »Diese kleine Prinzessin kommt zu mir.«

»Die kleine Prinzessin hat eine Mutter«, entgegnete ich.

»Aber sie ist schmutzig, hungrig und müde«, meinte die Bäuerin. »Ich werde sie waschen und ihr was zu essen geben.«

Kostik begann zu weinen.

»Wissen Sie was«, sagte ich, »dann nehmen Sie den Buben auch gleich mit. Die beiden mögen einander sehr, und ich lasse mein Kind nicht allein weg.«

»Einverstanden«, sagte die Frau und nahm Schelja und Kostik mit, während wir mit den anderen Kindern in das größte Gebäude des Ortes, eine Schule, gebracht wurden.

In der quadratförmigen Blockhütte war nichts vorbereitet. Es gab weder Betten, noch Matratzen oder Bettzeug. Im Klassenzimmer stand *Schöne Ferien!* auf der Tafel.

Die Kinder waren völlig entkräftet. Viele weinten. Sie breiteten ihre Jacken auf dem Boden aus und legten sich hin zum Schlafen. Wir, die Erwachsenen, folgten ihrem Beispiel. Als ich am nächsten Morgen aufwachte, war meine Kleidung naß. Zwei kleine Mädchen, die neben mir gelegen waren, hatten sich angepinkelt.

Wir teilten die Gruppe. Ich erhielt die Zwei- bis Zehnjährigen, während sich die beiden Lehrerinnen um die Älteren kümmerten. Am späteren Vormittag brachte die Bäuerin Schelja und Kostik zu uns zurück. Ich war froh, daß sie nicht auf dem Boden hatten übernachten müssen.

Später wurden uns mit Stroh gefüllte Matratzen zur Verfügung gestellt. Verpflegt wurden wir schlecht, soweit man überhaupt von Verpflegung sprechen konnte. Der für uns zuständige Versorgungsstützpunkt war weit entfernt und belieferte in erster Linie die Armee. Das einzige, was wir erhielten, war ein halber Liter Milch pro Tag und pro Person und etwas Brot. Bis die Milch bei uns ankam, war sie meistens sauer. Ich gab der Frau, bei der meine Kinder übernachtet hatten, Geld, damit sie für uns Kartoffeln kochte. Ab da waren Kartoffeln unsere Hauptspeise. Wir aßen sie ohne Salz und ohne Beilagen.

Kostik und Schelja gewöhnten sich schnell an das Leben in der Siedlung. Zwar hatten die Einheimischen nicht genug Platz, um alle Kinder in ihren Häusern übernachten zu lassen, aber zumindest zwei- bis dreimal in der Woche schliefen meine Kinder in richtigen Betten und erhielten ein ordentliches Frühstück. Das Sommerwetter bot viele Möglichkeiten zum Spielen im Freien. Einen Kilometer von der Siedlung entfernt war ein Teich, in dem die Kinder badeten. Fast hätte man glauben können, es wäre nicht Krieg und sie wären nicht auf der Flucht vor den Bomben der Deutschen, sondern in einem Ferienlager. Zwei Wochen nach unserer Ankunft erreichte mich endlich eine Nachricht von Naum. Man hatte ihn tatsächlich in den Fernen Osten geschickt.

Mit den Dorfbewohnern verstand ich mich gut, besonders mit Grischa, dem Postmeister. Nach einem Unfall war sein linker Arm verkrüppelt, was ihn vor dem Kriegsdienst bewahrt hatte. Er war ein wortkarger, immer sehr beherrscht wirkender Mann, Antialkoholiker und Nichtraucher. Von den Männern des Dorfes wurde er deshalb manchmal als »Nonne in Hosen« bezeichnet, ignorierte diese Sticheleien aber. »Die geflügelte Dummheit schießt man nicht ab«, pflegte er mir in solchen Fällen zu sagen, »sondern läßt sie einfach weiterfliegen.«

Als einziger im Dorf las Grischa regelmäßig Zeitungen und Bücher und hörte Radio. »Sie werden bald wieder fort müssen«, sagte er zu mir, wenn wir allein waren. »Noch ehe der Sommer vorbei ist, sind die Deutschen hier.«

Ich glaubte ihm nicht, aber er lächelte nur bitter, wenn ich seine Worte in Zweifel zog.

»Vor dem Krieg träumte ich davon, in Leningrad ein Technikum zu besuchen. Das wird sicher ein Traum bleiben. Aber wenn die Deutschen da sind, kann ich vielleicht einen Gemischtwarenladen eröffnen. Vor der Kollektivierung hatte mein Vater so einen Laden. Eines Tages haben sie meinen Vater umgebracht.«

Wir waren nicht die einzigen Evakuierten in der Siedlung. Anfang August traf ein Flüchtlingstransport in der Sowchose ein, hauptsächlich Juden aus der westlichen Ukraine. Daß sie ausgerechnet zu uns, in die Gegend von Nowgorod, die inzwischen selbst von deutschen Truppen bedroht war, evakuiert worden waren, kann man nur auf das Chaos und die Desorganisation jener ersten Kriegsmonate zurückführen. Eine Woche später fuhren sie weiter Richtung Osten. Zwei oder drei Tage nach ihrer Ankunft erschien Grischa in unserem Quartier, winkte mich zu sich, legte den Zeigefinger auf die Lippen und deutete mit den Augen Richtung Tür.

»Wir haben vielleicht den Verwandten eines großen Nazibonzen festgenommen.«, flüsterte er mir ins Ohr, als wir auf der Straße waren.

»Bitte wie? Ein Nazibonze? Hier in der Sowchose?« Ich traute meinen Ohren nicht.

»Sie sollen uns bei der Aufklärung des Falles helfen.«

»Ich?«

»Kommen Sie mit!« flüsterte Grischa. Ich folgte ihm zum Verwaltungsgebäude der Siedlung, das der Sitz des Dorfsowjets, die Wachstube der Miliz sowie Telegraphen- und Postamt in einem war.

Der »Nazibonze« war ein untersetzter, kleiner Jude mit Glatze, dessen Alter schwer zu schätzen war. Er wirkte völlig verängstigt und erklärte dem Direktor der Sowchose stotternd etwas. Der Dorfmilizionär, ein siebzehnjähriger Komsomolze, stand mit gezogenem Revolver und schrie immer wieder mit hoher, sich beinahe überschlagender Stimme: »Ich glaube dir kein Wort, du Faschist! An die Wand stellen! Wir werden dich ganz einfach an die Wand stellen!«

»Ich protestiere gegen diese Behandlung, und bitte duzen Sie mich nicht, junger Mann«, stammelte der Festgenommene.

»Erschlagen werden wir dich, weil eine Kugel für dich zu schade ist«, fiel ihm der Milizionär ins Wort. »Bei uns in der Sowchose wird nicht protestiert, hörst du!«

Bald wurde mir klar, warum der Mann in diese mißliche Lage geraten war. Schuld war sein Familienname. Er hieß Gebels, und zu seinem Unglück war er in Deutschland, in Königsberg, auf die Welt gekommen. Neben Gebels saß seine Frau auf der Bank, eine füllige Jüdin mit stark ergrautem Haar. Abwechselnd schluchzte sie oder belegte die Repräsentanten der Staatsgewalt mit Flüchen in jiddischer Sprache, die diese zum Glück nicht verstanden. Dann wieder appellierte sie an »die Einsicht und den gesunden Menschenverstand« ihrer Peiniger, was in diesem Fall eher wie ein Scherz anmutete.

»Aber Genossen!« sagte ich. »Der deutsche Reichspropagandaminister heißt Goebbels und nicht Gebels.«

»Ja, ja, ja!« stotterte der unglückliche Gebels. »Bei uns in Schmerinka gibt es ein gutes Dutzend Gebels. Einer davon war Talmudgelehrter, und mein Onkel, Izik Gebels, hat als Soldat der Roten Armee gegen Denikin gekämpft, ein hochdekorierter Held des Bürgerkriegs.«

»Gebels oder Goebbels, wo ist da der Unterschied?« meinte der Direktor. »Ich höre da keinen Unterschied. Hörst du einen Unterschied, Arkascha?«

»Da ist kein Unterschied!« stellte der Milizionär fest und fuchtelte mit dem Lauf des Revolvers vor dem Gesicht des Verhafteten. »Der versucht doch nur, uns hinters Licht zu führen, der Faschist. Los, gib zu, daß du der Bruder des Nazibonzen bist!« Der Siebzehnjährige schien nicht den Funken eines Zweifels zu haben.

Grischa stand abseits und schaute zu Boden. Im Unterschied zu seinen beiden Kameraden war ihm die Szene offenbar peinlich.

»Warum bist du in Königsberg geboren?« fragte der Direktor. »Bist du ein Deutscher?«

»Los, Jossele, sag ihnen, warum du in Königsberg auf die Welt gekommen bist.« Gebels' Frau umarmte ihren Mann. »Fürchte dich nicht, ich bin bei dir, Jossele, es wird sich alles aufklären«, flüsterte sie. »Die Genossen sind doch nicht dumm«, fügte sie laut hinzu.

»Mein Vater war Handelsreisender«, erklärte Gebels. »Jahrelang ist er mit seiner Familie umhergezogen, war in Lemberg, Krakau, Budapest, Kiew und zahlreichen anderen Orten. Meine Schwester ist in Czernowitz geboren und ich in Königsberg. Kurz nach meiner Geburt sind wir wieder weggezogen. Ich kenne Königsberg überhaupt nicht und kann kein Wort deutsch.«

»Das überzeugt mich alles nicht!« brüllte der Milizionär. »Erschießen, sage ich! Erschießen!«

»Du bist ganz schön schnell im Erschießen, Arkascha«, sagte Grischa leise.

»Aber ich bin doch Jude!« kreischte der unglückselige Gebels verzweifelt. »Die Deutschen hassen die Juden! Wir sind im letzten Augenblick aus Schmerinka geflüchtet. Ich bin Jude. Ich kann es beweisen.«

»Diese Möglichkeit wollen wir dir geben«, sagte der Direktor, »und haben deshalb Rosa Abramowna gebeten, zu uns zu kommen.«

Alle Beteiligten schauten nun mich an.

»Sie sind doch Jüdin? Nicht wahr?«

»Das bin ich, aber ...«

»Nein, nein, verstehen Sie mich nicht falsch«, beeilte sich der Direktor, die Sache richtigzustellen. »Es geht nur darum, ... eh ... was ich sagen will, ist ...« Er rieb sich die Hände, wurde verlegen und errötete.

»Sie können sicherlich am besten beurteilen, ob jemand jüdisch beschnitten ist oder nicht«, sagte der Milizionär. »Ich persönlich glaube ja nicht, daß dieser Schweinehund ein Jude ist.« Er preßte Gebels die Revolvermündung gegen die Schläfe. »Los, zieh die Hose aus, du Arsch!« Der Milizionär grinste.

Wären wir nicht mitten im Krieg gewesen und die deutschen Truppen auf dem Vormarsch, hätte ich vielleicht protestiert. Aber ich wußte, daß Gebels' Leben an einem seidenen Faden hing. Das nächste Gericht war fünfzig Kilometer entfernt. Täglich kamen Todesmeldungen von der Front. Man würde Gebels hinter einer Scheune oder gleich vor dem Verwaltungsgebäude an die Wand stellen, erschießen und seine Leiche auf den Müll kippen. Im ganzen Land wurden Tausende von vermeintlichen Spionen und Verrätern erschossen. Welche Bedeutung hatte schon das Schicksal eines einzelnen?

Gebels begann zu weinen. Sein faltiges Gesicht erinnerte plötzlich an ein zu einer Kugel gerolltes und achtlos in eine Ecke geworfenes Blatt Papier. »Neunundvierzig Jahre alt bin ich geworden«, schluchzte er. »Noch nie in meinem Leben bin ich so gedemütigt worden.«

»Mach es Jossele«, sagte seine Frau leise, »es ist schon in Ordnung.« Ihre Finger streichelten sanft seine Glatze und die grauen Haarbüschel über seinen Ohren. »Es ist gut. Es ist doch nur für einen Augenblick. Tu es mir zuliebe, tu es wegen der Kinder.«

Ich spürte einen Kloß im Hals.

Die Hände gehorchten ihm nicht. Ein Hosenknopf riß ab, fiel auf den Boden und rollte unter den Schreibtisch des Direktors.

Gebels' Unterhose war dunkelgrau und löchrig. Als er sie ausgezogen hatte, war er kreidebleich. Der Milizionär ließ den Revolver sinken.

»Das ist ohne Zweifel die Arbeit eines jüdischen Beschneiders.« War ich es, die diesen albernen Satz gesagt hatte? Fremd und heiser hatte meine Stimme geklungen. Gebels zog die Hose wieder an und schleppte sich, gestützt auf den Arm seiner Frau, langsam aus dem Zimmer. Schweigend blickten wir den beiden nach.

Als ich wieder auf der Straße war, hörte ich Schritte. Ich blieb stehen. Grischa kam auf mich zu. Er atmete schwer.

»Rosa Abramowna ...«, begann er.

»Um Gottes Willen, Grischa«, unterbrach ich ihn. »Bitte sagen Sie jetzt kein Wort!«

Zuerst flogen die deutschen Bomberverbände in großer Höhe. Wir konnten die Flugzeuge zählen. Fünfzehn. Dreißig. Vierzig. Von Tag zu Tag wurden es mehr. Dann kamen die Jagdflieger. Von der sowjetischen Luftwaffe war nichts zu sehen. Flugabwehr gab es in der Sowchose keine. Der nächste Militärstützpunkt war mehrere Kilometer entfernt. Immer öfter scherten Jäger aus den Verbänden aus und rasten im Sturzflug auf die Siedlung zu, die Dächer der Häuser im Visier. Der Getreidesilo wurde zerstört. Der Treibstofftank für die Traktoren flog in die Luft. Die Menschen flüchteten in die Felder. Einige Dorfbewohner wurden getötet, doch von unseren Kindern wurde keines verletzt. Während Schelja zu klein war, um zu begreifen, wie gefährlich unsere Lage geworden war, fragte mich Kostik jeden Tag, wann wir endlich wegfahren. »Mama«, sagte er, »laß uns nach Leningrad zurückkehren. Die Deutschen werden uns alle töten. Bitte Mama!« Es gab kaum eine Nacht, in der er durchgeschlafen hätte.

Ich ging zu Grischa auf die Post. Das Telephon funktionierte noch. Nach einigen Stunden gelang es ihm, eine Verbindung mit dem Stadtsowjet von Leningrad herzustellen. Eine weitere Stunde redete ich auf einen Bürokraten ein, bevor er mir endlich versprach »in Sachen evakuierte Kindergruppe, Transport Nummer zwölf vom 3. Juli« alles Notwendige für die Rückführung in die Wege zu leiten. Die Eltern der Kinder würden über unsere Rückkehr benachrichtigt werden.

Endlich brachte man uns weg. Die Station, über die wir in die Sowchose gekommen waren, hatte man zu diesem Zeitpunkt schon zerbombt. Wir mußten einen Umweg machen, um an einem anderen Ort in den Zug zu steigen. Man gab uns Pferde und Wagen. Einige Männer begleiteten uns. Vor dem kleinen Holzbahnhof sagten wir einander Lebewohl. Grischa umarmte mich. »Ich werde immer an Sie denken. Es war ein großes Glück für mich, einen so intelligenten Menschen wie Sie kennengelernt zu haben, und ich bin mir sicher, daß Sie und Ihre Kinder diesen Krieg heil überstehen.« Dann drehte er sich schnell um.

Kaum waren unsere Freunde aus der Sowchose fort, begann die Bombardierung des Ortes. Wir versteckten uns in einem Schweinestall, wo man einen Luftschutzraum für Schweine gegraben hatte, in dem nun wir saßen. Wir hörten die Einschläge der Bomben. Das einzige, was wir tun konnten, war, den Kindern ständig vorzusagen: »Fürchtet euch nicht, das ist nur die Luftabwehr. Macht nichts. Fürchtet euch nicht. Fürchtet euch nicht!«

Von Minute zu Minute wurde der Beschuß stärker. Ich kroch aus dem Erdloch und schaute durch den Spalt zwischen den Brettern des Stalls ins Freie. Teile des Stationsgebäudes, Gleise, Schwellen, Ziegel, Erde, Steine. Alles flog durch die Luft, und aus der Richtung der Bahnlinie drang ein entsetzliches Brüllen. Flugzeugmotoren, Fliegerabwehr, das Pfeifen fallender Bomben, die

Explosionen. Nichts davon war mehr zu hören. Nur dieses Brüllen.

Wir liefen über die Straße des Dorfes. Zwei Erwachsene vorne, dann die Kinder im Gänsemarsch, drei Erwachsene hinten. Die Rauchschwaden nahmen uns die Sicht. Es roch nach Benzin, brennendem Holz, brennendem Fleisch. Wir flüchteten zum Fluß hinter der Siedlung und danach in den Wald.

Der Fluß war seicht und nicht besonders breit, eigentlich nur ein Bach. Wir standen im Wasser und reichten die kleineren Kinder, die nicht hindurchwaten konnten, von einem zum anderen. Das dauerte einige Zeit. Eine Betreuerin nahm ihren Sohn und sagte: »Mein Serjoschenka ist mir wichtiger als alle anderen!« Sie ließ die Gruppe in Stich und lief davon. Wir haben sie und ihr Kind nie wieder gesehen.

Als die Bombardierung aufhörte, gingen wir zur Bahntrasse zurück. Das Dorf war völlig zerstört. Aus den Resten der Häuser ragten schwarze Schornsteine empor. Und dann sahen wir plötzlich Menschen zwischen den Ruinen. Herumirrende Frauen, die nach Angehörigen suchten oder den Rest ihrer Habe aus den zerstörten Häusern holten. Sanitäter, die Verwundete auf Tragbahren an einem Platz zusammentrugen, wo ein Zelt aufgestellt wurde, das als Lazarett dienen sollte. Wir zählten die Kinder. Es waren noch alle da und unversehrt. Wenn es Wunder gibt, dann war dies eines.

Ich ging allein zum Bahnhof. Die anderen sollten am Ortsrand neben der Trasse auf mich warten. Vom Bahnhofsgebäude standen nur die Außenmauern, aber der Stationsvorsteher war noch am Leben. Er wirkte sehr gefaßt. »Ihr Zug dürfte zwei bis drei Kilometer von hier auf sie warten«, erklärte er. »Bei Beginn des Angriffs habe ich noch eine Meldung von der Nachbarstation bekommen, daß er dort durchgefahren ist. Es ist üblich, daß Züge im Falle von Bombardierungen in sicherer Entfernung warten.«

Ich beeilte mich, wieder zur Kindergruppe zurückzukehren. Wir gingen an Bombenkratern, rußgeschwärzten Schwellen und verbogenen Gleisen vorbei. Nach einem halben Kilometer war die Bahnlinie wieder intakt. Der Angriff hatte nur dem Ort gegolten. Nach einem weiteren halben Kilometer dann die freudige Überraschung. In einem kleinen Wald an einer Biegung wartete tatsächlich ein Zug: drei Güterwaggons und eine kleine Lokomotive – ein älteres Modell mit Rostflecken, von der Armee verschmäht, aber für einen Kindertransport noch gut genug. »In einer Viertelstunde wäre ich zurückgefahren«, sagte der Maschinist. »Ich möchte meine Frau nicht zur Witwe machen.«

Kaum waren wir eine halbe Stunde unterwegs, hörten wir über uns ein Motorengeräusch. Zuerst klang es wie ein Summen, dann wurde es lauter, schwoll an. Der Zug blieb abrupt stehen. Trotz der roten Kreuze, die auf die Dächer des Zuges gemalt waren, wurden wir von einem Tiefflieger beschossen. Schnell öffneten wir die Türen. Wir sprangen heraus, liefen in die umliegenden Felder und warfen uns auf die Erde. Es roch nach Gras und Blumen, nach warmem, sattem Spätsommer. Der Flieger durchsiebte mit einer Maschinengewehrsalve die roten Kreuze und verschwand im Dunst des wolkenlosen Himmels. Wir liefen wieder zurück, hievten, so schnell es ging, die Kinder in die Waggons. Der Lokomotivführer fuhr sofort los. Er hatte Angst, der Tiefflieger könnte wiederkommen.

Nach diesem Zwischenfall legte der Zug an Geschwindigkeit zu. In der Ferne hörte man Artilleriefeuer. Es kam immer näher. Im Waggon herrschte Stille. Kinder und Betreuer saßen entkräftet auf dem Boden. In den Pausen zwischen den Detonationen hörte ich das gleichmäßige Schlagen der Räder. Über mir war ein Fenster. Ich muß hinausschauen, dachte ich, sonst falle ich wie die anderen in Apathie, und das kann ich mir nicht erlauben. Mit Mühe kam ich hoch. Ich hielt mich an den beiden Gitterstäben fest, die das Fenster in drei etwa gleich große Bereiche teilten, preßte das Kinn gegen die untere Kante und schaute hinaus. Wir rasten durch ein Wäldchen, dann an Feldern und einem zerstörten Dorf vorbei. Einige Häuser brannten noch, man sah Glutnester, umgestürzte Militärfahrzeuge, tote Pferde, einen Lastwagen, der quer zur Straße stand. Menschen waren keine auszumachen. Ich wunderte mich, daß die Bahnlinie noch intakt war. Wir waren mit Schnellzugtempo unterwegs. Die Zerstörungen überraschten mich nicht, aber daß niemand zu sehen war, beunruhigte mich. Waren die Einheimischen geflüchtet? Waren sie tot? Wo waren wir hier überhaupt? An einer Weggabelung stand ein dunkelgrünes Motorrad mit Beifahrersitz. Ein Mann saß auf der Maschine, die Hände auf das Lenkrad gestützt. Ein anderer stand einige Meter davon entfernt mit einer Maschinenpistole im Anschlag. Beide schauten wie gebannt unserem Zug nach. Trotz der Geschwindigkeit glaubte ich, ihre überraschten Gesichter erkennen zu können. Die Männer trugen Uniformen und Helme. Aber es waren nicht die Helme und Uniformen der Roten Armee ... Ich ließ die Gitterstäbe los.

»Wie ist es es draußen, Rosa Abramowna?« fragte mich eine der Lehrerinnen.

»Unwirtlich«, murmelte ich. Ich wartete einige Minuten, bis die Lehrerin nicht mehr in meine Richtung schaute. Dann kroch ich in die Ecke, wo meine Kinder saßen, drückte sie fest an mich, bis unsere Köpfe sich berührten. »Wenn wir anhalten«, flüsterte ich so leise, daß andere mich nicht hören konnten, »werden fremde Soldaten kommen und den Waggon durchsuchen. Es werden vielleicht Leute mit ihnen sein, die russisch sprechen. Wenn sie fragen, wie unser Familienname ist, sagt ihr Petrow. Ist das klar? Aber kein Wort. Zu niemandem!« Schelja und Kostik schauten mich erstaunt an. Wie hätten meine Kinder das auch verstehen können?

»Raschel Petrowa«, hörte ich nach etwa einer Minute Scheljas leise Stimme. »Ich heiße Raschel Petrowa.«

»Nicht Raschel, sondern Katja«, flüsterte ich. »Raschel klingt viel zu jüdisch.«

»Konstantin Petrow?« fragte Kostik. Ich nickte ... Sie hatten also doch verstanden, wurden plötzlich ernst wie Erwachsene.

Einige Zeit später, ich kann mich nicht erinnern, wie lange wir noch unterwegs waren, blieben wir tatsächlich stehen. Das war's, dachte ich. Ich schloß die Augen und umarmte meine Kinder. Die Schiebetür des Waggons wurde von außen geöffnet. »Wenn der Messias kommt, wird es keine Feinde mehr geben und keine Freunde«, fiel mir ein Ausspruch meines Großvaters ein. »Und es wird der vollkommene Friede herrschen. Denn du wirst keine Bindungen mehr haben und keine Ängste. Sehnsüchte und Unruhe werden von dir abfallen wie Staub, und wenn du gehst, berühren deine Füße die Erde nicht ...«

»Ich fick deine Mutter, Kolja, da sind ja lauter Kinder drin! So eine Scheiße.«

Ich öffnete wieder die Augen. Einige Sekunden lang blendete mich das Licht, dann sah ich einen Rotarmisten, der in unseren Waggon kletterte. »Und ich habe schon gedacht, das sei unser Zug«, sagte er. »Man hat uns einen Zug versprochen, der uns von hier wegbringt. Bei Malogoje bauen wir eine neue Verteidigungslinie auf. Ich möchte euch ja nicht beunruhigen, aber die Deutschen sind südlich von hier durchgebrochen.«

Was du nicht sagst, dachte ich. Allerdings weißt du noch nicht, wie nahe sie wirklich sind. Ich schaute hinaus und sah etwa hundert sowjetische Soldaten um ein verlassenes Bahnwärterhäuschen kampieren. Sie sahen desolat, müde und alles andere als kriegerisch aus. Nun erkannte ich an den Vierecken am Kragen des Rotarmisten, daß es sich um einen Offizier handeln mußte.

Der Offizier drehte sich um und schrie nach draußen: »Ich fick deine Großmutter, Kolja! Da ist überhaupt kein Platz mehr für uns. Wir werden also doch zu Fuß gehen müssen. Verdammt noch einmal! Verdammt!«

»Genosse, mäßigen Sie sich«, sagte eine der Lehrerinnen. »Hier sind doch Kinder!«

»Schon gut, Genossin.«

»Ist die Strecke nach Leningrad noch offen?« fragte ich schnell, bevor er wieder aus dem Wagen sprang.

»Bis Malogoje könnte es Schwierigkeiten geben, danach sollte die Strecke auf jeden Fall frei sein«, meinte er. »Es ist ein Wunder, daß ihr überhaupt durchgekommen seid. Und das mit Kindern. Wir sind hier alle zusammen voll in die Scheiße geraten, nicht wahr Kolja?« Der für mich unsichtbare Kolja gab keine Antwort.

»Ich werde dem Lokomotivführer die Anweisung geben, daß er euch schleunigst von hier fortbringt. Das war's. Gute Fahrt und viel Glück! Ihr werdet es brauchen.« Mit diesen Worten schob er die Tür wieder zu. Wir fuhren weiter und kamen gegen Abend in Malogoje an.

Der Bahnhof von Malogoje war nicht zerstört. Aber es herrschte völliges Durcheinander. Umherlaufende Soldaten. Ratloses Bahnhofspersonal. Irgendwelche Papiere, die auf dem Bahnsteig zusammengetragen und verbrannt wurden. Wie ich bald erfuhr, hatte der Stationsvorsteher Selbstmord begangen. Jemand hatte gedroht, ihn zu erschießen.

Zuerst ging ich in die Kantine.

»Können Sie uns etwas zu essen geben?«

»Wir haben Suppe.«

»Geben Sie allen einen Teller Suppe und ein Stück Brot«, sagte ich.

Die Suppe war wässrig und roch nach faulem Blumenkohl. Die meisten Kinder zitterten vor Erschöpfung. Bis sie den Löffel im Mund hatten, war das meiste verschüttet. Manche, für die auf den unbequemen Holzbänken kein Platz mehr war, saßen auf dem Boden. Andere aßen stehend, den Blechnapf mit der Suppe gegen den Körper gepreßt, so als fürchteten sie, jemand könnte ihnen die kostbare Speise wegnehmen. Einige Soldaten, die sich ebenfalls in der Kantine aufhielten, schenkten den Kindern Wurstbrote und Schokolade. Ich selbst konnte nichts mehr essen.

Wir zählten die Kinder und stellten fest, daß etwa zwölf fehlten. Offenbar hatten sie sich bei dem Tieffliegerangriff zu weit vom Zug entfernt und es nicht mehr geschafft, zurückzukommen. Wir waren überhastet aufgebrochen und hatten es verabsäumt, die Kinder zu zählen.

»Es ist unsere Schuld!« meinte eine der Lehrerinnen. »Ich werde mir das nie verzeihen.« Sie weinte.

»Keinen von uns trifft irgendeine Schuld«, sagte eine andere. »Aber man wird uns trotzdem vor Gericht stellen, weil wir unsere Aufsichtspflicht vernachlässigt haben.«

»Bestimmt werden Bauern sie aufnehmen«, meinte die erste. »Vielleicht bringt sie jemand nach Leningrad zurück. Oder was meint ihr?« Hilfesuchend schaute sie mich an. Aber ich hatte keine beruhigenden Worte für sie.

Ich drehte mich weg. Ich konnte nicht weinen. Nur nicht daran denken, sagte ich mir. Du hast zwei eigene Kinder und mehr als hundert andere, für die du verantwortlich bist. Wenn du jetzt darüber nachzudenken beginnst, was geschehen ist, kannst du dich gleich vor den Zug werfen.

Ich ging hinaus. An der Stelle, wo der Bahnsteig endete, stand, wie an allen Haltestellen, neben den Gleisen eine große Zisterne. Über ein langes, gebogenes Eisenrohr wurde der Dampfkessel unserer Lokomotive nachgefüllt. Eine Bahre wurde an mir vorbeigetragen. Ein Körper war mit einem weißen Leintuch zugedeckt. Nur die Stiefelspitzen schauten unter dem Tuch hervor, und der rechte Arm hing schlaff herunter. Die Fingerspitzen schleiften über die gerippten Steinplatten der Bahnsteigoberfläche. Ich erkannte den Ärmel einer Eisenbahneruniform.

»Wie hat er sich umgebracht?« hörte ich jemanden fragen.

»Na wie schon? Im Geräteschuppen gibt's schließlich genug Seile.«

»So eine Verschwendung, sich während des Krieges umzubringen. Hat den Deutschen die Arbeit abgenommen, der Arsch!«

Angewidert wandte ich mich ab und ging ans andere Ende des Bahnsteigs. Es war dunkel geworden. Ich setzte mich an die Bahnsteigkante. Vor meinen Augen liefen die Bilder dieses Tages ab. Dann ging der Zug in Flammen auf. In einer Kurve kippte er um und stürzte in einen Abgrund. Die zwölf verschwundenen Kinder beleuchteten wie Fackeln den nächtlichen Himmel. In der

Ferne tauchte die Gestalt meines Großvaters auf. »Wenn der Feind sich in deiner Seele einnistet«, sagte er, »bist du verloren, es sei denn, es gelingt dir, deine Seele einzufrieren.«

»Genossin!«

In der Dunkelheit konnte ich das Gesicht des Mannes nicht erkennen, nur den roten Punkt der brennenden Zigarette und einen dünnen Oberlippenbart. Ich stieg wieder auf den Bahnsteig hinauf.

»Ich habe Sie und die Kinder in der Kantine beobachtet«, sagte der Mann. Es war etwas Sanftes und doch Entschlossenes in seiner Stimme, das mich trotzdem beunruhigte.

Ich schwieg.

»Mir scheint, daß Sie die vernünftigste von den Begleiterinnen dieser Kinder sind. Ich mache Ihnen einen Vorschlag: Fahren Sie mit der ganzen Gruppe nicht nach Leningrad, sondern auf den Ural. Sie werden dort Leiterin eines Kinderheims. Ich bin der für diesen Abschnitt zuständige Offizier. Ich kann eine Umleitung Ihres Zuges veranlassen. Noch ist das möglich, aber sicher nicht mehr lange. Ich habe gute Beziehungen, ich kann alles Nötige in die Wege leiten.«

»Kommt nicht in Frage!« antwortete ich. »Sie haben doch selber gesehen, in welchem Zustand die Kinder sind. Außerdem warten ihre Eltern in Leningrad.«

»Verstehen Sie doch! In wenigen Wochen, vielleicht schon in wenigen Tagen ist Leningrad Frontzone.« Er faßte mich an den Schultern.

»Was können Sie uns denn für die Fahrt auf den Ural an Verpflegung garantieren?« fragte ich, wich einen Schritt zurück, und er ließ mich los.

»Nur zweihundert Gramm Brot pro Kind und Tag. Ansonsten, was sich eben während des Transports ergibt, was Ihnen die lokalen Behörden zur Verfügung stellen.«

»Nein«, sagte ich, »in erster Linie bin ich selbst Mutter. Meine Kinder sind am Ende ihrer Kräfte.«

»Aber was haben Sie sonst für Perspektiven?«

»Ich kehre nach Leningrad zurück, gebe die Kinder ihren Müttern zurück und dann – meinetwegen bis ans Ende der Welt. Ural, Sibirien, Tadschikistan, wohin Sie wollen.«

»Dann wird es zu spät sein.« Er rückte nah an mich heran. Der Geruch von Tabak, Brot und jener übelriechenden Suppe, die meine Kinder so gierig verschlungen hatten, schlug mir entgegen. »Wenn die Deutschen erst mit der Bombardierung von Leningrad beginnen«, flüsterte er, »bleibt kein Stein auf dem anderen. Ich wage nicht daran zu denken, was uns allen noch bevorsteht.« Seine Zigarette war ausgegangen. Er zündete ein Streichholz an, und ich schaute in das Gesicht eines noch jungen Mannes, der keine dreißig war. Seine Augen glänzten, als hätte er Fieber.

»Was sein wird, wird sein«, sagte ich. »Ich kann für fremde Kinder keine Verantwortung mehr übernehmen. Ich habe keine Kraft mehr.«

»Ich verstehe«, sagte er trocken. »Heutzutage will niemand Verantwortung übernehmen.« Er schüttelte mir die Hand und ging davon.

In den nächsten Stunden wurde die Strecke nach Leningrad nicht freigegeben. Wir mußten in Malogoje übernachten. Zum Schlafen sind wir nicht gekommen, denn in dieser Nacht wurden sieben Luftangriffe auf das Städtchen geflogen. Kaum waren die Kinder in die Waggons geklettert und hatten sich hingelegt, heulte die Sirene. Die Angriffe richteten erheblichen Schaden an, aber keine so vollkommene Zerstörung, wie wir sie am Vortag erlebt hatten. In den frühen Morgenstunden fuhren wir weiter.

In Kolpino mußten wir in einen Schnellbahnzug umsteigen. Unsere drei Güterwaggons wurden für militärische Zwecke konfisziert. Der Schnellbahnzug bestand nur aus einem Wagen. Hatten wir schon in drei Waggons wenig Platz gehabt, so saßen oder lagen die Kinder jetzt zwischen den Sitzen und sogar oben auf den Gepäckflächen, die Kleinsten bei den Älteren auf dem Schoß. Glücklicherweise war es nicht mehr weit bis zur Stadt.

Am Bahnhof in Leningrad war es noch chaotischer als im Juli. Soldaten und Zivilisten, die, schreiend und wild gestikulierend, an den Sperren standen. Zahlreiche Garnituren ohne Lokomotiven, Personen- und Güterwaggons, bei denen unklar war, ob sie angekommen waren oder abfahren sollten. Militärpatrouillen, die scheinbar willkürlich einzelne Personen aus der Menge herausgriffen, Papiere kontrollierten und Gepäck durchwühlten. Eine weibliche Stimme bellte lautsprecherverzerrt unverständliche Durchsagen.

Nur mit Mühe gelang es uns, die übermüdeten Kinder aus dem Zug zu bringen. In der Vorhalle warteten schon deren Angehörige: Eltern, Großeltern, Freunde. Die meisten hielten Taschen voller Lebensmittel in ihren Händen. Es gab viel Geschrei, Freudentränen, Umarmungen und einige Gesichter, deren Ausdruck von erwartungsvoll zu erstaunt, besorgt und schließlich verzweifelt wechselte.

»Wo sind unsere Kinder?«

Die Gesichter gehörten jenen Eltern, deren Kinder verlorengegangen waren.

»Wir haben sie vor Malogoje bei einem Fliegerangriff das letzte Mal gesehen. Sie haben es nicht mehr in den Zug geschafft.«

Flüche und Drohungen hagelten auf uns nieder. Ich hatte das Gefühl, als wären wir von Wildtieren umgeben. Sie rückten näher.

»In die Fresse! In die Fresse!« hörte ich die hysterische Stimme eines Mannes. Ein lautes Klatschen. Wie das Ausklopfen eines Teppichs. Eine unserer Lehrerinnen wimmerte. Ihre Nase blutete. »Oh bitte … wir wollten wirklich nicht … es waren die Faschisten! Die Faschisten!«

»Reißt sie doch einfach in Stücke!«

»Schlagt sie tot!«

»Diese Luder!«

Ich war so müde und verzweifelt, daß ich keine Angst hatte. Dann spürte ich einen Stoß unter die Rippen und kippte um. Ich bedeckte mein Gesicht, aber niemand schlug mich mehr. Soldaten hatten einen Kordon zwischen uns und der aufgebrachten Menge gebildet, die sie nun aus dem Bahnhofsgebäude hinausdrängten. Jemand schoß in die Luft. Menschen warfen sich auf den Boden. Kinder weinten. Ich kam wieder auf die Beine. Scheljas und Kostiks Gesichter waren starr vor Angst. Wir haben später nie mehr über dieses Ereignis gesprochen.

Von den Eltern der vermißten Kinder wurde ich an diesem Tag und auch danach nicht mehr verfolgt. Entweder hatten sie eingesehen, daß es sinnlos war, von uns Rechenschaft zu fordern, oder sie waren ohnehin genug damit beschäftigt, in der Frontzone von Malogoje nach ihren Kindern zu suchen. Ich weiß es nicht. Das Gefühl, versagt zu haben, ließ mich trotzdem nicht los. Wenn ich religiös gewesen wäre, hätte ich gebetet. Aber ich glaubte nicht an Gott. Es gab keinen Trost.

Wir blieben mit etwa zwanzig Kindern am Bahnhof zurück. Deren Eltern hatten entweder kein Telephon, waren an ihrem Arbeitsplatz nicht erreichbar gewesen oder hatten aus anderen Gründen nichts von unserer Rückkehr erfahren, vielleicht aus Nachlässigkeit der Stadtverwaltung. Die Kinder waren völlig verstört. Wir teilten sie in Gruppen und verabschiedeten uns voneinander. Knapp und kühl.

Von den mir zugeteilten fünf Kindern erklärte ein vierzehn Jahre altes Mädchen, den Weg nach Hause allein zu kennen und keine Begleitung zu benötigen. Aus einer Telephonzelle rief ich Mascha an und bat sie, Kostik und Schelja zu uns in die Fabritschnaja uliza zu bringen. Schelja war zu entkräftet, um den langen Weg durch die halbe Stadt zu den Wohnungen der vier Kinder, die noch in meiner Obhut waren, auf sich zu nehmen. Vorerst warteten wir, umgeben von Soldaten und Flüchtlingen vom Land, die auf ihren Säcken und Koffern saßen, in der Empfangshalle des Bahnhofs. Es war stickig, man hatte kaum Luft zum Atmen.

»Sind meine Eltern tot?« fragte mich eine Fünfjährige. »Ich meine, weil sie mich nicht abgeholt haben.« Ich versicherte ihr, daß sie schon bald ihre Eltern wiedersehen werde, und versuchte, meiner Stimme einen ruhigen und festen Ton zu geben. Das Mädchen ließ sich nicht überzeugen und begann zu weinen. Wenige Augenblicke später weinten alle sechs.

Endlich stand Mascha vor mir. Sie musterte uns mit einem Ausdruck des Entsetzens. »Du schaust furchtbar aus«, sagte sie. »Habe ich dir nicht von Anfang an gesagt, daß diese ganze Reise ein Unsinn ist.« Ich nickte nur, übergab ihr Schelja und Kostik und machte mich mit den vier anderen Kindern auf den Weg.

Auf Plätzen und Dächern standen Luftabwehrgeschütze, Denkmäler waren mit Ziegelmauern umgeben, mit Tarnplanen abgedeckt oder weggebracht worden. Pfeile wiesen auf die Eingänge zu den Luftschutzräumen hin. Die Propagandaplakate an den Wänden waren noch aggressiver als vor eineinhalb Monaten: *Tod den Kindermördern!, Zertretet das faschistische Ekel!, Alles für den Sieg!, Siegen oder Sterben!, Töte den Deutschen!*

Die Eltern des fünfjährigen Mädchen wohnten nur zwei Straßenbahnstationen vom Bahnhof entfernt. »Und ich hatte schon gehofft, mein Kind sei auf dem Ural«, sagte ihre Mutter und seufzte. »Gestern erhielt ich von einer Verwandten ein Telegramm aus Nowgorod, in dem es hieß, daß alle Kindergruppen, die aus Leningrad in diese Region evakuiert worden sind, Richtung Ural geschickt werden ... Dort wären sie besser aufgehoben als hier.«

»Möglich«, sagte ich.

»Es ist so gut wie sicher, daß Leningrad kapituliert«, flüsterte sie mir ins Ohr. »In ein paar Wochen sind die Deutschen da.«

»Halten Sie den Mund!« schnauzte ich sie an und schlug die Tür zu. Wenn ich sie für diese Äußerung angezeigt hätte, wäre das ihr Todesurteil gewesen.

Daraufhin brachte ich einen zehnjährigen Buben auf die Wassilij-Insel. Eine Straßenbahnfahrt, die über eine Stunde dauerte. Seine Eltern waren in der Arbeit. Nur eine Tante war zu Hause, die mir aus Dankbarkeit drei Silberlöffel schenken wollte. Ich lehnte ab und bereute diesen Entschluß später sehr. Während der Blockade hätte ich die Löffel gegen Lebensmittel eintauschen können.

Es blieben mir ein Bub und ein Mädchen, beide im Vorschulalter. Sie hießen Ljuba und Oleg Baranow, zwei der bravsten und stillsten Kinder der Gruppe. Ihr älterer Bruder war auf der Fahrt in die Sowchose an Durchfall erkrankt und mit der Schweinezuchtkolchose mitgefahren.

Die Eltern wohnten auf der Petrograder Seite. Die Fahrt von der Wassilij Insel dorthin kostete mich beinahe wieder eine Stunde, weil die Straßenbahnen nicht mehr regelmäßig verkehrten. Das Ehepaar Baranow war nicht zu Hause. »Die Baranowa?« fragte mich ein Nachbar und lachte. »Was weiß ich, wo die sich wieder herumtreibt, die Schlampe. Aber er, der Baranow, wo der ist, weiß ich schon. Hinunter und rechts hinein in die Pionerskaja. Er ist Leiter des Elektrogeschäfts. Müßte jetzt noch dort sein.«

Der Tonfall dieses Mannes war nicht besonders freundlich gewesen, doch am Ende eines solchen Tages erschien er mir wie das Säuseln eines Verliebten. Ich nahm die Kinder an der Hand, führte sie hinaus auf die Pionerskaja uliza.

»Wo arbeitet dein Vater?« fragte ich das Mädchen. Das Kind wies auf ein Gebäude schräg auf der gegenüberliegenden Straßenseite. Die Rolläden des Elektrogeschäftes waren schon unten. Durch die Ritzen sah ich die Silhouette eines Mannes, der gebückt hinter dem Ladentisch stand. Offenbar räumte er auf oder hantierte an der Kassa. Ich klopfte mehrere Male. Der Mann schrie gereizt etwas, das ich nicht verstand. Ich klopfte noch heftiger, und nun begannen die Kinder nach ihrem Vater zu rufen. Der Schatten huschte Richtung Tür. Die Rolläden gingen mit einer Geschwindigkeit auf, als würden sie elektrisch hochgezogen, die Tür wurde geöffnet, und der Mann ging an der Türschwelle in die Hocke und umarmte seine Kinder. Ich weiß nicht mehr, was sie einander gesagt haben. Es werden die üblichen Worte gewesen sein, die man in solchen Augenblicken sagt. Ich war so müde, daß ich kaum mehr etwas wahrnahm. Endlich erhob sich der Vater. Er schaute mich an und dann an mir vorbei, schaute sich um, zuerst ruhig und erwartungsvoll, dann immer schneller, hektischer. Er drehte den Kopf. Er stieg sogar auf die Zehenspitzen. Es war mir klar, wen er suchte.

»Aber wo ist denn Aljoscha?« fragte er mich.

Das erste Kriegsjahr war nicht die Zeit, in der man sich um schonende Umschreibungen bemühte. Man schonte nicht einmal sich selbst, wenn es um den eigenen Tod ging. Also erzählte ich dem Mann in knappen Sätzen, was auf der Fahrt in die Sowchose geschehen war. Aus der Seitentasche meines Rucksacks holte ich die Quittung heraus, die mir der Vorsitzende der Schweinezuchtkolchose ausgestellt hatte. Owsow-Morosows Schrift tanzte vor meinen Augen: ... *nehmen wir Aleksej Baranow, geboren am 3. November 1929, in unsere Obhut ... auf unbestimmte Zeit ... quittiert hiermit der Vorsitzende der Karl-Liebknecht-Schweinezuchtkolchose aus ... die Entgegennahme ...*

Ich reichte dem Mann das Papier. Er nahm es mit einer mechanischen Bewegung entgegen, las es durch, dann sah er mich verdutzt an. Ich hatte den Eindruck, daß seine Wangen eingefallen waren. Ein Keuchen drang aus seinem Mund: »Ich will mein Kind zurück.« Plötzlich begann er zu schreien: »Ich will mein Kind zurück! Ich will keine Quittung für mein Kind! Was mache ich mit einer Quittung?«

Was hätte ich ihm sagen sollen? Er hatte recht. Je länger ich auf ihn einredete, desto stärker geriet er in Rage. Der Schweiß perlte auf seiner Stirn. Einen Augenblick lang dachte ich, er würde mich ebenfalls schlagen wollen. Die Kinder standen zwischen uns beiden und schauten verängstigt abwechselnd mich und ihren Vater an.

»Woher soll ich wissen, wo jetzt diese Schweinezuchtkolchose ist? Was sind das für Menschen, diese Schweinezüchter? Mein Sohn ist künstlerisch begabt, er möchte Pianist werden und nicht Schweinezüchter. Werden sie überhaupt für ihn sorgen können, diese Schweinezüchter? Wie soll ich während des Krieges diese Kolchose ausfindig machen?«

Schließlich drehte ich mich um und ging.

»Ich werde euch alle verklagen!« brüllte mir Baranow nach. »Ich will mein Kind zurück! Wer garantiert mir, daß meinem Kind kein Leid zustößt? Woher soll ich wissen, daß mein Kind überhaupt noch lebt?«

Wann immer es mir schlecht geht, so schlecht, daß ich glaube, es kann nicht mehr schlimmer kommen, denke ich an diesen Tag zurück, denke an den Augenblick, als der verzweifelte Vater statt seinem Kind eine Quittung bekam.

Einen Monat später hatten die Deutschen unsere Stadt eingekesselt. Während der folgenden Monate des Hungers und der Bombardierungen kamen, wie ich später erfuhr, die Baranows und die beiden jüngeren Kinder um, während Aljoscha die Kriegsjahre an der Wolga überlebte.

14

Im Dezember 1941 beginnen wir, unsere Tapeten von den Wänden zu reißen. Der Tapetenkleister läßt sich abkratzen und zu einer magenfüllenden Brühe verkochen. Viele Menschen sind gestorben, weil es ihnen von dieser Kost die Gedärme aufgebläht hat.

Die Katze Murka haben wir zu diesem Zeitpunkt schon verspeist. Kostik erschlug sie mit einem Hammer, während Schelja sie festhielt und weinte.

»Meine kleine Murotschka«, flüsterte sie, »bald ist alles vorbei. Du kommst in den Katzenhimmel. Dort gibt es viel Fisch für dich. Den ganzen Tag kannst du Lachs, Kabeljau und Karpfen essen. Der Katzengott selbst ist ein Wal, an dem du immer knabbern kannst, und die angebissene Stelle wächst von selbst nach.«

Die Katze miaute und versuchte sich zu befreien. Als Kostik mit beiden Händen den Hammerstiel umfaßte und ausholte, verstummte Murka, biß und kratzte nicht mehr, sah zu uns hinauf, als suchte sie Zeichen des Erbarmens in unseren Gesichtern. Mir wurde klar, daß sie verstand.

»Fisch!« schrie Schelja. »Fisch!« Ihre Finger glitten an Murkas räudigem Fell und den hervorstehenden Rippen ab. Ich drückte den Hals des Tieres gegen den Parkettboden. Endlich schlug Kostik zu.

»Fisch!« schrie Schelja. »Fisch! Fisch! Fisch!«

Sie brauchte einige Zeit, um zu begreifen, daß die roten Flecken auf ihren Armen Murkas Blut waren. Dann ließ sie den noch zuckenden Körper aus und kroch heulend ins Bett. Ich wagte nicht, sie anzurühren.

»Fisch?« Unsere Nachbarin Maria Petrowna stand in der Tür. »Ich habe etwas von Fisch gehört. Wo haben Sie Fisch aufgetrieben, Rosa Abramowna?«

Als wir Murka in der Küche kochten, mußte ich, mit Küchenmesser und Besenstiel bewaffnet, die Nachbarn fernhalten.

Zweihundertfünfzig Gramm Brot Tagesration für Arbeiter, hundertfünfundzwanzig für Kinder und Angehörige. Das Mehl ist mit Sägespänen versetzt. Manchmal gibt es Zuteilungen geringer Mengen von Schokolade und Butter, von Breikörnern und Milch, immer weniger und immer seltener. Ich zerschneide das Brot in Würfel. Einer zum Frühstück, einer zu Mittag, einer am Abend. Den größeren Teil gebe ich den Kindern. Wir rösten das Brot am Feuer und trinken heißes Wasser dazu. Tee haben wir schon lang keinen mehr. Im Herbst konnten wir noch Brennesseln und alte Kohlblätter sammeln und daraus Suppe kochen. Ich fuhr durch die halbe Stadt, weil es angeblich irgendwo noch Grütze, Milch oder sogar Kartoffeln zu kaufen gab. Nach stundenlangem Schlangestehen erwies sich das Gerücht meist als falsch.

Unser Geld ist nichts mehr wert. Wir könnten es genauso gut verheizen oder als Klopapier verwenden. Nur Gold, Edelsteine oder eine Uhr kann man am Schwarzmarkt gegen Lebensmittel tauschen. Es gibt kein elektrisches Licht, kein Heizmaterial, kein fließendes Wasser mehr. Die Leitungen sind eingefroren oder geplatzt. Wir schöpfen Wasser aus dem Fluß oder holen Schnee von der Straße. Nicht einmal im Bett ziehen wir die Mäntel aus. Draußen am Fensterbrett zeigt das Thermometer vierzig Grad unter Null. Der kälteste Winter seit Jahrzehnten. Ich hacke die Stühle und den Tisch zu handlichen Holzscheiten und schiebe sie in den kleinen gußeisernen Ofen, der bei uns im Zimmer steht. Als der Möbelvorrat aufgebraucht ist, verheizen wir die Bücher. Einige wenige werfe ich nicht ins Feuer, weil ich sonst nicht mehr weiterleben könnte.

Mein Verlag hat die Produktion eingestellt. Jetzt arbeite ich in einer Munitionsfabrik am Fließband, wo Geschoße für Fliegerabwehrkanonen hergestellt werden. Auf dem Weg zur Arbeit gehe ich an jenen vorbei, die es nicht mehr geschafft haben, und versuche, nicht in die Gesichter der Toten zu schauen. Wer zu Hause stirbt, wird in Decken gewickelt und auf Kinderschlitten gelegt. Hunderte, Tausende Schlitten jeden Tag. Fast immer sind es Frauen, die sich durch den Schnee zu den Friedhöfen der Stadt schleppen. Die Männer sind an der Front oder schon tot. Männer sind schwächer als Frauen. Sie sterben zuerst.

Am frühen Morgen verlasse ich das Haus. Skistöcke in der Hand, weil ich sonst nicht mehr die Kraft zum Gehen hätte. Wegen der feindlichen Flugzeuge darf in der belagerten Stadt kein Licht brennen. Ich taste mich vorwärts. Schwarze Flecken der Häuser gegen den mattgrauen Himmel, schwarze Flecken der Toten auf dem mattblauen Schnee. Und das Heulen des Windes durch die leeren Fenster, Gänge und Stiegen der ausgebombten Häuser. Wenn es heller wird, sehe ich die Einschußlöcher in den Mauern, herabhängende Leitungen, Schneewehen, die bis zu den Fenstersimsen der ersten Etage reichen, ausgebrannte Straßenbahnen, Lastkraftwagen und Busse.

In der Fabrik gibt es Strom. Gegen Mittag bekommen wir eine Suppe. Wenn ich nur nicht vor Erschöpfung zusammenbreche! Die Frauen links und rechts von mir wurden schon zweimal ausgewechselt. Ich weiß nicht, ob sie gestorben oder über den Ladoga See aus der Stadt evakuiert worden sind. Die Wehrmacht hat uns fast zu Gänze eingekreist. Nur ein Korridor zum See ist noch offen. Wann werde ich evakuiert? Jene, die es in Lastwagen durch den Sperriegel des deutschen Artilleriefeuers über das Eis auf die andere Seite schaffen, werden in sichere Regionen des Ostens gebracht, wo es genug zu essen gibt und keine Bomben fallen. Straße des Lebens nennt man die Trasse, die man auf dem See freigeschaufelt hat. Viele liegen unter dem Eis begraben. Auf der anderen Seite gebe es Brot und Büchsenfleisch, erzählt man. Wer das zu hastig in sich hineinstopft, stirbt an Magenkrämpfen, wird berichtet. Sich noch ein einziges Mal sattessen und krepieren, ist besser, als auf Raten verhungern, sagt man.

Meine Kinder warten in der eisigen Kälte auf mich. Ich habe einer alten Frau aus der Nachbarwohnung meinen Ehering und den Schmuck gegeben, den mir meine Mutter geschenkt hat, als ich nach Leningrad übersiedelt bin. Dafür paßt die Frau auf meine Kinder auf, wenn ich in der Fabrik bin. Sie kennt einen Beamten aus der Lebensmittelverwaltung, bei dem sie den Schmuck gegen Brot, Kondensmilch und Buchweizenkörner eintauschen kann. Davon gibt sie uns etwas ab. Sie kann es sich leisten, großzügig zu sein. Ihr Sohn ist Matrose auf einem der Kriegsschiffe, die im Leningrader Hafen vor Anker liegen und den deutschen Seestreitkräften die Einfahrt versperren. Als Angehöriger der Marine bekommt er fünfhundert Gramm Brot pro Tag und läßt seiner Mutter regelmäßig etwas zukommen. »Der Mann aus der Lebensmittelverwaltung«, sagt mir die Nachbarin, »hat mir erzählt, sein Chef mache eine Abmagerungskur, um durch sein Äußeres nicht den Haß der Bevölkerung auf sich zu ziehen. Eine eigene Bäckerei stellt für höhere Parteifunktionäre Süßigkeiten nach Wiener Rezepten her.«

Schon Ende November ist der Vater meines Nachbarn Losaberidse gestorben. Zuvor hat er noch seinen Kanarienvogel aufgegessen.

Einige Kilometer weiter südlich warten die deutschen Truppen, bis wir alle verhungert sind. Hitler möchte Leningrad dem Erdboden gleichmachen. Die Newa soll Grenzfluß zwischen Deutschland und Finnland werden. Das »Bevölkerungsproblem« löse sich durch den Hunger von selbst, meinen die Deutschen. Im Herbst haben sie die Lebensmittellager der Stadt zerbombt. Jetzt kochen wir Lederriemen und Schuhsohlen. Es ist unglaublich, was man alles essen kann.

Täglich werden wir von deutscher Artillerie beschossen oder aus der Luft bombardiert. Ich bin Mitglied der Brandschutzgruppe unseres Hauses. Die Brandbomben durchschlagen das

Dach. Es ist mir gelungen, einige von ihnen auf dem Dachboden zu löschen. Dafür hat man mir die Verleihung einer Medaille in Aussicht gestellt. Wenn ich sterbe, erhalte ich sie posthum. Sollte eines der großkalibrigen Geschoße unser Haus treffen, haben wir keine Chance. Doch bei Fliegeralarm gehen meine Kinder nicht mehr in den Keller. Ich erinnere mich, wie es viermal Alarm an einem Tag und dreimal in der darauffolgenden Nacht gegeben hat. Kostik ist zu schwach, um jedesmal hinunter und dann wieder hinauf zu gehen, und Schelja hat keine Angst mehr vor dem Heulen der Sirenen und den Explosionen in der Nachbarschaft. Sie ist vier Jahre alt. Für sie dauert der Krieg schon ewig. Daß Menschen getötet werden oder auf der Straße umfallen, gehört zum Alltag. Schelja ist vernünftig. »Wenn du und Kostik gestorben seid«, erklärt sie mir, »gehe ich hinaus auf die Straße, gehe solange, bis ich einen Milizionär finde und sage ihm: Onkel Milizionär, meine Mutter und mein Bruder sind schon verhungert. Bitte bring mich in ein Waisenhaus.« Meine Tochter erklärt mir außerdem, sie sei keine Jüdin. »Du bist eine Jüdin, Mama, Kostik auch. Ich nicht! Ich bin Russin.« Ob die Deutschen ihr das wohl glauben, wenn sie die Stadt erobern? Aber sie werden Leningrad nicht erobern! Im Hafen liegt unsere Flotte. Die Rote Armee hat einen Verteidigungsring um Leningrad gezogen, Panzergräben ausgehoben, Steilhänge und Bunker errichtet und Stacheldraht gelegt. Die strategisch wichtigen Objekte sind gut getarnt. Man läßt unbemannte Heißluftballone aufsteigen, um den feindlichen Flugzeugen die Sicht zu nehmen. Nur den Hunger kann man nicht verbergen.

Wenn Schelja die Treppe hinuntersteigt, muß sie sich an den schmiedeeisernen Stäben des Geländers festhalten. Ihre Arme sind dünn, als hätte jemand das Fleisch abgenagt und die Haut wieder um die blanken Knochen gewickelt. Vorsichtig nimmt sie eine Stufe nach der anderen. In jedem Stockwerk macht sie eine längere Pause. Trotz der Kälte verbringt sie viel Zeit mit Gleichaltrigen im Hof. Manchmal lacht sie sogar.

Kostiks Schule ist zerbombt worden. Eine Granate zerriß vor seinen Augen einen Klassenkameraden. Die verkohlten Leichenstücke lagen um den trichterförmigen Krater herum, in dessen Innerem die Schultasche des getöteten Kindes brannte. Papierfetzen und Reste von Kleidungsstücken fielen Kostik vor die Füße. Wie durch ein Wunder ist er unverletzt geblieben. Aber seit diesem Ereignis weigert er sich, die Wohnung zu verlassen. »Wenn wir getötet werden, dann lieber zu Hause«, sagt er.

Der Schulunterricht findet jetzt in einem unbeheizten Luftschutzkeller statt. Die Kinder sitzen eingehüllt in mehrere Schichten von Jacken und Mänteln. Ihre Finger sind steif vor Kälte. Es ist kein großer Verlust, wenn Kostik an diesem Unterricht nicht teilnimmt. Er liegt angezogen im Bett mit der Decke bis zum Kinn. Die Augen riesengroß im abgemagerten Gesicht. Manchmal lese ich ihm etwas vor. Puschkins *Die Tochter des Kapitäns*, *Eugen Onegin* oder Lermontows *Ein Held unserer Zeit*, sogar Tolstojs *Krieg und Frieden*, aber nicht die Kapitel über den Krieg, nur die über den Frieden. Manchmal bin ich zu schwach, um zu sprechen. Dann flüstere ich oder bewege einfach die Lippen. Kostik ist mir nicht böse. Er sieht mich trotzdem aufmerksam an. Ich weiß nicht, ob er mit seinen zehn Jahren schon alles verstehen kann, aber er verlangt immer wieder nach diesen Geschichten, weil sie im achtzehnten Jahrhundert spielen oder im fernen Kaukasus oder in mondänen Salons, wo alle französisch sprechen.

Menschen am Fluß. Die dürren Körper umhüllt vom mehrfachen Kokon aus Stoff, Winter- über Sommerkleidung, nur schützen muß sie die Skelette vor dem feuchten Wind. Von der Weite wirken die Menschen im fahlen Licht wie Dohlen auf dem Eis. Sie kreisen um eine Stelle und drängen gierig vorwärts. Etwa zwanzig Meter vom Ufer entfernt, wo der Fluß tief genug ist, wurde ein Loch ins Eis geschlagen. Die Menschen streiten sich, wer als erster mit seinem Kübel an der Reihe ist. Von der Weite wirkt das Wasser schwarz wie Tinte. Jemand fällt um und wird übers Eis geschoben wie ein Stück Holz, oder er bleibt einfach liegen, die

Hand im Wasser, von der die Strömung den Fäustling weggeschwemmt hat. Wenn er am Abend geholt wird, brechen die vereisten Finger ab.

Die Menschen stellen die Eimer auf Kinderschlitten, die sie die Rampe zum Kai hinaufziehen. Wenn die Sonne durch die Wolkendecke bricht, glänzen die kleinen Eiszapfen an Mundwinkeln und Kinn, wirken die mageren Gesichter noch blasser. Später fährt ein Lastwagen durch die Straßen und sammelt jene ein, die auf dem Weg zusammengebrochen sind.

Der Mann ist ein Greis oder noch ein halbes Kind. Ich kann es nicht sagen, die Menschen sind alterslos geworden. Ich weiß nur, daß er nicht einmal Stiefel angehabt hat – vielleicht hat er sie gegen Eßbares eingetauscht –, nur Schuhe, die man sonst im Herbst trägt. Er tritt von einem Bein auf das andere.

Am Ufer hinter der Steinbrüstung steht ein Milizionär. Er wirkt fast wie ein Spielzeugsoldat in seiner viel zu weiten Uniform.

Der Mann kann den Kübel mit Wasser nicht mehr hochheben, er hält ihn am Griff und schiebt ihn durch den Schnee, das Wasser schwappt über den Rand und markiert durch seltsame Figuren aus Eis den zurückgelegten Weg. Es fällt mir auf, daß der Mann dem Milizionär böse, beinahe unverschämte Blicke zuwirft. Schließlich läßt der Mann den Kübel stehen, fällt auf die Knie. Er hat keine Kraft mehr.

Reglos beobachtet der Milizionär das Sterben des Mannes. Er weiß, daß der Mann liegenbleiben wird. Vielleicht denkt er über die Nutzlosigkeit nach, zu diesem Zeitpunkt an dieser Stelle stehen zu müssen.

Der Mann hat sich wieder aufgerichtet und blickt dem Milizionär ins Gesicht. Dieser steigt von einem Bein auf das andere. Der Mann holt tief Luft. Er schreit. »Hurensöhne! Hunde! Aasfresser!«

Der Milizionär fischt eine Zigarette und eine Streichholzschachtel aus seiner Manteltasche. Die Finger gehorchen ihm nicht. Die Schachtel entgleitet ihm. Er bückt sich langsam.

»Sie werden siegen! Ich sehe sie schon kommen! Ich sehe ihre Helme. Die Fahnen mit den Hakenkreuzen. Sieg Heil!«

Der Milizionär starrt den Mann an. Die Streichholzschachtel liegt immer noch im Schnee. Die Zigarette klebt an seiner Unterlippe.

»Die Bolschewiken sind am Ende! Nun ist alles kaputt, was Lenin, dieser alte syphilitische Psychopath, geschaffen hat!«

Wo der Mann nur die Kraft zum Schreien hernimmt? Die Menschen gehen gleichgültig an ihm vorbei. Der Milizionär hat die Zigarette wieder in die Uniformtasche gelegt und den Schal um Mund und Nase gewickelt. Mit langsamen, vorsichtigen Schritten wie eine aufziehbare Puppe steigt er die Rampe hinunter zum Fluß.

»Nieder mit der Sowjetmacht!« schreit der Mann und fuchtelt mit den Armen. Ein Raunen geht durch die Menge. »Werft den Verrückten doch einfach ins Wasser«, höre ich die Stimme einer Frau. Beiläufig dahingesagt. Emotionslos. »Genosse Milizionär, nehmen Sie diesen Faschisten fest!« Eine männliche Stimme. Der Milizionär bleibt keine zehn Meter vom Mann entfernt stehen. Er beobachtet die Szene.

»Wenn Hitler in Moskau einmarschiert, hängt das gesamte Politbüro bald am Galgen!« schreit der Mann.

Keine Reaktion des Milizionärs.

»Nimm mich fest, nimm mich fest, nimm mich fest!« Der Mann zeigt dem Milizionär die Zunge, schwankt auf ihn zu. »Nimm mich fest, du Sohn einer alten Hure und eines geilen Ziegenbocks! Nimm mich fest, du Ausgeburt des Teufels! Nimm mich fest, ich bin ein deutscher Spion!« Die Kräfte verlassen ihn. Er fällt um, wirbelt winzig kleine Schneekristalle auf.

Er wird nicht wieder aufstehen, denke ich. Aber ich sehe, wie der Mann sich wenige Augenblicke später auf den Bauch dreht, wie er sich auf die Knie zwingt, wie er ausrutscht und hinfällt und dann doch wieder steht.

Der Milizionär bewegt sich nicht.

»Nieder mit der Judenbande! Nieder mit Stalin, dieser Judensau. Nieder mit Stalin, dem georgischen Juden!«

Und da, ganz plötzlich, setzt sich die aufziehbare Puppe in Bewegung.

»Jetzt ist es aber genug, Bürger«, sagt der Milizionär leise, »kommen Sie mit!«

Dankbar geht der Festgenommene hinter seinem Erlöser her. In den Gefängnissen, so wird erzählt, ist die Verpflegung besser, und wer hingerichtet wird, hat alles überstanden.

Meine Freundin Mascha sehe ich selten. In der belagerten Stadt besucht man einander nicht, man spart seine Kräfte. Zu allen Bekannten und Freunden ist der Kontakt fast abgebrochen. Mascha kommt nie zu uns. Sie leidet an schwerer Dysenterie. Auf ihrem abgemagerten Körper haben sich Geschwüre gebildet. Sie hat kein Heizmaterial und außer mir niemanden, der sich um sie kümmert. Ich bringe ihr Brotkrumen und ein wenig Grütze, aber sie rührt nichts an. »Deine Kinder brauchen es mehr als ich«, sagt sie, »und ich habe meinen Stolz.« Statt dessen reden wir über das Essen, über Schtschi mit Fleisch und Sahne, Schokoladekuchen und Rehragout, obwohl wir nie in unserem Leben Rehragout gegessen haben.

Mascha ist religiös geworden. Vor dem Schlafengehen murmelt sie ein Gebet, das man ihr als Kind beigebracht hatte. Jetzt hängt eine Ikone an der Wand. Keine Ahnung, woher sie dieses Bild der Jungfrau Maria mit dem goldenen Heiligenschein hat. Vor dem Krieg war es nicht ratsam gewesen, Kultgegenstände dieser Art offen zu zeigen. Heute kümmert das keinen mehr. Mascha betet mehrmals am Tag. »Wenn ich sterbe, kannst du die Ikone behalten«, sagt sie.

»Du darfst nicht an den Tod denken«, erkläre ich. »Sonst stirbst du mir noch wirklich, und das kannst du mir nicht antun.«

Sie wehrt meine Umarmungen ab.

»Wenn ich tot bin, kannst du meine Lebensmittelkarten haben«, sagt sie.

Bis vor kurzem hat Mascha noch in einer Fabrik als Ingenieurin gearbeitet. Seit einiger Zeit kann sie nicht mehr hingehen.

»Ich bringe dich ins Krankenhaus«, sage ich.

»Es ist doch egal, wo ich sterbe. Ich will nicht ins Krankenhaus. Dort gibt es nicht mehr zu essen, nur andere Sterbende um mich herum. Ich möchte lieber allein sein.«

Sie spricht mit einer Bestimmtheit, die jegliche Diskussion ausschließt. Wir verabschieden uns immer so, als würden wir einander nicht wiedersehen. »Ich möchte dich segnen«, sagt Mascha. »Ich weiß, daß du Jüdin bist und daß es dir nichts bedeutet, aber ich möchte es trotzdem tun.«

Ich denke an die Deutschen, die wenige Kilomenter entfernt in ihren Unterkünften sitzen und warten, bis es uns nicht mehr gibt. Sicherlich essen sie Sauerkraut und Würste, trinken Bier und lachen über die russischen Untermenschen, die lieber in ihrer alten Hauptstadt krepieren, anstatt sich zu ergeben. Ich gebe mir das Versprechen, keinen deutschen Satz mehr zu übersetzen. Kein deutsches Wort soll jemals wieder über meine Lippen kommen. Später werde ich dieses Versprechen vergessen, weil ein voller Bauch träge macht und weil Sätze nur abstrakte Gebilde sind. Wenn man sich bemüht, spürt man die Menschen nicht, die dahinter stehen.

Eines Tages ist Mascha wirklich tot. Das weiß ich schon, als ich über die abgetretenen Stufen der Treppe hinaufgehe. Die Tür ist nicht verschlossen, das Zimmer leergeräumt. Sogar die Ikone ist verschwunden. Maschas Gesicht ist friedlich, die Augen halb geöffnet, die Arme steifgefroren. Die Hände haben sich an den Falten ihres Mantels festgekrallt.

Ich wickle sie in ein Leintuch und schleife ihren Körper vom Bett. Er ist leichter, als ich vermutet habe. Wie ein Brett läßt er sich die Treppe hinuntertragen und auf den Schlitten legen.

Es ist ein weiter Weg zum Friedhof. Ich kämpfe gegen das Gewicht des Schlittens und den eisigen Wind an. Je mehr Frauen mit Schlitten um mich herum sind, desto näher ist der Friedhof.

Mit jedem Schritt wird der Weg länger. Aber ich darf noch nicht sterben. Meiner Kinder wegen nicht. Ich zähle die Schritte. Bei hundert werde ich eine Pause einlegen. Wenn ich bei hundert angelangt bin, beginne ich mit dem Zählen wieder bei Null. Das Knirschen der Kufen im Schnee klingt wie das Auskratzen eines Tellers mit Buchweizen- oder Hirsebrei.

Eine Frau mit fahlem Gesicht trägt Maschas Namen in das Totenbuch ein. Wieder ein Esser weniger, wieder etwas mehr für die Überlebenden. In den letzten Dezembertagen wurden die Brotrationen ein wenig erhöht. Vor dem Gebäude der Friedhofsverwaltung mußte ich, wie vor einem Lebensmittelladen, Schlange stehen. Wenigstens drängt sich hier keiner vor.

Maschas Leiche wird zusammen mit den anderen auf einen Schlitten gelegt, der von ein paar Frauen gezogen wird. Die Spur im Schnee reicht fast bis hinunter zur Erde. Eine Allee führt an Grabsteinen und Denkmälern vorbei. Dahinter ist eine weitläufige Fläche mit einer riesigen Grube. Am Rand wird der Schlitten gekippt. Dann schaufelt man etwas Erde und Kalk auf die Toten. Bis zur nächsten Ladung.

Auf dem Heimweg sehe ich Maschas Gesicht vor meinen Augen. Es verschwimmt und ersteht neu. Ihr Mund öffnet und schließt sich, so als würde sie mit mir sprechen oder etwas kauen. Einen jener Brotkrumen, die ich mitgebracht und sie nie angerührt hatte. »Wenn der Krieg zu Ende ist, lasse ich dir einen Grabstein anfertigen und auf dem Areal über dem Massengrab aufstellen«, erkläre ich ihr.

Die Sirenen heulen. Die Passanten suchen Luftschutzkeller auf. Unwillig verschwinden sie in den Hauseingängen. Ich aber gehe weiter. Hundert. Neunundneunzig. Achtundneunzig, zähle ich die Schritte, den Blick auf die Spitzen meiner gegen die Kälte mit Tuch umwickelten Schuhe gerichtet. Die Stiefel habe ich gegen Brot eingetauscht. Die Füße schleifen über den Boden, als ginge ich auf Skiern, schieben den Schnee vor sich her. Er bildet Maulwurfhügel, die nach jedem Schritt wieder zerfallen. Auf das Pfeifen der Bomben und die Detonationen achte ich nicht. Da höre ich aus meinem Inneren plötzlich Maschas Stimme. Sie klingt wie früher, wie vor der Blockade, laut und klar und ein wenig hart: »Willst du dich denn umbringen, Rosa? Ich bin tot, aber du lebst noch und hast eine Verantwortung zu tragen. Rette dich, ich aber bleibe bei dir und werde dich bis an dein Lebensende begleiten.«

Ich hebe den Kopf. Eine weiße Wolke aus Staub und Schnee hüllt, keine hundert Meter von mir entfernt, ein Wohnhaus ein, als hätte man darüber eine riesige Ladung Streuzucker ausgeleert. Flammen schießen aus dem Dach empor. Der Rauch wird grau, dann schwarz. Die Wände neigen sich und fallen gemächlich, beinahe wie in Zeitlupe, in sich zusammen. Schnell flüchte ich in einen Hauseingang und taste mich die dunkle Treppe hinab, die zum Keller führt.

Die Februartage sind besonders kalt. An einem dieser Tage gibt es in unserem Geschäft kein Brot. Die Menschen beschweren sich nicht. Sie sind entkräftet. Welchen Sinn hätte es, sich aufzuregen. An diesem Tag sterben viele in unserem Haus. Am übernächsten Tag, einem Sonntag, verschwindet Schelja aus dem Hof.

Im Hof spielen die Kinder Frieden: Vater. Mutter. Kind. Ein gedeckter Tisch. Schneebälle zu Törtchen, Rumkugeln und Fleischklößchen geformt. Eiszapfen als Messer und Gabel. In der letzten Dezemberwoche ging Schelja nicht mehr aus der Wohnung. Ich nahm sie zu mir ins Bett und wärmte sie mit meinem Körper. Seit die Lebensmittelrationen auf dreihundert Gramm Brot für Arbeiter und zweihundert für Angehörige und Kinder erhöht worden sind, fühlt sich Schelja wohler. Wenn ich aus dem Fenster im Flur hinunterschaue, sehe ich sie im Hof Laufschritte machen. Mit fünf Jahren ist nur der Augenblick wichtig.

Alle zehn Minuten schleppe ich mich aus dem Wohnzimmer hinaus auf den Gang, um durch das Fenster in den Hof zu schauen. Spätestens in einer Stunde hole ich sie herauf, damit sie sich nicht erkältet. Wenn sie krank wird, hat sie keine Überlebenschance. Außerdem möchte ich mich am Sonntag nicht mehr als notwendig bewegen, am liebsten habe ich beide Kinder bei mir im Zimmer, um mich hinlegen und ausruhen zu können. Die Augen schließen. An Naum denken. Was für ein Glückspilz mein Mann doch ist! Fernab der Front führt er in Chabarowsk ein eintöniges, aber gemütliches Kasernenleben. Seinem Wunsch, an die Leningrader Front versetzt zu werden, wurde nicht entsprochen.

Im viereckigen Hof haben Kinderfüße den Schnee zu einer hartgefrorenen Masse gestampft. Wer noch kann, nimmt einen Anlauf, um über den Hof wie über eine Eisfläche zu gleiten. Einige klettern sogar auf die umgeworfenen Müllbehälter. Die Behälter sind leer. Während der Blockade gibt es keinen Müll. Alles kann wiederverwertet werden.

Wieder fällt mein Blick auf die spielenden Kinder im Hof. Kreisende Farbflecken. Tanzende Fellmützen im fahlen Licht der winterlichen Nachmittagssonne. Scheljas Mütze kann ich nicht sehen. Ich gehe in unser Zimmer zurück und schaue auf die Fabritschnaja uliza hinunter. Aus dem Küchenfenster suchen meine Augen den Nebenweg ab, der von der Fabritschnaja weg an unserem Haus vorbei zur ehemaligen Kirche führt, in der jetzt ein Munitionsdepot untergebracht ist. Keine Schelja.

»Kostik, hast du Schelja gesehen?«

Sinnlose Frage. Den ganzen Tag ist er im Zimmer gewesen. Manchmal steht er auf und macht ein paar Schritte. Die Farbe kehrt langsam in sein Gesicht zurück. Es ist nun gelb und nicht mehr weiß.

Ich gehe hinunter. Meine Angst versuche ich so gut wie möglich zu verbergen, aufrecht zu gehen, souverän und gelassen zu wirken, um die Kinder nicht zu erschrecken.

»Kinder, wißt ihr, wo Schelja ist?«

»Sie ist nicht mehr da«, sagt ein etwa sechs Jahre altes Mädchen.

»Das sehe ich auch! Aber wohin ist sie gegangen?«

»Sie ist mit Borjka weggegangen«, sagt eines der Kinder.

Borjka, der Achtjährige aus dem Nebenhaus.

»Ich habe sie draußen auf der Straße gesehen«, erzählt einer der Buben. Auf der umgeworfenen Mülltonne sitzt er wie auf einem Schaukelpferd. »Sie haben mit einem Mann geredet, Borjka und Schelja. Der hat mit den Händen gefuchtelt.«

»Was für ein Mann?« flüstere ich entsetzt. Jetzt nur nicht ohnmächtig werden!

»Ein großer.«

»Wie hat er denn ausgesehen?«

»Groß.«

»Wie alt war er?«

»Ich weiß nicht.«

Ich wende mich ab. Kann man von einem Fünfjährigen eine taugliche Personenbeschreibung erwarten? Ich haste durch den Gang, der unseren Hof mit der Straße verbindet, hinaus auf die Fabritschnaja. Fünfzig Schritte vor. Wieder zurück. Hundert Schritte in die andere Richtung. Keine Spur von Schelja …

»Haben Sie ein kleines Mädchen gesehen? Fünf Jahre alt. Sie trägt einen dunkelblauen Mantel und ist in Begleitung eines achtjährigen Buben.«

»Keine Ahnung. Tut mir leid«, sagt die Passantin. »Ich habe auf niemanden geachtet.«

»Und Sie?«

»Ich bedaure. Wenden Sie sich doch an die Miliz.«

Aber noch gehe ich nicht zur Miliz, sondern wieder zurück zum Haus und die Stufen hinauf in unsere Wohnung. Wie schnell ich auf einmal laufen kann! Als hätte ich immer noch ein Gewicht von zweiundsechzig Kilo und nicht einundvierzig, kräftige Beine, Energie und Temperament wie vor dem Krieg. Ich nehme zwei Stufen auf einmal. Die Winterluft streicht eisig über meinen Hals.

»Ist Schelja da gewesen, Kostik?« Mein Flüstern geht in einen Hustenanfall über.

»Nein, Mama.«

Verzweifelt lasse ich mich auf Kostiks Bett fallen. Ich umarme meinen Sohn und vergrabe das Gesicht in der Decke, die er sich bis unter das Kinn gezogen hat.

»Sie wird bestimmt bald wiederkommen, Mama!« Kostik streichelt meinen Kopf. »Schelja ist viel zu intelligent, um mit einem Menschenfresser mitzugehen.«

Nun hat Kostik also das furchtbare Wort ausgesprochen. Ich springe auf, laufe hinaus auf den Gang, klopfe an den anderen Wohnungstüren in unserem Stockwerk, sehe bei den Nachbarn nach. Ergebnislos.

»Schelja!« Ich presse einen Schrei aus mir heraus. »Schelja!!« Ich blicke am gewundenen Stiegengeländer entlang, an den Treppenabsätzen vorbei hinunter in das Erdgeschoß und in den Keller, wo es dämmrig ist.

Die bevorzugten Opfer von Menschenfressern sind Kinder. Sie geben zwar wenig Fleisch her, sind aber am leichtesten zu überlisten, gehen mit einem »fremden Onkel« in seine Wohnung mit, weil dort angeblich Süßigkeiten warten. Ältere Kinder werden schnell mißtrauisch. Die Jüngeren lassen sich wegführen und landen im Kochtopf.

In den Katakomben unter der Stadt befände sich der Schwarzmarkt für Menschenfleisch, wird erzählt. Dort residierten die Menschen- und Leichenfresserkönige, legendäre Gestalten, deren Namen niemand kennt und die ihre Schergen ausschicken. Solchen Schauermärchen glaube ich nicht, aber der Kannibalismus ist nun einmal eine Realität. Vor einem halben Jahr waren die Kannibalen vielleicht noch Wissenschaftler, Ärzte, Ingenieure, Journalisten oder Schriftsteller. Sie haben über die Zukunft des Landes nachgedacht, sind zu Kongressen gefahren, haben Dissertationen geschrieben oder als Feuerwehrleute Menschenleben gerettet. Sie waren liebende Familienväter, Philantropen, Pazifisten oder unerbittliche Moralisten. Hätte ihnen jemand gesagt, sie würden in nur wenigen Monaten kleine Kinder in Stücke schneiden und in Kochtöpfe werfen, hätten sie ihm ins Gesicht geschlagen.

»Oh, mein Gott, laß nicht zu, daß Schelja etwas geschieht. Daß Schelja DAS geschieht!« schreie ich.

Das geschieht, das geschieht, antwortet das Echo im Stiegenhaus höhnisch.

Ich denke an Morkowin, einen ehemaligen Arbeitskollegen meines Mannes, der vor einigen Wochen in derselben Munitionsfabrik gearbeitet hat wie ich. Morkowin hat eine Theorie des Kannibalismus entwickelt.

»Wenn wir den Krieg gewinnen wollen, Rosa Abramowna«, erklärte er mir einmal, »müssen wir den ethischen Kodex, nach dem wir uns verhalten, vorläufig außer Kraft setzen. Sie werden sicher zugeben, Rosa Abramowna, daß wir es mit einem unzivilisierten Gegner zu tun haben und daß dieser Krieg mit einer Unerbittlichkeit geführt wird wie kein anderer in der Geschichte.«

»Auf was wollen Sie hinaus, Anton Iwanowitsch?«

»Es ist Ihnen bestimmt aufgefallen, liebe Rosa Abramowna, daß sich heutzutage niemand mehr darüber empört, wenn auf unschuldige Frauen und Kinder aus der Luft Bomben geworfen werden, die genau dafür, also ausschließlich dafür bestimmt sind, eben diese Frauen und Kinder zu töten. Die Deutschen bombardieren uns, und nun beginnen die Briten, die Deutschen zu bombardieren. Dies halten wir für ein legitimes Mittel der Kriegsführung, aber unsere Toten zu verspeisen, um dem sicheren Hungertod und der Kapitulation zu entgehen, halten wir für verwerflich. Solche Überlegungen sind zynisch, werden Sie sagen. Unvorstellbar? Die Maori in Neuseeland haben ihre Feinde gegessen und waren doch um vieles friedliebender als unsere westeuropäischen und angeblich so zivilisierten Nachbarn. Selbstverständlich halte ich es für unmoralisch, Menschen zu töten, um sie aufzuessen. Aber was ist mit den unzähligen Toten, die wir völlig nutzlos in Massengräbern verscharren?«

Ich gab ihm damals keine Antwort. Später erfuhr ich, daß Morkowin seinen Großvater, der an Hunger und Erschöpfung gestorben war, verspeist hatte. Morkowin und seine Frau meldeten den Todesfall nicht sofort, um noch einige Tage lang für den

Großvater Lebensmittelkarten zu beziehen. So etwas war üblich. Viele Leningrader taten dasselbe. Die Morkowins ließen die Leiche im Bett liegen. Einige Tage vergingen. Dann hackte Morkowin seinem Großvater den Arm ab, kochte ihn und rettete mit dem Fleisch und der Suppe das Leben seiner Frau. Der Friedhofsverwaltung wollten sie melden, Großvater habe den Arm bei einem Fliegerangriff verloren. Doch sie brachten Großvater nicht zum Friedhof, verschoben es auf den nächsten Tag und dann auf den nächsten und wieder auf den nächsten, verspeisten den zweiten Arm, dann ein Bein und später alles andere, die Leber, die Lunge, das Herz … Schließlich blieb nur das Skelett übrig. Ich kann mich nicht mehr erinnern, wie die Sache aufgedeckt wurde, aber man hat beide auf der Stelle erschossen. Kurzer Prozeß für Menschenfresser. Gerichtsverhandlung unnötig.

»Schelja!!!« Ich kreische.

Ich hämmere gegen eine braungestrichene Wohnungstür im Nachbarhaus. Wieder eine Enttäuschung. Borjka hat Schelja nicht in die Wohnung seiner Eltern mitgenommen. Seine Mutter teilt meine Sorge nicht.

»Menschenfresser?« Aus ihrem Mund klingt das spöttisch und bitter zugleich. »Unseren Borjka ißt niemand so leicht, eher noch wird er selber jemanden fressen. Das Kind ist mir völlig entglitten, treibt sich mit Älteren herum, mit Halbstarken, kleinen Kriminellen! Sie können sich nicht vorstellen, was für Wörter er gelernt hat. Da muß ja sogar ich erröten … Aber er kommt wieder, Sie werden sehen.«

Das beruhigt mich wenig. Ich verabschiede mich, gehe zurück zu unserem Haus, mache mir Vorwürfe, daß ich Schelja immer weniger Aufmerksamkeit geschenkt habe als Kostik. Sie ist die Robustere, die Unkompliziertere von den beiden. »Laß sie noch am Leben sein!« schreie ich und beginne zu weinen. »Ab nun werde ich meine Kinder gleich behandeln. Ich verspreche es!« Dann murmle ich alle jüdischen Gebete, an die ich mich noch erinnern kann …

Einige Wochen zuvor wurde in der Fabritschnaja ein Menschenfresser gestellt. Einer von der schlimmsten Sorte, ein »Frischfleischliebhaber«, der keine Leichen gestohlen, sondern gemordet hat. Zwei Soldaten haben die Tür zu seiner Wohnung eingetreten, in der es aussah wie in einem Schlachthaus. Von der Decke hingen Leiber mit abgezogener Haut. Der Menschenfresser versuchte aus dem Fenster zu springen. Die Soldaten zogen ihn vom Fenstersims wieder ins Zimmer hinein. »Wegen einem solchen Abschaum werden wir keine Kugeln vergeuden! Die sind für die Deutschen bestimmt«, soll ein Soldat gesagt haben. Sie haben den Menschenfresser auf seinem Sofa erwürgt.

Ich sehe ein weiteres Mal im Hof nach. »Schelja ist immer noch nicht zurückgekommen, Rosa Abramowna!« berichten die Kinder. Schon bin ich wieder auf der Straße vor dem Haus. Ich suche die Fabritschnaja und einige Seitengassen ab. Im Hof der Glühbirnenfabrik, die jetzt Kriegsmaterial produziert, drängt mich die Masse der Arbeiter, die von der Schicht kommt, durch das Tor hinaus. Auch am Sonntag wird gearbeitet. Es ist später Nachmittag. Dunkelheit senkt sich über die Stadt. Nun muß ich zur Miliz, obwohl mir die Nutzlosigkeit einer Verlustanzeige bewußt ist. Der fremde Mann ist ein Phantom ohne Größe, Alter und Gesicht. Wenn er Schelja töten wollte, hat er dies bestimmt längst getan.

An der Ecke biege ich ein. Bis zum Stützpunkt der Miliz ist es nicht weit. Ich schwanke an den Passanten vorbei, stoße mit jemandem zusammen. Jemand beschimpft mich. Im Augenwinkel sehe ich zwei Kinder. Sie gehen auf der anderen Straßenseite in die entgegengesetzte Richtung. Richtung Fabritschnaja. Ich werfe einen Blick auf das kleine Mädchen. Das könnte Schelja sein. Ich gehe weiter, und es vergehen einige Augenblicke, bevor mir klar wird, daß es tatsächlich Schelja ist. Ich schreie. Die beiden Kinder bleiben stehen, schauen betreten zu Boden, während ich auf sie zulaufe. Warum ziehen die beiden ihre Köpfe ein und heben ihre Arme schützend in die Höhe?

»Wo wart ihr?« Dies bringe ich gerade noch heraus. Ich bin so außer Atem, daß ich die Hände in die Seiten pressen und mich vorbeugen muß.

»Nur im Theater«, sagt Borjka mit weinerlicher Stimme.

»Ihr wart wooo?« Ich richte mich wieder auf.

Schelja umarmt meine Beine, hebt den Kopf und schaut mich schuldbewußt an. »Es tut mir leid«, piepst sie.

»Ein Mann vor dem Haus hat uns erzählt, daß in der Bolotnaja ein Theaterstück für Kinder gespielt wird«, erklärt Borjka schüchtern. »Rotkäppchen und der böse Wolf in einem Luftschutzkeller. Der Eintritt war frei.«

Die Bolotnaja liegt keine zehn Minuten von der Fabritschnaja entfernt. Auch während der Blockade kann man ins Theater und ins Kino gehen. Es gibt sogar Konzertaufführungen.

»Es war toll!« sagt Schelja. »Der Wolf trug ein kleines Bärtchen. So wie Hitler. Und Rotkäppchen hatte einen roten Stern auf ihrem Kleid.«

»Du hättest mich um Erlaubnis fragen müssen«, schreie ich Borjka an. »Du kannst nicht einfach meine Tochter entführen! Was hast du dir eigentlich dabei gedacht?« Aber anstatt zu antworten, dreht sich der Übeltäter um und läuft davon. Ich hebe meine Tochter hoch. Ich drücke sie an mich, und sie schlingt ihre winzigen Arme um meinen Hals.

15

Vom Tod meiner Eltern erfuhr ich an einem Spätsommertag. In den Straßen schmolz der Asphalt in der Hitze. Das Reifenprofil der Dampflastkraftwagen – Ungetüme, die in den Kriegsjahren aufgrund des Benzinmangels durch die Straßen unserer Stadt donnerten – hinterließ tiefe Rillen im Straßenbelag. Die Soldaten trugen ihre Uniformhemden offen. Die Kleider klebten an den Körpern der Frauen, die den Schutt der zerbombten Häuser wegräumten, Fahrbahnen reparierten oder Straßenbahnschienen legten.

Der Blockadering war Anfang 1943 nach eineinhalb Jahren durchbrochen worden. Im Januar 1944 wurden die deutschen Truppen endgültig aus den Vororten unserer Stadt vertrieben. Die Nahrungsmittelrationen reichten nun zum Überleben. Kostik ging wieder in die Schule, die in ein unzerstörtes Gebäude übersiedelt war. Seine Klassenkameraden kamen zu uns auf Besuch. Wie sehr freute ich mich über jeden harmlosen Streich. Sie durften wieder Kinder sein.

Aber noch war Krieg, noch feierte man Siege, noch bangte man um Angehörige an der Front, noch war die Zeit des Zorns und nicht der Trauer. Noch ging ich in den wenigen freien Stunden, die mir zwischen der Arbeit, den Einkäufen und der Hausarbeit blieben, in den Park, blickte hinauf zum Himmel und staunte, daß kein Tod von oben kam, während die deutschen Städte eine nach der anderen in Trümmer gebombt wurden. Sterben sollten sie die tausend Tode, die wir täglich gestorben waren! Man sprach von mehr als sechshunderttausend Verhungerten und von über neunhunderttausend Gefallenen an der Leningrader Front. Für uns, die Überlebenden, war jeder Morgen, an dem wir aufwachten, ein Sieg.

In jenem Sommer 1944 wurde mein Heimatdorf befreit. Unsere Truppen vernichteten die deutsche Heeresgruppe Mitte. Im Frühjahr standen sie noch bei Smolensk, im Sommer in Lublin, im Herbst vor Warschau. Auf ihrer Flucht nach Westen ließen die Deutschen verbrannte Felder, gesprengte Brücken, zerstörte Eisenbahnlinien und Zehntausende Gehängte und Erschossene zurück. Auch die Verluste unserer Truppen waren hoch, und wieder war ich froh, daß mein Mann seinen Dienst an der mandschurischen Grenze ableistete.

Der Briefträger händigte mir einen Feldpostbrief aus. Er trug den Stempel einer mir unbekannten Einheit. Ein knapper jiddischer Text in dunkelblauer Schrift. Etwas unbeholfen wirkende, kantige Buchstaben. Die Unterschrift: Daniel Masur – einer meiner Cousins – Oberleutnant der Roten Armee. Ich hatte ihn seit zwanzig Jahren nicht mehr gesehen. Warum schrieb Daniel jiddisch? *Liebes Rejsele, ich habe leider eine schlimme Nachricht für Dich, Du mußt jetzt stark sein. Neulich war ich in Witschi. Das Dorf ist zerstört. Alle jüdischen Bewohner wurden von den faschistischen Unmenschen umgebracht. Auch Deine Eltern, liebes Rejsele. Man hat sie mit den anderen am Ortsrand erschossen. Was vergangen ist, ist schlimm, den Schmerz werden wir unser ganzes Leben in uns tragen, aber unsere Zukunft wird dennoch schön werden. Wir werden siegen, und dann wird alles anders. Für Heimat und Stalin marschieren wir nach Westen, um der faschistischen Schlange den Kopf zu zertreten. Behalte Deine Eltern in guter Erinnerung, Rejsele, sie waren gute Menschen, und grüße alle auf das herzlichste von mir. Dein Cousin, Daniel Chaimowitsch Masur, Oberleutnant.*

Ich faltete den Brief sorgfältig zusammen und legte ihn in eine

Schublade. Dann ging ich in den kleinen Park, nur wenige Gehminuten von der Fabritschnaja entfernt, und setzte mich auf eine Bank. Aber die Tränen kamen nicht. Drei Jahre lang hatte ich nichts von meinen Eltern gehört. Alle Nachforschungen, die ich nach Beendigung der Blockade anstellte, waren ergebnislos geblieben.

Die ersten Tropfen fielen auf meine Haare und Stirn. Ich wartete. Der Regen trommelte gleichmäßig gegen die Blätter, gegen den Kies der Allee und das Holz der Parkbänke. In meinen Schläfen pochte es im Takt des Regens. Ich stand auf. Ich rührte mich nicht. Ich wartete. Haare und Kleidung saugten das Wasser auf. Und nur die Tränen kamen nicht.

Ein Jahr später, am 9. August 1945, überschritten unsere Truppen den Amur-Fluß. Eine japanische Granate tötete fünf Kameraden meines Mannes in seiner unmittelbarer Nähe. Als Naum zwei Monate später aus dem Krankenhaus entlassen wurde, trug er ein Dutzend Eisensplitter in seinem Körper und auf seiner Uniformjacke einen Orden. Als einer der ersten hatte er das feindliche Ufer erreicht, wenn auch keinen einzigen Schuß abgefeuert. Seine Teilnahme am Zweiten Weltkrieg hatte weniger als eine Stunde gedauert.

An einem sonnigen Herbsttag holte ich ihn vom Bahnhof ab. Er stand am Bahnsteig, etwas steif, auf einen schwarzen Stock mit gebogenem Griff gestützt. Die Kinder stürmten auf ihn zu. »Papa! Papa! Papa!« Sie umarmten ihn so überschwenglich, daß ich Angst hatte, er würde umfallen. Die Kinder redeten aufgeregt auf ihn ein. Kostik, fast so groß wie der Vater, die Haare keck nach hinten gekämmt, das rote Halstuch der jungen Pioniere zu einer Fliege gebunden. Schelja klammerte sich an Naums Militärmantel. Es schien, als wollte sie sich vergewissern, daß dies wirklich ihr Vater war, ganz aus Fleisch und Blut.

Naum hielt dem Ansturm seiner Kinder stand und lächelte – sein ganzes Leben lang hat er gelächelt, sogar wenn er traurig war – und sagte nichts.

In dieser Nacht streichle ich die Narben meines Mannes. Ich schließe die Augen und erschaffe mir, aus der Erinnerung und den Signalen, die mir meine Fingerspitzen und Handflächen senden, seinen Körper neu. In dieser Nacht erwarte ich nicht mehr. Ich will nichts weiter als dieses Bild, das sich langsam auf mich zubewegt, bis es aus dem Rahmen heraustritt, in das ich es gesetzt hatte.

In dieser Nacht habe ich einen Traum von erschreckender Klarheit. Naum und ich stehen an Maschas Grab. Wir halten uns an den Händen. Kostik und Schelja sind an unserer Seite und singen alberne Pionierlieder, die man ihnen in der Schule beigebracht hat. Naum drückt meine Hand so fest, daß es weh tut. Mit der anderen Hand bekreuzige ich mich, wie es Maschas Mutter vielleicht getan hatte und wie es Mascha wohl von mir nicht erwartet hätte. Dann denke ich, daß es Zeit ist aufzubrechen. Doch am Eingang zum Friedhof steht an Stelle des Tores das alte Haus, in dem ich aufgewachsen bin. Mascha öffnet die Tür und meine Eltern treten heraus. Sie winken. Naum und ich gehen auf das Haus zu, während die Kinder zurückbleiben. Als wir näherkommen, verwandelt sich das Haus in einen Bahnhof. Naum trägt mir den Koffer nach.

Ich steige in den Schnellzug nach Gomel. Naum begleitet mich bis in mein Abteil. Ich schiebe den Koffer unter den Sitz. »Ich werde nicht lange bleiben«, erkläre ich. »Aber ich muß fahren. Es geht nicht anders.«

»Ich habe doch gar nichts gesagt.« Er wirkt gereizt.

»Das war nicht als Vorwurf gedacht.«

»Ruf mich an, wenn sich eine Möglichkeit bietet«, sagt er.

»Bestimmt.«

»Schick mir ein Telegramm.«

»Vergiß den Schulsprechtag nicht.«

Er lächelt und schüttelt den Kopf. »Du bist eine seltsame Frau, Rosa. Bist du sicher, daß du diese Reise tatsächlich machen möchtest?« Ich lege meine Hand auf seinen Mund, ziehe sie schnell wieder zurück und küsse ihn. Wenig später steht er auf dem Bahnsteig vor dem Abteilfenster. Seine Lippen formen sich zu Worten, die »Ich liebe dich« bedeuten könnten. Ich presse meine Hände gegen die Scheibe.

Die Fahrt dauerte fast drei Tage. In Gomel stieg ich in den Personenzug um. Das Abteil war überfüllt. Sogar wenn das Fenster während der Fahrt offen blieb, roch es nach Schweiß. Neben mir saßen Männer in Uniformen, Frauen mit schweren Säcken, Kinder mit Ausschlag und Krätze und hungrigen Gesichtern. Die Menschen sprachen nicht vom Krieg und nicht von der Zukunft, nur von den lokalen Märkten, wo es über die Lebensmittelrationen hinaus etwas zu kaufen gab, und vom regen Handel mit Trophäen, den geraubten Gütern aus dem besiegten Deutschland.

An einem späten Novembernachmittag kam ich in Witschi an. Der alte Bahnhof, an dessen Errichtung fast ein halbes Jahrhundert zuvor mein Vater als Tagelöhner mitgearbeitet hatte, existierte nicht mehr. Nur ein Schutthaufen rußgeschwärzter Ziegel, Balken und verbogener Eisenrohre war übrig. Vor dem Behelfsbau, einer Hütte aus Holz, standen alte Frauen mit Körben. Sobald der Zug stehengeblieben war, gingen sie von Fenster zu Fenster, boten in einem Tonfall, als würden sie betteln, ihre Waren feil: Äpfel, Birnen, Kartoffel und Graupen. Einige von ihnen glaubte ich wiederzuerkennen, doch ihre Namen fielen mir nicht ein.

Ich war die einzige, die ausstieg. Der Schaffner schaute mich mit einer Mischung aus leichtem Staunen und Bedauern an und schloß schnell die Tür hinter mir. Die Frauen liefen den Waggons nach, kreischten den Fahrgästen Preise und Gewichte entgegen, blieben schließlich außer Atem stehen. Ich war froh, daß sie mich nicht ansprachen.

Ich nahm meinen Koffer und ging dorthin, wo sich früher das Dorf befunden hatte. Ich überquerte den Hauptplatz, ging am Bach entlang, hörte das Rauschen des Flusses im Hintergrund, sah den bewaldeten Hügel, auf dem einst der Gutsherrenhof gestanden war. Jedes Geräusch, jede Ecke, jeder Hügel war mir vertraut. Sogar der Geruch der Felder und des Wasser erinnerte mich an meine Kindheit. So roch es nur in Witsch. Das Laub hatte eine besondere Farbe, die ich weder von Leningrad kannte, noch von irgendeinem anderen Ort. Allein die Gebäude fehlten. Hin und wieder sah man noch Mauerreste stehen, einen umgestürzten Zaun, einen Steinofen mit Schornstein mitten in einer von Unkraut überwucherten freien Fläche, zerbrochenes Geschirr, Fetzen deutscher Uniformen, rostige Militärhelme, Stacheldraht, Gräben, in denen sich schmutzigbraunes Wasser gesammelt hatte. Und immer wieder meterhohe Hügel aus verkohlten Holzbalken, Ziegeln und Glasscherben. Ich fragte mich plötzlich, warum ich hierher zurückgekommen war? Hatten die Toten nicht ohnehin schon einen festen Platz in meinem Leben?

Ich suchte nach dem bewohnten Teil der Siedlung. Ich mußte sie noch vor Einbruch der Dunkelheit finden, denn die wenigen Straßenlaternen, die es vor dem Krieg gegeben hatte, waren verschwunden und der Koffer wurde mit jedem Schritt schwerer.

Schließlich fand ich die neue Siedlung hinter der polnischen Kirche, von der nur das Fundament und Reste des Portals übriggeblieben waren. Es war eine Ansammlung von Baracken in Form eines Rechtecks um einen Innenhof, in dem sich ein Brunnen und ein Badeschuppen befanden.

»Mein Gott, Rosa!« Eine Frau lief mir entgegen und nahm mir den Koffer ab. »Bist du's wirklich?«

»Ja, ich bin's wirklich«, sagte ich und wunderte mich, wie emotionslos meine Stimme geklungen hatte. Die Frau hieß Olga und war die Tochter des Popen. Als Kinder hatten wir oft zusammen gespielt. Bald umringten mich auch die anderen und redeten auf mich ein. Sie beklagten das Schicksal ihres Dorfes, das von den Deutschen in einer Vergeltungsaktion für Partisanenangriffe zerstört worden war. Und was die systematische Vernichtung überstanden hatte, fiel den Kampfhandlungen im Sommer 1944 zum Opfer, als der deutsche Oberbefehlshaber des

Abschnitts die Ruinen zur »Festung Witschi« ausbauen ließ. In wenigen Minuten erfuhr ich alle Einzelheiten, von denen ich eigentlich nichts hören wollte.

Die Frauen redeten durcheinander. Sie faßten und streichelten meine Hände und zupften an den Ärmeln meines Mantels. Ich hatte den Eindruck, daß sie von mir irgendeine Form von Hilfe erwarteten, so als verleihe mir der Umstand, aus der fernen Großstadt, der »Heldenstadt« Leningrad, zu kommen, eine magische Kraft. Die Kinder im Hof hatten zu spielen aufgehört und beobachteten die Szene mit einer Mischung aus Neugierde und leichter Verachtung.

Die Aufgeregtheit der Frauen berührte mich kaum. Ich hatte den Eindruck, als stünde neben mir eine andere Rosa, jene Rosa, die hier vor langer Zeit gelebt hatte. Ihr galt die Aufmerksamkeit. Sie hatte Mitleid mit der armen Olga, mit ihrem ermordeten Vater, ihren nach Deutschland verschleppten Kindern und ihrer kurz nach Kriegsende an Tuberkulose gestorbenen Mutter. Olgas Erzählungen gingen ihr so nahe, daß sie kaum mehr zwischen dem eigenen und dem fremden Schmerz unterscheiden konnte. Ich aber, die wahre Rosa des Jahres 1945, wartete, bis meine Jugendfreundinnen endlich verstummten. Was ging mich das Schicksal des Popen an, auf den ein deutscher SS-Offizier so lange eingeprügelt hatte, bis er ihm die Schädeldecke zertrümmert hatte? Sollte ich über sein Schicksal trauern?

»Ist noch jemand von meiner Familie hier im Ort?« fragte ich.

»Isaak!« sagte Olga. »Isaak Beigel. Hat im Krieg ein Bein verloren.« Sie machte eine kurze Pause. »Er ist der einzige von denen, die noch leben«, fügte sie leise hinzu. Es blieb unklar, ob sie mit »denen« die Angehörigen meiner Familie oder alle Juden von Witschi meinte.

»Er wohnt in der Baracke Nummer fünf«, erklärte eine der anderen Frauen, »im Eckzimmer. Er wird sich freuen, dich zu sehen.«

»Was zum Teufel tust du denn hier, Rejsele?« Isaaks rechtes Bein war fast bis zur Hüfte amputiert. Er saß, mit dem Rücken gegen die Wand gelehnt, auf dem Bett. Sein rechtes Hosenbein war am Gürtel befestigt. »Vetter« Isaak war der Sohn einer Cousine meines Vaters. Nach der Schule hatte er das Schusterhandwerk erlernt.

»Ich weiß nicht, warum ich gekommen bin«, antwortete ich. »Ich werde nicht lange bleiben.«

»Na ja, ich kann's mir denken, warum du hier bist.« Isaak stand auf, wobei er sich auf eine Krücke stützte. Er machte sich eine Schlafstatt auf dem Boden zurecht, direkt neben dem gußeisernen Ofen, dessen Rohr durch das halbe Zimmer und ein Loch in der Wand nach draußen führte. Das Bett überließ er mir. Während des Krieges habe er oft auf dem Boden geschlafen, erklärte er. Auf dem Boden fühle er sich sogar wohler als auf der Strohmatratze.

»Seid ihr alle noch heil, dein Mann, deine Kinder?« fragte er.

»Naum und den Kindern geht's gut. Während der Blockade sind wir in Leningrad geblieben. Naum wurde im Krieg gegen Japan verletzt, aber auch er hatte Glück.«

»Fein, wenn man dem Teufel ein paar Seelen abringen kann. Damit er nicht zu übermütig wird und noch Arbeit hat für später.«

Isaak war der einzige Jude im Dorf. Er leitete die sowchoseeigene Schusterwerkstatt. Von den anderen Juden, die den Krieg an der Front, bei den Partisanen oder in anderen Teilen des Landes überlebt hatten, wollte keiner in seinen Heimatort zurückkehren. »Mir aber ist egal, wo ich lebe«, erklärte Isaak. »Die Menschen sind überall gleich. Versuchen, ihr eigenes Leben wieder in Ordnung zu bringen. Was geht sie ein jüdischer Krüppel an? Wenn er ihnen im Wege ist, werden sie ihn erschlagen. Wohin soll ich denn gehen? Frau und Kinder habe ich keine, meine Eltern und Geschwister sind tot, und hier kenne ich mich aus und habe Arbeit.«

Seine weißrussischen Nachbarn hielt Isaak für Mörder, Lügner und Heuchler. »Als man 1941 alle Juden zusammentrieb und sie unten, wo früher Sakodowers Mühle stand, erschoß, halfen die netten nichtjüdischen Nachbarn den Deutschen, die wenigen Juden, die geflohen waren, in ihren Verstecken aufzustöbern, in alten Eisschuppen, Scheunen, im Wald, unter den Planken der Anlegestelle im Hafen. Nach der Befreiung hat man nur jene verhaftet, die bei der deutschen Polizei waren. Die anderen Kollaborateure leben noch und sind jetzt wieder ordentliche Sowjetbürger. Soll ich Namen nennen? Ich kenne alle Namen.«

Ich wollte die Namen nicht hören. Das Weiterleben war ohnehin schwer genug. Lieber wäre ich allein gewesen an diesem Abend.

»Sie haben dir sicher die Ohren vollgeredet über ihr schlimmes Schicksal, aber den Mord an den Juden mit keinem Wort erwähnt, nicht wahr?«

»Ja.«

»Sie waren alle ungeheuer mutig, wenn es darum ging, ihre Nachbarn zu denunzieren.«

Ich wünschte mir, Isaak würde endlich schweigen, aber er redete weiter, bis ich erklärte, ich sei todmüde, und ins Bett fiel, ohne etwas gegessen zu haben. Noch im Halbschlaf hörte ich Isaaks Stimme. »Du kannst mir glauben, ich habe mich erkundigt!« beteuerte er immer wieder, obwohl ich seine Worte kein einziges Mal in Zweifel gezogen hatte.

Am nächsten Tag ging ich alle Orte ab: die Stätten meiner Kindheit und die des Verbrechens. Isaak, der trotz seiner Behinderung flink unterwegs war, Stufen und Unebenheiten schneller bewältigte als ich, begleitete mich auf meinem Rundgang.

»Gehen Sie dorthin?« fragten mich die Frauen, als wir uns auf den Weg machten.

»Ja, dorthin.«

Sie schauten uns mitleidig nach.

Von jedem Gebäude wußte Isaak zu berichten, wann und wie es zerstört, wer und unter welchen Umständen in welcher Straße ermordet worden war, wo sich die Schützengräben der Deutschen und wo sich die der Roten Armee befunden hatten. Er hatte sich tatsächlich erkundigt. Oder viel Phantasie

Ich stand in den Ruinen des Hauses, in dem ich aufgewachsen war. An Stelle des Daches klaffte ein Loch. Dachziegel, Drähte, umgestürzte Türen, ein rostiger Kübel, Matratzenfedern, dichtes Gestrüpp auf dem Zimmerboden.

»Sie haben alles davongetragen«, sagte Isaak. Ich wußte nicht, ob er damit die Deutschen oder die Dorfbewohner oder beide meinte und fragte nicht nach.

Als ich auf dem Weg nach Witschi im Zug gesessen war, hatte ich gedacht, ich würde in einem solchen Augenblick weinen oder schreien, vielleicht die Mörder verfluchen, vielleicht meine Kleider zerreißen, wie es Brauch war. Jetzt blickte ich mich nur um. Noch nie war es im Inneren des Hauses so hell gewesen. Ich suchte nach einem Zeichen, das mir den Weg in die Vergangenheit weisen würde, und fand keines. Im Hof sah ich mich nach einer der zahlreichen unbeholfenen Schnitzereien meines Vaters um, nach einem jener unförmigen Fabelwesen, die meine Kindheit begleiteten. Ich fand nichts, und hätte ich etwas gefunden, hätte ich es wahrscheinlich trotzdem nicht mitgenommen.

Nur wenige Zaunpfähle erinnerten daran, daß hier einst die Mühle gestanden war.

»Zuerst haben sie sie hier verscharrt«, erzählte mir Isaak, »und dann, vor dem Rückzug, die Leichen wieder ausgegraben, auf große Eisengitter gelegt und verbrannt. Um die Spuren zu verwischen. Die Asche haben sie in den Fluß gekippt. So jedenfalls hat man es mir erzählt. Du kannst mir glauben, ich habe mich erkundigt.«

Ich dachte daran, daß unser Fluß in den Dnjepr mündet und dieser ins Schwarze Meer und daß die Asche meiner Eltern vielleicht schon längst, an Konstantinopel vorbei, durch die Dardanellen ins Mittelmeer gelangt und, in Millionen von mikroskopisch kleine Partikeln zerfallen, mit der Asche Hunderttausender anderer alle Ozeane ausgefüllt hatte. Dieser Gedanke hatte etwas

Tröstliches. Nun bist du also doch noch aus unserem elenden Nest herausgekommen, Mutter, dachte ich.

»Danach haben sie die Grube wieder zugeschüttet«, erzählte Isaak, »und die Sowchose hat sofort nach der Befreiung an dieser Stelle Roggen gepflanzt.«

»Laß uns zurückgehen«, sagte ich leise. Wir stiegen den Hügel wieder hinauf, und ich erinnerte mich, wie hier die alte Witwe Sakodower dreißig Jahre früher mit einem lebenden Huhn in der einen und einer Weinflasche in der anderen Hand hinaufgekeucht war, und wie der deutsche Oberfeldwebel trotzdem den Befehl gegeben hatte, ihre Mühle zu zerstören. An der Stelle, wo das Geschütz gestanden war, drehte ich mich noch einmal um. Über dem Fluß und dem Feld lag Nebel. Bald würde alles vom Schnee bedeckt sein. Ich versuchte, mir das Gesicht meines Vaters ins Gedächtnis zu rufen. Im Sommer 1940 hatte ich ihn das letzte Mal gesehen. Nur Schelja, mit der er stundenlang im Garten spielte, konnte ihm damals noch ein Lächeln entlocken. Ansonsten reagierte er weder auf unsere Späße, noch schien er an unserem Leben besonderen Anteil zu nehmen. Damals war mir die Ähnlichkeit zwischen Kostik und meinem Vater aufgefallen. »Es wäre besser gewesen, er hätte einige Charaktereigenschaften von mir geerbt«, hatte meine Mutter erklärt. »In dieser Welt muß man Zähne und Klauen haben. Mit schönen Augen allein erreicht man wenig.«

Mein Erinnerungsvermögen war nicht gnädig zu mir. So sehr ich mich bemühte, erstand das Bild meines Vaters nicht vor mir. Für einen Augenblick sah ich zwar die kantigen Gesichtszüge meiner Mutter, so nah, als könnte ich die Hand ausstrecken und ihre Wange streicheln. Solange sie noch gelebt hatte, wäre es mir nie eingefallen, so etwas zu tun. Dann verschmolz Mutters Bild mit dem Nebel über der Stätte ihres Todes. Schnell drehte ich mich um, suchte mit den Augen, wie unzählige Male zuvor, den Kirchturm des Dorfes, das Zentrum der Welt meiner Kindheit. Aber der Turm stand nicht mehr, und Isaak war schon zehn Meter weitergehumpelt.

Vielleicht hatte ich schon all meine Gefühle aufgebraucht, so wie man, wenn man etwas Bitteres getrunken hat, plötzlich den bitteren Geschmack nicht mehr spürt, wenn man weitertrinkt. Erst Jahre später wurden meine Eltern zu regelmäßigen Besuchern meiner Alpträume. Doch damals fragte ich mich nicht einmal, weshalb gerade ich überlebt hatte. Der Aberwitz folgt dem Zufallsprinzip, redete ich mir ein. Ich hatte längst aufgehört, nach seinem Sinn zu forschen. Ich wollte leben.

Ich beschloß, am nächsten Tag abzureisen. Was hatte ich mir eigentlich erwartet? Nie mehr würde ich hierher zurückkehren, vielleicht Isaak einmal im Jahr einen Brief schreiben, oder, besser noch, alle zwei Jahre.

In der Siedlung ging ich in die Verwaltungsbaracke, wo sich das Postamt befand, und ließ mich von der Telephonistin mit Leningrad verbinden. Zu Hause gab es keine besonderen Vorkommnisse. Als ich Kostiks Stimme hörte, fühlte ich mich wieder besser.

In die Wohnbaracke zurückgekehrt, fand ich meinen Gastgeber in der Küche am Herd vor. Trotz seiner Behinderung hantierte er geschickt mit dem Geschirr, indem er sich auf seine Krücke stützte, die er unter die Achsel geklemmt hatte. Als ich ihm meine Hilfe anbot, reagierte er schroff.

»Ich komme allein zurecht, Rosa.«

»Wenn ich irgendwo zu Gast bin, helfe ich immer im Haushalt mit«, versicherte ich.

»In Wirklichkeit denkst du dir: seine ganze Familie ist ermordet worden, und im Krieg hat er auch noch ein Bein verloren, der arme Krüppel … Du brauchst gar nicht so betreten dreinzuschauen. Ich bin mir sicher, daß du so was Ähnliches gedacht hast.«

Während er sprach, machte er eine heftige Bewegung, verlor das Gleichgewicht, konnte sich aber im letzten Augenblick noch am Rand des Herdes festhalten. Die Krücke fiel auf den Boden, doch ehe ich mich bücken konnte, um sie aufzuheben, war Isaak mit dem gesunden Bein in die Hocke gegangen, hatte die Krücke aufgestellt und sich an ihr emporgestemmt.

»Unterschätz mich nicht!« sagte er. »Ich war dreieinhalb Jahre an der Front. Wer das überstanden hat, muß mehr Kraft, Willen und Glück haben als andere. Von denen, die 1941 als einfache Soldaten einrücken mußten, ist kaum noch jemand am Leben. Ich habe drei Orden erhalten, und wenn ich sterbe, wird auf meinem Grabstein stehen, ich sei Veteran des Großen Vaterländischen Krieges gewesen. Deine und meine Eltern haben nicht einmal ein Grab, an dem ich den Kaddisch beten könnte. Mit ihnen solltest du Mitleid haben.«

Ich ließ Isaak in Ruhe, setzte mich an den Tisch und wartete, bis er mir das Essen servierte. Ich dachte an Maschas Grabstein, den ich nach dem Ende der Blockade über dem Massengrab hatte aufstellen lassen. Auf dem Feld vor Sakodowers Mühle gab es nicht einmal eine Gedenktafel. Ich beschloß, meine Abreise um weitere zwei Tage zu verschieben.

In Neu-Witschi gab es keinen Steinmetz. In der Handwerkerbaracke wandte ich mich deshalb an Serjoscha, den Tischler, einen Mann etwa in meinem Alter, der in seiner Kindheit wegen seiner großen, abstehenden Ohren oft gehänselt wurde und sich rächte, indem er seine Peiniger an ihren Ohren zog. Kaum hatte ich die Werkstatt betreten, begann mir Serjoscha seine Lebensgeschichte zu erzählen. Sie ähnelte jenen der meisten anderen Dorfbewohner.

»Meine Familie wurde von den Deutschen ermordet«, teilte er mir mit. »Als wir Ostpreußen eroberten, hab ich's ihnen heimgezahlt.«

Ich bat Serjoscha, eine Gedenktafel aus Holz anzufertigen, nicht größer als fünfzig mal fünfzig Zentimeter, und eine Inschrift einzuritzen: *An dieser Stelle wurden im August 1941 alle Juden von Witschi von den faschistischen Unmenschen ermordet. Sie wurden Opfer des deutschen Hasses und Rassenwahns. Diese Tafel wurde von Rosa Masur, in tiefer Trauer um ihre Eltern Abram und Krejna Masur, im November 1945 aufgestellt.*

Ich erklärte mich bereit, die Tafel aus eigener Tasche und im voraus zu bezahlen. Die Buchstaben sollten weiß, der Hintergrund schwarz sein. Serjoscha müßte mir bei der Aufstellung vor Sakodowers Mühle helfen.

»Es wäre mir lieber gewesen, du hättest mir einen Auftrag erteilt, mit dem ich mehr Freude hätte«, seufzte der Tischler. »Viel lieber würde ich dir eine schöne Truhe zimmern ...«

Wir einigten uns auf einen angemessenen Preis. Ich stellte eine Wodkaflasche auf den Tisch.

Als ich schon die Türklinke in der Hand hatte, hörte ich Serjoschas Stimme hinter meinem Rücken: »Übrigens, fast hätte ich es vergessen, Rosa. Hast du eine Genehmigung für die Aufstellung?«

»Eine Genehmigung?«

»Natürlich. Ja, lebst du auf dem Mond?«

Serjoscha hatte recht. Ich staunte über meine eigene Naivität.

»Eine Genehmigung vom Direktor der Sowchose«, erklärte er.

»Die werde ich mir heute besorgen«, versicherte ich mit leichtem Unbehagen, weil sich meine Abreise nun gewiß um einen weiteren Tag verzögern würde.

In der Verwaltungsbaracke wurde mir mitgeteilt, daß der Direktor erst gegen Abend in seinem Büro sein werde. Er sei mit den Holzfällern in den Wald gefahren, wobei er, wie mir versichert wurde, nicht nur »anschaffe«, sondern auch »mit anpacke«.

»Unser Direktor, Genosse Koslow, ist nicht einer von diesen Verwaltungsbeamten«, erklärte die Telephonistin, »er ist ein ganzer Kerl.« An ihrem Gesichtsausdruck und Tonfall erkannte ich, daß sie mehr für ihn empfand als nur Respekt.

»Er ist sehr gebildet, unser Direktor! In seiner Freizeit liest er Bücher. Erzählungen, Romane und sogar Gedichte!«

Der Hinweis auf Koslows Vorliebe für »schöne Literatur« stimmte mich hoffnungsfroh.

Als es dunkel wurde, kehrten die Holzfäller in die Siedlung zurück. An ihrer Spitze schritt ein Mann, der durch seine ganze Erscheinung keinen Zweifel aufkommen ließ, daß es sich bei ihm um den Chef handelte. Das Verhalten der anderen, die einen Respektabstand zu ihm einhielten, ließ vermuten, daß sie ihn fürchteten. *Die Allmacht des byzantinischen Kaisers in Hosentaschenformat ist schrecklicher als ein Sturm in der Steppe …* Wer hatte das geschrieben? Ein Avantgardedichter, der es Mitte der zwanziger Jahre zu einem gewissen Bekanntheitsgrad gebracht hatte. Er war längst als Volksfeind entlarvt, ermordet und vergessen. Seine Bücher wurden aus Buchhandlungen, Bibliotheken und den Regalen von Privatwohnungen geholt und vernichtet. Jetzt fiel mir diese Strophe aus seinem Gedicht *Byzanz auf dem Lande* ein.

Der Direktor hatte sich umgezogen. Es überraschte mich, wie gut ihm die Verwandlung vom Forstarbeiter zum Funktionär gelang. Der Anzug sah aus, als hätte er ihn bei einem teuren Schneider in der Stadt anfertigen lassen. Der Mann strich behutsam über sein Haar, nestelte am Knoten seiner Krawatte, zupfte an den Spitzen seines Oberlippenbartes. An diesem Ort der Zerstörung wirkte seine Eitelkeit grotesk, und doch hatte sie etwas Aufmunterndes.

Koslow stand auf und reichte mir über den Tisch die Hand. »Es freut mich, Sie kennenzulernen«, sagte er. »Ich habe schon von Ihnen gehört. Unsere Weiber plappern ja alles sofort aus. In jedem Fall ist es schön, daß unsere ehemaligen Dorfbewohner ihre Heimat nicht ganz vergessen haben, besonders in dieser schwierigen Zeit …«

»Heutzutage empfinden es viele Menschen als Segen, wenn sie vergessen können«, meinte ich.

Der Direktor lächelte, nickte und meinte: »Das Gedächtnis läßt sich nicht so leicht etwas vorschreiben. Allzu oft erweist es sich nicht als unser Untergebener, sondern als unser Meister.«

»Ein sehr launischer Meister«, bemerkte ich.

»In der Tat, Genossin Masur, in der Tat.«

Wieder lächelte er. Sein Gesichtsausdruck hatte etwas Schlaues. Dann wurde er plötzlich ernst.

»Als ich vor einem halben Jahr«, erzählte er, »das erste Mal seit 1941 in mein Heimatdorf kam, dachte ich an ein Gedicht von Jessenin: *Wen lad ich mir jetzt ein? Und wem hier lob ich / die süße Bitternis: daß ich am Leben blieb? / Sogar die Mühle, der gezimmerte Vogel, / steht hier mit zugeklapptem Lid.*«

Ich erinnerte mich, welche Bestürzung bei uns 1925 die Nachricht von Jessenins Selbstmord ausgelöst hatte. Die jungen Leute trauerten um ihr Idol, trugen auf Literaturabenden, in Privatwohnungen und Freizeitclubs seine Gedichte vor, während die offizielle Presse dem ersten sowjetischen Klassiker seinen Selbstmord übel nahm. Welchen Grund gebe es denn für einen proletarischen Dichter, sich im ersten Arbeiter- und Bauern-Staat der Welt das Leben zu nehmen?

»*Ich bin hier niemandem bekannt*«, zitierte ich die nächsten Zeilen des Gedichts, »*Die sich erinnern können, haben mich vergessen. / Dort, wo mein Vaterhaus war irgendwann, / liegt Asche, Straßenstaub und Dreck.* Wenn Jessenin seinem Leben nicht vorzeitig ein Ende gesetzt hätte, was hätte er wohl jetzt geschrieben?«

Koslow öffnete eine Schublade, aus der er ein Formular herausnahm.

»Sie sind bestimmt gekommen, um sich anzumelden.« Er schob das Formular zu mir herüber. »Alles muß seine Ordnung haben … Übrigens bin ich mir sicher, daß Jessenin die richtigen Worte gefunden hätte.«

»Ich bin auch wegen einer anderen Sache zu Ihnen gekommen«, sagte ich, während ich den Meldeschein ausfüllte. »Ich hätte eine Bitte …«

»Nur zu, Genossin, ich stehe zu Ihren Diensten. Seit einem halben Jahr bemühe ich mich, den Menschen ihre Bitten zu erfüllen. Davor war ich vier Jahre lang damit beschäftigt, Menschen vom Leben in den Tod zu befördern. Und glauben Sie mir: jene traurige Aufgabe als Totschläger war oft leichter als meine derzeitige.«

Ich konnte den Sarkasmus des Mannes verstehen. Ich erklärte ihm mein Anliegen, wobei ich betonte, daß ich durchaus bereit wäre, den Text auf der Gedenktafel zu ändern. *Der heldenhafte Sieg des sowjetischen Volkes über den Hitlerfaschismus sorgt dafür, daß derartiges nie wieder geschieht!* schlug ich als möglichen Nachsatz vor. Auch gegen einen Hinweis auf die Rolle der Partei oder des Genossen Stalin hatte ich natürlich nichts einzuwenden.

»Die heldenhafte Rolle der Partei.« Koslow verzog den Mund. »Wo war die Partei, als wir 1941 in der Scheiße gesessen sind? Aber bitte, wenn Sie meinen.«

»Ich meine gar nichts«, sagte ich, »es geht mir nur um die richtige Form.« Mir wird er keinen unvorsichtigen Satz entlocken, dachte ich.

Der Direktor studierte meinen Meldeschein. Je länger er schwieg, desto unruhiger wurde ich.

»Ich habe bei einem Steinmetz in Gomel ein Denkmal in Auftrag gegeben«, teilte er mir schließlich mit. »Darauf soll stehen: *In Erinnerung an die in den Jahren der deutschen Besatzung 1941–1944 in Witschi von den Faschisten ermordeten 1483 Sowjetbürger. Gewidmet von den Überlebenden.* Die genannte Zahl bezieht sich auf die Opfer aller Nationalitäten, Russen, Weißrussen, Polen, Juden, Ukrainer …«

»Aber auf dem Feld vor den Ruinen der Mühle starben meine Eltern, und sie starben, weil sie Juden waren. Ausschließlich deshalb.«

»Ich weiß, Genossin Masur. Aber ich kann Ihnen leider trotzdem keine Erlaubnis geben. Ein solches Denkmal muß von höherer Stelle genehmigt werden. Ich schicke morgen ein Telegramm nach Gomel mit einer Anfrage, wie in dieser Angelegenheit zu verfahren sei. Einstweilen muß ich Sie noch um Geduld bitten.«

Die Unterhaltung war schneller beendet, als ich gedacht hatte.

Ich konnte nicht einschlafen, wälzte mich auf der Matratze hin und her, versuchte, mich auf Isaaks regelmäßiges Röcheln zu konzentrieren. Wenigstens er hatte offenbar den Frieden mit sich selbst gefunden. Als ich ihm am Abend von meinem Besuch bei Koslow erzählt hatte, war er in Gelächter ausgebrochen. »Du hast Nerven, Rejsele«, hatte er gesagt. »Als die Deutschen im Einundvierziger Jahr einmarschiert sind, wurden sie mit Brot und Salz empfangen. Du kannst mir glauben, ich habe mich erkundigt! Hitler war wirklich ein Idiot. Hätte er die Ukrainer und Weißrussen gut behandelt, hätte er bestimmt den Krieg gewonnen. Die Juden? Wer spricht heute schon vom Schicksal der Juden?«

Am nächsten Tag wollte mich der Direktor der Sowchose nicht sehen. Er habe eine dringende Aufgabe zu erledigen, teilte mir die Telephonistin mit. »Kommen Sie morgen wieder.« Ihr Tonfall war kalt.

Also noch einen Tag warten.

In der Nacht hatte es geschneit. Die Kinder zogen Schlitten durch den Hof, verschwanden, wo der Wald hinter der Siedlung eine Biegung machte, aus meinem Blickfeld, und tauchten einige Zeit später als schwarze Punkte auf dem Hügel hinter der Ruine des Dorfes wieder auf. In der Schulbaracke gab es nur ein Klassenzimmer. Der Unterricht wurde für alle Klassen parallel durchgeführt. Die Kleineren hatten früher aus und freuten sich über den ersten Schnee im ersten Nachkriegswinter.

Ich ging zu Serjoscha in die Werkstatt.

»So etwas hatte ich befürchtet«, erklärte er. »Ein Denkmal ist was Politisches und bei politischen Dingen, da kenn ich mich nicht aus, ist auch nicht meine große Stärke, das Politische, aber eines weiß ich bestimmt – es dauert bei denen da oben immer länger, als wenn wir einfachen Menschen uns zusammensetzen, um etwas zu entscheiden. Aber ich habe natürlich nichts gesagt ...«

Von der Werkstatt ging ich in den Lebensmittelladen. Zu kaufen gab es nur wenig, trockenes Brot, Hering und Grütze. In den anderen Regalen lagen Photographien der fehlenden Lebensmittel: Schinken, Käse, Eier, Fleisch, Kaviar, Konserven, Gemüse ...

»Früher haben die Bauern ihr Brot selbst gebacken«, sagte ich.

»Ja, das war früher!« schnauzte die Verkäuferin zurück. »Früher waren die Toten noch am Leben.«

An diesem Tag bemerkte ich, daß mich die Frauen weniger freundlich grüßten. Ich machte einen Bogen um die zerstörte Siedlung und ging hinunter zum Fluß, wo früher der Hafen war. Nur wenige Planken erinnerten daran, daß hier vor dreißig Jahren der Dampfer Fürst Alexander zweimal in der Woche angelegt hatte, um Säcke mit Roggen, Hafer und Gerste zu laden. Wir Kinder waren immer auf das Dach des Lagerschuppens geklettert um zu beobachten, wie sich die großen Schaufeln ins Wasser gruben und wie Jefimka, der alte Matrose, das faustdicke Seil am Steg festmachte. Ich betrachtete die dünne Eiskruste, die sich in der Nähe des Ufers zwischen den Planken gebildet hatte. Das erste Mal seit meiner Rückkehr spürte ich etwas wie Wehmut.

Am nächsten Morgen empfing mich der Vorsitzende der Sowchose wieder mit einem freundlichen Lächeln. »Ich habe noch keine Antwort aus Gomel erhalten«, erklärte er. »Und wie ich unsere lokalen Behörden kenne, wird sie nicht so bald eintreffen. Wenn Sie meinen Rat hören wollen: fahren Sie nach Leningrad zurück. Ich werde Sie benachrichtigen, sobald ich etwas weiß, weil ...«

»Aber verstehen Sie doch!« fiel ich ihm ins Wort. »Ich kann nicht mehr warten. Ich möchte das hinter mich bringen, nach Leningrad zurückfahren und am besten nie mehr hierher zurückkommen. Ich möchte, nein, ich muß dieses Denkmal jetzt aufstellen, dort unten vor Sakodowers Mühle, um wenigstens ein einziges Mal davor zu stehen und mich von meinen Eltern zu verabschieden. Vielleicht werde ich dann endlich weinen können.«

»Weinen?« schrie Koslow. Er war aufgestanden und ging im Zimmer auf und ab. »Seit meiner frühen Jugend habe ich nicht mehr geweint. Das letzte Mal war, glaube ich, als mich mein Vater verdroschen hat. Auch an der Front habe ich nie geweint. Als meine Kameraden starben, habe ich nicht geweint und nicht, als ich erfahren habe, daß mein Vater von den Deutschen ermordet wurde. Ich habe nicht einmal vor Freude geweint, als ich Berlin in Trümmern liegen sah, und nicht, als ich den SS-Offizier, den ich abführen sollte, ins Genick geschossen habe. Ich habe nicht geweint! Verdammt, jetzt ist nicht die Zeit zum Weinen. Zeit, sich zu besaufen vielleicht, aber nicht zu weinen. Das habe ich auch ohne Denkmäler verstanden. Ich brauche keine Denkmäler!«

»Vielleicht aber muß man gerade ein Zeichen setzen, um herauszufinden, wann die Zeit gekommen ist.« Ich versuchte, ruhig zu bleiben.

Koslow ließ sich wieder in den Sessel fallen, zupfte an seinem Oberlippenbart, schüttelte den Kopf.

»Na gut!« schrie er plötzlich und schlug mit der Handfläche auf den Tisch. »Na gut! Na gut! Ich werde anrufen! Gleich morgen früh rufe ich persönlich in Gomel an. Ich ruf an! Und klär die Sache. Ich hab da meine Kontakte.«

Sein Gesicht, vor einem Augenblick noch wutentbrannt, wirkte nun müde.

»Na? Zufrieden?« Er schrie noch lauter. »Ihr seid schon ein hartnäckiges Völkchen. Man schmeißt euch durch die Tür hinaus, und ihr kommt durch das Fenster wieder herein. Verriegelt man Türen und Fenster, kommt ihr durch den Rauchfang.«

Wie gern wäre ich an diesem Tag im Besitz eines Zauberstabs gewesen, mit dem ich mich in Tiefschlaf versetzen hätte können. Wie gern wäre ich mit einem unsichtbaren Lift in ein unterirdisches Verließ gefahren, weg von den Menschen.

»Judendenkmaltante! Judendenkmaltante!« riefen mir die Kinder nach.

»Laßt mich in Ruhe, sonst zieh ich euch an den Ohren hoch, so lange, bis ihr sehen könnt, wo die Krebse überwintern«, schrie ich und ballte die Fäuste. Die Kinder lachten.

»Wie die Mutter, so die Tochter«, hörte ich das Zischen der Frauen hinter meinem Rücken. »Die Mutter, eine Furie, so auch die Brut. Den Sohn haben sie schon vor dem Krieg kassiert und die beiden anderen vergessen.«

Das ist ja unglaublich! dachte ich. Woher, zum Teufel, wissen sie von Mojsches Verhaftung?

»So sind sie eben, die Masurs«, tönte wieder die Stimme hinter meinem Rücken. »Glauben, es stehe ihnen mehr zu als anderen. Wie im Leben, so im Tod.«

Ich drehte mich schnell um. Sofort verstummten die Frauen. Sie standen in der Mitte des Hofes, ihre Kopftücher in die Stirn gezogen.

Warum ich denn in meinem Alter noch so naiv sei, staunte Isaak an diesem Abend. »Hast du denn nicht bemerkt«, ereiferte er sich, »wie wenig Juden es noch in leitenden Positionen gibt? Weißt du nicht, daß es an manchen Orten nach Kriegsende zu Pogromen gekommen ist, daß jüdische Heimkehrer von der Front mit Naziparolen empfangen werden und die Behörden wegschauen, daß man Juden vorwirft, sie seien während des Krieges Drückeberger und Feiglinge gewesen? Ist dir entgangen, daß in Zeitungen und Büchern zwar von Hitlers Vernichtungskrieg gegen die Sowjetunion, aber nicht vom Massenmord an den Juden die Rede ist, daß Soldaten von ihren Fronterlebnissen, Zivilisten von ihren Entbehrungen, Partisanen von ihren Heldentaten berichten, aber kein jüdischer Überlebender eines Konzentrationslagers zu Wort kommt? Natürlich weißt du das! Warum haben es die meisten hingenommen, als die Deutschen die Juden ermordeten? Warum haben viele applaudiert und manche sogar mitgemordet? Weil sie die russischen Kommissare vergessen haben, die ihnen das Getreide weggenommen haben, aber nicht die jüdischen, weil sie die russischen Parteifunktionäre, Henker, revolutionären Fanatiker und geistlosen Schreihälse alle längst vergessen haben, aber nicht die jüdischen. Wie konnten wir wirklich mit der Illusion leben, wir seien hier zu Hause, als sei unser Exil zu Ende, als könne es jemals zu Ende sein?«

Obwohl ich Isaak insgeheim recht gab, widersprach ich ihm. Sollte denn alles umsonst gewesen sein? Die Revolution, der Bürgerkrieg, die neue Gesellschaft, unsere Ideale, der Sieg über den Faschismus? Sollte alles werden, wie es früher war, oder noch schlechter?

»Es ist nie wirklich besser gewesen, Rejsele«, seufzte Isaak. »Aber wenn man träumt, sieht man den Sonnenschein auch am bewölkten Himmel. Und wenn es irgendwann wirklich besser wird, bleibt immer noch der Schatten in den Gassen und der Gestank in den Latrinen.«

Ich konnte mich mit dem Gestank in den Latrinen trotzdem nicht abfinden.

Im Morgengrauen schlief ich ein. Als ich aufwachte, war Isaak in seine Werkstatt gegangen. An diesem Tag mußte sich alles entscheiden. Draußen im Hof warteten die Kinder vor dem Eingang zur Schulbaracke. Die junge Lehrerin hastete am Fenster vorbei, warf einen Blick in meine Richtung, nickte mir zu. Sie kannte mich nicht von früher, war erst nach dem Krieg nach Witschi gekommen. Sie war die einzige, die mich noch grüßte.

In der Verwaltungsbaracke nahm mir die Telephonistin Mantel und Haube ab und öffnete die Tür zum Büro des Direktors. Die höfliche Geste bedeutete sicher nichts Gutes.

Koslow reichte mir die Hand. »Setzen Sie sich, Genossin Masur.« Seine Mundwinkel gaben die Sicht auf einige Zahnlücken frei. Etwas Knabenhaftes und Aufgeregtes war in seinem Gesicht. Ich verstand, daß ich verloren hatte.

»Ich habe mit Genossen Trjapkin in Gomel ein langes Telephongespräch geführt.« Koslow machte eine Pause, schlug das rechte Bein lässig über das linke, stützte den rechten Ellbogen auf dem Tisch ab. »Genosse Trjapkin, müssen Sie wissen, war nie ein besonders mutiger Mensch. Man erwartet von ihm eine Entscheidung, er aber zögert, delegiert, beschwert sich darüber, was ihm sein Amt alles abverlangt. Ich frage mich immer, wie Genosse Trjapkin in eine leitende Position aufsteigen konnte. Übrigens war seine Großmutter Jüdin, aber offiziell ist er natürlich Weißrusse.«

»Also wieder keine Entscheidung!« rief ich verzweifelt.

»Keine Entscheidung ist auch eine Entscheidung.« In Koslows Stimme schwang ein schadenfroher Unterton mit. »Genosse Trjapkin könnte ja einen Brief nach Moskau schicken, aber er möchte die hohen Herren in Moskau nicht mit unwichtigen Anfragen belästigen. Sie sehen, ich rede mit Ihnen ganz offen. So ein Denkmal, wie soll ich sagen, ist nicht ganz unproblematisch. Wir sind ein Land der internationalen Solidarität. Wir haben den Nationalismus überwunden. Und Sie wollen ein Denkmal für die Toten eines einzigen Volkes aufstellen. Zugegebenermaßen hat dieses Volk unter den Faschisten besonders zu leiden gehabt, aber auch jeder vierte Weißrusse ist während des Krieges umgekommen und jeder fünfte Ukrainer …«

»Also kein Denkmal«, unterbrach ich ihn.

»Genosse Trjapkin hat ja persönlich nichts gegen Ihr Denkmal, aber grundsätzlich fühlt er sich außerstande, eine Entscheidung zu treffen.«

Er machte wieder eine Pause, trommelte mit Zeige- und Mittelfinger gegen die Tischplatte. Es war der Rhythmus eines populären Gassenschlagers aus den zwanziger Jahren: *Ein Krokodil floh aus dem Zoo, zurück zum schönen Limpopo, die Flucht nach Afrika gelang, wo viele Neger er verschlang.*

»Vielleicht hängt das mit seiner jüdischen Großmutter zusammen. Er möchte sich nicht dem Vorwurf der Begünstigung aussetzen«, sinnierte der Direktor. »Aber das ist natürlich reine Spekulation, und ich habe diesen Satz nie gesagt. Vergessen Sie ihn sofort!«

»Begünstigung durch die Aufstellung eines Denkmals für ermordete Juden?«

»Sie dürfen diese Holzplatte an der Stelle, wo sich früher die Mühle befand, aufstellen«, erklärte er. »Aber ohne Hinweis auf die Juden. Schreiben Sie doch einfach: *Opfer des Faschismus*. Ihnen ist es ein Trost und den Toten tut's nicht weh.«

»Sie waren nicht einfach Opfer des Faschismus!« Ich darf mich nicht gehen lassen, schoß es mir durch den Kopf. Nicht vor diesem Menschen! »Die Gefallenen, Verhungerten, die durch Bomben Getöteten waren alle Opfer des Faschismus. Wir alle waren Opfer des Faschismus. Aber nur uns Juden hat man umgebracht, weil wir in deren Augen kein Recht hatten zu leben.«

Koslow schlug mit der Faust auf den Tisch.

»Warum?« brüllte er. »Warum wollt ihr Juden immer etwas Besonderes sein? Sogar im Leid wollt ihr besser sein als wir!«

»Weil ihr anderen uns braucht!« schrie ich zurück. »Und gäbe es uns nicht schon, müßtet ihr selbst uns erschaffen. Ich bezweifle, ob ihr dann glücklicher mit uns wärt.«

Koslow erhob sich langsam von seinem Stuhl. »Sie werden unverschämt, Genossin!« zischte er. »Und dabei haben Sie noch Glück, daß ich ein gutmütiger Mensch bin, sonst müßte ich Sie wegen Verhetzung und antisowjetischer Propaganda anzeigen.«

Er ging um den Tisch herum und auf mich zu. Sein Gesicht, vor einem Augenblick noch weiß, leuchtete feuerrot. Jetzt schlägt er mich! Um Gottes Willen, dieser Mensch bringt es doch tatsächlich fertig und ohrfeigt mich, eine achtunddreißigjährige Frau, verheiratet, Mutter von zwei Kindern, Akademikerin, eine von allen Kollegen geachtete Lektoratsangestellte, Überlebende der Leningrader Blockade, Ordensträgerin und so weiter. Und dieser Forstarbeiter ohrfeigt mich wie eine ungezogene Göre, wie einen Trampel vom Land, der ich einmal war. Ich preßte meine Arme gegen den Oberkörper, rührte mich aber nicht von der Stelle.

»Verlassen Sie sofort mein Büro«, befahl Koslow.

»Heute noch fahre ich ab«, sagte ich leise.

»Ach, noch etwas, Genossin Masur!« Unwillig drehte ich mich um.

»Was denn noch? Ich glaube, es ist alles gesagt.«

»Versuchen Sie, die Vergangenheit zu vergessen, Genossin Masur, schauen Sie in die Zukunft, die wird ohnehin schwer genug sein.«

In Witschi blieb der Zug nur zweimal am Tag stehen. Ich beschloß, den um sechs Uhr morgens zu nehmen. In Gomel und später in Witebsk hatte ich jeweils einen Anschluß. Nach nur fünfzig Fahrstunden würde ich wieder in Leningrad sein, bei meinem Mann und meinen Kindern, ich würde Freunde treffen, ins Theater gehen und Bücher lesen. Was mir in meinem Geburtsort widerfahren war, würde ich erfolgreich verdrängen, bis mich die Realität in einigen Jahren einholen würde.

Als ich das letzte Mal durch das Dorf ging, war es noch dunkel. Hinter meinem Rücken hörte ich das Keuchen der alten Frauen, die ihre Äpfel- und Kartoffelsäcke schleppten. Ich zweifelte, ob ihnen jemand zu dieser frühen Stunde etwas abkaufen würde.

Ich hatte Isaak überredet, daß er mich nicht zum Bahnhof begleitet. Ich war allein, weil meine Erinnerungen diesen Ort längst verlassen hatten und die Asche meiner Eltern Tausende Kilometer entfernt war, unterwegs zu exotischen Ländern, die ich nie in meinem Leben sehen würde, und weil ich das Denkmal nun immer in meinem Inneren tragen mußte, bis an mein Lebensende.

16

Liebe Mascha,

es mag Dich wundern, daß ich Dir schreibe, anstatt wie in den achtundfünfzig Jahren, die seit Deinem Tod vergangen sind, den direkten Weg des Gesprächs zu wählen. Nun brauchst Du aber nicht zu befürchten, daß dieser Schritt auf eine Änderung in unserer Beziehung hindeuten könnte. Es ist nichts als die Laune einer alten Frau. Du warst immer ein Sicherheitsfaktor in meinem Leben, und, wie Du weißt, hat die Schärfe Deiner Urteilskraft mich vor mancher Fehleinschätzung bewahrt. 1963, nach dem unerwarteten Tod meines Mannes, warst Du es, die mir den Weg von der Verzweiflung zur Trauer wies. Ich fand wieder zum Leben zurück, weil der Tod oft ein Neuanfang ist. Trotzdem habe an Naums Grab nur ich gesprochen, während er schweigend zuhörte. Er hat mir nie geantwortet.

Ich leide an Schlaflosigkeit und rasch wechselnden Launen, vielleicht eine Folge der Gespräche, die ich mit Dmitrij, dem Interviewer, führen muß und die für mich doch zu einer Art Lebenselixier geworden sind. Ich hoffe, daß mir der mechanische Akt des Schreibens helfen wird, wieder das für eine Zweiundneunzigjährige angemessene Ungleichgewicht zu finden.

Das Schicksal dieses Briefes ist ungewiß. Zu den Phantasiegestalten meiner schlaflosen Nächten gehört der deutsche Postbeamte, der in unserem Bezirkspostamt pflichtbewußt nach dem Sack mit der Aufschrift *Jenseits* sucht und nach Rückfrage mit seinem Vorgesetzten den Brief abstempelt, mit dem Hinweis *Unzustellbar* versieht und an die Absenderin, also an mich, retourniert. In Wirklichkeit ist die deutsche Post längst nicht so gewissenhaft wie das Bild, das man sich von ihr macht. So numerieren zwar die Deutschen ihre Häuser nach einem klaren und streng logischen System, verabsäumen es aber manchmal, aus Willkür vielleicht oder gar aus Bosheit, die Wohnungen innerhalb dieser Häuser ebenfalls mit Nummern zu versehen. Infolgedessen verlangt die Zustellung der Post vom Briefträger ein beachtliches Merkvermögen, muß er doch die einzelnen Brieffächer und Wohnungstüren (auf denen es nicht immer Namensschilder gibt) den Familiennamen auf den Umschlägen der Briefe und auf den Paketen zuordnen können, was in unserem Fall, bei drei Personen mit drei verschiedenen Familiennamen im selben Haushalt, gar nicht so leicht ist. Vor einigen Tagen wurde uns ein Brief für Fräulein Friederike Schwarz zugestellt. Die alte Dame wohnt ein Stockwerk höher. Der Brief stammte aus Tittmoning (Oberbayern). Ich habe ihn umgehend zu Fräulein Schwarz hinaufgebracht. Ein an Kostik adressierter Brief von Isidor, seinem ehemaligen Studienkollegen, der seit einigen Jahren in Bat-Jam, in Israel, lebt, landete wiederum bei dem besagten Fräulein. Das Fräulein klopfte an unsere Tür und händigte uns mit einem Lächeln den Brief aus. Er war geöffnet. Dies ärgerte mich sehr, auch wenn das Fräulein Schwarz den russischen Text nicht hatte lesen können. Kostik nahm den aufgerissenen Umschlag entgegen und brummte etwas. Die unangenehmen Seiten des Alltags überläßt er seiner alten Mutter. Für bestimmte Dinge habe immer ich mich zuständig gefühlt, seien es nun Behördengänge oder Gespräche mit Nachbarn, weil ich dafür meinen Sohn nicht für diplomatisch genug gehalten habe. Warum sollte er mit über sechzig Jahren sein Verhalten ändern?

Ich stehe also vor Fräulein Schwarz, ziemlich sicher mit einem etwas säuerlichen Gesichtsausdruck, den ich in vergleichbaren

Fällen immer habe, und bedanke mich, wobei ich mich bemühe, weder allzu höflich noch allzu schroff zu wirken. Das Fräulein versucht an meinen Schultern vorbei ein paar Eindrücke vom Inneren unserer Wohnung zu erhaschen. Das gefällt mir nicht. Wieso trägt sie ihre Neugierde so schamlos zur Schau? Sind wir ihr nicht einmal den Anschein eines Taktgefühls wert? Vielleicht sollte ich sie auf eine Tasse Tee einladen, dann kann sie sich alles in Ruhe ansehen. Sie wird nichts Außergewöhnliches finden. Keine geheimnisvollen Freimaurersymbole oder ermordeten Christenkinder fürs Mazzesbrot. Ich schwanke kurz, ob ich sie auf den geöffneten Brief ansprechen soll, und beschließe, es nicht zu tun. Welchen Sinn sollte das haben? Sie würde nur den nächsten an uns adressierten Brief, der in ihrem Postfach landet, zerreißen.

»Sie haben Verwandte in Israel?« fragt die Alte.

»Mhm.«

»Dann sind Sie Juden!« verkündet sie, als teilte sie mir mit, eine halbe Million Mark im Lotto gewonnen zu haben. Aus ihrer Stimme höre ich weder Ressentiment noch Bösartigkeit heraus, nur Neugierde.

»Nein!« sage ich. »Wir sind Udmurten.«

»Wie?«

»Das heißt, ich und mein Sohn sind Udmurten, aber meine Schwägerin ist Tschuwaschin, und mein verstorbener Ehemann war Mordwine.«

»Mo...?«

»Mordwine.«

»Aber Israel?«

»Ja, haben Sie denn nicht gehört, daß die Israelis große Freunde der Udmurten sind? Deshalb leben viele Udmurten in Israel ... Auf Wiedersehen, Fräulein Schwarz.«

Du wirst mich an dieser Stelle bestimmt fragen, liebe Mascha, ob ich unter dem Leben in der Fremde zu leiden habe. Jeden Tag dieselbe Frage – ich habe Deine Stimme im Ohr –, jeden Tag dieselbe Antwort: Es mangelt mir an nichts; weiß Gott, es ist mir schon viel schlechter gegangen. Manchmal scheint es mir, ich hebe ab, ich fliege, ich stehe neben Dir. Wir halten uns an den Händen, schauen hinunter, beobachten die Geschäftigkeit der Menschen auf der Erde – man kann Studien über ihr Verhalten erstellen, manchmal ist es unterhaltsam, in den meisten Fällen jedoch langweilig. Aber mit mir persönlich hat es nicht mehr viel zu tun. Dann denke ich an Kostik und falle. Der Aufprall ist schmerzvoll. So war es vor ein paar Tagen, als uns mein Enkel Sascha mitgeteilt hatte, daß er Gigricht verläßt. Sein Konzern hat ihm einen auf drei Jahre befristeten Posten in Hamburg angeboten, eine Arbeit, die mit einem höheren Gehalt und mit mehr Verantwortung verbunden ist ... Du kannst Dir vorstellen, in welchen Zustand Kostik und Frieda diese Nachricht versetzte. Der Ortswechsel, insbesondere von einem Bundesland in ein anderes, ist für einen Kontingentflüchtling, der Sozialhilfe bezieht, mit Schwierigkeiten verbunden. Außerdem hat Sascha gar nicht vor, uns nach Hamburg mitzunehmen, kann er doch nicht wissen, wohin ihn sein Konzern nach Ablauf dieser drei Jahre schicken wird.

Nun brauchst Du nicht zu glauben, daß ich Saschas Gegenwart allzu sehr vermissen werde. Ich hatte nie eine enge Beziehung zu meinem Enkel gehabt. Manchmal denke ich, wie es wohl gewesen wäre, wenn Schelja Kinder gehabt hätte. Aber über Schelja möchte ich nicht schreiben. Jeder Gedanke an sie brennt in meinem Herzen. Jede Erwähnung ihres Namens zerstört den Hausfrieden für Tage, und Kostik ist taktvoll genug, sich so zu verhalten, als habe er nie eine Schwester gehabt.

In den letzten Monaten rief Sascha regelmäßig bei uns an.

»Gibt's was Neues, Vater?«

»Was soll's bei mir Neues geben?«

»Das Herz?«

»Im Augenblick keine Beschwerden. Und bei dir?«

»Viel Arbeit. Wie üblich. Ich bin zufrieden. Bald, wenn ich ein bißchen Zeit habe, mach ich den Führerschein und kauf mir ein Auto.«

»Na, dann ist es ja gut.«

Damit war das Gespräch in den meisten Fällen beendet.

Sogar die seltenen Male, die Sascha bei uns zu Besuch war, gab er wenig von seinem Leben preis.

»Hast du eine Freundin?« fragte Frieda jedesmal und forschte in seinem Gesicht, so als hätte er nie gelernt, seine Masken zu wechseln wie seine Hemden.

»Du bist vierunddreißig Jahre alt«, sagte Kostik. »Denk an die Zukunft. Ein Leben ohne Familie, ohne Kind, hat keinen Wert.«

Sascha löffelte weiter seine Lauchsuppe, die ihm seine Mutter jedesmal kochte, und wiederholte immer, ohne seine Eltern anzuschauen: »Zuerst das Geld, dann das Vergnügen.«

»Wenn dir später noch Zeit bleibt für's Vergnügen«, warf ich manchmal ein.

»Ich habe einen langen Atem.«

Schon als Kind war mein Enkel bei allem einer der Besten. Der Beste seiner Klasse, der vorbildlichste Pionier, der aktivste Komsomolze, der fleißigste Student. Wenn er Mädchen mit nach Hause brachte, waren es immer verhärmte Wesen. Ein Blick genügte, um zu wissen, daß er sie in kürzester Zeit wieder sitzen läßt. Nur Frieda verstand das nicht und bewirtete jede von ihnen, als handle es sich um ihre zukünftige Schwiegertochter.

In den Zeiten der Perestrojka hielt er Vorträge über die Reform des Sozialismus, aber 1991, nach dem gescheiterten Putsch, war er der erste, der aus dem Komsomol austrat. Später gründete er mit ein paar zwielichtigen Gestalten eine eigene Elektronikfirma, ging in Konkurs und wanderte schließlich nach Deutschland aus, wo er bei einem jener Konzerne Karriere macht, die er noch Mitte der achtziger Jahre, in seiner Zeit als Aktivist des Komsomol, bei öffentlichen Versammlungen als »Haie des Kapitalismus«, »Folterknechte der arbeitenden Massen« oder »Ausbeuter der Völker« bezeichnet hatte. Was? Du möchtest wissen, worauf ich hinauswill? Ich sehe natürlich ein, daß er vernünftig ist. Er ist kein gläubiger Mensch, und die Nichtgläubigen haben es im Leben leichter, denn sie haben keine Zweifel.

»Wozu sind wir hergekommen?« fragt mich jetzt Frieda. »Ich wollte bei meinem Sohn sein. Das war der einzige Grund, warum ich ins Land dieser Würstchenfresser eingewandert bin. Glauben Sie, es macht mir Spaß, in diesem elenden Nest meinen Lebensabend zu verbringen? Was sollen wir nur machen?«

Wie du dir wohl denken kannst, liebe Mascha, kann ich ihr auf diese Frage keine befriedigende Antwort geben. Was hättest du ihr an meiner Stelle gesagt?

Kostik reagiert gelassener. »Warum nicht Hamburg?« fragt er. »Wir sehen ihn ja ohnehin kaum, unseren Sohn. Mich berührt das alles nur mehr wenig. Das einzige, worauf ich noch hoffen kann, ist, einmal in meinem Leben nach Aix-en-Provence zu fahren. Dann bin ich vielleicht für kurze Zeit glücklich.«

Einmal, manchmal zweimal in der Woche bin ich im Institut für Geschichtsforschung und erzähle Dmitrij aus meinem Leben. Am Anfang versuchte er, meinen Erzählfluß zu lenken, stellte sein historisches Wissen zur Schau. Darüber habe ich nur gelächelt. Wollte dieser Knabe, der mein Urenkel sein könnte, mir wirklich imponieren? Jedenfalls hat er schnell begriffen, daß er so mit mir nicht umgehen kann. Bei manchen Details, die er unbedingt wissen wollte, behauptete ich, mich nicht mehr erinnern zu können, anderes, was mir wichtig erschien, erzählte ich sehr ausführlich, auch wenn ich seine Ungeduld spürte. Er begriff schnell: entweder so oder gar nicht. Bald bestand seine Hauptaufgabe darin, das Aufnahmegerät einzuschalten, mir ein Stichwort zu geben, Erinnerungsstützen aufzubauen, Pausen zu überbrücken. Damit möchte ich nicht behaupten, seine Rolle sei eine rein passive. Er übersetzt alles, was ich ihm erzähle, in ein gepflegtes Deutsch. Er hat Wiederholungen gestrichen, zeitliche und inhaltliche Sprünge bereinigt und einzelne Episoden in Kapitel zusammengefaßt. Ich habe diese deutsche Version gelesen. Der junge Mann hat sich bei der Übersetzung einige Freiheiten erlaubt. Aber ich habe mich entschlossen, großzügig zu sein.

Dmitrij weiß natürlich, daß ihm der schwierigste Teil der Arbeit noch bevorsteht. Er muß für das Schlüsselerlebnis meines Lebens die passende sprachliche Form finden. Das Dokument, welches ich als Beweis für diese Geschichte vorgelegt habe, war ausschlaggebend dafür gewesen, daß ich als Teilnehmerin am Projekt Jubiläumsbuch ausgewählt wurde. Aber Dmitrij, der freche Mensch, hat mir eines Tages mit der ihm eigenen unverschämten Offenheit ins Gesicht gesagt, daß er diesen »sogenannten Beweis« für eine Fälschung halte.

»Das Papier würde einer eingehenden Analyse durch Fachleute nicht standhalten«, erklärte er mir, »man braucht nur die Zusammensetzung der Tinte und die Schrift überprüfen, und Ihr Schwindel fliegt auf.«

»Warum tun Sie's dann nicht?« fragte ich herausfordernd. »Wenn Sie Ihren Experten mehr glauben als einer alten Frau.«

»Vielleicht würde ich's sogar tun, wenn ich's allein entscheiden könnte, aber Frau Wepse ist so begeistert von Ihrer Geschichte und auch der Doktor Sambs, unser Chef, vor allem aber der Kulturstadtrat und erst der Bürgermeister – der ist richtig drauf abgefahren! Die Politiker hecheln ja bekanntlich von einem Termin zum anderen und wollen nur, daß man ihnen in knappen Worten, zwischen Tür und Angel sozusagen, das Allerwichtigste berichtet, aber diese Geschichte haben wir ihnen natürlich nicht vorenthalten wollen.«

»Ja und, was heißt das jetzt?« fragte ich.

Er lachte, zwinkerte mir zu und steckte sich eine Zigarette in den Mund, auch wenn er sie nicht anzündete, weil ich ihm strengstens verboten habe, in meiner Gegenwart zu rauchen.

»Sollen wir vom Institut diese wichtigen Leute enttäuschen, weil wir etwas so Profanes durchführen lassen wie eine fachliche Analyse?«

Danach habe ich nichts mehr gesagt. Es ist mir alles recht, solange ich meine Geschichten erzählen darf. Außerdem bin ich schon zu alt, um noch der Meinung zu sein, die Grenze zwischen Moral und Unmoral sei jene zwischen Wahrheit und Lüge. Aber ich schweife ab, und dabei gibt es wichtigere Dinge.

Vor einigen Tagen erhielt Frieda einen Brief von ihrer Tante Esther, die in Beerschewa in einem Pflegeheim lebt. Mitte der siebziger Jahre war sie mit ihrem Sohn nach Israel ausgewandert.

Im Kuvert befand sich nur ein Fetzen Papier, vielleicht zehn mal zehn Zentimenter groß. Die wenigen Zeilen begannen mit dem Wort *Frieda!*, nicht *Liebe Frieda!*, nicht *Hallo Frieda!*, einfach nur *Frieda!*.

Es enttäuscht mich sehr, schrieb die Tante, *daß Du, Frieda, nicht zu uns nach Israel, in unsere jüdische Heimat, gekommen bist. Statt dessen ziehst du es vor, unter den Kindern und Kindeskindern der Mörder Deines Volkes zu leben. Hast du denn keinen Stolz? Für ein paar schmutzige Mark Sozialhilfe verkaufst du dich an jene, die uns hingemordet haben wie Insekten. Schlecht soll es Dir und Deiner Familie dort gehen! Alle Krankheiten sollen über euch kommen, Unglück, Elend und Tod!*

»Sie war schon immer nicht ganz richtig im Kopf«, erklärte Kostik. »Ihr erinnert euch sicher, wie Sascha sie als Kind immer *Des Teufels Großmutter* nannte.«

»Senil!« meinte ich. »Das sind eindeutig Symptome von Senilität. Aber diesen Hang zum Pathos, den hatte sie schon früher.«

»In Israel kommt so was gut an«, sagte Kostik.

»Kommunismus. Kapitalismus. Zionismus. Pazifismus. Altruismus. Mein Leben lang hat man mir eingetrichtert, was gut und was falsch ist. Einmal so und dann wieder anders. Ich lasse mir die Kriterien für moralisches Verhalten von niemandem mehr aufzwingen«, erklärte ich.

Es dauerte zwei Tage, bis Frieda sich wieder beruhigte. »Ich habe mein Leben lang versucht, das Richtige zu tun«, lamentierte sie. »Meine Eltern habe ich bis zu ihrem Tod gepflegt, und als diese Tante krank war, bin ich diejenige gewesen, die nach ihr geschaut hat. Sie hat ja keine Tochter, nur einen Sohn, und der hat natürlich keinen Finger gerührt. Und jetzt, auf meine alten Tage, spuckt man mir ins Gesicht. Also in meinem nächsten Leben komme ich als Regenwurm auf die Welt.«

Im Club der Synagoge ist der Inhalt von Briefen aus Israel ein beliebtes Gesprächsthema. Viele dieser Briefe sind ähnlich jenem, den Frieda von ihrer Tante erhalten hat. Jemand hat einmal sogar erzählt, er habe eine kleine Hakenkreuzfahne zugeschickt bekommen.

»Die Israelis glauben, sie sprechen immer für das ganze jüdische Volk«, erklärte ein Mann – ich glaube, er stammt aus Kaunus – bei einem dieser zahlreichen Gespräche. »Aber was würde Israel ohne die Unterstützung der Juden in der Diaspora tun, frage ich Sie? Unsere Kinder werden hier in Deutschland zu Wohlstand kommen und sich für die Interessen Israels einsetzen oder Spendengelder dorthin schicken, weil sie nun einmal Juden sind. Die Israelis müssen uns dafür dankbar sein. Ohne uns, die Juden der Diaspora, hätten die Kameltreiber längst Schaschlik aus ihnen gemacht.«

»Wenn uns die USA weiterhin einwandern ließe, wären wir längst dort«, meinte ein anderer. »Aber die nehmen ja seit zehn Jahren keine russischen Juden mehr auf.«

»Also, ich will nicht nach Amerika. Hast du gehört, wie schlecht dort das Sozialsystem ist? Und die hohe Kriminalität, die ständige Unsicherheit.«

»Ja, aber es ist Amerika! Versteh doch. Amerika! Wenn man dir Amerika gibt, wirst du es doch nicht ablehnen. Trotz allem – es ist Amerika!«

»Deutschland ist gar nicht mehr richtig Deutschland«, verkündete eine Frau. »Es ist Teil der Europäischen Union, und die wächst bald zu einem einheitlichen Staat zusammen. Meine Kinder werden Bürger Europas sein. Keine Deutschen, sondern Europäer.«

»So oder so. Sie bleiben Juden.«

»Ich glaube, daß das jüdische Element in Deutschland gestärkt werden soll«, begründete Herr Rotschwants seine Übersiedlung nach Deutschland. »Es ist nicht nur eine späte Rache an Hitler, sondern ein Beitrag zur Humanisierung Mitteleuropas.« Frau Rotschwants seufzte und drehte sich weg, aber ihr Mann sprach weiter. »Überall, wo es viele Juden gibt, werden in Kunst, Kultur und Wissenschaft Höchstleistungen erbracht. Bekanntlich sind die Juden das Salz der Erde ...«

»Herr Rotschwants«, fiel ich ihm ins Wort. »Lassen Sie das! Sie sind nach Deutschland ausgewandert, weil Sie jeden Tag Beefsteak essen, in einem sauberen Park spazierengehen und ein modern eingerichtetes Badezimmer haben wollten. Erzählen Sie mir keine Märchen. Wissen Sie, woran mich das erinnert? An das fünfzehnjährige schwangere Mädchen, das behauptet, Jungfrau zu sein. Sie sei in dasselbe Badewasser gestiegen, in dem zuvor ihr Bruder gebadet und offenbar onaniert hatte. Und eine Ärztin sagt ihr: Meine Liebe, wenn du schon gesündigt hast, gib es wenigstens zu.«

»Auch Jungfrauen können Schlampen sein«, brummte Rotschwants.

Letzlich aber, liebe Mascha, ist es natürlich gleichgültig, wo ich die letzten Monate oder Jahre meines Lebens verbringe. Wenn ich tot bin, ist es ohne Bedeutung, ob neben mir die Leichen von Juden, Antisemiten, Deutschen oder russischen Nationalisten liegen. Die Würmer lassen es sich gleichermaßen gut schmecken.

Manchmal wache ich in der Nacht auf und kann nicht mehr einschlafen. Wenn dann am Morgen das erste Licht noch fahl zwischen den Vorhängen ins Zimmer fällt, und wenn der Lichtkeil, einer Sonnenuhr gleich, auf dem Parkettboden zu wachsen beginnt, zähle ich die Sekunden und warte auf die Sirene der Glühbirnenfabrik, die zur Morgenschicht ruft. Das Signal bleibt aus, und ich stehe irritiert auf, ziehe mich an und gehe hinunter auf die Straße. Vor dem Eingang zum Haus treffe ich einen alten Bekannten. »Guten Morgen, Chaim Berkowitsch«, grüße ich meinen Nachbarn Rabinowitsch, aber der Mann schaut mich erstaunt an und wendet sich achselzuckend ab. Während ich weitergehe, versuche ich sein seltsames Verhalten zu deuten. Ist er 1938 verhaftet worden oder erst der Repressionswelle von 1948 zum Opfer gefallen? Oder war es 1953? Immer wieder treffe ich auf Totgeglaubte.

Im Park unterhalte ich mich mit älteren Leuten. »Die Jüngeren können sich nicht vorstellen, wie wir gelitten haben«, erklärt mir eine Frau. »Ich erinnere mich noch gut an jenen Silvestertag 1944, als die angloamerikanischen Terrorbomber alles in Schutt und Asche legten. Sogar die Bäume im Park haben gebrannt.«

»Während der Blockade habe ich einmal geglaubt, meine Tochter sei gegessen worden«, sage ich.

»Die Lebensmittelrationen!« erinnert sie sich. »Minimal! 1945 haben die jüdischen DP's am Schwarzmarkt geschachert. Einmal hat man mir dort die Geldbörse gestohlen. Eine Woche lang habe ich mich nur von Brot und Wasser ernährt. Und die Zigarettenkippen, die die Amis wegwarfen, habe ich fertiggeraucht. Das hat den Hunger gedämpft.«

»Zweihundertfünfzig Gramm Brot am Tag für Arbeiter, hundertfünfundzwanzig für Angehörige und Kinder. Die Menschen sind auf der Straße tot umgefallen. Und ich bin über die Leichen drübergestiegen. Noch heute träume ich davon.«

»Und dann, 1952, hatte ich dreißig Kilo Übergewicht. Aber damals haben die Männer noch einen großen Busen geschätzt und einen großen Arsch. Heutzutage bevorzugen sie Besenstiele in modischen Kleidern.«

»Während der Blockade wog ich dreißig Kilo«, sage ich.

»Mein Mann ist im Krieg gefallen. Ich war eine noch junge Witwe. Die Männer sind hinter mir hergelaufen – ich sag's Ihnen – wie geile Rüden hinter einer läufigen Hündin.«

»Nachdem mein Mann gestorben ist, gab es keinen anderen mehr für mich. Er war der erste und der einzige.«

»Ja, ja«, sagt sie, »wir haben Furchtbares mitmachen müssen.«

Ich gehe weiter, biege von der uliza Majakowskogo in den Newskij Prospekt ein und stehe plötzlich auf dem Gigrichter Hauptplatz. Langsam rücken die Dinge wieder an ihren Platz, und ich bin mir dennoch nicht sicher, ob ich nicht einfach in eine Seitengasse einbiegen müßte, um zur Dworzowaja Ploschtschad' und danach zur Newa zur gelangen.

Aber eigentlich, liebe Mascha, wollte ich Dir von einem Erlebnis am gestrigen Tag berichten. Wie immer machte ich einen Spaziergang durch die Stadt. An einer Bushaltestelle legte ich eine Pause ein und beobachtete, wie die Menschen ein- und ausstiegen, sich miteinander unterhielten oder Zigaretten rauchten. Der Bus Nummer neun fuhr zum Friedhof. In den stieg ich ein.

Der Friedhof von Gigricht machte den Eindruck, als ob sogar die Toten sich an eine Hausordnung halten müßten. Ich betrat das Gelände durch ein weiß gestrichenes Tor, über dem zwei rundbäuchige Engel thronten. Es fiel mir auf, daß sie den Besuchern ihre Gesichter, den Toten aber ihre niedlichen Hintern zeigten. Die kiesbestreuten Wege waren tadellos sauber. Nicht einmal ein Fußabdruck war zu sehen, so als würde jemand mit einem Rechen hinter den Besuchern hergehen, um ihre Spuren zu beseitigen. Alle Gräber sahen aus, als hätte man sie erst am Vortag errichtet. In Gigricht ist der Tod ein wohlerzogener Gentleman.

Vor einem großen Grabstein aus schwarzem Marmor stand eine schön gekleidete Frau, von der ich vorerst nur den Rücken sehen konnte. Sonst war der Friedhof menschenleer, vielleicht weil es noch so früh am Morgen und das Wetter schlecht war. Die Frau in ihrem enganliegenden, bis zu den Knöcheln reichenden Kleid wirkte wie eine Marmorstatue oder wie eine tschechowsche Figur, die es durch Zufall aus dem neunzehnten Jahrhundert in die Zeit der Jahrtausendwende verschlagen hatte. Die Szene erinnerte mich an das Gemälde eines englischen Malers – sein Name ist mir entfallen –, das ich oft in der Eremitage bewundert hatte.

Zuerst wollte ich nur für einen Augenblick stehenbleiben. Im Augenwinkel hatte ich schon eine Allee ausgemacht, in die ich einbiegen wollte. Doch dann entschied ich mich anders, stellte mich neben die Frau und las die Aufschrift auf dem Grabstein:

Dr. Ferdinand von Pfaffenhofen. 29.1.1910–13.12.1980. Auch wenn Du von uns gegangen bist, bleibst du ewig in unseren Herzen. Der Nachsatz kam mir überflüssig vor. Auf Naums Grabstein waren nur sein Name sowie seine Geburts- und Sterbedaten eingraviert. Was mir gefiel, war der Schriftzug – elegante, schnörkellose Buchstaben. Ich schaute zur Seite. Das Gesicht der Frau war beinahe genauso schön wie ihre schlanke Figur und ihr langer Hals, den man aristokratisch nennen könnte. Sie trug hohe Stöckelschuhe, mit denen es sicher mühsam war, über den Kies zu gehen, und eine Uhr mit einem goldenen Kettenarmband, die wohl mehr gekostet hatte, als alle Uhren meines Lebens zusammen. In der Hand hielt sie einen Blumenstrauß – weiße und rote Rosen. Sie war nicht mehr jung, vielleicht siebzig.

Ich dürfte die Frau recht schamlos gemustert haben, denn sie drehte sich sichtlich irritiert zu mir, betrachtete mich einen Augenblick schweigend, drehte sich wieder um und legte die Blumen auf das Grab.

»Mein Mann ist seit über fünfunddreißig Jahren tot«, sagte ich. »In den ersten Jahren habe ich ihn jede Woche auf dem Friedhof besucht.«

»Das ist nicht mein Mann«, verkündete die Frau, ohne mich anzuschauen. Ihrer Stimme nach hätte sie hundert Jahre alt sein können.

»Ihr Bruder? Ein anderer Verwandter?« fragte ich. »Oder ein Freund?«

»Warum möchten Sie das wissen?«

»Aus keinem bestimmten Grund«, antwortete ich.

Sie neigte den Kopf nach vorne, so daß ihr Kinn fast ihr Brustbein berührte, und schwieg. Ich wartete ein wenig, schaute auf meine Uhr und beschloß, zurückzugehen. Es fiel mir ein, daß ich mich nicht erkundigt hatte, wie oft am Tag der Bus Nummer neun wieder ins Stadtzentrum zurückfuhr. Doch kaum hatte ich ein paar Schritte gemacht, hörte ich hinter mir die Stimme der Frau. »Ich kenne den Herrn, der hier liegt, überhaupt nicht. Ich stehe heute das erste Mal an seinem Grab. Kennen Sie ihn?« Ich hatte den Eindruck, als habe sie plötzlich Angst bekommen, ich ginge tatsächlich weg. Also drehte ich mich wieder um. Die Frau betrachtete konzentriert meine ausgetretenen sowjetischen Halbschuhe.

»Ich bin bis jetzt noch nie auf diesem Friedhof gewesen«, sagte ich. »Mein Mann ist in Leningrad begraben. Ich werde sein Grab wohl nie wiedersehen.«

»Ich werde das Grab meines Mannes auch nie wiedersehen«, erklärte die Frau, und ihr Mund wurde lang und schmal, die Andeutung eines Lächelns, der ihr Gesicht auf einmal viel weniger schön erscheinen ließ. »Er liegt hier, auf diesem Friedhof, Reihe siebenunddreißig. Da stehen drei Platanen. Er hat sie gar nicht verdient, diese schönen Platanen.«

»In Leningrad wachsen keine Platanen«, sagte ich und dachte an die von Unkraut überwucherten Alleen und die umgefallenen Grabsteine auf dem jüdischen Friedhof.

»Ich werde ihm den Gefallen nicht tun. Nein, ich werde ihm den Gefallen nicht tun, an seinem Grab zu stehen. Vierzig Jahre Gemeinsamkeit sind genug. Und jetzt ist er tot. Aber ich lebe noch. Ja! Das hätte er sich nicht gedacht. Daß ich noch lebe und er tot ist. Im Frühjahr, wenn alles blüht, da ist es am schönsten. Da spüre ich erst so richtig, wie schön alles ist. Und er liegt da unten und kann sich nicht mehr rühren. Nie mehr!«

Ich habe in meinem Leben einiges erlebt, doch diese geballte Ladung des Hasses dürfte mich trotzdem so verblüfft haben, daß mir der Stock aus der Hand fiel. Die Frau bückte sich und hob ihn auf.

»Aber warum dann die Blumen?« murmelte ich, während sie mir den Stock reichte. »Blumen für einen völlig Fremden?«

»Irgendwo muß ich doch hingehen!« schrie sie. »Ich habe ja sonst niemanden hier. Nur ihn. Aber er bekommt meine Rosen nicht. Oh nein, meine Rosen, die bekommt er nicht.« Ihre Stimme überschlug sich.

Zuerst wich ich zurück, dann flüchtete ich, blieb aber nach einigen Schritten doch noch einmal stehen, drehte mich um, widerwillig, aber von einem starken Verlangen getrieben, noch einmal in dieses haßerfüllte Gesicht zu schauen.

Es war, liebe Mascha, in diesem Augenblick, daß ich nach langer Zeit wieder ruhig und glücklich war und versöhnt mit der Welt. Ich dachte an dich, an Naum und die vielen anderen, die ich im Laufe der Jahrzehnte verloren hatte und die mich trotzdem oft berühren, so daß ich die Wärme ihrer Handflächen spüren kann.

Herzliche Grüße
Rosa

17

Seit frühester Kindheit war Kostik an Technik interessiert und ein exzellenter Mathematiker. In der sechsten Schulklasse hatte er beschlossen, an der Hochschule für Fluggerätetechnik zu studieren. Er besuchte sie jeden Oktober am Tag der Offenen Tür und ging sogar manchmal zu den regulären Vorlesungen. Die schweren Aufnahmeprüfungen bestand er 1950. Er erhielt achtundzwanzig Punkte von dreißig möglichen. Schon mit zwanzig Punkten hatte man gute Chancen, aufgenommen zu werden.

Einen Tag nach seiner letzten Prüfung kaufte ich ihm eine braune Ledertasche mit silbern glänzendem Verschluß. Wir warteten nur noch auf die Bestätigung für die Aufnahme. Alle für das erste Studienjahr notwendigen Lehrbücher hatte er sich schon besorgt. Seine Augen glänzten, wenn er darin blätterte.

Am Tag, an dem er sich bei der Inskriptionsstelle der Hochschule melden mußte, hatten wir alles für die Feier vorbereitet: Cognac, Weißbrot, falschen Kaviar, Apfelkuchen und sogar einige der berühmten Petersburger Rumkugeln, die ich in einer Konditorei am Äußeren Newskij gekauft hatte. Und dann kommt er zurück, bleich, das Gesicht eingefallen.

»Ich wurde nicht aufgenommen.«

»Was?«

»Man hat die Leute einzeln aufgerufen«, erzählte er. »Fast allen erklärte man, sie müßten morgen in die Kolchose fahren, um als Freiwillige bei der Ernte zu helfen, und den anderen hat man gar nichts gesagt. Auch mir nicht. Es sind alles Juden, die nicht in die Kolchose müssen, und jeder weiß, daß nur jene aufs Land geschickt werden, die offiziell als Studenten geführt werden.«

Am nächsten Tag ging Kostik wieder zur Inskriptionsstelle. »Na gut, dann sind Sie eben nicht qualifiziert genug für dieses Studium«, sagte die zuständige Sachbearbeiterin. Sie war bemüht, seinen Blicken auszuweichen.

»Ja, wie denn das? Ich habe so gute Noten.«

»Dann sind vielleicht ...« Sie stockte. »Dann sind vielleicht die Angaben auf Ihrem Antragsformular nicht in Ordnung.«

»Ich war nicht im besetzten Gebiet«, protestierte Kostik. »Auch meine Eltern nicht.«

Wer das Unglück hatte, sei es auch nur als Kleinkind, unter deutscher Besatzung gelebt zu haben, galt als »unzuverlässig« und durfte nicht studieren.

»Dann war es eben etwas anderes.« Zuvor war die Frau bleich gewesen, jetzt errötete sie.

»Aha, sehr aufschlußreich. Dieses andere, von dem Sie sprechen: hat das möglicherweise etwas mit meiner Nase zu tun?«

»Werden Sie nicht frech, ja!« Kostik erzählte, daß sie richtig gekreischt hatte: »Vergessen Sie nicht, wo Sie sich befinden!« Sie knallte den Aktenordner zu, in dem sie geblättert hatte, und wies meinen Sohn aus dem Zimmer.

Kostik erhielt eine offizielle Benachrichtigung mit den Ergebnissen seiner Prüfungen – vier Sehr Gut und zwei Gut. *Aufgrund der großen Konkurrenz und in Hinblick auf Ihre Prüfungsergebnisse kann Ihrem Wunsch um Aufnahme als Student der Fakultät für Radiomechanik an der Hochschule für Fluggerätetechnik nicht entsprochen werden*, hieß es lapidar in der Begründung.

Später haben wir erfahren, daß die Radiomechanische Fakultät einhundert Personen aufgenommen hatte, von denen nur ein einziger Jude war. Für seinen ausgezeichneten Schulerfolg hatte er eine Goldmedaille erhalten, was ihm offiziell das Recht gab, an jeder Hochschule seiner Wahl zu studieren, ohne Aufnahmeprüfungen machen zu müssen. Trotzdem durfte er nur deshalb studieren, weil ein leitender Beamter der Schulbehörde ein ehemaliger Frontkamerad seines Vaters war.

Sogar in der Zarenzeit war für Juden ein Numerus clausus von fünf und nicht von einem Prozent vorgesehen.

Es gab Dutzende von Hochschulen in der Stadt. Es an der altehrwürdigen Universität Leningrad zu versuchen, sei zwecklos, hieß es. Schon im Vorjahr seien dort keine Juden mehr aufgenommen worden. Es gebe ohnehin zu viele jüdische Wissenschaftler im Land. Am Uljanow-Lenin-Institut, einer Elitehochschule, hatten wir ebenfalls keine Chance. Wir entschlossen uns, es in der nach Bontsch Brujewitsch, einem Helden des Bürgerkriegs, benannten Hochschule für Kommunikationstechnik zu versuchen.

Der zuständige Beamte prüfte Kostiks Dokumente und fragte: »Wieso hat man Sie nicht aufgenommen? Überall gibt es zu wenige Bewerber für die technischen Fakultäten, und Sie sind mit solchen Noten nicht durchgekommen?«

»Ich weiß nicht, warum«, sagte Kostik. Die antisemitische Politik der Behörden war etwas Inoffizielles. Wer offen darüber sprach, mußte mit einer Verhaftung wegen »antisowjetischer Propaganda« rechnen.

»Dann haben Sie wohl kein Glück mit Ihren persönlichen Daten«, meinte der Beamte und kniff mißtrauisch die Augen zusammen.

»Das kann nicht sein. Mein Antragsformular ist in Ordnung. Alles wurde registriert. Weder ich noch meine Eltern waren auch nur einen Tag unter deutscher Besatzung.«

Der Beamte las den Familiennamen noch einmal laut vor. »Schwarz. Schwarz.« Er warf uns einen wehmütigen Blick zu. »Sie werden bei uns kein Glück haben. Versuchen Sie's lieber gar nicht.«

An der Technologischen Hochschule der Zellulose- und Papierindustrie wurden wir freundlich empfangen. »Bitte sehr«, sagte der Stellvertretende Direktor. »Setzen Sie sich! Wir hatten dieses Jahr zu wenige Bewerber und müssen unser Kontingent noch auffüllen.«

Als er Kostiks Dokumente, seinen Paß und den Absagebescheid aus der Hochschule für Fluggerätetechnik durchgesehen hatte, schwand sein Lächeln. »Wissen Sie«, murmelte er. »Es wird bei uns doch nicht gehen. Es ist schon zu spät. Die Fristen sind abgelaufen …« Er rang nach Worten. Schließlich gab er uns die Dokumente und das ausgefüllte Antragsformular zurück. »Vergessen wir lieber das heutige Gespräch. Sie sind gar nicht bei uns gewesen«, sagte er und wischte sich den Schweiß von der Stirn. »Verstehen Sie doch! Sie … waren … heute … gar … nicht … bei … uns. Ich habe Sie noch nie in meinem Leben gesehen, und ich werde Sie nie kennenlernen!«

Danach versuchten wir es an der Hochschule für Bauingenieurwesen, wo es in diesem Jahr die wenigsten Bewerbungen gegeben hatte. Dieses Fach interessierte Kostik eigentlich überhaupt nicht. Aber was sollte er tun? Er war im wehrpflichtigen Alter. Da er an starkem Bluthochdruck litt, wußten wir, daß ihn zwar nicht die sofortige Einberufung, jedoch eine Zwangseinweisung in ein Militärkrankenhaus erwartete. Einige Patienten wurden dort tatsächlich zu diensttauglichen Soldaten gemacht, die meisten jedoch trugen durch die »Behandlung« bleibende Schäden davon. Als Student wäre Kostik vom Militärdienst befreit gewesen.

Kaum hatte Kostik im Sekretariat der Hochschule seinen Familiennamen genannt, wurde er weggeschickt. Trotz der geringen Zahl von Studierenden war auch an dieser Hochschule die »Judenquote« ausgeschöpft.

Im Gebäude der Polytechnischen Hochschule befand sich als Dependance der Elektrotechnischen Hochschule für Berufstätige in Moskau eine Fakultät für Radiotechnik. Ich beschloß, es dort zu versuchen.

»Wie denn das?« wunderte sich der Dekan. »Es kann doch nicht sein, daß ein Bursche mit solchen Prüfungsergebnissen nicht aufgenommen wird.«

»Verstehen Sie wirklich nicht, warum man ihn nicht aufgenommen hat?« fragte ich. »Für mich ist alles klar. Aber über so etwas spricht man nicht.«

Wir waren allein im Zimmer.

»Glauben Sie, ich verstehe Sie nicht?« flüsterte er.

Ich schwieg.

»Wissen Sie was«, meinte er nach einigem Zögern. »Lassen Sie seine Dokumente hier. Alles, was in meiner Macht steht, werde ich tun. Schauen Sie übermorgen einfach bei mir vorbei. Am besten, Ihr Sohn kommt mit.«

Am selben Abend erzählte mir Kostik, daß er das Ortskomitee der kommunistischen Jugendorganisation Komsomol aufgesucht hatte. »Komm mit diesen Sachen ja nicht wieder zu uns!« hieß es dort. Mit der Straßenbahn fuhr er ans andere Ende der Stadt zum Leningrader Zentralkomitee der Partei. Diesmal war er hartnäckig, bestand auf seinem Recht, empfangen zu werden, und wartete, bis er zu der für Bildung zuständigen Parteisekretärin vorgelassen wurde. Kostiks Beschreibung nach schien sie eine jener Funktionärinnen gewesen zu sein, vor denen auch der mutigste und vorlauteste Bittsteller zu stottern beginnt. Er solle sich kurz fassen, hätte sie ihm mit kaum unterdrückter Verärgerung in der Stimme erklärt, sie habe wenig Zeit.

»Ich komme, um mich zu beschweren! Ich wollte an der Hochschule für Fluggerätetechnik studieren. Angeblich waren meine Prüfungsergebnisse nicht gut genug. Das ist nicht wahr! Mit mir ist zum Beispiel Kolja Iwanow in die Schule gegangen. Er hat die Prüfungen mit Müh und Not bestanden, und man hat ihn mit achtzehn Punkten aufgenommen. Dieser Kolja ist ein guter

Geiger, aber kein Mathematiker. Und ich darf mit achtundzwanzig Punkten nicht studieren! Was soll das?«

»Mit wem haben Sie schon darüber gesprochen?« erkundigte sich die Frau.

»Ich war im Ortskomitee des Komsomol. Man hat mich weggeschickt. Also, wenn der Komsomol Ungerechtigkeiten verteidigt, möchte ich einer solchen Organisation nicht mehr angehören.«

Er legte seinen Komsomolzenausweis auf den Tisch, begann zu weinen, stand auf und ging Richtung Tür.

»Komm zurück! Komm zurück!« Er drehte sich nicht um, hörte, wie sich die Frau vom Sessel erhob, wunderte sich, wie schnell sie ihren fülligen Körper in Bewegung setzte. Sie überholte ihn, versperrte ihm den Weg.

»Also«, sagte sie, schloß die Tür und drehte den Schlüssel um. »Man war ungerecht zu dir. Aber jetzt ist eine Zeit, in der man nichts Überflüssiges sagen darf. Keiner weiß, was morgen ist. Ich spreche ganz offen. Manchmal bedeutet es Stärke, seine eigene Ohnmacht ertragen zu können. Nimm deinen Ausweis zurück! Wenn du aus der Organisation austrittst, wird das dein Todesurteil sein! Aber ich habe dir nichts gesagt. Dieses ganze Gespräch hat überhaupt nicht stattgefunden.«

In diesen Tagen begann Schelja, Segelschiffe in ein Schulheft zu zeichnen. Jeden Tag ein Schiff. Auf den Heftumschlag hatte sie mit roter Tusche und kunstvoll verschnörkelter Schrift die Worte *Für Kostik: Schiffe* geschrieben. Es waren immer Dreimaster mit schlankem Rumpf, vollen Segeln, Bullaugen, der Kapitänskajüte am Heck, Rettungsbooten und zahlreichen Matrosen in blauweiß gestreiften Leibchen. Die Schiffe trugen phantasievolle Namen wie *Sehnsucht des Atlantik* oder *Schrecken von Hawaii*.

»Was willst du mir damit sagen?« scherzte Kostik. »Willst du, daß ich davonsegle?«

Sie schüttelte den Kopf.

»Ich bin noch nie mit einem Schiff gefahren«, sagte sie, »obwohl ich in einer Hafenstadt lebe.«

»Auf meine nächste Kreuzfahrt nehme ich dich mit«, meinte er.

Einige Tage später teilte uns der Dekan der Fakultät für Radiotechnik an der Elektrotechnischen Hochschule mit, daß Kostik aufgenommen sei.

»Nach dem Gesetz sind Sie verpflichtet, eine Arbeit zu finden. Das ist eine Hochschule für Berufstätige«, erklärte er. »Aber das wird sich mit der Zeit schon regeln. Der Unterricht beginnt am 1. Oktober.«

Bis dahin waren noch zwei Monate Zeit.

»Alle anderen lernen«, flüstere ich in der Nacht Naum ins Ohr. »Dummköpfe, die sich irgendwie durch die Schule geschleppt haben. Kostiks Freund Roman, zum Beispiel, wollte auch an der Hochschule für Fluggerätetechnik studieren. An der Fakultät für Feinmechanik. Ist schon an den ersten beiden Prüfungen gescheitert. Sein Vater hat gute Beziehungen zur Hochschule für Textilkunde. Ist nicht umsonst Vorarbeiter. Hat dem Direktor eine Wagenladung mit Baumaterialien umdirigiert für die eigene Datscha. Jetzt studiert sein Sohn an der Nähmaschinenfakultät. Obwohl er Jude ist und die an der Textilhochschule sicher ihre Quoten haben. Aber Juden und Nähmaschinen, das paßt gut zusammen. Waren lange genug Schneider, die Juden. Zurück an ihren Platz und am besten zurück ins Städtl, wo sie hingehören.«

»Laß mich doch in Ruhe!« stöhnte Naum. »So eine Nähmaschine ist ein kompliziertes technisches Gerät, und ich will jetzt schlafen.«

»Jedenfalls ist das weder was fürs Hirn, noch fürs Herz«, sagte ich.

»Aber es bringt ihm einen Studienabschluß und keinen Militärdienst auf der Halbinsel Kola oder in der turkmenischen Wüste. Immer noch besser als eine Hochschule für Berufstätige, die keine Freistellung von der Armee gibt.«

»Er muß sich eine Arbeit suchen. Auf einer Baustelle vielleicht. Kannst du dir Kostik auf einer Baustelle vorstellen? Mit seiner Gesundheit. Und wie sie ihn dort fertigmachen werden! Einen Juden auf der Baustelle.«

»Laß mich jetzt endlich schlafen. Wir können's doch nicht ändern. Das Leben ist nun einmal so, wie es ist.«

Machmal hatte ich ein erschreckendes Bild vor Augen. Ich nehme meinen Bettpolster und drücke ihn auf das Gesicht meines Mannes.

Kostik erklärte, er gehe nicht an die Hochschule für Textilkunde. »Nicht einmal an die Fakultät für Mechanik?« fragte ich ihn.

»An die mechanische Fakultät vielleicht, aber auf keinen Fall an die Textil- oder die Nähmaschinenfakultät«, meinte er.

Romans Vater ließ dem Direktor eine weitere Wagenladung mit Baumaterialien zukommen. Kostik wurde trotzdem nicht aufgenommen. An der Fakultät für Mechanik gab es schon einige Juden, und der Direktor war jung. Ihm fehlte die Selbstsicherheit altgedienter Funktionäre. Er hatte noch nicht jene wichtigen Beziehungen geknüpft, die einem erlauben, bestimmte Regeln zu brechen und statt dessen eigene aufzustellen. Er war ehrgeizig und hatte außerdem Frau und Kinder.

Kostik blätterte in Scheljas Heft mit den Segelschiffen. »Ich sollte davonschwimmen«, sinnierte er. »Dann gibt es keine Probleme mehr. Weder für euch noch für mich. Ich wäre jetzt gern auf einer Jacht im Mittelmeer. Oder besser noch in der Südsee. Wo es keine Hochschulen gibt und keine Juden, die dort nicht studieren dürfen. Die Südseeinsulaner wissen gar nicht, was ein Jude ist. Die glauben vielleicht, das ist was zum Essen.«

»Wenn du Menschenfresser suchst, brauchst du nicht so weit zu fahren«, meinte Naum.

Meine Versuche, Kostik aufzumuntern, blieben wirkungslos. Wäre Mascha noch am Leben gewesen, hätte sie mir den Rat gegeben, ihn in Ruhe zu lassen. »Es gibt Augenblicke im Leben eines Menschen, wenn du ihn trösten kannst«, hätte sie gesagt. »Aber nicht, wenn der schwarze Schatten sich über sein Gesicht legt. Welchen Schritt du auch tust, stehst du ihm im Licht, und deine Worte sind wie Peitschenhiebe, die seine Seele treffen. Du kannst nur warten, bis er selbst den Weg aus der Dunkelheit findet.«

Anfang September fuhr ich nach Moskau. Im Volkskommissariat für Höhere Bildung, das seit kurzem, wie vor der Revolution, wieder Ministerium hieß, empfing mich der für Hochschulprüfungen zuständige Sekretär.

»Wissen Sie«, erzählte ich, »als mein Sohn nach der siebenten Klasse ins Technikum gehen wollte, hat mich der Klassenvorstand zu sich gerufen und einen richtigen Skandal gemacht. So ein Kind muß studieren! hatte er geschrien. Er ist sehr begabt! Das Technikum? Was für eine Verschwendung … Als Kostik an der Hochschule für Fluggerätetechnik die Mathematikprüfung gemacht hat, wurde er eine Stunde und vierzig Minuten befragt. Fünfmal länger als alle anderen. Und danach hat der Professor, der ihn geprüft hat, zum Dekan der Fakultät, dem Prüfungsvorsitzenden, gesagt, so als würde er sich entschuldigen: Dieser Bub ist hochbegabt. Ich bin verpflichtet, ihm ein Sehr Gut zu geben. Zu diesem Zeitpunkt hat sich mein Sohn noch über diese Worte gewundert.«

Der Sekretär hörte mich mit finsterer Miene an. Dann fragte er plötzlich: »Entschuldigen Sie bitte, trägt Ihr Sohn Ihren Familiennamen?«

»Nein«, sagte ich, »wir haben verschiedene Familiennamen«.

»Wie bedauerlich«, meinte er.

Offensichtlich war er davon überzeugt, ich sei Russin. Ich habe ihm meinen Familiennamen nicht genannt.

»Zuständig für die Aufnahme von Studenten in Leningrad ist der Direktor der Polytechnischen Hochschule, ein gewisser Kalinin, er ist Vorsitzender der zentralen Prüfungs- und Inspektionsbehörde der Stadt«, erklärte mir der Sekretär. »Er wird Ihnen helfen.«

Sehr geehrter Genosse Kalinin, schrieb der Sekretär, *ich bitte Sie inständig, dem Abiturienten Konstantin Naumowitsch Schwarz bei der Aufnahme an eine der technischen Hochschulen Leningrads behilflich zu sein, da er alle Aufnahmeprüfungen erfolgreich bestanden hat. Mit sozialistischem Gruß ...*

Er versah den Zettel mit einem Stempel des Ministeriums und gab ihn mir. Sogleich fühlte ich mich besser. Noch in derselben Nacht fuhr ich nach Leningrad zurück.

Am nächsten Tag ging Kostik mit dem wertvollen Papier in der Tasche in die Polytechnische Hochschule. Man teilte ihm mit, daß der Direktor auf Urlaub gefahren sei. Als dieser einen Monat später zurückkam, konnte er nichts mehr tun. »Vor meinem Urlaub«, erklärte er uns, »wäre es vielleicht noch nicht zu spät gewesen.«

Die Segelschiffe waren jetzt mit kleinen Kanonen bestückt. Die Kapitäne trugen blaue Uniformen und hatten Epauletten an den Schultern.

Am 1. Oktober begann Kostiks Studium an der Hochschule für Berufstätige. Zwei Wochen später wurde er zum Militärkommando bestellt. Die Stellungskommission wies ihn mehrere Male zwangsweise in ein Krankenhaus ein, wo man ihm Medikamente verordnete und Spritzen gegen den hohen Blutdruck gab, der davon nur noch höher wurde. Kostiks Gesundheitszustand verschlechterte sich. Trotzdem bewältigte er den Stoff von drei Semestern in einem Jahr.

Das Blatt mit dem Schlachtschiff *Ben Gurion* und der israelischen Fahne riß ich aus Scheljas Heft und verbrannte es. Ich wollte nicht, daß wir wegen »zionistischer Propaganda« ins Gefängnis wandern. Meine Tochter sprach einen halben Tag lang nicht mit mir.

Nach Ende des Studienjahres erkundigte ich mich an allen technischen Fakultäten nach freigewordenen Studienplätzen. Keine Chance! Ein Bekannter gab mir den Rat, die Dekanate sämtlicher Leningrader Hochschulen nicht mehr mit nutzlosen Gesuchen zu belästigen und es statt dessen in der jungen Estnischen Sowjetrepublik zu versuchen. Die Behörden seien daran interessiert, die russisch sprechende Bevölkerung in den kürzlich an die Union angegliederten Gebieten zu fördern. Deren Zahl solle in kürzester Zeit auf ein Vielfaches des Vorkriegsstandes erhöht werden. Ob jemand Jude sei oder nicht, spiele dabei keine so große Rolle.

In Tallinn gab es an der neugegründeten Polytechnischen Hochschule mit Unterricht in russischer und estnischer Sprache ein Institut für Mechanik an der Fakultät für Schiffsbau. Wir fuhren um Mitternacht mit dem Zug ab und waren in den frühen Morgenstunden in der estnischen Hauptstadt. Ich war erstaunt, fassungslos, überwältigt. Wir waren im Westen. Beinahe jedenfalls. Die Straßen waren tadellos gepflastert oder asphaltiert, die Menschen so gut gekleidet, wie ich es seit der Zeit der »Neuen Ökonomischen Politik« und der wirtschaftlichen Blüte Mitte der zwanziger Jahre nicht mehr gesehen hatte. Die Innenstadt mit ihren mittelalterlichen Gassen erinnerte mich an jene Merianreproduktionen deutscher Städte aus dem sechzehnten Jahrhundert, die ich während meiner Studienzeit in den Schaukästen der Bibliothek bewundern durfte. Natürlich war es ein Merianbild mit vielen Attributen, die auf die Herrschaft des Volkes hinwiesen. Stalinbildnisse. Rote Fahnen. Menschenschlangen vor den Lebensmittelläden.

Noch mehr als das Erscheinungsbild der Stadt war es das Verhalten der Menschen, das mich erstaunte. Ihre Höflichkeit und Hilfsbereitschaft, die den Alltag auf eine irritierende Weise angenehm machten. In den öffentlichen Verkehrsmitteln gab es nicht das übliche Gedränge und Geschiebe. Wenn ich die Straße überqueren wollte, blieben die Autos, sogar Lastwagen, stehen. In Geschäften, wo es erheblich mehr zu kaufen gab als bei uns, wurde einem die Tür aufgehalten. Die Verkäuferinnen lächelten, grüßten und bedankten sich für den Einkauf. Es sollten fast vierzig Jahre vergehen, bevor ich in Kooperativläden der Gorbatschow-Zeit wieder einer solchen Kundenfreundlichkeit begegnete.

Die Polytechnische Hochschule war in einem Palais untergebracht, das vor dem Ersten Weltkrieg einem deutschen Baron gehört hatte. Im Büro des Direktors, einem ehemaligen Tanzsaal, hingen Spiegel an den Wänden, die den mit dunkelgelbem Stuck verzierten Raum noch größer erscheinen ließen. Der Direktor saß hinter einem gigantischen Schreibtisch, an dem ein ganzes Kollegium Platz gefunden hätte.

»Sie können schon morgen zum Unterricht kommen«, sagte er zu Kostik, nachdem er dessen Zeugnis aus der Hochschule für Berufstätige gesehen hatte. »Füllen Sie im Sekretariat alle nötigen Formulare aus. Herzlich willkommen bei uns, Herr Kollege.«

Ich konnte nicht recht glauben, daß alles so schnell und einfach gelaufen war, blieb noch einige Augenblicke unschlüssig vor dem Direktor stehen. Wo war der Haken? Das große ABER. Die beiläufige Erwähnung eines nicht zu erbringenden Dokumentes oder einer unerfüllbaren Bedingung. Ich brauchte Zeit, um endlich zu begreifen.

Auf der Straße hätte ich gerne einige Tanzschritte vollführt, wenn das für eine Frau meines Alters nicht unschicklich gewesen wäre. Ich war vierundvierzig Jahre alt. Die jungen Leute auf der Straße sprachen mich schon mit Tantchen an. Küssende Paare wandten sich verschämt ab, wenn ich an ihnen vorüberging. Noch ein paar Jahre und Jüngere würden mir in der Straßenbahn einen Sitzplatz anbieten. Heute denke ich, daß ich damals lächerlich jung war. Hätte ich mich besser herzurichten gewußt und auf meine Figur geachtet, hätte man mich für höchstens fünfunddreißig gehalten. Ich hätte ruhig mit Kostik über den Gehsteig tanzen können, schließlich sind glückliche Momente im Leben rar.

Kostik umarmte mich. »Danke, Mama«, flüsterte er. »Danke für alles, was du für mich getan hast. Ich werde dich nicht enttäuschen.« Aber ich hatte nie Angst, daß er mich enttäuscht. Er war ein erschreckend guter Sohn, der nur ständig meiner bedurfte. Am liebsten saß er in der Wohnung, bastelte an seinen Radioapparaten oder las Fachbücher. Bei seinen Freunden galt er als Eigenbrötler, als sympathischer, aber etwas verschrobener Kauz. Er sprach wenig, obwohl er manchmal etwas Pointiertes sagte, das ironisch sein konnte. Er trank nicht, rauchte nicht, ging an den Abenden selten fort und hatte noch nie eine Freundin gehabt. Wenn er eine Bekannte zu uns nach Hause einlud, zeigte er ihr stundenlang seine Zeitschriften mit den Abbildungen neuer Radiomodelle oder erklärte ihr die Funktionsweise seiner Photokamera. Wenn die Unterhaltung abzureißen drohte, begann er alte Witze zu erzählen, die jeder kannte. Die meisten Mädchen kamen nur einmal. In der Stadt verwechselte er die Straßenbahnlinien, verlor dreimal seine Geldbörse und schenkte einer Zigeunerin, die ihm aus der Hand gelesen (und nichts Interessantes herausgelesen) hatte, einen Fünfzigrubelschein. Wie würde er nur allein zurechtkommen? Wenn er in Tallinn studierte, würde er bald seine Aufenthaltsgenehmigung für Leningrad verlieren und höchstwahrscheinlich sein Leben lang in Estland bleiben müssen. Nun gut, dachte ich, Tallinn ist nicht Ulan-Bator. Wenn Kostik mich braucht, kann ich schnell bei ihm sein.

Ich mußte für Kostik eine passende Unterkunft finden. Der Leiter des Studentenheims, ein Russe, teilte uns mit Bedauern mit, das Heim sei bis zum Ende des Studienjahres voll belegt, ein Bett erst ab September 1952 frei. »Mieten Sie ihm privat eine Zimmerecke«, riet er mir, »das ist zwar teurer, dafür bekommt er etwas Ordentliches zu essen.«

Er gab mir ein Liste mit den Namen und Adressen von Leuten, die in der Stadt Schlafplätze an Studenten vermieteten.

»Aber passen Sie auf mit diesen Esten. Diese Faschisten hassen uns! Und Angehörige … eh … Ihres Volkes ganz besonders.« Er grinste schadenfroh. Es war fraglos ein Nachteil, daß Kostik so jüdisch aussah. »Ist ziemlich hinterhältig und bösartig, diese Tschuchna, ordentlich und fade wie die Deutschen, aber zäh wie Leder«. Daß er das Wort Tschuchna, eine abschätzige Bezeichnung für Finnen und Esten, verwendete, berührte mich unangenehm. »Letztes Jahr haben wir die letzten faschistischen Banden in den Wäldern ausgeräuchert. Aber für jeden Gehängten kommen zehn Neue. Bald geht es vielleicht wieder los. Passen Sie also auf. Besonders abends und nachts.«

Aber nach allem, was ich während des Krieges erleben mußte, jagten mir die estnischen Partisanen keine Angst ein, und Kostik schon gar nicht.

Das Häuschen am Stadtrand war himmelblau gestrichen. Den Garten zierten liebevoll angelegte Blumen- und Gemüsebeete und ein frisch gemähter Rasen. Etwas so Sauberes und Adrettes hatte ich in ganz Rußland nicht gesehen. Die Besitzerin trug ein Kleid, das blau war wie die Wände ihres Hauses und die Farbe ihrer Augen. Kaum hatte ich einen Satz gesagt, antwortete sie etwas auf estnisch und schlug uns die Tür vor der Nase zu.

»Du wirst Estnisch lernen müssen«, seufzte ich. »Eine Sprache mit fünfzehn Fällen, seitenlangen Wörtern und einem Klang wie das Lallen eines Kindes. Alles nur Lili, Titi und Kiki. Was man nicht alles tun muß, um studieren zu dürfen.«

»Macht nichts«, meinte Kostik. »Wenn ich die Blockade überlebt habe, werde ich auch Estnisch erlernen.«

Die nächste Adresse auf unserer Liste war ein Fachwerkhaus in der Innenstadt. Über eine Wendeltreppe gingen wir hinauf in den zweiten Stock, läuteten an der Tür, sahen, wie die Lasche hinter dem Guckloch zurückgeschoben wurde. Wir läuteten ein zweites, ein drittes und ein viertes Mal. Der Flur mit seinem winzigen Fenster wirkte unheimlich. Nach unserem vierten Läuten öffnete sich zaghaft die Nachbartür. Ein kleiner Junge betrachtete uns, streckte seine rechte Hand aus, zeigte mit dem Zeigefinger auf uns, spreizte den Daumen in die Höhe. »Russki kaputt!« piepste er. »Russki kaputt! Puff! Puff! Puff!« Sein Daumen bewegte sich vor und zurück, der Zeigefinger zitterte.

»Wo ist deine Mutter?« fragte ich schnell. Aber da hatte er die Tür schon wieder zugeschlagen.

An zwei weiteren Stellen wurden wir ziemlich schroff abgewiesen, bevor wir schließlich in der Kellerwohnung einer alten Mietskaserne Glück hatten. Frau Kaasik war früher Wäscherin gewesen. Nun bezog sie vom Staat eine kleine Pension. Da diese kaum zum Überleben reichte, vermietete sie zwei Ecken ihrer Einzimmerwohnung an Studenten. Die Wohnung war sauber, aber ärmlich eingerichtet: ein grob gezimmerter Schrank, ein gußeiserner Ofen, ein Tisch, zwei Hocker. Durch das schmale Fenster unter der Decke schaute man auf die Beine der Passanten. Den Studenten standen Holzbetten zur Verfügung, während sich die Vermieterin mit einem Klappbett begnügte.

»Mir kommt kein Russe ins Haus«, waren Frau Kaasiks erste Worte gewesen. »Ich bin Antialkoholikerin.«

»Ich trinke nicht«, murmelte Kostik.

»Ja, ja, ich kenne euch Brüder.« Frau Kaasik musterte meinen Sohn mißtrauisch und fragte plötzlich: »Wie haben Sie gesagt, heißen Sie?«

»Konstantin Naumowitsch Schwarz.«

»Ach, dann sind Sie Jude?«

Kostik nickte und schaute mich hilfesuchend an.

»Ist das ein Problem für Sie?« fragte ich scharf.

»Juden trinken nicht«, sagte Frau Kaasik im selben gleichgültigen Tonfall wie vorhin. »Meinetwegen werde ich das Bett an Sie vermieten. Für ein Jahr. Ich vermiete nie länger als für ein Jahr.«

Frau Kaasik half uns, Kostiks Gepäck vom Bahnhof in die Wohnung zu tragen. Auf dem Weg erzählte sie, daß ihr Mann im Ersten Weltkrieges gefallen sei, daß sie leider keine Kinder habe, und daß sie in ihrem Leben schon acht Machtwechsel erlebt habe, ohne jemals an einem anderen Ort gewesen zu sein als Tallinn – 1917 den Sturz des Zaren, auf die Russische Republik folgten die Bolschewiken, 1918 die Deutschen, danach wurde die Estnische Republik errichtet, 1940 marschierten die Sowjets ein, 1941 wieder die Deutschen und 1944 abermals die Sowjets. »Die Herren kommen und gehen«, meinte sie, »aber alle wollen, daß ihre Wäsche gewaschen wird.«

Am Abend lernten wir einen weiteren Mieter von Frau Kaasik kennen, einen estnischen Studenten namens Siim. Er war klein und zierlich, meinem Eindruck nach noch ein halbes Kind.

»Wie alt bist du?« fragte ihn Kostik.

Siim dachte lange nach, bevor er in gebrochenem Russisch antwortete: »Ich sein einige Monat auf achtzig.«

Es war klar: mit Siim würde sich Kostik nicht viel unterhalten können. Dafür erwies sich Frau Kaasik als sehr redselig. Außerdem kochte sie vorzüglich. Ich hatte keine Angst, meinen Sohn ihrer Obhut zu überlassen.

Ich blieb nur wenige Tage in Tallinn, schlief mit Kostik im selben Bett. Schelja war mit Naum in Leningrad geblieben. Während dieser Zeit hat er sie mit Würstchen und Buchweizenbrei ernährt. Am Morgen, zu Mittag und am Abend Würstchen, Buchweizenbrei und wieder Würstchen. Dazu schwarzen Tee oder Karottensaft. Mein Mann war die Seele von einem Menschen, aber manchmal hilflos wie ein Kind. Es wunderte mich immer wieder, warum gerade die Männer die Welt regieren. Es muß sich um eine der vielen Anomalien handeln, mit denen Gott uns unsere Unvollkommenheit vor Augen führt.

Kostik verstand sich mit seinen Professoren und Studienkollegen gut. Ich schrieb ihm, weil seine Vermieterin kein Telephon hatte, jeden Tag lange Briefe, wollte ihn mindestens einmal im Monat besuchen. Natürlich vermißte ich ihn sehr.

Eines Tages wurde mir ein Telegramm folgenden Inhalts zugestellt: »Konstantin schwer krank. Kommen Sie schnell.«

Sofort machte ich mich auf den Weg. Die ganze Nacht ging ich, von bösen Vorahnungen und Gewissensbissen geplagt, im Gang des Liegewagens auf und ab.

Siim und die Vermieterin waren froh, mich zu sehen. Sie hatten gefürchtet, ich würde meinen Sohn nicht mehr lebend antreffen. Vor Kostiks Bett stand ein alter Mann im weißen Kittel und kramte in einer Ledertasche, aus der er schließlich eine Spritze und ein Glasröhrchen herausnahm.

»Er hat hohes Fieber, sieht nach Lungenentzündung und einer starken Bronchitis aus«, erklärte der estnische Arzt mit hoher, leicht zittriger Greisenstimme, nachdem er Kostik die Spritze verabreicht hatte, und begann seinen Kneifer mit einem weißen Stofftaschentuch zu putzen, in das hellblau seine Initialen eingestickt waren. Seine langsamen, mechanischen Handbewegungen hatten etwas Beruhigendes. »Es ist gefährlich, ihn hier allein zurückzulassen. Sein Blutdruck ist extrem hoch. Aber ich habe schon viel Schlimmeres gesehen, gnädige Frau.«

Hatte ich richtig gehört? Hatte er tatsächlich gnädige Frau gesagt und nicht etwa Bürgerin oder Genossin?

»Unter dem neuen Regime sterben die Menschen viel schneller als früher, gnädige Frau.« Er dämpfte die Stimme. »Weder unter dem Zaren noch in den Zeiten unserer Unabhängigkeit oder unter den Deutschen mußte ich so viele Formulare ausfüllen, um Medikamente für meine Patienten zugeteilt zu bekommen, wie heute! Aber bei guter häuslicher Pflege sind seine Überlebenschancen nicht schlecht.« Die Gläser seines Kneifers mußten schon längst sauber sein, aber er hörte nicht auf zu putzen.

Ich ging in die Hochschule. Der Direktor war sofort bereit, mich zu empfangen. Ich hatte mit ihm nur einmal am Telephon und nach unserer Ankunft in Tallinn vielleicht ganze fünf Minuten gesprochen. Aber er hatte Zeit für mich oder tat zumindest so, als hätte er Zeit.

»Wie kann ich Ihnen helfen?« fragte er, nachdem ich ihm von Kostiks Krankheit erzählt hatte.

»Ich bin gekommen, um Ihren Rat einzuholen. Was soll ich tun?«

»Wenn er hierbleibt«, meinte er, »bekommt er ein Stipendium, bei seinem Talent auch bald ein Zusatzstipendium. Es ist schade, einen solchen Studenten zu verlieren. Wir haben vielleicht noch ein oder zwei, die ähnlich begabt sind wie er. Aber ich bin selbst Vater und ich kann verstehen, wenn Sie ihn nach Leningrad zurückbringen. Ich weiß auch, in welchen Zeiten wir leben. Sie können sich nicht vorstellen, was ich in den letzten zehn Jahren alles mitmachen mußte. Einer meiner Söhne hat für Hitler gekämpft, ein anderer für Stalin. Jetzt sitzen beide im Lager ... Hätte ich nicht Protektion von ganz oben, wäre ich jetzt nicht Direktor, sondern ebenfalls Häftling.«

Natürlich war ich geschmeichelt, daß er so offen zu mir war, aber es beunruhigte mich auch: meinte er es ehrlich oder wollte er mir eine unvorsichtige Bemerkung entlocken? Ich war alt genug, um zu wissen, daß man letztlich nur sich selbst vertrauen durfte.

Der Direktor gab mir eine Bestätigung, in der stand, daß die Polytechnische Hochschule in Tallinn keine Einwände habe, wenn der Student des dritten Semesters an der Fakultät für Schiffsbau, Konstantin Naumowitsch Schwarz, an einer technischen Hochschule seiner Wahl in Leningrad weiterstudiert. Der Ortswechsel von Tallinn nach Leningrad erfolge aus gesundheitlichen Gründen.

»Er kann zurückkommen«, erklärte mir der Direktor zum Abschied. »Ich nehme ihn jederzeit wieder auf.«

Noch am selben Tag packte ich Kostiks Sachen. Er reiste immer mit viel Gepäck. Sogar wenn wir auf Urlaub fuhren, bestand er darauf, seine sieben Lieblingshemden (insbesondere die vier blaukarierten), fünf Lieblingspullover, seine hellblaue Hose und die Nachttischlampe mit dem rosafarbenen Schirm mitzunehmen. Die Lampe konnte ich ihm meistens ausreden. Jetzt, bei der Rückkehr nach Leningrad, kamen seine Lehrbücher und die Zeitungen, sämtliche Ausgaben der *Tallinnskaja Prawda* der letzten Wochen, die er akribisch sammelte, noch hinzu.

Siim und die Vermieterin halfen uns ins Taxi. Eine Taxifahrt kostete zu jener Zeit ein kleines Vermögen, aber Kostik war so schwach, daß ich Angst hatte, mit ihm in den Bus zu steigen.

Im Zug schlief er sofort ein. Ich fürchtete, er habe das Bewußtsein verloren. Um fünf Uhr morgens kamen wir in Leningrad an. Naum holte uns vom Bahnhof ab. Ohne seine Hilfe hätte es Kostik nicht bis zum Taxistandplatz geschafft.

Zu Hause wickelte ich meinen Sohn in warme Tücher und Decken, die Schelja mit dem Bügeleisen vorgewärmt hatte, und setzte ihm Schröpfköpfe auf die weißlichgelbe Haut seines abgemagerten Rückens. Mit freiem Auge konnte man die einzelnen Wirbel zählen. Schelja erfüllte kommentar- und widerspruchslos alles, was ich ihr auftrug. Daß sie kein einziges Mal aufbegehrte, machte mir Sorgen. In den wenigen freien Augenblicken, die ihr blieben, zeichnete sie wieder Segelschiffe.

Ich nahm mir zwei Wochen unbezahlten Urlaub, um Kostik pflegen zu können. Diesmal mußte sich mein Mann um einen Studienplatz für ihn bemühen. Es war einer jener seltenen Fälle, in denen Naum bereit war, Verantwortung zu übernehmen. *Wenn es um den Strick geht*, heißt es bei Puschkin, *wird der Blinde sehen und der Analphabet lesen können, der Esel wird zum Philosophen und ein armer jüdischer Krämer die Staatsgeschäfte führen.* Vielleicht hatte sich der größte russische Dichter nicht ganz, sondern nur ungefähr so ausgedrückt, und vielleicht hatte dies mein alter Melamed in Witschi gesagt. Wie auch immer: zu meiner großen Überraschung entwickelte Naum in diesen Tagen tatsächlich Initiative. Er informierte seine Arbeitskollegen, Freunde, Bekannten und die Funktionäre der örtlichen Parteileitung über unsere Probleme. Nachträglich kann ich nicht sagen, ob es die ruhige, aber beharrliche Art meines Mannes war, die viele Menschen bewog, sich für Kostiks Belange einzusetzen, oder ob dies eher daran lag, daß in diesem Herbst die Direktiven aus dem allmächtigen Bildungsministerium in Moskau bezüglich der Aufnahme jüdischer Studenten nicht so eindeutig waren wie ein Jahr zuvor. Aber vor allem der »sehr geehrte Genosse Bezirksvorsteher« wollte offenbar nach Naums siebentem Anruf im örtlichen Exekutivkomitee das Problem Konstantin Schwarz endlich gelöst wissen.

Die besten Chancen, aufgenommen zu werden, wurden Kostik auf der Hochschule für Bauingenieurwesen eingeräumt. Eine Aufnahme des Studenten Konstantin Naumowitsch Schwarz an die Fakultät für Mechanik sei zwar nicht wahrscheinlich, hieß es, werde aber zumindest erwogen. Als Kostik dies hörte, stieg sein Fieber in einer halben Stunde von den erträglichen siebenunddreißig acht auf neununddreißig sechs an. »Bauingenieurwesen interessiert mich überhaupt nicht«, stöhnte er. »Was ist ein Bauingenieur anderes als ein besserer Maurer?«

Aber er hatte keine andere Wahl, wollte er nicht, seinen abgemagerten Körper in eine Uniform gepreßt, die nächsten Jahre in der mongolischen Steppe, auf der Insel Sachalin, in einem kaukasischen Gebirgstal oder in einer anderen entlegenen Region zubringen. Sollte er diese Zeit überleben, würde es für ihn danach noch schwerer sein, einen regulären Studienplatz zu bekommen.

»Es ist doch völlig egal, was du jetzt studierst«, erklärte ich ihm. »Später kannst du immer noch auf die Hochschule für Berufstätige gehen.«

»Und ich hatte schon gehofft, einmal an der Entwicklung von Schiffen für die Tallinner Werft mitarbeiten zu dürfen«, jammerte Kostik. »Warum hat Schelja denn sonst ein Jahr lang Segelschiffe für mich gezeichnet?«

»Ich kann auch Häuser zeichnen«, meinte Schelja. »Und Baustellen.«

»Untersteh dich!«

Der Direktor der Hochschule für Bauingenieurwesen hieß Dmitrij Akakijewitsch Iwanow, ein Wissenschaftler, der sich um die Konstruktion neuer Aufzüge in Hochhäusern verdient gemacht hatte. Unser Bezirksparteisekretär hatte mit ihm gesprochen. Von Iwanow erhielt mein Mann tatsächlich eine Bestätigung: *Die Hochschule für Bauingenieurwesen hat keine Einwände gegen eine Überstellung des Studenten Konstantin Naumowitsch Schwarz von der Polytechnischen Hochschule der Stadt Tallinn an die Fakultät für Mechanik der Leningrader Hochschule für Bauingenieurwesen.*

Es war Anfang November. Wir hatten zwei Bestätigungen, eine aus Tallinn und eine aus Leningrad. Beide reichten noch nicht aus, um einem Zwanzigjährigen den Studienübertritt zu ermöglichen. Dafür brauchte er eine dritte Bestätigung – die wichtigste –, ohne die die beiden anderen nur Makulatur waren, nämlich jene aus dem Hauptkomitee, der Zentralverwaltung aller Hochschulen und Universitäten, einer Behörde des Ministeriums für Höhere Bildung, kurz GLAWK genannt, mit Sitz in Moskau. Ungern überließ ich Kostik der Obhut meines Mannes, weil Würstchen und Buchweizenbrei eine zu einseitige Ernährung für einen Kranken sind. Kurz spielte ich mit dem Gedanken, bei meinem Sohn zu bleiben und meinen Mann nach Moskau zu schicken, doch kam ich sehr schnell wieder davon ab. Mit seiner hartnäckigen Art mochte Naum einen Bezirksvorsteher beeindrucken, aber für die Ministerialbürokratie in Moskau fehlte ihm das Fingerspitzengefühl und die Fähigkeit, im richtigen Augenblick überlegt zu reagieren.

Das GLAWK: ein großer Vorraum im Halbdunkel der schwachen Deckenbeleuchtung, Boden und Wände aus dunklem Marmor, über dem Eingang ein gigantisches Relief mit dem Wappen der Sowjetunion, eine breite Treppe mit einem Geländer aus Bronze. Der Portier behandelte die Bittsteller wie ein asiatischer Potentat seine Untertanen. Ich konnte froh sein, daß mir die Hochschule für Bauingenieurwesen einen Termin beim Leiter dieses Amtes vermittelt hatte. Doch dieser war nicht im Haus. Sein Stellvertreter hieß Lichatschow, ein Doktor der Rechte, auf den ersten Blick ein sympathischer Mensch, ein korpulenter Mittdreißiger. Als ich eintrat, hielt er mir die Tür auf, machte sogar eine leichte Verbeugung.

»Schwarz?« fragte er lächelnd. »So so, Sie wollen also, daß Ihr Sohn in Leningrad studiert. Ein verständlicher Wunsch, nachdem Ihre Familie in Leningrad gemeldet ist.« Er rückte seine Brille zurecht und begann, mein Bittgesuch zu lesen – ich hatte einen langen Text geschrieben, in dem ich Kostiks Ortswechsel ein weiteres Mal begründete und besonders eindringlich auf seinen schlechten Gesundheitszustand hinwies. Nachdem Lichatschow fertiggelesen hatte, schrieb er mit Rotstift über das ganze Blatt: *Abgelehnt!*

»Wir haben viele Bittsteller, insbesondere solche wie Sie, mit ähnlichen Familiennamen«, erklärte er fröhlich, so als erzählte er eine Anekdote. »Wir können nicht jeden einfach studieren lassen, wo er will. Mal hier, mal da. Immer irgendwelche Extrawünsche. Er hat sich für Tallinn entschieden, also soll er dort bleiben. Wo kämen wir denn hin, wenn wir alles erlauben würden! Außerdem muß das Schreiben der Tallinner Hochschule noch vom Estnischen Ministerium für Höhere Bildung bestätigt werden. Fahren Sie nach Tallinn zurück und erledigen Sie das. Aber ich sag's Ihnen gleich: es wird Ihnen nicht viel nützen.«

Ich starrte Lichatschow schweigend an.

»Auf Wiedersehen, Genossin!« sagte er, als er mir mit einer Verbeugung die Tür aufhielt. »Wünsche noch einen schönen Tag.« Ich schlich hinaus.

Wie lange ich im Vorraum zu Lichatschows Büro gestanden bin, den Blick auf den Marmorboden gerichtet, kann ich nicht mehr sagen. Mit dem Ärmel meiner Bluse wischte ich mir die Tränen aus dem Gesicht. Aus jeder Extremsituation meines Lebens hatte ich bis dahin einen Ausweg gefunden, mich immer selber am Schopf aus dem Sumpf gezogen, manchmal im letzten Augenblick. Wenn es darum ging, meine Familie zu schützen, war ich einfallsreich, hartnäckig, schlau und rücksichtslos. Aber diesmal fiel mir nichts ein. Warum hatte ich versagt? Was hatte ich nicht bedacht? Welchen taktischen Fehler hatte ich begangen?

»Was ist los mit Ihnen?« hörte ich plötzlich eine weibliche Stimme. Ich schaute auf. Eine Frau, etwa in meinem Alter, fragte besorgt, ob sie mir ein Glas Wasser bringen solle. »Sie sind ja weiß wie ein Leichentuch«, rief sie und faßte mich am Arm.

Mir war schon alles egal. Ich erzählte dieser fremden Frau meine Geschichte, ohne etwas zu beschönigen.

»Ich verstehe Sie gut«, sagte sie. »Heutzutage ist so etwas nicht ungewöhnlich. Ich habe von ähnlichen Fällen gehört.« Die Frau arbeitete im GLAWK als Leiterin der Planungsabteilung. »Ich gebe Ihnen einen Rat. Fahren Sie ins Ministerium für Höhere Bildung. Der Stellvertretende Minister heißt Sergej Michajlow. Das Studentenkontingent für das Studienjahr 1951/52 ist leider bereits ausgeschöpft. Aber reden Sie mit Michajlow. Er hat zwar auch seine Fehler und Schwächen, aber im Grunde ist er ein anständiger Mensch. Ihre Chancen stehen schlecht, aber vielleicht haben Sie Glück.«

So wie diesmal, hatten mir schon einige Male in meinem Leben in schwierigen Situationen völlig fremde Menschen geholfen. Manche taten es wohl, um ihr schlechtes Gewissen zu beruhigen, waren sie doch oft in Positionen, in die sie nur durch Opportunismus, Komplizenschaft und Heuchelei gelangt sein konnten.

Vor Michajlows Büro reihte ich mich in eine lange Warteschlange ein – alles solide Leute mit guten Manieren, die meisten älter als ich. Kein Drängen. Kein Stoßen. Keine Streitereien. »Sagen Sie mir, was soll ich tun, daß der Genosse Stellvertretende Minister mich empfängt«, fragte ich Michajlows Sekretärin.

Die ältere Dame wußte ihre Macht würdevoll zu tragen. »Was ist Ihr Anliegen?« erkundigte sie sich.

Ich erklärte es ihr, verschwieg aber, daß man meinen Antrag im GLAWK abgelehnt hatte. Der Leiter des GLAWK sei nicht da, log ich, und deshalb eine Entscheidung vorläufig nicht möglich, zumal alle Fakultäten schon ihr Kontingent an neuen Studenten für das Semester ausgeschöpft hätten.

»Wissen Sie«, sagte sie mir, »heute kann ich Ihnen nicht helfen, aber kommen Sie morgen wieder, so gegen elf. Der Terminkalender des Stellvertretenden Ministers ist zwar voll, und ich habe schon Termine für die nächsten drei Wochen vergeben, aber Professor Jastrebow, der morgen einen Termin hat, hat mir mitgeteilt, daß er vielleicht für einen erkrankten Kollegen ein Kolloquium leiten muß. Kommen Sie um diese Zeit. Wenn der Professor nicht da ist, schicke ich Sie zum Genossen Stellvertretenden Minister hinein, und sonst wird mir schon etwas anderes einfallen.«

Ich wagte nicht, an den nächsten Tag zu denken. Mit meinen Kräften war ich am Ende, hatte seit dem Abend, als ich in Leningrad am Vorabend in den Zug gestiegen war, nichts gegessen, war vom Bahnhof direkt ins Amt gefahren, hatte im Buffet nicht einmal einen Tee getrunken. Meine Reisetasche trug ich die ganze Zeit mit mir herum.

Ich übernachtete bei meiner Schwester Klara. Am nächsten Morgen zog ich Klaras schönstes Kleid an – es war dunkelblau, hatte weiße Knöpfe und weiße Stickmuster an den Ärmeln –, kämmte mich ordentlich, tat Rouge auf die Wangen, trug Lippenstift auf …

Michajlows Sekretärin kam mir mit strahlendem Gesicht entgegen. »Sie haben Glück! Der Professor ist tatsächlich nicht gekommen«, verkündete sie.

Im Büro des Stellvertretenden Ministers hing über dem schwarzen Drehsessel ein Leninporträt an der Wand. Es war viel größer und repräsentativer als jenes von Stalin, eine Photographie älteren Datums, die auf einen unehrenhaften Platz zwischen zwei Aktenschränken abgeschoben worden war. Dies allein schon machte mir den Stellvertretenden Minister sympathisch und ließ ein klein wenig Hoffnung aufkommen. Wer weiß … Vielleicht?! Ich wollte nicht zuviel hoffen! Das bringt Unglück.

Der Stellvertretende Minister, ein Endfünfziger, seiner Sprache und seinem Gehabe nach ein Parteifunktionär der alten Schule (und nach den Säuberungen von 1937 durch eine mysteriöse Fügung des Schicksal noch am Leben und sogar im Amt), stand vom Schreibtisch auf, um mich zu begrüßen.

Das alte Bittgesuch hatte ich inzwischen zerrissen und einen neuen Antrag geschrieben.

»Waren Sie im GLAWK?« fragte mich Michailow, nachdem er mein Gesuch durchgelesen hatte.

»Ja, da war ich.«

»Warum hat man dort nichts für Sie getan?«

»Der Leiter des GLAWK ist nicht da, und sein Stellvertreter sieht sich nicht befugt, etwas zu machen, weil ja alle Fakultäten an und für sich keine Studenten mehr aufnehmen.«

Noch nie hatte ich so schamlos gelogen. Ich war eine schlechte Lügnerin, mein Gesicht mußte mich verraten, und mein Gegenüber schaute mich frontal an. Ich konnte nicht einmal hoffen, daß er meinen Busen anstarrte. Aus dem Alter war ich heraus. Jetzt wird er den Hörer abheben, dachte ich, und im GLAWK anrufen. Unwillkürlich schaute ich Richtung Tür. Ich sah zwei Uniformierte eintreten, die mir Handschellen anlegten und mich wegführten. Aber ich hatte mir geschworen: Sollte er sich tatsächlich im GLAWK erkundigen, sage ich ihm alles! Er soll erfahren, was sich in unserem Land abspielt, wie Menschen aufgrund ihrer Abstammung diskriminiert werden, so, als befänden wir uns nicht im ersten sozialistischen Staat der Welt, sondern unter der Herrschaft des Faschismus. Danach kann er mit mir machen, was er will.

Aber er hat nicht angerufen.

»Na gut«, sagte er nach einigem Nachdenken, kaute am Stiel seiner Feder und kratzte sich dann damit im Ohr. »Aber wird er das Studium gesundheitlich schaffen, Ihr Sohn?«

»Er braucht Pflege«, erklärte ich. »Seine Lungen sind nicht in Ordnung. Der Bub hat die Blockade in Leningrad mitmachen müssen. Er hat bleibende Schäden davongetragen, hat Furchtbares gesehen und mitgemacht. Soll er doch unter der Obhut seiner Eltern bleiben!«

»Nun denn. Da Sie die Erlaubnis beider Direktoren haben …«, murmelte der Beamte, stockte, schnalzte mit der Zunge, zögerte noch einen Augenblick, »… habe auch ich keine Einwände.«

Er nahm die Feder. Am Holzstiel klebte Ohrenschmalz. Er schrieb.

Sehr geehrter Genosse Lichatschow, stand auf dem zehn mal zehn Zentimeter großen Blättchen mit einem undeutlichen Stempel des Ministeriums auf der Rückseite. *Bitte veranlassen Sie mit sofortiger Wirkung die Überstellung des Studenten Konstantin Naumowitsch Schwarz von der Polytechnischen Hochschule der Stadt Talinn an die Fakultät für Mechanik der Hochschule für Bauingenieurwesen der Stadt Leningrad …*

Ich bemerkte, daß er Tallinn falsch geschrieben hatte, und zuckte unwillkürlich zusammen. Aber ein Stellvertretender Minister, dachte ich, darf sich sogar auf einem offiziellen Papier einen Schreibfehler erlauben.

Ich fuhr zum GLAWK zurück. Ein nochmaliges Gespräch mit Lichatschow, dem Mann mit dem falschen Lächeln, blieb mir nicht erspart.

»Teufel und Hölle! Wie ist es Ihnen gelungen, den rumzukriegen?« fauchte Lichatschow, als er Michajlows Papier durchgelesen hatte. Mit einer ungeduldigen Bewegung griff er zum Telephon und bestellte einen Genossen Protopopow aus der Personalabteilung in sein Büro.

»Stellen Sie ihr die nötigen Papiere für die Überstellung dieses Studenten Schwarz von Tallinn nach Leningrad aus«, zischte er und wies mit dem Finger in meine Richtung, ohne mich anzuschauen. »Aber überprüfen Sie, ob er erfolgreich im Studium ist, dieser Schwarz, Konstantin Naumowitsch.« Aus seinem Mund hörte sich Kostiks Name wie eine Beleidigung an. »Wir müssen schauen, daß diese Schwarzmanns, Weißmanns, Rabinowitschs und Rapoports nicht zu viele werden, sonst haben wir bald keine

Luft mehr zum Atmen.« Protopopow warf seinem Chef einen gelangweilten Blick zu.

Wie sollte ich Kostiks Studienerfolg nachweisen? Er hatte zwar ein Zeugnis aus der Hochschule für Berufstätige, die Überstellung erfolgte aber von einer regulären Tallinner Hochschule, wo er nur wenige Wochen gewesen war und kaum Prüfungen abgelegt hatte. Krampfhaft überlegte ich, was ich sagen sollte. Zögerte ich zu lange, war alles verloren.

»Wenn er kein erfolgreicher Student wäre, würde ihn die Hochschule für Bauingenierwesen gar nicht aufnehmen. Das erste, was die getan haben, war, sein Prüfungsbuch zu kontrollieren.«

Zu meiner Überraschung akzeptierte Lichatschow diese Erklärung.

Ich kam zurück nach Leningrad. Kostik war immer noch krank, aber das Fieber war gesunken. In den letzten Tagen hatte er Hoffnung geschöpft, war optimistischer geworden. Er fühlte sich schon kräftig genug, um aus dem Haus zu gehen. Mit der Bestätigung aus Moskau in der Tasche machte er sich auf den Weg zum Direktor der Hochschule. Dieser las das Papier, nickte, sagte »In Ordnung«, schrieb etwas und reichte Kostik einen weiteren Zettel: Genosse Sergejew – das war der Dekan der Fakultät für Mechanik – nehmen Sie bitte den Studenten Konstantin Naumowitsch Schwarz an Ihrer Fakultät auf.

Das war Ende November 1951. Mehr als die Hälfte des Semesters war schon vorbei.

»Was?« brüllte Dekan Sergejew. »Auf keinen Fall nehme ich Sie auf! Nein! Nein! Nein! Nein! Nein!« Seine Stimme überschlug sich. Mit roten Lettern schrieb er auf den Zettel des Direktors: *Ich weigere mich, diesen Studenten aufzunehmen!*

An Sergejews Fakultät studierten, wie wir später erfuhren, zahlreiche Juden, die an anderen Hochschulen nicht aufgenommen und nun bei ihm gelandet waren. Aus diesem Grund hatte der Dekan oft Probleme mit der Stadtverwaltung und dem Ministerium. Von Kollegen wurde er »König der Juden« genannt.

Als Kostik heimkam, hatte er wieder vierzig Grad Fieber. Ich überließ ihn Scheljas Obhut, nahm Iwanows Zettel und ging damit in die Direktion.

»Schauen Sie«, sagte ich und legte dem Direktor den Zettel auf den Tisch, »der Dekan Ihrer Fakultät gehorcht Ihnen nicht.«

»Eine Frechheit!« Iwanow schüttelte den Kopf. »Will er meine Autorität in Frage stellen? Führt wieder seine üblichen Tänze auf, der König der Juden!« Er schaute mich an und senkte schnell die Augen. Aber es berührte mich gar nicht, daß er den Dekan bei seinem Spitznamen genannt hatte. Im Gegenteil. Nun konnte ich offen reden.

»Schaut so aus, als hätten Sie zu viele Juden an der Fakultät«, sagte ich.

Iwanow tat so, als hätte er diesen Satz überhört, schrieb eine Direktive an die Personalabteilung: *Veranlassen Sie die Aufnahme des Studenten Konstantin Naumowitsch Schwarz an die Fakultät für Mechanik!* und versah sie mit dem Rundstempel der Hochschule.

Mit diesem Zettel ging ich in die Personalabteilung. Kostik solle am nächsten Tag vorbeikommen und seinen Überweisungsschein holen, teilte man mir dort mit. Die Einwände des Dekans seien irrelevant, das letzte Wort bei der Aufnahme von Studenten habe schließlich immer noch die Direktion.

Zu Hause fand ich Kostik weinend im Bett vor. Das Zimmer war unaufgeräumt. Bücher, Hefte und Kleidungsstücke lagen auf dem Boden. Das erschreckte mich, weil meine Kinder sonst sehr ordentlich waren. Naum war noch in der Arbeit. Schelja saß am Schreibtisch und zeichnete ein Segelschiff. Sie zitterte am ganzen Körper. Das Schiff war so groß, daß es über zwei Seiten des Heftes ging, es hatte mehrere Kanonen, eine Totenkopfflagge und trug den Namen *Rächer der Verfolgten*. Am unteren Querbalken des Hauptmastes baumelte ein Gehenkter. »Ich rede nicht mehr mit ihm«, murmelte Schelja mit weinerlicher Stimme und schluckte. »Ich kann nicht mehr mit ihm reden, ich kann ihm nicht mehr zuhören, ich habe genug von alldem.« Sie warf die Zeichnung auf den Boden und lief hinaus. Kostik zog die Decke über den Kopf. Ich blieb unschlüssig mitten im Zimmer stehen, schwankte einen Augenblick, ob ich meiner Tochter nachlaufen und sie beruhigen oder mich um Kostik kümmern sollte. Dann zog ich meinem Sohn die Decke vom Gesicht.

»So, morgen gehst du in die Personalabteilung und holst deinen Überweisungsschein«, sagte ich. »Es ist alles geregelt.«

»Nein!« schrie er. »Ich gehe nicht mehr hin.« Er vergrub das Gesicht im Bettpolster. »Versteh doch, Mutter. Ich habe einfach nicht mehr die Kraft. Man haut mir überall sowieso nur in die Fresse. Nur in Tallinn hat man mich wie einen Menschen behandelt.«

Sergejew nahm den Überweisungsschein entgegen und begann sofort zu brüllen: »So eine Frechheit! So eine Gemeinheit! Wir werden Sie wie Abfall aus unserer Fakultät hinausbefördern! Wie ein fauler Apfel werden Sie hinausfliegen! Nicht nur solche wie Sie, auch viel Begabtere sind bei uns schon hinausgeflogen.« Ich griff nach der Hand meines Sohnes und drückte sie, so fest ich konnte. Hoffentlich hält er jetzt den Mund. Aber er brachte ohnehin kein Wort heraus.

Als Kostik das Büro des Dekans verließ, hatte er Schüttelfrost. Er war so bleich, daß ich Angst hatte, er würde in Ohnmacht fallen. Sergejews Sekretärin versuchte ihn zu beruhigen: »Machen Sie sich nicht zu viele Sorgen. Wenn Sie einmal zu studieren begonnen haben, werden Sie beweisen, was Sie können. Einen guten Studenten wird auch Sergejew nicht so leicht los, und ich weiß, daß gerade ihr Juden besonders fleißig seid. Es wird schon alles gut gehen.«

Die ersten Wochen waren für Kostik die schwersten. Die meisten Prüfungstermine für das Semester hatte er versäumt. Blieb nur der 31. Dezember. Allein an diesem Tag bestand er fünf Prüfungen, die letzte davon um zehn Uhr abends. Der Professor war ihm entgegengekommen, denn zwei Stunden später, mit Beginn des neuen Jahres, hätte die Prüfung keine Gültigkeit mehr gehabt. Als Kostik nach Hause kam und wir miteinander Neujahr feierten, konnte er sich kaum auf den Beinen halten. Und für den 3. Januar war schon die nächste Prüfung angesetzt.

Die fehlenden Fächer Darstellende Geometrie und Fremdsprache, die an der Hochschule für Berufstätige nicht unterrichtet wurden, mußte Kostik für das gesamte erste Studienjahr nachholen. Zeichnen konnte er überhaupt nicht. Diese Aufgabe übernahm Schelja für ihn. Als Fremdsprache wurde glücklicherweise Deutsch und nicht, wie an vielen anderen Hochschulen, Englisch oder Französisch unterrichtet. Ich habe eine weitere Woche Urlaub nehmen müssen, bin von früh bis spät gesessen und habe übersetzt, hauptsächlich Artikel aus DDR-Fachzeitschriften zum Thema Architektur und Wiederaufbau. Unser Verlagsleiter hatte Verständnis für meine Lage und machte mir keine Schwierigkeiten. Ich könne so viel Urlaub haben wie ich wolle, erklärte er mir.

Kostik hatte gute Noten. Als er am Ende des Studienjahres, im Juni, sein Prüfungsbuch der Sekretärin zur Bestätigung vorlegte, meinte sie: »Sergejew und ich haben von Anfang an gespürt, daß Sie bei uns ein ausgezeichneter Student sein werden.«

»Ja, ja«, sagte Kostik, »ich kann mir das Gespür vom Genossen Sergejew vorstellen.«

In diesem Augenblick kam Sergejew selbst aus dem Büro, grinste, schüttelte Kostik die Hand und meinte: »Aus ganzem Herzen gratuliere ich Ihnen zu Ihrem Studienerfolg. Ich bin davon überzeugt, daß Sie auch in den nächsten beiden Jahren nicht nachlassen werden.«

18

Naum legte die Zeitung auf den Tisch und flüsterte, weil Wände bekanntlich Ohren haben, ganz leise: »Das ist der Anfang vom Ende. Wir müssen froh sein, wenn wir dieses Jahr überleben. Es sei denn, man erwürgt den georgischen Vater aller Völker endlich in seinem Bett. Ich setze da große Hoffnungen in seinen Landsmann.«

Ich war nicht nur erschrocken, meinen Mann so reden zu hören, weil ich Angst hatte, die Wände hätten noch größere Ohren als wir befürchteten und weil ich Stalin trotz allem für einen großen Führer hielt und seinen Landsmann Beria für einen niederträchtigen Verbrecher, sondern weil ich einen beängstigenden Glanz in den Augen eines Menschen entdeckte, der sogar Spinnen und Küchenschaben aus dem Fenster warf, anstatt sie zu zertreten. Mein Mann rückte in weite Ferne, und ich streckte die Arme aus, um ihn festzuhalten.

Mein Blick fiel auf die erste Seite der Zeitung. Die Artikelüberschrift verkündete in dicken Lettern die Verhaftung einiger Kremlärzte, die allesamt als potentielle Mörder, Spione und Volksfeinde enttarnt worden waren. Ihr ruchloser Plan sei es gewesen, führende Mitglieder von Partei und Regierung, allen voran den Genossen Stalin selbst, zu ermorden. Fast alle Ärzte hatten jüdische Namen.

Es war der 13. Januar 1953.

»Sie haben ja schon viele zionistische Komplotte aufgedeckt, aber soweit sind sie noch nie gegangen«, flüsterte Naum. »Ärzte im Kreml! Als nächster ist Genosse Kaganowitsch dran, der letzte Alibijud im Politbüro, und dann geht es uns allen an den Kragen.«

»Laß das!« Ich griff mit einer solchen Vehemenz nach Naums Hand, daß ich für einen Augenblick befürchtete, ich breche ihm den Finger.

Wenig später saß ich auf dem Bett, er neben mir, den rechten Arm um meine Schultern geschlungen. Das erste Mal seit Jahren verspürte ich den Wunsch zu flüchten, hinaus aus der Zeit und in eine Welt der Schwerelosigkeit und der Stille.

Naum behielt recht. Die Hetze gegen »Zionisten«, »vaterlandslose Gesellen« und »Kosmopoliten« weitete sich aus. Noch war es nicht soweit, daß man offen von einer »jüdischen Weltverschwörung« gesprochen hätte, aber es konnte nicht mehr lange dauern – dessen waren wir und alle unsere jüdischen Freunde uns sicher –, bis das Regime die letzten Hüllen seines angeblichen Internationalismus fallen lassen würde.

Das beliebte jiddische Theater in Moskau wurde geschlossen, alle jiddischsprachigen Zeitungen eingestellt, Wissenschaftler und Künstler verhaftet, Juden aus einflußreichen Positionen entfernt, die judenfeindlichen Karikaturen in der *Prawda* unterschieden sich nur wenig von jenen in Naziblättern, der Antisemitismus auf der Straße wurde kaum mehr geahndet. Das alles war furchtbar, aber es war noch erträglich. Wir lernten, das Unabwendbare hinzunehmen. Doch in den Wochen und Monaten nach der Verhaftung der Kremlärzte war allen klar, welches Schicksal den Juden (allen Juden!) drohte: Enteignung, Verhaftung, Aussiedlung nach Sibirien und Kasachstan. Schlimmer als den Rußlanddeutschen zu Beginn des Krieges sollte es ihnen ergehen. Man gab diese sich ständig verdichtenden Gerüchte flüsternd weiter, gleichgültig, augenzwinkernd, schadenfroh oder mit offener Häme. Mit jedem Tag wurden die Stimmen selbstsicherer, lauter, gehässiger. Und in den Zeitungen las man Artikel über »Mörder in weißen Kitteln«.

Unsere Nachbarin Maria Petrowna, deren Tochter Sveta damals erst wenige Monate alt war, beschwerte sich in unserer gemeinsamen Küche über ihre Wohnverhältnisse. »Ein zweites Zimmer wäre sehr hilfreich. Schließlich bin ich alleinerziehende Mutter. Was denkt sich der Staat dabei, wenn er mich in diesem Loch verkümmern läßt … Aber wer weiß, vielleicht wird in unserer Wohnung bald ein weiteres Zimmer frei.« Dabei sah sie mich an, und die anderen Frauen in der Küche sahen mich ebenfalls an, und ich sah weg und tat so, als hätte ich nicht verstanden.

Ein anderes Mal erklärte Maria Petrowna, daß gläubige Juden unschuldige Christenkinder töteten, weil sie deren Blut für die Herstellung von Mazzes bräuchten.

»Das sind Ritualmorde«, erzählte sie den aufmerksam lauschenden Frauen, die mit Töpfen hantierten oder Geschirr abwuschen. »So wie sie ihre Tiere schlachten, indem sie diese ausbluten lassen, so töten sie auch unsere Kinder. Ich war selbst dabei, als man einen Mann mit großer Nase und bösen, kleinen Augen, ganz offensichtlich einen Juden, festgenommen hat.«

In diesem Augenblick sah sie mich in der Tür stehen. Sie verstummte und senkte den Blick. Nur mit Mühe konnte ich meine Wut unterdrücken. Am liebsten hätte ich den Nudelwalker genommen und diese Frau erschlagen.

»Maria Petrowna«, fragte ich, »wie kommt es, daß Sie immer noch Parteimitglied sind? Man hätte Ihnen den Parteiausweis abnehmen müssen.«

»Wieso das?«

»Weil das nicht nur antisemitisch ist, was Sie sagen, sondern konterrevolutionär, antisowjetisch.«

»Sie werden mir erklären, was antisowjetisch ist!«, brüllte sie. »Ich bin Parteimitglied seit 1934! Ich bin eine standhafte Kommunistin!«

»Ja, so hört sich das an.«

Sie begann mich zu beschimpfen. In ihrer hysterischen Stimme schwang Angst und Unsicherheit mit. Keiner konnte zu jener Zeit wissen, wie weit er gehen durfte. Was heute erlaubt oder sogar erwartet wurde, konnte morgen ein Verbrechen sein. Hatte sie mit ihrem Ritualmordvorwurf womöglich die Grenze des Erlaubten überschritten? Während Maria Petrowna ihre Schimpftiraden losließ und ihre Angst zu überspielen versuchte, schwiegen die anderen Frauen und schauten weg.

Im Januar und Februar kam es zu weiteren Verhaftungen. Wer nur seine Arbeit verlor, konnte sich glücklich schätzen. Verhaftet wurde der an der Technologischen Hochschule der Stadt Leningrad tätige Ingenieur Wowsi, Bruder eines Kremlarztes. Verhaftet wurden Freunde und Bekannte der schon Festgenommenen und in Folge deren Arbeitskollegen, Bekannte und Freunde. Verhaftet oder entlassen wurden Ärzte, Pharmazeuten, Biologen, Wissenschaftler in der medizinischen Forschung, Universitätsprofessoren und Assistenten jüdischer Herkunft. Es folgten Apotheker, Verfasser medizinischer Handbücher und Experten für Volksmedizin, pensionierte Militärärzte und Medizinstudenten, Krankenschwestern, Krankenpfleger, das Hilfspersonal in Kliniken, Putzfrauen eingeschlossen, wenn diese das Unglück hatten, Jüdinnen zu sein.

Einer unserer Nachbarn, ein Nichtjude, wurde Anfang Februar 1953 ebenfalls festgenommen. Er war der Liebhaber einer jüdischen Biologin gewesen, die zu den führenden Wissenschaftlern des Landes auf dem Gebiet der Krebsforschung gezählt hatte. Sie wurde als »subversive Zionistin« verhaftet, einige Tage später ihr Ehemann und schließlich ihr Liebhaber. Mein armer Nachbar, Portier in jenem Institut, an dem die Biologin geforscht hatte, wußte nicht, wie ihm geschah. Als er später freigelassen und rehabilitiert wurde, erzählte er mir, man habe ihm »Sympathie mit dem zionistischen Gedankengut«, »Kosmopolitismus« und »unzulässige Nähe zu einem Volksfeind« vorgeworfen. »Das nächste Mal«, hatte ihn der Untersuchungsleiter ermahnt, »überleg dir besser, wen du nagelst.«

In den Schulen fanden nach dem Unterricht Versammlungen der jungen Pioniere und des Komsomol statt. Schüler hielten ihren Klassenkameraden und der Lehrerschaft Vorträge über die verhafteten »Mörderärzte« und »Vaterlandsverräter im Dienste Israels und des ausländischen Großkapitals«. Als Vorzugsschülerin und vorbildlicher Pionierin wurde meist Schelja die Ehre zuteil, politische Vorträge zu halten. In diesem Fall war man »sensibel« genug, sie mit dieser Aufgabe nicht zu betrauen. Statt dessen sprach eine Mitschülerin, eine Russin, von »den Mördern in Weiß, die das Skalpell als Waffe führen«.

Das Unglück ereilte uns am 23. Januar. Wie jeden Tag kam Kostik am späten Nachmittag aus der Hochschule. Er war blaß. Das allein war noch nicht außergewöhnlich, doch ich kannte meinen Sohn zu gut, um nicht sofort zu erkennen, daß etwas Schlimmes vorgefallen sein mußte. Tatsächlich ließ er seine Ledertasche, die ich ihm vor Beginn seines Studiums gekauft hatte, auf den Boden fallen, setzte sich auf das Sofa, und verharrte einige Zeit regungslos, ohne ein Wort zu sagen.

»Kostik, was ist los?« fragte ich.

»Nichts«, flüsterte er mit heiserer Stimme. Nun wußte ich, daß es schlimmer war, als ich vermutet hatte.

»So sprich doch!« forderte Naum.

Aber Kostik schwieg.

»Er ist verliebt, und die Angebetete hat ihn nicht erhört«, meinte Schelja und kicherte.

»Du sei still!« befahl Naum, und ich wünschte mir nichts sehnlicher, als daß es wirklich etwas so Banales, etwas so Schönes wäre wie eine unerwiderte Liebe.

»Hat es etwas mit deinem Studium zu tun? Hat dieser Sergejew wieder etwas Gemeines zu dir gesagt?«

»Ich habe das R vergessen«, erklärte Kostik plötzlich mit einem bitteren Lächeln. »Stellt euch das vor.«

»Bitte wie??« Hatte mein Sohn den Verstand verloren?

Ich setzte mich zu ihm und umarmte ihn und redete so lange beruhigend auf ihn ein, bis er uns schließlich, stockend und durch Weinkrämpfe unterbrochen, erzählte, was geschehen war.

Die Übersetzung eines Textes aus dem Russischen ins Deutsche war Kostik zum Verhängnis geworden. Der Sprachunterricht hatte damals nicht den Zweck, den Studenten die aktive Beherrschung einer Fremdsprache beizubringen. Wann hatte ein gewöhnlicher Sowjetbürger schon Kontakt mit Ausländern? Meist erschöpfte sich deshalb der Fremdsprachenunterricht an den Hochschulen in der Übersetzung von Gebrauchstexten. Auch in diesem Fall handelte es um einen Artikel aus einer sowjetischen Fachzeitschrift. Kostik hatte ihn gewissenhaft übersetzt. Eine halbe Nacht war er daran gesessen, ich hatte seine Übersetzung Korrektur gelesen und einige Passagen ausgebessert.

Er habe die Arbeit vor etwas über einer Woche abgegeben, erzählte Kostik, und sie sofort vergessen, wußte er doch, daß seine Mutter bestimmt keinen Fehler übersehen hatte. Nichts am Benehmen der Deutschlehrerin hatte ihm verraten, was auf ihn zukommen sollte.

Das Hochschulpersonal begegnete Kostik mit jener korrekten und distanzierten Freundlichkeit wie in den Monaten zuvor, und von seinen russischen Freunden hörte er nur Worte der Aufmunterung. »Denk ja nicht darüber nach, was da in Moskau passiert«, hieß es. »Was gehen uns die Mörderärzte an?«

Bei Prüfungen wurde Kostik nicht mehr, aber auch nicht weniger benachteiligt als die anderen Juden. Es galt weiterhin der alte Grundsatz: Wenn du in dieser Welt überleben willst, mußt du besser sein als die Gojim.

Kostik war tatsächlich einer der Besten an der Fakultät. Die Professoren schätzten ihn. Der Direktor der Hochschule – ein anständiger Mensch (soweit man in diesen Zeiten anständig bleiben konnte) – schützte ihn. Trotzdem war Kostik vorsichtig. Aus politischen Diskussionen hielt er sich heraus. Wenn ihn jemand in ein solches Gespräch hineinzuziehen versuchte, wechselte er das Thema. Deshalb war er vorerst nicht allzu beunruhigt, als man ihm mitteilte, er solle nach dem Unterricht sofort in Sergejews Büro kommen. Er dachte, es handle sich um eine der zahlreichen Sticheleien, mit denen ihm der Dekan schon seit Beginn seines Studiums das Leben schwer machte: eine nicht rechtzeitig erbrachte Bestätigung vom Arzt, das Fernbleiben von einer Versammlung des Komsomol, ein angeblich despektierliches Verhalten gegenüber einem Inspektor aus dem Bildungsministerium, den Kostik nicht höflich genug gegrüßt haben sollte.

Etwas erstaunt war er dann doch, erzählte mir Kostik, als er im Büro des Dekans nicht nur Sergejew selbst, sondern auch seine Deutschlehrerin vorfand. Lidia Krjutschkowa, eine offenherzige, oft zu Späßen aufgelegte Endvierzigerin, sagte während des folgenden Gesprächs kein Wort. Kostiks Blicken versuchte sie auszuweichen.

Dekan Sergejew schien hingegen bester Laune zu sein. Bis dahin hatte er in Kostiks Gegenwart noch nie gelächelt. Jetzt grinste er, erhob sich von seinem Sessel, stützte sich mit beiden Händen auf den Schreibtisch, beugte sich vor. Der Tonfall seiner Stimme war freundlich.

»Ah, Kollege Schwarz«, sagte Sergejew, »wie schön, daß Sie sogleich gekommen sind. Setzen Sie sich.«

»Danke, Genosse Dekan.«

Sergejew nahm ein paar dicht beschriebene Blätter vom Tisch und hielt sie Kostik entgegen.

»Erkennen Sie das wieder, Schwarz?«

Kostik erkannte seine Handschrift. Seine Übersetzungsarbeit ins Deutsche. Er sah den Dekan fragend an.

»Schauen Sie nicht so blöd, Schwarz! Sie haben gedacht, daß Sie damit durchkommen? Mit Ungeheuerlichkeiten dieser Art? Mit solch unverschämten und widerlichen Anspielungen? Das ist doch reinste Subversion, gutgetarnte antisowjetische Propaganda. Etwas, das ganz langsam, sozusagen unbewußt, unsere Gehirne vergiften soll. Haben Sie weitere Späße dieser Art auf Lager, Schwarz?«

Kostik blickte verwirrt in Richtung Krjutschkowa. Doch diese sagte nichts, nur ihre Lippen zitterten leicht.

»Lesen Sie!« befahl Sergejew und wurde plötzlich laut. Das Grinsen schwand aus seinem Gesicht. »Lesen Sie die Überschrift zu Ihrer Übersetzung!«

Kostik nahm die Aufforderung wörtlich und las den Titel des Artikels vor: *Stand der Bauarbeiten in den neuen Vierteln der Heldenstadt STALINGAD.*

»Oj«, murmelte er und begann zu verstehen.

»Stalingad!« schrie der Dekan. »Stalin – Gad! Ich wage es gar nicht zu wiederholen. Stalin – Gad. Ihnen ist die Bedeutung des Wortes Gad doch bekannt, Schwarz?«

Gad heißt im Russischen Schlange, im übertragenen Sinn Mistkerl oder Bösewicht.

»Ein Schreibfehler!« Wieder schielte Kostik, fast flehentlich zur Krjutschkowa. »Das ist doch nur ein Schreibfehler!« Nun schrie auch er.

»Brüllen Sie mich nicht an!« Der Dekan war noch lauter. »Was erdreisten Sie sich! Vergessen Sie nicht, wo Sie sich befinden.«

»Es tut mir leid«, flüsterte Kostik …

»Ein Schreibfehler«, kommentierte Sergejew hämisch. »Beim Genossen Stalin macht man keine Schreibfehler.«

»Es war aber ein Schreibfehler. Und außerdem ist das ein Text in deutscher Sprache. Da bedeutet Gad doch gar nicht …«

»Sagen Sie, Schwarz, wollen Sie mich verarschen?« unterbrach ihn der Dekan. »Ihr Deutsch interessiert mich nicht! Wir sind hier nicht in Deutschland! Dies ist kein akademischer Disput!!! Sie wollen sich rauswinden? Aber solche Winkelzüge von Ihnen und Ihresgleichen kommen bei mir nicht an. Ich habe schon ganz andere als Sie gefressen! Glauben Sie überhaupt an unser sozialistisches Vaterland, Schwarz, oder sind Sie vielleicht ein Zionist, ein Kosmopolit? So wie die meisten Angehörigen … Ihrer … Ihrer … na, Ihresgleichen eben.«

Kostik wollte etwas erwidern, aber der Dekan ließ ihn nicht zu Wort kommen.

»Schweigen Sie!« befahl er. »Ich will nichts hören. Ich kenne Leute Ihrer Sorte. Mir können Sie nichts vormachen. Gut, daß

Genossin Krjutschkowa wachsam genug war, diese verdeckte Propaganda aufgedeckt zu haben und mich informiert hat.«

Krjutschkowa murmelte etwas, stöhnte und nickte schnell einige Male mit dem Kopf. Es schien Kostik, als müßte sie jeden Augenblick in Ohnmacht fallen. Der Dekan nahm die Übersetzungsarbeit aus Kostiks Händen und sperrte sie in seine Schreibtischlade.

»Bis auf weiteres sind Sie vom Studium suspendiert«, erklärte er. »Ich muß Elemente wie Sie von meinen Studenten fernhalten. Außerdem habe ich bei den entsprechenden Stellen über den Vorfall Meldung erstattet.«

Kostik konnte sich nicht mehr genau daran erinnern, wie er das Büro des Dekans verließ und was ihm die Sekretärin, die immer ein nettes Wort für ihn übrig hatte, diesmal sagte. Als er auf der Straße war, hörte er hinter sich Schritte. Jemand lief ihm nach, hielt ihn von hinten am Ärmel fest. »Ich muß mit Ihnen reden, Schwarz«, keuchte die Krjutschkowa. »Sie müssen das verstehen. Ich habe Kinder. Verstehen Sie. Kinder. Vier. Zwei Mädchen und zwei Buben. Mein Mann ist im Krieg gefallen …« Kostik versuchte sich zu befreien, doch sie klammerte sich noch fester an ihn. »Ich bin nicht die einzige, die Einsicht in diese Arbeiten hat. Das ist ja das Problem! So verstehen Sie doch! Was hätte ich denn tun sollen? Nicht einmal selber einfügen konnte ich es, dieses verfluchte R, so eng hatten Sie das Blatt beschrieben, außerdem wäre so etwas erst recht aufgefallen … Bitte, Schwarz, ich hoffe, daß Sie mich verstehen, auch wenn ich es Ihnen nicht verübeln kann, wenn Sie mich jetzt hassen.«

Kostik gab ihr keine Antwort. Er riß sich los, überquerte schnell die Straße, während die Krjutschkowa auf der anderen Seite zurückblieb.

Ich machte mir Vorwürfe. Zwanzig Jahre hatte ich in einem Verlag gearbeitet, hatte Übersetzungen gemacht, unzählige Druckfahnen durchgesehen. Ich hatte ein geschultes Auge, das noch kleinere Fehler erkannte, die sogar professionellen Korrektoren und Schriftsetzern entgangen waren. Wie konnte ich nur »Stalingad« übersehen? Keine Frage: es war meine Schuld!

Die halbe Nacht redeten wir auf Kostik ein. Es werde sich bald alles aufklären, meinten wir. Gleich am nächsten Morgen würden wir mit dem Direktor der Hochschule reden. Es handle sich um eine dumme Geschichte. Der Direktor werde dem Dekan eine ordentliche Kopfwäsche verpassen, ihm die Flügel stutzen, ihn zusammenstauchen auf die ihm zustehende Größe und der Gerechtigkeit zum Sieg verhelfen. Wenn der Schreck vorüber sei, würden wir alle nur mehr darüber lachen. Kostik hörte zu, nickte und schwieg. Offenbar machte er sich keine Illusionen. Warum lügt ihr alle so? schien sein Blick zu sagen. Warum redet ihr mit mir wie mit einem kleinen Kind? Ich weiß doch, wie die Dinge stehen. Ich glaube längst nicht mehr an eine Welt, in der die Bösen bestraft und die Guten zu ihrem Recht kommen … Aber wir sprachen weiter und hörten lange nicht auf, vielleicht weil wir unsere eigenen Worte selbst so gern glauben wollten.

Am nächsten Morgen wurde Kostik vor dem Eingang zur Hochschule verhaftet. Es ging so schnell, daß ich nicht einmal richtig protestieren konnte. Die beiden Männer, die vor dem Tor warteten, waren unauffällig gekleidet. Sie hätten Studenten sein können, die sich an dieser Stelle mit Studienkollegen oder Freundinnen verabredet hatten. Als sie uns sahen, kamen sie auf uns zu.

»Konstantin Naumowitsch Schwarz?« fragte einer von ihnen.

»Ja.«

»Sie sind festgenommen.« Er fischte aus der Außentasche seines Mantels einen Ausweis heraus, hielt ihn Kostik vor die Nase und klappte ihn sogleich wieder zu. Ich erkannte nur die Initialen MGB: Ministerium für Staatssicherheit.

»Wieso?« fragte Kostik, obwohl er natürlich sehr gut verstand, wieso er verhaftet wurde.

»Das erfahren Sie noch früh genug. Kommen Sie mit!«

Kostik griff nach meiner Hand. Er holte tief Luft, wollte etwas sagen. Der zweite Mann faßte ihn an den Schultern und stieß ihn in ein Fahrzeug, das mit offener Seitentür und laufendem Motor bereitstand.

Ich weiß noch, daß ich zu schreien begonnen hatte und Kostiks Hand nicht loslassen wollte. Was ich geschrien habe, kann ich heute nicht mehr sagen. Kostik verschwand im Inneren des Wagens. Der Fahrer gab Gas. Die Räder drehten sich einige Sekunden im Schnee, spuckten dunkelbraunen Matsch, bevor sie griffen. Wie erstarrt schaute ich dem Wagen nach, noch lange nachdem er eingebogen und aus meinem Blickfeld verschwunden war. Naums Gesicht war weiß wie der Schnee auf den Fenstersimsen und Dächern der umliegenden Häuser. Er blinzelte nicht. Er hatte nichts gesagt und nichts unternommen. Nun ließ ich mich von ihm an der Hand nehmen und wegführen.

Später rätselten wir darüber, weshalb Kostik vor dem Eingang zur Hochschule und nicht in unserer Wohnung festgenommen worden war. Wir konnten keine plausible Erklärung dafür finden. Aber was war schon plausibel in jener Zeit? Jedenfalls erlaubte uns dieser Umstand, den Nachbarn von »Kostiks seltener und gefährlicher Virusinfektion« zu erzählen, weswegen er nun im Krankenhaus stationär behandelt werden müsse. Natürlich war es eine Frage der Zeit, bis sie die Wahrheit herausfanden. Aber bis dahin würde Kostik, so hofften wir, wieder zu Hause sein.

Noch am selben Tag machten sich Naum und ich auf den Weg in die berüchtigte Leningrader Zentrale des MGB. Das im Volksmund Großes Haus genannte Gebäude wurde zu Beginn der dreißiger Jahre als schmuckloser Zweckbau errichtet und war mit seinen neun Stockwerken das erste Hochhaus der Stadt.

Wir reihten uns in eine Schlange ein. Gesprochen wurde nicht. Am Ende des Raumes stand ein Tisch, hinter dem zwei Männer in MGB-Uniformen und eine Frau in Zivil saßen.

Wir hatten für Kostik einen Koffer gepackt – Hemden, Pullover, Socken, warme Unterwäsche, Lebensmittel, Wasch- und Rasierzeug.

Als wir eineinhalb Stunden später an der Reihe waren, begann Naum den Beamten umständlich zu erklären, was geschehen war.

»Ihren Paß, Bürger«, unterbrach ihn der Uniformierte. Er blätterte in unseren Ausweisen und machte dabei das Gesicht eines vor Langeweile todunglücklichen Menschen.

»Wie war noch einmal der Name Ihres Sohnes, Bürger?« fragte er nach einer Minute, die uns endlos lang erschienen war.

»Schwarz, Konstantin Naumowitsch.«

Sein Kollege klappte ein dickes, in schwarzen Karton gebundenes Heft auf. Daten. Zahlen. Namen. Unverständliche Abkürzungen. Initialen. Eintragungen mit roter und blauer Tinte. Schließlich machte er das Heft zu, bevor wir erkennen konnten, was neben Kostiks Namen eingetragen war.

»Keine Auskünfte!« verkündete er trocken.

»Aber mein Sohn ist unschuldig. Es war alles ein Mißverständnis. Ich kann es erklären.« Naums Stimme bebte.

»Über Schuld oder Unschuld entscheidet das Gericht«, erklärte der Beamte.

»Aber wie geht es meinem Sohn?« fragte ich schnell. »Lebt er? Hat er vielleicht etwas für uns ausrichten lassen?«

»Wir dürfen keine Auskünfte geben, Bürgerin. Sie werden noch rechtzeitig informiert!«

»Ich verlange, Ihren Vorgesetzten zu sprechen!« sagte Naum plötzlich.

»Das ist nicht vorgesehen. Beschwerden und Anfragen sind schriftlich einzureichen.«

Nichts in der Stimme des Beamten verriet Ungeduld oder gar Verärgerung.

»Ich bin Veteran des Großen Vaterländischen Krieges«, ereiferte sich Naum. »Mir wurde der Rote Bannerorden Erster Klasse verliehen. Ich …«

»Keine Auskünfte, Bürger!« sagte der Beamte.

Ich legte den Koffer auf den Tisch. Ob es wohl möglich sei, die mitgebrachten Sachen dem Gefangenen Schwarz aushändigen zu lassen?

Der Uniformierte schob den Koffer kommentarlos zu der neben ihm sitzenden Frau in Zivil. Diese öffnete ihn und leerte seinen Inhalt auf den Tisch. Mit einem dünnen, an den Rändern rostigen Messer durchstach sie die Butterbrote, inspizierte Socken, Hemden und Unterhosen, packte alles wieder ein. »Geht in Ordnung«, sagte sie, schrieb auf einen Zettel Kostiks Namen und eine Nummer und klebte diesen auf den Koffer.

»Der nächste!« sagte der Uniformierte mit lauter Stimme, und ich zog meinen Mann weg vom Tisch und hinaus auf die Straße, bevor es ihm einfiel, wieder etwas vom Großen Vaterländischen Krieg und von seinen Heldentaten zu erzählen.

Die folgenden Tage gehörten zu den schlimmsten in meinem Leben. Zu der Angst um meinen Sohn kam die beschämende Feigheit der anderen, die für mich kaum erträglich war. Naum wurde nicht mehr gegrüßt, als er morgens ins Büro kam. Freunde und Bekannte vermieden es, uns zu treffen, erfanden Vorwände, läppische Ausreden oder legten einfach auf, wenn sie unsere Stimmen am Telephon hörten. Es war auffällig, wie schnell die Nachbarn verstummten, wenn wir in ihrer Nähe waren.

Schelja wurde krank und lag mit Fieber im Bett. Ich verabreichte ihr Aspirin und setzte Schröpfköpfe auf ihren Rücken. Wir sprachen nicht viel miteinander. Sie lag da und starrte stundenlang auf die Decke. Allzu gern hätte ich gewußt, was in ihrem Kopf vorging, aber ich hatte nicht die Zeit, mich um sie zu kümmern. Später fragte ich sie, woran sie in jenen Tagen gedacht hatte. »An gar nichts«, antwortete sie mit einem solchen Trotz, daß ich nicht mehr wagte, ihr weitere Fragen zu stellen. Hätte ich mit ihr über meine Schuld reden sollen, über mein Versagen und meine Gewissensbisse? Wäre Mascha noch am Leben gewesen, hätte sie mir sicher einen Rat gegeben, wie ich meine Tochter zurückgewinnen könnte. Aber Mascha war seit zehn Jahren tot, und es gelang mir nicht, ihr Bild vor mir erstehen zu lassen, genausowenig wie ich damals in der Lage gewesen war, sie auf dem Friedhof zu besuchen. Ich schrieb Gesuche, Bittbriefe und Beschwerden, die ich an den Obersten Sowjet, an das Justiz- und das Innenministerium und das Ministerium für Staatssicherheit verschickte. Ich ging ins Große Haus und in den Smolny, den Sitz des Stadtsowjets. Ich bekam keine Antwort. Man wimmelte mich ab. Man werde den Fall prüfen. Die Gerichtsverhandlung werde alles klären. Und Kostik saß weiterhin im Gefängnis. Ich hatte keine Nachricht von ihm.

In den Nächten konnte ich nicht einschlafen. Mein Mann umarmte mich, streichelte meine Haare und Wangen, suchte nach Worten des Trostes, die nicht zu mir durchdrangen. Die winterlichen Nächte lagen düster über der tiefverschneiten Stadt. Nur vereinzelt quietschten Stiefel, brummte ein Motor oder schrie jemand in der Dunkelheit. Das matte Licht der Straßenlaternen drang kaum durch das Schneegestöber. Die schwarzen Fenster der umliegenden Häuser wirkten wie ausgeschlagene Zähne. Und vom Rangierbahnhof hinter der Fabrik hörte man die langen Huptöne der Lokomotiven, die jene Züge zusammenstellten, die uns alle bald wegbringen sollten, dorthin, woher es kein Zurück mehr gab.

19

Etwa eine Woche nach Kostiks Verhaftung faßte ich den Entschluß, jenen wahnwitzigen Einfall, der schon seit einigen Tagen in meinem Kopf herumspukte, in die Tat umzusetzen. Als ich mit der Straßenbahn zum Bahnhof fuhr, glaubte ich das Pfeifen der Kugeln zu hören, mit denen man mich erschießen würde. Trotzdem fühlte ich mich freier als in den Tagen zuvor.

Naum und Schelja wußten nichts Genaueres von meinem Vorhaben, nur, daß ich in die Hauptstadt wollte, um das Mißverständnis, welches zu Kostiks Verhaftung geführt hatte, aufzuklären. In meinem Koffer lagen Kleider zum Umziehen, Schminkzeug, Papier, Tinte und Feder. Naum wird Schelja wieder jeden Tag Würstchen kochen, dachte ich. Das wird ihr nicht gut bekommen.

Für kurze Zeit war die Welt wieder schön. Ich wußte um den Selbstbetrug und nahm wohl deshalb jede Kleinigkeit umso intensiver wahr: Die roten Wangen der Schaffnerin. Die beiden Mädchen, die lachend einen Schlitten ziehen. Der junge Mann, der am Trittbrett hängt und seinem Freund etwas nachschreit, der es nicht mehr geschafft hat, aufzuspringen. Die goldenen Ränder der Wolken, die an den Dächern der Stadt zu kleben scheinen.

Immer wenn ich nach Moskau kam, sehnte ich mich nach schmutzigen Winkeln, Holzzäunen und vergammelten Hinterhöfen, die ich abseits der breiten Straßen vermutete. Die von deutschen Kriegsgefangenen errichteten Bauten wirkten kalt. In den Metropalästen unter den Straßen hasteten die Menschen an Mosaikbildern vorbei, die das Leben zeigten, wie es in den Zeitungen beschrieben wurde.

Das Haus, in dem meine Schwester wohnte, war viel älter als die umliegenden und war schon hier gestanden, bevor die Gasse zu einem Boulevard ausgebaut wurde. Das gesamte Viertel aus der Zarenzeit war abgerissen worden, nur dieses eine Haus war verschont geblieben.

»Und was gedenkst du zu tun?« fragte mich meine Schwester Klara, nachdem ich ihr alles erzählt hatte.

»Ich habe einen Plan«, sagte ich. »Dafür muß ich in Moskau sein.«

»Du kannst bei mir wohnen, solange du willst«, sagte sie.

»Es wird uns ins Verderben stürzen«, sagte ich.

»Es ist gut, daß ich ein Doppelbett habe«, sagte sie.

»Es ist ein gewagtes Unterfangen«, sagte ich.

»Du kannst die Bettwäsche aus der Truhe holen«, sagte sie.

»Ich werde für uns beide einkaufen gehen, während du in der Arbeit bist«, sagte ich.

»Ich habe unangenehme Nachbarn«, erklärte sie mir. »Die Bublikows. Wilde Antisemiten.«

An diesem Abend kochte Klara für uns Buchweizenbrei. Nachdem sie in die Küche gegangen war, holte ich ein Blatt Papier aus meinem Koffer. Es stammte aus einem der seltenen Spezialgeschäfte, in denen man für sehr viel Geld Qualitätsware kaufen konnte, war fest, feinkörnig und strahlend weiß, ohne die leichte Grau- oder Brauntönung der üblichen Massenprodukte. Ich hätte in Leningrad damals kein schöneres Papier finden können. Ich setzte mich an den Schreibtisch.

Sehr geehrter Genosse Stalin! Ich versuchte meiner Schrift jene respekteinflößende Ausgeglichenheit zu geben, die sie vor langer Zeit, als ich für die Bewohner von Witschi und Umgebung

Personalausweise ausstellte, gehabt hatte. *Ich, Rosa Abramowna Masur, geboren am 31. Oktober 1907 im Dorf Witschi, Gouvernement Gomel, heute Gomeler Kreis der Weißrussischen Sowjetischen Sozialistischen Republik, zur Zeit wohnhaft in Leningrad, Fabritschnaja uliza 99, Wohnung 14, beschäftigt als Übersetzerin aus dem Deutschen ins Russische im LENVEDBINLIT (Leningrader Verlagshaus, Druckereianstalt und Übersetzungsbüro für Internationale Literatur), wende mich an Sie, allseits geehrter und geliebter Genosse Stalin, in einer Angelegenheit von größter Dringlichkeit …*

Die Worte *in einer Angelegenheit von größter Dringlichkeit* unterstrich ich mit einem roten Buntstift. In knappen Sätzen beschrieb ich Kostiks Schicksal. Ich appellierte an Stalins Gerechtigkeitssinn. Es könne sich bei der Angelegenheit nur um ein Mißverständnis handeln. Der größte Führer aller Zeiten und Völker werde es nicht zulassen wollen, daß ein Unschuldiger im ersten sozialistischen Staat der Welt, wo alle Menschen frei, gleich und so glücklich seien, wie niemals zuvor in der Geschichte, die besten Jahre seines Lebens im Gefängnis verbringt. Ich brachte Sätze zu Papier, von denen mir schon beim Denken übel wurde, verwendete Formulierungen, die mir die Schamröte ins Gesicht trieben. Kurz zuvor hatte ich den Text eines angesehenen Marxisten aus der DDR übersetzt, in dem dieser Stalin mit einem hochfliegenden Adler über den Niederungen des Daseins, mit dem Gott des Lichts und mit Kants kategorischem Imperativ verglich. In meinem Brief versuchte ich, den poetisch veranlagten Deutschen zu übertreffen, auch wenn mir bewußt war, daß mich Lobhudeleien allein nicht ans Ziel bringen würden. Ich zögerte trotzdem. Sollte ich es nicht bei dem bewenden lassen, den Brief unterschreiben und wegschicken? Ich dachte an Kostik, Schelja und Naum, an Klara und Mojsche, von dessen Tod ich damals noch nichts wußte. Ich stand auf und machte eine Runde durch das Zimmer. Aus der Küche roch es nach Buchweizen und frischem Brot. Unter anderen Umständen mochte ich diese Geruchsmischung. Um nicht die Reste des Mittagessens auf den ausgetretenen Parkettboden zu erbrechen, riß ich das Fenster auf, sog gierig die eiskalte Luft ein. Dann schrieb ich weiter: *Lieber Genosse Stalin, ich möchte Sie bei dieser Gelegenheit an jenen unvergeßlichen Augenblick erinnern, der uns für immer verbinden wird. Schließlich haben wir zusammen geschlafen! Es war nie meine Absicht gewesen, Sie an dieses Ereignis zu erinnern, das schon sehr lange zurückliegt, doch die Umstände zwingen mich dazu, meinen Grundsätzen untreu zu werden. Im Augenblick wohne ich bei meiner Schwester in Moskau unter der Adresse uliza Mira 13, Wohnung 12, und bin bereit, jederzeit persönlich bei Ihnen vorzusprechen …* Einige abschließende Höflichkeitsfloskeln. Unterschrift … Ich wartete, bis die Tinte trocken war, faltete den Brief zusammen und legte ihn in ein Kuvert, das ich an den *Genossen Iosif Wissarionowitsch Stalin, Generalsekretär des ZK der KPdSU und Vorsitzenden des Ministerrates der UdSSR* adressierte. In diesem Augenblick kam meine Schwester ins Zimmer, warf einen Blick auf den Briefumschlag. Ihren Gesichtsausdruck werde ich mein Leben lang nicht vergessen. Sie sagte kein Wort.

Klara arbeitete im Kombinat Roter Oktober zur Herstellung von Straßenbahnmotoren als Chefsekretärin des Stellvertretenden Direktors der Abteilung für Statistik und Kalkulation. Jeden Mittwoch nach Dienstschluß begleitete der Direktor meine Schwester bis in das Zimmer ihrer Kommunalwohnung, in dem er mit ihr dann einige Stunden verbrachte. Ich zog mich diskret in die Küche zurück oder ging spazieren. Auch an den Sonntagen, üblicherweise am späteren Vormittag, erhielt meine Schwester Besuch von ihrem Direktor.

»Bevor die Geschichte mit den Mörderärzten begann«, erzählte mir Klara, »war meistens ich diejenige, die zu ihm ging. Der Mensch hat eine Zweizimmerwohnung ganz für sich allein. Aber jetzt will er von seinen feinen Nachbarn nicht mit einer Jüdin gesehen werden.«

Am Direktor fand ich nichts Außergewöhnliches, außer seinen feinen und schmalen Händen. Wenn er kam, grüßte er mich höflich, ohne mir jemals in die Augen zu sehen, machte aber immer eine halbe Drehung in meine Richtung, und es schien mir, als lüftete er mit einer leichten Verbeugung sogar seine schwarze Karakulschafhaube vor mir, bevor er sie an den Haken hängte.

Ich wunderte mich, weswegen Klara sich einen so unansehnlichen Liebhaber hielt. Es konnte wohl nicht allein daran liegen, daß er ihr Vorgesetzter war. Meine Schwester war eine attraktive Frau. Mit ihren fünfzig Jahren hatte sie immer noch eine gute Figur, ihr dichtes, schwarzes Haar nur wenige graue Strähnen, ihr Gesicht kaum Falten. Ich fragte mich immer, warum sie nicht verheiratet war und keine Kinder hatte. »Kinder?« Sie hob spöttisch die Augenbrauen. »Dafür liebe ich mein Leben zu sehr. Ich will mich doch nicht lebendig begraben.«

Klara blieb mir bis an ihr Lebensende ein Rätsel. Wenn ein Gespräch zu persönlich wurde, wechselte sie das Thema oder stand einfach auf und ging aus dem Zimmer. Sie war unserem Vater am ähnlichsten. Als sie 1983 starb, erbte ich von ihr ein Album, in dem einige alte Photographien unseres Vaters zu finden waren. Außerdem waren dort Photos aus ihrer Jugend. Die meisten davon zeigten sie mit verschiedenen Männern. Eines hat mich besonders beeindruckt: Klara auf einem Sessel inmitten eines gutbürgerlichen Salons im Vorrevolutionsstil, im Hintergrund eine Faunstatuette auf einem runden Tisch, ein Sekretär, schwere Vorhänge mit Quasten. Klara trägt ein weites Kleid mit tiefem Ausschnitt. Neben ihr steht ein gutaussehender Mann in weißem Hemd ohne Kragen und einem Gürtel über dem Hemd, wie es bei uns vor dem Krieg üblich war. Er hält ihre Hand. Beide blicken angestrengt in die Kamera. Auf der Rückseite steht: *Für Klara in Erinnerung an eine aufregende – ach so glückliche! – Zeit in Aluschta, Sommer 1929. In Liebe, Pawel.*

Ich hatte nicht einmal gewußt, daß Klara in Aluschta gewesen war.

Jeden Tag telephonierte ich mit Naum. Keine Nachricht von Kostik, teilte er mir mit. Manchmal bat er mich mit gebrochener Stimme, doch endlich zurückzukommen.

Während Klara in der Arbeit ist, irre ich ziellos durch die Stadt. Es ist später Nachmittag. Ich fahre mit der Straßenbahn. Zwei Arbeiter, sichtlich angeheitert, unterhalten sich über die Zustände im Land. Der eine, ein Mann um die fünfzig, ist füllig und hat schwielige, von Rissen und Wunden übersäte Hände, ein rotes Gesicht und, trotz der Kälte, Schweißperlen auf der Stirn. Seine Zunge gehorcht ihm nicht. Einmal stottert er, dann dehnt er wieder die Worte.

»Die Wodkapreise siiind eine Kat Katastrophe! Wozu haben wir eigentlich den Krieg ge gewonnen?« Er hat die heisere Stimme eines routinierten Trinkers.

»Der neue Vorarbeiter ist ein Arsch«, meint der Jüngere. »Früher durfte man in der Mittagspause zum Spirituosenladen gehen, aber der Neue hat das verboten. Wie soll man da ordentlich arbeiten? Bei diesem Frost.«

»Meine Frau hat am Sa Samstag den Woodka ins K Kloo gespült. Sonst ffü fü führst du dich wiiieder auf wie ein Sch Schwein, hat sie gesagt. M M Mein Gott, habe ich sie geprügelt! Aber was hilft's. Weg ist weg.«

»Am Morgen bin ich schon so wütend, daß ich nicht weiß, ob ich frühstücken oder heulen soll. Wir haben keinen Tropfen im Haus. Meine Frau sagt immer: nimm dir ein Beispiel an Abrascha, unserem Nachbarn, der trinkt nicht, der Jud.«

»Ja, ja. Die saaaufen nicht, das ist be bekannt. Da war einer bei uuuns auf der Ba Ba Baustelle letztes Jahr, Borjka Lewin …«

»Mörder in weißen Kitteln!«

»Der Bo Bo Borjka war in Ordnung. Der hat aaanpacken können.«

»Die sind alle gleich!« verkündet der Jüngere. »Gebt mir einen Juden, und ich werde ihn eigenhändig erwürgen!«

Ein junger Mann, der den beiden gegenüber sitzt und bis dahin mürrisch aus dem Fenster gestarrt hat, steht langsam auf: »Ich bin Jude!« sagt er laut, daß es der ganze Wagen hören kann. »Versuch mich doch zu erwürgen!«

»Er hat es nicht so gemeint«, beteuert der ältere Arbeiter. Auf einmal spricht er klar und deutlich. »Das war nur ein Scherz, Genosse.« Von einem Augenblick auf den anderen ist er nüchtern geworden. »Nicht wahr, Kolja? Das war nur ein Scherz!« fügt er hinzu und gibt seinem Freund einen Stoß mit dem Ellbogen. Aber Kolja erhebt sich von seinem Sitz und schreit: »Ich werd's euch allen zeigen!«

Kurz darauf wirbeln die Kontrahenten durch den Wagen wie ein verliebtes Paar auf einer Tanzfläche. Als Ergebnis dieses Walzers fällt Kolja aus dem Wagen. Man hört noch sein Schreien und Fluchen, das Hupen von Autos und das Quietschen von Bremsen …

Der junge Mann setzt sich schweigend wieder auf seinen Platz, während der ältere Arbeiter den anderen Fahrgästen mit einer Geste des Bedauerns erklärt: »An allem sind die verdammten Wodkapreise schuld. Wenn einmal die Preise gesenkt werden, wird alles anders!«

Im Vergleich zum Ehepaar Bublikow war meine Nachbarin Maria Petrowna eine Menschenfreundin. Die Bublikows waren beide klein, korpulent, Ende fünfzig. Sie ähnelten einander, als wären sie nicht Ehepartner, sondern Geschwister. Die gut möblierte Zweizimmerwohnung im Zentrum von Moskau mußten sie nur mit meiner Schwester teilen. Für jene Zeit ein Luxus. Dennoch war das Zusammenleben alles andere als angenehm. Klara durfte keine Lebensmittel unbeaufsichtigt in der Küche liegen lassen, weil die Bublikows die Idee der Vergesellschaftung von Privateigentum allzu wörtlich nahmen. Ihre Schmink- und Toilettenutensilien mußte sie in einer Eisentruhe mit Vorhängeschloß aufbewahren, weil Herr Bublikow sonst das alkoholhaltige Eau de Cologne ausgetrunken hätte. Schon seit langem beschwerte sich Klara nicht mehr darüber, daß Herr Bublikow beim Urinieren die Klobrille nicht hob. Das Säubern der Toilette war ohnehin ihre alleinige Aufgabe. Die Bublikows verweigerten niedere Dienste. Beide Parteien hatten eigene Glühbirnen für die Küche und das Bad, um unnötige Streitereien wegen der Stromrechnung zu vermeiden. Im Vorraum wurde das Licht ohnehin nur eingeschaltet, wenn Gäste kamen.

Das alles war erträglich. Schlimmer war, daß die Bublikows Klara aus der Wohnung hinausekeln wollten. Bublikows Tochter und ihr Mann, die irgendwo am Rande von Moskau hausten, sollten dann in das freigewordene Zimmer einziehen. Klaras »unsittlicher Lebenswandel« war den Bublikows ein willkommener Anlaß, der Nachbarin das Leben schwer zu machen. Immer wenn der Direktor meine Schwester besuchte, stand Frau Bublikowa im Vorraum. »Hat die Hure wieder Männerbesuch!« kreischte sie. »Das ist ein Skandal!« Der Direktor überging dies meist mit vornehmem Schweigen. Nur einmal sagte er mit leichtem Vorwurf in der Stimme: »Seien Sie doch nicht neidisch, Genossin! Man kann im Leben nicht alles haben.«

Das Ergebnis dieser »unerhörten Frechheit« war ein Beschwerdebrief, in dem die Bublikows Klara der Prostitution bezichtigten. Ein Milizoffizier prüfte die Angelegenheit und befand das Privatleben meiner Schwester für gesetzeskonform.

Doch die Bublikows gaben sich so leicht nicht geschlagen. Klara brauchte nur das Radio aufzudrehen oder sich in ihrem Zimmer laut zu unterhalten, schon hämmerte Frau Bublikowa gegen die Tür. »Dieser Lärm ist ja unerträglich!« schrie sie. Es folgte eine Beschwerde wegen Lärmbelästigung. Ab diesem Zeitpunkt stellte Klara das Gerät auf die leiseste Stufe und preßte ihr Ohr gegen den Lautsprecher.

Als nächstes bezichtigten die Bublikows meine Schwester des Diebstahls. Sie habe ihnen einen Kochtopf, eine Decke, einen Regenmantel und fünfhundert Rubel entwendet. Die Untersuchung führte erwartungsgemäß zu keinem Ergebnis, und die Miliz forderte beide Parteien auf, die Zeit der Ordnungskräfte in Zukunft nicht mehr unnütz in Anspruch zu nehmen.

Im Februar 1953 waren die Bublikows am unverschämtesten. Schon sprachen sie offen davon, daß ihre Tochter bald zu ihnen ziehen werde, empörten sich über »die jüdischen Verbrecher«, beschimpften meine Schwester als »Saujüdin« und drohten ihr, sie »wegen zionistischer Agitation« anzuzeigen. Sie schritten erhobenen Hauptes durch die Wohnung, waren sogar aufmerksamer und zärtlicher zueinander als früher, so, als wären sie um zehn Jahre jünger geworden.

»Ich habe Bücher mit hebräischen Schriftzeichen in ihrem Bücherregal gesehen«, empörte sich Bublikow.

»Das sind Bücher in jiddischer Sprache«, erklärte Klara, »alles sowjetische Ausgaben. Es ist nichts Ungesetzliches dabei, solche Bücher zu besitzen.«

Mit meinem Eintreffen bot sich den Bublikows eine noch bessere Gelegenheit, Druck auf meine Schwester auszuüben. »Was macht sie hier?«

»Zu Besuch?« »Urlaub?« »Mitten im Februar?« »Unglaubwürdig!« »Wie lange wird sie bleiben?« »Eine Woche? Zwei?« »Hat sie eine Aufenthaltsgenehmigung für Moskau? Wo ist sie gemeldet? Hat sie einen Moskauer Meldezettel?« »Es ist uns egal, ob sie Ihre Schwester ist oder nicht. Sie hat hier nichts verloren.« »Wir werden eine Beschwerde an das Meldeamt schicken!«

Ich lernte, den Alltagsterror zu ertragen. Wann immer ich auf die Toilette ging, klopfte Frau Bublikowa an die Tür. »Kommen Sie raus! Was tun Sie dort so lange?«

Manchmal verjagte sie mich sogar aus der Küche. »Hier haben Sie nichts zu suchen!«

Das Telephonieren wurde mir schon am ersten Tag unmöglich gemacht. Kaum hatte ich den Telephonhörer abgehoben, um Naum anzurufen, hörte ich neben mir eine penetrante Stimme: »Hören Sie auf zu telephonieren. Das wäre ja noch schöner, wenn Sie unseren Apparat blockieren.« Ich mußte auf das Hauptpostamt ausweichen.

Ich nahm alles widerspruchslos hin. Mit den beiden zu streiten, schien mir angesichts meiner Lage nicht sinnvoll.

Vor dem Eingang zum Moskauer Gemüsemarkt steht ein Mann und schreit: »Schlagt die Juden tot, rettet Rußland! Schlagt die Juden tot, rettet Rußland!«

Ich kann nicht erkennen, ob er betrunken oder nüchtern oder verrückt ist. Welche Rolle spielt es auch, wer der schweigenden Mehrheit die Stimme verleiht?

Bald hat sich eine Menschentraube gebildet. Einige applaudieren. »Richtig so!« sagt jemand. Ein anderer lacht. Ich wende mich an einen Milizionär, der mit verschränkten Armen abseits steht und zuhört.

»Wann beenden Sie endlich diese Schweinerei?«

»Wieso?«

»Ja, hören Sie nicht, was er schreit?«

»Na und, soll er doch schreien.«

»Schämen Sie sich!« sage ich. »Es sind doch Kinder hier, die zuhören.«

»Die sollen ruhig zuhören«, sagt er. »Es ist gut, wenn sie endlich einmal die Wahrheit erfahren. Und überhaupt, Bürgerin, belästigen Sie mich nicht, sonst komme ich noch auf die Idee, Sie mitzunehmen.«

Nach diesem Erlebnis mache ich keine Spaziergänge durch Moskau mehr.

In einer Februarnacht erhalte ich in der Wohnung meiner Schwester unerwarteten Besuch. Es ist eine jener Nächte, in denen kein Lastwagen fährt, weil das Benzin im Tank gefriert und der Wind die gefrorenen Kadaver von Mäusen und Vögeln durch die Straßen fegt. Ich liege neben Klara im Bett.

Es klopft an der Tür, kaum vernehmbar zuerst, dann immer ungeduldiger. Ich höre Schritte im Flur, das Knarren des Parketts, das Schimpfen der Bublikowa. Männliche Stimmen. Schwere Stiefelschritte und ein rhythmisches Klopfen, als würde jemand mit einem Gehstock ungeduldig gegen die Türe schlagen.

Unsere Zimmertür springt auf. Im Zwielicht erblicke ich die Bublikowa im rosaroten Nachthemd und einem Netz über den Haaren. Ihr Körper vollführt eigentümliche Verrenkungen. Konvulsionen.

»Was ist denn?« Klara richtet sich im Bett auf. Aber die Bublikowa bringt kein Wort heraus, nur ein gepreßtes: »Uuuu! Uaaaa!« Mit zitterndem Finger weist sie Richtung Vorzimmer und wird sogleich von kräftigen Armen an den Schultern gepackt und aus unserem Blickfeld geschoben. Ein Mann in MGB-Uniform betritt den Raum und knipst das Licht an. »Aufstehen!« befiehlt er.

Noch bevor wir uns ankleiden können, tritt der Offizier einen Schritt zur Seite, macht Platz für den, der hinter ihm steht und dessen Schattenbild wir auf dem Boden erkennen konnten. »Tok«, höre ich wieder. »Tok. Tok. Tok.«

Zuerst sehe ich seine Pfeife, dann den Schnurrbart, die eingefallenen Wangen. Er scheint krank zu sein. Die Augen blinzeln mißtrauisch, aber nicht unfreundlich. Er trägt einen dicken Pelzmantel und eine Pelzmütze, die fast seine gesamte Stirn verdeckt. Er sieht wie auf seinen zahlreichen Porträts aus, nur älter. Sein von Pockennarben verunstaltetes Gesicht wirkt verbraucht. Wäre er nicht der größte Führer aller Zeiten und Völker, könnte man ihn für einen tatarischen Hausmeister halten.

»Guten Abend«, sagt er. Es ist dieselbe Stimme mit dem starken georgischen Akzent, die wir aus dem Radio kennen, nur schwächer, undeutlicher. »Entschuldigen Sie die späte Störung, aber ich bin ein Nachtmensch und pflege tagsüber zu schlafen.«

»Herzlich willkommen«, murmelt Klara, während sie hastig ihr Kleid über das Nachthemd zieht. Ich stehe wie versteinert da, in unnatürlicher Haltung erstarrt. Stalin klopft zweimal mit seinem Gehstock – braunlackiert mit Elfenbeingriff und silbern glänzender Spitze – auf den Boden. Eine kräftige Gestalt in Militäruniform erscheint auf der Bildfläche, die sehr an einen aserbaidschanischen Boxkämpfer aus den dreißiger Jahren erinnert. Der Boxmeister hilft Stalin aus dem Mantel, nimmt ihm die Mütze ab, trägt beides in den Vorraum, kommt zurück und bleibt mit verschränkten Armen in der Tür stehen. Der MGB-Offizier stopft Stalins Pfeife.

Der Führer streckt Klara die Hand entgegen.

»Iosif Stalin«, sagt er.

»Klara Masur«, sagt Klara.

»Sehr erfreut, Ihre Bekanntschaft zu machen.«

Er wendet sich mir zu.

»Dann müssen Sie, Bürgerin, Rosa Masur sein.« Er mustert mich spöttisch. »Ja, wollen Sie sich nicht anziehen? Es ist kalt.«

Ich muß ausgesprochen dümmlich aussehen. Eine Vogelscheuche im Nachthemd. Es kostet mir viel Mühe, die Gliederstarre zu überwinden, und ich beginne, mein Kleid anzuziehen. Es will mir nicht gelingen. Entweder ziehe ich es verkehrt an, oder ich lande mit dem Kopf in einem der Ärmel. Es ist alles nur ein Traum, denke ich, es kann nur ein Traum sein. Wieder klopft Stalin zweimal mit dem Stock auf den Boden und macht mit dem Kopf einen Wink in meine Richtung. Der Boxkämpfer ist mit einem Satz bei mir und hilft mir mit der Geschicklichkeit eines geübten Kindermädchens in mein Kleid.

Stalin setzt sich auf den Stuhl neben dem Schreibtisch, während wir beide stramm inmitten des Raums stehen. Der Offizier reicht Stalin seine Pfeife und zündet sie mit einem goldenen Feuerzeug an. Der Tabak verströmt einen süßlichen Geruch. Der Rauch zieht milchigweiße Fäden.

»Möchten Sie ein Tasse Tee?« fragt Klara plötzlich. »Vielleicht auch Kekse?«

»Mit Vergnügen.«

Klara macht einige Schritte Richtung Tür, dreht sich auf einmal wieder um und sagt: »Genosse Stalin, könnten Sie bitte die Stiefel ausziehen. Ich habe erst heute den Boden gewischt.«

Mir wird noch schwindliger als zuvor. Stalin klopft wieder zweimal mit dem Stock und zeigt mit dem Finger auf seine Stiefel. Im Nu hat sie ihm der Boxer ausgezogen und in den Flur getragen, um mit warmen Filzhausschuhen wieder zurückzukommen.

»Sehr unaufmerksam von mir«, entschuldigt sich Stalin. »Meine Manieren lassen nach. Bei uns im Kaukasus wird auf Sauberkeit viel Wert gelegt. Niemand würde es wagen, den Boden einer

Hausfrau zu beschmutzen.« Ein Schmunzeln huscht über das Gesicht des Diktators. Während Klara in der Küche den Tee zubereitet, saugt Stalin eine Minute lang schweigend an seiner Pfeife. Es kommt mir wie eine Stunde vor.

»Setzen Sie sich, Rosa Abramowna«, sagt er schließlich.

Ich lasse mich auf das Bett fallen.

»Sie haben großes Glück, sehr geehrte Rosa Abramowna, daß Ihr Brief seinen Adressaten erreicht hat. Nur wenige Bittbriefe landen tatsächlich auf meinem Schreibtisch. Ich habe Staatsgeschäfte zu erledigen, Rosa Abramowna.«

Er zieht wieder an der Pfeife, schnippt mit dem Finger. Die Hand des Offiziers fährt blitzschnell zum Pfeifenkopf.

»Weiß der Kuckuck, warum Ihr Brief mir zugestellt worden ist. Meinem Sekretär fehlt der nötige Durchblick. Nicht wahr?« Er schaut den Offizier an.

»Jawohl, Iosif Wissarionowitsch!« verkündet dieser fröhlich.

Stalin lacht.

»Sie sollten Ihr Gesicht sehen, sehr geehrte Rosa Abramowna. Fürchten Sie sich nicht. Wie haben Sie doch in Ihrem Brief geschrieben? Die Sowjetunion sei das freieste Land, das die Geschichte je gesehen hat. Noch nie waren die Menschen so glücklich wie in unseren Tagen. Treffend formuliert, liebe Rosa Abramowna. Sie haben in Ihrem Brief ganz allgemein zu schönen Analogien und poetischen Formulierungen gefunden. Sie hätten Dichterin werden sollen, Bürgerin Masur. Es ist faszinierend, wie virtuos ihr Juden mit unserer russischen Sprache umgehen könnt. Ihr seid ein begabtes Völkchen ... Nicht wahr, Genosse?«

»Jawohl, Iosif Wissarionowitsch!« bellt der Offizier. »Sie sind ein begabtes Völkchen, die Juden.«

»Haben Sie meine Arbeiten zu Fragen der Linguistik studiert?« fragt Stalin. Ich nicke, obwohl ich natürlich keine Zeile von Stalins abstrusen Sprachtheorien gelesen habe. Doch bevor mich der größte Wissenschaftler aller Zeiten einem peinlichen Verhör unterziehen kann, tritt meine Schwester, ein Tablett in Händen, ins Zimmer.

»Ah! Da kommt ja unsere Hausfrau«, ruft Stalin, zwinkert Klara zu und zeigt mit dem Finger auf seine Hausschuhe.

»Zufrieden?« fragt er.

»Ja, Genosse Stalin.«

Der Führer trinkt Tee. Wir sehen zu, wie er die Tasse aus falschem Porzellan, dekoriert mit Bildern von bunten Papageien, Palmen und grinsenden Affen mit langen Schwänzen, zum Mund führt, wie er schlürfend die Flüssigkeit trinkt, in kleinen, unregelmäßigen Schlucken, zwischen denen er die Tasse jedesmal auf den Tisch stellt. Die Glasschüssel mit den Keksen rührt er nicht an.

»Sie trinken den Tee auf englische Art«, erklärt er, während er scheinbar interessiert das Affenmotiv betrachtet. »Aus Tassen. Nicht aus Gläsern. Sind Sie anglophil, Genossin Masur?«

»Als Kind habe ich gern die Abenteuerromane von Robert Louis Stevenson gelesen«, sagt Klara, ohne einen Augenblick zu zögern. »Später Walter Scott und die Gedichte von Robert Burns in der Übersetzung von Samuil Marschak. Und darüber hinaus, aber da war ich schon erwachsen, natürlich …«

»So, so, Stevenson, Scott, Burns«, unterbricht sie Stalin und schiebt die Tasse mit einer heftigen Bewegung von sich über den halben Tisch, so als wolle er damit verdeutlichen, daß der Austausch von Höflichkeiten beendet sei. »Das ist alles sehr interessant, aber nun wären Sie so freundlich, sehr geehrte Klara Abramowna, mich mit Ihrer Schwester für einen Augenblick allein zu lassen. Oberst Suboskalow wird Sie einstweilen in die Wohnung Ihrer reizenden Nachbarn begleiten, die, und dessen bin ich mir sicher, nichts gegen diesen kurzen Besuch einzuwenden haben werden.«

Kaum habe ich also den Namen des diensteifrigen MGB-Offiziers erfahren, schon hat er mit meiner Schwester das Zimmer verlassen. Hinter der Wand hört man jetzt deutlich Stimmen, die Tenorstimme von Herrn Bublikow – angestrengt, unterwürfig, hysterisch –, aus der von Frau Bublikowa kann man unterdrückte Wut und Angst heraushören.

»Nun denn«, sagt Stalin, reibt seine leicht zitternden Hände gegeneinander, verschränkt die Arme und fixiert mich mit seinem Blick, »ich habe Ihren Brief, sehr geehrte Rosa Abramowna, mit einigem Erstaunen gelesen. Zugegebenermaßen sind Sie eine attraktive Frau, und Sie schreiben, wir hätten – wie haben Sie sich ausgedrückt? – zusammen geschlafen. Ich kann mich leider nicht erinnern, das Vergnügen gehabt zu haben.«

Ich erröte und werfe einen Blick auf den Boxer, der immer noch in der Tür steht.

»Wegen Koko brauchen Sie sich keine Sorgen zu machen«, sagt er. »Der spricht nur einen Dialekt aus Südostossetien.«

Es gibt nur diese eine Chance! schießt es mir durch den Kopf. Wenn ich nicht schon sitzen würde, wären meine Knie bestimmt eingeknickt. Ich muß an die Pogrome denken, die ich als Kind überlebt habe, an die Säuberungen, den Krieg, den Hunger, an meine ermordeten Eltern, an Kostiks Krankheiten, an den Kampf um seinen Studienplatz, die Güterzüge, die auf den Rangierbahnhöfen zusammengestellt werden, um uns zu deportieren ... Es darf nicht alles umsonst gewesen sein. Nach jedem Unglück bin ich tief gefallen und trotzdem immer auf den Füßen gelandet. Jedesmal ist meine Haut dicker geworden. Wie die Jahresringe eines Baumes. Ich habe Kondition, um zu überleben.

Ich muß mich mehrere Male räuspern, bevor ich ein Wort herausbringe. Zuerst spreche ich unsicher, wiederhole mich, stammle, fasse mich schließlich und erzähle in knappen Worten, was sich mehr als dreißig Jahre zuvor ereignet hat ...

Noch heute, fast achtzig Jahre später, kann ich mich genau an jenes Erlebnis erinnern. Im Sommer 1922 war ich noch keine fünfzehn Jahre alt. Ich ging in Gomel zur Schule und verbrachte die Sommerferien in Witschi. Ein schweres Unwetter hatte unsere Region verwüstet, den Fluß über die Ufer treten lassen und die Bahnlinie unterbrochen. Nach Tagen schien wieder die Sonne, und wir wagten uns aus dem Haus. Die Gassen sahen aus wie Kloaken, wir mußten Stiefel anziehen, um nicht im Schlamm zu versinken. Doch nicht die Schäden am Straßenbelag, den Stromleitungen oder unseren Häusern waren an diesem Tag das Gesprächsthema, sondern eine für unser Dorf sensationelle Neuigkeit. Ein Regierungszug hatte in Witschi angehalten. Aufgrund der Überschwemmung konnte er nicht weiterfahren. Es würden noch mindestens vierundzwanzig Stunden vergehen, bis die Bahnverbindung wiederhergestellt sein würde. Der Zug beförderte eine äußerst wichtige Persönlichkeit: Iosif Wissarionowitsch Stalin. Damals war Lenin noch am Leben und Stalin noch nicht der große Führer, aber er war schon einer unserer wichtigsten Politiker. Man kann sich also die Aufregung in unserem Dorf vorstellen. Wohin »Lenins wichtigster Mitstreiter« (so nannte man ihn später) unterwegs gewesen war, warum er ausgerechnet in unsere abgelegene Grenzregion gelangte, weiß ich nicht mehr.

Stalin habe beschlossen, in seinem Schlafwaggon zu übernachten, hieß es. Das Angebot, in unserer Herberge ein Nobelzimmer mit einer Spezialtreppe direkt hinunter zum Klohäuschen aus Holz und dem Fensterblick auf den Hauptplatz zu beziehen, lehnte er dankend ab. Lieber wolle er im Zug bleiben.

Noch ehe wir selber Fragen stellen konnten, hörten wir die neuesten Gerüchte. Stalin wolle mit einem Boot auf die andere Flußseite übersetzen. Dort seien die Wege noch passierbar. Dieses Gerücht zerschlug sich bald. Alle Boote waren weggetrieben worden.

Dann hieß es plötzlich, im Gemeindezentrum werde zu Ehren des hohen Gastes eine Versammlung abgehalten. Ein Festakt, an dem neben Stalin und seinem Personal alle »fortschrittlichen Kräfte im Dorf« teilnehmen sollten – der Sekretär des Dorfsowjets (also mein Vater) und seine Familie, alle Parteimitglieder und Komsomolzen, verdiente Veteranen des Bürgerkriegs und deren Angehörige, natürlich unsere beiden Milizionäre und der örtliche Vertreter der Tscheka, wie damals die Geheimpolizei noch hieß.

Der Vorsitzende des Dorfsowjets von Witschi sollte eine Rede halten. Ich ahnte das Unglück kommen, war doch Iwan Murtschenko, der rote Wanjka, zwar ein mutiger und rechtschaffener Mensch und, wie ich schon einmal erwähnt hatte, für mich der einzige wahre Kommunist unter den Bolschewiken, doch der Umgang mit der Sprache war nicht seine Stärke. Aber er hatte keine Wahl. Stalin selbst soll verlangt haben: »Der Vorsitzende des Dorfsowjets muß ein paar Worte sagen.«

Der Saal war randvoll an diesem Abend. Wer keinen Sitzplatz hatte, setzte sich einfach auf den Boden oder lehnte an der Wand. Offenbar waren auch jene gekommen, die man nicht zu den »fortschrittlichen Kräften« zählte. Sogar unseren Rabbiner erblickte ich in einer Ecke.

Das Gemeindehaus war ein Holzhaus mit niedriger Decke und winzigen Fenstern. Die dicken Balkenwände sollten die Menschen im Winter vor dem Frost schützen, doch jetzt, im Sommer, war es hier unerträglich heiß. Mein Kleid klebte bald schweißdurchnäßt am Körper. Einige Bauern knackten mit den Zähnen Sonnenblumenkerne und spuckten die Schalen auf den Boden. Um die Kerosinlampen, die an den Wänden hingen – die erst kürzlich errichteten elektrischen Leitungen waren unterbrochen – kreisten Tausende von Stechmücken.

Schließlich kam Stalin, begleitet von einigen Personen in Zivil und in Uniform. Während wir alle aufstanden, um den Vorsitzenden des Zentralkomitees mit heftigem Applaus willkommen zu heißen, hielt sich der prominente Gast ein Taschentuch vor die Nase.

Der arme Iwan Murtschenko stürzte hinauf auf das Podium. Seit Ende des Krieges war er ziemlich in die Breite gegangen. Sein Bauch wölbte sich über den Gürtel der Hose. Während er die Stufen erklomm, riß der Knopf seines Hemdes über dem Bauchnabel. Er atmete schwer. Die Schweißperlen auf seiner Stirn glänzten sogar im fahlen Licht der Kerosinlampen. »Genossen! Freunde! Sehr geehrte Gäste! Sehr geehrter Genosse Stalin!«

Es war furchtbar. Murtschenko mischte Weißrussisch mit Russisch, griff zu Slogans unserer Provinzzeitungen, deren Leitartikel er sich vorlesen ließ, weil er in seinem bewegten Leben nie die Zeit gefunden hatte, lesen und schreiben zu lernen. Das Ganze würzte er mit Eigenkreationen: »Wenn der Kommunismus gesiegt hat, Genossen, dann wird es uns allen besser gehen. Vorläufig müssen wir noch ein bißchen warten, bis es soweit ist. Aber es wird schon! Es ist uns schon besser gegangen als heute, aber es wird uns noch viel besser gehen als gestern.«

Ein gequältes Seufzen ging durch den Saal. Der Redner hatte sich bald in der selbstgestellten Falle seiner Sätze verfangen und suchte verzweifelt nach Befreiung. Und je länger er dem sprichwörtlichen Faden folgte, umso tiefer verlief er sich im Dickicht von Behauptung und Schlußfolgerung, Anfang und Ende. Bald hörte ich nicht mehr zu. Ich schloß die Augen. Ich war müde, es war so heiß und die Rede so lang ... Ich wachte wieder auf, als mich eine Mücke in die Nase stach. Ich kratzte meine Nasenspitze und schaute mich um. Das Bild, das sich mir bot, hätte für einen Karikaturisten, wenn sich nur einer im Saal befunden hätte, einen guten Stoff abgegeben. Stalins Kopf war schräg nach hinten gekippt. Jetzt erst konnte ich sein Gesicht mit dem markanten Schnauzbart erkennen. Er hatte die Augen geschlossen. Sein Mund war weit geöffnet. Ein lautes, raumfüllendes Schnarchen drang aus diesem Mund, und Murtschenko stand immer noch am Podium. Er stammelte: »In diesem Sinne, Genossen, laßt uns gemeinsam auf dem Weg in die Zukunft voranschreiten, auf daß sich all das erfülle, weswegen wir unser Blut so zahlreich und in Strömen vergossen ...«

Der ganze Saal wartete gespannt, was geschehen würde. Schließlich erhob sich mein Vater von seinem Sitz und begann zu applaudieren, und bald stimmte der ganze Saal ein. Stalins Kopf fuhr hoch. Einige Sekunden später applaudierte auch er.

»Ich danke dem Genossen Murtschenko für die geistreichen Ausführungen«, verkündete Stalin, bevor er sich von seiner Gefolgschaft zurück zum Zug begleiten ließ. Am nächsten Morgen war die Strecke frei, der Zug konnte weiterfahren. Genosse Murtschenko blieb noch einige Jahre Vorsitzender unseres Dorfsowjets. Glücklicherweise ist er schon Ende der zwanziger Jahre, vor den großen Säuberungen, eines natürlichen Todes gestorben.

»Sie sehen, Genosse Stalin«, sage ich, »wir haben tatsächlich zusammen geschlafen. Sie in der ersten und ich in der letzten Reihe im Gemeindezentrum von Witschi, an einem schwülen Sommerabend des Jahres 1922.«

Stalin starrt mich an. Hätte ihn einer seiner Hofphotographen mit diesem Gesichtsausdruck verewigt, wäre er bestimmt wegen Verhöhnung des »großen Führers und Lehrers« hingerichtet worden.

»Ich habe nicht zufällig die Formulierung *Zusammen Geschlafen* und nicht *Miteinander Geschlafen* gewählt.«

Schweigen.

»Sie mögen das für einen Trick und ein dümmliches Wortspiel halten«, sage ich. »Aber ist mein Sohn nicht wegen eines noch dümmlicheren Wortspiels völlig unschuldig verhaftet worden? Ist es nicht mein gutes Recht, mich mit denselben Mitteln für ihn einzusetzen? Ich bin seine Mutter! Für ihn bin ich bereit, alles auf mich zu nehmen. Lassen Sie mich meinetwegen festnehmen und erschießen, Genosse Stalin, aber lassen Sie meinen Sohn frei!«

Ich habe mit großer Leidenschaft gesprochen. Mit Tränen in den Augen. Ich habe keine Angst mehr. Am liebsten würde ich dem großen Führer und Lehrer all unser Elend entgegenschreien, ihm von meinem Bruder Mojsche erzählen, dem vermeintlichen rumänischen Spion, und von all den anderen, um die ihre Angehörigen bangen, von dem, was sich in den Straßen seines Reiches abspielt, gerne würde ich ihm von der bitteren Armut der Menschen berichten, die in ihren Wohnungen hausen wie Küchenschaben in den Ritzen des Parketts, von den fehlenden Lebensmitteln, der fehlenden Kleidung, den fehlenden Medikamenten in Kliniken. Ich müßte ihn am Kragen packen und so lange schütteln, bis er mir verrät, warum er das jüdische Volk keine acht Jahre nach der größten Katastrophe in seiner Geschichte wieder an den Rand der Vernichtung gebracht hat. Was haben wir dem größten Führer aller Zeiten und Völker angetan? Ist es vielleicht eine späte Reverenz an seinen ehemaligen Kumpanen Hitler, mit dem er Polen aufgeteilt und der ihn später so schmählich verraten und enttäuscht hat? Es kann doch kein Zufall sein, daß Stalin sein Land nach dem Sieg über den Faschismus nach faschistischem Vorbild umgestaltet, daß man seit einigen Jahren nur mehr selten von der Weltrevolution, dafür umso öfter von der Größe und Weisheit des russischen Volkes und seiner geschichtlichen Sendung spricht. Oder hat Stalins Studium am Priesterseminar in Tbilissi, wo man ihn lehrte, das Volk der Gottesmörder zu hassen, allzu deutliche Spuren hinterlassen?

Schweigen.

Langsam löst sich die Starre in Stalins Gesicht, der Blick seiner Augen macht einem milderen Funkeln Platz, und auf einmal beginnt er zu kichern. Schließlich lacht er so herzhaft, als wäre er nicht der Beherrscher der größten Macht der Welt, sondern ein barfüßiger Straßenjunge, der einen Hundertrubelschein gefunden hat.

Er klopft zweimal mit dem Stock auf den Boden und zeigt auf seine Pfeife, die neben dem Aschenbecher auf dem Tisch liegt. Er läßt sie sich von Koko anzünden, macht einige Züge.

»Talmudisten, Wortklauber, Spielernaturen«, sagt er.

»Wie bitte?«

»Ihr Juden seid ein schlaues Völkchen. Durch die jahrhundertelange Analyse des Talmud habt ihr das Wortklauben gelernt, und das Spielen liegt euch sowieso im Blut. Wie überlebt man denn sonst zweitausend Jahre lang, wenn dich alle wie eine Laus zerdrücken wollen? Doch nur als Spielernatur.« Er überlegt einen Augenblick, kneift die Augen zusammen. »Und man saugt trotdem das Blut jener, die einen erschlagen wollen. Schließlich kann man nicht anders. Als Laus. Das ist Kunst, liebe Rosa Abramowna, Kunst.«

Er lacht wieder.

»Sie sind eine schlaue und mutige Frau, Rosa Abramowna. Sie gefallen mir.«

Wieder ein kurzes Schweigen.

»Haben Sie Papier und Feder?« fragt er mich. Ich öffne die Schreibtischlade, hole ein Blatt, Tintenfaß und Feder heraus, schraube den Verschluß auf.

»Eintunken kann ich selbst«, scherzt Stalin.

Schnell und unregelmäßig kratzt die Feder über das Papier.

»Wie heißt die Hochschule, an der Ihr Sohn studiert hat?«

»Hochschule für Bauingenieurwesen.«

»Und wie heißt die Fakultät und deren Dekan?«

»Fakultät für Mechanik. Der Dekan heißt Iwan Petrowitsch Sergejew.«

»Der Name Ihres Sohnes ist ...«

»Konstantin Naumowitsch Schwarz.«

Und nun schreibt Stalin jenen Brief, den ich Ihnen, lieber Dmitrij, und Frau Wepse bei unserem ersten Zusammentreffen gegeben habe. Seinen Inhalt kenne ich auswendig:

An Genossen Iwan Petrowitsch Sergejew, Dekan der Fakultät für Mechanik, Hochschule für Bauingenieurwesen der Stadt Leningrad.

Sehr geehrter Genosse,

ich bitte Sie, den Studenten Konstantin Naumowitsch Schwarz mit sofortiger Wirkung wieder als Studierenden an Ihrer Fakultät aufzunehmen. Ich schätze den Komsomolzen Schwarz, zu dessen Familie ich ein besonderes Naheverhältnis habe, als aufrechten Sowjetbürger und Kämpfer für den Aufbau des Kommunismus. Ich zweifle nicht, daß er als Akademiker eine Bereicherung für unser Land sein wird.

Hochachtungsvoll

Iosif Wissarionowitsch Stalin

Stalin überreicht mir das Papier. »Sollte dieser Sergejew noch irgendwelche Zweifel haben, soll er hier anrufen«, sagt er und deutet auf eine Nummer in der linken unteren Ecke des Blattes.

Der Diktator steht auf, blickt auf die Uhr an seinem Handgelenk, gähnt und winkt mich mit dem Finger zu sich.

»Ich werde, liebe Rosa Abramowna«, sagt er leise, aber mit fester Stimme, »Ihren Sohn retten. Nicht aus politischen Gründen, nicht aus Sympathie, nicht weil ich meine Meinung über die verräterischen Handlungen Ihres Volkes geändert habe, sondern …«, er rückte sein Gesicht ganz nahe an meines heran, so daß ich den Tabakgeruch aus seinem Mund riechen konnte, »… weil es mir Spaß macht … Ich bin zwar alt, aber ein Kaukasier. Mein Herz bleibt jung, meine Seele vollführt Sprünge und Kapriolen, mein Geist ist zu Späßen aufgelegt, so als wäre ich erst zwanzig. Ich werde dieses Land noch mit hundert regieren, während die anderen längst die Last des Alters niedergedrückt hat, zu Zauderern oder sentimentalen Greisen gemacht hat. Nur wer jung bleibt, kann herrschen. Aber ich warne Sie: Erzählen Sie niemandem von unserem Gespräch. Schon morgen könnte ich, einzig und allein aus einer Laune heraus, meine Meinung ändern. Ich hoffe, ich habe mich deutlich genug ausgedrückt.«

Wieder das regelmäßige Klopfen des Gehstocks. Wir stehen im Flur.

»Suboskalow!«

Der Offizier kommt aus dem Nachbarzimmer gelaufen.

»Zur Stelle, Iosif Wissarionowitsch.«

»Wie heißen doch schnell die Bürger von nebenan?«

»Bublikows, Iosif Wissarionowitsch. Nikolaj Gawrilowitsch Bublikow, geboren 1897 in Jaroslawl, seit 1928 in Moskau wohnhaft, Parteimitglied seit 1932, Sachbearbeiter in einer Filiale der Gosprombank …«

»Schon gut!« unterbricht ihn Stalin. »Holen Sie die beiden her. Die Bürgerin Masur soll auch kommen.«

Suboskalow verschwindet wieder im Nebenzimmer. Man hört ängstliches Tuscheln. Als erste kommt Klara und wirft mir einen fragenden Blick zu. Ich nicke heftig mit dem Kopf und versuche zu lächeln. Dann erscheinen die Bublikows. Sie hat ihr schönstes Kleid angezogen und sich zurechtgemacht, Rouge aufgetragen. Ihr Mund leuchtet im grellen Lippenstiftrot. Er – mit Anzug und Krawatte – versteckt sich hinter ihrem Rücken.

»Genosse Bublikow!« Stalins Stimme dröhnt. »Sind Sie Mitglied der Kommunistischen Partei?«

»Ja«, flüstert Bublikow. Es klingt wie das Röcheln eines Verbrechers am Galgen.

»Lauter!«

»Ja, Genosse Stalin.« Ein Wimmern.

»Warum, verdammt, benehmen Sie sich dann nicht wie ein Kommunist?«

»Ich?«

»Ja, Sie! Oder ist noch ein Genosse Bublikow im Raum? Haben Sie und Ihre Frau Beschwerdebriefe an das Meldeamt geschrieben? Haben Sie behauptet, Bürgerin Rosa Abramowna Masur halte sich unrechtmäßig in dieser Wohnung auf?«

»Oh, Genosse Stalin, ich ...«

»Ja oder nein?«

»Ja, Genosse Stalin.«

»Unterlassen Sie das in Zukunft! Bürgerin Masur steht unter meinem persönlichen Schutz. Haben Sie mich verstanden, Genosse Bublikow?« Immer strenger wird Stalins Stimme. »Treten Sie vor, wenn ich mit Ihnen rede, Genosse Bublikow. Sie sehen ja aus, als würden Sie sich am liebsten unter dem Rock Ihrer Frau verstecken.«

Unsicheren Schrittes bewegt sich Bublikow auf uns zu. Es ist mehr ein Kriechen. Sein Gang erinnert an Charlie Chaplin.

»Sie haben sich ja fein herausgeputzt, Genosse Bublikow«, sagt Stalin. »Wollen Sie zu dieser frühen Stunde schon ins Büro gehen?« Plötzlich verzieht Stalin das Gesicht. »Aber Genosse Bublikow! Was ist denn das für eine Schweinerei? Können Sie sich nicht beherrschen?«

Nun erkennen auch wir, daß sich auf Bublikows Hose, genau im Schritt, ein feuchter Fleck gebildet hat. Er wird größer, breitet sich an den Hosenbeinen entlang nach unten aus. Bublikows Schuhe sind naß. Bald steht er in einer Pfütze, deren gelbliche Farbe durch braune Streifenmuster ergänzt wird. Ein stechender Geruch verbreitet sich im Raum. Stalin wendet das Gesicht ab, während Suboskalow Bublikow mit einer Mischung aus Bedauern und Verachtung anblickt. Nur Koko grinst.

»Was sollen wir mit ihm machen, was meinen Sie, Suboskalow?« fragt Stalin.

»Erschießen, Iosif Wissarionowitsch?« Ironie und Fröhlichkeit in der Stimme. »Vielleicht kastrieren? Oder fünfundzwanzig Jahre in einer unserer Besserungsanstalten? Dort lernt er bestimmt, seine Körperfunktionen zu kontrollieren.«

Bublikow beginnt zu weinen. Seine Frau fällt auf die Knie. »Lieber Genosse Stalin«, heult sie. »Verzeihen Sie meinem Mann. Er ist alt und krank, er hat eine schwache Blase, Probleme mit der Prostata und schwere Gastritis.«

»Und was ist Ihre Meinung, Bürgerin Masur?« fragt mich Stalin. Ich gebe ihm keine Antwort.

Stalin wendet sich wieder Suboskalow zu. »Sie haben ein viel zu hartes Herz, Oberst. Der Mann hat schwere Gastritis. Er stirbt uns noch vor der Hinrichtung an seinen Magengeschwüren. Das Lager überlebt er auch nicht, und eine Kastration wäre in seinem Fall, glaube ich, verlorene Liebesmüh. Nicht wahr, Genossin Bublikowa?« Die Bublikowa nickt heftig, wie ein orthodoxer Jude beim Beten in der Synagoge.

»Aber er ist ein Schwein, dein Bublikow!« erklärt Stalin dem Oberst.

»Jawohl, Iosif Wissarionowitsch, ein Schwein!« Suboskalow antwortet abgehackt und laut, wie beim Rapport.

»Vorletztes Jahr hat er sich das Bein gebrochen«, höre ich die Stimme der Bublikowa. »An Schlafstörungen leidet er auch. Auf dem linken Auge ist er fast blind. Seit einiger Zeit hat er's auch mit dem Herzen. Arteriosklerose. Übergewicht. Von den Folgen der Zahnfleischinfektion möchte ich gar nicht sprechen. Und seine Leber? Ach, Genosse Stalin, ich könnte Ihnen Geschichten über die Leber meines Mannes erzählen …«

Bublikow selbst hat aufgehört zu weinen. Apathisch betrachtet er die Lacke unter seinen Füßen.

»Sehen Sie, Suboskalow«, sagt Stalin, »und einen solchen Menschen wollten Sie erschießen lassen? Schämen Sie sich. Er ist doch eine wahre Fundgrube für die medizinische Forschung. Aber ein Schwein ist er trotzdem, und weil er ein Schwein ist, soll er grunzen!«

»Eine wunderbare Idee, Iosif Wissarionowitsch!«

Mit einem Satz ist der Oberst bei Bublikow und drückt ihn auf den Boden. »Und nun grunze, du Schwein!« befielt er.

Bublikow läuft auf allen vieren durch den Raum und grunzt. Hinter ihm, ebenfalls auf allen vieren, grunzt seine Frau. »Khro. Khro. Khro.«

»Noch eines, Genossen Bublikow. Unterstehen Sie sich, jemandem auch nur ein Wörtchen von den Vorkommnissen dieser Nacht zu erzählen. Ist das klar?«

»Khro!« »Khro!!!«

»Ich glaube, die beiden werden Ihnen keine Schwierigkeiten mehr machen«, meint Stalin, während er mir zum Abschied die Hand schüttelt. Ehe ich noch Worte des Dankes finden kann, sind er und seine Begleiter verschwunden.

Die Bublikows grunzen noch etwa zehn Minuten lang weiter.

Was in den Tagen danach geschah, erscheint mir rückblickend wie ein Märchen. Bublikowa machte uns ein Frühstück, half uns in unsere Mäntel, als wir aus dem Haus gingen, zog uns, wie eine leibeigene Dienerin, die Stiefel von den Füßen, wenn wir heimkamen.

Herr Bublikow lag mit Schüttelfrost im Bett und grunzte. Später erfuhr ich von Klara, daß er in eine psychiatrische Anstalt eingeliefert werden mußte. Seine Frau übersiedelte kurze Zeit später zu ihrer Tochter, und Klara hatte bis zu ihrem Tod die Wohnung für sich allein.

Am Morgen nach Stalins Besuch erfuhren wir von der Hausbesorgerin, daß MGB-Leute sämtliche Bewohner des Hauses am Vorabend aus den Betten geholt und in ein Gefängnis gebracht hatten. Die Hausbesorgerin sprach im Flüsterton, wobei sie den Kopf einzog und sich verstohlen umschaute. Die Aktion war so heimlich, reibungslos und still erfolgt, daß wir davon nichts gemerkt hatten. In den Morgenstunden wurden unsere Nachbarn wieder freigelassen. Sie hatten viel zu große Angst, um offen Mutmaßungen über ihre Verhaftung anzustellen.

Draußen rauschte der Verkehr, die Menschen gingen zur Arbeit oder standen Schlange vor den Lebensmittelläden, mir aber kam es vor, als sei ich kein gewöhnlicher Mensch von dieser Welt, sondern die Figur aus einem absurden Roman eines noch nicht geborenen Autors. Aber ob Traum oder Wirklichkeit: Hatte es sich nicht gelohnt, für diesen Augenblick zu leben?

Gegen neun Uhr vormittags läutete das Telephon. Naum war am Apparat. Er war völlig außer sich. »Ein Wunder, Rosa! Es ist ein Wunder geschehen! Soeben ist Kostik nach Hause gekommen. Er ist frei, Rosa. Frei!« Einen Augenblick später hörte ich Kostiks Stimme. »Mama, es geht mir gut! Mama, man hat das Verfahren gegen mich eingestellt! Mama, wann kommst du wieder heim?«

Noch am selben Tag fuhr ich nach Leningrad zurück. Am Bahnsteig umarmte mich meine Schwester fest und herzlich, wie sie es in ihrem Leben nie zuvor getan hatte.

»Unser Vater wäre stolz auf dich gewesen«, sagte sie.

Kostik sah entsetzlich aus: Abgemagert bis auf die Knochen, die Haut fahlgelb, tiefe Falten auf der Stirn, um Nase und Mundwinkel, blaue Ringe um die Augen. Sein Körper wies Blutergüsse und Platzwunden auf. Trotz der Wärme in unserem Wohnzimmer fröstelte er. Ich wickelte ihm einen Schal um den Hals.

Im Gefängnis hatte ihn der Untersuchungsleiter zuerst geohrfeigt, dann mit Fäusten geschlagen und schließlich getreten. Während des Verhörs verlor Kostik einige Male das Bewußtsein. Man goß kaltes Wasser über ihn. Sobald er wieder zu sich kam, hörte er das Brüllen seines Peinigers. »Antisowjetische Propaganda!« »Verhöhnung des großen Führers und Lehrers!« »Subversion!«

»Du machst dich lustig über unseren großen Sieg, den wir gegen Hitlerdeutschland errungen haben!« schrie der Untersuchungsleiter, schleifte ihn an den Haaren durch den Raum. »Du besudelst den Namen der Heldenstadt Stalingrad! Dabei haben wir Russen dein Leben gerettet, du schmutziger Saujud! Im Kampf gegen die Faschisten haben wir unser Blut vergossen. Unser Blut. Wenn es uns nicht gegeben hätte, wärest du jetzt ein Stück Seife in einem Berliner Puff und deine Haut ein Lampenschirm auf dem Tisch eines Gauleiters!«

Er trat ihn mit dem Stiefel zwischen die Beine.

»Erzähl mir, wer dich dazu angestiftet hat. Du wirst doch nicht behaupten, du armseliger Hund, daß dir so etwas allein eingefallen ist. Rede! Ich möchte Namen hören. Deine Mutter? Dein Vater?«

Aber Kostik sagte kein Wort. Man sperrte ihn in einen fensterlosen Betonbunker mit einem Quadratmeter Bodenfläche. An der Decke war eine Hundert Watt Glühbirne angebracht, geschützt durch einen maulkorbähnlichen Gitterkäfig. Immer wieder schaute jemand durch das Guckloch der Stahltür. Wenn er sich auf den Boden setzte, prügelten ihn zwei Wärter wieder auf die Beine. Nur während der Blockade, erzählte Kostik, habe er sich dem Tod noch näher gefühlt. In jener Nacht, als er den Entschluß gefaßt hatte, alles zuzugeben, das vorgefertigte Geständnis zu unterschreiben, Vater, Mutter, Schwester, Freunde und Kollegen als Komplizen zu nennen, wurde er freigelassen.

Es war unglaublich! Phantastisch! Der Untersuchungsleiter und die Wärter waren plötzlich freundlich und entschuldigten sich bei ihm für das »peinliche Mißverständnis«. Es sei alles ein bedauerlicher Fehler gewesen, allen Beteiligten äußerst unangenehm. Man bot ihm Weißbrot, Kaviar, Fleisch, Schokolade, Wodka und Zigaretten an. Kostik verstand nicht, was geschehen war. In der Vorhalle des Großen Hauses wurde er vom Leiter des Leningrader MGB Jermolajew persönlich in Empfang genommen. Der dicke Mann hatte seine Paradeuniform an und stand vor ihm stramm, als wäre er Geheimdienstchef Beria höchstpersönlich. Der MGB-Chef schüttelte Kostik die Hand und versicherte, er werde persönlich dafür sorgen, daß »der begangene Fehler, der eigentlich unverzeihlich ist« wiedergutgemacht werde. »Wann immer Sie Probleme haben, wenden Sie sich an mich«, erklärte der MGB-Chef und überreichte Kostik seine Karte. Ein schwarzer Wolga brachte den Ex-Häftling nach Hause. Der Chauffeur hielt ihm die Tür auf.

Naum und Schelja waren fassungslos.

»Es gibt doch Gerechtigkeit in unserem Land«, sagte Naum schließlich. »Nun bin ich wieder stolz, Sowjetbürger zu sein … Aber trotzdem. Kannst du dir das alles erklären, Rosa?«

»Nein, nicht wirklich«, versicherte ich schmunzelnd.

Die nächsten zwei Tage widmete ich Kostiks Pflege. Er litt an Panikattacken. Immer wieder riß er das Fenster auf. Nachts mußten wir die Tischlampe eingeschaltet lassen. In der Dunkelheit fühlte er sich von seinen Peinigern verfolgt. Einige Male drohte er am Husten zu ersticken, und das Fieber stieg auf über vierzig. Aber er hatte einen eisernen Überlebenswillen. Sollte er jetzt noch sterben, nach allem, was er durchlitten hatte? In seinen fiebrigen Augen glaubte ich entschlossenes und trotziges Funkeln zu erkennen. In den wenigen Stunden, da er sich kräftig genug fühlte, blätterte er in seinen Lehrbüchern, kritzelte mit Bleistift Notizen und mathematische Formeln in seine Hefte. Er konnte es sich nicht erlauben, ein Studienjahr zu verlieren. Schon gar nicht jetzt. Aber es sollten Wochen vergehen, bevor er aus dem Haus gehen konnte.

Am dritten Tag überließ ich Kostik der Obhut seines Vaters und machte mich auf den Weg in die Hochschule für Bauingenieurwesen. Sergejews Sekretärin machte ein erschrockenes Gesicht, als sie mich sah.

»Gehen Sie nicht hinein«, flüsterte sie aufgeregt. »Es hat doch keine Zweck. Außerdem ist Ihr Sohn doch, was ich weiß …«

»Er ist wieder frei«, sagte ich, »und völlig unschuldig.«

Die Sekretärin konnte ihre Freude kaum verbergen. Sie öffnete mir die Tür zu Sergejews Büro.

Der Dekan hatte auf seinem Schreibtisch Papiere ausgebreitet und versuchte mit sichtlichem Unwillen, sie in eine bestimmte Ordnung zu bringen. Er runzelte die Stirn und kaute nervös an einer nicht angezündeten Papirossa.

Ich wartete, bis er aufschaute.

»Sie???« Er war überrascht, aber die Empörung schien zu überwiegen. »Was wollen Sie denn hier?«

Ich setzte mich auf den Stuhl gegenüber vom Schreibtisch, legte meine schwarze Kunstlederhandtasche, ein klobiges Ungetüm, auf die Knie.

»Na, was denn?«

»Mein Sohn ist vor drei Tagen aus dem Gefängnis entlassen worden.«

»Aha.«

»Dort, wo Sie ihn hineingebracht haben.«

»Was erdreisten Sie sich! Verlassen Sie sofort mein Büro!«

»Mein Sohn ist vollständig rehabilitiert. Er wird eine Entschädigung bekommen.«

Sergejew kniff die Augen zusammen, musterte mich einige Augenblicke forschend und mißtrauisch. Ich konnte sehen, wie die blauen Äderchen an seiner Stirn pulsierten.

»Schön für ihn«, sagte er nach kurzem Zögern und begann, demonstrativ in seinen Papieren zu blättern.

»Ich möchte, daß er wieder an Ihrer Fakultät studiert.«

»Kommt nicht in Frage. Außerdem hängt das nicht allein von mir ab.«

»Er wird hier studieren!«

»Bestimmt nicht! Ich habe mir meine Meinung über ihn schon vor langer Zeit gebildet.«

Gereizt faltete er ein mit Schreibmaschine vollbeschriebenes und mit dem Stempel der Hochschule versehenes Blatt zusammen und legte es in eine Schublade.

»Dieses Papier wird helfen, daß Sie Ihre Meinung ändern.« Ich holte Stalins Brief aus meiner Handtasche. »Lesen Sie sich das bitte durch.«

»Das interessiert mich nicht!« sagte er scharf.

»Ich bestehe darauf!« Ich wurde lauter. »Oder soll ich es Ihnen vorlesen?«

Widerwillig riß er mir den Brief aus der Hand, überflog ihn, las ihn, wie mir schien, ein zweites und ein drittes Mal. Zuerst wurde er rot, dann blaß. Er starrte mich an, den Brief, wieder mich, nahm die Papirossa aus dem Mund und warf sie auf den Boden. Was hätte ich darum gegeben, zu erfahren, was in diesen Minuten in seinem Kopf vorging!

»Das haben Sie doch selber geschrieben«, erklärte er mir schließlich. »Das wird Sie teuer zu stehen kommen. Sie sind ja verrückt.«

Aber seine Stimme klang schwach und unsicher.

»Im linken unteren Eck ist eine Telephonnummer, rufen Sie dort an.« Ich genoß diesen Moment. Ein wohliges Prickeln erfaßte meinen Körper. Ich hätte tanzen können.

»Was ist das für eine Nummer?«

»Finden Sie es doch selbst heraus.«

Ich lächelte, lehnte mich im Stuhl zurück, verschränkte die Hände hinter dem Kopf. Sergejew starrte mich an. Sein Unterkiefer zitterte ein wenig. Er kaute an den Lippen.

»Nur zu!« sagte ich. »Oder haben Sie Angst?«

Sergejew zögerte immer noch.

»Und so was ist ein Mann und noch dazu ein Akademiker«, höhnte ich. »Sind Sie eigentlich Veteran des Großen Vaterländischen Krieges? Oder haben Sie an der warmen Stubenfront gekämpft?«

Sergejew griff zum Telephonhörer. Die Wählscheibe surrte leise. Für den Bruchteil einer Sekunde wurde ich nervös. Wenn alles wirklich nur ein Traum gewesen war? Oder hatte der Diktator mir einen Streich gespielt? Wie sehr würde dieses Schwein triumphieren! Eine Horrorvision: Sergejew ruft die psychiatrische Klinik an. Zwei kräftige Pfleger stülpen mir eine Zwangsjacke über, schleifen mich die Treppe hinunter zum Krankenwagen mit den gepolsterten Innenwänden.

»Hallo? Hier spricht Iwan Petrowitsch Sergejew, Dekan der Fakultät für Mechanik der Hochschule für Bauingenieurwesen der Stadt Leningrad. Ich erhielt diese Nummer von ... Ja ... Ja ... Gut, ich warte ...«

Sergejews fleischiger Hals wurde länger und länger. Plötzlich sprang er von seinem Sessel auf. »Jawohl!« keuchte er in den Hörer. »Ja, ich habe verstanden ... Selbstverständlich ... Ich werde sofort alles Nötige veranlassen ... Jawohl, ich werde mich persönlich darum kümmern ... Wie gesagt, persönlich ... Ich verbürge mich dafür, mein Wort als Kommunist ... Oh ...«

Der Dekan stand vor dem Telephonapparat stramm. Ich habe nie erfahren, ob er mit Stalin persönlich oder, was wahrscheinlicher ist, mit jemandem aus dessen unmittelbarer Umgebung, vielleicht mit einem Mitglied des Präsidiums des ZK, gesprochen hatte. Auch weiß ich bis heute nicht, warum mir Stalin diesen Brief gegeben hat, anstatt die Hochschule durch seine Kanzlei informieren zu lassen. Vielleicht hatte sich der Diktator einfach einen bösen Scherz erlaubt.

Als ich das Büro verließ, saß der Dekan mit versteinertem Gesicht auf seinem Sessel und starrte aus dem Fenster. Stalins Brief, der immer noch auf dem Schreibtisch lag, nahm ich wieder an mich. Sergejew würde ihn nicht mehr brauchen, es war ohnehin alles geklärt. In jenem Augenblick dachte ich nicht darüber nach, ob es rechtens war, den Brief wieder mitzunehmen. Fortan lag er mit anderen wichtigen Dokumenten in einer Mappe, die ich in meinem Schreibtisch verwahrte.

Am 5. März 1953, etwas mehr als eine Woche nach Kostiks Freilassung, starb Stalin. Er war also keine hundert Jahre alt geworden. Das Vergnügen, noch weitere dreißig Jahre von ihm regiert zu werden, ist uns erspart geblieben. Ich erinnere mich, wie Leute auf der Straße weinten. »Was wird aus uns werden«, lamentierten sie, »da unser aller Vater gestorben ist?«

Am Tag, an dem Stalins mumifizierter Leichnam feierlich ins Lenin-Mausoleum überstellt wurde, hatte sich eine große Menschenmenge auf der Dworzowaja Ploschtschad', Leningrads Hauptplatz, versammelt. Lautsprecher übertrugen die Zeremonie aus Moskau. Trotz bitterer Kälte entblößten die Männer ihre Häupter. Wer seine Mütze nicht abnahm, dem wurde sie vom Kopf geschlagen. Ich nahm den Tod meines »Wohltäters« mit gemischten Gefühlen auf. Konnte ich wissen, ob es nicht noch schlimmer kommen würde? Erst als am 4. April die »Mörderärzte« wieder freigelassen und rehabilitiert wurden und die geplante Judendeportation ausblieb, atmete ich auf. Wir waren noch einmal davongekommen.

20

Schlechte Nachrichten. Sie haben doch sicher schon von der Geschichte gehört!« waren Dmitrijs erste Worte, als Rosa das Büro des Instituts an diesem Morgen betrat.

»Nein. Was für eine Geschichte?«

»Ja, lesen Sie denn keine Zeitungen?«

»Selten.«

Dmitrij hielt Rosa eine Ausgabe des *Gigrichter Tagblattes* entgegen und deutete mit dem Finger auf die erste Seite.

Der Leitartikel trug den Titel *PRIVILEGIUM GIGRICHTIACUM« EINE FÄLSCHUNG! Von Karl-Heinrich Dirnhofer.*

»Der Doyen des Gigrichter Zeitungswesens!« erklärte Dmitrij. »Dieser alte Knacker – entschuldigen Sie bitte den Ausdruck – hat schon vor fünfunddreißig Jahren Leitartikel und Kommentare geschrieben und ist heute Stellvertretender Chefredakteur des Blattes. Den kann bei uns niemand so einfach ignorieren.«

Wie allgemein bekannt, schrieb Dirnhofer, *schickt sich die Stadt Gigricht an, im Herbst dieses Jahres ihr 750-Jahre Jubiläum zu feiern. Der Zeitpunkt ist für die verantwortlichen Politiker denkbar günstig, fällt doch die Dreivierteljahrtausendfeier mit dem Millennium sowie mit den Wahlen zum Stadtsenat und jener des Oberbürgermeisters zusammen. Umso pompöser soll das Jubiläum begangen werden: Eine Ausstellung im Patscher Schloß zur Geschichte der Stadt, ein Volksfest mit Feuerwerk, ein Freundschaftsspiel des SC Gigricht gegen Bayern*

München und ein Umzug in mittelalterlichen Kostümen mit anschließendem »Ritterturnier«. Geplant sind außerdem zahlreiche Publikationen, darunter historische und demographische Untersuchungen, sowie Arbeiten zur Stadtplanung und -entwicklung. Daß die vom Stadtsenat in Auftrag gegebenen Broschüren (deren Produktion natürlich aus Steuergeldern bezahlt wird) nicht unbedingt immer nur mit kritischer Distanz geschrieben und der wissenschaftlichen Wahrheit verpflichtet sind, ist eine Meinung, die nicht allein der Verfasser dieses Artikels vertritt. Es fragt sich, wer diese zahlreichen Druckwerke in teurer Aufmachung überhaupt lesen soll.

Doch wenn man in dieser Angelegenheit auch unterschiedlicher Meinung sein mag – es gibt schließlich bei uns genug namhafte Politiker und vor allem Wirtschaftstreibende, welche die Idee einer Feier großartig finden, die daran verdienen oder den Werbeeffekt für die Gemeinde hoch einschätzen –, in einer anderen Sache haben sich unsere Stadtväter (und Stadtmütter, wie man in unseren »politisch korrekten« Zeiten wohl sagen muß) einen peinlichen Faux-Pas geleistet. Die Rede ist vom sogenannten »Privilegium Gigrichtiacum«, jener in lateinischer Sprache abgefaßten Urkunde aus dem 13. Jahrhundert, auf die sich das Gigrichter Stadtrecht angeblich zurückführen läßt und deren stilisierte Abbildung als Logo für die Feierlichkeiten schon heute Kataloge, Informationsbroschüren, Plakate, Eintrittskarten, Fahrscheine und den Eingang zum Patscher Schloß ziert. Hätten sich unsere Stadtmütter (und Stadtväter) das »Privilegium Gigrichtiacum« auf diese Weise nicht zum Symbol Gigrichter Urbanität gewählt, wäre die Peinlichkeit wohl eine viel geringere gewesen, ja man hätte sogar von einem mehr »ideellen« als historischen Jubiläum sprechen können, welches man im angemessenen Rahmen zweifelsohne hätte begehen können. So aber war es nur recht und billig, das Dokument einer eingehenden historischen Analyse zu unterziehen, weswegen unsere Zeitung zwei namhafte Mediävisten – Dr. Ingo Plaschke und Dr. Corinna Fannenböck-Schehrer – von der Universität Würzburg nach Gigricht holte, um ein Gutachten erstellen zu lassen.

Und siehe da: Es war so, wie manche Historiker schon seit geraumer Zeit vermutet hatten. Das vermeintlich von Bischof Petrus-Balduin von Patsch (1206–1252) stammende »Privilegium Gigrichtiacum« ist eine sogar ziemlich plumpe Fälschung, die aller Wahrscheinlichkeit nach in den vierziger oder fünfziger Jahren des 15. Jahrhunderts angefertigt wurde. Man fragt sich, weswegen die Verantwortlichen für die Feierlichkeiten selbst keine historische Expertise in Auftrag gegeben hatten.

Fälschungen waren im Mittelalter gang und gäbe. Herrscher, Städte, Länder, ganze Regionen, aber auch Zünfte, sicherten sich auf diese Weise Privilegien und Vorrechte, die ihnen angeblich verliehen worden waren, im Idealfall am besten gleich vom Papst oder vom Kaiser. In der Tat findet sich Mitte oder Ende des 13. und selbst noch im 14. Jahrhunderts nirgends die Erwähnung einer Stadt Gigricht. Auch in den wenn auch nur unvollständig erhaltenen Chroniken des 1387 aufgelösten Bistums Patsch gibt es diesbezüglich keinen Anhaltspunkt. Dies ist nicht weiter verwunderlich, war doch Gigricht zu jener Zeit völlig unbedeutend, während das 1937 von Gigricht eingemeindete Patsch sich zumindest rühmen konnte, Sitz eines Bischofs zu sein. Erst zu Beginn des 15. Jahrhunderts gelangte Gigricht durch den Tuchhandel zu Wohlstand. Jedenfalls erschien es den Herzögen von und zu Gigricht und Patsch, die im Jahre 1459 die Herrschaft über unsere Region antraten, opportun, die »Privilegien« von Gigricht nicht anzutasten. Historisch betrachtet ist also das heute 62.000 Einwohner zählende Gigricht nicht einmal eine Marktgemeinde, sondern ein Dorf …

Rosa legte die Zeitung weg. »Und jetzt?« fragte sie.

»Ich verstehe nicht, was er sich davon verspricht, der Dirnhofer«, ereiferte sich Dmitrij. Er war außer sich, ging nervös im Zimmer auf und ab und zündete sich, trotz Rosas Protesten, eine Zigarette an. »Ist der völlig übergeschnappt auf seine alten Tage? Nach diesem Artikel ist er jedenfalls erledigt. Wer den Mächtigen ans Bein pinkelt, muß dafür büßen. Jetzt kann er nur mehr einpacken und wegziehen. Aber vielleicht wollte er das so. Ein Abgang mit Knalleffekt. Ich wundere mich, warum der Chefredakteur diesen Artikel nicht unterdrückt hat. Kontrolliert seine eigene Zeitung nicht!«

»Aber inwieweit hat das Einfluß auf unser Projekt?« fragte Rosa, obwohl sie natürlich längst verstanden hatte. Ein flaues Gefühl verbreitete sich vom Magen durch ihren ganzen Körper.

»Na, Sie stellen Fragen!« schrie Dmitrij verärgert. »Halb Deutschland lacht über unser Jubiläum.«

»Das heißt …«

»Das heißt: wo kein Jubiläum, braucht man auch kein Geld auszugeben! Kein Jubiläumsbuch, keine fünftausend Mark für Sie und das Ende meines Werkvertrages.«

»Aber unsere Interviews!«

»Werden vorläufig eingestellt, was nicht bedeutet, daß das Projekt für immer gestorben ist. Sagt man jedenfalls. Irgendwann wird das Buch schon erscheinen. Hoffentlich noch in den nächsten tausend Jahren.«

»Unsere Aufzeichnungen?«

»Bleiben vorläufig im Archiv. Sie bekommen eine Abschrift für Ihren persönlichen Gebrauch.«

»Und wann ist klar, ob …?«

Dmitrij zuckte mit den Schultern. Die noch brennende Zigarette warf er aus dem Fenster.

»Klarheit? Es gibt keine Klarheit in dieser Angelegenheit. Unsere Politiker diskutieren jetzt darüber, ob an den siebenhundertfünfzig Jahren als sozusagen symbolischem Zeitraum festgehalten werden soll, um einen Teil der Feierlichkeiten trotzdem noch über die Bühne gehen zu lassen, vor allem das Feuerwerk und das Fußballspiel, oder alles ohne Ausnahme abzublasen. Vor allem muß die Presse mitspielen. Das Gigrichter Tagblatt läßt sich da auf Linie bringen, aber die überregionalen Zeitungen halten sich bestimmt nicht zurück. Die Geschichte bietet ja genug Stoff für bissige Glossen.«

Rosa glaubte nicht mehr daran, von den fünftausend Mark auch nur einen Pfennig zu sehen. Befürchtet hatte sie schon früher, das geplante Buch werde nicht zustande kommen. Ein Buch nur über Ausländer und Juden? Warum sollte die Stadt so etwas aus

Steuergeldern drucken? Mit solchen Projekten ließen sich keine Wahlen gewinnen.

Dmitrij hatte sie ausgelacht. »Sie denken viel zu sowjetisch!« hatte er gemeint.

Kostiks und Friedas Häme und das bösartig-triumphierende Tuscheln in der Synagoge werde ich ertragen können, dachte Rosa. So etwas bringt eine Zweiundneunzigjährige nicht aus der Fassung. Und es wird sich schon die Möglichkeit für eine Reise nach Aix-en-Provence finden.

Immerhin hatte sie das Taggeld, fast tausend Mark, erhalten. Im Notfall konnte sie sich den fehlenden Betrag für die Reise von Sascha borgen, ohne daß Kostik und Frieda davon erfuhren. Aber daß der ganze Aufwand umsonst gewesen war! Die vielen Stunden im Institut und die Alpträume in den Nächten danach. Die Selbstüberwindung. Die Erschöpfung. Die fehlenden Farben in den Löchern zwischen den bunten Mosaiksteinchen, die sie erst mühsam finden mußte … Sobald sie zu erzählen begann, verstärkten sich ihre Zweifel, kamen alte Selbstvorwürfe wieder hoch und der dumpfe Schmerz über versäumte Gelegenheiten. Ängste, die sie mehrmals durchlitten hatte, in der Realität des Augenblicks und danach immer wieder, unzählige Male in Erinnerungen und Träumen, packten sie, hoben Zeit und Raum auf. Gestern und morgen wurden eins und übermorgen ein Tag vor sechzig Jahren. Sie betete zu Gott um einen schnellen Tod. Gebete, die sie seit fünfundsiebzig Jahren nicht gesprochen und längst vergessen zu haben glaubte, kamen ihr plötzlich leicht über die Lippen. Schon vor dem Eingang zum Institut hämmerte das Herz jedesmal wild, etwas klopfte bedrohlich in den Schläfen. Jedesmal nahm sie sich vor, die Episode zu überspringen, die sie eigentlich erzählen wollte, und erzählte sie dann doch, sobald das Aufnahmegerät zu surren begann. Mit jedem Mal fürchtete sie sich mehr und konnte noch weniger darauf verzichten.

Es tat ihr leid um das Buch. Nicht, daß sie eitel gewesen wäre …

»Und ob du eitel bist!« stichelte Mascha. Die lästige Person mischte sich immer ein, wenn man es am wenigsten erwartete.

»Was ist an meinem Leben schon so interessant?« fragte Rosa die Freundin. »Es ging mir ums Geld. Nur ums Geld. Um Kostik. Um die Reise nach Aix-en-Provence.«

»Mach dir nichts vor«, spöttelte die Verstorbene.

Mascha hatte recht. Es wäre noch viel zu erzählen gewesen. Von Naums Tod zum Beispiel. Oder von Schelja. Nach Ende ihres Physikstudiums wurde ihr ein Arbeitsplatz außerhalb von Leningrad zugeteilt. Sie übersiedelte nach Nowosibirsk und kehrte nicht wieder in ihre Geburtsstadt zurück. Von Jahr zu Jahr verstärkte sich die Entfremdung zwischen Mutter und Tochter. Immer seltenere Briefe. Standardphrasen am Telephon. Die strenge Stimme einer älter werdenden Frau, die einst Rosas kleines Mädchen gewesen war. Kinder hatte sie keine. »Ich war selbst viel zu lange Kind«, erklärte sie, »jetzt bin ich froh, mit Kindern nichts mehr zu tun zu haben.« Irgendwann brach Rosas Kontakt zu Schelja ab. Kostik hatte sich mit seiner Schwester ohnehin längst zerstritten. »Eine gerechte Strafe dafür, daß du dich immer nur um den Sohn gekümmert hast«, wiederholte Mascha immer wieder.

Vielleicht hätte Rosa von Kostiks Heirat erzählt und davon, wie die Schwiegertochter ins Haus kam. Aber vielleicht hätte sie gerade darüber geschwiegen. Und was gab es noch zu berichten über ein Leben, das so eintönig und gleichmäßig ablief wie eine Uhr, die man nicht aufzuziehen braucht? Jahrzehntelanges Warten in der Fabritschnaja uliza 99. Warten worauf? Kostiks Haare wurden grau, Sascha verbrachte die Sommer im Pionierlager, gewann ein Jugendschachturnier, wurde Vorsitzender eines Jugendsportvereins, die Nachbarin Maria Petrowna starb 1984, Losaberidse wurde von einer Straßenbahn überfahren, neue Nachbarn zogen ein, seit 1960 stand die Familie Schwarz auf einer Warteliste für eine eigene Wohnung, die sie nie erhalten sollte.

Jeden Morgen küßte Sascha seine Großmutter auf die Stirn, bevor er in die Schule ging: »Also bis dann, Oma«. Wenn er nach

Hause kam: »Hallo, Oma, wie geht's?« Sie antwortete, und er hörte nicht zu. »Wenn ich heirate, muß es eine Russin sein«, erklärte er einmal. »Dann nehme ich den Familiennamen meiner Frau an.« In Deutschland war er froh, Schwarz zu heißen.

Jahrzehntelang dieselbe Farblosigkeit im Straßenbild, dieselbe Bäckerei um die Ecke mit dem Schild aus den vierziger Jahren, derselbe Speiseraum im Verlag mit den braunlackierten Tischen, dieselben langweiligen Texte zum Übersetzen und die wechselnden Chefs mit ihren einstudierten Phrasen, Glückwünschen zum Geburtstag und zu Neujahr, mit ihren verletzten Eitelkeiten, durchsichtig eingefädelten Intrigen, kleinen Triumphen und Niederlagen. Schlecht gekleidete, in Buch- oder Zeitungslektüre vertiefte Menschen in den Metrozügen, die betrunkenen Kriegsveteranen am 9. Mai, mit Tränen in den Augen und einem Blick in die Ferne einer verklärten Vergangenheit, gescheiterte Existenzen, die in den Hauseingängen oder unter den Brücken krepierten, Warteschlangen vor den Lebensmittelläden, die ersten Supermärkte, in denen es nur lange Regale gab, aber nichts zu kaufen, die Austauschbarkeit der Jahreszahlen, ob 1966 oder 1983 – es war kein großer Unterschied. Nur am eigenen Körper erkannte man den Fluß der Zeit. Dann kam plötzlich die Freiheit und das Elend, und es wurde alles anders, außer in der Fabritschnaja uliza 99, Wohnung 14, und in Millionen anderer vergleichbarer Wohnungen mit tropfenden Wasserhähnen und geblümten Tapeten.

Neue Schuhe konnte sich niemand mehr leisten.

Eine Woche nach dem Erscheinen von Dirnhofers Artikel erhielt Rosa einen Brief. Das Institut für Geschichtsforschung dankte ihr für die Mitarbeit am Projekt Jubiläumsbuch. Leider sei die Publikation auf einen noch nicht feststehenden Zeitpunkt verschoben worden, weshalb *die versprochenen fünftausend Mark bedauerlicherweise und aus Gründen, die nicht im Zuständigkeitsbereich des Instituts liegen, den Teilnehmern am Projekt vorerst nicht ausbezahlt werden können. Als einmalige Sonderzahlung erhalten Sie aus dem Kulturbudget der Stadt Gigricht einen Betrag von eintausend Mark auf das von Ihnen angegebene Konto überwiesen. Hierbei handelt es sich um eine Aufwandsentschädigung. Als solche unterliegt sie nicht der Versteuerung nach dem Einkommenssteuergesetz. Sollte sich Ihre Bankverbindung inzwischen geändert haben, teilen Sie das bitte umgehend dem Institut mit …*

Das Telephon läutete. Dmitrij war am Apparat. »Im Rathaus wird es einen Empfang zu Ihren Ehren gegeben«, sagte er.

»Zu meinen Ehren!?« Rosas fiel der Hörer beinahe aus der Hand. Sie mußte sich setzen.

»Und zu Ehren aller anderen, die an unserem Projekt teilgenommen haben.«

»Wie bitte?«

»Ja, so ist es nun einmal in Deutschland. Unsere Lokalpolitiker haben sich blamiert, alle Jubiläumsfeiern wurden abgesagt, alle geplanten Publikationen erscheinen, wenn überhaupt, irgendwann, aber auf einen feierlichen Empfang möchte niemand verzichten.«

»Muß ich da wirklich hingehen?«

»Sie müssen gar nichts. Aber Sie sollten. So ist es eben. Wenn Sie mit Kannibalen zusammenleben, müssen Sie sich mit dem Gedanken anfreunden, Menschenfleisch zu essen.«

»Ich sollte Vegetarierin werden«, murmelte Rosa.

Die Einladung hatte das Format einer Ansichtskarte und einen Rand in den Farben Schwarz-Rot-Gold: *Der Oberbürgermeister der Stadt Gigricht, Herr Joachim Notscher, gibt sich die Ehre, Sie, Frau Rosa Masur, in Begleitung Ihres Sohnes zu einem Empfang mit anschließendem Buffet einzuladen. Ort: Rathaus, Rathausplatz 1, Kleiner Festsaal (1. Stock). Zeit: 29. April, 19 Uhr 30.*

»Ich gehe nicht mit«, erklärte Kostik. »Da kannst du dich auf den Kopf stellen. Ich habe ja nicht einmal einen ordentlichen Anzug, und bei meinen tollen Deutschkenntnissen kann das nur peinlich werden.«

»Natürlich gehst du hin!« sagte Frieda. »Etwas mußt du für die tausend Mark schließlich auch tun. Wer weiß, wie das aufgenommen wird, wenn du nicht hingehst. Diese Deutschen haben bekanntlich keinen Humor und sind sicher schnell beleidigt.«

»Das Geld ist schon überwiesen«, sagte Rosa. »Das werden sie uns wohl nicht wieder wegnehmen?«

Rosa wußte, daß es keinen Sinn hatte, ihren Sohn zu bedrängen. Feierlichkeiten konnte er nicht ausstehen. Was sie aufhorchen ließ, war seine Erwähnung des Anzugs. Was sollte sie selbst anziehen? Ein Abendkleid? Etwas Derartiges kannte sie nur aus Filmen. Und ihre Schuhe hatten schon vier sowjetische Generalsekretäre überstanden. Sie rief Dmitrij an, um ihn um Rat zu fragen. Dieser lachte. »Sie werden es nicht glauben«, sagte er, »aber man hat im Rathaus mit Frau Wepse genau über dieses Problem gesprochen. Jemand hatte die Idee, die zum Empfang geladenen Ausländer sollten, wenn möglich, in den Nationaltrachten ihrer Heimatländer und Ethnien erscheinen.«

»Wie soll ich mich denn da anziehen?« fragte Rosa nach kurzem Schweigen. »Mit Perücke oder Kopftuch wie die orthodoxen jüdischen Frauen, mit spitzem Hut wie im Mittelalter oder lieber gleich mit gelbem Stern?«

»Das ist gut!« rief Dmitrij. »Das ist sogar sehr gut! Aber Spaß beiseite. Man ist von dieser Idee natürlich schnell wieder abgekommen. Sie können anziehen, was Sie wollen. Unser Oberbürgermeister ist zwar ein Trottel, aber bei solchen Dingen eher unkompliziert. Auf Etikette legt er keinen großen Wert.«

Rosa kaufte sich ein neues Kleid, mattgelb, mit Spitzenkragen, dazu elegante, schwarzlackierte Schuhe. Sie ging zum Friseur und ließ sich die Haare färben. Nun waren sie wieder kastanienbraun wie vor sechzig Jahren.

Am Tag des Empfangs wurde Rosa von Frieda gebadet. In den letzten Jahren war Rosa etwas schwerfällig und zerstreut geworden. Manchmal stieg sie aus der Badewanne und hatte noch Shampoo in den Haaren, oder sie zog sich an, ohne sich vorher abzutrocknen, oder, was noch schlimmer war, sie kam in der Badewanne nicht mehr hoch. Einmal wäre sie beinahe ertrunken.

An diesem so wichtigen Tag wollte sie kein solches Risiko eingehen. Gewaschen, frisiert, geschminkt und neu eingekleidet, fühlte sie sich wieder jung wie mit siebzig.

Vor dem Haustor wurde Rosa von Dmitrij abgeholt. Sie stiegen in ein Taxi. »Zahlt sowieso alles der Oberbürgermeister«, erklärte Dmitrij. »Entspannen Sie sich! Sie sind der Star des Abends.« Rosa rutschte nervös im Sitz hin und her.

Das Rathaus war ein Nachkriegsbau, funktional und schmucklos. Nur im Foyer hingen Gemälde eines Gigrichter Lokalkünstlers, der wie der regierende Oberbürgermeister ebenfalls Notscher hieß. Bei den Monumentalgemälden handelte es sich um leicht expressionistische Stadtansichten von Gigricht mit fliegenden Schweinen über den Dächern. Die Schweine lächelten, sie waren groß, dick und hellrosa und hatten weiße Flügel.

»Vor dreißig Jahren hat es deshalb einen richtigen Skandal gegeben«, erzählte Dmitrij. *Notschers Schweine und der Kulturkampf in Gigricht* stand im Tagblatt auf der ersten Seite. Es war ja auch wirklich schockierend für die damalige Zeit: Schweine über Gigricht, und das im Rathaus. Aber der Oberbürgermeister war recht progressiv. Er hat das durchgesetzt, und heute stößt sich keiner mehr daran. Im Gegenteil: Die Bilder sind fast schon zu einer Sehenswürdigkeit geworden.«

Rosa mußte beim Anblick der Schweine daran denken, daß sie den ganzen Tag vor Nervosität nichts gegessen hatte. Vielleicht gibt's ja am Buffet Schinkenbrötchen, dachte sie.

Vom Lift zum kleinen Festsaal war es nicht weit. Man brauchte nur den Gang zu überqueren. Vor dem Saaleingang standen festlich gekleidete Menschen und rauchten.

Drinnen sah es aus wie in einem der zahlreichen Kulturclubs aus Rosas Jugendzeit, nur daß die Sitze noble, türkisfarbene Überzüge hatten und an der Wand ein großes Kreuz, ein Porträt des Bundespräsidenten und ein Stadtwappen hingen, während in einem sowjetischen Kulturclub der Zwischenkriegszeit die

Sitze aus Holz gewesen wären. Neben Stalins Bild hätten die überlebensgroßen Visagen seiner noch nicht »gesäuberten« Getreuen sowie rote Fahnen und Slogans die Wände geziert.

Nachdem Rosa einen Blick auf die Menschen im Saal geworfen hatte, war sie froh, daß Kostik nicht mitgekommen war. Wäre er hier in seinem alten Anzug erschienen, hätte man gewiß mehrmals seine Einladung kontrolliert. Vorne, zwischen Podium und der ersten Reihe, fielen Rosa einige Personen auf, die sich in Aussehen und Verhalten von den anderen unterschieden: Ein Orientale, ein Chinese, ein Schwarzer, eine Frau im Sari mit einem roten Punkt zwischen den Augenbrauen – also doch Nationaltracht? Die Ehrengäste wirkten etwas verloren, warteten schweigend.

»Ihr Platz ist in der ersten Reihe«, erklärte Dmitrij. Er begleitete Rosa durch den Mittelgang nach vorne, zu einem Sitz, auf dem ein Blatt mit dem Aufdruck *Reserviert* lag. »Warten Sie einen Moment«, sagte er, verschwand durch eine Seitentür und kam einen Augenblick später in Begleitung einer sehr jungen Frau zurück. Für Rosa sah sie aus wie ein Teenager.

»Sabine Lapka«, stellte sich die Frau vor. »Ich bin für die Organisation und den Ablauf des heutigen Abends verantwortlich, und es ist mir eine ganz besondere Ehre, Frau Masur, Sie endlich persönlich kennenzulernen. Ich habe die Zusammenfassung der mit Ihnen geführten Gespräche gelesen. Man kann vieles daraus lernen.«

»So?« fragte Rosa. »Was denn?«

Sabine Lapka stockte und lächelte verlegen.

»Nun«, sagte sie nach einigem Zögern. »Man erfährt viel über das Leben, und vor allem was Menschen im zwanzigsten Jahrhundert alles durchmachen mußten.«

»Ich wünschte, ich hätte es nicht durchmachen müssen«, sagte Rosa.

»Oh ja!« sagte Lapka und bemühte sich, ihrem Gesicht einen ernsten Ausdruck zu verpassen. »Oh ja, natürlich!«

Schweigen.

»Aber heute werden Sie sich bestimmt wohlfühlen«, sagte sie mit einer Stimme, als wollte sie eine Versicherungpolice verkaufen. »Zuerst kommt der offizielle Teil des Abends: Es sprechen mein Chef, Doktor Schulze, der Leiter der Kulturabteilung, dann der Herr Oberbürgermeister und zum Schluß ein Herr vom Institut für Geschichtsforschung. Übrigens haben wir, dem Anlaß entsprechend, die Gigrichter Ethnoband eingeladen. Die Musik wird Ihnen gefallen. Kann ich noch etwas für Sie tun? Möchten Sie etwas? Ein Glas Wasser? Oder einen Wein?«

»Ich möchte auf die Toilette«, flüsterte Rosa der Frau ins Ohr.

»Auf den Gang hinaus, dann rechts, die zweite Tür links«, erklärte Lapka und wandte sich einem schlanken, dunkelhäutigen Mann mit graumeliertem Haar zu: »Na, wie fühlen Sie sich, Herr Bubajamba?«

»Sehr gut, sehr gut!« Der Mann lächelte.

Rosa hatte gehofft, die Frau würde sie zur Toilette begleiten. Sie fühlte sich schwach und hätte gegen einen stützenden Arm nichts einzuwenden gehabt.

Nun blieb ihr nichts anderes übrig, als sich allein auf den Weg zu machen. Das rechte Bein schmerzte. Bei jedem Schritt preßte sie die Zähne zusammen, um nicht zu schreien. Nur noch zehn Schritte bis zur Tür mit dem Bild eines kleinen Mädchens, das auf dem Töpfchen sitzt. Es hatte einen blonden Zopf, der bis zum Topfrand hinunterreichte und lächelte selig und zufrieden. Nur noch fünf Schritte. Noch drei.

Ein Vorraum mit Waschbecken, Spiegel, elektrischem Händetrockner und einem Klappstuhl aus Holz. Zwei Kabinen. Beide besetzt. Rosa ließ sich auf den Stuhl fallen, schaute nervös auf die Uhr. Es war fünf vor halb acht.

Die Wände der Toilette waren wie in manchen Leningrader Unterführungen mit weißen Kacheln ausgelegt. Nur waren diese hier sauberer und heller. An der Decke leuchteten drei Neonröhren. Eine davon flackerte ein wenig. Gern hätte Rosa den Lippenstift aus ihrer Handtasche genommen und sich vor dem Spiegel ein weiteres Mal geschminkt, aber es fehlte ihr die Kraft dazu.

Während Rosa wieder auf die Uhr schaute, wurde die Außentür geöffnet. Eine Frau um die fünfzig – kurzes, hellblaues Seidenkleid, Perlenhalskette – trat ein. Gesund, gut gekleidet, aber eingetrocknet wie ein Stockfisch, dachte Rosa. Mit fünfzig hatte ich noch nicht so viele Falten.

Die Frau blieb vor Rosa stehen. »Was kostet es denn?« fragte sie. Ihre Stimme war älter, als man bei einer Frau, die kurze Seidenkleider anzieht, erwartet. »Was macht es denn?« wiederholte sie die Frage. Rosa blickte sie verständnislos an.

»Wie meinen Sie?« murmelte sie.

»Was kostet der Klobesuch?« Die Stimme der Frau klang ungeduldig. Sie holte eine Geldbörse aus ihrer Handtasche.

Rosa errötete. Sie konnte sich anziehen wie sie wollte, die anderen, die Deutschen, die Eingeborenen, hielten sie trotzdem für eine Klofrau.

»Ja, was kostet denn nun der Klobesuch oder ist er gratis?«

»Also, eigentlich bin ich nicht ...«, flüsterte Rosa kaum hörbar, doch mitten im Satz änderte sie ihre Meinung, fragte: »Was würden Sie mir denn geben?« und streckte die Hand aus. Die Frau legte ihr ein Zweimarkstück auf die Handfläche, und in diesem Augenblick öffneten sich beide Kabinentüren.

Als Rosa wieder in den Saal kam, hatten die meisten Gäste ihre Sitze eingenommen und die Musikgruppe zu spielen begonnen. Ein jiddisches Lied, das viel jiddischer klang als alle jiddischen Lieder, die Rosa in ihrem Leben gehört hatte. Es erzählte von einem weisen Rabbi, dem seine Schüler abhanden gekommen waren. Der Refrain beschränkte sich auf stimmungsvolle »Oj wej« und »Ojojoj«. Die Band bestand aus drei jungen Musikern. Die Frau trug einen cremefarbenen Poncho, einer der Männer einen bis hinunter zum Boden reichenden Mantel, verziert mit schwarzen Linien, Rhomben, Quadraten und Kreisen auf safranfarbenem Grund, offenbar in Anlehnung an afrikanische Vorbilder, der andere ein knielanges rotes Hemd mit Spitzen an Kragen und Ärmeln, einen schwarzen Gürtel, rote Hosen und schwarze

Stiefel. Ukrainische Nationaltracht mit einem Hauch von Sinnlichkeit. Ukraine und Sinnlichkeit passen irgendwie nicht zusammen, dachte Rosa. Es kam ihr alles albern vor. Sie hatte sich ein Streichquartett und Schubertmelodien erwartet.

Die Rede des Leiters der Kulturabteilung bestand fast ausschließlich aus Danksagungen.

»Wir danken dem Oberbürgermeister der Stadt Gigricht, Joachim Notscher, daß er sich Zeit für diese Feier genommen hat.« Applaus. Der Oberbürgermeister, der bei den Ehrengästen in der ersten Reihe saß, stand auf und verneigte sich.

»Ich begrüße weiters Herrn Doktor Creutz vom Institut für Geschichtsforschung.«

Doktor Sambs, von dem Dmitrij Rosa erzählt hatte und der eigentlich für die Betreuung des Projekts zuständig gewesen war, wurde mit keinem Wort erwähnt. Er hatte Krebs. Über Todkranke spricht man in diesem Land wohl nicht, dachte Rosa. Vielleicht bringt das Unglück. Wenn du einen Todkranken siehst, spucke dreimal über die rechte Schulter, wie beim Anblick toter Tiere, hatte ihr einmal eine ihrer Tanten erklärt. Hätte sie den Rat befolgt, wäre ihr schon vor langer Zeit die Spucke ausgegangen.

»Wir danken Herrn Amadeus Brauser, dem neuen Chefredakteur des Gigrichter Tagblattes, für sein Kommen.«

Applaus.

»Wir begrüßen Frau Doktor Henriette Pawlin, Leiterin der Werbeabteilung der Gigrichter Sparkasse.«

Applaus.

Schließlich wurden die Namen der Ehrengäste verlesen.

»Wir begrüßen ganz herzlich Herrn Bubajamba. Nach schweren Mißhandlungen und zweijähriger Isolationshaft in seinem Heimatland Kamerun hat Herr Babajamba in Deutschland Asyl und in Gigricht ein neues Zuhause gefunden.«

Der Afrikaner stand auf, blickte verlegen in die Runde und sagte etwas, das durch den Applaus nicht zu verstehen war.

»Herr Adler, 1919 in Gigricht geboren und jüdischer Abstammung, hat den Holocaust in mehreren Konzentrationslagern überlebt und ist heute wieder bei uns.«

Ein noch heftigerer Applaus. Herr Adler nickte kurz mit dem Kopf und zog ihn dann in die Schultern ein wie eine Schildkröte in ihren Panzer.

»Herr Ürdücin ist schon 1962 aus Gaziantep nach Gigricht gekommen. Heute hat er Kinder und Enkelkinder, die hier geboren, aufgewachsen und heimisch geworden sind.«

Der alte Türke sprang auf, als hätte ihn ein Lehrer zur Tafel gerufen. Er knöpfte sein Sakko zu, strich mit der rechten Hand sein Haar glatt, verbeugte sich zweimal Richtung Podium und einmal Richtung Publikum. Eine Kamera blitzte.

»Frau Rosa Masur, die älteste unserer Ehrengäste, unsere Miss Jahrhundert, 1907 im weißrussischen Städtchen Witschi geboren, durchlebte als Tochter jüdischer Eltern die Höhen und Tiefen jüdischen Schicksals im Rußland des zwanzigsten Jahrhunderts. Auf den Beitrag über Rosa Masur hätte ich mich in unserem Buch ganz besonders gefreut.«

Rosa wollte aufstehen, aber ihre Beine versagten. Der Applaus dröhnte in ihren Ohren. Ein ganzer Saal jubelte ihr zu. Mit fünfzehn, als sie davon träumte, Juristin zu werden, hielt sie in ihrer Vorstellung flammende Reden als Strafverteidigerin, verkündete strenge, aber gerechte Urteile als Richterin. Man war von ihr begeistert, klatschte Beifall. Aber sie hatte mehr als ein halbes Jahrhundert warten müssen, bis tatsächlich Menschen zu applaudieren begannen, als ihr Name genannt wurde, und das in einer deutschen Kleinstadt. Das erschien ihr auf einmal so komisch, daß sie laut auflachte. Es blitzte. Der Photograph des *Gigrichter Tagblatts* war zufrieden mit dem Schnappschuß: Frau Rosa Masur – glücklich über die Ehrung, die ihr zuteil wird. Und die Ethnoband spielte wieder jüdische Weisen.

Als der Oberbürgermeister redete, bemerkte Rosa, daß er sich selten Richtung Publikum, dafür umso öfter Richtung Kamera wandte. Er sprach die meiste Zeit frei, nur die Schlüsselsätze las er von einem Blatt ab. »Auch wenn unsere Stadt ihr Siebenhundertfünfzigjahrejubiläum heuer doch nicht feiern wird können«, sagte er zum Beispiel, »sind wir stolz, Projekte wie jenes, deren Teilnehmern wir heute in einem feierlichen Akt Anerkennung zollen, in Auftrag gegeben und durchgeführt zu haben. Ja, wir können zurecht darauf stolz sein, ganz unabhängig davon, ob das sogenannte Privilegium Gigrichtiacum nun eine Fälschung späteren Datums ist und ob unsere Stadt heuer tatsächlich oder nur vermeintlich siebenhundertfünfzig Jahre alt wird.«

Rosa zählte unterdessen alle Empfänge und Versammlungen, zu denen sie im Laufe ihres Lebens hatte gehen müssen. Sie brauchte etwa fünf Minuten, um auf die Zahl siebenundzwanzig zu kommen.

»Die Stadt Gigricht legt Wert darauf, seine ausländischen Mitbürgerinnen und Mitbürger wie gleichwertige Menschen zu behandeln.«

Es müssen mehr als siebenundzwanzig gewesen sein, dachte Rosa. Übrigens können Mitbürger keine Ausländer sein, fiel ihr ein. Ein Ausländer hat meist nicht dieselben Rechte wie ein Mitbürger, wenn Bürger im Sinne von Staatsbürger gemeint ist … Wenn man die Betriebsversammlungen im Verlag mitzählt, kommt man auf eine Zahl weit über siebenundzwanzig.

»Im Fremden spiegelt sich die eigene, oft verdrängte fremde Seite des eigenen Ich, die verborgene Seite unserer Persönlichkeit.« Diesmal las der Oberbürgermeister vom Blatt. »Wer den oder das Fremde ablehnt, hat in Wirklichkeit Angst vor sich selbst.«

Man sollte es zur Regel machen, dem Publikum solcher Veranstaltungen ein angemessenes Honorar zu zahlen, dachte Rosa. Im Jenseits wird man sie wohl zu den Betriebsversammlungen der Verstorbenen schicken.

»Du solltest dankbar sein«, vernahm sie Maschas Stimme. »Denk an mich. Mit knapp über dreißig bin ich verhungert. Die Nachbarn raubten meine Wohnung aus, als ich im Sterben lag. Und du? Du hast dein Leben gelebt, bist immer trocken aus dem

Wasser gestiegen. Sogar in der Fremde hast du's dir richten können. Gib doch zu, daß dir diese Interviews Spaß gemacht haben und daß du dich gefreut hättest, wenn man deine Lügengeschichten in einem Buch verewigt hätte.«

»Na gut«, gab sich Rosa geschlagen. »Aber laß mich jetzt endlich in Ruhe! Fünfzehn Jahre lang bin ich dir eine gute Freundin gewesen. Warum also quälst du mich seit beinahe sechzig Jahren?« Und Mascha verstummte.

Der Oberbürgermeister verließ das Podium unter heftigem Applaus. Dann spielte die Ethnoband etwas Türkisches. Oder war es Arabisch? Vielleicht Persisch? Möglicherweise eine Mischung von allem.

Den Abschlußvortrag hielt Professor Creutz, Vorstandmitglied des Instituts für Geschichtsforschung. Seine Worte waren so klug, daß Rosa kaum etwas verstand. Sie war müde.

Endlich hatte der Professor zu Ende gesprochen. Eine Seitentür wurde geöffnet. Sie führte in einen Nebenraum, wo ein üppiges Buffet bereitstand. Rosa entdeckte sogar die Schinkenbrote, auf die sie so gehofft hatte.

Frau Lapka kam auf sie zu. »Frau Masur! Wir haben koschere Speisen. Extra für Sie und die anderen jüdischen Herrschaften.« Sie zeigte auf ein abseits stehendes Tischchen, das von einem jungen Mann in weißem Kittel bewacht wurde. Die andrängende Meute wies er mit höflichen, aber bestimmten Worten und Gesten zu den anderen Tischen. Nur für Juden! schoß es Rosa durch den Kopf.

»Das ist sehr aufmerksam von Ihnen«, sagte die alte Frau. »Aber ich hätte lieber ein paar Schinkenbrötchen, Schnitzel, nicht allzu dick, bitte, ein bißchen von dem Kartoffelsalat und ein Bier.«

»Oh! Ich verstehe«, murmelte Lapka enttäuscht.

Rosa machte sich Vorwürfe. Was hätte es mir schon ausgemacht, dachte sie, für diese halbe Stunde wieder eine koschere Jüdin zu sein.

Rosa begann zu essen. Sie kaute und schluckte langsam, um nicht zu zeigen, wie hungrig sie tatsächlich war. Es schmeckte ausgezeichnet.

»Ich esse schon seit über siebzig Jahren gern Schweinernes«, erklärte sie mit vollem Mund, »und bilde mir nicht einmal ein, es sei Ente.«

Rosa gähnte und nippte an ihrem Bier. Es war neun Uhr vorbei, sie wollte nach Hause. In diesem Augenblick legte ihr jemand die Hand auf die Schulter. Sie schaute auf. Die Lippen des Oberbürgermeisters glänzten fettig. In der anderen Hand hielt er einen leeren Teller.

»Frau Masur, ich hoffe, Sie fühlen sich wohl«, sagte er, reichte den Teller Lapka, die ihn zum übrigen Schmutzgeschirr trug, und wischte sich den Mund mit einem Stofftaschentuch ab, das er aus der Innentasche seines Sakkos herausgeholt hatte. Das Taschentuch war so himmelblau wie die freundlich leuchtenden Augen seines Besitzers. Der rundliche Deutsche weckte bei Rosa mütterliche Gefühle. Sie war nahe daran, ihm das Taschentuch aus der Hand zu nehmen, um damit selbst seinen Mund und sein Gesicht zu säubern. Sie bemerkte, daß seine Krawatte schief saß und daß er Flecken auf seinem Sakko hatte.

Der Oberbürgermeister setzte sich neben Rosa. Die anderen Gäste hielten nun respektvoll Abstand. Nur hin und wieder schob sich eine Hand zwischen die beiden, in der Erwartung, vom Oberbürgermeister geschüttelt zu werden.

»Ich finde Ihr Leben äußerst beeindruckend, Frau Masur.«

»So? Ich nicht.«

»Doch, doch!« Der Oberbürgermeister hatte seine Rechte wieder auf ihre Schulter gelegt. »Ganz im Vertrauen«, sagte er halblaut. »Ich habe mir die Zusammenfassungen zu allen Interviewaufzeichnungen durchgeblättert, aber nur Ihre habe ich tatsächlich gelesen!«

»Das könnte für, aber auch gegen mich sprechen. Aber danke. Ich fühle mich geehrt.«

»Schade, daß unser Stadtsenat den Budgetposten für das Jubiläumsbuch gestrichen hat, nachdem es ja kein Jubiläum gibt. Aber ich verspreche Ihnen: aufgeschoben ist nicht aufgehoben. Es wird sicher ein tolles Buch!« Er zwinkerte der alten Frau zu und grinste. »Warum, glauben Sie, habe ich soviele Personen aus Wirtschaft, Kultur und Medien zu unserer Veranstaltung eingeladen? Einfach so? Nein! Wir suchen private Sponsoren. Man spricht davon, das Jahr 2004 oder 2005 in Deutschland zum Jahr der Fremdenliebe zu erklären. Na ja, vielleicht ist Fremdenliebe nicht ganz richtig, ich kann mich an den Begriff nicht mehr so genau erinnern, aber so ähnlich soll es heißen. Sinngemäß. Das wäre eigentlich ein würdiger Anlaß für unser Buch, in dem wir natürlich ein schönes Photo von Ihnen bringen werden.«

»Gott behüte! Ich schaue aus wie eine ägyptische Mumie, die aus ihrer Grabkammer ausgebrochen ist.«

»Ach was!« erklärte der Oberbürgermeister, während er aufstand. »Da machen Sie sich mal keine Sorgen. Sie sind wunderbar photogen!«

»2004 oder 2005 bin ich schon tot.«

Kurzes Schweigen.

»Übrigens«, sagte er schließlich. »Diese Szene in der Gemeinschaftswohnung in Moskau. Phänomenal! Wenn es nicht wahr wäre, könnte man es nicht besser erfinden.«

»Vielleicht hab ich's ja erfunden«, meinte Rosa.

Für einige Sekunden schaute er sie irritiert an, stieg unschlüssig von einem Bein auf das andere, bevor er schließlich zu lachen begann. »Nein, so etwas kann man nicht erfinden. Es wäre ja viel zu absurd, um nicht wahr zu sein!« meinte er und schneuzte sich in das Taschentuch, mit dem er sich vorhin die Lippen abgewischt hatte. »Es war mir eine große Freude, Sie kennengelernt zu haben.« Er schüttelte Rosa ein weiteres Mal die Hand. Dann drehte er sich um, machte zwei Schritte, blieb stehen, ging wieder zurück, beugte sich zu Rosa herunter und fragte sie leise: »Eines hätte ich doch zu gerne gewußt, Frau Masur. Wie war er denn so? Ich meine, im persönlichen Umgang, in seiner ganzen Art, also, in seiner Ausstrahlung?«

»Wer?«

»Stalin!«

Rosa Masur stand nun ebenfalls auf, trat ganz nah an den Oberbürgermeister heran und flüsterte ihm ins Ohr: »Diktatorisch.«

21

Jemand greift nach ihrem Bein, zerrt sie hinauf auf den Hügel. Krallen bohren sich in ihre Haut. Ihre Haare verfangen sich im Dornengestrüpp, überall am Körper kleben Disteln. Jemand hält eine zischende Schlange in der Hand, eine Viper vielleicht, um ihr Angst einzujagen, und nennt das Reptil zärtlich mit dem französischen Namen Danielle ... Aber wie immer erwacht sie, bevor das Entsetzen zu groß wird. Aus dem Radio dringt eine weibliche Stimme, die vom unvergleichlichen Geschmack einer Schokolade schwärmt. Seit einiger Zeit schaltet Rosa in der Nacht das Radio nicht mehr aus. Sie braucht die Stimmen und die Musik, um einzuschlafen. Sonst packt sie eine unbegreifliche Angst. Panik! Erstickungsanfälle. Fratzen vor ihrem Gesicht. Über ihrem Kopf die herabfallenden Teile der Decke und des schwarzen Himmels ... Kostik und Frieda haben sich mit der Geräuschkulisse abfinden müssen.

Sie öffnet die Augen. Ihr rechtes Bein schaut unter der Decke hervor. Der Fuß liegt auf der scharfen Bettkante. Die Druckstelle schmerzt, aber sie schafft es nicht, das Bein zu bewegen. Sie führt den rechten Arm zu den Augen, kann aber aufgrund des schwachen Lichts nur mit Mühe die Zeit auf der Armbanduhr ablesen. Es ist erst sechs Uhr morgens. Sie braucht Kostik noch nicht zu wecken. Ihre Beine sind wie gelähmt. Mit der linken, der kräftigeren Hand faßt sie die Bettkante und dreht sich mit viel Schwung auf die Seite. Wie erwartet, rollt ihr Körper sogleich auf den Rücken zurück, aber der Fuß hat sich verschoben, ist wieder auf die weiche Matratze gerutscht. Am liebsten würde sie den ganzen Tag im Bett bleiben.

Wie werde ich nur aufstehen können? denkt sie. Und: Ich darf mich nicht gehen lassen! Während sie darüber nachzudenken beginnt, ob es in ihrem Alter überheblich sei, zuviel von sich zu verlangen oder ob dies im Gegenteil eine Verpflichtung wäre, um sich fit zu halten und den Jüngeren nicht zur Last zu fallen, schläft sie für einige Augenblicke wieder ein.

Um halb sieben ist sie auf den Beinen. Auf ihre Krücke gestützt humpelt sie um den Paravent herum in den anderen Teil des Raumes. Es geht leichter, als sie es erwartet hatte. »Steh auf, Kostik!« ruft sie ihrem Sohn zu, doch dieser bedeckt sein Gesicht mit der rechten Hand, wie er es schon als Kind getan hatte.

»Kostik, weißt du denn nicht, was heute für ein Tag ist?« Rosa zieht ihm die Bettdecke weg. Er rekelt sich, gähnt, schaut sich verwirrt um, steht endlich auf und schleppt sich zur Toilette.

»Besetzt!« ertönt Friedas Stimme.

»Aber ich müßte dringend …«

»Ja, kann man denn hier nicht einmal in Ruhe …«

Er steht mit geschlossenen Augen, gegen die Tür gelehnt, so als suchte er nach dem Traum, den er durch den Weckruf der Mutter unterbrechen mußte.

Nach dem Frühstück machen sie sich fertig für die Reise. Nervös geht Kostik zwischen den Koffern im Zimmer auf und ab. Alle dreißig Sekunden schaut er aus dem Fenster. Endlich hält der zweistöckige Bus vor dem Haustor, macht sich mit einem dreifachen Hupen bemerkbar. Rosa hat in diesem Bäderbus, der an die Costa del Sol in Spanien unterwegs ist, drei Plätze reserviert – die billigste Variante. Man wird sie vor dem Bahnhof von Nîmes absetzen und zwei Wochen später zu festgesetzter Stunde wieder an derselben Stelle abholen. Von Nîmes bis Aix-en-Provence, das abseits der Busroute liegt, ist es nicht weit.

Kostik, Frieda und der Busfahrer helfen Rosa die Stufen hinauf ins Innere des Fahrzeugs.

»Wenn ich in diesem Alter noch auf Urlaub fahren kann«, meint der Busfahrer, ein beleibter Endvierziger mit buschigem Schnurrbart und massigem Doppelkinn, »werde ich dem Herrgott neun Kerzen in der Kirche aufstellen, eine für jedes gelebte Jahrzehnt. Aber höchstwahrscheinlich werde ich da die Radieschen schon von unten betrachten.«

Die Fahrt nach Nîmes, wo sie am späten Nachmittag ankommen, ist eintönig. Ein paar der anderen Fahrgäste wollen unbedingt ein Gespräch beginnen. Woher sie stamme, fragen sie Rosa, und ob die Sprache, in der sie sich mit ihrem Sohn und der Schwiegertochter verständigt, Polnisch sei. Die alte Frau antwortet einsilbig. Nur Frieda gibt etwas bereitwilliger Auskunft. Ihr Deutsch ist bruchstückhaft, der Akzent schwer verständlich. Schon bald geben die Nachbarn Ruhe.

Das gleichmäßige Surren der Klimaanlage mischt sich mit dem Geräusch des Motors. Es wird kühl, fast ungemütlich. Kostik schaut nicht aus dem Fenster. Wie schon während des Fluges von Petersburg nach Berlin muß er gegen die Übelkeit ankämpfen. Rosa macht sich Sorgen um sein Herz.

Wie bedauerlich, daß Sascha nicht mitgefahren ist! Er hatte aus Hamburg angerufen, um den Eltern und der Großmutter eine gute Reise zu wünschen.

Um die Mittagszeit hält der Bus an einer Raststätte. »So, hier gehen wir alle essen!« erklärt der Fahrer. Die Fahrgäste gehorchen bereitwillig. Nur Kostik, Frieda und Rosa bleiben auf ihren Sitzen.

Der Busfahrer blickt streng in ihre Richtung, so als empfinde er ihre Verweigerung als persönliche Beleidigung.

»Wir haben keinen Hunger«, erklärt Rosa schnell.

»Überhaupt keinen!« meint Frieda.

»Und ich schon gar nicht«, beteuert Kostik.

Der Busfahrer runzelt die Stirn und steigt aus. Nun sind Rosa,

Kostik und Frieda allein, können ihre Wurst- und Käsebrote und die Thermosflasche auspacken.

»Es ist doch ein Wahnsinn, Geld für ein Essen im Restaurant auszugeben«, sagt Frieda. »In den russischen Zügen gab es früher immer Tee, ganz billig, fast umsonst.«

Kostik trägt einen Koffer, Frieda eine Reisetasche. Rosa denkt, wie angenehm es doch ist, nicht mehr verantwortlich sein zu müssen. Ihr Deutsch wird hier, am Bahnhof von Nîmes, nicht weiterhelfen. Es fällt ihr auf, wie warm es ist, wie hell und freundlich das Licht.

Frieda hat Englisch in der Schule gelernt. Am Fahrkartenschalter gelingt ihr nach einigem Nachdenken der Satz »I want three Aix-en-Provence.« Die junge Dame in der hübschen Uniform ist sehr höflich. Der Preis, den sie ihr auf ein Blatt Papier schreibt, ist hoch.

Rosa findet es beruhigend, daß sie das Hotelzimmer in Aix-en-Provence schon reserviert hat. Was könnte schlimmer sein, als in einem Land eine Unterkunft suchen zu müssen, dessen Sprache man nicht versteht? In Rußland hatte es Probleme dieser Art nicht gegeben, da sprach vom Kirgisen bis zum Tschuwaschen jeder russisch. Für einen Augenblick bereut sie es sogar, daß die Weltrevolution nicht gesiegt hat.

Im Zug haben sie ein Abteil für sich allein. Draußen ist es schon dunkel. Von der Landschaft sieht man nur wenig. Der Schaffner sagt etwas Scherzhaftes, als er ihre Fahrkarten prüft. Wie wäre sein freundlich klingendes Lachen sonst zu deuten? Rosa, Frieda und Kostik lächeln zurück. »In der Fremde sollte man alles unternehmen, um die Einheimischen nicht zu verärgern«, sagt Frieda. »Am besten paßt man sich ihren Gepflogenheiten an und tut dasselbe wie sie.«

Der Bahnhof Saint-Charles von Marseille hat eine geräumige Empfangshalle, eine prachtvolle Innendekoration und ein Gewölbe aus Stahl und Glas. In der Vorhalle stehen Tische und

Stühle. An einer Bar werden Getränke verkauft. Einige ältere Männer in ausgebleichten Uniformen, mit bunten Orden und Schleifen in Rot-Weiß-Blau sitzen oder stehen herum, die meisten an der Bar. Sie wirken ausgelassen und erinnern an die Bewohner eines Altersheims, die ein groteskes Theaterstück aufführen. Über dem Ganzen hängt eine weiße Fahne, auf der in dicken roten Lettern *Grand Congrès des Anciens Combattants à Marseille du 20 au 29 mai* zu lesen ist. Darunter in dicken blauen Lettern *Acceuil*.

»Sieh doch«, sagt Kostik lachend, »auch hier marschieren die alten Herren.«

»Es ist überall dasselbe«, meint Frieda. »Nur die Stalinbilder fehlen.«

Auf der großen Anzeigetafel über dem Eingangsportal finden sie unter der Aufschrift *Départs* hinter Lyon, Paris, Port-Bou und Nice auch ihren Zielort: *Aix-en-Provence, 23h37, Voie 10*. Bis zur Abfahrt sind es noch etwas mehr als fünf Minuten. Am Gleis zehn steht der Zug noch nicht bereit.

Von allen Seiten dringen Gesprächsfetzen in der fremden Sprache auf sie ein, Durchsagen, das Quietschen von Rädern und Bremsen, die Tonsignale vor dem Schließen der automatischen Türen. Ganz nahe dröhnt der Lautsprecher: »Attention! Le train régional numéro six cent quatre-vingt-dix-sept à destination d'Aix-en-Provence partira aujourd'hui voie cinq ... Attention, s'il vous plaît! Le train régional à destination d'Aix-en-Provence va partir voie cinq! Attention au départ!«

Rosa horcht auf. »Sie haben etwas über Aix-en-Provence gesagt.«

»Höchstwahrscheinlich, daß unser Zug einfährt«, meint Frieda. »Wird auch langsam Zeit. Mein Gott, bin ich müde.«

»Warum verlassen dann die Leute den Bahnsteig?« fragt Kostik.

»Wieso? Schau dich doch um. Die Leute stehen und warten«, sagt Frieda.

»Aber ich hätte schwören können …«

»Da kommt er ja schon!« sagt Rosa. Tatsächlich: die Scheinwerfer eines Zuges, der sich auf den Bahnsteig zubewegt.

»Na also, was habe ich gesagt!« triumphiert Frieda. Aber der Zug fährt auf der anderen Seite des Bahnsteigs auf Gleis elf ein. *Marseille – Toulon – Nice* steht auf den Schildern der Waggons.

»Nice? Wo ist das?« fragt Frieda.

»Das ist Nizza«, erklärt Kostik.

»Ach so. Liegt Aix-en-Provence auf dem Weg nach Nizza?«

»Nein.«

Etwas verunsichert warten sie weiter. Die Menschen steigen in den Zug. Als er abgefahren ist, bleiben die drei allein am Bahnsteig zurück.

»Schaut doch!« sagt Rosa und zeigt auf die Anzeigetafel am Gleis zehn. »Da steht doch gar nicht Aix-en-Provence.«

Zwei Minuten später sind sie wieder vor der großen Tafel über dem Portal.

»So eine Schweinerei!« schreit Kostik. »Wieso Gleis fünf? Vorhin war doch Gleis zehn angeschrieben.«

»Das wird vielleicht die Nachricht sein, die sie durchgegeben haben«, meint Rosa.

Die drei sind noch rechtzeitig am Bahnsteig, um den Rücklichtern des Zuges nachzuschauen.

»Ich habe Hunger«, sagt Frieda.

Frieda kauft in einer Snackbar drei Baguettes mit Schinken und Käse und eine Flasche Mineralwasser. Auf der breiten Treppe, die vom Bahnhofsvorplatz hinunter zum Boulevard d'Athènes führt, essen sie zu Abend. Das *Gigrichter Tagblatt* dient als Sitzunterlage. Allegorische Frauenfiguren aus Marmor, die den Zugang zur Treppe bewachen, blicken mitleidig auf sie herab. Aber wer wird im stickigen Bahnhofsgebäude bleiben wollen, wenn draußen die Temperatur noch angenehm warm ist.

Rosa hatte darauf bestanden, ins Freie zu gehen. »Wozu sind wir sonst in den Süden gefahren?« meint sie. »Außerdem bin ich in meinem Leben oft genug auf Bahnhöfen herumgesessen. Oder wollt ihr mich etwa zu den Kriegshelden dazusetzen? Mir sind schon viel zu viele Helden über den Weg gelaufen.«

Der nächste Zug nach Aix-en-Provence fährt erst um sechs Uhr morgens. Es wird ihnen nichts anderes übrigbleiben, als in Marseille ein Quartier für die Nacht zu suchen. Kann man einer betagten Frau wie Rosa sechs Stunden auf der Straße zumuten? Nicht einmal den Koffer und die Tasche konnten sie in der Gepäckaufbewahrung lassen, weil diese nach zweiundzwanzig Uhr geschlossen ist.

Die Gestalten, die sich auf der Treppe aufhalten, sind nicht besonders vertrauenerweckend. Es fallen die vielen orientalischen Gesichter auf, erinnern an die Burschen von der georgischen Mafia, die in den letzten Jahren die Gegend um ein Lokal in der Fabritschnaja uliza unsicher gemacht, Passanten beleidigt und Frauen belästigt haben.

Ein Mann im speckigen Anzug erzählt etwas und streckt fordernd seine Hand aus. Es wird Zeit, aufzubrechen, und Rosa schenkt dem Mann das *Gigrichter Tagblatt*, in dem dieser verdutzt zu blättern beginnt.

Aus den Bars und Restaurants auf der Avenue d'Athènes dröhnt Musik. Die Schilder haben arabische Aufschriften, die aussehen wie die Wellen auf der Newa bei starkem Westwind. Es riecht nach Süßigkeiten, Fleisch, Fett, Kaffee, Alkohol und Parfüm. Die Häuser mit den schmiedeeisernen Ziergittern vor den Fenstern und Balkonen in Handtuchgröße machen einen abgewohnten Eindruck. Junge Männer stehen in Gruppen herum, gestikulieren, diskutieren angeregt. Man kommt kaum an ihnen vorbei. Die wenigen Frauen auf der Straße hasten über den Boulevard und verschwinden in den Seitengassen. Sie tragen Kopftücher, einige auch weite, dunkelgraue Mäntel, die fast bis zum Boden hinabreichen.

»Mein Gott, wo sind wir da hingeraten?« jammert Frieda. »Vor zehn Jahren habe ich meine Cousine in Ulan-Ude besucht. Sogar dort hat es europäischer ausgesehen.«

In der Vorhalle eines Einsternhotels mit dem Namen *Colette* steht ein Glastisch, eine rote Couch und ein rundes Tischchen mit Marmorplatte. Eine enge Treppe führt steil hinauf in die Dunkelheit. Ein Mann mit verlebtem Gesicht sitzt hinter der Theke. Hinter seinem Rücken liegen die Zimmerschlüssel in einem offenen Kasten, der aus vielen kleinen Fächern besteht. Früher hatte es so etwas in Postämtern gegeben. Kostik läßt den Koffer auf den Boden fallen, massiert die Finger seiner rechten Hand.

»We want room. Three persons. One night«, stammelt Frieda.

»Je regrette, Messieursdames«, sagt der Mann und betrachtet mitleidig die drei Gestalten. »Nous sommes complêt. A cause du Congrès des Anciens Combattants.«

Rosa hat die Worte nicht verstanden, Mimik und Gestik des Mannes schließen aber jeden Zweifel aus.

Im nächsten Hotel haben sie auch kein Glück. »Hé Jacques!« ruft die Dame an der Rezeption. »Est-ce qu'il reste une chambre pour trois personnes?«

»Non! Rien!« tönt es lapidar aus dem Hinterzimmer.

Nicht anders ist es im dritten und im vierten Hotel. Überall heißt es immer nur: »Congrès des Anciens Combattants«.

»Diese verdammten Veteranen«, schimpft Frieda, »scheinen die ganze Stadt okkupiert zu haben, und dabei habe ich, außer am Bahnhof, keine einzige Uniform gesehen.«

»Die schlafen schon friedlich in ihren Betten, während wir hier durch die Nacht spazieren«, sagt Kostik. »Los, weiter!«

»Ich hätte mir gewüscht, daß sie Zelte aufstellen«, meint Rosa. »Aus Nostalgiegründen sozusagen. Als Erinnerung an gemeinsame Tage im Feld.«

»Haben sie aber nicht«, sagt Frieda gereizt. »Und ich bin hundemüde. Ich leg mich gleich auf die Straße und schlafe ein.«

»Es ist alles meine Schuld!« erklärt Kostik und wirft ihr einen dieser traurigen Blicke zu, der ihr Herz jedesmal schmelzen läßt. »Schließlich war ich es, der immer von Südfrankreich geschwärmt hat.«

»Nicht doch!« Frieda stellt die Tasche ab und umarmt ihren Mann. »Du erinnerst dich doch, wie wir nächtelang im Bett gelegen sind und geträumt haben, von Paris und London, von New York und San Francisco, von all den faszinierenden Orten, die wir aus den Büchern kannten und die für uns natürlich immer unerreichbar bleiben würden. Wenn uns jemand gesagt hätte, daß wir einmal durch die Straßen von Marseille spazieren, hätten wir ihn ausgelacht.« Sie umarmt ihn noch fester, streichelt zärtlich seine grauweißen, schütteren Haarsträhnen.

»Laßt uns weitergehen!« sagt Rosa.

»Wo sollen wir denn noch suchen?« fragt Frieda.

Sie biegen in eine Seitengasse ein. Die wenigen Passanten sehen wie Menschen aus, denen man in einer solch dunklen Gasse nicht begegnen möchte. Nur wenige Laternen beleuchten die Müllsäcke am Straßenrand und den Unrat am Gehsteig. Ein Spirituosenladen hat noch offen. Der Verkäufer an der Kassa beobachtet durch die Schaufensterscheibe die Straße.

Am Eingang zu einem Hotel hängt ein Schild, auf dem *Complèt* steht. Fünfzig Meter weiter, an einer Kreuzung, entdecken sie ein weiteres Hotel. Es heißt *Chez Abdul et Ahmed*. Aus der Bar im Erdgeschoß dröhnt Rockmusik. Vor dem Eingang steht ein Mann und raucht. Er hat ein schmales Gesicht, einen dunklen Vollbart, eine Glatze und glänzende Augen. Er riecht nach Schweiß und Eau-de-Cologne und erinnert Rosa an die Zeichnungen von Banditen und Mördern aus alten Kinderbüchern.

»You have room?« keucht Frieda mit Verzweiflung in der Stimme.

»Oui, oui! Entrez.« Der Mann wirft ihr den Zigarettenstummel vor die Füße.

Von den Wänden lächeln Pin-Up-Girls – orientalische Schönheiten aus arabischen Magazinen. Der Platz hiner der Rezeption ist eng wie eine Liftkabine.

»Cent cinquante Francs«, sagt der Mann.

»What?«

Er schreibt den Preis auf einen Zettel, den er aus einem Notizblock ausreißt. Frieda macht große Augen.

»O.K., O.K.«, murmelt Kostik.

»Il faut regler tout de suite!« erklärt der Mann. Es klingt wie eine Drohung.

»What?«

»You pay! Now!« Nun klingt es wie ein Befehl.

»Passport?« Frieda beginnt in der Tasche zu kramen.

»Non! C'est pas nécessaire.« Friedas Ansinnen, ihm ihren Paß zu zeigen, scheint den Mann zu amüsieren. Er lacht.

Über eine hölzerne Wendeltreppe gehen sie hinauf in den zweiten Stock. Auf der ersten Tür des schummrig-rot beleuchteten Ganges klebt ein Kartonschild mit der Aufschrift WC. Der Mann sperrt die Nachbartür auf, gibt Kostik den Schlüssel. »Bonne nuit.«

Ein Doppelbett, daneben ein Einzelbett. Ein Stuhl. Ein Schrank. Ein kleines Waschbecken. Eingerissene rote Tapeten. Im Parkettboden fehlen einige Platten. Eine Glühbirne, die auf einem ungesicherten Draht von der Decke hängt. Ein Fenster in einen Innenhof.

»Nun gut, ich habe schon in schlimmeren Löchern übernachtet«, sagt Rosa und läßt sich auf das Bett fallen. Unter ihrem Gewicht sinkt es fast bis zum Boden ein. Sie glaubt, jede Feder einzeln zu spüren.

»Besseres steht uns vielleicht auch gar nicht zu«, meint Frieda bitter. »Ich hoffe nur, daß dieser Araber nicht weiß, daß wir Juden sind.«

»Svetlana Osipowna hatte recht«, erklärt Kostik, während er mit sichtlichem Ekel die Flecken auf der Bettwäsche betrachtet, »die Franzosen haben Frankreich nicht verdient.«

In dieser Nacht kann Rosa nicht schlafen. Aus dem Nachbarzimmer hört man jedes Geräusch: das rhythmische Quietschen eines Bettes, gleichmäßig, dann immer schneller. Eine Frau stöhnt.

»Oh, mon Dieu!« schreit sie. »Oh encore! Encore! Plus fort! Plus fort!« Rosa muß daran denken, daß ihr Mann schon seit vierzig Jahren tot ist. Am liebsten würde auch sie sterben, gleich hier und jetzt in diesem schäbigen Zimmer im Land von Maupassant, Balzac und Zola. Es ist ein Wunder, daß sie diesen Tag überlebt hat. Kein einziges Mal hat sie gejammert, ist, auf ihren Stock gestützt, brav den anderen hinterher gehumpelt. Offenbar stirbt es sich nicht so leicht, oder der Tod hat sie vergessen. Was krabbelt da über ihre Hand? Mit einer heftigen Bewegung schüttelt sie die Küchenschabe ab.

»Es ist doch immer so«, erklärt sie Mascha. »Entweder kommen wir zu früh oder zu spät auf die Welt. Wenn ich zwanzig wäre, würde ich mit dir in den Hafen gehen, mich in ein Straßencafé setzen und die ganze Nacht dem Rauschen der Wellen lauschen.«

»Für uns beide ist es nie zu spät«, sagt Mascha. »In Aix-en-Provence treffen wir uns wieder. Du brauchst nur die Augen offen zu halten.«

Kostik und Frieda haben ebenfalls nicht geschlafen. Nun sitzen sie im beinahe menschenleeren Großraumwagen und schauen gebannt aus dem Fenster. So nah und feuerrot haben sie die Sonne noch nie gesehen. Ihre ersten Strahlen spiegeln sich in Fensterscheiben, Schwimmbecken und Tümpeln. Und plötzlich ist es da! Sie sehen es nur kurz, dann nehmen ihnen die Wohnblöcke der Marseiller Vororte die Sicht. Das Meer! Es ist so marineblau wie nur ein südliches Meer sein kann. Wenn sie Aix-en-Provence besichtigt haben, wollen sie hierher zurückkommen.

Endlich liegt die Großstadt hinter ihnen, macht einer farbenprächtigen Landschaft Platz. Vor allem sind es Mohnblumen, ein Teppich aus Mohnblumen, auf dem der Zug seinem Ziel entgegenzugleiten scheint. Neben Pappeln und Pinien sieht man vereinzelt Palmen, Agaven, Eukalyptus- und Maulbeerbäume und immer wieder Olivenbäume und Weinstöcke auf den Hängen. Die Häuser sind aus Stein, weiß gestrichen, die Dächer flach. Am

Horizont leuchten die verkarsteten Höhen einer Hügelkette im Morgenlicht, als wären sie aus Marmor.

»Wie auf der Krim«, sagt Frieda. »Nicht wahr, Kostik, es ist wie auf der Krim.«

»Was ist schon unsere armselige Krim dagegen!«

Ist es wahr? Hat seine Stimme tatsächlich vor Empörung gebebt?

»Ich werde viele Photos machen«, flüstert er, »und sie dann Svetlana Osipowna schicken.«

»Vergiß doch endlich diese Nutte!«

Der Bahnhof von Aix-en-Provence ist ein Gebäude mit abbröckelnder Fassade. Kostik hastet hinaus auf die Straße. Rosa, von Frieda gestützt, kommt kaum nach. Die Avenue Victor Hugo, welche ins Zentrum führt, ist nicht sonderlich beeindruckend. Zu dieser Morgenstunde ist sie noch fast menschenleer. Die meisten Fensterläden sind geschlossen. Die Avenue Victor Hugo mündet in einen weiträumigen Platz, den Place du Général de Gaulle, von dem Svetlana Osipowna immer als vom Place de la Rotonde gesprochen hat. Dessen Mitte ziert ein gigantischer Brunnen im Stil des ausgehenden neunzehnten Jahrhunderts. In Leningrad gibt es viele dieser Art. Fast im Laufschritt überquert Kostik den Platz. Rosas Bein schmerzt. Der Kopf dröhnt nach der durchwachten Nacht. Ihr ist schwindlig. Der Brunnen, die Bäume, die Farbe der Fassaden, Autos und Busse: alles verschwimmt vor ihren Augen. Es scheint ihr, als würde das grelle Licht in sie eindringen, ihren Kopf zerschneiden, den Mund austrocknen lassen.

Endlich bleibt Kostik stehen. Den Blicken öffnet sich die Pracht des Cours Mirabeau. Eine breite Platanenallee. Die Flaniermeile der Stadt. Wie oft hat Svetlana Osipowna davon gesprochen! Die Kronen der Bäume berühren sich, bilden ein grünes, schattenspendendes Gewölbe über der Straße und tauchen sie in ein grünlich schimmerndes Licht. Ockerfarbene Häuser im strengen Stil des französischen Frühbarock säumen den Boulevard.

Runde Tische mit Platten aus weißem Marmor und filigrane Korbsessel stehen vor den Eingängen zu den Kaffeehäusern und Restaurants. Ober mit weißen Schürzen und schwarzen Gilets bedienen die Gäste. In Frankreich heißen sie Garçons, Knaben, sogar wenn sie sechzig Jahre alt sind. Ihre Bewegungen sind geschmeidig, ihre Verbeugungen elegant wie in alten Filmen. Und am anderen Ende der Promenade steht die Statue Renés des Guten, des letzten Grafen der Provence.

Vorsichtig, so als fürchte er, die Erde dieses Ortes zu entweihen, stellt Kostik seinen noch aus Rußland stammenden dunkelbraunen Koffer mit rostigen Eisenplättchen an den Ecken nieder. Dann setzt er sich ganz langsam auf eine Bank. Bald sind Rosa und Frieda bei ihm. Eine Zeitlang sitzen sie nebeneinander und betrachten die Passanten. Von den Kaffeehäusern dringt Stimmengewirr zu ihnen. Der Motor eines Sportwagens heult auf, wird lauter und verhallt wieder.

»Bist du jetzt glücklich, Kostik?« fragt Rosa. »Nicht wahr, Kostik, du bist glücklich! Oder?«

Doch Kostik schaut seine Mutter nicht an und schweigt.

Der zeitgeschichtliche Hintergrund zu diesem Buch ist großteils authentisch. Einzelne historische Ereignisse und Details sind jedoch der Dramaturgie des Romans untergeordnet.

Dorothea Meadows & Gudrun Jantschke

Paul Pampelmuse will einen Hund

Für Papa.

Unser besonderer Dank gilt Bettina Kurzek,
Karsten Fuhrken und Inez Bjørg David.

ISBN 978-3-95958-349-7

1. Auflage

Umschlag- und Innengestaltung: Gudrun Jantschke
Druck und Bindung: Graspo CZ

Ein Verlagsverzeichnis schicken wir Ihnen gern:
BEBUG mbH / Verlag Bild und Heimat
Axel-Springer-Straße 52
10969 Berlin
Tel. 030 / 206 109 – 0

www.bild-und-heimat.de

Dorothea Meadows & Gudrun Jantschke

PAUL PAMPELMUSE will einen Hund

BILD UND HEIMAT

Paul Pampelmuse lebt mit Mama allein.
Voller Liebe ist ihr Heim.

Ihre Wohnung ist winzig,
und sie haben kaum Geld.
Doch sie würden nicht tauschen,
um nichts in der Welt!

Das ist Bea Löwenmaul,
sie ist sechs genau wie Paul.
Die beiden mögen die gleichen Sachen
und haben immer viel zu lachen.

Der beste Platz zum Spielen und Necken
ist vor dem rosa Haus der grüne Flecken.
Hier haben die Kinder ihren Spaß
und geben beim Kicken ordentlich Gas.

Und da hinten,
wo alles blüht und sprießt,
wohnt Herr Schmidt,
der grad seinen Garten gießt.

Denkt ihr, im Leben von Paul läuft's doch rund?
Nicht ganz, denn eins fehlt ihm, ein richtiger Hund!

Wovon der Paul in den Nächten träumt,
ist ein kleiner, quirliger, bellender Freund.

Sehnsüchtig hofft er jedes Jahr,
zum Geburtstag wird es endlich wahr.

Die Mama will Paul gern alles schenken,
aber sie muss praktisch denken.
Die Wohnung ist für drei zu klein,
sie passen kaum zu zweit hinein.
Ein Hund ist auch teuer, wer soll das bezahlen?
Was Paul wirklich braucht, sind neue Sandalen.

Zu klein? Da kann der Paul nur lachen.
Er kann dem Hund doch HIER Platz machen.

Aber die Mama, die sagt:

NEIN!!!

Und Paul ist mit seiner Wut allein.

Bis Bea kommt und Paul erklärt,
wie man mit seinem Ärger verfährt.
Ran an den Ball und zum Torschuss passen,
so kann man bestens Dampf ablassen.

**Sie stürmen und köpfen,
und dann kommt der Tritt.
Und der Ball kracht ins Fenster von Herrn Schmidt!**

»**PAMPELMUUUSE**«, brüllt der Mann.
»Wenn ich dich krieg', dann bist du dran!
Den Schaden wirst du mir bezahlen …«

»… oder meine Wand bemalen.«

Nun malern die zwei, spritzen rum, machen Witze.
Und Paul denkt, der Opa ist eigentlich spitze.
Sie reden ewig vom Glück und vom Schmerz
und schließen einander bald fest ins Herz.

Nicht lange und Schmidt hat festgestellt,
der Paul, der wünscht sich etwas, das bellt.
Er kennt aber auch die Wohnungssorgen.
Wäre die Lösung vielleicht BORGEN?

Er selbst hat viel Platz und es wäre doch schön,
nicht mehr allein durchs Leben zu gehn.
Holt Schmidt sich 'nen Hund, könnte Paul ihn sich leih'n
oder einfach bei ihm sein.

Für Paul klingt alles wunderbar.
Denn der Hund wird auch seiner, das ist ihm klar.
Auf dem Weg zum Hundeheim schlägt sein Herz schnell ...

... dann hört er nur noch lautes Gebell.
Karlo und Nippa kläffen heiter,
doch den Paul zieht es magisch weiter ...

... zu einem stillen, schwarz-weißen Hund,
noch ohne Namen und kugelrund.

Es dauert keine zehn Sekunden,
da haben drei Herzen sich gefunden.

Es ist Liebe auf den ersten Blick
zwischen Paul, dem Schwarzohr und Herrn Schmidt.

Schnell kommen beide überein,
dieser Hund soll unsrer sein.

Da sitzen sie nun,
fahren heim in die Stadt
mit dem Hund,
der noch keinen Namen hat.

O-PA 141

Kaum hat der neue Tag begonnen, wird der Roller rausgenommen.
Sie sausen strahlend durch die Gasse, zu dritt zu sein, ist dreifach klasse.

Küsschen kitzeln, Blicke fliegen,
wird sich Mama auch verlieben?
Aber klar doch, Mama denkt:
»Dieses Tier ist ein Geschenk!«

Am Ende des Tages ist der Rüde
glücklich, aber hundemüde.
In Opas Armen schläft er ein,
keiner ist hier mehr allein.

Bei Pauls Liebsten wird jetzt noch mehr gelacht.
Unglaublich, wie glücklich der Hund alle macht!
Wie Harry Potter, der seinen Zauberstab schwingt
und spielend Herzen zum Klingen bringt.
Drum stimmen alle überein,

POTTER

soll sein Name sein!

Daniel Defoe
Robinson Crusoe
Der Fremde
Albert Camus
Der 35. Mai
E. Kästner
1984
STERN PICCOLO
JOHANNA SPYRI
HEIDI
SCHACHNOVELLE

Paul ist der beste Betreuer der Welt.
Dafür gibt's von Herrn Schmidt etwas Geld.
Wer so hilfsbereit ist, den will er bezahlen.
Paul kauft sich Bonbons und **NEUE SANDALEN!**

Dorothea Meadows und **Gudrun Jantschke** kamen am 30. Dezember 1974 in Karl-Marx-Stadt (heute: Chemnitz) als Zwillingsschwestern zur Welt. Sie sind seitdem unzertrennlich – zumindest im Geiste. Das Leben hat die beiden für einige Jahre in unterschiedliche Richtungen getrieben. Gudrun studierte an der Kunsthochschule Berlin-Weißensee, ging als Designerin nach Herzogenaurach und bereiste später per Segelschiff die Welt. Dorothea wurde Sportjournalistin, lebte in London und berichtete vom Fußball und der Formel 1. Als die beiden sich in Berlin wieder zusammenfanden, hatte Gudrun schon zwei Töchter und Dorothea zwei Söhne. Für diese Vier und alle anderen lieben, frechen, abenteuerlustigen Kleinen ist der Paul Pampelmuse entstanden, in dessen Erlebniswelt sich viele Kinder wiederfinden.